City of Girls

시티 오브 걸스

CITY OF GIRLS

City of Girls

시티 오브 걸스

엘리자베스 길버트 지음
임현경 옮김

“너는 멍청한 짓들을 하게 될 거야.
하지만 열광적으로, 열렬히 해보렴.”

— 콜레트COLETTE

차례

contents

0 /	뉴욕, 2010년 4월	9
1 /	열아홉 살 얼간이	11
2 /	그랜드 센트럴 역에서	23
3 /	1940년, 나의 뉴욕	33
4 /	릴리 플레이하우스	62
5 /	나의 친구 셀리아	80
6 /	허들을 넘어서	99
7 /	빛났던 여름	116
8 /	9월, 그들의 등장	130
9 /	쇼 피플	135
10 /	시티 오브 걸스	164
11 /	스무 살의 낭비	185
12 /	대본의 탄생	206
13 /	한 잔 더	221
14 /	아름다운 오만	227
15 /	찬란하게 빛나던	249
16 /	막이 올랐을 때	266

17 / 파티의 밤들을 지나 287
18 / 끔찍한 선택 300
19 / 스포트라이트의 끝 320
20 / 조각난 심장 346
21 / 어두운 심연으로 360
22 / 흐릿한 불행 368
23 / 나의 도시, 나의 구원자들 391
24 / 진정한 뉴요커 411
25 / 눈물을 닦고 일터로 426
26 / 인생의 사업 437
27 / 이게 진짜 나예요 453
28 / 사반세기가 지나도 466
29 / 영영 아이로 남고 싶지 않다면 482
30 / 당연한 사랑 512
31 / 잠든 뉴욕을 걷는 두 사람 531
32 / 당신이 없는 세상 551
33 / 삶은 계속되었다 567

일러두기

1. 본문 괄호 안 주석은 모두 옮긴이의 주입니다.
2. 이 책은 픽션입니다. 등장하는 실존 인물, 장소, 지명 등과 관련된 내용은 작가 상상력의 산물로 실제와는 무관한 가상의 이야기입니다.

0

뉴욕, 2010년 4월

며칠 전, 그의 딸에게서 편지를 받았다.

안젤라.

생각은 많이 했지만 직접 만나거나 연락을 주고받은 건 그때가 세 번째였다. 첫 번째는 1971년, 내가 안젤라의 웨딩드레스를 만들어주었을 때였다. 두 번째는 아버지가 돌아가셨다는 안젤라의 편지를 받았을 때, 1977년이었다.

그리고 지금, 어머니가 돌아가셨다는 편지를 보낸 것이다. 왜 나에게 그 소식을 전했을까. 내가 충격받을 거라고 짐작했을 텐데. 물론 악의는 없었겠지. 안젤라가 그런 사람은 아니니까. 안젤라는 좋은 사람이다. 물론 흥미로운 사람이라는 게 더 중요하지만.

그건 그렇고, 안젤라의 엄마가 아직도 살아 있었다니! 이미 오래

전 세상을 떠났을 거라고 생각했다. 설마 나만 그렇게 생각했을까? (하지만 누군가 오래 산다고 그렇게 놀랄 것까지야 없지. 나부터도 배 밑바닥에 들러붙은 따개비처럼 지금껏 이 생을 부여잡고 있으니까. 부동산을 깔고 앉아 질긴 목숨을 유지하는 늙은이가 어찌 뉴욕에 나 혼자뿐이겠어.)

안젤라의 편지에서 가장 놀랐던 부분은 마지막이었다. 편지에는 이렇게 적혀 있었다.

'비비안, 엄마도 돌아가셨으니 이제 당신이 아버지에게 어떤 분이셨는지 편하게 말씀해주실 수 있을까요?'

글쎄, 내가 그에게 어떤 사람이었냐고?

그건 그 사람만 대답할 수 있는 질문이겠지. 하지만 그가 나에 대해 입을 다물기로 선택했으니, 내가 섣불리 대답할 수는 없을 것 같다.

내가 말해줄 수 있는 건 다만 이뿐이겠지.

그가 나에게 어떤 사람이었는지.

1

열아홉 살 얼간이

1940년 여름, 나는 열아홉 살 얼간이였다.

부모님은 뉴욕에서 극단을 운영하는 페그 고모에게 나를 보내버렸다.

1학년 내내 수업 시간에 코빼기도 안 비춘 결과 모든 과목에서 낙제했고 결국 바사 여자 대학교에서 쫓겨났기 때문이었다. 멍청해서 그따위 점수를 받은 건 아니었지만 공부를 하지 않으면 멍청하지 않다는 사실도 큰 도움은 되지 않았다. 뭘 하느라 수업을 홀랑 다 빼먹었는지 지금은 잘 생각도 나지 않는데, 아마 당시 나는 예뻐 보이고 싶다는 생각밖에 없었을 것이다. (그해 '리버스 롤reverse roll' 헤어스타일을 정복하려고 노력했던 기억은 난다. 나한테는 정말 중요한 문제였지만 딱히 '바사스러운' 스타일은 아니었다.)

그 넓은 바사에서 나는 자리를 잡지 못하고 방황했다. 온갖 종류의 패거리가 존재했지만 아무도 알고 싶지 않았고 궁금한 사람도 없었으며 나와 비슷한 부류도 없어 보였다. 우선 바사에는 까만 바지를 차려입고 국제 정세에 대해 열띠게 토론하는 정치 혁명가들이 있었다. 물론 나는 전혀 관심이 없었다. (아직도 마찬가지다. 하지만 그 까만 바지만은 기막히게 멋졌다. 물론 주머니가 불룩 튀어나오지 않아야 한다.)

또 용기 있게 학문의 바다를 정진해 당시 남자들에게만 열려 있던 의사나 변호사의 길을 당당히 개척할 인재들이 있었다. 나는 그나마 그쪽이 더 가까웠겠지만, 그쪽도 역시 아니었다. (우선 다들 너무 똑같이 생겨서, 그리고 그들이 교복처럼 입고 다니는 낡아빠진 모직 치마를 보기만 해도 우울해져서.)

물론 바사에도 티끌만큼 매력적인 이들이 있었다. 크고 아름다운 갈색 눈을 가진 중세 시대 귀부인처럼 우아한 미녀파, 긴 머리칼을 휘날리며 자신 있게 걷는 인간 예술 작품파, 이탈리안 그레이하운드처럼 사람들의 이목을 끄는 사교파도 있었다. 물론 나는 어느 파와도 친하게 지내지 않았다. 내가 바사에서 가장 멍청하다는 사실을 진작 간파했기 때문이었을까. (아직도 이 생각엔 변함이 없으니 아마 어린 시절만의 피해 의식은 아닐 테다.)

솔직히 꼭 대학에 가야 하나 싶었다. 나는 아무도 의미를 설명해 주지 않았던 목적을 달성했던 것뿐이었다. 어렸을 때부터 바사에 가야 한다는 말을 들으며 자랐지만 이유는 들어본 적이 없다. 도대체 왜? 그래서 바사를 졸업하고 나면? 게다가 그 닭장처럼 좁아터진 기숙사에서 진지하기 짝이 없는 미래의 혁명가들과 같이 살라고?

배움 자체가 지겹기도 했다. 뉴욕 트로이에 있는 엠마 윌러드 여학교에서 아이비리그 여대 출신 선생님들과 지겹게 공부를 했으면 충분하지 않은가? 열두 살 때부터 기숙 학교를 다녔으니 그쯤이면 되었다고 생각했다. 책을 읽을 수 있음을 증명하기 위해 도대체 얼마나 더 많은 책을 읽어 보여야 한단 말인가? 샤를마뉴 대제가 누구인지는 알고 있으니 제발 그만 좀 괴롭히라고 외치고 싶은 심정이었다.

게다가 우울했던 바사 생활이 막 시작되었을 때 나는 밤새 재즈를 연주하고 맥주값도 아주 저렴한 바를 포킵시에서 발견했다. 그 바를 접수하기 위해 몰래 학교를 빠져나가는 방법도 찾았고. (내 기발한 탈출은 열린 화장실 창문과 감춰 놓은 자전거로 이루어졌는데, 정말이지 사감 선생님에게는 나만한 골칫덩이가 없었을 것이다.) 그래서 거의 매일 아침 숙취에 시달렸으니 라틴어 동사 변화 따위를 머리에 집어넣을 수가 있어야지. 물론 그게 다는 아니었다. 담배는 또 어찌나 많이 피워댔는지.

한마디로, 나는 무척 바빴다.

그래서 362명의 잘나가는 바사녀들 중 361등을 차지했고, 그 사실에 아빠는 기겁을 하며 이렇게 외쳤다.

"세상에! 꼴등은 도대체 뭘 하고 있었단 말이냐!" (소아마비에 걸렸다나 뭐라나. 안타까운 사람 같으니.) 그래서 바사는 나를 집으로 돌려보내며 돌아오지 말아달라고 간곡히 부탁했다. 그럴 만도 했지.

엄마는 당황하셨다. 우리는 평화로운 시기에도 사이가 별로였다.

엄마는 동물, 그중에서도 말만 좋아했는데, 내가 말도 아니고 말에 관심이 있는 것도 아니었으니 나눌 수 있는 이야기가 전혀 없었다. 엄마는 내가 얼마나 부끄러웠으면 내 얼굴조차 보려 하지 않았다. 내가 자랑할 일은 아니지만 엄마는 나와 달리 꽤 좋은 성적으로 바사를 졸업했다. (1915년 졸업, 역사와 프랑스어 전공.) 엄마가 이룬 역사와 엄마가 매년 넉넉하게 보내는 기부금이 나의 그 신성한 학교 입학을 보장했으나 결과는 이랬다는 말씀. 엄마는 마주칠 때마다 외교관의 자세로 나를 대했다. 의례적으로, 하지만 냉랭하게 고개만 끄덕하면서.

아빠 역시 대책은 없어 보였다. 하지만 적철석 광산을 운영하느라 딸자식 문제에 지나치게 고민할 시간은 없었다. 실망이 컸지만 그보다 더 큰 걱정거리가 많았을 뿐이다. 아빠는 사업가이자 고립주의자였고, 유럽에서 번지는 전쟁의 기운이 사업에 어떤 영향을 끼칠지 신경을 잔뜩 곤두세우고 계셨다. 그래서 내 문제 따위에 신경 쓸 여력이 없었다.

그리고 프린스턴의 모범생인 오빠 월터. 나 까짓것 관심도 없었지만 내 무책임한 행동은 어찌나 못마땅해하던지. 당연히 본인은 평생 무책임한 행동이라고는 해본 적이 없었으니까. 기숙 학교에서도 얼마나 친구들의 존경을 받았는지 별명이 무려 외교 대사님이었다. 말 다했지. 절대 내가 지어낸 이야기가 아니다. 월터는 사회 간접 자본으로 전 세계를 이롭게 하겠다며 엔지니어링을 배우고 있었다. (이것도 죄가 되려나 모르겠지만 나는 사회 간접 자본이 정확히 뭔지도 잘 모르겠다.) 오빠와는 두 살 터울밖에 나지 않았는데도 어렸을 때 함께 논 기억이 없다. 오빠는 아홉 살쯤 유치한 물건들을 전부 갖다버렸는데, 그 유치한 물건 중 하나가 바로 나였다. 오빠는 나를 유령 취급했고 나도 그 사실을 잘 알고 있었다.

친구들 역시 각자의 삶을 찾아 나서고 있었다. 대학으로, 직장으로, 결혼으로, 그리고 성인의 삶으로. 나는 관심도 없고 이해도 할 수 없는 그런 세상으로. 그래서 내 걱정을 하거나 함께 놀아줄 사람이 아무도 없었다. 나는 지루하고 무기력했다. 지루함은 마치 굶주림의 고통과도 같았다. 나는 6월 첫 두 주 동안 노래 '리틀 브라운 저그Little Brown Jug'를 흥얼거리며 창고 벽에 테니스공을 끊임없이 쳐댔다. 부모님은 더 이상 그 모습을 견디지 못하고 나를 뉴욕의 고모에게 보내버렸는데, 솔직히 나라도 그럴 것 같았다.

뉴욕에 가면 내가 공산주의에 빠지거나 마약쟁이가 되지는 않을까 걱정도 하셨겠지만, 영겁의 시간 동안 테니스공이 벽에 부딪히는 소리를 듣는 것보다 더 끔찍한 일은 아마 없었을 것이다.

그렇게 뉴욕으로 오게 된 거란다, 안젤라. 이야기는 그때부터 시작되지.

부모님은 날 기차에 태워 보냈는데 세상에, 그 기차가 얼마나 멋있었는지 모른다. 유티카에서 출발한 엠파이어 스테이트 익스프레스! 불량한 딸을 뉴욕으로 보내버릴 반짝이는 거대한 고철 덩어리! 나는 부모님께 공손히 인사를 하고 짐을 옮겨주는 사람에게 가방을 넘겼는데 왠지 내가 중요한 사람이 된 것 같았다. 그리고 가는 내내 식당칸에 앉아 몰트 우유를 홀짝이고 시럽에 절인 배를 먹고 담배를 피우고 잡지를 들춰보았다. 분명 쫓겨나는 상황이었지만 그 순간에도 스타일은 갖추고 있었다!

기차는 그때가 훨씬 나았단다, 안젤라.

내가 살던 시절이 얼마나 좋았는지 구질구질 늘어놓지 않겠다고 약속하마. 나도 어렸을 때 그런 소릴 지껄이는 노인들이 그렇게 싫었으니까. (그래서 어쩌라고! 당신들 황금기에 전혀 관심 없거든요, 이 늙은이들아!) 그리고 하나 더. 1940년대에는 지금보다 형편없는 것들이 훨씬 많았다는 사실도 아주 잘 알고 있단다. 겨드랑이 탈취제나 에어컨 같은 물건들은 어찌나 끔찍했는지 사람들은 고약한 냄새를 풍기며 다녔고 여름에는 말도 못했지. 심지어 그땐 히틀러도 살아 있었단다. 하지만 기차는 두말할 것 없이 그때가 훨씬 나았다. 너도 기차에서 몰트 우유를 마시며 담배를 피워본 적이 있을까?

나는 귀여운 파란색 레이온 드레스를 입고 있었다. 종달새가 그려져 있었고 목선 주위에 노란 장식이 있었지. 치마는 적당히 가름했고 엉덩이에 깊은 주머니가 달려 있었다. 그 드레스를 아직도 기억하는 이유는, 우선 나는 누가 무슨 옷을 입었는지는 모조리 기억하기 때문이고, 또 그 드레스를 직접 만들었기 때문이란다. 아주 잘 만든 드레스였다. 종아리 중간쯤에서 살랑이는 치맛단에 내 관능미가 얼마나 멋지게 드러났는지 모른다. 배우 조안 크로포드Joan Crawford를 닮고 싶어서 어깨 패드도 평소보다 조금 더 넣었는데 효과가 있었는지는 모르겠다. 수수한 종 모양 모자와 엄마에게 빌린 밋밋한 파란색 핸드백(각종 화장품과 담배가 내용물의 거의 전부였다.)을 든 나는 스크린 속 미녀가 아니라 그냥 있는 그대로의 나처럼 보였을 것이다. 친척 집을 방문하는 열아홉 소녀.

그 순결한 열아홉 소녀의 뉴욕행에는 두 개의 커다란 짐가방이 함께했는데, 하나는 단정하게 접어 얇은 종이로 싼 옷이 가득 들어 있었고, 다른 하나에는 더 많은 옷을 만들 수 있는 각종 천과 장식, 바느질 재료가 잔뜩 들어 있었다. 그리고 튼튼한 나무 상자에 담긴 재봉틀. 무겁고 거추장스러워 옮기기 여간 까다로운 놈이 아니었다. 하지만 그 재봉틀이야말로 내 비뚤어진 영혼의 동반자이자 내 목숨과도 같았다. 그러니 당연히 가져가야지.

그 재봉틀로 변한 내 삶은 전부 모리스 할머니 덕분이었으니, 잠시 모리스 할머니 이야기를 해야겠다.

할머니라는 단어에 네가 아담하고 다정한 백발의 늙은 여인을 떠올릴지 모르겠지만, 모리스 할머니는 그렇지 않았단다. 큰 키에 머리는 적갈색으로 물들인 열정 넘치는 늙은 여우 같았달까. 서커스 광대 같은 옷을 입고 향수 냄새를 풍기며 엄청난 수다로 삶을 헤쳐 나가는 여인이었지.

모리스 할머니는 세상에서 가장 다채로운 사람이었고 그 다채로움은 삶의 모든 면에 적용되었다. 할머니는 다양한 색의 주름진 벨벳 가운을 입으셨는데 상상력이 빈곤한 사람들이 핑크나 버건디, 블루라고 부르는 색을 할머니는 잿빛 장미, 말 가죽색, 유약 바른 테라코타 색으로 불렀다. 당시 정숙한 여인들의 행동거지에 어울리지 않게 귀를 뚫었고, 각종 목걸이나 귀걸이, 팔찌가 끝없이 딸려 나오는 고급 보석함도 몇 개 가지고 있었다. 오후에 드라이브를 나갈 때는 카레이싱 선수처럼 차려입었고 모자들은 또 얼마나 큰지 영화관에 가면 당당히 한자리를 차지했다. 할머니는 아기 고양이들과 화장품 통신 판매를 좋아했고, 신문의 끔찍한 살인 사건 기사에 곧잘 흥분했으며, 낭만적인 시도 쓴다고 하셨다. 그리고 무엇보다 드라마를 사랑했다. 시내로 들어오는 모든 연극과 공연을 보러 다녔고 영화라면 말이 필요 없었다. 할머니와 나는 취향이 정확히 일치했으므로 우리는 자주 함께 시간을 보냈다. (우리는 하늘하늘한 드레스를 입은 순진한 소녀가 사악한 모자 쓴 무리에게 납치되었다가 자랑스럽게 턱을 치켜든 무리에게 구출되는 이야기를 가장 좋아했다.)

나는 정말이지 할머니를 사랑했다. 하지만 다른 가족들은 할머니를 부끄러워했다. 그중에서도 결코 할머니처럼 경박하지 않았던 며느리(우리 엄마)가 특히 할머니를 부끄러워했는데, 엄마는 할머니를 볼 때마다 얼굴을 찡그렸고 "징글징글하게 철도 안 드는 할망구"라는 망언을 하기도 했다. 엄마는 낭만적인 시 같은 건 쓰지 않는 사람이었으니까.

바로 그 모리스 할머니가 내게 바느질을 가르쳐주었다.

할머니는 최고의 재봉사였다. (할머니에게 바느질을 가르쳐준 할머니의 할머니는 웨일스 이민자로 허드렛일을 하다가 그 바느질 솜씨 하나로

한 세대 만에 부유한 미국 여인으로 거듭났다.) 모리스 할머니는 나도 바느질로 최고가 되길 바라셨다. 그래서 우리는 영화를 보며 달콤한 군것질을 하거나 잡지에서 인신매매 기사를 서로 읽어줄 때만 빼고 늘 바느질을 했다. 그건 아주 진지한 일이었다. 할머니는 늘 내게서 최고를 끌어냈다. 보통 할머니가 먼저 열 바늘을 꿰매고 내가 다음 열 바늘을 꿰맸는데, 할머니가 한 것처럼 완벽하지 않으면 전부 뜯어내고 처음부터 다시 해야 했다. 할머니는 내가 망사나 레이스처럼 도저히 불가능할 것 같은 소재까지 다루게 만들었고, 아무리 까다로운 재료 앞에서도 겁먹지 않을 때까지 나를 가르쳤다. 그리고 옷의 짜임과 속을 넣는 것까지! 양복은 물론이고! 그래서 열두 살 때 나는 눈 감고 코르셋도 만들 수 있었다. (고래수염 등등의 모든 재료로.) 비록 1910년 이래 고래수염 코르셋이 필요한 사람은 오직 모리스 할머니밖에 없었지만.

할머니는 재봉틀 앞에서 아주 엄격했지만 나는 할머니가 싫지 않았고 아무리 호되게 혼이 나도 속상하지 않았다. 나도 옷이 너무 좋았고 항상 더 배우고 싶었으니까. 그리고 할머니가 내 소질을 키워주고 있다는 사실도 잘 알고 있었으니까.

드물게 듣는 칭찬과 함께 내 바느질 솜씨는 무럭무럭 여물었다. 열세 살 때 모리스 할머니가 사준 재봉틀이 결국 나와 함께 뉴욕으로 가고 있는 것이었다. 날렵하게 잘 빠진 검정색 싱거 201로 힘도 끝내주게 좋았다. (가죽도 박을 수 있었으니 부가티 시트 교체도 문제없었을 것이다!) 내 인생 최고의 선물이었다. 나는 기숙사에도 싱거를 들고 갔는데, 차려입고 싶지만 그럴 능력은 없는 부유한 여학생들 틈에서 나의 싱거는 엄청난 힘을 발휘했다. 내가 무엇이든 만들 수 있다는 소문이 돌자, (물론 소문은 사실이었는데) 엠마 윌러드의 여학생들이 나를 찾아와 허리 품을 늘려 달라, 틀어진 솔기를 꿰매 달라, 언니가 작년에 입던 정장을 당장 입을 수 있게 만들어 달라 애원했다. 기관총 사수처럼 싱거 201 앞에 앉아 시간을 보냈던 그 시절은 그만한 가치가 있었다. 나는 아주 유명해졌고 기숙사에서 유명세만큼 중요한 건 없었으니까. 아, 물론 어디든 마찬가지였겠지.

할머니가 내게 바느질을 가르친 또 다른 이유는 내 몸매가 좀 특이했기 때문이기도 했다. 어렸을 때부터 나는 키가 크고 껑충했다. 사춘기를 지나면서도 키만 더 컸다. 가슴은 자라겠다는 소식이 오랫동안 없었고, 상체는 가도 가도 닿지 않을 만큼 길었다. 팔다리는 어린나무 가지처럼 볼품없이 가늘었다. 가게에서 산 옷이 제대로 맞은 적이 한 번도 없었기 때문에 직접 만들어 입는 편이 나았다. 할머니는 정말 감사하게도, 내 키가 돋보이게 옷 입는 법도 알려주셨다.

그렇다고 내 외모를 비하하는 건 아니다. 그저 내 몸에 대한 객관적 사실을 전하는 것뿐이다. 한마디로 나는 키가 크고 날씬했다. 그리고 이제부터 미운 오리 새끼가 도시로 나가 자신이 아름다웠다는 사실을 깨닫는 이야기가 펼쳐질 것 같다면, 걱정하지 말려무나. 그런 이야기는 아니란다.

나는 늘 아름다웠단다, 안젤라. 그리고 언제나 그 사실을 알고 있었지.

그렇게 아름다웠으니, 엠파이어 스테이트 익스프레스의 그 식당 칸에서 잘생긴 남자가 몰트 우유를 홀짝이며 달짝지근한 배를 먹고 있는 나를 뚫어질 듯 바라보았겠지. 그리고 마침내 내게 다가와 담배에 불을 붙여줘도 되는지 물었다. 내가 그러라고 하자 옆에 앉아 본격적으로 수작을 걸기 시작했다. 그의 관심에 기분은 좋았지만 어떻게 맞장구를 쳐야 하는지 알 수가 없었다. 그래서 창밖만 바라보며 깊은 생각에 잠겨 있는 척했다. 진지해 보이고 싶어서 간혹 미간을 약간 찌푸리기도 했는데 아마 당황해서, 어쩌면 근시여서 그러는 것처럼 보였을 테다.

실제로 그 장면은 훨씬 더 어색했을 텐데, 내가 결국 창문에 비친 내 모습에 넋이 나가 한동안 정신을 못 차렸기 때문이다. (용서하렴, 안젤라. 젊고 예쁜 여자들에겐 어쩔 수 없는 일이란다.) 그 잘생긴 남자보다 내 눈썹 모양이 더 흥미로웠거든. 내가 눈썹을 얼마나 잘 다듬었는지 보고 있는 것도 즐거웠지만, 아 어찌나 아름다웠던지, 마침 나는 그해 여름 〈바람과 함께 사라지다〉의 비비안 리처럼 눈썹을 한쪽만 치켜올리는 연습을 하고 있었다. 너도 알겠지만 그런 연습에는 엄청난 집중력이 필요하지. 그렇게 자기 모습에 흠뻑 빠져 있다 보면 시간은 쏜살같이 지나가고.

고개를 들어보니 기차는 이미 그랜드 센트럴 역에 들어서고 있었다. 나의 새로운 인생이 막 시작되려는 참이었으며, 그 잘생긴 남자는 이미 사라지고 없었다.

하지만 걱정할 것 없다, 안젤라. 잘생긴 남자라면 수도 없이 나를 기다리고 있었으니까.

오! 이 이야기를 깜빡할 뻔했구나. 모리스 할머니는 어떻게 되셨는지 궁금하겠지. 할머니는 그 기차가 뉴욕에 나를 떨궈놓기 일 년 전쯤 돌아가셨다. 1939년 8월, 내가 바사에 입학하기 몇 주 전이었다. 오랜 시간 노환을 겪으셨으니 크게 놀랄 일은 아니었지만, 그래도 (무슨 말이든 털어놓을 수 있는 나의 가장 친한 친구이자 멘토였던) 할머니를 잃고 나는 완전히 무너졌다.

그런데 안젤라, 어쩌면 그 슬픔 때문에 바사에서의 첫해를 그렇게 형편없이 보낸 것인지도 모르겠다. 나는 멍청했던 게 아니라 그저 슬펐던 건지도 모른다.

사실 너에게 편지를 쓰는 지금에야 그럴 수도 있었겠다는 생각이 드는구나. 가끔 이해하는 데 아주 오랜 시간이 필요한 일들도 있는 법이니까.

2

그랜드 센트럴 역에서

어쨌든 나는 안전하게 뉴욕에 도착했다. 마치 갓 알을 깨고 나와 세상 물정 모르는 병아리처럼.

페그 고모가 그랜드 센트럴 역에서 나를 기다리기로 했다. 부모님이 그날 아침 유티카에서 기차에 오르는 내게 말씀하셨지만, 그보다 더 구체적인 정보는 없었다. 정확히 어디서 기다려야 하는지도 몰랐고, 급한 상황이 생길 경우를 대비한 전화번호도 없었으며, 혼자서 찾아가야 할 경우 필요한 주소도 없었다. 그저 '그랜드 센트럴 역에서 페그 고모 만나기'가 내게 주어진 정보의 전부였다.

그랜드 센트럴 역은 광고에서 봤던 것처럼 거대했지만 사람을 찾기에 아주 부적절한 곳이기도 해서 도착하자마자 페그 고모를 찾을 수 없었다는 사실이 놀랍지도 않았다. 플랫폼에서 엄청난 짐을 들고 아주 오랫동안 바글거리는 영혼들을 살펴보았지만, 페그 고모를 닮은 사람은 한 명도 없었다.

고모의 얼굴을 잊은 건 아니었다. 고모와 아빠가 친하지 않았어도 몇 번 볼 기회는 있었다. (친하지 않았다는 말은 너무 약한 표현인지도 모른다. 아빠는 모리스 할머니도 그랬지만 페그 고모 역시 한심하게 여겼다. 저녁 식사 도중 페그 고모 이름이 나올 때마다 아빠는 코웃음을 치며 이렇게 말했다. "나쁠 게 뭐 있겠냐. 세상을 신나게 싸돌아다니면서 돈만 펑펑 쓰는 환상의 나라에서 살고 있겠지!" 그러면 나는 이렇게 생각했다. '왜, 그럼 정말 좋을 것 같은데.')

어렸을 때는 페그 고모가 크리스마스 파티 날 오기도 했는데 대부분의 날들을 유랑극단과 함께 멀리 떠나 있었기 때문에 자주 오지는 못했다. 페그 고모에 대한 가장 강렬했던 기억은 열한 살 때 뉴욕에서였다. 출장 가는 아빠를 따라갔는데, 페그 고모가 날 센트럴 파크 스케이트장에 데려갔고 산타클로스도 만나게 해주었다. (누가 봐도 나는 산타클로스를 만나기에 너무 컸지만 그런 기회는 자주 오는 것도 아니었고, 나는 속으로 산타클로스를 만난다며 남몰래 흥분해 있었다.) 점심은 뷔페로 먹었다. 그렇게 즐거웠던 날은 처음이었다. 뉴욕에 대한 아빠의 증오와 불신 때문에 하룻밤도 자지 않고 돌아왔지만, 내게는 정말 눈부신 날이었다. 나는 고모가 굉장한 사람이라고 생각했다. 고모는 나를 어린이가 아니라 한 명의 인간으로 대해주었는데, 어린이 취급을 받기 싫어하는 열한 살 어린이에게는 그게 정말 중요했다.

고모가 최근에 고향 클린턴을 찾은 건 엄마인 모리스 할머니의 장례식에 참석하기 위해서였다. 고모는 장례식이 진행되는 동안 내 옆에 앉아 크고 우람한 손으로 내 손을 감싸 쥐고 있었다. 위안이 되기도 했지만, 무척 놀라운 행동이었다. (놀라지 말렴. 우리는 손 같은 건 잡지 않는 가족이었으니까.) 장례식이 끝난 후 페그 고모는 건장한 남성 같은 힘으로 나를 안아주었고 나는 그녀의 품에 쓰러지며 나이아가라 폭포수 같은 눈물을 쏟아냈다. 고모에게서 라벤더 비누 냄새와 담배 냄새, 진 냄새가 났다. 나는 가엾은 아기 코알라처럼 고모에게 매달려 있었다. 하지만 고모는 뉴욕에서 준비해야 할 공연이 있어서 장례식이 끝난 후 금방 돌아가야 했다. 나는 고모의 품에서 울어버렸던 내가 부끄러웠다. 그렇게 친한 사이도 아니었으니까.

열아홉 살, 다시 뉴욕에 도착해서 페그 고모에 대해 알게 된 사실은 이게 전부였다. 고모는 릴리 플레이하우스라는 극장을 소유하고 있다. 위치는 미드타운 맨해튼 어디쯤.

처음부터 극단 일을 했던 건 아니지만 어쩌다 보니 그렇게 되었다. 이유는 모르겠으나 적십자사 간호사 훈련을 받았고 1차 세계 대전 중 프랑스에서 근무했다. 그러던 와중에 다친 병사들을 치료하는 일보다 그들을 즐겁게 해주는 일에 소질이 있음을 발견했다. 고모는 야전 병원이나 막사에서 조잡하고 웃긴 공연들을 뚝딱 만들어내는 재주가 있었다. 전쟁은 끔찍했지만 적어도 누구나 무언가를 배우게 된다. 페그 고모는 전쟁을 통해 공연을 제작하는 법을 배웠다.

전쟁이 끝난 후 고모는 런던의 극단에서 오래 일했다. 웨스트엔드에서 춤과 노래, 풍자 등을 엮어 구성한 가벼운 촌극을 제작하다가 남편이 될 빌리 뷰엘을 만났다. 잘생기고 늠름했던 미국인 장교 빌리 역시 전쟁 후 공연계에 몸담기 위해 런던에 자리를 잡았다. 페그 고모처럼 빌리 역시 '그 사람들' 중 하나였다. 모리스 할머니는 뷰엘 가문을 '역겹도록 돈이 많은' 가문이라고 말하기도 했다. (오랫동안 나는 그 말이 정확히 무슨 뜻인지 몰랐다. 할머니는 돈을 숭배했는데 얼마나 돈이 많아야 '역겨울' 정도가 될까? 어느 날 결국 할머니에게 물었고 할머니는 마치 한마디면 된다는 듯 이렇게 대답하셨다. "뉴포트(미국 로드아일랜드 주 남동부의 도시. 외국선의 왕래가 많아 막대한 부를 쌓으며 북아메리카에서 가장 번창했던 항구도시) 사람들이지 않니.") 하지만 빌리 뷰엘은 뉴포트였음에도 불구하고 페그처럼 자신이 속한 교양 있는 계급과 거리를 두었다. 그는 상류 사회의 세련되고 억압적인 카페 문화보다 공연계의 땀방울과 갈채를 더 좋아했다. 게다가 바람둥이였다. 그는 '즐기기'를 좋아했다고 모리스 할머니가 말씀하셨는데 그건 '술을 마셔대고 돈을 낭비하고 여자들이나 쫓아다닌다'는 말의 교양 있는 표현이었다.

빌리와 페그는 결혼을 하면서 미국으로 돌아왔다. 그리고 함께 유랑극단을 만들었다. 두 사람은 1920년대 내내 작은 공연단을 이끌고 전국 방방곡곡을 돌았다. 빌리가 대본을 쓰고 출연도 했다. 페그는 제작과 감독을 맡았다. 두 사람은 허세와 야망 따위 없었다. 그저 삶을 즐기며 어른들의 전형적인 의무를 회피하고 있었다. 하지만 성공하지 않으려는 그 모든 노력에도 불구하고, 성공이 뜻하지 않게 그들을 붙잡았다.

1930년, 대공황이 깊어지면서 온 나라가 불안에 떨고 있을 때 페그와 빌리가 만든 작품이 우연히 히트를 쳤다. 빌리가 쓴 〈허 졸리 어페어Her Jolly Affair〉가 어찌나 신나고 흥겨웠는지 관객들이 엄청나게 몰려들었다. 영국 귀족 상속녀가 미국의 바람둥이와 사랑에 빠지는 뮤지컬 소극이었다. (그 바람둥이 역은 당연히 빌리 뷰엘이 맡았다.) 지금까지 두 사람이 만들던 것처럼 가벼운 작품이었지만 요란하게 성공했다. 미국 전역에서 향락에 굶주린 광부들과 농부들이 호주머니의 동전 한두 푼까지 탈탈 털어 공연을 보러 왔다. 아무 생각 없이 볼 수 있는 단순한 공연으로 두 사람은 큰돈을 벌었다. 공연은 점점 더 인기를 얻었고 지역 신문의 호평 세례가 이어졌으며 1931년, 뉴욕에 입성해 유명한 브로드웨이 극장에서 일 년 동안 장기 공연을 하게 되었다.

1932년, 엠지엠 영화사가 공연을 영화로 제작했다. 빌리가 각색을 했지만 출연은 하지 않았다. (빌리 역할은 윌리엄 파월William Powell이 맡았다. 빌리는 그즈음 배우의 삶보다 작가의 삶을 살기로 결심했는데, 시간도 자유롭고 관객의 변덕에 좌우되지도 않을뿐더러 감독들의 잔소리도 들을 필요가 없었기 때문이었다.) 영화 〈허 졸리 어페어〉의 성공은 시리즈 제작으로 이어져 (〈허 졸리 디보스Her Jolly Divorce〉, 〈허 졸리 베이비Her Jolly Baby〉, 〈허 졸리 사파리Her Jolly Safari〉) 할리우드는 몇 년 동안 줄줄이 소시지 찍어내듯 비슷한 작품들을 찍어내 돈을 벌었다. 이 졸리 사업 덕분에 빌리와 페그는 돈방석에 앉았지만 동시에 두 사람의 결혼 생활도 막바지에 다다랐다. 빌리는 할리우드와 사랑에 빠져 돌아오지 않았고 페그는 유랑극단을 정리하고 졸리로 벌어들인 로열티의 절반으로 뉴욕에 쓰러져가는 오래된 대규모 극장을 장만했다. 그것이 바로 릴리 플레이하우스였다.

이 모든 일은 1935년경 일어났다.

빌리와 페그는 정식으로 이혼하지는 않았다. 두 사람 사이에 악감정은 없었지만 1935년 이후 두 사람은 부부라고 하기 애매한 상태가 되었다. 함께 살거나 함께 일하지도 않았고, 페그의 주장대로 재정도 분리했으며, 이는 곧 페그가 뉴포트의 그 반짝이는 금화들에 더 이상 손을 댈 수 없다는 뜻이었다. (모리스 할머니는 페그가 빌리의 재산에서 도대체 왜 손을 뗐는지 모르겠다고 한탄하며 이렇게 말했을 뿐이었다. "페그가 돈에는 관심이 없어서 걱정이다.") 할머니는 두 사람이 굳이 이혼 절차를 밟지 않는 이유가 둘 다 과하게 자유분방하기 때문이라고 생각하셨다. 아니면 아직 서로 사랑하거나. 물론 둘의 사랑은 서로가 대륙의 양 끝에 머물 때 가장 아름다워지는 사랑이었는지도. (할머니는 이렇게 말씀하셨다. "웃지 마라. 그래야 훨씬 잘 풀리는 결혼도 많은 법이다.")

내가 아는 한 빌리 삼촌은 내 유년 시절에 한 번도 등장하지 않았다. 처음에는 늘 공연 중이었기 때문에, 나중에는 캘리포니아에 자리를 잡았기 때문이었다. 당연히 실제로 본 적도 없었다. 내게 빌리 뷰엘은 이야기와 사진으로 전해 내려오는 신화나 마찬가지였다. 게

다가 그 이야기와 사진들은 또 얼마나 멋졌는지! 모리스 할머니와 나는 할리우드 잡지에서 빌리의 사진을 종종 봤고 칼럼니스트 월터 윈첼Walter Winchell이나 작가 루엘라 파슨즈Louella Parsons가 그에 대해 쓴 가십 등을 읽었다. 그가 자넷 맥도널드Jeanette MacDonald와 진 레이몬드Gene Raymond(1930~40년대 유명했던 할리우드 배우 커플)의 결혼식에 초대되었다는 기사를 읽고 환호하기도 했다! 리셉션에 참석한 빌리의 사진이 〈버라이어티〉 지에 실렸는데 그는 발그레한 분홍색 드레스를 입고 있는 아름다운 자넷 맥도널드 바로 뒤에 서 있었다. 사진 속에서 빌리는 한 시대를 풍미한 배우 진저 로저스Ginger Rogers와 당시 그녀의 남편이었던 루 에어스Lew Ayres 부부와 이야기를 나누고 있었다. 할머니는 빌리를 가리키며 이렇게 말씀하셨다. "여기 있네. 역시 전국을 떠돌며 즐기고 있구나. 봐라. 진저가 빌리를 보고 웃고 있구나. 루 에어스 씨는 집사람 관리 좀 해야겠다."

나는 할머니의 보석 박힌 돋보기로 사진을 유심히 보았다. 턱시도를 입은 금발의 잘생긴 남자가 진저 로저스의 팔에 손을 올리고 있었고 그녀는 빌리를 보며 정말로 주변이 환해지도록 웃고 있었다. 빌리는 그 옆에 서 있는 진짜 영화배우보다 더 영화배우 같았다.

이 사람이 페그 고모와 결혼을 했다고? 페그도 당연히 멋진 사람이었지만, 뭐랄까 너무 소박했다. 도대체 그는 고모의 어떤 점에 빠졌을까?

고모는 아무리 기다려도 오지 않았다. 시간이 한참 지났고 나는 플랫폼에서 고모를 만날 수 있다는 희망을 접었다. 나는 잠시 짐을 맡겨 놓고 그랜드 센트럴의 바삐 움직이는 사람들 틈에서 고모를 찾아보았다. 혹시 내가 아무런 계획이나 보호자도 없이 혼자 뉴욕에 뚝 떨어져 불안하지 않았을까 걱정할지도 모르겠지만, 전혀 그렇지 않았단다. 결국 다 잘될 거라는 확신이 있었다. (어쩌면 그게 바로 특권의 상징인지도 모르겠다. 부유하게 자란 숙녀는 누군가 자신을 구하러 오지 않을지도 모른다는 생각 자체를 할 수 없으니까.)

결국 나는 방황을 포기하고 중앙 대합실 근처의 눈에 잘 띄는 벤치에 앉아 구원자를 기다리기로 했다.

그리고 마침내 구원자가 나타났다.

내 구원자는 키 작은 은발의 여성이었는데 수수한 회색 정장을 입고, 오도 가도 못하는 스키 선수에게 접근하는 세인트 버나드처럼, 선수의 목숨을 구하겠다는 의지로 고도의 집중력을 발휘하며 내게 다가왔다.

그녀가 입은 정장을 '수수하다'고 표현하기에는 좀 부족한 면이 있었다. 네모난 콘크리트 블록 양쪽에 단추가 달린 것 같았는데 여자들에게 가슴도, 허리도, 엉덩이도 없다고 세상을 속이려고 일부러 만든 옷 같았다. 영국에서 물 건너온 것 같았지만 약간 공포스럽기도 했다. 두툼하고 굽이 낮은 까만 옥스퍼드 화를 신고, 양모를 축융 가공한 구식 초록색 모자를 쓰고 있었는데 고아원 원장들이 선호할 것 같은 모자였다. 왠지 기숙 학교에서 본 것도 같은 차림이었다.

처음부터 끝까지 꾸밈이라고는 없었는데, 그걸 일부러 의도한 것 같기도 했다. 그 중후한 벽돌은 자기 임무에 대한 확신에 가득 차 한 손에 당황스러울 정도로 큰 화려한 은장식 액자를 들고 인상을 찌푸린 채 내게 다가왔다. 그리고 손에 든 액자 속 사진과 나를 번갈아 바라보며 물었다.

"비비안 모리스?"

똑 부러지는 억양을 듣자 하니, 양쪽에 단추가 달린 볼품없는 정장만 물을 건너온 것은 아닌 것 같았다. 나는 그렇다고 대답했다.

"많이 컸구나."

어리둥절했다. 아는 사람인가? 어렸을 때 만난 적이 있나? 혼란스러워하는 내게 그 낯선 여인이 손에 든 액자의 사진을 보여주었다. 당황스럽게도 그건 사 년 전쯤 찍은 가족 사진이었다. 엄마는 제대로 된 사진관에서 사진을 찍어야 할 때가 된 것 같다며 이렇게 말했었다. "한 번은 기록을 남길 필요가 있으니까." 사진 속에는 장사꾼에게 사진을 찍히는 수모를 감내하고 있는 부모님이 있었고 생각에 잠긴 듯한 오빠 월터가 엄마의 어깨에 한 손을 올리고 있었다. 지금보다 어린 내가 나이에 비해 지나치게 흐느적거리는 세일러 드레스를 입고 있었다.

"올리브 톰슨이다."

공지하는 데 익숙한 목소리 같았다.

"페그의 비서다. 오늘 극장에 급한 일이 생겨 페그가 올 수 없었단다. 작은 불이 났거든. 그래서 내가 대신 왔다. 기다리게 해서 미안하구나. 몇 시간 전에 왔는데 이 사진만 들고 찾다 보니 보시다시피

아주 오래 걸렸구나."

하마터면 웃어버릴 뻔했다. 심지어 지금도 그때만 생각하면 웃음이 난다. 그 무뚝뚝해 보이는 중년의 여인이 부잣집 벽에서 급하게 떼어온 것 같은 (사실이긴 했지만) 커다란 은색 액자를 들고 그랜드 센트럴 역을 헤매며 사 년 전에 찍힌 사진 속 주인공을 찾으려고 사람들 얼굴을 쳐다보고 다녔다는 사실 자체가 너무 웃겼다. 내가 어떻게 그런 사람을 놓쳤을까?

하지만 올리브 톰슨은 그게 전혀 웃긴 일이라고 생각하지 않는 듯했다. 그리고 나는 그녀가 원래 그런 사람이라는 걸 곧 알게 된다.

"가방을 챙겨라. 릴리까지는 택시를 타고 갈 거다. 마지막 공연이 이미 시작했을 테니 서둘러야 해. 정신 똑바로 차리고."

나는 아기 오리처럼 그녀의 뒤를 졸졸 따라 걸었다. 말 그대로 정신도 똑바로 차렸다. 그리고 이렇게 생각했다. '작은 불이 났다고?' 하지만 감히 물어볼 수는 없었다.

3

1940년, 나의 뉴욕

뉴욕과의 첫 만남. 안젤라, 그건 누구나 평생 한 번만 누릴 수 있는 대단한 경험이란다. 어쩌면 뉴욕에서 태어난 너에게는 조금도 낭만적이지 않은 당연한 일인지도 모르겠다. 아니면 나는 상상도 못할 너만의 방식으로 나보다 더 열렬하게 뉴욕을 사랑할 수도 있겠지. 뉴욕에서 자랐다니 얼마나 행운이니. 하지만 뉴욕을 처음 만나는 순간은 누리지 못했을 테니 그건 안타깝구나. 인생 최고의 경험 하나를 놓쳤으니 말이다.

1940년의 뉴욕이란!

그런 뉴욕은 다시 없을 것이다. 그 이전이나 이후의 뉴욕을 폄하할 생각은 물론 없다. 언제라고 뉴욕이 중요하지 않았겠니. 하지만 그때의 뉴욕은 그 도시에 첫발을 내딛는 젊은이들에게 완전히 새로운 세상이었다. 그런 의미에서 바로 그 도시, 오직 내 눈에만 새롭게 창조된 뉴욕은 다시 존재하지 못하겠지. 그 뉴욕은 책 사이에 끼워 말린 나뭇잎 책갈피처럼, 나만의 완벽한 뉴욕으로 기억 속에 영원히 남아 있단다. 너에게도 너만의 완벽한 뉴욕이 있겠고, 다른 사람들에게도 마찬가지겠지만, 그때의 뉴욕은 언제나 나만의 뉴욕이란다.

그랜드 센트럴 역에서 릴리 플레이하우스까지는 오래 걸리지 않았다. 택시는 시내를 관통해 맨해튼 심장부를 지나갔다. 갓 도착한 이들이 뉴욕의 심장 박동을 가장 잘 느낄 수 있는 곳이었다. 나는 뉴욕을 한눈에 담고 싶어 가슴이 뛰었다. 하지만 잘 배운 숙녀답게 창밖의 풍경에서 시선을 거두고 올리브에게 다소곳하게 말을 걸었다. 하지만 올리브는 침묵을 불편해하지 않는 사람이었고, 내 질문에 아리송한 대답만 툭툭 던져 괜히 궁금한 것만 더 많아졌다. 물론 내 질문이 올리브에게는 별로 흥미롭지 않았겠지만.

"페그 고모랑 일한 지 얼마나 되셨어요?"

"모세가 기저귀를 차고 있을 때부터."

나는 그 대답에 대해 잠시 생각하다가 또 물었다.

"극장에서는 무슨 일을 하세요?"

"하늘에서 떨어지는 모든 일들이 바닥에 부딪혀 산산조각나기 전에 해결하고 있지."

잠시 침묵이 흘렀고 나는 침묵 속에서 다시 한번 대답을 곱씹었다. 그리고 한 번 더 질문을 시도했다.

"오늘 밤 공연은 어떤 거예요?"

"〈라이프 위드 마더Life with Mother〉라는 뮤지컬이다."

"정말요? 들어본 적 있어요."

"아닐걸. 〈라이프 위드 파더Life with Father〉겠지. 작년 브로드웨이 연극. 우리 공연은 뮤지컬 〈라이프 위드 마더〉란다."

그럼 불법 아닌가? 유명한 브로드웨이 공연 제목을 그렇게 막 갖다 써도 되나? (그 질문에 대한 답은 다음과 같다. 1940년, 릴리 플레이하우스에서는 당연히 괜찮았다.)

"하지만 사람들이 〈라이프 위드 파더〉인 줄 알고 실수로 표를 사면 어떻게 해요?"

올리브는 딱 잘라 대답했다.

"그건 몹시 안타까운 일이겠지."

갑자기 내가 유치하고 멍청하고 짜증 나는 사람이 된 것 같았다. 그래서 입을 다물고 도착할 때까지 창밖만 바라보았다. 도시가 휙휙 지나가는 모습은 장관이었다. 사방에 볼거리가 넘쳤다. 날씨 좋은 여름날 저녁, 미드타운 맨해튼이었으니 그보다 더 좋을 수는 없었다. 짧았던 비가 그친 후였고 하늘은 아름다운 보랏빛이었다. 나는 물에 젖어 반짝이는 거리를, 바닥에 비친 고층 빌딩과 네온사인들을 급하게 눈에 담았다. 사람들은 달리거나 급하게 걷거나 느긋하게 걷거나 비틀거렸다. 타임스퀘어에서는 인공조명의 산이 뜨거운 뉴스와 광고를 토하듯 쏟아내고 있었다. 아케이드와 댄스홀, 극장과 카페, 공연장들이 스쳐 지나가면서 두 눈을 황홀하게 했다.

택시는 8번길과 9번길 사이의 41번가로 들어섰다. 지금도 그렇지만 그때도 썩 멋진 거리는 아니었다. 40번가와 42번가를 향해 서 있는 더 중요한 건물들의 화재 피난 통로들이 뒤엉켜 있었다. 하지만 그 초라한 거리의 중간에 페그 고모의 극장, 릴리 플레이하우스가 〈라이프 오브 마더〉라는 광고판에 불을 밝히고 서 있었다.

아직도 눈을 감으면 그 장면이 생생하게 떠오른다. 릴리의 건물은 웅장했고 나중에 알고 보니 아르누보 스타일이었지만 그때는 아주 튼튼한 건물이라고만 생각했다. 로비는 누가 들어오든 아주 중요한 곳에 도착했음을 알려주기 위해 최선을 다하고 있었다. 엄숙하고 어두웠다. 나무 장식이 주를 이루었고 천장 역시 나무로 조각되어 있었다. 피처럼 붉은 세라믹 타일과 형형색색의 화려한 구식 조명까지.

담배 자국이 난 벽화 속에서 가슴을 드러낸 요정들이 그리스 신화 속 반인반수 사티로스 무리와 신나게 뛰어놀고 있었다. 종아리가 무시무시한 근육질 남성들이 폭력적이라기보다 관능적인 모습으로 바다 괴물들과 씨름하고 있는 그림도 있었다. (그들은 싸움에서 이길 생각이 전혀 없어 보였다.) 나무의 요정 드리아드들이 반라로 나무에서 빠져나오려고 몸부림치고, 물의 요정 나이아스들이 근처 강에서 발가벗은 몸통에 서로 물을 튀기며 놀고 있는 그림도 있었다. 어디선가 합성 소리가 들려도 이상하지 않을 것 같았다. 두껍게 조각된 포도 덩굴과 등나무가 모든 기둥을 휘감아 올라가고 있었다. 당연히 릴리(백합)도 있었고! 전체적으로 성적인 기운이 넘쳐나는 곳 같았고 나는 이곳이 무척 마음에 들었다. 올리브가 시계를 확인하며 말했다.

“공연장으로 바로 가자. 다행히 끝날 때가 다 되었군.”

올리브는 극장 안으로 들어가는 커다란 문을 밀어서 열었다. 이렇게 말하기는 조금 그렇지만 올리브는 자기가 일하는 곳인데도 아무것에도 손대고 싶어 하지 않는 것 같았다. 반대로 나는 굉장한 내부 인테리어에 눈이 부셨고, (금박을 입힌 낡은 보석 상자 같았달까.) 사방을 찬찬히 살펴보았다. 쇠락한 무대, 조야한 시야, 두툼한 진홍색 커튼, 비좁은 오케스트라단, 과한 금박의 천장, 위협적으로 빛나는 샹들리에는 보기만 해도 ‘저게 떨어지면 어쩌지?’라고 걱정하게 만들었다.

웅장했으나 허물어지고 있었다. 릴리 플레이하우스를 보니 모리스 할머니 생각이 났다. 할머니가 조잡하고 촌스러운 옛날 극장을 좋아해서이기도 했지만, 할머니가 꼭 그 극장 같았기 때문이었다. 뭐든 지나치지만 자신감 넘치고, 구닥다리 벨벳으로도 최고로 멋지게 차려입는 노인네가 우리 할머니였으니까.

빈자리가 많았지만 우리는 벽에 기대어 섰다. 무대에 있는 사람 수보다 관객 수가 더 적어 보였는데, 나만 그렇게 생각했던 건 아니었는지 올리브가 재빨리 관객 수를 세어 주머니에서 꺼낸 작은 수첩에 숫자를 적으며 한숨을 쉬었다.

반대로 무대 위는 아찔했다. 많은 일이 한꺼번에 벌어지고 있는 것을 보면 공연의 마지막 장면이 틀림없었다. 무대 뒤쪽에서는 십여 명의 남녀 댄서들이 과장된 웃음을 장착하고 먼지 흩날리는 허공을 행해 부지런히 팔다리를 휘날리며 춤을 추고 있었다. 무대 중앙에는 잘생긴 청년과 예쁘장한 아가씨가 목숨이라도 달린 듯 탭댄스를 추면서, '우리가 사랑에 빠졌으니, 그대여, 지금부터 모든 일이 잘 풀릴 거야'라는 노래를 최대 성량으로 뽑아내고 있었다. 무대 왼쪽에는 한 무리의 쇼걸들이 모여 있었는데 의상과 움직임은 도덕적으로 허용 가능한 수준을 아슬아슬하게 넘어서지 않고 있었으나, 공연에 대한 그들의 기여도는 지금까지 어떤 이야기가 펼쳐졌든 분명해 보였다. 쇼걸들의 임무는 두 팔을 길게 뻗고 천천히 돌면서 그들의 몸매를 모든 각도에서 취향껏 바라볼 수 있게 하는 것 같았다. 무대 반대편 끝에서는 부랑자 같은 남자가 볼링핀들을 저글링하고 있었다.

피날레치고는 끈질기게 길었다. 오케스트라 연주가 점점 웅장해졌고, 허공으로 쳐대는 팔다리의 움직임이 빨라졌고, 숨이 가쁜 행복한 커플은 자신들의 새로운 삶이 얼마나 멋져질지 아직도 믿지 못했고, 쇼걸들은 여전히 몸매가 잘 보이게 빙빙 돌고 있었고, 저글러는 땀을 뚝뚝 흘리며 두 팔을 휘두르고 있었다. 그러다 갑자기 모든 악기의 웅장한 합주와 함께, 어지럽게 움직이는 스포트라이트와 함께, 모든 공연자들의 팔이 동시에 허공으로 솟구쳐 오르며, 마침내 끝이 났다!

그리고 박수. 천둥은 아니고 이슬비 같은 박수였다.

올리브는 박수를 치지 않았다. 나는 공손하게 박수를 쳤지만 관객석 맨 뒤에서 혼자 치는 박수는 쓸쓸했다. 박수는 금방 끝났다. 공연자들은 프로답지 않게 웅성거리며 무대를 빠져나갔고 관객들은 퇴근하는 노동자들처럼 (틀린 말은 아니지만) 줄줄이 얌전하게 우리 곁을 지나갔다.

"반응이 괜찮나요?"

내가 올리브에게 물었다.

"어떤 반응?"

"관객들 반응이요."

"관객?"

올리브는 관객이 공연에 대해 어떻게 생각할지 한 번도 고민해보지 않았다는 듯 두 눈을 껌벅이며 되물었다. 그리고 잠시 생각하더니 이렇게 말했다.

"비비안, 너도 이제 알아야겠지만, 우리 관객들은 신이 나서 릴리에 오는 것도 아니고, 크게 감동을 받아 돌아가는 것도 아니란다."

꼭 그렇게 하기로 계약이라도 맺은 듯한 말투였다. 아니면 이런 상태를 달관했던가.

"가자."

올리브가 말했다.

"페그는 무대 뒤에 있을 거야."

우리는 무대 뒤로 갔다. 공연이 끝나면 언제나 분주해지고 떠들썩해지는 그곳에서 모두 부산하게 움직이고 소리를 지르고 담배를 피우고 옷을 갈아입고 있었다. 댄서들은 서로 담뱃불을 붙여주고 쇼걸들은 서로 머리 장식을 풀어주었다. 작업복을 입은 남자 몇 명이 전혀 땀 흘릴 생각 없이 슬렁슬렁 소품을 정리하고 있었다. 시끄럽고 과한 웃음이 넘쳤지만, 딱히 뭐가 웃겨서라기보다는 원래 쇼 비즈니스 종사자들이 그렇기 때문인 것 같았다.

그중에 크고 건장한 체격에 클립보드를 손에 들고 있는 페그 고모가 있었다. 밤색과 회색이 섞인 머리카락은 대충 짧게 잘려 있었는데 그래서 얼핏 보면 턱만 조금 더 멋진 엘리너 루스벨트Eleanor Roosevelt(여성·인권 문제 등 폭넓은 분야에서 활동한 사회운동가이자 정치인) 같았다. 긴 연어색 능직 치마에 남성용 같은 옥스퍼드 셔츠를 입고 있었다. 무릎까지 올라오는 파란색 긴 양말에 베이지색 모카신. 전혀 어울리지 않는 조합처럼 들린다면, 정말 그랬다. 그때도 별로인 패션이었지만 지금도 그럴 것이고 태양이 폭발하는 순간까지 별로인 패션으로 남을 것이다. 연어색 능직 치마, 파란색 옥스퍼드 셔츠, 무릎 양말과 모카신은 누가 걸쳐도 절대로 멋져 보일 수가 없다.

페그는 공연에 등장했던 아름다운 쇼걸 두 명과 이야기를 나누고 있었는데, 그래서 그 엉성한 복장이 더 도드라져 보였다. 두 사람은 무대 화장의 힘이 발휘하는 비현실적 매력을 내뿜고 있었고 정수리 꼭대기에 둘둘 말린 머리칼마저 반짝반짝 빛났다. 공연복 위에 분홍색 실크 가운을 걸치고 있었는데 그렇게 섹시한 여자들은 내 평생 처음이었다. 한 명은 금발, 더 정확히 말하자면 백금색이었고 몸매는 글래머 스타 진 할로우Jean Harlow라도 질투가 나서 이를 갈 것 같았다. 또 한 명은 관능적인 갈색 머리로 그 엄청난 미모는 조금 전 객석에서도 확인했다. (물론 내가 특별해서 그녀의 아름다움을 알아보았다는 말은 아니다. 그녀의 아름다움은 화성에서도 눈에 띄었을 테니까.)

"비비!"

페그가 큰 소리로 내 이름을 외쳤다. 갑자기 세상이 환해진 느낌이었다.

"드디어 왔네! 잘했다, 꼬맹이!"

꼬맹이라니! 꼬맹이라고 불린 적은 처음이었다. 하지만 그 소리에 괜히 페그의 품으로 달려들어 울고 싶은 기분이 들었다. 게다가 '잘했다'는 소리도 그렇게 기분이 좋았다. 대단한 걸 이룬 것도 아닌데! 학교에서 쫓겨나고 집에서도 쫓겨나고 마지막으로 그랜드 센트럴역에서 길까지 잃었을 뿐, 이룬 게 하나도 없는 나에게 잘했다니! 하지만 나를 보고 기뻐하는 페그의 모습이 왠지 큰 위로가 되었다. 환영받는 느낌이 좋았다. 그것도 아주 대단한 환영이었다.

"우리 사감 선생님 올리브하고는 이미 인사했지?"

페그가 말했다.

"여긴 글래디스, 우리 댄스 캡틴."

백금색 머리칼의 여인이 잇몸을 드러내고 환히 웃으며 말했다.

"안녕?"

"그리고 여긴 셀리아 레이, 우리 쇼걸."

셀리아는 날씬한 팔을 우아하게 내밀며 낮은 목소리로 말했다.

"반가워."

믿기 힘든 목소리였다. 투박한 뉴욕 억양도 억양이었지만 아주 낮은 쉰 목소리였다. 마피아 보스 럭키 루치아노Lucky Luciano 같은 목소리를 내는 쇼걸이라니. 페그가 물었다.

"뭣 좀 먹었니? 배고파 죽겠지?"

"아니요. 배고파 죽을 정도는 아니지만, 저녁을 못 먹긴 했어요."

"그럼 나가자. 비뚤어지게 마시면서 어떻게 지냈는지 이야기도 좀 하고."

그러자 올리브가 불쑥 끼어들었다.

"페그, 비비안 짐은 아직 여기까지 올라오지도 못했어. 로비에 그대로 있다고. 오늘은 긴 하루였을 테니 좀 씻고 싶지 않겠어? 게다가 오늘 공연 점검도 해야지."

"짐은 남자들이 옮겨주면 되고. 내가 보기엔 전혀 씻을 필요도 없겠어. 공연도 점검할 게 없고."

"공연은 늘 점검이 필요해."

"내일 한꺼번에 하자."가 페그의 애매한 대답이었고 올리브는 그 대답이 전혀 만족스럽지 않아 보였다.

"지금은 일 얘기 좀 안 하고 싶어. 게다가 배가 고파 뭐든 먹어 치울 것 같아. 목도 말라 죽겠고. 그러니까 그냥 나가자, 제발?"

페그는 올리브의 허락을 받아야 나갈 수 있는 사람 같았다.

"오늘 밤은 안 돼, 페그."

하지만 올리브는 칼같이 못을 박았다.

"너무 힘든 하루였어. 비비안은 쉬면서 적응할 시간이 필요해. 베르나뎃이 위층에 고기를 남겨뒀어. 샌드위치를 만들어주면 될 거야."

페그는 한풀 기가 꺾여 보였지만 곧 다시 기운을 차리고 말했다.

"그럼 위층으로 가자. 비비, 어서!"

이건 나중에 알게 되었는데, 페그의 '어서 가자!'라는 말은, 그 말을 들은 사람은 누구나 그녀에게 초대받았다는 뜻이었다. 페그는 늘 무리로 움직이길 좋아했고 그 무리에 누가 있는지는 별로 신경 쓰지 않았다.

그래서 그날 밤, 릴리 플레이하우스 위층 거주 구역에 나와 페그, 페그의 비서 올리브, 쇼걸 글래디스와 셀리아가 모이게 되었다. 페그가 마지막으로 붙잡아 온 특이한 청년도 한 명 있었는데 공연에서 춤을 추던 사람이었다. 가까이서 보니 열네 살 정도로밖에 보이지 않았고 몹시 배가 고파 보였다. 페그가 말했다.

"롤랜드, 위층에서 같이 저녁 먹고 가."

그가 주저했다.

"괜찮아요, 페그."

"에이, 음식은 많으니까 걱정하지 마. 베르나뎃이 고기를 좀 많이 했어. 네 몫까지 충분해."

올리브가 이의를 제기할 듯한 표정을 짓자 페그가 말문을 막았다.

"올리브, 너무 사감처럼 굴지 마. 내 몫을 나눠 먹을게. 롤랜드는 살이 쪄야 하고 나는 빼야 하니까 딱 좋아. 그 정도는 가능하잖아. 몇 명은 더 먹여 살릴 수 있다고."

극장 뒤편에 위층으로 올라가는 넓은 계단이 있었다. 나는 계단을 올라가는 내내 두 명만 쳐다보고 있었다. 셀리아와 글래디스. 그렇게 예쁜 사람들이 있다니. 기숙 학교에도 무대에 서는 친구들이 있었지만, 그들은 차원이 달랐다. 엠마 윌러드의 배우들은 머리도 감지 않고 두꺼운 검은색 레오타드만 입으며 다들 자기가 그리스 신화 속 아름다운 마녀 메데이아라고 생각하는 애들이었다. 그런 애들을 견딜 수 없었다. 하지만 글래디스와 셀리아, 그 두 사람은 완전히 급이, 종족 자체가 달랐다. 나는 그들의 빛나는 외모부터 억양, 화장, 엉덩이에 실크 자락이 휘날리는 모습까지 완전히 넋을 잃었다. 그리고 롤랜드로 말할 것 같으면, 몸을 쓰는 사람인 건 똑같았다. 그 역시 물 흐르듯 자연스럽게 움직였다. 말들은 또 어찌나 빠른지, 흩날리는 색종이 조각처럼 경쾌하게 뒷담화를 주고받았다!

"외모만 믿고 사는 거지!" 글래디스가 누군지 모르는 여자들에 대해 말했다.

"외모도 믿을 거 없어!" 롤랜드가 끼어들었다. "다리만 좀 예쁘지!"

"그걸로 충분하겠어?" 글래디스가 말했다.

"한 시즌이야 뭐." 셀리아가 말했다. "잘하면."

"그 남친도 쓰레기야."

"멍청하기 짝이 없지."

"그래도 샴페인은 잘도 받아마시던데."

"걔는 남친한테 빨리 말해야 해!"

"관심도 없을걸!"

"여자가 극장 안내원으로 얼마나 먹고살 수 있을까?"

"그 다이아몬드를 끼고 돌아다니면 뭐."

"생각 좀 하고 살라고 해."

"걔는 돈 많은 놈팽이를 찾아야 해."

도대체 어떤 사람들 이야기일까? 그들의 삶은 어떨까? 계단에서 씹히고 있는 그 불쌍한 여자는 누굴까? 생각도 안 하고 살면 어떻게 극장 안내원에서 벗어난다는 걸까? 다이아몬드는 누가 줬을까? 다 마셨다는 샴페인은 누가 산 걸까? 전부 알고 싶었다! 이런 게 중요하지! 아, 그리고 돈 많은 놈팽이는 도대체 어떤 사람일까?

끝이 이보다 더 궁금한 이야기는 지금까지 없었다. 줄거리도 딱히 없었는데, 그러니까 이름도 모르는 사람들, 난잡한 행동, 다가오는 위기가 이야기의 전부였는데도 심장이 들썩일 정도로 재미있었다! 나처럼 시시하게 살았던 열아홉 살 소녀라면 누구나 그랬을 것이다. 평생 진지한 생각이라고는 해본 적 없는 소녀라면 더더욱.

어둑한 층계참에서 페그가 연 문 안으로 들어갔다. 페그가 말했다.

"집에 잘 왔어, 꼬맹아."

페그의 세상에서 '집'은 릴리 플레이하우스 3층과 4층의 생활 공간이었다. 2층은 나중에 알게 되었지만 사무 공간이었고, 1층은 이미 언급했던 공연장이다. 그 3층과 4층의 집에 도착한 것이다.

페그가 인테리어에 전혀 재능이 없다는 사실을 보자마자 알 수 있었다. 페그의 취향은 (취향이라고나 부를 수 있다면) 철 지난 무거운 앤티크와, 전혀 어울리지 않게 뒤엉켜 제자리도 찾을 수 없는 의자들이었다. 우리 집에 있는 것 같은 어두침침하고 기분 나쁜 그림도 벽에 걸려 있었다. (같은 친척에게 물려받은 그림이 틀림없다.) 늙은 퀘이커 교도들과 말들이 그려진 빛바랜 그림이었다. 촛대와 찻잔 세트 같은 익숙하고 낡은 은식기와 도자기들이 여기저기 놓여 있었고 개중에는 비싸 보이는 것도 있었지만 그건 아무도 모를 일이었다. 그 무엇도 아껴가며 잘 쓰고 있는 것 같지 않았다. (모든 가구의 평평한 면 위에는 재떨이가 놓여 있었는데 그것이야말로 다들 애정을 갖고 잘 사용하는 것 같았다.)

더럽지는 않았으니 돼지우리 같다고는 할 수 없었다. 그냥 정돈되지 않았을 뿐. 대충 살펴본 부엌은 탁구대가 정중앙에 놓여 있는 것만 빼면 평범했다. 그러니까 식탁 자리에 탁구대가 있었단 말이다. 게다가 바로 위로 샹들리에가 길게 늘어져 있어 탁구도 치기 힘들어 보였다.

우리는 널찍한 거실에 자리를 잡았다. 가구가 빽빽이 들어차 있었고, 성의 없게 벽에 바짝 붙어 있었지만 그랜드 피아노도 있을 만큼 넓었다.

"자, 여기서 필요한 거 있는 사람?"

페그가 구석에 있는 바로 가면서 물었다.

"마티니? 다 마실 거지?"

적절한 대답은 이거였겠지. '네! 전부 다 마셔요!'

거의 전부, 라면 맞았다. 올리브는 마티니를 만드는 페그를 보며 얼굴을 찡그렸고, 술잔도 거절했다. 올리브는 그 모든 칵테일이 전부 얼마인지 동전 한 푼까지 계산하고 있는 것 같았다. 아마 정말 그랬을 것이다.

페그는 나와 몇 년 동안 마티니를 함께 즐겨왔던 것처럼 내게도 자연스럽게 한 잔을 건넸다. 어른이 된 것 같아 기분이 좋았다. 부모님은 술을 드셨지만 나는 한 번도 같이 마셔본 적이 없었다. 술은 언제나 몰래 마시는 것. 하지만 이제부터는 그럴 필요가 없어 보였다. 건배!

"네 방을 보여주마."

올리브가 나를 데리고 미로 같은 복도를 지나 문 하나를 열었다.

"네 삼촌 빌리 방이다. 페그가 당분간 여기서 지내라는구나."

깜짝 놀란 내가 물었다. "여기 빌리 삼촌 방이 있어요?"

그러자 올리브가 한숨을 쉬며 대꾸했다. "남편에 대한 오랜 애정의 징표로 네 고모가 마련해놓은 방이지. 지나가다 들러 머물 곳이 필요할 때를 대비해서."

내 느낌이 맞다면 올리브는 '오랜 애정'이라는 단어를 사람들이 '지워지지 않는 얼룩'이라는 말을 할 때와 비슷한 어조로 말했다.

페그가 그렇게 고마울 수가 없었다! 방이 황홀하게 멋졌기 때문이었다. 다른 곳처럼 지저분하지도 않았고 심지어 스타일도 있었다. 벽난로가 있는 작은 거실에 까만 래커가 칠해진 괜찮은 책상이 있었고 그 위에 타자기가 놓여 있었다. 침실은 41번가로 창이 나 있었고 고동색 나무와 금속으로 만들어진 멋진 더블 침대가 있었다. 바닥에는 새하얀 러그까지 깔려 있었다. 러그를 밟고 서본 건 처음이었다. 침실 옆에 붙은 널찍한 드레스룸에는 커다란 거울과 옷 한 벌 걸려 있지 않은 화려한 옷장이 있었다. 드레스룸 구석에는 세면대가 있었다. 흠잡을 데가 없었다.

"안타깝지만 화장실은 따로 없구나."

작업복을 입은 남자들이 내 짐가방과 재봉틀을 드레스룸으로 옮겨주는 동안 올리브가 말했다.

"복도 건너편에 공용 화장실이 있다. 셀리아랑 같이 쓰면 돼. 셀리아도 당분간 릴리에 머물고 있으니까. 반대편에서 지내는 허버트 씨와 벤자민은 그쪽 화장실을 쓰니까 걱정하지 말고."

허버트 씨와 벤자민이 누군지 몰랐지만 어차피 금방 알게 될 거였다.

"빌리 삼촌은 이 방이 필요 없을까요?"

"그럴 일은 없을 것 같구나."

"정말요? 혹시 나중에 필요하시면 전 다른 곳으로 갈게요. 그러니까 저는 이렇게 멋진 방까지는 필요하지도 않고……."

하지만 거짓말이었다. 나는 그 작은 방이 정말 필요했고 정말 그곳에서 지내고 싶었다. 마음속으로는 이미 내가 주인이었다. 왠지 거기서는 나도 중요한 사람이 될 수 있을 것 같았다.

"네 삼촌이 뉴욕에 안 온 지도 벌써 사 년이 넘었다, 비비안."

올리브가 나를 빤히 바라보며 말했다. 내 머릿속까지 들여다볼 것 같은 눈빛에 괜히 불안해졌다.

"안심하고 당분간 지내도 될 게다."

오, 예스!

나는 몇 가지 꼭 필요한 짐들만 꺼내고 대충 얼굴을 적신 다음 화장을 고치고 머리를 빗었다. 그리고 어지럽고 소란스럽고 북적거리는 널찍한 거실로 다시 나갔다. 신선하게 소란한 페그의 세상으로.

올리브가 부엌에서 시든 양상추 위에 놓인 작은 고기 한 덩이를 가지고 나왔다. 역시 올리브 생각대로 모두의 배를 채울 수는 없는 양이었다. 하지만 각종 햄과 빵을 들고 곧 다시 나타났다. 먹다 남은 닭 반 마리, 피클 한 접시, 다 식은 중국 음식도 나왔다. 누군가 창문을 열고 작은 선풍기를 틀었지만, 한여름의 숨 막히는 열기를 물리치기에는 역부족이었다.

"애들아, 어서 먹으렴." 페그가 말했다. "양껏 먹어."

글래디스와 롤랜드는 굶주린 일꾼들처럼 고기에 달려들었다. 나는 중국 야채 요리를 조금 먹었다. 셀리아는 아무것도 먹지 않고 마티니 한 잔과 담배 한 개비를 들고 소파에 세상 멋지게 앉아 있었다.

"오늘 첫 공연은 어땠지?" 올리브가 물었다. "난 마지막밖에 못 봤으니까."

"〈리어왕〉보다는 못했지." 페그가 말했다. "아주 살짝."

올리브의 눈살이 더 찌푸려졌다. "왜? 무슨 일 있었어?"

"무슨 일은 없었어." 페그가 말했다. "그저 그런 공연이니 크게 걱정할 거 없잖아. 다들 제 발로 걸어 나갔으니까 관객들에게 해를 끼친 것도 아니고. 어차피 다음 주에는 새 공연인데 무슨 상관이야."

"첫 공연 티켓 영수증은?"

"일 얘기는 좀 안 했으면 좋겠는데." 페그가 말했다.

"얼마나 팔았는데?"

"올리브, 답을 알고 싶지 않은 질문은 안 했으면 좋겠어."

"그래도 알아야 해. 계속 오늘 밤 같은 머릿수로는 안 된다고."

"머릿수라니 듣기도 좋아라! 오늘 밤 첫 공연 정확한 머릿수는 마흔일곱이었어."

"페그, 그 정도로는 부족해!"

"슬퍼하지 마, 올리브. 여름엔 늘 그렇잖아, 안 그래? 어쨌든 올 만큼 왔어. 머릿수를 늘리고 싶다면 공연 대신 야구나 틀어야지. 아니면 에어컨에 돈을 좀 쓰던가. 지금은 다음 주 〈남쪽 바다〉 공연 준비에나 신경 쓰자. 내일 아침에 댄스 연습을 하면 화요일까지는 준비될 거야."

"내일 아침은 안 돼." 올리브가 말했다. "어린이 무용 수업 쪽에서 무대를 대관했어."

"잘했네. 역시 당신은 일을 잘해. 그럼 내일 오후."

"오후도 안 돼. 수영 수업이 있어."

그 말에 페그가 발끈했다. "수영 수업? 또?"

"시에서 지원하는 프로그램이야. 지역 아이들에게 수영하는 법을 가르치지."

"수영하는 법? 무대가 물바다가 되는 거야?"

"당연히 아니지. 마른 수영이라고 물 없이 배우는 거야."

"그러니까 수영의 이론적 개념을 가르친다는 뜻이야?"

"그렇게 말할 수 있지. 의자를 사용해서 기본 개념만. 비용은 시에서 대고."

"올리브, 그럼 당신이 글래디스에게 댄스든 수영이든 없는 시간을 알려줘. 그럼 글래디스가 댄서들을 모아 〈남쪽 바다〉 춤 연습을 하게. 어때?"

"월요일 오후." 올리브가 말했다.

"글래디스! 월요일 오후래! 들었지? 월요일 오후에 다들 모이라고 해줄래?"

"저도 아침 연습은 별로라서요." 글래디스가 대꾸했는데 어쩐지 확답은 아닌 것 같았다.

"어렵지 않을 거야, 글래디스." 페그가 말했다. "늘 하던 거랑 비슷해. 하던 대로 대충 짜면 돼."

"저도 〈남쪽 바다〉 공연 같이 하고 싶어요!" 롤랜드가 말했다.

"모두 〈남쪽 바다〉 공연을 하고 싶어 하지." 페그가 말했다. "다들 그런 이국적인 공연을 좋아한단다, 비비. 특히 의상 말이야. 올해만 해도 인디언 이야기, 중국 하녀 이야기, 스페인 댄서 이야기를 올렸지. 작년에는 에스키모 로맨스를 했는데 그건 별로였어. 의상이 영 아니었거든. 털옷이 얼마나 무겁니, 노래도 별로였고. 운을 맞출 게 '얼어서'와 '좋아서'밖에 없어서 얼마나 머리가 아팠는지 몰라."

"롤랜드! 〈남쪽 바다〉에서 훌라춤은 같이 출 수 있겠다." 글래디스가 말해놓고 웃었다.

"내가 좀 예쁘긴 하지!" 롤랜드가 말하면서 포즈를 취했다.

"당연하지." 글래디스가 맞장구치며 말을 이었다. "게다가 너무 작아서 공연하다가 날아가버릴지도 몰라. 그리고 내 옆에 서지 않도록 동선을 잘 짜야 해. 네 옆에 서면 내가 거대한 소처럼 보일 테니까."

"최근에 살이 좀 붙어서 그렇지, 글래디스." 올리브가 말했다. "식단을 관리하지 않으면 무대 의상 입기가 힘들어질 거야."

"먹는 거랑 몸매는 전혀 상관없거든요!" 글래디스가 고기 접시에 손을 뻗치며 따졌다. "잡지에서 읽었어요. 커피 양이 더 중요하다고."

"술을 너무 많이 마시잖아." 롤랜드가 외쳤다. "술을 끊어야지!"

"술은 당연히 못 끊지!" 글래디스가 말했다. "다 알면서 왜 그래? 게다가 술을 끊으면 이만한 섹스 라이프를 즐길 수도 없다고!"

"립스틱 좀 줘봐, 셀리아." 글래디스가 다른 쇼걸에게 말했고 그녀는 실크 가운 주머니에서 말없이 립스틱을 꺼내 건넸다. 글래디스는 내가 한 번도 본 적 없는 새빨간 색으로 입술을 칠하고 롤랜드의 두 볼에 세게 뽀뽀를 했다. 커다란 입술 자국이 선명하게 남았다.

"됐다, 롤랜드. 이제 네가 이 방에서 제일 예뻐!"

롤랜드는 개의치 않아 보였다. 롤랜드는 사기 인형 같은 얼굴에, 전문가의 눈으로 보자면, 눈썹도 다듬는 것처럼 보였다. 전혀 남성적으로 보일 생각이 없는 듯한 그의 태도가 놀라웠다. 말을 할 때는 사교 파티에 참석한 아가씨처럼 손을 흔들었다. 두 볼의 립스틱 자국도 지울 생각이 전혀 없었고! 정말 여자로 보이고 싶은 건가! (나의 무지를 용서하렴, 안젤라. 하지만 그 시절에는 동성애자들을 볼 기회가 별로 없었단다. 특히 남자들은 말이야. 레즈비언들은 봤지. 그래도 바사 여자 대학교에 일 년은 다녔으니까. 그 시절을 깡그리 잊은 건 아니었단다.)

페그가 나를 보며 말했다. "자! 이제 비비안 루이스 모리스! 뉴욕에 있는 동안 뭘 하고 싶어?"

뭘 하고 싶냐고? 바로 이런 걸 하고 싶지! 배우들과 마티니를 마시고, 브로드웨이 가십을 주워듣고, 여자처럼 보이는 남자들에 대해 수다를 떠는 거! 사람들의 대단한 섹스 라이프에 대해 전부 알고 싶어! 하지만 그렇게 대답할 수는 없었다. 그래서 고작 이렇게 말했다.

"좀 둘러봐야죠! 뉴욕을 즐기고 싶어요!"

전부 나를 쳐다보고 있었다. 대답이 너무 짧았나? 무슨 말을 더해야 하나? "하지만 길을 잘 몰라서요. 그게 문제라면 문제랄까."라고 질문이처럼 덧붙였다.

페그는 그 바보 같은 대답에 종이 냅킨을 가져다 맨해튼 지도를 쓱쓱 그려주었다. 그 지도를 보관했다면 좋으련만, 안젤라. 그렇게 멋진 지도는 처음이었단다. 약간 휜 큰 당근 모양 섬 한가운데 위치한 시커먼 직사각형이 센트럴 파크였고, 흐릿한 물결 무늬는 허드슨강과 이스트강, 아래쪽 끝 달러 사인은 월스트리트, 위쪽 끝 음표는 할렘가, 그리고 가운데의 선명한 별이 바로 우리가 있던 곳이었다. 타임스퀘어! 세상의 중심이었지, 빙고!

"자." 페그가 말했다. "이제 좀 알겠지? 여기선 길을 잃기도 어려워, 꼬맹아. 표지판만 잘 보면 돼. 전부 숫자라 아주 쉬워. 이것만 기억해. 맨해튼은 섬이야. 사람들은 가끔 잊거든. 어느 쪽으로든 계속 걸으면 강이 나와. 강이 보이면 되돌아오면 돼. 금방 알게 될 거야. 너보다 모자란 사람들도 잘만 다니거든."

"글래디스도 잘만 다니니까." 롤랜드가 말했다.

"말조심해, 애송아." 글래디스가 받아쳤다. "난 여기서 태어났거든."

"고마워요!" 내가 냅킨을 주머니에 넣으며 말했다. "그리고 뭐든 할 일이 있으면 말씀하세요. 저도 도울게요."

"돕고 싶다고?" 페그가 약간 놀란 듯 말했다. 나한테 기대가 조금도 없었던 게 틀림없었다. 세상에, 부모님이 도대체 뭔 소릴 하신 거야?

"올리브를 도우면 되겠다. 사무실에서 하는 일들이 괜찮다면."

그 제안에 올리브의 얼굴이 파래졌고 아마 내 얼굴도 조금은 그랬을 것이다. 올리브도 싫었겠지만 나도 올리브 못지않게 반갑지 않았다.

"매표소도 괜찮지." 페그가 말을 이었다. "티켓을 팔면 되겠다. 음악을 좀 하는 건 아니지? 한다면 신기하지. 우리 집안엔 그런 사람이 없으니까."

"바느질을 해요." 내가 말했다. 하지만 너무 작게 말했는지 아무도 못 들은 것 같았다.

올리브가 말했다. "페그, 캐서린 깁스 스쿨에 보내 타자를 배우게 하는 건 어때?"

그러자 페그와 글래디스, 셀리아가 한마음으로 탄식했다.

"올리브는 우리를 캐서린 깁스에 못 보내서 늘 안달이야." 글래디스는 타자 치는 게 마치 전쟁 포로 수용소에서 암벽을 깨는 것과 비슷한 일이라도 되는 듯 치를 떨면서 말했다.

"캐서린 깁스 나오면 취직은 문제없다." 올리브가 말했다. "젊은 여자들도 경쟁력이 있어야지."

"저는 타자 칠 줄 몰라도 취직만 잘 되거든요!" 글래디스가 대꾸했다. "어머, 벌써 취직이 되었네! 그것도 올리브한테 말이야!"

올리브가 말했다. "쇼걸은 취직했다고 할 수는 없지, 글래디스. 쇼걸은 가끔 일이 있는 사람일 뿐이야. 취직과는 전혀 달라. 안정적인 일이 아니잖니. 비서야말로 언제든 일자리를 구할 수 있는 일이고."

"제가 그냥 쇼걸은 아니죠." 글래디스가 발끈하며 말했다. "댄스 캡틴이거든요. 댄스 캡틴은 언제든 일을 구할 수 있어요. 돈 떨어지면 결혼해버리면 되고."

"타자 따위는 절대 배우지 말렴, 꼬맹아." 페그가 말했다. "타자를 배운다고 해도 절대 타자 칠 수 있다는 말은 하지 마. 그럼 평생 그 일만 하다가 죽게 될 테니까. 속기도 마찬가지야. 그때부터 죽은 인생이야. 일단 속기 노트를 들면 절대 내려놓을 수 없어."

갑자기 거실 반대편에 앉아 있던 아름다운 여인이 입을 열었다. 위층으로 올라온 후 처음이었다.

"바느질을 한다고?"

셀리아였다. 이번에도 역시, 그 낮고 쉰 목소리에 깜짝 놀랐다. 게다가 셀리아는 약간 오싹하게 나를 뚫어질 듯 쳐다보고 있었다. 셀리아에 대해 말할 때 그 이글거리는 눈빛에 대해서만 이야기하고 싶진 않지만 다른 방법이 없다. 셀리아는 가만히 있어도 눈빛만은 이글거렸다. 그 눈빛이 나는 불편해서 그저 고개만 끄덕인 다음 더 편한 페그를 보며 말했다.

"네, 바느질을 할 수 있어요. 모리스 할머니한테 배웠어요."

"어떤 걸 만들 수 있는데?" 셀리아가 물었다.

"음, 이 드레스도 내가 만들었어."

글래디스가 소리를 질렀다. "그 드레스를 만들었다고?"

글래디스와 롤랜드는 내가 드레스를 만들어 입는다는 사실을 발견했을 때 학교 친구들이 그랬던 것처럼 나에게 달려왔다. 두 사람은 눈 깜짝할 사이에 내 드레스를 이리저리 만져보고 있었다. 꼭 두 마리 귀여운 원숭이들처럼.

"이걸 만들었다고?" 글래디스가 물었다.

"이 장식도?" 롤랜드도 물었다.

"이런 건 눈감고도 만들어!"라고 말하고 싶었다. 이 단순한 드레스는, 내가 만들 수 있는 것들에 비하면, 보기와 달리 정말 아무것도 아니기 때문이다. 하지만 너무 잘난 척은 하고 싶지 않아서 그저 이렇게 말했다. "옷을 전부 만들어 입어."

셀리아가 멀리서 다시 입을 열었다. "공연 의상도 만들 수 있어?"

"그럴걸. 의상에 따라 다르겠지만 할 수 있을 거야."

셀리아가 자리에서 일어났다. 입고 있던 가운을 벗어 차르르 내려뜨리고 안에 입은 무대 의상을 보여주며 물었다. "이런 것도 만들 수 있어?" (가운을 차르르 내려뜨렸다는 말이 과장되게 들릴지도 모르겠지만 셀리아는 다른 여자들처럼 그냥 옷을 벗지 않고 무슨 옷이든 차르르 내려뜨리는 그런 여자였다.)

몸매는 환상이었지만 의상이 받쳐주지 못했다. 반짝이는 천 두 개를 이어 붙여 수영복처럼 만든 평범한 의상이었다. 가까이서 말고 오십 피트 거리에서 봐야 멋져 보이는 그런 디자인이었다. 딱 달라붙는 하이웨이스트 바지에는 반짝이 금속이 붙어 있었고 가슴 부분은 구슬과 깃털로 화려하게 장식되어 있었다. 셀리아에게 어울렸지만 그건 셀리아가 의사 가운이라도 소화할 수 있는 사람이었기 때문이었다. 충분히 더 멋지게 만들 수 있을 것 같았다. 어깨끈도 영 아니었다.

"만들 수 있어." 내가 말했다. "장식하는 데 시간이 좀 걸리겠지만 일이 많다뿐이지 어렵진 않아. 나머지는 간단해." 그리고 갑자기, 어두운 밤에 환한 조명이 켜지듯 좋은 생각이 떠올랐다. "의상 감독이 있으면 그분과 함께 일하면 되지 않을까요? 제가 조수 할게요!"

멀리서 웃음이 터졌다. "의상 감독이래!" 글래디스가 말했다. "우리가 뭐 파라마운트Paramount 제작사라도 되는 줄 아니? 지하실에 디자이너 에디스 헤드Edith Head가 숨어 있을 것 같아?"

"배우들 의상은 각자 알아서 준비한단다." 페그가 설명했다. "의상실에 적당한 게 없으면 직접 구하거나 만들지. 뭐 늘 없긴 하지만. 배우들 돈이 좀 들겠지만 늘 그렇게 했어. 셀리아, 네 의상은 어디서 구한 거니?"

"어떤 애한테 샀어요. 에블린 기억나죠? 엘 모로코 클럽에 있던? 걔가 결혼하면서 텍사스로 갔잖아요. 의상 한 트렁크를 주고 갔어요. 대박 운 좋죠."

"대박 좋으셨군." 롤랜드가 콧방귀를 뀌며 말했다. "성병에 안 걸린 걸 다행으로 알아."

"닥쳐, 롤랜드." 글래디스가 말했다. "에블린은 괜찮은 애였어. 왜 너도 걔처럼 카우보이하고 결혼이라도 하고 싶어?"

"의상 만드는 걸 도와주면 다들 고마워하겠구나." 페그가 말했다.

"〈남쪽 바다〉 의상도 만들 수 있겠어?" 글래디스가 물었다. "하와이 훌라 복장 같은 건데."

그건 마치 일류 요리사에게 죽을 끓여달라는 부탁이나 마찬가지였다. "당연하지. 내일 만들어줄게."

"훌라복 나도 하나 만들어주면 안 될까?" 롤랜드가 물었다.

"새 의상에 투자할 돈은 없어." 올리브가 불쑥 경고했다. "그런 얘기는 없었잖아."

"오, 올리브." 페그가 한숨을 내쉬며 말했다. "목사님처럼 왜 그래. 애들 재미 좀 보게 내버려둬."

바느질 이야기가 나온 후로 셀리아는 계속 나만 쳐다보고 있었다. 그녀의 시선이 무섭기도 했지만 동시에 약간 설렜다.

"근데 말이야." 나를 뚫어질 듯 쳐다보던 셀리아가 마침내 입을 열었다. "너 좀 예쁘다."

솔직히 사람들은 그 사실을 조금 더 일찍 발견하는 편이다. 하지만 그만한 얼굴에 그만한 몸매의 셀리아였으니 뭐 그럴 수도 있겠지. 셀리아는 그날 밤 처음으로 미소를 지으며 이렇게 말했다.

"진심인데, 나랑 좀 비슷하게 생겼어."

오, 안젤라. 전혀 그렇지 않았단다.

셀리아 레이가 여신이라면 나는 아직 애송이였지. 하지만 대충 살펴보면 셀리아 말도 꼭 틀린 건 아니었다. 우리는 둘 다 키가 컸고 아이보리색 피부에 갈색 머리칼, 두 눈 사이가 살짝 먼 갈색 눈을 가졌다. 자매라고 하긴 그렇고 쌍둥이라고는 더더욱 말할 수 없었지만, 사촌 정도는 될 것도 같았다. 몸매는 전혀 비슷하지 않았다. 셀리아가 복숭아라면 나는 나무토막이었으니까. 그래도 기분은 좋았다. 지금 생각해봐도, 셀리아가 나를 알아본 유일한 이유는 우리가 아주, 아주 조금 비슷했기 때문이고, 그게 그녀의 눈길을 끌었기 때문일 것이다. 허영심 많은 셀리아가 나를 보는 건 (아주 멀리서 아주 흐릿한) 거울을 보는 일과 비슷했을 것이다. 셀리아는 그런 거울이라면 언제나 사랑했다.

"나중에 비슷하게 차려입고 시내로 놀러 가자." 셀리아가 그 낮고 쉰 브롱크스 사투리로 기분 좋게 말했다. "신나게 사고 좀 치고 다닐 수 있겠어."

나는 뭐라고 대답해야 할지 아무 생각도 나지 않았다. 다시 엠마 윌러드 여학교로 돌아간 듯 입을 떡 벌리고 앉아 있었을 뿐이었다. 그 시점에서 나의 법정 후견인이라고 할 수 있었던 페그는 그 위험한 발언에 이렇게 대꾸했을 뿐이다. "그거 재미있겠네."

페그가 다시 바로 가서 마티니를 만들고 있는데, 올리브가 상황을 정리했다. 릴리 플레이하우스의 무시무시한 사감 선생님이 자리에서 일어나 손뼉을 치며 이렇게 선언했다. "이제 그만! 페그는 조금 더 놀면 아침에 정신을 못 차리니까."

"올리브도 참, 이럴 땐 정말 때려주고 싶다니까!" 페그가 말했다.

"침대로, 페그." 올리브가 페그의 허리띠를 잡아당기며 차분하고 단호하게 말했다. "지금 당장."

다들 서로 잘 자라고 인사하며 흩어졌다.

나는 내 방으로 돌아왔다. (내 방이라니!) 그리고 짐을 조금 더 정리했다. 하지만 흥분이 쉽게 가라앉지 않아 통 정리에 집중할 수 없었다.

옷을 옷장에 걸고 있는데 페그가 들어왔다. "불편한 건 없지?" 페그가 먼지 하나 없는 빌리의 방을 둘러보며 물었다.

"정말 마음에 들어요. 너무 예뻐요."

"그래, 이 정도는 되어야 빌리도 만족할 테니까."

"뭐 하나 물어봐도 돼요, 고모?"

"당연하지."

"불이 난 건 어떻게 됐어요?"

"불이라니, 꼬맹아?"

"올리브가 오늘 극장에 조그만 불이 났다고 했어요. 아무 문제 없나 해서요."

"아, 그거! 건물 뒤에 둔 오래된 무대 세트에 어쩌다 불이 붙은 거야. 소방서에 친구들이 있어서 괜찮았어. 세상에, 그게 오늘이었어? 벌써 새카맣게 잊었지 뭐니." 페그가 눈을 비비며 말했다. "자 꼬맹아, 너도 곧 알게 되겠지만 릴리 플레이하우스 생활이란 그런 자잘한 사건들의 연속이란다. 어서 자렴. 그러지 않으면 올리브가 널 가둬버릴지도 모르니까."

침대에 누웠다. 뉴욕에서의 첫날밤이었고 남자 침대에서 자는 것도 처음이었다. (마지막은 당연히 아니었다.)

그날의 저녁 식사 뒷정리는 누가 했는지 모르겠다. 아마 올리브였겠지.

4

릴리 플레이하우스

뉴욕에 온 지 이 주만에 내 삶은 완전히 달라졌다. 그 변화 중에는 내 처녀성의 상실도 포함되는데, 물론 이는 시작일 뿐이었다. 안젤라, 네가 원한다면 그 재미있는 이야기도 곧 들려주마.

우선 릴리 플레이하우스는 내가 살아왔던 그 어떤 세상과도 달랐다는 말을 먼저 해야겠지. 그곳은 매력과 기개와 혼돈과 즐거움이 뒤섞인 살아 있는 만화 속 세상이었다. 다시 말하면, 유치하게 행동하는 어른들의 세상이었다. 집과 학교에서 지금까지 내게 주입했던 모든 질서와 통제는 사라졌다. 릴리에서는 누구에게도 (겨우 버티고 있는 올리브만 제외하고) 삶의 일상적인 리듬 같은 게 없었다. 누구나 술에 취해 흥청거렸고 밥은 생각날 때 먹었고 해가 중천에 뜰 때까지 잤다. 아침부터 일을 시작하는 사람도 없었고, 저녁에 정리하고 퇴근하는 사람도 없었다. 계획은 매 순간 변했고 손님들은 소리 없이 왔다 갔으며 누가 무슨 일을 하는지도 명확하지 않았다.

그리고 내가 어디서 무얼 하든 신경 쓰는 사람이 한 명도 없다는 사실에 나는 너무 놀라 머리가 핑핑 돌 지경이었다. 내가 보고해야 할 사람도, 내게 뭔가를 기대하는 사람도 없었다. 의상 만드는 걸 돕고 싶으면 도울 수 있었지만, 꼭 내가 해야 하는 일은 아니었다. 통금도 없었고 점호도 없었다. 사감도 없었고 엄마도 없었다.

자유로웠다.

따지자면 페그 고모가 보호자이긴 했다. 부모님 대신 나를 돌보는 친척이었지만 페그는 과잉보호와는 거리가 멀었다. 사실 페그처럼 자유롭게 생각하는 사람 자체가 나는 처음이었다. 페그는 자기 삶은 스스로 결정해야 한다고 생각했다. 내가 상상조차 못했던 파격이었다!

페그의 세상은 혼란의 도가니였지만 그래도 잘 굴러갔다. 그 모든 무질서에도 불구하고 페그는 매일 두 번의 공연을 올렸다. (여성들과 아이들을 대상으로 하는) 다섯 시 공연과 (남성 중장년층 관객을 위한 다소 야한) 여덟 시 공연이었다. 일요일과 수요일에는 낮 공연도 있었다. 토요일 정오에는 동네 아이들을 위한 무료 경마 쇼가 있었다. 올리브는 낮 시간에는 지역 단체들에게 극장을 대관했지만 물 없는 수영 수업으로 부자가 될 가능성은 없어 보였다.

관객은 동네 이웃들이었는데 그 당시 이웃은 진짜 이웃이었다. 대부분 아일랜드와 이탈리아 이민자들이었고 동유럽 가톨릭 신자들이 약간 있었으며 유대인도 더러 있었다. 릴리 주변의 4층 공동 주택에는 미국 땅을 밟은 지 얼마 안 되는 사람들이 빽빽이 모여 살고 있었다. 여기서 빽빽하다는 말은 방 한 칸에 십여 명이 함께 산다는 뜻이었다. 그런 상황이었으니 영어에 익숙하지 않은 사람들을 위해 공연 대사도 늘 단순했다. 단순한 대사는 정식 훈련을 받지 않은 배우들이 외우기에도 쉬웠다.

릴리의 공연은 관광객들이나 비평가들, 소위 연극 애호가들을 위한 공연은 아니었다. 오직 일하는 사람들을 위한 공연이었다. 페그도 우리 공연이 대단하지 않다는 사실을 아주 잘 알고 있었다. ("엉터리 셰익스피어를 올릴 바에야 만족스러운 눈요기 공연을 올리는 게 나아."라고 말했다.) 정말로 릴리에는 브로드웨이에 어울릴 만한 공연이 전혀 없었다. 다른 지역에서 시험 삼아 올려보지도 않았다. 물론 멋진 오프닝 파티도 없었다. 브로드웨이 극장들과 달리 8월에도 문을 닫지 않았다. (우리의 관객들이 휴가를 가지 않으니 우리도 휴가가 없었다.) 심지어 월요일에도 공연을 했다. 말하자면 날이면 날마다 공연이 이어지는 연중무휴 극단이었다. 동네 극장과 비슷한 가격을 유지하기만 한다면 (쇼핑몰이나 불법 도박장 등이 그 동네 달러를 두고 우리와 경쟁했다.) 그럭저럭 객석을 채울 수 있었다.

릴리는 외설스러운 노래와 스트립쇼를 앞세운 벌레스크 극장은 아니었지만, 쇼걸과 댄서들은 벌레스크 출신이라고 할 수 있었다. (그리고 이를 거침없이 드러내줘서 고마웠다.) 그렇다고 우리 공연이 역사 속으로 사라져가고 있는, 노래와 춤을 곁들인 버라이어티 쇼 보드빌도 아니었다. 하지만 대충 익살스럽게 만드는 건 또 보드빌과 비슷했고. 어쨌든 '연극'이라고 하기에는 약간 무리가 있었다. 풍자극이라 할 수 있는 레뷔가 어쩌면 더 정확할지도 모른다. 헤어진 연인이 다시 만나고 댄서들이 다리를 보여줄 수 있게 대충 짜깁기한 이야기랄까. (어쨌든 릴리 플레이하우스에는 배경 막이 세 개밖에 없었기 때문에 할 수 있는 이야기가 제한되기도 했다. 그 말인즉슨 우리 공연의 모든 이야기는 19세기 도시 변두리나 우아한 상류층 거실, 그리고 커다란 배 안에서 벌어져야 했다는 뜻이다.)

페그는 몇 주에 한 번씩 공연을 바꾸었지만 사실 전부 비슷해서 별로 기억에 남지도 않았다. (뭐라고? 〈호핑 매드Hopping Mad〉라는 공연을 들어본 적이 없다고? 거리의 부랑아 두 명이 사랑이 빠지는? 들어본 적이 있을 리가! 릴리에서 단 이 주 공연 후에 〈캐치 댓 보트!Catch That Boat!〉라는 거의 똑같은 공연으로 재빨리 대체되었으니까. 배경 막은 당연히 커다란 배였고.)

"공연 방식을 개선할 수 있으면 하지." 페그가 한번은 이렇게 말했다. "하지만 이게 먹힌단 말이야."

그 방식이랄 것은 구체적으로 말하자면 다음과 같았다. 우선 (45분이 넘어가면 절대 안 되는) 러브스토리 비슷한 내용으로 잠시 관객들을 즐겁게 해준다. (적어도 머리를 식히게 해준다.) 러브스토리의 주인공은 탭댄스를 추고 노래할 수 있는 호감형의 젊은 커플인데 악당이 등장해 둘을 떨어뜨려 놓는다. 악당은 은행가일 수도 있고 갱단의 일원일 수도 있는데, (내용은 같고 의상만 다르다.) 우리의 주인

공들을 훼방하기 위해 무슨 짓이든 한다. 그리고 가슴이 시원하게 드러나는 여인이 우리의 남자 주인공에게 추파를 던지는데 그는 오직 자신의 진실한 사랑만 바라본다. 여자 주인공을 뺏으려는 잘생긴 청년도 있어야 하고 약간의 코미디를 위해 술 취한 부랑자도 있어야 한다. 까칠한 수염은 코르크를 태워 그리면 아주 잘 그려진다. 황홀한 발라드가 적어도 한 곡은 늘 포함되는데 보통 '별이 빛나요'와 '마음이 떨려요'로 운을 맞춘다. 그리고 공연 마지막 부분에는 언제나 댄서들이 한 줄로 서서 다리를 차올리는 안무가 포함된다. 박수소리와 함께 커튼이 내려가고 다음 공연에서 그 모든 과정을 한 번 더 반복한다.

평론가들은 어찌나 열심히 일하는지 우리의 존재 자체도 몰랐는데, 어쩌면 모두를 위해 더 좋은 일이었을 것이다.

내가 릴리의 작품을 폄하하는 것처럼 들린다면 결코 그렇지 않다. 나는 우리 공연이 정말 마음에 들었다. 낡아 무너지고 있는 그 극장 맨 뒷줄에 앉아 공연을 계속 볼 수만 있다면 무슨 짓이든 할 수 있을 것 같았다. 그처럼 단순하고 열정적인 레뷔보다 멋진 공연은 없다고 생각했다. 공연을 보면 행복해졌다. 이해하려고 애쓰지 말고 그저 행복을 느끼라고 만든 공연이었다. 페그가 1차 대전 중에 막 팔다리를 잃었거나 겨자 가스에 목구멍이 타버린 군인들을 위해 흥겨운 춤과 노래를 만들면서 배웠듯이, "사람들은 가끔 다른 생각을 할 필요가 있었다."

그 다른 생각거리를 제공하는 것이 바로 우리 일이었다.

캐스팅에 대해서도 언급하고 넘어가자면, 우리 공연에는 남녀 각각 네 명씩 여덟 명의 댄서와, 네 명의 쇼걸이 필요했다. 관객들이 그만큼을 원했다. 관객들은 쇼걸들을 보기 위해 릴리에 왔다. 댄서와 쇼걸의 차이가 궁금하다면 바로 키다. 쇼걸은 적어도 5피트 10인치(175센티미터쯤)는 되어야 한다. 높은 굽과 머리의 깃털 장식은 제외하고. 그리고 쇼걸은 그냥 댄서보다 훨씬 예뻐야 한다.

이렇게 말하면 더 헷갈리겠지만 가끔 쇼걸도 춤을 춘다. (댄스 캡틴이기도 한 글래디스가 그렇다.) 댄서들은 그만큼 예쁘지도 키가 크지도 않으므로 절대 쇼걸이 될 수 없다. 아무리 메이크업을 하고 패드를 넣어도, 적당한 매력에 몸매가 좋아도, 키가 작으면 아마존 여신처럼 당당하고 화려한 뉴욕의 쇼걸이 될 수 없었다.

많은 이들이 릴리 플레이하우스에서 성공의 사다리를 올랐다. 릴리에서 처음 무대에 섰다가 라디오 시티 뮤직홀이나 다이아몬드 호슈즈 클럽으로 옮겨간 이들도 많았고 그중 몇 명은 신문 헤드라인을 장식하기도 했다. 하지만 사다리에서 떨어져 릴리로 오는 경우가 훨씬 많았다. (댄스 컴퍼니 로켓츠 출신의 나이 많은 배우들이 볼 것 없는 싸구려 공연 〈캐치 댓 보트!〉의 코러스 오디션을 보러 오는 것만큼 용기 있고 감동적인 일도 없을 것이다.)

그리고 릴리의 소박한 관객들을 위해 꾸준히 공연을 함께하는 사람들도 있었다. 예를 들면 글래디스가 릴리의 붙박이였는데 관객들은 글래디스가 만든 '보글보글' 춤에 열광했고 그래서 결국 모든 공연에 그 춤을 넣게 되었다. 어여쁜 댄서들이 신체의 모든 부위를 서로 보여주려고 무대를 뛰어다니는 춤이니 당연히 좋아할 수밖에.

관객들은 앙코르 대신 '보글보글!'을 외치기도 했고 댄서들은 기꺼이 관객들의 요구를 들어주었다. 가끔 보글보글 동작을 하며 학교에 가는 동네 아이들도 있었다.

자랑스러운 릴리의 문화유산이라고 해두자.

페그의 이 작은 극단이 어떻게 파산하지 않고 살아남았는지 말해주고 싶지만, 실은 나도 잘 모른다. (쇼 비즈니스에서 상당한 돈을 버는 방법은 그보다 더 많은 돈으로 시작하는 것이라는 옛말이 있다.) 우리 공연은 매진되는 법이 없었고 티켓은 헐값이었다. 극장 건물은 멋있었으나 유지비만 엄청나게 드는 애물단지이기도 했다. 여기저기 갈라지고 삐걱거렸고, 전선은 에디슨이 설치했다고 해도 믿을 만큼 오래되었으며, 수도는 어떻게 연결되어 있는지 알 수조차 없었다. 군데군데 페인트가 벗겨졌고 지붕은 비 한 방울 내리지 않는 맑은 날만 겨우 버텨내는 정도였다. 페그는 아편에 중독된 애인에게 돈을 대는 너그러운 상속녀처럼 끝없이, 필사적으로, 헛된 돈을 쏟아붓고 있었다.

극장에서 올리브가 하는 일은 돈이 새나가지 않도록 막는 일이었다. 마찬가지로 끝없고 필사적이고, 덧없는 일이었다. (사람들이 뜨거운 물을 펑펑 쓸 때마다 "여긴 프랑스 호텔이 아니야!"라고 외치던 올리브 목소리가 아직도 생생하다.)

올리브는 늘 피곤해 보였고, 당연히 피곤했을 것이다. 올리브는 페그를 처음 만난 1917년부터 그 극단에서 유일한 책임감 있는 어른이었다. 모세가 기저귀를 차고 있을 때부터 페그를 위해 일했다는 올리브의 말은 농담이 아니었다. 올리브도 페그처럼 적십자 간호사로 1차 대전에 참전했다. 물론 훈련은 영국에서 받았다. 올리브는 프랑스 전장에서 페그를 만났고, 전쟁이 끝나자 간호사를 그만두고 새로운 친구를 따라 연극계에 발을 들였다. 페그가 온전히 믿을 수 있는, 오래도록 고생만 하는 비서로 말이다.

릴리 플레이하우스에서 올리브는 언제나 우렁차게 걸으며 신속하게 명령을 내리고 칙령을 발표하고 잘못을 바로잡았다. 제멋대로 날뛰는 양 떼 옆의 훌륭한 양치기 개처럼 으르렁거리며 앓는 소리를 했다. 규칙도 끝없이 만들었다. 극장 안에서 취식 금지("관객보다 쥐가 더 많아지는 꼴을 보고 싶어?"). 연습 시간 엄수. '게스트의 게스트' 취침 금지. 영수증 없이 환불 불가. 그리고 세금 우선 납부.

페그는 올리브의 규칙을 존중했지만, 이론적으로만 그랬다. 교회 규칙은 꼼꼼하게 따지지만 믿음은 거의 없어진 사람처럼. 다시 말해, 존중하긴 했지만 지키지는 않았다.

그리고 사람들은 전부 페그의 모범을 따랐다. 즉 가끔 지키는 척만 했지, 올리브의 규칙을 지키는 사람은 아무도 없었다. 그랬으니 올리브는 늘 지쳐 있었고, 나머지는 그저 아이들처럼 속 편하게 지냈다.

페그와 올리브는 릴리의 4층, 공용 거실과 분리된 방에서 함께 지냈다. 4층에는 다른 방도 몇 개 있었는데 내가 처음 왔을 때는 거의 사용하지 않고 있었다. (원래 주인이 애인들을 위해 만들었다는데 지금은 언제 들이닥칠지 모르는 떠돌이들이나 방랑자들을 위해 남겨 놓았다고 페그가 말해주었다.) 하지만 재미있는 일은 전부 내가 지내는 3층에서 벌어졌다. 마시다 만 칵테일 잔들과 반쯤 찬 재떨이로 뒤덮인 피아노도 3층에 있었다. (페그는 가끔 피아노를 지나가면서 누가 마시다 만 음료를 시원하게 들이켜기도 했다. 페그는 그걸 '특별 배당금'이라고 불렀다.) 사람들이 먹고 마시고 담배를 피우고 싸우고 일하고 지내는 곳도 3층이었다. 그곳이야말로 릴리 플레이하우스의 진짜 사무실이었다.

허버트 씨라는 사람도 3층에서 지내고 있었는데 페그는 '우리 극작가'라고 그를 소개했다. 허버트 씨는 공연의 기본 줄거리를 짜고 유머와 농담도 만들었으며, 동시에 무대감독이기도 했다. 릴리 플레이하우스의 언론 홍보도 그의 일이라고 했다. 그래서 내가 이렇게 물었다.

"언론 홍보가 정확히 무슨 일이에요?"

그는 이렇게 대답했다. "나도 궁금한걸."

더 재밌는 건 그가 자격을 박탈당한 변호사이고 페그의 오랜 친구 중 한 명이라는 사실이었다. 고객의 자금을 횡령해서 자격을 박탈당했다고 한다. 페그는 그때 그가 다시 술독에 빠진 상태였다며 그의 범죄에 대해 별말을 하지 않았다. "술 마시고 한 일을 뭐라 할 수는 없지."가 페그의 철학이었다. ("사람은 누구나 약점이 있어."가 페그의 또 다른 철학이었다. 실수하거나 실패한 사람들에게 두 번째, 세 번째, 네 번째 기회를 주는 사람이 바로 페그였다.) 가끔 배우를 구하지 못한 비상 상황에서 허버트 씨가 술 취한 부랑자 역할을 맡기도 했는데 관객들은 허버트 씨가 보여주는 자연스러운 모습에 애끓는 연민을 보내기도 했다.

하지만 허버트 씨는 재미있는 사람이었다. 약간 건조하고 어두운 종류의 재미였지만 분명 재미있었다. 아침에 일어나 밖으로 나가면 허버트 씨는 언제나 축 처진 정장 바지에 러닝셔츠를 입고 부엌 테이블에 앉아 있었다. 인스턴트 디카페인 커피를 마시며 초라한 팬케이크 한 조각을 깨작거리고 있었다. 인상을 찌푸리고 수첩을 바라보며 다음 공연 대사나 새로운 개그가 안 떠올라 한숨을 쉬고 있었다. 나는 매일 아침 그의 우울한 대답을 들으려고 최대한 밝게 미끼를 던졌다. 그러면 그는 매일 다른 대답을 했다.

"좋은 아침이에요, 허버트 씨."

"그 점에 대해서는 논란의 여지가 있겠구나."

"좋은 아침이에요, 허버트 씨."

"반 정도 좋다고 해두자."

"좋은 아침이에요, 허버트 씨."

"네 주장이 옳은지 모르겠구나."

"좋은 아침이에요, 허버트 씨."

"나는 상황이 조금 다른 것 같구나."

내가 가장 좋아했던 대답은 이거였다.

"좋은 아침이에요, 허버트 씨."

"오, 이제 반어법의 대가라도 된 건가?"

3층에는 벤자민 윌슨이라는 잘생긴 흑인 청년도 살았는데, 그는 릴리에서 노래를 만들고 피아노를 연주했다. 벤자민은 조용하고 교양 있는 편이었고 언제나 멋진 정장을 입고 있었다. 보통 그랜드 피아노 앞에 앉아 다음 공연의 경쾌한 후렴구를 만들고 있었고 심심하면 재즈를 연주했다. 듣는 사람이 아무도 없을 때는 찬송가를 연주하기도 했다.

벤자민의 아빠는 할렘가에서 존경받는 목사였고 엄마는 132번가에 있는 여학교의 교장이었다. 다시 말해 그는 할렘의 귀족이었다. 성직자가 될 운명이었지만 쇼 비즈니스 세계에 빠져버렸고 가족들은 그가 죄를 지어 더럽혀졌다는 이유로 연을 끊어버렸다. 나중에 알고 보니 릴리 플레이하우스에서 일하는 많은 이들이 사실 그런 상태였다. 전부 페그가 받아들인 망명자들이었다.

댄서 롤랜드처럼 벤자민 역시 릴리 같은 싸구려 극장에서 일하기에 재능이 너무 아까웠다. 하지만 공짜로 지내는 데다가 일도 어렵지 않았기 때문에 릴리에 말뚝을 박게 되었다.

그리고 내게 가장 중요했기에 마지막까지 남겨둔 사람이 한 명 더 있다.

바로 나의 여신이었던 쇼걸 셀리아였다.

올리브는 셀리아가 상황이 정리될 때까지 잠시만 릴리에 머무르는 거라고 했다. 얼마 전에 리허설 클럽에서 쫓겨나 급히 지낼 곳이 필요했다면서 말이다. 리허설 클럽은 53번가 서편의 저렴하고 괜찮은 여배우 전용 숙박 시설로, 브로드웨이의 멋진 배우들과 댄서들이 머무는 곳이었다. 셀리아는 방에 남자를 들였다가 들키는 바람에 그곳에서 쫓겨났다. 그래서 페그가 셀리아에게 임시로 머물 방을 내주었고.

올리브는 그 제안을 못마땅해하는 눈치였다. 하지만 올리브는 페그가 사람들에게 공짜로 베푸는 것들을 대부분 못마땅해했다. 어쨌든 셀리아에게는 그렇게 대단한 걸 베푼 것도 아니었다. 셀리아의 복도 끝 작은 방은 빌리 삼촌이 한 번도 쓰지 않은 내 근사한 방보다 훨씬 초라했다. 셀리아의 은신처는 간이침대에 옷가지를 늘어놓으면 발 디딜 틈도 없는 다용도실이나 마찬가지였다. 후덥지근하고 냄새나는 골목 쪽으로 창문이 나 있었고, 카펫도, 거울도, 옷장도 없었을뿐더러 내 방처럼 커다랗고 멋진 침대도 없었다.

그랬으니 릴리에서의 두 번째 날 밤부터 셀리아가 자연스럽게 내 방에서 지내게 된 건지도 모른다. 물어보지도 않고 그냥 갑자기, 말 한마디 없이 어쩌다. 시각 또한 황당했다. 뉴욕에서의 두 번째 날 밤, 자정에서 새벽 사이, 셀리아가 내 방으로 들어와 어깨를 툭툭 쳐 나를 깨우더니 술 냄새를 풍기며 이렇게 말했다.

"옆으로 좀."

그래서 한쪽으로 비키자 셀리아가 빈자리로 굴러들어와 내 베개를 탈취하고 이불도 홀랑 가져가더니 그 아름다운 몸에 휘감고 곧바로 의식을 잃었다.

오! 이거 재밌겠는걸!

나는 너무 신이 나서 잠이 홀딱 깨버렸다. 감히 기척도 낼 수 없었다. 베개도 없이 벽에 바짝 붙어 있으려니 편할 리도 없었다. 하지만 더 중요한 문제는 따로 있었다. 술 취한 쇼걸이 옷도 벗지 않고 자기 침대로 쓰러졌을 때의 행동 방침은? 모르겠다. 그래서 나는 그냥 가만히 누워 있었다. 셀리아의 거친 숨소리를 들으며, 머리카락의 담배 냄새와 향수 냄새를 맡으며, 아침의 어색함은 어찌해야 할지 생각하면서.

셀리아는 방으로 쏟아지는 햇살 때문에 어쩔 수 없이 눈이 떠지는 일곱 시쯤 겨우 몸을 일으켰다. 퇴폐적으로 하품을 하고 크게 기지개를 펴면서 자리를 더 많이 차지했다. 여전히 공연 메이크업 상태, 전날 밤 입었던 외출복 차림이었다. 하늘나라의 나이트클럽 바닥에 난 구멍으로 지상에 떨어진 천사처럼 아름다웠다.

"안녕, 비비." 셀리아가 환한 빛에 눈을 깜빡이며 말했다. "같이 자게 해줘서 고마워. 내 방 침대는 완전 고문이야. 더는 못 자겠어."

내 이름은 알고 있을까 걱정했는데 다정하게 '비비'라고 불러주니 기분이 날아갈 것 같았다.

"괜찮아. 언제든 여기서 자."

"정말? 아주 좋은데! 그럼 오늘 짐을 옮길게."

그렇게 룸메이트가 생겼다. (셀리아가 나를 선택했다는 사실이 영광스러울 뿐 전혀 싫지 않았다.) 나는 낯설고 색다른 순간이 최대한 이어지기를 바랐고 그래서 용감하게 대화를 시도했다.

"그런데 말이야. 어젯밤에 어디 갔었어?"

셀리아는 내가 그걸 궁금해한다는 게 놀라운 것 같았다.

"엘 모로코 클럽. 존 록펠러Jone Rockefeller(미국 내 정유소 95퍼센트를 독점해 석유왕으로 불렸던 사업가)도 봤지."

"진짜?"

"끔찍했어. 나랑 춤추고 싶어 했는데 난 일행이 있었거든."

"일행이 누구였는데?"

"그냥 어떤 놈들. 결혼하자고 달려들 걱정 없는 새끼들."

"그게 어떤 놈들인데?"

셀리아는 침대에 편하게 기대 담배에 불을 붙인 다음 전날 밤에 대해 전부 이야기해주었다. 갱단인 척하는 유대인 놈들이랑 나갔는데 거기서 진짜 유대인 갱단을 만나 다들 도망가버렸고, 그래서 다른 놈을 따라 브루클린에 갔다가 그놈이 잡아준 리무진을 타고 돌아왔다고 했다. 나는 넋을 잃고 셀리아의 이야기에 빠져들었다. 셀리아는 그 걸걸한 목소리로 한 시간도 넘게 이야기를 계속했다. 뉴욕의 쇼걸 셀리아 레이가 보낸 어느 날 밤의 자세한 이야기를 말이다.

나는 생수를 들이켜듯 그 모든 이야기를 빨아들였다.

다음 날 셀리아의 모든 짐이 내 방으로 옮겨졌다. 셀리아의 각종 화장품이 여기저기 널렸고, 빌리 삼촌의 우아한 책상 위에서는 엘리자베스 아덴 유리병들과 헬레나 루빈스타인 콤팩트가 자리 경쟁을 했다. 셀리아의 긴 머리카락이 세면대를 장식했고 바닥은 그녀의 브래지어와 망사 스타킹, 가터벨트와 거들로 순식간에 어질러졌다. (속옷만 해도 어찌나 많았는지! 얇은 실내용 가운을 끊임없이 꺼낼 수 있는 셀리아 레이만의 항아리가 있는 게 분명했다.) 사용한 겨드랑이 땀받이는 생쥐처럼 침대 밑에 숨어 있었고 조심하지 않으면 굴러다니는 족집게가 발에 밟혔다.

셀리아의 당당함은 하늘을 찔렀다. 내 수건으로 립스틱을 지웠고 물어보지도 않고 내 스웨터를 입었다. 베개에는 셀리아의 시커먼 마스카라 자국이 덕지덕지 묻었고 이불은 셀리아의 짙은 오렌지색 화장으로 물들었다. 그리고 그녀는 무엇이든 재떨이로 사용했다. 심지어 한번은 내가 들어가 앉아 있는 욕조에 담뱃재를 털기도 했다.

그런데 놀랍게도 그 모든 행동이 나는 아무렇지 않았다. 오히려 그녀가 떠나지 않기를 바랐다. 바사에도 그만큼 재미있는 룸메이트가 있었다면 계속 학교를 다녔을지도 모른다. 내게 셀리아 레이는 완벽 그 자체였다. 그녀가 바로 뉴욕의 정수였고, 매력과 신비가 뒤섞여 반짝이는 나만의 여신이었다. 그녀에게 다가갈 수만 있다면 더럽고 지저분한 것쯤은 아무래도 상관없었다.

어쨌든 우리의 동거는 두 사람 모두에게 득이 되었다. 나는 그녀의 화려함에 가까워졌고 셀리아는 내 세면대에 가까워졌으니.

그래도 되는지 페그에게는 물어보지도 않았다. 셀리아가 나와 함께 빌리 삼촌 방에서 지내도 되는지, 셀리아가 혹시 아예 릴리에 눌

러앉고 싶은 생각인 건지에 대해서 말이다. 지금 생각해보면 정말 무례했다. 내게 방을 제공해준 사람에게 그 동거에 대해 미리 양해를 구하는 게 최소한의 예의였을 것이다. 하지만 내 생각만 하느라 예의를 차릴 겨를이 없었다. 셀리아 레이도 마찬가지였고. 우리는 아무 생각 없이 그저 하고 싶은 대로 해버렸다.

게다가 가정부 베르나뎃이 손을 써줄 거라고 생각했으니 셀리아가 아무리 방을 어질러도 전혀 걱정이 되지 않았다. 조용하고 일 잘하는 베르나뎃은 일주일에 여섯 번 릴리에 와서 모든 사람들의 뒤를 정리해주었다. 부엌과 화장실을 청소하고 바닥에 왁스를 칠하고 저녁 식사도 차려주었다. (사람들은 음식을 먹기도 했고 무시하기도 했고 또 가끔은 말없이 손님 열 명을 초대해버리기도 했다.) 베르나뎃은 식료품을 주문했고 아마 거의 매일 배관공을 불렀을 것이며 아무도 고마워하지 않는 수만 가지 일들 역시 처리했을 것이다. 그런데 이제 셀리아와 내가 지내는 방까지 치우게 된 것이다. 얼마나 힘들었을까.

한번은 올리브가 손님에게 이렇게 말하는 걸 들은 적이 있다. "베르나뎃은 물론 아일랜드 사람이에요. 하지만 지독한 아일랜드 사람은 아니니까 쓰는 겁니다."

그때는 다들 그런 편협한 말을 하고 살았단다, 안젤라.

안타깝게도 베르나뎃에 대해 기억나는 건 이게 전부구나. 특별히 기억나는 게 없는 이유는 그때 내가 가정부 같은 사람들에게 관심이 없었기 때문이란다. 그들은 눈에 안 보이는 사람들이나 마찬가지였고, 나는 당연히 대접받아야 하는 사람이라고 생각했다. 왜 그랬을까? 왜 그렇게 건방지고 철이 없었을까?

부자였기 때문이란다.

이 말은 처음이니 조금 더 정리를 하고 넘어가도록 하자, 안젤라. 우리 집은 부자였다. 그랬으니 당연히 난 버릇이 없었지. 우리 집은 대공황 시절에도 큰 타격을 받지 않았다. 처음에는 가정부 세 명, 요리사 두 명, 유모 한 명, 정원사 한 명, 풀타임 운전기사 한 명을 두고 살았는데, 돈이 휴지 조각이 되자 가정부 두 명, 요리사 한 명, 파트타임 운전기사 한 명으로 일손이 줄었을 뿐이란다. 빵을 얻기 위해 줄을 설 필요는 없는 사람들이었지.

또 그 비싼 기숙 학교 덕분에 나와는 다른 형편의 사람들을 만날 기회가 전혀 없었으니 누구나 거실에 커다란 제니스 라디오 하나쯤은 두고 산다고 생각할 수밖에 없었다. 조랑말은 다 가지고 있는 줄 알았지. 남자들은 전부 공화당원이라고 생각했고 세상에 여자는 바사 대학교에 가는 여자와 스미스 대학교에 가는 여자 두 종류밖에 없다고 생각했다. (엄마는 바사 졸업생이었고 페그는 스미스에 일 년 다니다가 적십자에 합류하기 위해 학교를 그만두었다. 나는 바사와 스미스의 차이도 몰랐지만 엄마는 늘 차이가 꽤 크다는 듯 말씀하셨다.)

그리고 누구나 가정부를 두고 사는 줄 알았다. 평생 베르나뎃 같은 누군가의 보살핌을 받았다. 밥을 먹고 그릇을 식탁에 그대로 두어도 늘 치워주는 사람이 있었다. 침대는 날마다 깔끔하게 정돈되어 있었고 젖은 수건은 마법처럼 빳빳한 수건으로 바뀌어 있었다. 바닥에 아무렇게나 벗어놓은 신발도 어느새 가지런히 정리되어 있었다.

위대한 우주의 기운이었지. 중력처럼 보이지 않지만 변함없고, 심지어 의식할 필요도 없는 그 힘이 언제나 내 삶을 정돈하고 내 속옷을 깨끗이 빨아주었다.

그러니 릴리 플레이하우스에서 지내면서도 그 모든 뒤치다꺼리에 손 하나 까딱하지 않았지. 페그가 너그러운 마음으로 내어준 그 방에서도 말이야. 도와야 한다는 생각 자체가 없었다. 내 마음대로 쇼걸을 방에 들이면 안 된다는 생각도 하지 못했고. 그때 왜 아무도 내 목을 조르지 않았을까.

안젤라, 대공황 시절을 힘들게 보낸 노인들을 너도 가끔 만나겠지. (네 아빠도 그런 분이셨다.) 하지만 그들은 주변에도 힘든 사람들밖에 없었기 때문에 자신의 결핍이 특별하다고 생각하지 못했을 것이다. 이런 말을 들어보았겠지? "내가 가난한 줄도 몰랐다니까!"

난 반대였다, 안젤라. 나는 내가 부자인 줄도 몰랐지.

5

나의 친구 셀리아

일주일 만에 셀리아와 지내는 생활에 적응했다. 셀리아는 매일 밤 공연이 끝나면 재빨리 외출복으로 갈아입고 (다른 사람들 눈에는 란제리처럼 보일 옷들이었다.) 방탕한 밤을 보내기 위해 시내로 나갔다. 그 동안 나는 페그와 늦은 저녁을 먹고 라디오를 듣거나 바느질을 하거나 영화를 보거나 아니면 그저 일찍 잠자리에 들었다. 내게도 더 신나는 일이 일어나길 간절히 바라면서.

그러면 몇 시인지도 모를 한밤중에 누군가 어깨를 치며 익숙한 목소리로 말했다. “옆으로 좀.” 내가 자리를 내주면 셀리아는 마치 아무도 없는 침대인 듯 대자로 누우며 베개와 이불까지 끌어당겼다. 바로 기절하는 날도 있었고 술에 취해 주절거리다가 잠드는 날도 있었다. 일어나보면 셀리아가 내 손을 붙잡고 자고 있기도 했다.

아침이면 함께 침대에서 뒹굴며 셀리아가 만났던 남자들 이야기를 했다. 할렘에서 함께 춤을 추던 남자도 있었고 한밤중에 영화를 보여준 남자도 있었다. 파라마운트 극장 맨 앞줄에서 드러머 진 크루파Gene Krupa의 명연주를 듣게 해준 남자도 있었고 유명 배우 겸 가수 모리스 슈발리에Maurice Chevalier를 만나게 해준 남자도 있었다. 바닷가재 테르미도르(소스에 버무린 바닷가재 살을 껍질 안에 넣고 치즈를 얹은 요리)와 베이크드 알래스카(아이스크림을 얹은 케이크를 머랭으로 싸서 구운 디저트)를 사준 남자도 있었다. (셀리아는 테르미도르와 알래스카를 위해서라면 못할 일이 없었고 실제로 안 해본 일도 없었다.) 셀리아는 그 모든 남자들이 아무 의미 없다는 듯 말했는데 그건 정말 아무 의미가 없었기 때문이었다. 일단 남자들이 지갑을 열면 곧바로 이름부터 잊어버렸다. 셀리아는 내 핸드 로션이나 스타킹을 쓰듯 자유롭고 또 태평하게 남자들을 이용했다.

"여자는 자고로 스스로 기회를 만들어야 해." 셀리아가 곧잘 하던 말이었다.

셀리아가 어떻게 살아왔는지도 곧 알게 되었는데, 브롱크스에서 천주교 신자로 태어난 셀리아의 본명은 마리아 테레사 베네벤티였다. 셀리아라는 이름으로는 알아챌 수 없지만 이탈리아 사람이었다. 이탈리아 혈통의 아빠가 윤이 나는 검은 머리칼과 매혹적인 어두운 눈동자를, 폴란드 출신 엄마는 큰 키와 흰 피부를 물려주었다.

셀리아는 고등학교를 일 년만 다녔다. 열네 살 때 친구 아빠와 부적절한 관계를 맺었다가 학교에서 쫓겨났다. (마흔 살 남자와 열네 살 소녀의 만남에 '부적절한 관계'가 정확한 설명은 아니겠지만 셀리아가 그렇게 말했다.) 그 관계 때문에 임신까지 하고 집에서도 쫓겨났다. 점잔 떨던 애인은 낙태 수술비 지원으로 상황을 해결한 다음 관계를 정리하고 아내와 가족에게 정성을 쏟는 삶으로 돌아갔다. 마리아 테레사 베네벤티는 혼자가 되었고 알아서 살아남아야 했다.

한동안 빵 공장에서 일했는데 주인이 머물 곳을 제공해주는 대가로 틈만 나면 '자도'를 요구했다. 한 번도 들어본 적 없는 말이었는데 셀리아가 친절하게 설명해준 바에 따르면 '자위 도우미'다. (안젤라, 과거가 더 순수했다고 떠벌이는 사람들을 볼 때마다 나는 그 어린 셀리아를 떠올린단다. 낙태 수술대에서 갓 내려온, 갈 곳 없는 열네 살 마리아 테레사 베네벤티는 빵 공장 주인의 자위에 손을 보태주어야만 일을 하고 잘 곳을 얻을 수 있었다. 그런 시대였고 그런 사람들이 있었다.)

하지만 어린 마리아 테레사는 변태 사장 밑에서 디너 롤을 굽는 것보다 직업 댄서로 남자들과 춤을 추면 더 많은 돈을 벌 수 있다는 사실을 알게 되었다. 그래서 이름을 셀리아 레이로 바꾸고 다른 댄서들과 함께 살며 댄서로서의 커리어를 시작했다. 세상에 자신의 화려함을 선보이며 출세를 꿈꿀 수 있는 길이기도 했다. 셀리아는 7번 길의 허니문 레인 댄스랜드에서 댄서로 일하기 시작했고 그곳에서 자신을 더듬거나 외롭다고 품 안에서 우는 남자들을 받아주며 일주일에 오십 달러를 벌고 덤으로 온갖 선물도 받았다.

열여섯 살에 미스 뉴욕 선발대회도 나갔는데 무대에서 수영복을 입고 비브라폰을 연주하는 여자애한테 지고 말았다. 개 사료부터 항균 크림까지 각종 광고 사진 모델로도 활동했다. 예술 학교 학생들이나 화가들에게 몇 시간씩 누드모델이 되어주면서 돈을 벌기도 했다. 그리고 아직 십 대일 때 러시안 티룸에서 잠시 외투 보관 담당 직원으로 일하다가 만난 색소폰 연주자와 결혼을 했다. 색소폰 연주자와의 결혼은 절대 잘될 리가 없는데, 셀리아도 예외는 아니었다. 결국 번갯불에 콩 볶듯 이혼을 했다.

이혼 직후 영화배우의 꿈을 안고 친구와 캘리포니아로 갔다. 스크린 테스트 기회는 몇 번 얻었지만, 대사가 있는 역은 끝내 따지 못했다. ("한번은 살인 영화에서 죽은 사람 역할로 하루에 이십오 달러를 벌었지."라고 자랑스럽게 말했는데 내가 한 번도 들어본 적 없는 영화였다.) 결국 몇 년 후 중요한 사실을 깨닫고 로스앤젤레스를 떠났다. "나보다 몸매가 죽여주고 브롱크스 사투리도 안 쓰는 애들이 널리고 널렸더라니까."

할리우드에서 고향으로 돌아온 셀리아는 스토크 클럽 쇼걸로 취직했다. 거기서 페그의 댄스 캡틴 글래디스를 만났고 덕분에 릴리 플레이하우스에서 일하게 되었다. 1940년, 내가 뉴욕에 왔을 때 셀리아는 페그 밑에서 거의 이 년째 일하고 있었다. 말하자면 인생의 가장 안정적인 시기였다. 릴리는 스토크 클럽처럼 화려한 곳은 아니었지만 셀리아 입장에서는 일도 쉬웠고 월급도 그럭저럭 괜찮았으며 사장이 여자라 더듬기 좋아하는 느끼한 놈들을 피해 다닐 필요도 없었다. 게다가 열 시면 일이 끝났다. 릴리에서 공연이 끝나면 시내로 나가 실컷 놀 수 있다는 뜻이었다. 심지어 스토크 클럽에도 놀러 갈 수 있었다.

그녀는 어떻게 고작 열아홉에 그 모든 일을 겪어냈던 것일까.

놀랍고 기쁘게도 셀리아와 나는 친구가 되었다. 물론 셀리아는 내가 하녀 노릇을 해줘서 나를 좋아했을 것이다. 셀리아가 나를 어떻게 생각하는지 나도 알았지만 아무래도 상관없었다. 셀리아는 내게 충실한 하녀 역할을 기대했는데, 말하자면 종아리가 뻐근할 때 주물러 주기, 머리 빗어 주기, "오, 비비, 담배가 똑 떨어졌네!"라고 말하면 재빨리 나가 새 담배 사다 주기 등이었다. ("진짜 고마워서 어째, 비비."라고 말하며 담배를 챙겨 넣었지만 한 번도 담뱃값을 준 적은 없었다.)

셀리아는 허영심이 넘쳤다. 얼마나 허영 덩어리였는지 내가 부려왔던 허영은 애들 장난이었다. 셀리아만큼 거울 속 자기 모습에 빠져드는 사람을 나는 처음 봤다. 몇 시간이고 빠져들다가 간혹 정신까지 놓칠 정도였다. 내 말이 과장이라고 생각하겠지만 절대 아니다. 진짜 맹세한다. 한번은 거울 앞에서 목이 처지는 걸 방지하려면 크림을 아래서 위로 발라야 할지 위에서 아래로 발라야 할지 고민하느라 두 시간을 서 있는 것도 봤다.

하지만 애들처럼 귀여운 면도 있었다. 아침에는 유난히 사랑스러웠다. 내 침대에서 술이 덜 깨 피곤한 상태로 일어날 땐 딱 이불 속에 파묻혀 조잘거리기 좋아하는 어린애였다. 자신이 꿈꾸는 삶에 대해, 원대하지만 불분명한 꿈들에 대해 이야기하기도 했다. 나한테는 전부 터무니없는 소리 같았는데 그건 셀리아가 그 꿈을 위해 아무 노력도 하고 있지 않았기 때문이었다. 셀리아는 아무런 계획도 없이 그저 부와 명예만 바라보았다. 부와 명예가 있는 것처럼 행동하면 언젠가 세상이 자신을 알아봐줄 거라고 믿으면서.

계획다운 계획은 아니었지만, 내가 내 삶에 대해 세웠던 계획보다는 그럴듯해 보였다.

행복했다.

나는 릴리 플레이하우스의 의상 감독이 되었다고 말할 수도 있었다. 하지만 그건 내가 그러든 말든 신경 쓰는 사람도 없었고 그 자리를 원하는 사람도 없었기 때문이었다.

하지만 내가 실제로 해야 할 일은 결코 적지 않았다. 쇼걸들과 댄서들은 늘 새로운 의상이 필요했지만 릴리 플레이하우스 소품실에는 있는 게 별로 없었다. (기분 나쁠 정도로 습하고 여기저기 거미가 집을 지어 놓았으며 건물 자체보다 더 낡고 오래된 옷들밖에 없었다.) 게다가 다들 돈이 없었기 때문에, 내가 어떻게든 수선해주는 방법밖에 없었다. 그래서 나는 여성복 도매상 거리에서 저렴한 옷감을 구하거나 오차드 가에서 (그보다 더 저렴한) 재료를 찾는 데 도가 트게 됐다. 9번길의 중고 옷가게에서 옛날 옷을 뒤져 무대 의상으로 만들기도 했다. 낡아빠진 누더기를 기막힌 무대 의상으로 만드는 엄청난 재주가 내겐 있었다.

가장 마음에 들었던 중고 가게는 9번길과 43번가 코너에 있는 로우스키 중고 잡화 상점이었다. 로우스키 가족은 동유럽 출신 유대인이었는데 프랑스 레이스 공장에서 몇 년 동안 일하다가 미국으로 이민을 왔다. 처음에는 로어이스트사이드에 자리를 잡고 누더기 같은 옷을 수레에 끌고 다니며 팔았다. 나중에 헬스 키친으로 자리를 옮겨 본격적으로 헌 옷 유통을 시작했고 결국 미드타운에 3층짜리 건물을 장만했다. 그곳에 보물 같은 옷이 얼마나 많았는지 모른다. 극단이나 무용단, 오페라단 등에서 쓰던 헌 의상뿐만 아니라 중고 웨딩드레스는 물론 가끔 어퍼이스트사이드 사람들이 내다 파는 최고급 드레스도 건질 수 있었다.

내가 그런 곳을 놓칠 수야 없지.

한번은 로우스키에서 셀리아가 입을 아주 선명한 보라색 에드워디안 드레스를 구했다. 누가 봐도 누더기 같았고 셀리아도 처음 봤을 때는 기겁을 했지만, 소매를 떼고 등을 깊은 브이 자로 파고 목선을 낮추고 두꺼운 검정 공단 벨트를 달아 그 낡아빠진 거대한 드레스를 백만장자의 연인이 입을 법한 이브닝드레스로 변신시켰다. 셀리아가 그 드레스를 입고 걸어 나오자 방에 있던 모든 여자들이 부러움에 치를 떨었다. 심지어 그 드레스는 단돈 이 달러였다!

그러자 다른 사람들도 전부 특별한 드레스를 만들어 달라고 부탁하기 시작했다. 나는 결국 기숙사에서처럼 그 구식 싱거 201 덕분에 사람들의 관심을 한몸에 받게 되었다. 릴리의 모든 여자들이 수선이 필요한 온갖 잡동사니를 가져와 손을 봐줄 수 있는지 물었다. 지퍼가 없는 드레스도 가져왔지만, 드레스 없이 지퍼만 가져오기도 했다. (글래디스가 한번은 이렇게 말한 적도 있다. "전부 새 옷으로 바꿔야겠어, 비비! 나 꼭 동네 아저씨 같지 않니?")

내가 언니들만 무도회에 보내고 혼자 남아 일하는 신데렐라 역할을 맡은 것 같겠지만, 나는 쇼걸들과 함께 있을 수 있다는 사실만으로도 감사할 따름이었다. 그 모든 일은 사실 그들보다 내게 더 유익했다. 그들이 떠는 수다야말로 내가 간절히 원했던 교육이었다. 그리고 내 재능을 필요로 하는 사람은 항상 있었기 때문에, 결국 쇼걸들이 나와 싱거 201 주변으로 모일 수밖에 없었다. 내 방은 곧 릴리 여자들의 아지트가 되었다. (곰팡이 핀 지하 소품실보다 훨씬 쾌적했고 부엌도 가까워서 좋았다.)

릴리 생활 이 주가 되어가던 어느 날, 여느 때처럼 일하는 내 곁에 몇 명이 모여 담배를 피우고 있었다. 나는 앞니가 귀엽게 벌어진 명랑한 브루클린 아가씨 제니에게 줄 간단한 케이프를 만들고 있었다. 그날 밤 데이트가 있는데 날이 추워지면 드레스 위에 걸칠 게 하나도 없다고 투덜대길래 내가 멋지게 만들어주겠다고 해서 모인 것이었다. 나야 그런 것쯤 눈감고도 만들 수 있었지만, 제니는 아마 오래 고마워했겠지.

바로 그 날이었다. 평소와 다름없는 날이었지만, 쇼걸들이 마침내 내가 아직 처녀라는 사실을 알게 된 날.

그날의 수다 주제가 섹스였기 때문이었다. 사실 쇼걸들은 옷이나 돈, 맛집, 영화배우 되는 법, 영화배우랑 결혼하는 법, 사랑니를 뺄까 말까가 아니라면 (배우 마를렌 디트리히Marlene Dietrich가 예쁜 턱선을 위해 사랑니를 뽑았다는 소문이 있었다.) 언제나 섹스에 대해 떠들었다.

셀리아의 더러운 옷을 깔고 셀리아와 나란히 앉아 있던 댄스 캡틴 글래디스가 내게 남자친구가 있냐고 물었다. 정확히 이렇게. "진지하게 만나는 놈 있어?"

자, 드디어 누군가 내 삶에 대해 제법 진지한 질문을 던진 것이다. (지금까지는 나만 그녀들에게 빠져들었을 뿐이었다.) 하지만 안타깝게도 대답이 너무 재미없었다.

"남자친구 없어."

글래디스는 놀란 눈치였다.

"그 미모에?" 글래디스가 말했다. "고향에 누구라도 있을 거 아니야. 남자들이 내버려두지 않았을 텐데!"

나는 쭉 여학교에 다녀서 남자들을 만날 기회가 별로 없었다고 둘러댔다.

"해보긴 했지?" 제니가 돌직구를 던졌다. "갈 데까지 가본 거지?"

"아니."

"한 번도 안 해봤다고?" 글래디스가 두 눈을 동그랗게 뜨고 물었다. "우연히 해본 적도 없어?"

"우연히 해본 적도 없어." 나는 우연히 섹스를 한다는 게 어떤 걸까 생각하며 대답했다.

(걱정할 필요 없다, 안젤라. 지금은 알지. 일단 시작해보면 우연한 섹스가 세상에서 가장 쉽다는 걸 말이야. 그 후로 그 우연한 섹스를 수없이 해보았지만, 그때는 내가 아직 경험이 풍부하지 못했단다.)

"혹시 교회 다녀?" 열아홉에 아직 처녀인 이유는 오직 그것밖에 없다는 듯 제니가 물었다. "아껴두는 거야?"

"아니! 그런 건 아니야. 그냥 기회가 없었어."

이제 다들 걱정스러운 표정이었다. 마치 내가 혼자 길을 건너본 적 없다는 말이라도 한 듯 나를 보고 있었다.

"남자랑 놀아본 적은 있겠지?" 셀리아가 말했다.

"애무는 받아봤지?" 제니가 물었다. "그건 정말 해봤어야 해!"

"조금." 내가 대답했다.

솔직한 대답이었다. 나는 그때까지 성적 경험이랄 게 거의 없는 수준이었다. 엠마 윌러드에서 버스를 타고 어디론가 가서 언젠가 결혼하게 될지도 모르는 남학생들과 무도회를 했는데 호치키스 학교의 한 남학생에게 내 가슴을 만지게 해준 적이 있었다. (물론 그 남학생 입장에서는 내 가슴을 더듬어 찾는 게 쉬운 일은 아니었겠지만) 내가 만지게 해주었다는 것도 어쩌면 너무 후한 표현인지 모른다. 사실 그 남학생이 먼저 만졌고 내가 말리지 않았던 것뿐. 괜히 무뚝뚝한 척 쳐내기도 싫었고 나름 재미도 있었다. 계속해도 괜찮을 것 같았지만 춤이 끝났고 더 진도를 나갈 새도 없이 그는 버스를 타고 호치키스 학교로 돌아가버렸다.

바사 기숙사에서 몰래 빠져나와 자전거를 타고 갔던 포킵시의 한 바에서 남자랑 키스를 해보기는 했다. 재즈에 대해 이야기하다가 (그러니까 그가 재즈에 대해 이야기하고 나는 그저 듣다가. 왜? 그게 바로 남자들과 재즈에 대해 이야기하는 방법이니까) 갑자기, 와우! 그가 나를 벽으로 밀치고 발기된 성기를 내 엉덩이에 문질렀다. 그리고 내가 더 하고 싶어 다리가 후들거릴 때까지 키스를 했다. 그런데 그가 내

다리 사이로 손을 넣자 겁에 질려 손을 쳐내고 그의 품에서 빠져나왔다. 그리고 진정되지 않는 마음으로 자전거를 타고 기숙사로 돌아왔다. 두려운 마음 반, 그가 쫓아오길 바라는 마음 반으로.

더 원했고, 그만큼 더 원하지 않았다. 여자들의 삶에 대해 지겹게 들었던 무수한 이야기들 때문이었겠지.

그것 말고 또 뭐가 있었냐고? 어렸을 때 절친 베티와 어설픈 키스 연습을 해본 적이 있다. 셔츠 안에 베개를 집어넣고 임신 흉내를 내보기도 했는데 왠지 키스보다 임신이 생물학적으로 훨씬 그럴듯해 보였다.

열네 살까지 생리를 안 해 걱정스럽다는 이유로 엄마랑 산부인과에서 질 검사를 받기도 했다. 엄마가 보는 앞에서 남자 의사가 내 성기를 여기저기 찔러보더니 간을 더 먹어야 한다고 했다. 로맨틱한 경험은 절대 아니었다.

아, 그리고 열 살부터 열여덟 살까지 오빠 친구들과 이백 번 넘게 사랑에 빠졌다. 잘생기고 인기 많은 오빠가 있다는 건 그 주변에도 늘 잘생기고 인기 많은 친구들이 있다는 뜻이었다. 하지만 오빠 친구들은 최면에라도 걸린 듯 월터만 바라보았다. 자신들의 우두머리, 모든 팀의 주장, 동네에서 가장 모범적인 학생이 바로 월터였으니까.

그렇다고 내가 바보 천치는 아니었으니, 가끔 자위를 하면서 쾌락과 죄책감을 동시에 맛보기도 했지만 그게 섹스와 다르다는 것쯤은 알고 있었다. (자기만족을 위한 내 시도는 뭐랄까 물 없는 수영 수업과 비슷했다고만 언급하고 넘어가겠다.) 바사에서 반드시 들어야 했던 '보건' 수업에서 인간의 기본적인 성적 기능에 대해 배웠는데, 그 수업은 아무것도 가르쳐주지 않으면서 모든 걸 알아주길 바라는 아주 이상한 수업이었다. (교수님은 난소와 고환 그림만 딸랑 보여주더니, 소독제로 씻는 일은 현대적이지도 않고 안전하지도 않은 피임법이라는 훈계만 대뜸 늘어놓았다. 그때의 이미지가 내 머릿속에 박혀 아직도 나를 괴롭힌다.)

"그럼 언제 해볼 거야?" 제니가 물었다. "그렇게 계속 나이만 먹을 거야?"

"그러다 진짜 좋아하는 사람을 만났는데 처음이면 어쩔 거야!" 글래디스가 말했다.

"맞아. 남자들은 그런 거 싫어해." 셀리아가 말했다.

"책임지기 싫으니까." 글래디스가 맞장구쳤다. "게다가 첫 섹스를 좋아하는 사람과 할 수는 없잖아."

"그래, 그러다 망치면 어떡해." 제니가 말했다.

"망치는 게 어떤 건데?" 내가 물었다.

"전부 다!" 글래디스가 외쳤다. "어떻게 하는지도 모르고! 좋아하는 남자 품에서 아프다고 엉엉 울 수도 없고!"

지금까지 내가 섹스에 대해 배운 내용과 완전히 반대였다. 학교에서는 남자들이 처녀만 좋아한다고 배웠다. 좋아하는 걸로도 부족하고 정말 사랑하는 사람을 만날 때까지 순결을 지켜야 한다고 배웠다. 가장 이상적인 시나리오는 평생 단 한 사람과 섹스를 하고 그 사람은 바로 졸업 파티에서 만날 남편이어야 했다.

그런데 그게 전부 틀렸다니! 뭘 좀 아는 그녀들은 반대로 말했다. 게다가 갑자기 내 나이가 너무 많은 것 같아 불안해지기 시작했다. 세상에, 벌써 열아홉이라니! 지금까지 뭘 한 거지? 뉴욕에 온 지도 벌써 이 주가 지났는데! 도대체 뭘 더 기다려?

"어려워?" 내가 물었다. "그러니까, 처음에 말이야."

"아주 쉬워, 비비! 긴장하지 마." 글래디스가 말했다. "그것만큼 쉬운 것도 없어. 사실 여자들은 할 일도 별로 없지. 남자들이 다 알아서 할 거야. 물론 네가 한다고 했을 때 말이지만."

"맞아, 빨리 해." 제니가 단호하게 말했다.

하지만 셀리아는 걱정스러운 눈길로 나를 보고 있었다.

"비비, 계속 그대로 있고 싶어?" 그리고 그 아찔하게 아름다운 눈으로 나를 보며 물었다. 어쩌면 이런 질문인지도 몰랐다. '이 잘나가는 언니들이 옆에 있는데 아무것도 모르는 가련한 어린애로 남아 있을 셈이야?' 왠지 내가 너무 부담 갖지 않도록 신경 써주는 다정한 질문 같았다.

그 순간, 갑자기 더는 그렇게 살고 싶지 않았다. 하루라도 더 처녀이고 싶지 않았다.

"아니. 이제 나도 해보고 싶어."

"그래, 우리가 도와줄게." 제니가 말했다.

"혹시 지금 생리 중이야?" 글래디스가 물었다.

"아니."

"그럼 바로 시작하자. 누가 좋을까?" 글래디스가 골똘히 생각에 빠졌다.

"배려할 줄 아는 괜찮은 남자로." 제니가 말했다.

"그럼! 신사여야지." 글래디스가 말했다.

"바보 같은 놈 말고." 제니가 말했다.

"피임도 해야 하고." 글래디스가 말했다.

"너무 거친 놈도 안 되고." 제니가 말했다.

셀리아가 말했다. "생각났어."

그렇게 언니들의 계획이 잡혔다.

해롤드 켈로그 박사는 그래머시 파크 바로 옆의 멋진 타운 하우스에 살고 있었다. 토요일이라 부인은 외출 중이었다. (켈로그 부인은 토요일마다 기차를 타고 작은 도시 댄베리의 친정에 갔다.) 그래서 내 처녀 딱지 떼기는 전혀 로맨틱하지 않은 토요일 오전 열 시로 잡혔다.

켈로그 박사 부부는 왠지 우리 부모님과도 알고 지낼 것 같은 존경받는 사람들이었다. 셀리아가 내 상대로 그를 선택한 데는 그런 이유도 있었다. 사회적 지위가 비슷했달까. 두 아들은 컬럼비아 대학교에서 의학을 공부하고 있었고 켈로그 박사는 메트로폴리탄 클럽 회원이기도 했다. 취미는 조류 관찰, 우표 수집, 쇼걸들과의 섹스였다.

켈로그 박사는 매우 신중한 편이었다. 그만큼 명망 있는 사람이니 배 앞머리 조각상으로 내세워도 손색없을 육감적인 젊은 여성들과 (그러니까 들키지 않을 수가 없는 여성들과) 함께 있는 모습이 시내에서 눈에 띄어서는 안 되었다. 그래서 쇼걸들이 그의 타운 하우스로 찾아갔다. 언제나 부인이 외출 중인 토요일 아침에. 그는 일하는 사람들이 드나드는 문으로 쇼걸들을 맞이해 샴페인을 권한 다음 게스트룸에서 그녀들과 즐거운 시간을 보낸다. 그리고 감사의 뜻으로 쇼걸들에게 돈을 들려 돌려보낸다. 오후에는 환자들을 보기 때문에 모든 일정은 점심 때쯤 마무리되어야 한다.

릴리의 쇼걸들은 모두 켈로그 박사를 알고 있었다. 쇼걸들은 토요일 아침에 누가 가장 술이 빨리 깼는지, 혹은 누가 지갑이 텅텅 비어 용돈이 필요한지에 따라 돌아가면서 그를 방문했다.

돈을 받는다는 소리를 듣고 내가 깜짝 놀라 물었다. "그러니까 섹스를 하고 돈을 받는단 말이야?"

글래디스가 믿지 못하겠다는 표정으로 대꾸했다. "비비! 그럼 우리가 돈을 내겠니?"

안젤라, 잘 들으렴. 남자들에게 성을 제공하고 돈을 받는 여자들에 대한 단어가 있지. 사실 한두 개도 아니고. 하지만 1940년, 내가 뉴욕에서 만난 쇼걸들은 누구도 자신을 그렇게 정의하지 않았단다. 성을 제공하는 대가로 남자들에게 돈을 요구한다고 생각하지도 않았고. 그러니 몸을 팔았다고 할 수는 없었다. 그들은 쇼걸이었으니까. 열심히 노력해서 얻은 쇼걸이라는 자리를 꽤 자랑스러워했고 오직 쇼걸로만 자신을 정의했다. 단지 상황이 그랬을 뿐이었단다. 너도 알겠지만, 쇼걸들은 큰돈을 벌지 못했고 누구나 먹고는 살아야 하니까. 그래서 약간의 돈을 추가로 벌 수 있는 대책을 마련해놓은 거지. 켈로그 박사가 그 대책 중 하나였고.

생각해보면 켈로그 박사도 쇼걸들이 몸을 판다고 생각하지는 않았을 것이다. 그는 쇼걸들을 '여자친구들'이라고 불렀는데, 약간 기만적일 수도 있으나 어쨌든 그게 자기 마음도 더 편했을 테니까.

다시 말하자면 분명 섹스와 돈이 교환되는 상황이었지만 (섹스를 하고 돈을 받았지만) 아무도 실제로 몸을 팔았다고는 단언할 수 없었다. 그저 모두에게 도움이 되는 비상 대책이었던 거지. 각자의 능력과 필요에 의해서 말이다.

이 점을 확실히 해두고 싶었단다, 안젤라. 부디 오해는 하지 않길 바란다.

"근데, 비비. 그 아저씨가 재미는 좀 없어." 제니가 말했다. "그렇다고 섹스가 전부 그럴 거라고 생각하지는 마."

"그래도 의사야." 셀리아가 말했다. "우리 비비한테는 괜찮을 거야. 처음엔 그게 좋지." (우리 비비라니! 그렇게 다정한 말이 또 있을까? 나보고 우리 비비라니!)

토요일 아침, 우리 넷은 3번길과 18번가 코너의 싸구려 식당 그늘막에 앉아 열 시가 되길 기다리고 있었다. 모퉁이만 돌면 켈로그 박사의 타운 하우스와 내가 들어가야 할 뒷문이 있었다. 신이 난 쇼걸들은 팬케이크와 커피를 앞에 두고 내게 마지막 팁을 쏟아내고 있었다. 세 명의 쇼걸들이 잠에서 깨어나 쌩쌩하기에는 너무 이른, 심지어 주말 아침이었지만 아무도 그 순간을 놓치고 싶어 하지 않았다.

"콘돔을 쓸 거야, 비비." 글래디스가 말했다. "늘 하니까 걱정 안 해도 돼."

"느낌이 별로이긴 할 텐데," 제니가 말했다. "그래도 꼭 필요해."

'콘돔'이라는 말을 한 번도 들어본 적 없었지만 바사의 보건 수업에서 언급했던 덮개나 고무 같은 걸 거라고 대충 이해했다. (다리가 절단된 개구리 만지듯이 돌아가면서 만져보기도 했다.) 혹시 그게 아니라도 금방 알게 될 테니 묻지는 않았다.

"나중에 페서리(삽입형 피임 기구)를 사줄게." 글래디스가 말했다. "다들 그걸 써."

(그것 역시 금시초문이었는데 나중에 알고 보니 보건 교수가 '다이아프램'이라고 설명했던 거였다.)

"난 이제 페서리 없어!" 제니가 말했다. "할머니가 봐 버렸지 뭐야! 이게 뭐냐고 묻길래 작은 보석들 청소하는 거라고 했거든. 바로 가져가 버리더라고."

"작은 보석을 청소한다고?" 글래디스가 소리를 질렀다.

"뭐라고 둘러는 대야지!"

"그걸로 어떻게 보석을 닦는다는 거야?" 글래디스가 덧붙였다.

"난들 알아! 우리 할머니한테 물어보던가. 아주 잘 쓰고 계실 테니까!"

"그럼 지금은 어떻게 하고 있어?" 글래디스가 물었다. "피임 안 해?"

"지금은 못 해. 할머니 보석 상자에 들어 있는 걸 어떡해."

"제니!" 셀리아와 글래디스가 동시에 외쳤다.

"나도 알아, 안다고. 조심하고 있어."

"어떻게 조심해!" 글래디스가 말했다. "조심할 수가 없지! 비비안, 제니처럼 멍청한 짓은 하지 마. 늘 신경 써야 한다고!"

셀리아가 지갑에서 갈색 종이에 싸인 것을 꺼내 내게 내밀었다. 열어보니 흡수력 좋은 작은 수건이 곱게 접혀 있었다. 한 번도 사용하지 않은 새 수건으로 가격표까지 붙어 있었다.

"선물이야." 셀리아가 말했다. "피 닦을 때 필요할 거야."

"고마워, 셀리아."

셀리아는 어깨를 으쓱하며 무심히 눈길을 돌렸는데 놀랍게도 얼굴이 약간 붉어져 있었다. "피가 나는 사람도 있거든. 뒤처리는 해야 하니까."

"그래, 켈로그 부인 수건은 쓰면 안 돼." 글래디스가 말했다.

"맞아, 켈로그 부인 물건은 아무것도 손대지 마." 제니도 덧붙였다.

"남편만 빼고!" 글래디스가 신난다는 듯 말했고 다들 웃었다.

"어머! 열 시 넘었다!" 셀리아가 말했다. "지금 가야 해."

자리에서 일어났는데 갑자기 어지러워 다시 쿵 주저앉았다. 내 다리가 아닌 것 같았다. 긴장하지 않을 줄 알았는데 내 몸은 생각이 다른 것 같았다.

"괜찮아, 비비?" 셀리아가 물었다. "정말 하고 싶은 거 맞아?"

"하고 싶어." 내가 말했다. "진짜로 하고 싶어."

"그렇다면," 글래디스가 말했다. "아예 머리를 비워. 나도 항상 그러거든."

현명한 방법 같았다. 그래서 나는 심호흡을 몇 번 했다. 엄마가 말을 타고 허들을 넘기 전에 하라고 가르쳐 준 방법이기도 했다. 그리고 자리에서 일어나 식당을 나서면서 이상하게 들뜬 기분으로 명랑하게 말했다.

"이따 봐!"

"여기서 기다릴게!" 글래디스가 말했다.

"금방 끝날 거야!" 제니가 말했다.

6

허들을 넘어서

켈로그 박사는 뒷문 바로 안쪽에서 나를 기다리고 있었다. 내가 문을 두드리기도 전에 문이 열리면서 그가 급히 나를 안으로 들였다.

"잘 왔다. 어서 오렴." 그가 혹시 보는 사람은 없는지 주변을 살피며 말했다. "문부터 닫자, 귀여운 아가씨."

켈로그 박사는 평균 키에 얼굴도 머리 색도 평범했으며 딱 존경받는 중년의 신사처럼 입고 있었다. (그의 외모 설명이 너무 대충인 것 같다면, 사실 그가 어떻게 생겼는지 전혀 기억이 나지 않기 때문이란다. 그는 바로 앞에서 보고 있어도 얼굴이 잘 생각나지 않을 그런 사람이었다.)

"비비안." 켈로그 박사가 악수를 청하며 말했다. "와줘서 고맙구나. 그럼 위층으로 올라가서 준비를 해볼까."

누가 아니랄까봐 말투가 딱 의사였다. 어렸을 때 다녔던 소아과

의사 같아서 마치 귀에 염증이 생겨 찾아온 것 같은 기분이 들었다. 마음이 놓이면서도 그 상황이 너무 웃겨 웃음이 삐져나오려는 걸 겨우 참았다.

집은 우아하고 멋졌지만, 딱히 기억에 남을 것 같지는 않았다. 비슷하게 꾸민 집이 근처에 백여 채는 있었을 것이다. 기억나는 거라고는 도일리(레이스 등으로 만든 깔개)로 장식된 실크 소파뿐이었는데 나는 도일리라면 질색이었다. 켈로그 박사는 곧장 손님 방으로 나를 안내했고, 방 안의 작은 테이블 위에 샴페인 두 잔이 놓여 있었다. 토요일 아침 열 시가 아니었으면 싶었는지 커튼이 드리워져 있었다. 켈로그 박사가 방문을 닫으며 말했다.

"침대에 편히 앉으렴, 비비안." 그리고 샴페인 잔을 건넸다.

나는 침대 가장자리에 단정히 앉았다. 켈로그 박사가 손을 씻고 청진기를 들고 다가와도 이상할 것 같지 않았지만, 다행히 그는 구석의 나무 의자를 끌어당겨 내 앞에 바싹 붙어 앉았다. 그리고 팔꿈치를 무릎에 대고 무슨 진단이라도 내릴 듯 내 쪽으로 몸을 기울였다.

"자, 비비안. 우리 친구 글래디스 말에 의하면 오늘이 처음이라고."

"네, 박사님."

"박사님이라고 부를 것까진 없다. 우린 친구잖니. 해롤드라고 불러도 좋아."

"아, 고마워요. 해롤드."

안젤라, 그때부터 상황이 얼마나 웃겼는지 모른다. 어느새 긴장은 다 풀렸고 그저 웃음만 나왔지. 그 작은 손님 방의 촌스럽게 화려한 민트 그린 퀼트 침대보 위에서 '아, 고마워요. 해롤드.'라고 대답하며 앉아 있는 나는 또 얼마나 바보 같았는지. (켈로그 박사의 얼굴은 기억나지 않지만, 그 망할 침대보는 절대 잊을 수 없지.) 정장을 차려입은 남자와 노란색 레이온 드레스를 입은 내가 거기 있었다. 혹시 켈로그 박사가 내가 아직 처녀라는 사실을 못 믿었다 해도 그 노란 드레스를 본 순간 분명히 믿음이 생겼을 거다.

여러모로 어처구니없는 상황이었다. 쇼걸들에게 익숙한 그 앞에 내가 앉아 있었던 것도 그랬고.

"글래디스가 그러는데 이제 그만 처녀성을," 켈로그 박사는 단어를 세심하게 골라가며 말했다. "제거하고 싶다고?"

"네, 맞아요. 없애버리고 싶어요. 삭제하고 싶어요."

(그 말이 아마 내가 태어나서 처음으로 일부러 내뱉은 웃긴 말이었을 게다. 게다가 아무 표정 없이 말했다는 것도 마음에 들었다. 삭제하다니! 정말 기가 막힌 대답이었다.)

하지만 켈로그 박사는 그저 고개만 끄덕였다. 좋은 의사였는지는 모르겠지만 유머 감각은 형편없었다.

"그럼 옷을 벗어볼까. 나도 벗을 테니 이제 시작해보도록 하자."

전부 다 벗어야 하는지 고민했다. 병원 진찰실에서는 보통 속바지는 벗지 않으니까. 엄마는 팬티를 꼭 속바지라고 했다. (그런데 도대체 지금 엄마 생각을 왜 하는 거지?) 하긴 진찰실에서 보통 의사랑 섹스를 하지도 않지. 나는 홀딱 벗기로 후딱 결정했다. 어리숙해 보이고 싶지 않았다. 그래서 꼴도 보기 싫은 그 화려한 침대보에 아무것도 걸치지 않고 똑바로 누웠다. 두 팔은 양옆에 가지런히 놓여 있었고 두 다리는 뻣뻣했다.

켈로그 박사는 바지와 러닝셔츠를 벗었다. 아니, 이건 불공평하잖아! 왜 나만 다 벗는 건데?

"자, 나를 위해 조금만 옆으로 가 주겠니? 그렇지. 좋아. 자 이제 얼굴을 좀 볼까."

그가 내 옆에 누워 손으로 머리를 받치고 나를 바라보았다. 그 느낌은 생각보다 나쁘지 않았다. 나만큼 허영심 있는 아가씨라면 다른 사람이 내 미모를 감상하는 것도 어쩌면 당연하다고 생각하니까. 외모 측면에서 볼 때 내 가장 큰 걱정은 가슴이었다. 말하자면 거의 없는, 가슴이었다. 하지만 나와는 완전히 다른 몸매에 익숙할 켈로그 박사도 크게 개의치 않는 듯해 보였다. 사실 그는 자기 앞에 놓인 한 쌍의 가슴에 아주 흡족한 표정이었다.

"순결한 가슴이구나!" 그가 경탄했다. "어떤 남자도 아직 만져보지 못한!" (음, 꼭 그런 건 아니네요. 성인 남성은 처음인 게 맞지만요.)

"손이 차갑다면 용서하렴, 비비안. 이제 애무를 할 테니까."

그가 천천히 나를 만지기 시작했다. 먼저 왼쪽 가슴, 그리고 오른쪽, 다시 왼쪽, 또 오른쪽. 말한 대로 손이 차가웠지만 금방 따뜻해졌다. 처음에는 약간 당황해 두 눈을 질끈 감았지만, 시간이 약간 흐르자 이런 생각이 들었다. 오, 재미있는걸! 이제 시작인가?

그러다 어느 순간, 실제로 기분이 좋아지기 시작했다. 나는 아무것도 놓치고 싶지 않아 눈을 떴다. 애무를 받는 내 몸을 관조하고 싶었던 것일까. (아, 젊은 시절의 나르시시즘이여!) 나는 내 몸을 내려다보며 가는 허리와 엉덩이의 곡선에 감탄했다. 셀리아에게 면도기를 빌려 깔끔하게 단장한 허벅지는 낮은 조도 아래 매끈하게 빛났다. 그가 만지고 있는 가슴도 예뻐 보였다.

남자의 손길이라니! 내 맨가슴에! 이것 좀 보라지!

잠시 그의 얼굴을 훔쳐보았다. 벌겋게 달아오른 두 뺨과 집중하느라 약간 찡그린 표정에 기분이 좋아졌다. 그의 거친 숨소리를 듣자 내가 그를 흥분시켰다는 만족감이 차올랐다. 애무를 받는 느낌도 퍽 좋았다. 그의 손길에 가슴 살갗이 장밋빛으로 따끈하게 달아오르는 것도 마음에 들었다.

"이제 입으로 가슴을 애무할 거란다." 그가 말했다. "다들 그렇게 한단다."

차라리 말을 말지. 그가 불쑥 내뱉는 말들 때문에 마치 의사의 진찰을 받는 느낌이 들었다. 지금까지 수도 없이 해 온 상상 속 섹스에서 왕진 온 의사처럼 행동하는 상대는 단 한 명도 없었다.

켈로그 박사는 말한 대로 고개를 숙여 내 가슴을 입으로 애무했는데 그것 역시 마음에 들었다. 그가 입을 다물자 훨씬 좋았다. 사실 그렇게 좋은 기분은 태어나 처음이었다. 다시 눈을 감았다. 그저 가만히, 조용히 이 달콤함을 계속 느끼고 싶었다. 그런데 갑자기 그 달콤함이 사라져 버렸다. 그가 또 입을 연 것이다.

"조금씩 천천히 하자꾸나. 비비안."

오, 제발! 이제 항문용 온도계를 주입할 단계란다, 도 아니고! 어렸을 때 한 번 해본 적이 있는데 절대 지금은 떠올리고 싶지 않은 경험이었다.

"혹시 빨리 끝내길 원하니, 비비안?"

"네, 뭐라고요?" 내가 되물었다.

"그러니까 남자와 처음으로 함께 누워 있는 게 혹시 두려운가 해서 말이다. 불편한 기분이 빨리 사라지도록 신속하게 끝내길 원할지도 모르잖니. 아니면 조금 여유있게 나한테 배워보는 건 어떨까? 예를 들면 켈로그 부인이 좋아하는 그런 것들?"

세상에! 켈로그 부인이 좋아하는 것 따위 절대 배우고 싶지 않아! 하지만 대답을 찾지 못했다. 그래서 바보처럼 그를 빤히 바라보기만 했다.

"열두 시부터 환자들을 봐야 한단다." 켈로그 박사가 매력이라고는 전혀 없는 어조로 말했다. 한마디도 안 하는 내가 불편했나? "하지만 조금 더 창의적으로 놀 수 있는 시간은 충분하지. 물론 너도 원한다면 말이야. 하지만 곧 결정을 내려야 해."

그런 질문에는 도대체 뭐라고 대답해야 하는 것일까. 그가 뭘 해주길 바라는지 내가 도대체 어떻게 안단 말인가. 창의적으로 논다는 게 도대체 뭘까? 나는 두 눈만 깜빡였다.

"오, 우리 아기 오리가 겁을 먹었구나." 켈로그 박사가 부드러워진 목소리로 말했다.

그 잘난 척하는 목소리에 갑자기 약간의 살인 충동을 느꼈다.

"겁먹지 않았어요." 정말이었다. 그저 당황했을 뿐이었다. 처참한 쾌락을 상상하고 왔으나 왜 피곤하기만 한 것인가. 원래 이렇게 하나하나 협의하고 토론하면서 하는 건가?

"괜찮아요, 꼬마 아가씨. 부끄러워서 그런 거야, 그렇지? 내가 알아서 진행하마."

그의 손이 내 음모로 미끄러져 갔다. 그는 말에게 각설탕을 먹일 때처럼 손바닥을 쫙 펴서 외음부를 문지르고 아담한 치골을 애무했다. 기분이 썩 나쁘지 않았다. 아니, 전혀 나쁘지 않았다. 나는 다시 눈을 감고 미세하게 조금씩 끓어오르는 마법 같은 기분에 감탄하고 있었다.

"켈로그 부인은 이런 걸 좋아한단다." 켈로그 박사의 말에 이번에도 그의 부인과 도일리가 떠올라 순식간에 즐거움이 증발해버렸다. "이 방향으로 이렇게 돌려주는 걸 좋아하지……. 으음……. 그리고 이 방향으로도 이렇게……."

이제 확실해졌다. 문제는 박사의 말이었다.

어떻게 하면 그 입을 다물게 할 수 있을까. 자기 집인데 조용히 해달라고 부탁할 수도 없고. 게다가 내 처녀막을 뚫는 위업을 달성하고 계신 분께. 당시 나는 남성의 권위에 기꺼이 복종하는 타입의 숙녀였으니 '제발 그 입 좀 다물어 주시겠어요?'라고 말할 수는 없었다.

어쩌면 키스가 답이 될지도 모르겠다. 그래! 분명 효과가 있을 거야. 입이 바빠지잖아? 잠깐, 그럼 나도 같이 해야 한다는 말인데 지금 저 늙은이하고 키스를 하고 싶어? 더 끔찍한 게 뭐야? 키스로 입을 막아? 아니면 저 말을 계속 들어?

"기분이 좀 어떠니, 우리 아기 오리?" 그가 손에 더 힘을 주며 물었다. "어때, 조금 더 느낌이 와?"

"해롤드." 나는 결국 이렇게 말했다. "혹시 키스를 부탁드려도 될까요?"

어쩌면 내가 너무했는지도 모른다. 그는 내가 너무 놀라지 않게 도와주려고 했던 것뿐인데. 나를 아프게 만들고 싶지 않았던 건 확실했다. 혹시 이런 상황에서도 절대 아프게 하지 않는다, 뭐 그런 히포크라테스 선서를 적용했던 것일까?

반대로 원래 멋진 남자는 아니었을지도 모르고. 다시 볼 일은 없을 테니 알아낼 방법도 없겠지만, 어쨌든 영웅 같은 남자는 아닌 것으로 해두자! 나를 도와준다는 건 당연히 핑계고 그저 아내가 친정에 간 틈에 젊고 매력적인 여자를 처음으로 범한다고 흥분한 호색한이기만 했는지도.

그는 무리 없이 흥분 상태에 도달한 듯 보였는데 그건 그가 몸을 일으켜 발기된 성기에 콘돔을 끼우는 것만 봐도 알 수 있었다. 내가 처음으로 보는 남자의 우뚝 선 성기였다. 마침내 봤다고 현수막이라도 걸어야 하나! 하지만 자세히 보지는 못했다. 문제의 그 성기가 콘돔을 덮어쓰고 있기도 했고 그의 손에 가려져 있기 때문이기도 했다. 하지만 가장 큰 이유는 그가 금방 다시 내 위로 올라왔기 때문이었다.

"비비안. 아무래도 더 빨리 삽입할수록 네게도 좋을 것 같구나. 이제 움직이지 말고 가만히 있도록 해라. 자, 이제 들어간다."

그는 그렇게 말했고, 말한 대로 실행했다.

마침내 그 순간이 온 것이다.

걱정했던 것보다 훨씬 덜 아팠다. 그게 좋은 소식이라면 나쁜 소식도 있었는데, 기대보다 훨씬 별로였다는 거다. 그가 내 가슴에 키스를 하고 치골을 애무할 때보다 더 막강한 희열을 기대했지만 그렇지 않았다. 반대로 그때까지 아찔하게 좋았던 기분이 그가 들어오는 순간 갑자기 사라지고 왠지 걸리적거리는 거대한 힘만 느껴졌다. 좋다고도 나쁘다고도 하기 힘든, 내 안에 들어와 있는 그의 존재만 느껴졌다. 약간 생리통 같기도 한, 이루 말할 수 없이 '이상한' 느낌이었다.

그가 거친 신음소리를 내며 앙다문 이 사이로 또 입을 열었다. "켈로그 부인은 이렇게 해주면……."

하지만 켈로그 부인이 어떤 섹스를 좋아하는지 결국 듣지 않았다. 입을 열자마자 다시 그에게 키스를 해버렸기 때문이다. 키스는 역시 그의 입을 막는 데 효과가 있었다. 게다가 내게도 소일거리가 생긴 기분이었다. 이미 말했듯 키스 경험은 별로 없었지만 그럭저럭 흉내는 잘 낸 것 같았다. 더 해보면서 배워야겠지만 어쨌든 최선은 다했다. 그는 나와 입을 맞댄 상태로 움직이는 게 쉽지 않아 보였지만 나로서는 그보다 더 좋을 수 없었다. 그놈의 목소리를 더는 들을 필요가 없었으니까!

하지만 마지막 순간, 결국 한마디를 더 듣고야 말았다. 그가 얼굴을 들더니 "완벽해!"라고 외친 것이다. 그리고 몸을 뒤로 한껏 구부리고 마지막으로 크게 한 번 부르르 떨었다. 그렇게 끝이 났다.

그가 몸을 일으켰고, 씻으려는지 다른 방으로 갔다. 그리고 다시 돌아와 내 옆에 누워 나를 꼭 안고 이렇게 말했다. "우리 귀여운 아기 오리. 울지 말렴."

물론 나는 울지 않았고 티끌만큼도 울고 싶지 않았는데 누가 운다고? 그는 곧 다시 일어나 시트 까는 걸 깜빡했다며 침대보에 피가 묻었는지 살펴봐도 되겠냐고 물었다.

"켈로그 부인이 핏자국을 보면 안 되니까. 이런 일이 잘 없는데 내가 깜빡했구나. 평소와 달리 생각이 깊지 못했다."

"오," 마침내 할 일이 생겨 다행스러운 마음으로 핸드백에 손을 뻗으며 내가 말했다. "제가 수건을 가져왔어요!"

하지만 단 한 방울의 핏자국도 없었다. (어렸을 때 그렇게 말을 탔으니 처녀막이 성할 리가 없었겠지. 고마워요, 엄마!) 게다가 그렇게 아프지도 않았고.

"비비안, 앞으로 이틀은 목욕을 하지 않는 게 좋아. 감염될 수 있으니까. 샤워만 하고 욕조에는 들어가지 말아라. 분비물이 나오거나 불편함이 느껴지면 글래디스나 셀리아가 식초로 질을 세척하는 방법을 알려줄 게다. 하지만 건강하고 튼튼한 아이니 아무 문제 없을 것 같구나. 오늘 참 잘해줬어. 자랑스럽구나."

이런, 잘했다고 막대 사탕이라도 주시려나?

내가 옷을 입는 동안 켈로그 박사는 날씨가 좋다며 수다를 떨었다. 지난달 그래머시 파크에 활짝 핀 모란꽃을 봤냐고 물었고 못 봤다고 대답했다. 지난달에는 뉴욕에 있지도 않았거든요. 그러자 그가 내년에는 꼭 보라고 당부했다. 아주 잠깐 피었다가 금방 져버린다면서. (짧디짧은 나의 꽃 같은 시절을 돌려 말하는 듯했지만, 그에게 그런 시적 감수성이 있을 것 같지는 않았다. 정말 모란꽃을 좋아해서 그런 거였겠지.)

"문까지 데려다주마, 귀여운 아기 오리." 그는 나와 함께 계단을 내려와 도일리가 널린 거실을 지나 뒷문으로 안내했다. 그리고 부엌을 지나면서 테이블 위에 놓인 봉투를 들어 내게 건넸다.

"내 감사의 징표란다."

분명 돈이었고, 나는 절대 받을 수 없었다.

"아닙니다. 받을 수 없어요, 해롤드."

"오, 하지만 받아야 해."

"그럴 수 없어요. 절대로 안 돼요."

"아니야, 그래도 받아야 해."

"받을 수 없어요."

내가 그렇게 거절한 이유는 성을 파는 사람이 되고 싶지 않아서가 아니었다. 뼛속 깊이 새겨진 예의범절 때문이었지. 매주 수요일 부모님이 페그 고모를 통해 용돈을 보내주었으니 그 돈은 정말 필요 없었다. 내 안의 금욕주의 역시 내가 이 돈을 받을 자격이 없다고 속삭였다. 섹스에 대해 아는 건 별로 없었지만 내가 그에게 썩 좋은 시간을 선물한 것 같지는 않았다.

"비비안, 나는 절대 널 그냥 보낼 수 없단다."

"해롤드, 거절할게요."

"비비안, 소란은 그만 피웠으면 좋겠구나." 그가 미간을 약간 찌푸리며 말했다. 그리고 내 손에 억지로 봉투를 안겼다. 해롤드 켈로그 박사의 손에서 어떤 흥분이나 위험을 느꼈다면 아마 그 순간이 최고치였을 것이다.

"알겠습니다." 내가 돈을 받으며 말했다. (아이쿠, 조상님들. 보시기에 어떠신지요? 섹스에 돈이라니? 그것도 처음인 주제에?)

"그래, 그래야지. 그리고 걱정하지 말아라. 아직 가슴이 자랄 시간은 충분하니까."

"감사합니다."

"버터밀크를 매일 이백 그램씩 마시면 금방 커질 거다."

"감사합니다. 그렇게 할게요." 버터밀크 따위 마실 생각은 전혀 없었지만 어쨌든 그렇게 대답했다. 막 문을 나서려다가 갑자기 궁금해졌다.

"해롤드, 무슨 과 의사이신지 여쭤봐도 될까요?"

산부인과나 소아과일 것 같았다. 소아과 쪽으로 마음이 기울고 있었다. 어쨌든 확실히 알고 싶었다.

"수의사란다, 귀여운 아가씨. 글래디스와 셀리아에게도 안부를 전해주렴. 내년에는 꼭 모란꽃을 보고!"

나는 미친 듯 깔깔대며 걸었다. 그리고 쇼걸들이 기다리는 식당으로 들어가 다짜고짜 외쳤다.

"수의사? 나를 수의사한테 보낸 거야?"

"어땠어?" 글래디스가 물었다. "아팠어?"

"수의사라니! 의사라고 했잖아!"

"수의사도 의사지!" 제니가 말했다. "수의사도 박사고!"

"왜? 난소 제거술이라도 시키려고?"

나는 셀리아 옆에 앉아 그녀의 따뜻한 품을 파고들었다. 온몸이 들떠서 야단이었다. 머리부터 발끝까지 덜덜 떨렸다. 빗장이 풀려 난폭해진 느낌이랄까. 내 삶이 크게 한 번 요동친 것 같았다. 즐거움과 흥분과 혐오와 당황스러움과 긍지가 한꺼번에 밀려들었다. 길을 잃은 듯 혼란스러웠지만 동시에 환상적이었다. 섹스 자체보다 섹스 후의 여파가 훨씬 강력했다. 내가 방금 한 짓을 믿을 수 없었다. 낯선 남자와 섹스라니, 그런 대담함이 내 안에 있었을까 싶었지만, 동시에 그 어느 때보다도 가장 나다운 내가 된 것 같았다.

테이블에 둘러앉은 쇼걸들을 보니 고마운 마음이 차올라 거의 눈물을 쏟을 뻔했다. 내가 그들과 함께 있다니! 나의 친구들! 고작 이 주 전에 만난 나의 가장 오랜 친구들! 제니는 심지어 이틀 전에 만났지! 내 친구들이 너무 좋다! 친구들이 나를 기다려주고 걱정해주었다!

"그래서 어땠는데?" 글래디스가 물었다.

"뭐, 그럭저럭."

나는 폭력에 가까운 허기를 느껴 아침에 먹다 만 차가운 팬케이크를 게걸스레 먹어치웠다. 손이 덜덜 떨렸다. 이런 허기는 처음이었다. 먹어도 먹어도 채워지지 않았다. 시럽도 흥건히 들이부어 남김없이 먹어치웠다.

"부인 이야기를 어찌나 많이 하던지!" 부지런히 먹으며 내가 말했다.

"그러니까 말이야!" 제니가 말했다. "그건 정말 최악이라니까!"

"따분하긴 하지." 글래디스가 말했다. "하지만 나쁜 사람은 아니잖아. 그러니까 만나는 거고."

"아팠냐니까?" 셀리아가 물었다.

"아니, 별로 안 아팠어. 수건도 필요 없던걸!"

"운 좋네." 셀리아가 말했다. "진짜 운 좋은 거야."

"재미있었다고 말하긴 좀 그렇지만," 내가 말했다. "딱히 재미없었던 것도 아니야. 그냥 끝나서 기뻐. 첫 경험이 이보다 나쁜 경우도 훨씬 많을 테니까."

"그래, 이 방법이 최고야." 제니가 말했다. "날 믿어. 내가 다 해봤거든."

"잘했어, 비비." 글래디스가 말했다. "이제 진짜 여자네."

글래디스가 커피잔을 들어 건배를 청했고 나도 물컵을 짠하고 부딪쳤다. 댄스 캡틴 글래디스의 건배만큼 만족스럽고 완벽한 성인식이 또 있을까.

"얼마 받았어?" 제니가 물었다.

"맞다! 까먹고 있었어!"

나는 떨리는 손으로 지갑에서 봉투를 꺼내 셀리아에게 건네며 말했다.

"대신 봐줘." 셀리아는 곧장 봉투를 열었고 전문가의 손길로 세어 보더니 이렇게 말했다. "오십 달러야!"

"오십이라고?" 제니가 외쳤다. "보통 이십인데!"

"뭐 할까?" 글래디스가 물었다.

"특별하게 써야지." 제니가 말했다. 그게 내 돈이 아니라 '우리' 돈이라는 그녀들의 생각이 마음에 들었다. 비행의 책임이 분산된 느낌이랄까. 동지애는 덤이었고.

"코니아일랜드 가자." 셀리아가 말했다.

"시간이 될까?" 글래디스가 말했다. "네 시까지는 와야 하잖아."

"충분해." 셀리아가 말했다. "빨리 움직이면 돼. 바닷가에서 핫도그만 먹고 바로 오자. 택시 타고 가면 돼. 돈도 있잖아, 안 그래?"

우리는 택시 창문을 열고 담배를 피우고 웃고 떠들며 코니아일랜드로 달렸다. 그해 들어 가장 더운 날이었고 하늘은 아찔하게 푸르렀다. 나는 셀리아와 글래디스 사이에 끼어 뒷자리에 앉아 있었고 제니는 조수석에 앉아 어쩌다 미녀 부대를 태워 입이 귀에 걸린 운전사와 잡담을 했다.

"끝내주는 아가씨들이구만!" 운전사의 말에 제니가 대꾸했다. "수작 걸 생각은 하지도 말아요, 아저씨." 물론 신나서 하는 말이었다.

"켈로그 부인한테 미안하다고 생각한 적 없어?" 내가 살짝 양심의 가책을 느끼며 글래디스에게 물었다. "남편하고 바람 피우는 거. 그래도 좀 미안하지 않아?"

"모든 일에 양심을 갖다 대지 마!" 글래디스가 대답했다. "걱정만 하다 죽을 일 있니!"

당시 딱 그 정도가 우리의 도덕적 번뇌 수준이었다. 고로 더 이상 고민 금지.

"다음엔 다른 사람이랑 하고 싶어." 내가 말했다. "찾을 수 있을까?"

"껌이지." 셀리아가 말했다.

코니아일랜드는 빛났고 요란했고 재밌었다. 나무를 깐 해변 길은 소란스러운 가족, 젊은 연인, 나만큼 흥겨워 죽겠는 지저분한 아이들로 넘쳤다. 해변으로 내려가 바닷물에 발을 담갔다. 막대에 꽂아 시럽을 뿌린 사과와 레몬 아이스크림을 먹었다. 힘센 남자와 사진을 찍었다. 동물 인형을 샀고 사진 엽서를 샀고 기념품 거울을 샀다. 셀리아에게 조개껍질로 장식한 작고 귀여운 라탄 핸드백을 사주었고, 글래디스와 제니에게는 선글라스를 사주었다. 그리고 미드타운으로 돌아오는 택시비도 내가 냈다. 그러고도 켈로그 박사가 준 돈에서 구 달러가 남았다.

"남은 돈으로는 저녁에 스테이크나 사 먹어!" 제니가 말했다.

우리는 첫 공연 시작 전에 겨우 극장으로 돌아왔다. 쇼걸들이 공연에 빠질까봐 제정신이 아니었던 올리브는 혀를 끌끌 차며 시간 개념이 없다고 한바탕 야단을 쳤다. 쇼걸들은 분장실로 뛰어 들어가 순식간에 옷을 갈아입고 나왔다. 반짝이 장식과 타조 깃털과 함께 몸에서 매력이 자동으로 돋아난 줄 알았다.

함께 있던 페그는 그저 재밌게 놀다 왔냐고 무심히 물었다.

"정말 재밌었어요!" 내가 대답했다.

"잘했네. 어릴 때 많이 놀아야지."

셀리아가 무대에 올라가기 전에 내 손을 꼭 쥐었다. 나는 셀리아의 팔을 붙들고 아름다운 그녀에게 바짝 붙어 이렇게 속삭였다.

"내가 섹스를 했다니 믿을 수 없어!"

"절대 후회할 일 없을 거야."

과연 그랬을까?

그럼, 당연하지. 정말 그랬단다.

7

빛났던 여름

그렇게 시작되었다.

한 번 해보니 계속 섹스만 하고 싶었다. 게다가 뉴욕 자체가 내게는 마치 섹스와도 같았다. 아직 따라잡을 시간은 충분해 보였다. 그동안 지루해 몸을 비비 꼬면서 얼마나 많은 시간을 낭비했던가. 결코 다시는 지루하게 보내고 싶지 않았다. 단 한 시간도!

배울 건 또 얼마나 많았는지! 남자에 대해, 섹스에 대해, 뉴욕에 대해, 삶 자체에 대해 셀리아가 아는 모든 것을 나도 알고 싶었고, 셀리아도 기꺼이 알려주었다. 나는 더 이상 셀리아의 하녀가 아니었다. (음, 하녀이기만 한 것은 아니었다.) 우리는 공범이었다. 셀리아가 시내에서 한바탕 놀다가 취해서 한밤중에 들어오는 일은 이제 없었다. 둘이 같이 시내에서 한바탕 놀다가 취해서 한밤중에 들어왔다.

그해 여름, 우리는 여기저기 휘저으며 문제를 일으키고 다녔고 그것만큼 쉬운 일도 없었다. 젊고 예쁜 여자가, 그것도 한 명이 아니라 두 명이 도시를 활보하고 다니면 문젯거리들이 알아서 척척 달라붙는다. 우리가 원하는 바이기도 했다. 셀리아와 나는 노는 데 강박적으로 집착했다. 우리는 탐욕스러웠다. 젊은 남자와 중후한 남자들, 맛있는 음식과 칵테일, 현란한 춤, 깔깔대고 웃으며 줄담배를 피우게 만드는 라이브 음악을 정신없이 탐닉했다.

가끔 다른 댄서나 쇼걸들과 함께 나가기도 했지만 아무도 끝까지 버티지 못했다. 우리는 한 명이 피곤하면 다른 한 명이 더 기운을 냈다. 눈을 마주치며 다음에 뭘 할지 즉석에서 결정했다. 더 신나게 놀고 싶지만 늘 구체적인 계획이 있는 건 아니었다. 우리가 그렇게 기를 쓰고 논 이유는 따분함에 대한 공포 때문이었을 것이다. 지루함에 소멸되어 버리지 않도록 날이면 날마다 흘러넘치는 시간을 알차게 낭비하고 싶었다.

한마디로 그해 여름 우리는 흥겨운 섹스와 광란의 파티에 빠져 지냈다. 아무리 놀아도 지치지 않게 끊임없이 솟아나던 그 에너지는 지금 생각해도 상상 이상이었다.

안젤라, 1940년 여름을 생각하면 뉴욕의 반짝이는 네온사인과 어두운 뒷골목을 휘젓고 다니던 어둡고 가련한 두 영혼, 셀리아 레이와 내가 가장 먼저 떠오른다. 그 기억을 조금 더 자세히 들여다보면, 아주 길고 더웠던 어느 날 밤이 떠오른다.

셀리아와 나는 공연이 끝나자마자 가장 짧고 얇은 옷으로 갈아입고, 벌써 재미있는 일이 한차례 휩쓸고 지나가 버렸는지도 모른다며 서둘러 도시의 밤 속으로 몸을 던졌다. '아니, 우리도 없는데 어떻게 먼저 놀 수 있지?'

시작은 늘 투츠 쇼스나 엘 모로코, 스토크 클럽이었지만 새벽을 어디서 맞게 될지는 아무도 몰랐다. 미드타운이 지루해지면 A트레인을 타고 할렘으로 가서 카운트 베이시Count Basie(저명한 피아니스트이자 재즈 악단 지휘자)의 연주를 듣거나 레드 루스터에서 술을 마셨다. 아니면 리츠에서 예일대 남학생들에게 둘러싸여 농담 따먹기를 하거나 다운타운 웹스터 홀에서 사회주의자들과 춤을 추었다. 규칙은 다음과 같았다. 쓰러질 때까지 춤을 춘다. 그러다 쓰러지면 일어나 조금 더 춘다.

그러니 얼마나 바빴을까! 가끔은 음악과 불빛의 거친 물결 속으로 도시가 나를 빨아들이는 느낌이기도 했고, 반대로 우리가 앞장서서 도시를 끌고 가는 느낌이기도 했다. 우리가 어딜 가든 사람들이 따라붙었으니까. 어지러운 밤마다 우리는 셀리아가 이미 아는 남자들을 만나거나, 처음 보는 남자들을 만나거나, 아니면 둘 다를 만나기도 했다. 잘생긴 남자 세 명과 차례로 키스를 하기도 했고, 잘생긴 남자 한 명과 세 번씩 키스를 하기도 했다. 세다가 포기한 적이 더 많았지만.

남자를 찾는 건 일도 아니었다. 우선 셀리아가 별것 아닌 사람처럼 술집으로 들어간다. 참호로 던져진 수류탄처럼 셀리아의 광채가

퍼지면 즉시 대학살이 시작된다. 셀리아의 등장과 동시에 그곳의 성적인 에너지가 전부 자석처럼 셀리아에게 달라붙는다. 셀리아는 최대한 지루한 표정으로 손 하나 까딱하지 않고 다른 여자들의 남자친구들을 차지했다.

남자들은 장난감이 들어 있는 과자 상자처럼 셀리아를 바라보며 빨리 뜯어보고 싶어 안달했다. 반대로 셀리아는 벽에 걸린 나무 장식을 쳐다보듯 남자들을 바라보았다. 남자들은 그럴수록 더 열광했다.

한번은 저 멀리서 용감한 남자 하나가 셀리아에게 이렇게 외쳤다.

"아가씨, 웃는 얼굴 한번 보여주지?"

"네 요트나 보여주시지."

셀리아는 지루한 표정으로 속삭이듯 대꾸하며 반대편으로 고개를 돌렸다. 셀리아 옆에 비슷하게 생긴 내가 있었기 때문에 (물론 어두운 조명 아래서긴 하지만 셀리아와 나는 키도 얼굴색도 비슷했고 내가 셀리아처럼 딱 달라붙는 드레스를 입고 셀리아처럼 머리를 하고 셀리아처럼 걷고 셀리아 가슴처럼 보이려고 패드를 넣었기 때문에) 그 효과는 두 배가 되었다.

잘난 척하고 싶진 않지만 우리는 무적의 한 쌍이었단다, 안젤라. 그래, 자랑 좀 하자꾸나. 이 늙은이의 기쁨이니 한 번만 들어주렴. 우리는 눈부실 만큼 아름다웠다. 우리가 지나가기만 해도 남자들의 뒤돌아보던 목뼈가 남아나질 않았지.

"마실 것 좀 줘봐요."

셀리아가 바에서 대충 아무에게나 말하면 곧바로 다섯 명의 남자들이 우리에게 칵테일 잔을 안겨주었다. 셀리아에게 세 잔, 내게 두 잔. 잔은 십 분 만에 비워졌다.

어디서 그런 에너지가 생겼냐고? 당연히 기억하지. 바로 젊음이었다. 젊음의 에너지가 넘쳤다. 물론 아침에는 힘들었다. 숙취는 혹독하고 잔인하니까. 낮잠이 필요하면 리허설을 하는 동안이나 공연 도중에 극장 뒤의 오래된 커튼 더미 위에 쓰러져 잠깐씩 눈을 붙였다. 십 분만 자고 일어나면 말짱해졌고 박수 소리가 끝나자마자 다시 한번 도시를 휘저으러 나갈 준비가 되어 있었다.

열아홉 살 때는 (셀리아처럼 열아홉 살인 척만 해도) 누구나 그렇게 살 수 있단다.

"저 아가씨들 저러다 큰일 나겠어."

지나가던 아주머니가 술에 취해 비틀거리는 우리를 보고 이렇게 말한 적도 있었다. 틀린 말은 아니었지. 그녀가 몰랐던 게 있다면 우리가 그 큰일들을 먼저 찾아다녔다는 거고. 그토록 젊은 혈기라니!

눈부신 젊음의 시절이었고, 그 젊음에 눈 먼 우리가 도달한 곳은 결국 벼랑 끝 막다른 골목이었다.

1940년 여름을 보내며 내가 섹스를 잘하게 되었다고 말하기는 힘들다. 하지만 지나치게 익숙해진 건 사실이었다.

익숙했지만 잘하지는 못했다. 섹스를 잘하려면, 특히 여자들은, 스스로 절정에 도달할 때까지 움직임을 즐기고 심지어 통제하는 법을 배워야 한다. 시간과 인내는 물론 배려 깊은 상대도 필요하니 금방 도달할 수 있는 일은 아니었다. 그래서 우선은 엄청난 속도로 횟수를 늘렸다. (우리는 한 장소에서, 혹은 한 남자와 오래 머무는 걸 좋아하지 않았는데, 왠지 다른 곳에서 더 재미있는 일이 벌어지고 있을 것 같아서였다.)

즐거움에 대한 열망과 섹스에 대한 호기심이 가득했던 그해 여름, 나는 탐욕스러웠고 쉽사리 흔들렸다. 지금 생각해보니 그랬다. 나는 성적이거나 불법적인 낌새가 조금이라도 비치는 모든 일에 흔들렸다. 미드타운 골목길의 어둠을 밝히는 네온사인에, 렉싱턴 호텔 하와이안 룸의 코코넛 열매 칵테일에 흔들렸다. 공연 맨 앞좌석 표가 손에 들어왔을 때, 이름도 없는 나이트클럽 뒷문으로 몰래 들어갈 때도 흔들렸다. 악기를 연주하는 사람들 앞에서, 당당하게 춤추는 사람들 앞에서 속절없이 흔들렸다. 차가 있는 남자들에게 흔들려 따라가 차를 탔고, 하이볼 두 잔을 들고 다가와 "어쩌다 술이 한 잔 남는데 좀 도와주시겠어요, 아가씨?"라고 말하는 남자들에게도 기꺼이 흔들렸다.

"그럼요, 당연히 도와드려야죠."

그런 도움이라면 얼마든지 제공할 수 있었다!

최소한의 안전장치로 그해 여름 만난 모든 남자와 섹스를 하지는 않았다. 하지만 대부분의 남자와 섹스를 했다. 우리의 문제는 '누구랑 섹스를 하지?'였다. 그런 건 중요하지 않았다. 다만 '어디서 섹스를 하지?'가 있었다. 대답은? 어디서든 할 수만 있다면.

우리는 어떤 사업가가 결제를 하고 출장을 간 고급 호텔 방에서 섹스를 했다. 이스트사이드의 작은 나이트클럽 (영업 끝난) 주방에서도 했다. 밤늦게 어쩌다 타게 된 페리에서도 했다. 수면이 흐릿하게 반짝이고 있었다. 택시 뒷좌석에서도 했다. (불편하지 않았냐고? 당연히 불편하지만 그래도 할 수는 있었다.) 극장에서도 했다. 릴리 플레이하우스 지하 분장실, 다이아몬드 호슈즈 지하 소품실, 메디슨 스퀘어가든 지하 탈의실에서도 했다. 브라이언트 공원에서 쥐들의 습격을 피해가며 하기도 했다. 빵빵거리는 택시를 피해 미드타운의 어둡고 무더운 뒷골목에서, 펙 빌딩 옥상에서, 야간 경비들만 돌아다니는 월스트리트 사무실에서도.

그해 여름, 셀리아와 나는 술에 취해 충혈된 눈으로, 피와 땀에 젖어 아무 생각 없이, 깃털처럼 뉴욕을 부유했다. 뉴욕이라는 도시에 짜릿하게 감전되어 걷는다기보단 날아다녔다. 어느 하나에도 집중하지 않았다. 다만 강렬한 무언가를 끊임없이 열망했다. 우리는 아무것도 놓치지 않았지만 동시에 모든 것을 놓쳤다. 불패 신화를 세운 흑인 권투선수 조 루이스Joe Louis가 스파링 파트너와 훈련하는 모습도 보았고, 전설의 재즈 보컬리스트 빌리 홀리데이Billie Holiday가 노래하는 장면도 보았지만 그 이상 자세하게 떠오르는 건 아무것도 없었다. 우리는 각자의 생각에만 빠져 눈앞에 놓인 그 경이로운 순간들에 신경 쓸 여유가 없었다. (예를 들어, 빌리 홀리데이가 노래하던 그날 밤, 나는 생리 중이었고 내가 좋아했던 남자애가 다른 여자애랑 나가버려서 몹시 우울했다. 그게 빌리 홀리데이 공연에 대한 내 리뷰의 전부였다.)

우리는 정신을 잃을 정도로 마셨고 마찬가지로 정신을 잃도록 마신 젊은 남자들을 만나 온갖 망나니짓을 하고 다녔다. 이 술집에서 만난 남자들과 다른 술집에 가서 거기 있는 남자들에게 또 추파를 던졌다. 그러다 싸움이 벌어지고 누군가 크게 다치기도 했지만 셀리아는 아랑곳하지 않고 살아남은 자 중 다음 술집에 함께 갈 남자를 골랐다. 소란은 그곳에서도 고스란히 반복되었다. 우리는 이 남자 품에서 저 남자 품으로 메뚜기처럼 뛰어다녔다. 한번은 저녁을 먹다가 그 자리에서 상대를 교환하기도 했다.

"네가 이 남자를 데려가." 어느 날 밤, 벌써 지겨워져버린 남자 앞에서 셀리아가 내게 말했다. "나는 화장실 좀. 네가 잘 보살펴줘."

"네가 골랐잖아!" 남자는 고분고분하게 내게 다가왔고 나는 이렇게 외쳤다. "친구한테 어떻게 그래!"

"오, 비비." 셀리아가 어처구니없다는 듯 사랑스럽게 말했다. "남자 좀 데려간다고 우리가 틀어질 사이는 아니잖아?"

그해 여름, 집에는 자주 연락하지 않았다. 내가 무슨 짓을 하고 돌아다니는지 집에서는 절대 몰라야 했다.

엄마는 매주 용돈과 함께 간간이 지루한 소식을 보내주었다. 아빠가 골프를 치다가 어깨를 다쳤으며 오빠는 다음 학기 프린스턴을 그만두고 국가를 위해 해군에 입대하겠다고 고집을 피운다고. 그리고 엄마는 이런저런 테니스 토너먼트에서 이런저런 아줌마들을 이겼다고. 나도 부모님께 지겹기 짝이 없는 내용의 편지를 매주 열심히 보냈다. 나는 잘 있고, 극장에서 열심히 일하고 있으며, 뉴욕은 멋진 곳이며, 용돈을 보내주셔서 감사하다고. 간혹 자세한 소식을 하나씩 끼워 넣기도 했다. 예를 들면 '며칠 전에는 페그 고모와 니코보코에서 멋진 점심을 먹었답니다.'

얼마 전에 쇼걸 친구 셀리아와 병원에 가서 불법 피임 시술을 받았다는 말은 당연히 하지 않았다. (그 당시 미혼 여성의 피임 시술은 불법이었다. 그래서 발이 넓은 친구가 필요하다! 셀리아가 소개해준 의사는 무뚝뚝한 러시아 여자였는데 아무것도 묻거나 따지지 않고 바로 처리해주었다.)

임질에 걸렸을까봐 겁을 먹었다는 말도 하지 않았다. (다행히 가벼운 골반내염증이었다! 하지만 다 나을 때까지 일주일 정도 정말 아프고 무서웠다.) 임신한 줄 알고 벌벌 떨었다는 말도 하지 않았다. (역시 아니었다.) 헬스 키친 지역 어느 가게에서 일하는 케빈 립시 오설리반이라는 남자와 가끔 섹스하는 사이가 되었다는 말도 하지 않았다. (물론 다른 남자들도 만났는데 전부 거기서 거기였지만 이름만큼은 립시가 가장 나았다.)

지갑에 늘 콘돔을 넣어 다닌다는 말도 하지 않았다. 성병 걱정은 다시 하고 싶지 않았고 조심 또 조심해서 나쁠 건 없으니까. 아는 남자애들이 꼬박꼬박 콘돔을 사다 준다는 말도 하지 않았다. (그때 뉴욕에서는 남자들만 콘돔을 살 수 있었거든요, 엄마!)

부모님께는 절대 말할 수 없는 이야기들이었다. 니코보코의 생선 요리가 최고였다는 말만 빼고. 그건 사실이었다. 정말 맛있었다.

크고 작은 모험을 찾아 셀리아와 함께 방황하는 밤은 계속되었다.

술을 마시면 무분별해졌고 게을러졌다. 몇 시간이나 놀았는지, 몇 잔이나 마셨는지, 누구와 놀았는지도 금방 잊었다. 다리가 풀릴 때까지 진 피즈를 마셨다. 위험해지는 줄도 모르고 정신을 놓아 다른 이들이, 가끔은 낯선 이들이 우리를 챙기기도 했다. ("남이야 어떻게 살든 무슨 상관이야!" 우리를 릴리까지 안전하게 데려다준 신사에게 셀리아가 이렇게 외친 적도 있었다.)

우리는 무모할 정도로 세상에 뛰어들었고 그 과정에는 늘 위험이 도사리고 있었다. 우리는 무슨 일이든 마다하지 않았으니 실제로 무슨 일이든 일어날 수 있었고 가끔 정말 그런 일이 일어나기도 했다.

말하자면 이렇다. 남자들을 복종하고 순종하게 만드는 셀리아 효과라는 게 있는데, 그게 갑자기 사라지는 순간이 있다. 셀리아는 자기 앞에 모여든 남자들을 마음대로 부리면서 원하는 것을 전부 얻는다. 고분고분하던 남자들은 계속 그러기도 했지만 그중 일부가 갑자기 나쁜 남자로 돌변하기도 했다. 남자들의 욕망과 분노는 한 번 선을 넘으면 돌이킬 수 없었다. 그 선을 넘은 남자들은 야수가 되어버렸다. 다 같이 추파를 던지고 웃고 놀며 떠들다가 갑자기 분위기가 반전되고 섹스는 물론 폭력의 위협에까지 노출되어버린다.

일단 그런 상황이 되면 절대 돌이킬 수 없다. 이제 부서지고 깨지는 일만 남는다.

처음 둘이 있다가 그런 상황을 마주했을 때 셀리아는 분위기를 파악하고 나를 밖으로 내보냈다. 우리는 발도르프 댄스홀에서 만난 남자 세 명과 빌트모어 호텔 특실에 자리를 잡았다. 남자들은 흥청망청 돈을 썼고 하는 일은 분명하지 않았다. (굳이 추측하자면 사기꾼이었다는 데 한 장 건다.) 처음에는 얼마나 셀리아한테 굽신거렸는지 모른다. 셀리아의 관심에 감지덕지했고 긴장해서 땀까지 흘리며 어떻게 이 아름다운 여인과 그녀 친구의 환심을 살 수 있을까 고민했다. 샴페인을 조금 더 권할까? 룸서비스로 게 요리를 시켜 줄까? 아니면 특실을 꼼꼼히 구경하고 싶어 하려나? 라디오를 틀까 말까?

나는 그런 상황에 아직 익숙하지 않았지만, 그 사기꾼 놈들이 우리 앞에서 굽신거리는 모습에 기분은 좋았다. 우리 앞에서 꼼짝도 못하는 약해빠진 모습이 가소로웠다. 역시 남자들이란 데리고 놀기 얼마나 쉬운지!

그런데 특실에 들어서고 얼마 지나지 않아 갑자기 그 순간이 찾아왔다. 소파에 앉은 셀리아 양쪽으로 두 남자가 움직이지 못하게 달라붙었는데, 더 이상 굽신거리는 표정도, 약해 보이는 표정도 아니었다. 그저 옆에 앉기만 했는데 달라진 분위기에 나는 갑자기 무서워졌다. 미세하게 변한 표정이 섬뜩했다. 세 번째 남자는 나를 보고 있었는데 그 역시 농담 따먹기 같은 건 이제 할 생각이 없어 보였다. 즐거운 피크닉에 갑자기 토네이도가 불어닥치면 그런 기분일까. 기압은 뚝 떨어졌고 하늘은 어두워졌다. 새들도 입을 다물었다. 토네이도가 정확히 우리를 향해 불어왔다.

"비비." 바로 그 순간 셀리아가 말했다. "내려가서 담배 좀 사 와."

"지금?"

"빨리. 그리고 곧장 집으로 가."

나는 세 번째 남자에게 붙잡히기 전에 겨우 문밖으로 빠져나왔다. 그리고 부끄럽게도 친구를 안에 두고 문을 닫았다. 셀리아가 시키는 대로 한 것뿐이지만 그래도 기분이 끔찍했다. 무슨 짓을 할지 모르는 남자들 틈에 셀리아가 혼자 있었다. 셀리아는 자기에게 벌어질 일을 내게 보여주고 싶지 않아서, 혹은 내게 그런 일이 일어나길 바라지 않아서 나를 내보냈다. 어쨌든 나는 어린애처럼 쫓겨났다. 남자들은 무서웠고 셀리아가 걱정되었고 동시에 죄책감에 사로잡혔다. 나는 끔찍한 기분으로 한 시간 동안 로비를 서성이며 호텔 매니저에게 신고해야 하나 고민했다.

셀리아는 결국 혼자 내려왔다. 몇 시간 전 뜨거운 눈빛으로 우리를 엘리베이터에 태웠던 남자들은 코빼기도 보이지 않았다. 셀리아는 로비에서 서성이던 나를 향해 걸어오더니 이렇게 말했다. "더럽게 재수 없는 밤이었어."

"괜찮아?"

"응, 아주 좋아." 셀리아가 드레스를 추스르며 말했다. "나 얼굴 괜찮아?"

여느 때처럼 아름다웠다. 왼쪽 눈에 시퍼렇게 든 멍만 빼면.

"당장 사랑에 빠질 정도야." 내가 말했다.

셀리아는 멍든 눈에 꽂힌 내 시선을 느끼고 이렇게 말했다. "절대 사람들한테 말하지 마, 비비. 글래디스가 가려줄 수 있어. 멍든 눈 감추기 전문이거든. 택시가 있을까? 있기만 하면 기꺼이 타고 가줄 텐데."

내가 택시를 잡았고 우리는 집으로 돌아오는 내내 아무 말도 하지 않았다.

그날 밤 그 사건으로 셀리아가 큰 상처를 받았을까? 그랬겠지?

하지만 안젤라, 부끄럽지만 나는 잘 모른다. 그 일에 대해 한 번도 이야기를 나눈 적이 없으니까. 셀리아는 전혀 힘들어하는 기색을 내보이지 않았다. 아니면 내가 자세히 살피지 않았던 걸까? 뭘 어떻게 살펴야 했을까? 아무 일 없었던 척하면서 그 사건이 그냥 사라져 버리길 바랐을까? (눈가의 시퍼런 멍이 결국 사라지는 것처럼) 그동안 셀리아한테 들었던 이야기로 셀리아는 그런 폭력에 익숙할 거라고 지레짐작해 버렸는지도 모르고. (안타깝지만 사실일 가능성도 다분하겠지.)

그날 밤 택시에서 셀리아에게 물어볼 수도 있었다. ("정말 괜찮아?"부터 시작해서) 하지만 나는 아무것도 묻지 않았다. 위험한 상황에서 구해줘서 고맙다는 말도 하지 않았다. 내가 타인의 구원을 받아야 하는 사람인 게 부끄러웠다. 셀리아가 나를 아무것도 모르는 애송이 취급한다는 사실이 부끄러웠다. 그날 밤까지 나는 내가 셀리아 레이와 동등하다고 착각하고 있었다. 세상을 좀 알고 배짱도 있는, 도시의 밤을 활보하며 즐기는 두 여성이라고. 하지만 아니었다. 나는 위험의 가장자리에서 속없이 물장구나 치고 있었고 셀리아는 진짜 위험이 뭔지 알고 있었다. 셀리아는 내가 모르는 삶의 어두운 면들을 알고 있었다. 내게 알리고 싶지 않은 많은 것들을 알고 있었다.

안젤라, 지금 생각해보면 그때는 소름 끼칠 정도로 폭력이 흔했다. 셀리아에게뿐만 아니라 내게도. (그리고 글래디스가 어쩌다 멍든 눈을 가리는 데 최고가 되었는지 왜 나는 한 번도 궁금해하지 않았을까?) 그때는 전부 이렇게 생각했다. '어쩌겠어, 남자들이 다 그렇지.' 민감한 주제에 대한 논의 자체가 불가능한 시절이었다. 사적인 자리에서도 그런 이야기는 나누지 않았고. 그래서 나는 셀리아에게 그날 밤 사건에 대해 아무 말도 하지 않았고, 셀리아 역시 그에 대해 함구했다. 우리는 그렇게 그 사건을 묻어버렸다.

다음 날 밤, 믿기 어렵겠지만 우리는 또 밖으로 나갔다. 또 사고를 치러. 변한 게 하나 있었다면, 지금부터 무슨 일이 생기든 절대 먼저 자리를 뜨지 않겠다는 내 결심이었다. 다시는 나가란다고 절대 나가지 않을 거라고. 셀리아가 무슨 짓을 하든 나도 같이 하겠다고. 셀리아가 무슨 짓을 당하든 나도 같이 당하겠다고.

나도 이제 어른이니까. 그렇게 나는 다짐했다. 그야말로 어린애처럼.

8

9월, 그들의 등장

한편, 전쟁의 기운이 세상을 덮치고 있었다.

사실 저 멀리 유럽에서 이미 살벌한 전쟁이 벌어지고 있었다. 하지만 미국에서도 참전에 대한 격렬한 토론이 연일 이어졌다. 내가 말을 보탤 일은 아니었지만, 아예 피해갈 수 있는 일도 아니었다.

전쟁이 일어나기 직전에서야 호들갑 떤다고 생각할지도 모르겠지만 어쨌든 전쟁에 대한 위협이 내 머릿속으로 들어오는 데까진 시간이 걸렸다. 지나치게 무심했다고 해도 괜찮다. 1940년 여름, 온 세계가 또 한 번의 세계 대전을 목전에 두고 있다는 사실을 무시하기는 쉽지 않았지만, 내가 바로 그런 사람이었다. (변명하자면 내 주변 사람들은 거의 그랬다. 해가 서쪽에서 뜨지 않는 한 셀리아와 글래디스, 제니가 미국의 참전 여부나 '두 대양 법안Two-Ocean Navy Act'의 필요성에 대해 이야기할 일은 없었을 것이다.) 나는 원래 정치에 관심이 없었다. 루즈벨트 행정부에 누가 있는지도 몰랐다. 하지만 클라크 게이블의 두 번째 아내 이름은 정확히 알고 있었다. 바로 이혼 경력이 화려한 텍사스 사교계 인사 리아 프랭클린 프렌티스 루카스 랭함 게이블이었다. 어찌나 긴지 죽는 날까지 잊지 못할 이름이기도 했다.

1940년 5월, 독일이 네덜란드와 벨기에를 침공했을 때 나는 바사에서 모든 시험에 죽을 쑤고 있었기 때문에 다른 생각을 할 겨를이 없었다. (프랑스가 곧 독일을 물리칠 테니 가을이 올 때쯤 이 모든 소란도 끝날 거라던 아빠 말씀은 기억난다. 늘 신문을 보시니 그 말씀이 맞을 거라고 생각했다.)

내가 뉴욕으로 쫓겨날 때, 그러니까 1940년 6월 중순, 독일은 파리를 점령했다. (아빠의 이론은 허무하게 무너졌다.) 하지만 갑자기 내 삶이 너무 재미있어져서 전쟁 소식에 관심을 기울일 여유가 없었다. 나는 프랑스와 독일 국경에서 벌어지는 일보다 할렘에서 벌어지는 일이 더 궁금했다. 8월이 되자 독일이 영국에 폭탄을 던지기 시작했고 그때 나는 임신과 성병 공포에 시달리고 있었으니 전쟁 이야기는 더더욱 귀에 들어오지 않았다.

역사도 맥박이 뛴다고 사람들은 말하지만 나는 그 맥박을 한 번도 느껴보지 못했다. 바로 내 귓가에서 북처럼 울려대고 있었는데도 불구하고.

내가 조금 더 현명하고 생각이 깊었다면 미국이 결국 참전하게 될 거라는 사실을 더 일찍 알았을 것이다. 오빠가 해군에 입대하려 한다는 소식도 더 진지하게 받아들였을 것이다. 그 결정이 오빠의 미래에, 결국 우리 모두의 미래에 어떤 영향을 끼칠지 적어도 한 번쯤 생각해봤을 것이다. 그리고 미국이 참전을 결정하면 내가 밤마다 함께 놀던 유쾌한 청년들이 최전선으로 가게 되리라는 사실을 더 일찍 알았을 것이다. 지금 알고 있는 것을 그때도 알았더라면, 그러니까 그 멋진 젊은이들이 곧 유럽의 전쟁터에서 목숨을 잃거나, 남태평양 한가운데에서 화염에 휩싸일지도 모른다는 사실을 더 일찍 알았더라면, 나는 더 많은 남자와 섹스를 했을 것이다.

농담 같겠지만 절대 농담이 아니었다. 무엇이든 그들과 더 많이 했을 것이다. (물론 시간이 충분했을지 모르겠지만 아무리 바빠도 마지막 한 사람까지 만나기 위해 최선을 다했을 것이다. 곧 산산이 부서지거나 불에 타거나 부상당해 사라질 가련한 영혼들을 말이다.)

그럴 줄 알았다면 얼마나 좋았을까, 안젤라. 정말로.

물론 사람들은 전쟁에 신경을 곤두세우고 있었다. 올리브는 고향인 잉글랜드 소식을 주의 깊게 듣고 있었다. 고향 소식에 불안해했지만, 올리브는 무슨 일에든 불안해하는 사람이었기 때문에 그녀의 걱정이 크게 다가오지 않았다. 올리브는 매일 아침 강낭콩과 계란을 먹으며 손에 들어오는 온갖 신문을 꼼꼼히 읽었다. 〈뉴욕 타임스〉와 〈베론즈〉를 읽었고 (공화당 편향이긴 했지만) 〈헤럴드 트리뷴〉도 읽었으며 어쩌다 구한 영국 신문도 읽었다. 페그도 (보통은 야구 코너만

읽는데) 걱정스럽게 소식을 챙겨 듣기 시작했다. 이미 세계 대전을 한 번 겪은 페그는 다시 전쟁을 겪고 싶지 않았다. 유럽에 대한 페그의 애정은 헤아릴 수 없을 만큼 깊었다.

여름이 깊어가는 동안 페그와 올리브는 미국이 참전해야 한다는 쪽으로 마음을 굳혔다. '미국이 영국을 돕고 프랑스를 구해야 한다!' 페그와 올리브는 의회의 지지를 얻으려고 노력하는 대통령을 지지하고 있었다.

페그는 타고난 계급을 배신하고 늘 루즈벨트 편을 들었다. 처음 그 말을 들었을 때 나는 충격을 받았다. 아빠는 루즈벨트를 증오하는 과격한 고립주의자였고 린드버그에 열광하는 노인네였다. 나는 친척들도 전부 루즈벨트를 증오하는 줄 알았다. 하지만 뉴욕은 누구나 다른 생각을 할 수 있는 곳이었다.

"나치 놈들 더이상은 못 봐주겠어!" 어느 날 아침 신문을 읽던 페그가 이렇게 외쳤다. 분노에 휩싸여 주먹으로 식탁까지 내리치면서. "참는 데도 한계가 있지! 더는 못 봐줘! 하루라도 빨리 나서야 해!"

페그가 그렇게 화를 내는 모습은 처음이라 잊을 수 없었다. 페그의 분노는 내 생각만 하던 내게 경종을 울렸고, 덕분에 나도 상황 파악이란 걸 해볼 수 있었다. '페그가 저렇게 화를 낼 정도면 정말 심각하긴 한가봐!'

그렇다고 내가 개인적으로 나치에게 무슨 짓을 할 수 있었던 건 아니었겠지만. 사실 나는 저 멀리 유럽에서 벌어지고 있는 이 복잡한 전쟁이 내 삶에 직접적인 영향을 끼칠 거라고는 꿈에도 생각하지 못했다. 그해 9월까지는.

그해 9월, 에드나 왓슨과 아서 왓슨이 릴리 플레이하우스에서 함께 살기 시작했다.

9

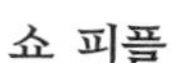

쇼 피플

안젤라, 에드나 파커 왓슨이라는 이름은 아마 처음 들어보았겠지. 연극배우 에드나의 위대한 업적을 목격하기에 너는 너무 어렸을 테니까. 에드나의 주요 활동 무대가 뉴욕보다는 런던이기도 했고.

에드나를 만나기 전, 나는 이름을 들어보았지만 그건 에드나가 영국의 잘생긴 영화배우 아서 왓슨과 결혼했기 때문이었단다. 〈게이츠 오브 눈Gates of Noon〉이라는 유치한 전쟁 영화에 출연했던 그 멋진 아서 왓슨 말이다. 잡지에서 두 사람의 사진을 본 적도 있으니 에드나의 존재는 알고 있었다. 하지만 남편을 통해 알았다는 건 사실 에드나에게 약간 송구한 일이었다. 에드나야말로 남편보다 더 뛰어난 배우였고 더 훌륭한 사람이었으니까. 하지만 사람들이 그렇지 않니. 이 천박한 세상에서 꽤나 중요한 게 바로 외모인데, 남편의 얼굴이 더 잘생겼으니 말이다.

에드나가 영화에 출연했다면 이야기는 달라졌겠지. 어쩌면 훨씬 유명해졌을 테고 사람들도 아직 그녀를 기억하겠지. 어느 모로 보나 에드나와 비슷했던 베티 데이비스나 비비안 리처럼. 하지만 에드나는 카메라 앞에서는 연기하지 않았다. 기회는 물론 있었지. 할리우드 제작사들이 몇 번이나 찾아갔지만, 에드나는 끝끝내 그들을 빈손으로 돌려보냈다. 라디오 연극도 하지 않았다. 인간의 목소리를 녹음하면 그 신성하고 중요한 기운이 사라져 버린다면서.

에드나 파커 왓슨은 연극만 사랑했고 연극배우의 문제는 무대에서 내려오면 잊혀진다는 것이다. 에드나의 공연을 한 번도 본 적이 없다면 그녀의 능력과 매력을 결코 이해할 수 없겠지.

극작가 조지 버나드 쇼가 가장 사랑했던 배우가 바로 에드나였다면 좀 도움이 될까? 에드나가 연기했던 잔 다르크야말로 완벽에 가까웠다고 그가 말했지. "내면으로부터 화려하게 빛나는 얼굴, 그 얼굴 앞에서 어떻게 그녀를 따라 전쟁터에 나가지 않을 수 있겠는가?" 라고 말이야.

아니, 그래도 충분하지 않은 것 같구나. 쇼 씨에게는 미안하지만, 어디 내가 한번 에드나에 대해 설명해보마.

내가 에드나와 아서 왓슨을 처음 만난 건 1940년 9월 셋째 주였다.

릴리 플레이하우스에 오고 가는 많은 손님이 그렇듯 그들의 방문도 미리 계획된 것은 아니었다. 안 그래도 어수선했던 우리 일상을 훨씬 넘어서는 급박하고 혼란스러운 상황 때문이었지.

에드나는 페그의 오랜 친구였다. 1차 대전 당시 프랑스에서 만나 금방 친구가 되었지만 오래 만날 기회가 없었다. 그러던 중 1940년 늦여름, 에드나가 알프레드 런트Alfred Lunt(연극 배우, 영화 배우이자 무대 연출가로 활동)와 연극 무대에 서기 위해 남편과 함께 뉴욕으로 오게 되었다. 하지만 대사 한 줄을 외우기도 전에 제작사가 자취를 감춰 연극이 공중분해되어 버렸다. 설상가상으로 왓슨 부부가 영국으로 돌아가기 전에 독일이 영국 폭격을 시작했고 폭격 몇 주 만에 런던에 있는 부부의 타운 하우스 역시 흔적도 없이 사라져 버렸다.

"완전히 재가 되어버렸대." 페그의 말이었다.

결국 에드나와 아서 왓슨은 뉴욕의 셰리 네덜란드 호텔에 발이 묶였다. 망명하기 썩 나쁜 장소는 아니었지만 두 사람 모두 일이 없었기 때문에 거기서 쭉 지낼 만큼 여유가 있는 건 아니었다. 두 사람은 일도, 돌아갈 집도 없이, 포위당한 고국만 바라보며 미국에 갇혀 버린 예술가들이었다.

그들이 처한 상황을 전해 들은 페그는 당연히 릴리 플레이하우스에서 머물라고 했다. 원하는 만큼 언제까지 있어도 좋다고 했다. 수입이 필요하다면, 형편없는 공연이라도 괜찮다면 공연도 할 수 있게 해주겠다고 약속했다. 갈 데 없는 왓슨 부부는 거절할 이유가 없었다.

그렇게 두 사람이 릴리로 오게 되었다. 전쟁이 내 삶에 직접적으로 영향을 끼친 최초의 사건이었다.

왓슨 부부는 막 추워지기 시작했던 어느 가을 오후에 도착했다.

나와 페그가 건물 밖에서 이야기를 하고 있을 때 두 사람이 탄 차가 도착했다. 나는 로우스키에서 막 돌아온 참이라 댄서들의 발레 의상을 수선하려고 사 온 빳빳한 속치마 재질의 천을 잔뜩 들고 있었다. (〈댄스 어웨이, 재키!〉라는 공연을 하고 있었다. 거리의 부랑아가 아름다운 발레리나와 사랑에 빠져 범죄자의 소굴에서 벗어나 새 삶을 산다는 내용이었다. 릴리의 근육질 댄서들을 최고의 발레단 댄서들처럼 보이게 만드는 것이 내 임무였다. 최선을 다해 의상을 만들었지만, 댄서들이 자꾸 치마를 찢어먹었다. 틀림없이 보글보글을 너무 많이 해서겠지. 마침 수선이 필요한 때였다.)

왓슨 부부는 엄청난 짐과 함께 시끌벅적 도착했다. 여행 가방과 짐을 실은 차가 두 대 더 따라왔다. 에드나 파커 왓슨은 바로 내 눈앞에서 택시에서 내렸는데, 그 자태가 마치 리무진에서 내리는 듯 우아했다. 아담하고 날씬했던 에드나는 내가 지금껏 본 여자 중 최고로 멋진 옷을 입고 있었다. 피콕 블루색 서지 재킷에는 금색 단추 두 줄이 단단히 박혀 있었고 높은 깃 역시 금으로 장식되어 있었다. 진한 회색 바지는 밑단이 살짝 퍼져 있었고 윤이 나는 검정 윙팁 신발을 신고 있었다. 우아하고 여성스러운 작은 굽만 빼면 꼭 남자 신발 같았다. 그녀는 거북이 등껍질 장식 선글라스를 쓰고 있었고 짧게 자른 짙은 머리는 탐스럽게 말려 있었다. 메이크업은 하지 않았고 완벽에 가까운 붉은색 립스틱만 바르고 있었다. 머리에는 심플한 검정 베레모를 삐뚜름하지만 편안해 보이게 쓰고 있었다. 에드나는 세상에서 가장 멋진 군대의 작고 귀여운 장교 같았고, 그날부터 나의 스타일은 완전히 달라졌다.

에드나를 만나기 전까지 나는 뉴욕 쇼걸들의 화려함과 눈부심이야말로 매력의 정점이라고 생각했다. 하지만 내가 여름 내내 동경했던 모든 것들이 (그리고 모든 사람들이) 멋진 재킷과 완벽한 맞춤 바지와 남성용처럼 보이는 신발을 신은 이 작은 여인 앞에서 갑자기 천박해 보이기 시작했다.

태어나서 처음으로 진정한 매력이 무엇인지 목도한 순간이었다. 한 치의 과장도 없이, 그 순간부터 나는 매일 에드나 파커 왓슨의 스타일을 따라 하려고 노력하며 살았다.

페그가 달려가 에드나를 껴안고 빙빙 돌며 외쳤다.

"에드나! 영국 왕립극장의 이슬만 먹고 사는 요정이 이 초라한 미국 땅을 밟아주시다니!"

"오, 페그!" 에드나도 목소리를 높였다. "하나도 안 변했네!" 에드나가 포옹을 풀고 한발 물러서서 릴리 건물을 올려다보며 말했다. "이게 전부 네 거야? 건물 전체가?"

"응, 안타깝지만 다 내 거야. 네가 살래?"

"정말 그러고 싶지만 내 이름으로 돈이 있어야 말이지. 멋진 건물이네. 그리고 넌! 이제 감독님이 되신 거잖아! 연극계의 거물이 되었네! 건물이 꼭 옛날 해크니 지역 건물 같다. 멋져. 네가 왜 샀는지 알겠어."

"그럼, 당연히 살 수밖에 없었지. 안 샀으면 지금 돈이나 쓰며 편하게 살고 있었을 텐데 그런 건 또 재미없잖아, 안 그래? 자, 지루한 극장 이야기는 그만하고. 에드나, 네 집이 그렇게 된 건 정말 유감이야. 영국이 가여워서 어쩌니."

"괜찮아, 페그." 에드나가 페그의 뺨에 다정하게 손을 대며 말했다. "엉망이 되었지만 우리는 살아 있잖아. 게다가 네 덕분에 잘 곳도 생겼고. 이 정도면 다른 사람들보다 훨씬 나아."

"그런데 아서는 어딨어? 빨리 보고 싶어."

하지만 나는 이미 그를 보고 있었다. 짙은 머리카락에 아래턱이 약간 튀어나와 있는 아서 왓슨은 잘생긴 게 딱 영화배우 같았는데, 그 순간 택시 운전사의 두 손을 맞잡고 미소를 지으며 열정적으로 악수를 하고 있었다. 떡 벌어진 어깨에 체격이 좋았고 보통 배우들과 다르게 영화에서보다 훨씬 몸이 컸으며 소품처럼 생긴 시가를 입에 물고 있었다. 내가 직접 본 사람 중 가장 잘생겼지만, 그 멋진 외모가 왠지 자연스럽지 않았다. 예를 들면, 멋을 부려 만 머리카락이 한쪽 눈을 살짝 가리고 있었는데 일부러 그러지 않았다면 훨씬 멋졌을 것 같았다. (안젤라, 멋을 부리려면 무조건 자연스러워야 한단다. 절대 일부러 그런 것처럼 보이면 안 된다.) 그는 한마디로 배우처럼 보였다. 택시 운전사와 힘차게 악수하는 역할을 맡은 체격 좋고 잘생긴 배우 같았다.

아서는 힘찬 발걸음으로 우리에게 다가와 그 가엾은 택시 운전사에게 그랬던 것처럼 페그의 손을 우악스럽게 잡고 흔들었다.

"반갑습니다. 뷰엘 부인." 그가 말했다. "이렇게 불러주시다니 어떻게 감사를 드려야 할지 모르겠군요."

"천만에요, 아서." 페그가 답했다. "제가 에드나를 얼마나 좋아하는데요."

"오, 그건 저와 같으시군요!" 아서가 크게 대답하며 에드나를 꽉 끌어안았다. 그 정도면 몹시 아플 것 같았는데 에드나는 활짝 웃고만 있었다.

"여긴 내 조카 비비안." 페그가 말했다. "여름 내내 여기서 지냈어. 어떻게 하면 극단이 망하는지 잘 배우고 있지."

"아, 그 조카!" 마치 나에 대해 오랫동안 좋은 말만 들은 사람처럼 에드나가 말했다. 그리고 치자나무 향기를 풍기며 내 양 볼에 키스를 했다. "비비안! 정말 예쁘구나! 설마 앞길이 창창한 배우는 아니겠지? 극장에서 평생을 보내기에는 너무 아깝잖니. 미모는 딱 배우감이긴 한데 말이야."

에드나는 쇼 비즈니스 종사자라고 하기에 너무 순하고 다정하게 웃었다. 짧은 순간이지만 나에게 온전히 집중해 좋은 말을 해주는 모습에 나는 완전히 반해버렸다.

"아니에요." 내가 대답했다. "배우는 아니지만 릴리에서 고모와 지내는 건 너무 좋아요."

"당연하지. 네 고모가 얼마나 멋진 사람인데."

아서가 끼어들어 내 손을 움켜쥐며 말했다. "만나서 반갑구나, 비비안. 그런데 배우 일은 얼마나 했다고?"

에드나 때문에 부풀었던 마음이 그 때문에 쪼그라들어 버렸다.

"배우는 아니고요."라고 내가 입을 열었는데 그때 에드나가 마치 친한 친구에게 하듯 내 팔에 손을 올리고 내 귀에 속삭였다. "걱정하지 마, 비비안. 아서가 가끔 집중력이 부족해서 그래. 시간이 지나면 다 알게 될 거야."

"베란다에서 뭘 좀 마시자!" 페그가 말했다. "어머! 깜빡하고 베란다가 없는 집을 사버렸네! 그냥 극장 위층 더러운 거실에서 마시자. 베란다인 척 기분은 낼 수 있을 거야!"

"좋아, 페그." 에드나가 말했다. "정말이지 네가 미치도록 보고 싶었어!"

마티니 잔이 몇 차례 돌자 에드나는 마치 원래 알던 사람 같이 느껴졌다. 에드나처럼 매력으로 방 안을 환히 밝히는 사람은 처음이었다. 작고 환한 얼굴과 춤추는 듯한 회색빛 눈동자 때문에 꼭 요정들의 여왕 같았다. 전부 겉모습과 반대였다. 피부는 창백했지만 병약해 보이지는 않았다. 좁은 어깨와 호리호리한 몸매 때문에 앙증맞아 보였지만 연약해 보이지 않았다. 웃음소리는 건강했고 파리한 얼굴빛이나 작은 체구와 반대로 발걸음은 힘찼다. 작지만 매운 고추처럼.

에드나의 아름다움이 정확히 어디서 기인하는지는 설명하기 힘들었다. 여름 내내 함께 놀던 쇼걸들처럼 몸매가 완벽한 것도 아니었다. 얼굴은 둥근 편이었고 그때 한창 유행하던 것처럼 광대뼈가 멋지게 튀어나온 것도 아니었다. 게다가 젊지도 않았다. 적어도 쉰은

되어 보이는 나이를 감출 생각도 없어 보였다. 멀리서 보면 나이를 가늠할 수 없지만 (나중에 들으니 사십 대에도 무리 없이 줄리엣을 연기했다고 한다.) 가까이서 보면 눈가의 자글자글한 주름과 처진 턱선이 보였다. 세련된 짧은 머리에도 흰머리가 드문드문 섞여 있었다.

하지만 마음만은 젊었다. 절대 오십 대답지 않았다. 어쩌면 그게 가장 정확한 설명이었는지도 모르겠다. 아니면 그녀에게 나이는 중요하지 않으니 아예 걱정도 하지 않았는지도 모르고. 나이가 들어가는 배우의 문제는 자연의 흐름이 제 일을 하도록 내버려 두지 않는다는 것이다. 하지만 자연도 에드나에게만은 관대했던 것 같았고, 에드나 역시 자연의 섭리에 아무런 불만이 없어 보였다.

하지만 에드나가 타고난 최고의 재능은 바로 따뜻함이었다. 에드나는 눈앞의 모든 것에 기뻐했고 그래서 사람들도 그 기쁨을 누리려고 그녀 곁에 있고 싶어 했다. 보통은 무서운 표정인 올리브도 에드나 앞에서는 흔치 않게 즐겁고 기쁜 표정으로 변했다. 오랜 친구였던 두 사람은 따뜻한 포옹을 나누었다. 그날 밤 알게 되었는데 에드나와 페그와 올리브는 전부 프랑스의 전장에서 만났다고 했다. 에드나는 부상병들을 위해 공연하는 영국의 순회 극단 소속이었고 공연을 제작한 사람이 바로 페그와 올리브였다.

에드나가 말했다. "이 지구 어딘가에 우리 셋이 야전 부대에서 찍은 사진이 있을 거야. 그 사진을 한 번 더 볼 수 있다면 무슨 짓이든 하겠어. 정말 젊었지! 허리선도 없는 끔찍한 작업복 차림으로 찍었지만 말이야."

"나도 그 사진 기억해." 올리브가 말했다. "전부 진흙을 뒤집어쓰고 있었잖아."

"진흙이야 일상이었지, 올리브." 에드나가 말했다. "전쟁터였으니까. 그 추위와 습기는 절대 잊지 못할 거야. 벽돌 가루와 고기 기름을 섞어 분장을 했잖아. 기억나? 군인들 앞에서 공연하는데 얼마나 떨렸는지 몰라. 다들 얼마나 다쳤었니. 페그, 내가 이 가련한 청년들 앞에서 어떻게 춤추고 노래하냐고 물었을 때 뭐라고 대답했는지 기억나?"

"미안해, 에드나." 페그가 대답했다. "나는 내가 한 말들을 모조리 잊으며 살아."

"그럼 내가 말해줄게. 이렇게 말했지. '더 크게 노래해, 에드나. 더 열심히 춤을 춰. 병사들의 눈을 똑바로 보면서. 이 용감한 청년들을 감히 동정할 생각 말고.' 그래서 그렇게 했지. 더 열심히 춤추고 노래했어. 병사들과 눈을 마주치면서. 감히 동정 따위 하지 않고. 하지만 무척 괴로웠어."

"정말 열심히 했지." 올리브가 찬성한다는 듯 말했다.

"너 같은 간호사들이 더 열심히 일했지, 올리브." 에드나가 말했다. "간호사들 전부 이질과 동상 때문에 고생했던 거 기억해. 그런데도 이렇게 말했잖아. '그래도 우린 감염된 총상은 없잖아. 그러니 힘내자!' 너희가 영웅이었어. 특히 올리브 당신. 어떤 응급 상황에도 끄떡없었지. 절대 잊지 못할 거야."

에드나의 칭찬에 올리브의 얼굴이 생전 처음 보는 미소로 환하게 빛났다. 놀랍게도 '행복한' 표정 같았다.

"에드나는 군인들을 위해 셰익스피어를 공연했단다." 페그가 나를 보며 말했다. "처음에는 말도 안 된다고 생각했지. 군인들이 지겨워 죽으려 할 줄 알았는데 얼마나 좋아했는지 몰라."

"귀여운 영국 아가씨를 몇 달 만에 처음 봤으니 당연히 좋아할 수밖에." 에드나가 말했다. "〈오필리어〉 공연이 끝나고 어떤 군인이 이렇게 외쳤지. '사창가에 가는 것보다 낫네!' 난 아직도 그게 최고의 리뷰였다고 생각해. 페그, 너도 같이 공연했잖아. 나의 햄릿이었지. 그 타이즈 정말 잘 어울렸는데."

"햄릿이라니! 난 그냥 대본을 읽었던 것뿐이야." 페그가 말했다. "내가 어떻게 연기를 하니, 에드나. 게다가 햄릿이라면 정말 끔찍해. 공연을 보다가 집에 가서 오븐에 머리를 집어넣고 싶지 않은 햄릿 공연을 본 적 있어? 난 없어."

"오, 우리 햄릿은 꽤 괜찮았다고 생각했는데." 에드나가 말했다.

"짧았으니까." 페그가 말했다. "셰익스피어가 애초가 그렇게 만들었어야지."

"네 햄릿은 꽤 유쾌했잖아." 에드나가 말했다. "역사상 가장 명랑했던 햄릿 아니었을까?"

"그런데 햄릿이 원래 유쾌한 작품은 아니지 않나?" 아서 왓슨이 어리둥절한 표정으로 끼어들었다.

갑자기 분위기가 어색해졌다. 아서 왓슨이 입을 열 때 종종 그런 일이 발생한다는 걸 곧 알게 되었다. 그는 입을 여는 것만으로도 가장 불꽃 튀는 대화마저 단숨에 끊어버리는 재주가 있었다.

우리는 남편의 바보 같은 한마디에 에드나가 어떻게 반응하는지 지켜보았다. 하지만 에드나는 그를 보며 사랑스럽게 미소지었다. "맞아, 아서. 햄릿이 전반적으로 유쾌한 작품은 아니지. 하지만 페그가 낙천적인 성격을 좀 불어넣어서 공연이 약간 밝아지긴 했거든."

"오!" 그가 말했다. "그렇다면 대단한걸! 셰익스피어 씨가 어떻게 생각할지는 잘 모르겠지만."

페그가 얼른 주제를 바꿔 분위기를 살렸다. "셰익스피어 씨가 무덤에서 벌떡 일어나고 싶었겠지. 내가 에드나 같은 배우와 무대를 공유한다는 사실을 알았다면 말이야." 그리고 페그는 나를 보며 덧붙였다. "꼬맹이도 이건 알아야 해. 에드나는 그 나이대 배우 중 최고였거든."

에드나가 활짝 웃으며 대꾸했다. "페그, 나이 얘기 좀 그만해."

"에드나, 당신이 당신 세대에서 가장 멋진 배우였다는 말 같은데? 나이 이야기를 하는 게 아니고." 아서가 또 끼어들었다.

"확실히 해줘서 고마워." 에드나는 조금도 약이 오른다거나 비꼬는 기색 없이 아서에게 말했다. "페그, 너도 고맙고."

페그가 말을 이었다. "에드나만한 셰익스피어 배우는 없을 거야, 비비안. 타고났지. 요람에 누워 있을 때부터 싹이 보였을걸? 소네트를 배우기도 전에 이미 거꾸로 외워버렸다지?"

아서가 중얼거렸다. "앞에서부터 외우면 훨씬 쉽지 않았을까."

"고마워, 페그." 에드나가 다행히 아서에게 대꾸하지 않고 말했다.

"넌 언제나 좋은 말만 해."

"네가 여기 있는 동안 할 수 있는 일을 찾아보자." 페그가 강조의 뜻으로 다리를 치며 말했다. "우리 형편없는 공연에 널 출연시키고 싶지만, 너한테는 너무 수준 미달일 거야."

"그런 게 어딨어, 페그. 진흙탕에서 〈오필리어〉 공연도 했는걸."

"아직 우리 공연 못 봤지? 차라리 진흙이 그리워질 거야. 게다가 공연료도 네가 받는 만큼 줄 수 없어."

"그래도 지금 갈 수 없는 영국보다는 낫겠지."

"그럴싸한 시내 극단에 합류하는 것도 좋을 텐데." 페그가 말했다. "뉴욕에 엄청 많다잖아. 물론 내가 직접 보지는 못했지만 분명 있기는 할 거야."

"그렇겠지. 하지만 이번 시즌은 벌써 늦었어." 에드나가 말했다. "9월 중순이면 캐스팅도 끝났을 테고, 내가 뉴욕에서 유명한 것도 아니고. 린 폰탠Lynn Fontanne과 에델 베리모어Ethel Barrymore(당대 브로드웨이의 명배우들)가 살아 있는 한 뉴욕에서 내가 최고의 배역을 맡기는 힘들겠지? 하지만 여기 있는 동안에도 일하고 싶기는 해. 아서도 그럴 거야. 너도 알다시피 내가 아직은 전천후니까 무대 구석에서 조명이 좀 도와주면 젊은 여자 역할도 충분히 할 수 있어. 유대인이든 집시든 프랑스 여자든 다 괜찮아. 꼭 필요하면 어린 남자애도 가능해. 아서랑 로비에서 땅콩을 팔 수도 있지! 필요하면 재떨이도 비우고. 여기서 지내는 동안 밥값은 해야지."

"에드나." 아서 왓슨이 단호한 목소리로 끼어들었다. "난 재떨이는 비우고 싶지 않아."

그날 밤 에드나는 〈댄스 어웨이, 재키!〉 공연을 모두 봤다. 형편없는 우리 공연을 보고 처음으로 극장에 온 열두 살 까막눈 아이처럼 좋아했다.

"정말 재밌었어!" 배우들이 마지막 인사를 하고 무대에서 퇴장하자 에드나가 내게 외쳤다. "비비안, 나도 이런 극장에서 처음 연기를 시작했단다. 부모님도 연극을 하셔서 딱 이런 극단에서 자랐거든. 무대 구석에서 태어나 오 분 만에 첫 무대에 섰다고 할 수 있지."

에드나는 무대 뒤로 가서 배우들과 댄서들에게 격려의 말을 전하고 싶어 했다. 에드나가 누구인지 아는 사람도 있었지만 대부분 몰랐다. 그들 대부분에게 에드나는 그저 잘했다고 칭찬해주는 친절한 여인일 뿐이었다. 물론 그걸로도 충분했다. 배우들은 에드나 주위에 서서 그녀의 다정한 말에 귀 기울였다.

나는 셀리아에게 다가가 속삭였다. "에드나 파커 왓슨이야."

"누구?" 셀리아가 무심하게 대꾸했다.

"유명한 영국 배우. 아서 왓슨하고 결혼했어."

"〈게이츠 오브 눈〉의 그 아서 왓슨?"

"맞아! 지금 둘이 여기 와 있어. 런던에 있는 집이 폭격을 맞았대."

"하지만 아서 왓슨은 젊잖아!" 셀리아가 에드나를 쳐다보며 말했다. "어떻게 저 여자랑 결혼을 해?"

"몰라." 내가 답했다. "대단한 사람인 것 같긴 하더라고."

"그래?" 셀리아는 썩 믿지 못하는 눈치였다. "오늘은 어디 갈까?"

나는 셀리아와 친구가 되고 나서 처음으로 굳이 나가고 싶다는 생각이 들지 않았다. 왠지 에드나 옆에서 시간을 보내고 싶었다. 단 하룻밤만이라도.

"소개해줄게." 내가 말했다. "유명한 사람이야. 옷 입는 것도 환상이고."

나는 셀리아를 데리고 가 에드나에게 자랑스럽게 소개했다.

여자들이 쇼걸 앞에서 어떤 반응을 보일지는 누구도 상상할 수 없다. 무대 의상을 입고 있는 쇼걸은 그 옆에 있는 다른 여자들을 전부 하찮게 만들어버린다. 여자로서 자신감이 대단한 사람들만 쇼걸의 화려함 앞에서 움찔하거나 기가 죽거나 달아나지 않을 수 있다.

하지만 그 작은 체구의 에드나에게 바로 그런 자신감이 있었다.

"정말 멋진 친구구나!" 에드나가 셀리아에게 외쳤다. "네 키 좀 봐! 그리고 이 얼굴도! 폴리 베르제르 주인공으로도 손색이 없겠어!"

"파리에 있는 뮤직홀이야." 내가 셀리아에게 말했다. 칭찬을 듣느라 다행히 내 잘난 척을 눈치 채지는 못한 것 같았다.

"셀리아는 어디 출신이니?" 에드나는 내 친구가 너무 궁금한지 호기심에 고개를 약간 기울이고 눈을 반짝이며 물었다.

"여기요. 뉴욕에서 태어났어요." 셀리아가 대답했다. (마치 자신의 뉴욕 토박이 억양을 아무도 못 알아들을 거라는 듯.)

"오늘 보니 키에 비해 춤을 멋지게 잘 추더구나. 혹시 발레를 배웠니? 춤추는 모습을 보니 제대로 배운 것 같던데."

"아니요." 셀리아의 얼굴이 기쁨으로 빛났다.

"연기도 하니? 카메라가 아주 좋아할 것 같은데? 딱 영화배우감이야."

"조금 해요." 그리고 이렇게 덧붙였다. (B급 영화에서 시체 역할만 한 번 해본 사람치고 아주 능청스럽게) "아직 유명하진 않지만요."

"곧 유명해지겠지. 세상이 공정하다면 말이야. 계속해보렴. 여기가 너한테 맞는 곳이야. 요즘 사람들이 좋아하는 얼굴이기도 하고."

상대의 애정을 얻으려고 칭찬하기는 쉽다. 어려운 건 제대로 칭찬하는 일이다. 셀리아에게 아름답다고 말해준 사람은 많았지만, 발레를 배운 사람처럼 춤춘다고 말해준 사람은 없었다. 요즘 사람들이 좋아하는 얼굴이라고 말해준 사람도 없었다.

"그런데 생각해보니 말이야." 에드나가 말했다. "너무 신나게 구경하느라 아직 짐 정리를 못했네. 혹시 시간 되면 좀 도와주겠니?"

"당연하죠!" 셀리아는 마치 열세 살 소녀로 되돌아간 듯 신나서 대답했다.

놀랍게도 그 순간 나의 여신 셀리아가 에드나의 하녀가 되었다.

에드나가 왓슨과 함께 쓸 4층 숙소에 도착하자 거실 바닥에 트렁크와 상자, 온갖 꾸러미가 산더미처럼 쌓여 있었다.

"세상에." 에드나가 말했다. "너무 빽빽하게 들어차긴 했다, 그치? 아가씨들을 성가시게 하고 싶진 않지만, 어디 한번 시작해볼까?"

나는 얼른 달려들어 에드나의 옷을 만져보고 싶었다. 전부 아름답겠지? 정말 그랬다. 에드나의 트렁크는 완벽한 의상들의 본보기였다. 대충 입는 옷은 단 한 벌도 없었다. '소공자, 프랑스 살롱 안주인을 만나다' 정도로 정의할 수 있는 특별하고 통일된 스타일이 있었다.

우선 재킷이 정말 많았다. 재킷은 에드나의 아름다움을 구성하는 기본 요소 같았다. 몸에 딱 맞는 것, 발랄한 것, 군복 분위기가 나는 것 등 종류도 다양했다. 페르시아 양털 장식이 달린 것도 있었고 새틴으로 장식된 것도 있었다. 라이딩 재킷도, 가볍게 입을 수 있는 재킷도 있었다. 전부 다른 디자인의 금색 단추가 달려 있었고 전부 보석 달린 실크가 덧대져 있었다.

어느 브랜드 옷인지 라벨을 뒤지고 있는 나를 보며 에드나가 말했다. "특별히 주문해서 맞춘 거란다. 인도에서 온 재봉사가 런던에 한 명 있는데, 오래 함께 일하면서 내 취향을 아주 잘 알게 되었지. 날 위해 늘 새로운 옷을 만들어주는데 한 번도 마음에 들지 않은 적이 없었어."

그리고 바지가 엄청나게 많았다. 길고 헐렁한 것도 있었고 발목 위로 올라오는 기장에 통이 좁은 것도 있었다. "춤을 배울 때 입던 옷들이야." 에드나가 무릎 길이의 각종 바지들을 두고 말했다. "파리에서는 댄서들이 전부 그런 바지를 입거든. 댄서들이 입으면 얼마나 세련되어 보이는지 몰라. 내가 '가는 발목단'이라는 별명까지 붙여줬지 뭐니."

내게 바지란 완전히 새로운 세계였다. 에드나가 바지를 얼마나 잘 소화하는지 두 눈으로 직접 보기 전까지 나는 여자들이 바지를 입는 것에 회의적이었다. 그레타 가르보나 오드리 헵번을 보면서도 여자가 바지를 입으면 여성성이 감소하고 매력이 떨어진다고 생각했는데, 에드나의 바지들을 보면서 가장 여성적이면서도 매력적일 수 있는 옷은 오직 바지뿐이라는 생각이 들기 시작했다.

"평상시에는 바지를 더 즐겨 입어." 에드나가 말했다. "키가 작지만 보폭은 커서 자유롭게 움직이려면 바지가 더 좋거든. 오래전에 한 기자가 나한테 '자극적인 소년미'가 있다고 했거든. 남자들의 평가 중 가장 마음에 들었지. 그보다 더한 칭찬이 있겠니?"

셀리아는 어리둥절한 표정이었지만 나는 에드나가 무슨 말을 하는지 정확히 이해했고 그 생각이 너무 마음에 들었다.

블라우스가 가득 든 트렁크 차례가 왔다. 대부분 가슴에 주름 장식이 달려 있었다. 그 촘촘한 장식이야말로 수트를 입고도 여전히 여성스러워 보일 수 있는 비결인 것 같았다. 목이 높이 올라온 크레이프 드 신(잔주름이 많은 부드러운 프랑스 비단) 슈미즈 블라우스가 하나 있었는데 세상에서 가장 부드러운 그 핑크색 블라우스를 만져보자마자 너무 갖고 싶어져 심장이 찌릿했다. 다음으로 꺼낸 것은 우아한 최고급 아이보리 실크 블라우스였는데 목에 작은 진주 단추들이 달려 있었고 소매는 세상에서 가장 깜찍했다.

"이건 정말 완벽한 블라우스 같아요!" 내가 말했다.

"알아봐줘서 고맙구나, 비비안. 보는 눈이 있네. 그 블라우스는 코코 샤넬에게 받은 거야. 공짜로 아무것도 주지 않는 코코가 직접 준 거지! 아마 코코가 조금 힘들었을 때였을 거야. 식중독에 걸린 날이었던가."

셀리아와 나는 동시에 깜짝 놀랐고, 내가 불쑥 물었다.

"코코 샤넬을 알아요?"

"코코 샤넬을 잘 아는 사람은 아무도 없단다. 코코가 그걸 원하지 않았지. 하지만 서로 안면은 있다고 말할 수 있겠구나. 오래전 파리 콰이 볼테이어 거리에 살 때 만났어. 프랑스어를 배우고 있었거든. 배우가 배워 놓으면 좋은 언어란다. 입 쓰는 법을 훈련할 수 있으니까."

에드나의 입에서 나오는 말은 뭐든 고상하게 들렸다.

"어떤 사람이에요?"

"코코가 어떤 사람이냐고?" 에드나는 잠시 말을 멈추더니 눈을 감았다. 정확한 단어를 찾고 있는 듯했다. 그리고 눈을 뜨며 웃었다.

"코코 샤넬은 재능 있고 야망 있고 노련하고 일에 미쳤지만 아무도 붙잡지 못하는 여자였지. 난 무솔리니나 히틀러가 세상을 정복하는 것보다 코코가 세상을 정복할까봐 더 두려웠단다. 하하, 농담이야. 멋진 사람이었지. 코코가 친구라고 부르면 그때부터 위험해지는 거야. 하지만 코코는 내가 지금 이야기하는 것보다 훨씬 흥미로운 사람이야. 자, 아가씨들, 이 모자 어때?"

에드나는 챙이 살짝 말린 중절모를 상자에서 꺼냈다. 남성용 같았지만 부드러운 보랏빛에 붉은색 깃털 장식이 달려 있었다. 에드나는 환하게 웃으며 우리 앞에서 모자를 써보았다.

“정말 잘 어울려요.” 내가 말했다. “하지만 요즘 사람들이 쓰는 모자는 아닌 것 같아요.”

“고마워.” 에드나가 말했다. “요즘 유행하는 모자는 전혀 마음에 들지 않아서 말이야. 선이 멋지고 단순해야지, 머리 위에 잡동사니를 얹어 놓은 것 같은 모자는 쓸 수가 없어. 이런 모자를 주문해서 써보면 늘 선이 완벽하지. 이상한 모자를 쓰면 답답하고 화가 나. 그런 모자가 얼마나 많은지 몰라. 하지만 모자 만드는 사람들도 먹고는 살아야 하니까.”

“이거 너무 마음에 들어요.” 셀리아가 노란색 긴 실크 스카프를 꺼내 머리에 두르며 말했다.

“멋지네, 셀리아!” 에드나가 말했다. “머리에 스카프를 두르는 게 어울리는 흔치 않은 아가씨구나. 운이 좋네! 내가 그렇게 두르면 꼭 죽은 성녀 같을 거야. 마음에 들면 가져도 돼.”

“와, 감사합니다!” 셀리아가 거울을 찾아 에드나의 방을 두리번거리며 말했다.

“그 스카프를 왜 샀는지도 모르겠어. 노란 스카프가 유행했을 때 산 것 같아. 그리고 교훈을 얻었지! 패션이란 말이야, 누가 뭐라고 해도 유행을 따를 필요가 없어. 유행은 의무가 아니야. 유행하는 옷을 너무 많이 입으면 불안한 사람처럼 보일 뿐이지. 파리는 멋지고 화려하지. 하지만 그저 파리라는 이유로 파리를 따라 해서는 안 된단다. 알겠지?”

그저 파리라는 이유로 파리를 따라 해서는 안 된다! 죽을 때까지 그 말을 잊지 않을 생각이었다. 그 말은 처칠의 어떤 발언보다 내 마음을 흔들었다.

다음은 화장품과 세면도구 등 가장 재미있는 물건들이 가득 담긴 트렁크였다. 우리는 에드나의 화장품들을 꺼내며 거의 실신할 뻔했다. 카네이션 향이 나는 배스 오일, 라벤더 알코올 세정제, 옷장과 서랍에서 향기가 나도록 넣어두는 향료함도 있었다. 프랑스어가 적힌 작은 유리병 화장품들은 너무 탐이 났다. 보기만 해도 향에 취할 것 같았다. 과한 호들갑이 약간 창피하긴 했지만, 에드나도 우리의 환호와 탄성에 기분이 좋은 것 같았다. 아니, 우리만큼 즐거워 보였다. 어쩌면 에드나도 우리를 좋아하는지도 모른다는 허황된 생각까지 들었다. 그때도 그랬지만 지금 생각해도 신기한 일이었다. 어떤 나이 많은 여자들은 젊고 아름다운 여자들과 함께 있는 상황을 별로 달가워하지 않으니까. 하지만 에드나는 아니었다.

"아가씨들," 에드나가 말했다. "너희들이 그렇게 흥분하는 모습은 봐도 봐도 질리지 않을 것 같아!"

그랬다. 우리는 그 모든 게 처음이라 아주 흥분해 있었다. 에드나는 오직 장갑만 가득한 여행 가방도 가지고 있었다. 장갑들은 하나하나 실크로 단정하게 싸여 있었다.

"절대 대충 만든 싸구려 장갑은 사면 안 돼." 에드나가 말했다. "돈은 그렇게 아끼는 게 아니야. 장갑을 사야 할 일이 생기면, 한 짝을 택시에 두고 내렸을 때 얼마나 상심할지 생각해봐. 그럴 것 같지 않으면 사지 않는 거야. 너무 아름다워 잃어버리면 마음이 부서질 것 같은 장갑만 사렴."

도중에 아서 왓슨이 들어왔는데 눈앞에 이국적인 옷들이 너무 많아 그에게 조금도 관심이 가지 않았다. (물론 잘생긴 건 변함없었지만) 에드나는 그의 뺨에 키스를 해주고 다시 내보내며 이렇게 말했다.

"아직 남자들이 들어올 자리는 없어, 여보. 어디 가서 술 한잔 마시면서 놀고 있어. 이 예쁜 아가씨들이 바쁘지 않을 때까지. 당신과 당신의 그 가련한 더플백 자리는 그때 마련해줄게."

아서는 약간 입을 내밀었지만 시키는 대로 했다.

아서가 나가자 셀리아가 말했다. "와, 완전 잘생겼어요." 기분 나빠할 거라고 생각했지만, 에드나는 그저 웃었다.

"맞아. 정말 잘생겼지. 솔직히 저런 사람은 나도 처음이었어. 결혼한 지 십 년이 되어가는데 아직도 볼 때마다 설렌다니까."

"근데 너무 젊잖아요."

나는 그 무례한 말에 깜짝 놀라 셀리아를 한 대 칠 뻔했지만, 이번에도 에드나는 개의치 않아 보였다.

"맞아, 셀리아. 아직 젊지. 나보다 훨씬. 아마 내 평생 가장 잘한 일일 거야."

"불안하지 않아요?" 셀리아는 멈출 생각이 없어 보였다. "작업 거는 미녀들이 엄청 많을 것 같은데."

"작업 거는 애들은 전혀 걱정하지 않는단다. 작업은 늘 실패할 수밖에 없거든."

"오!" 셀리아가 존경과 놀람이 뒤섞인 표정으로 감탄했다. 에드나가 말을 이었다.

"여자가 큰 성공을 이루면 자기보다 한참 어린 잘생긴 남자와 결혼하는 행운을 누릴 수도 있지. 치열했던 노력에 대한 보상이라고 해두자. 처음 만났을 때 아서는 아직 애송이였어. 내가 연기하던 연극의 무대를 만들었지. 헨릭 입센Henrik Ibsen의 〈민중의 적〉이었어. 나는 슈토크만 부인 역이었는데 얼마나 따분했는지 몰라. 다행히 공연 내내 아서가 내 기분을 밝혀주었지. 그때부터 쭉 내 삶을 밝혀주고 있고. 내가 정말 좋아해. 세 번째 남편이야. 어떤 여자도 첫 번째 남편이 아서만큼 잘생길 수는 없어. 내 첫 남편은 공무원이었는데, 침대에서도 딱 공무원 같았어. 두 번째 남편은 연극 연출가였어. 다시는 하고 싶지 않은 실수였지. 그리고 세 번째가 내 사랑 아서야. 잘생긴 데다 정도 많아. 죽는 날까지 감사할 내 마지막 선물이지. 그가 너무 좋아서 이름도 바꿨잖니. 이미 내 이름으로 유명해졌으니 그러지 말라고 친구들이 말렸는데도 말이야. 전남편들과 결혼했을 때는 너희도 알다시피 이름을 안 바꿨거든. 하지만 에드나 파커 왓슨은 듣기에도 썩 좋지 않니? 셀리아 너는 어때? 결혼은 했니?"

나는 끼어들어 이렇게 말하고 싶었다. '남편들은 많았죠. 진짜 남편은 한 명뿐이어서 그렇지.'

"네." 셀리아가 대답했다. "한 번 갔다 왔어요. 색소폰 연주자한테."

"오, 그래. 그런데 잘 안 풀렸나 보구나?"

"그렇죠, 뭐." 셀리아는 사랑이 끝났다는 듯 손으로 자기 목을 긋는 시늉을 하며 말했다.

"그럼 비비안 너는? 결혼? 아니면 약혼?"

"아니요." 내가 말했다.

"특별한 사람이라도?"

"특별한 사람은 없어요." 내가 '특별한'이라는 단어를 지나치게 강조했는지 에드나가 갑자기 웃음을 터트렸다.

"아하! 그럼 특별하지 않은 누군가는 있다는 뜻이구나."

"안 특별한 사람은 몇 명 있대요."라는 셀리아의 대꾸에 나도 모르게 미소가 지어졌다.

"잘하고 있어, 비비안!" 에드나가 제법이라는 표정으로 나를 보며 말했다. "네가 점점 흥미로워지는걸?"

그날 밤, 아마 열두 시도 훨씬 넘었을 시간에 페그가 잠시 들렀다. 페그는 술잔을 들고 안락의자에 몸을 묻더니 에드나의 짐 정리를 마무리하던 셀리아와 나를 기쁜 얼굴로 바라보며 말했다.

"이게 다 뭐니? 옷을 많이도 가져왔네!"

"이건 겨우 새 발의 피야, 페그. 집에 있는 옷장을 보면 더 놀랄걸." 에드나가 잠시 말을 멈췄다.

"아, 맞다! 이제 하나도 안 남았겠구나! 그걸로 내가 이 전쟁에 힘이 될 수 있다면야. 헤르만 괴링Hermann Göring은 분명 아리안족의 평화를 위한 원대한 계획의 일부로 삼십 년 넘게 모아 완성한 내 옷장을 파괴했을 거야. 어떤 도움이 될지는 잘 모르겠지만 어쨌든 그런 슬픈 일이 일어나버리고 말았네."

에드나가 폭격으로 무너진 집에 대해 너무 대수롭지 않게 말해서 나는 깜짝 놀랐다. 페그도 마찬가지였는지 이렇게 말했다.

"그런데, 에드나. 난 솔직히 네가 훨씬 힘들어할 줄 알았어."

"왜 그래, 페그. 날 그렇게밖에 몰랐던 거야? 내가 상황 적응력이 얼마나 빠른지 벌써 잊었어? 나처럼 힘들게 살아온 사람들은 모든 일에 감정을 쏟아부을 여력이 없거든."

"쇼 피플."

페그가 너도 이해하지 않냐는 듯한 미소로 나를 보며 말했다. 그때 셀리아가 바닥까지 닿는 목 부분이 긴 검정 크레이프 드레스를 꺼냈다. 소매는 길었고 작은 진주 브로치가 중심에서 약간 벗어난 곳에 달려 있었다.

"와우, 이거 물건인데요." 셀리아가 말했다.

"맞아, 물건이야. 그렇지?" 에드나가 드레스를 자기 몸에 대보며 말했다. "하지만 이 드레스하고는 영 친해지지가 않아. 검정은 선에 따라 가장 멋진 색도, 가장 지루한 색도 될 수 있거든. 이건 딱 한 번 입었는데 꼭 그리스 과부가 된 기분이었어. 하지만 이 진주 장식이 너무 좋아서 버릴 수가 없었지."

내가 가까이 다가가 공손하게 물었다. "제가 한번 봐도 될까요?"

나는 에드나가 건네준 드레스를 소파 위에 펼쳐 놓고 여기저기 살펴보았다. 그리고 이렇게 말했다.

"문제는 색이 아니라 소매예요. 소매 재질이 몸통 재질보다 무겁잖아요. 안 그래요? 이 드레스에는 쉬폰 소매가 더 나을 거예요. 아니면 아예 없거나. 소매가 없는 게 체구가 작은 에드나한테는 더 잘 어울릴 것 같아요."

에드나는 드레스를 꼼꼼히 살펴보더니 놀란 표정으로 나를 바라보았다.

"비비안, 보통 솜씨가 아닌걸?"

"제가 수선할 수 있어요. 믿어만 주신다면."

"우리 비비 재봉틀 솜씨가 또 끝내주죠!" 셀리아가 자랑스럽게 말했다.

"그래, 맞아." 페그도 한마디 했다. "비비안은 우리 의상 전문가야."

"공연 의상도 전부 만들어요." 셀리아가 말했다. "오늘 공연 때 입었던 발레 튀튀도 비비가 만든 거예요."

"그래?" 에드나가 생각보다 훨씬 놀란 표정으로 말했다. (안젤라, 이 수다쟁이 할미는 튀튀도 만들었단다.) "아름답기만 한 게 아니라 재능도 있었구나? 어쩜 멋지기도 하지! 신이 선물을 두 개나 주지는 않는다는데!"

나는 어깨를 으쓱하며 대답했다. "그냥 이 옷을 더 멋지게 만들 수 있는 것뿐이에요. 길이도 줄이는 게 낫겠어요. 발목까지 내려오는 게 에드나한테 더 잘 어울릴 것 같아요."

"옷에 대해서는 나보다 훨씬 박식한 것 같구나." 에드나가 말했다. "이 안타까운 드레스를 결국 내다 버릴 생각이었거든. 그런 내가 지금까지 패션과 스타일에 대해 너한테 이러쿵저러쿵 떠들었다니. 들어야 할 사람은 바로 나였는데! 자, 그럼 아가씨, 옷에 대해서는 어디서 그렇게 잘 배웠니?"

에드나 파커 왓슨 같은 유명 인사가 열아홉 소녀의 할머니 이야기에 몇 시간씩 빠져들 줄은 정말 몰랐다. 하지만 에드나는 정말 귀 기울여 내 이야기를 들어주었다. 귀를 기울이다 못해 내 한마디 한마디를 전부 흡수할 기세였다.

내가 한참 지껄이고 있을 때 셀리아는 밖으로 나갔다. 그리고 평소대로 새벽에 정신없이 취해 내 곁에 누울 것이다. 곧 날카로운 노크 소리로 잘 시간이 지났다고 알려준 올리브 때문에 페그도 자리를 떴다.

결국 에드나와 나 단둘이 남았다. 우리는 에드나가 지내게 될 숙소의 소파에 웅크리고 앉아 새벽까지 이야기를 했다. 그렇게 시간을 빼앗는 건 예의가 아니라고 내 안의 숙녀가 말했지만 에드나의 관심을 스스로 물리칠 수는 없었다. 에드나는 할머니에 대해 모든 걸 알고 싶어 했고 남들과 다른 특별한 내 할머니를 정말 좋아했다. ("정말 멋지시다! 연극을 하셨어야 했는데!") 내가 자꾸 화제를 돌리려고 해도 에드나는 결국 나에 대한 이야기로 대화를 이끌었다. 바느질에 대한 내 열정에 진지한 호기심을 보였고 고래수염 코르셋도 만들 수 있다는 말에 매우 놀라워 했다.

"무대 의상 디자이너가 될 운명이었구나!" 에드나가 말했다. "드레스와 무대 의상의 차이가 있지. 드레스는 꿰매서 만드는 거라면 무대 의상은 설계해서 만드는 거야. 바느질할 수 있는 사람은 많지만 설계할 수 있는 사람은 별로 없단다. 무대 의상은 무대 위 가구처럼 소품이나 마찬가지니까 튼튼해야 하고, 공연 도중 무슨 일이 일어날지 모르니 어떤 일에도 대비할 수 있어야 해."

할머니는 보이지 않는 실수도 용납하지 않았다는 이야기도 했다. '아무도 모를 거야!'라는 내 반항에 할머니는 이렇게 말씀하셨다. '그렇지 않아, 비비안. 사람들은 다 본다. 무엇을 보고 있는지 모를 뿐 뭔가 잘못되었다는 건 분명히 알아. 사람들에게 왜 그런 기회를 주려고 하니?'

"정말 맞는 말씀이시네!" 에드나가 말했다. "내가 무대 의상에 그렇게 신경을 쓰는 이유도 바로 그거야. 아무도 모를 거라고 말하는 의상 감독들은 정말 질색이야. 그것 때문에 얼마나 많이 싸웠는지 몰라! 내가 의상 감독들에게 늘 하는 말이 있지. '삼백 명의 관객이 두 시간 동안 환한 조명 아래 서 있는 나를 바라보고 있으면 당연히 이상한 점을 찾아낼 수밖에 없어요. 이상한 머리, 이상한 안색, 이상한 목소리는 물론 드레스의 이상한 점도 당연히 찾아낼 거라고요.' 관객들이 스타일을 잘 알아서가 아니야, 비비안. 일단 객석에 앉으면 그 긴 시간 동안 할 일이 그거밖에 없거든."

나는 여름 내내 경험 많은 쇼걸들과 어른들의 대화를 하며 지냈다고 생각했다. 하지만 이것이야말로 진정한 어른들의 대화였다. 장인 정신과 전문 지식, 진정한 아름다움에 관한 대화였다. 지금까지 (모리스 할머니만 빼고) 나만큼 옷 만들기에 대해 많이 아는 사람은 한 번도 보지 못했다. 옷 만드는 일에 대해 그만큼 관심을 보였던 사람도 없었다. 그 예술을 이해하거나 존중해주는 사람은 아무도 없었다.

나는 에드나와 옷과 무대 의상에 대해 몇 백 년은 더 이야기할 수 있을 것 같았지만 마침내 아서 왓슨이 들어와 포근한 침대에서 포근한 아내와 자고 싶다고 말해서 그만 멈춰야 했다.

다음 날, 나는 두 달 만에 처음으로 술기운 없이 깔끔하게 일어났다.

10

시티 오브 걸스

다음 주, 페그는 에드나가 출연할 새로운 공연을 벌써 준비하기 시작했다. 페그는 에드나가 반드시 공연을 해야 하며 그 공연은 지금껏 릴리 플레이하우스가 만들던 공연보다 훌륭해야 한다고 생각했다. 그 시대 최고의 여배우에게 〈댄스 어웨이, 재키!〉 같은 공연을 시킬 수는 없는 노릇이었다.

하지만 올리브 입장에서는 전혀 좋은 생각이 아니었다. 올리브도 에드나를 좋아했지만, 사업적 관점에서 릴리가 괜찮은 (적어도 괜찮은 척이라도 하는) 공연을 제작해 올리는 것은 불가능하다고 생각했다. 이제 릴리의 제작 방식이 전부 뒤흔들리게 될 것이었다.

"페그, 우리는 관객이 많지 않아." 올리브가 말했다. "많지 않은 그 관객도 형편이 좋지 않지. 하지만 지금 우리한테는 그들뿐이고 그들이 우리를 먹여 살리잖아. 우리도 그들의 은혜에 보답해야 해. 배우 한 명을 위해 꾸준히 찾아주는 관객들에게 등을 돌릴 수는 없어. 한 번 떠나면 다시 돌아오지 않을 거야. 동네 사람들을 위한 공연을 만드는 게 우리 일이야. 그리고 그들은 입센 같은 연극은 원하지 않아."

"나도 입센은 싫어." 페그가 말했다. "하지만 에드나가 시간만 죽이고 있는 꼴은 못 보겠어. 에드나가 우리 엉터리 공연에 출연하는 건 더더욱 못 보겠고."

"우리 공연이 얼마나 엉터리인지 모르겠지만 덕분에 전기세를 내. 그것도 간신히. 섣불리 상황을 바꾸는 모험은 하지 않았으면 좋겠어."

"코미디를 만들면 될 것 같아." 페그가 말했다. "우리 관객들도 좋아할 수 있는 걸로. 물론 에드나가 있으니까 제대로 만들어야겠지만."

페그는 허버트 씨를 바라보았다. 허버트 씨는 늘 입는 배기바지와 셔츠 차림으로 아침부터 식탁에 앉아 슬픈 표정을 지으며 허공을 응시하고 있었다.

"허버트." 페그가 물었다. "웃기면서도 세련된 대본을 하나 쓸 수 있겠어요?"

"아니요." 그가 얼굴도 들지 않고 대답했다.

"음, 지금 쓰고 있는 건 뭐예요? 다음 공연은 어떤 거죠?"

"〈시티 오브 걸스City of Girls〉요." 그가 대답했다. "지난달에 말씀드렸잖아요."

"아, 그 무허가 술집 이야기." 페그가 말했다. "기억나요. 날라리 소녀와 갱단, 뭐 그런 이야기였죠? 정확히 무슨 내용이었는지 다시 한

번 설명해줄래요?"

허버트 씨는 상처받은 듯 보였고 혼란스러워 보였다. "무슨 내용이냐고요?" 그가 되물었다. 마치 릴리 플레이하우스의 연극에 어떤 내용이 있어야 한다는 생각 자체가 처음인 것 같았다.

"아니, 됐어요." 페그가 말했다. "에드나가 연기할 수 있는 역할이 있어요?" 그는 이번에도 상처받은 듯 보였고 혼란스러워 보였다.

"없을 것 같은데요. 순진한 아가씨가 있고 영웅이 있어요. 악당도 있고. 그런데 나이 많은 여자는 없어요."

"그 순진한 아가씨 엄마는 어때요?"

"아가씨는 고아예요." 허버트 씨가 말했다. "그건 바꿀 수 없어요."

당연하지. 순진한 아가씨는 언제나 고아여야 한다. 고아가 아니면 이야기 자체가 성립되지 않는다. 관객들이 저항할 것이다. 그 순진한 아가씨가 고아가 아니라면 관객들은 무대로 신발이나 벽돌을 던질 것이다.

"그럼 무허가 술집 주인은 누구죠?"

"주인은 없어요."

"주인을 만들 수 없어요? 여자로?"

허버트 씨는 이마를 문지르며 어쩔 줄 몰라 했다. 마치 바티칸 시스티나 성당 천장화를 전부 다시 칠하라는 명령을 받은 것처럼.

"그럼 다 문제가 돼요." 허버트 씨가 말했다.

그때 올리브가 끼어들었다. "에드나 파커 왓슨이 무허가 술집 주인이라면 아무도 믿지 않을 거야, 페그. 뉴욕 무허가 술집 주인이 어떻게 영국 사람이겠어?"

페그가 침울해졌다. "그래, 관두자. 네 말이 맞아, 올리브. 넌 언제나 옳은 말만 하는 참 좋은 버릇이 있지. 제발 그러지 좀 마."

페그는 열심히 머리를 굴리며 한동안 말없이 앉아 있었다. 그러다 갑자기 이렇게 말했다. "제기랄, 빌리가 있었으면 좋겠네. 빌리라면 에드나가 출연할 멋진 작품을 써 줄 수 있을 텐데."

페그의 말에 나는 갑자기 정신이 번쩍 들었다. 우선 페그 입에서 그런 저급한 단어가 나오는 걸 처음 들었다. 게다가 이미 소원해진 남편 이름이 나온 것도 처음이었다. 빌리 뷰엘의 이름에 곧바로 신경을 곤두세운 사람이 나뿐만은 아니었다. 올리브와 허버트 씨 역시 얼음을 한 바가지 뒤집어쓴 표정이었다.

"오, 페그. 그건 아니야." 올리브가 말했다. "제발 빌리는 부르지 마. 이성적으로 생각하라고."

"원하신다면 누구든 등장시켜 볼게요." 허버트 씨가 갑자기 협조적으로 나오기 시작했다. "정확히 말만 해줘요. 그대로 할게요. 술집 주인이 있을 수도 있죠. 영국 사람일 수도 있고."

"빌리도 에드나를 참 좋아했어." 페그는 이제 혼잣말을 하는 것 같았다. "에드나의 공연도 많이 봤고. 빌리라면 에드나를 어떻게 써야 할지 잘 알 거야."

"우리 일에 빌리를 끌어들이지 마, 페그." 올리브가 경고했다.

"전화해볼래. 그냥 아이디어나 좀 듣게. 아이디어가 넘치는 사람이잖아."

"서해안은 새벽 다섯 시예요." 허버트 씨가 말했다. "새벽에 전화할 순 없잖아요!"

구경하는 재미가 쏠쏠했다. 빌리라는 이름 하나만으로 방 안의 긴장감이 최고조로 치솟았다.

"그럼 오후에 전화해볼게." 페그가 말했다. "오후에 일어나 있으란 법은 없지만."

"페그. 하지 마." 올리브가 절망에 휩싸인 표정으로 다시 한번 말했다.

"그냥 아이디어만 얻는다고. 전화 한 통으로 손해 볼 일은 없잖아. 지금 빌리가 필요해. 말했잖아. 아이디어가 펑펑 솟는 사람이라고."

그날 밤 공연이 끝난 후, 페그는 사람들을 데리고 46번가의 딘티 무어에 가서 저녁을 샀다. 페그는 의기양양했다. 그날 오후 빌리와 통화를 하면서 얻은 아이디어를 사람들에게 들려주고 싶어 했다.

나도 그 자리에 있었고 왓슨 부부도 있었다. 허버트 씨도 있었고 피아노 치는 벤자민도 있었다. (극장 밖에서 그를 본 건 처음이었다.) 나와 늘 함께 다니는 셀리아도 있었다. 페그가 말했다.

"자, 여러분, 잘 들어요. 빌리가 해결해줬어요. 어쨌든 공연 제목은 〈시티 오브 걸스〉가 될 거예요. 배경은 금주법 시대. 당연히 코미디. 에드나, 당신은 술집 주인이야. 하지만 이야기가 말이 되고 재미있으려면, 빌리가 말하길, 당신은 귀족이어야 해. 그래야 당신의 세련됨이 말이 되거든. 에드나는 우연히 밀주 사업에 휘말리는 부유한 여인이 될 거야. 빌리 말로는, 남편은 죽었고 대공황으로 재산을 전부 잃었어. 그래서 먹고살기 위해 저택에서 밀주를 만들고 카지노를 운영하기 시작하는 거지. 그래야 사람들이 좋아하는 네 품위 있는 모습을 써먹을 수 있어. 동시에 우리 관객들이 좋아하는 쇼걸이나 댄서들과 함께 코미디를 만드는 것도 가능해지고. 정말 기발한 생각 같아. 나이트클럽에서 매춘도 한다면 더 재미있을 것 같다고 빌리가 그랬어."

올리브가 인상을 찌푸렸다. "우리 공연 배경이 매춘굴인 건 마음에 들지 않아."

"난 좋아!" 에드나가 활짝 웃으며 말했다. "전부 마음에 들어! 내가 매춘굴 마담과 무허가 술집 주인을 동시에 하면 되잖아. 재미있을 것 같아! 정말 오랜만에 코미디를 하는 게 얼마나 기쁜지 상상도 못할 걸! 최근 네 편은 전부 애인을 죽이고 절망에 빠진 여인이거나, 아니면 절망에 빠진 여인에게 남편을 잃은 가련한 아내였거든. 너무 무거운 역할들이었어."

페그의 얼굴이 밝아졌다. "누가 뭐래도 빌리는 정말 천재야."

올리브는 빌리에 대해 하고 싶은 말이 많은 표정이었지만 입을 다물고 있었다. 페그가 피아노 연주자에게 고개를 돌렸다.

"벤자민, 이번 공연 음악은 정말 특별해야 해. 에드나의 끝내주는 저음이 릴리에 꽉 찼으면 좋겠어. 내가 늘 요구하던 감상적인 발라드보다 더 산뜻한 곡을 써줘. 하던 대로 콜 포터Cole Porter(미국의 대표적인 작곡가로 수많은 뮤지컬 음악을 창작) 곡을 좀 베끼던가. 하지만 잘 만들어야 해. 이번 공연은 꼭 성공해야 하니까."

"제가 콜 포터 곡을 베낀다고요?" 벤자민이 말했다. "그런 적 없어요."

"그래? 항상 그랬다고 생각했는데. 늘 콜 포터 음악하고 너무 비슷해서 말이야."

"어떻게 그런 말씀을 하세요." 벤자민이 말했다.

페그가 어깨를 으쓱하며 말했다. "아, 콜 포터가 네 걸 베꼈는지도 모르겠다. 누가 알아? 어쨌든 진짜 멋진 곡을 써 달라는 말이야. 박수가 터져 나와야 해."

그리고 페그는 셀리아를 보며 말했다. "셀리아, 네가 순진한 아가씨야." 허버트 씨가 끼어들려고 했지만, 페그가 조용히 하라고 손사래를 쳤다.

"자, 여러분. 잘 들어요. 이번 아가씨는 좀 다른 아가씨야. 이번 여주인공은 하얀 드레스를 입고 눈을 동그랗게 뜬 고아 소녀가 아니야. 걷는 것부터 말하는 것까지 도발적인 아가씨가 될 거야. 셀리아, 네가 할 거고. 하지만 동시에 세상의 때가 전혀 묻지 않았어. 섹시하지만 순수한 기운이 느껴져야 해."

"마음이 따뜻한 창녀로군요." 셀리아가 말했다.

"바로 그거야." 페그가 답했다.

에드나가 셀리아의 팔을 가볍게 쓰다듬으며 말했다. "우리, 타락한 천사 역할이라고 할까?"

"좋아요. 잘할 수 있어요." 셀리아가 돼지고기 한 덩이를 포크로 찍으며 말했다. "허버트 씨, 제 대사는 얼마나 많아요?"

"나도 몰라!" 허버트 씨가 점점 얼굴을 구기며 말했다. "타락한 천사 같은 주인공은 어떻게 써야 할지 도저히 모르겠어."

"제가 좀 도와드릴게요." 극적인 드라마라면 누구보다 많이 겪어 본 셀리아가 말했다.

페그가 에드나를 보며 말했다. "에드나, 네가 여기 있다니까 빌리가 뭐라고 한 줄 알아? '지금 뉴욕이 부러워 미치겠는걸'이라고 했어."

"정말 그랬어?"

"당연하지. 장난은 여전하더라. 이런 말도 했어. '조심해. 에드나가 무대에 올라가면 무슨 일이 벌어질지 몰라. 아주 훌륭한 공연이 있다면 아주 완벽한 공연도 있을 테니까.'"

에드나는 웃음을 감추지 못했다. "자상도 하셔라. 빌리만큼 여자들 기분을 잘 맞춰주는 사람도 없을 거야. 가끔은 십 분 내내 그런 칭찬을 늘어놓는다니까. 그런데, 페그. 아서를 위한 역할도 있어?"

"당연하지." 페그가 말했다. 하지만 바로 그 순간, 나는 아서 역할은 없었다는 사실을 간파했다. 페그는 아서의 존재 자체도 까맣게 잊고 있었던 게 틀림없었다. 하지만 아서는 그 잘생긴 얼굴로 래브라도 리트리버처럼 우직하게 자리를 지키고 앉아 주인이 공을 던지길 기다리듯 자기 역할을 기다리고 있었다.

"당연히 아서 역할도 있지." 페그가 말했다. "아서는," 그리고 아주 짧은 순간 주저하다가 (페그를 잘 모르는 사람이라면 전혀 눈치채지 못했을 테지만) 이렇게 말했다. "경찰이야. 그래, 아서. 당신은 무허가 술집 문을 닫게 하려고 호시탐탐 노리면서 에드나에게 마음도 있는 경찰 역을 맡아줬으면 좋겠어. 미국 악센트를 소화할 수 있겠어?"

"어떤 악센트도 소화할 수 있지." 아서가 발끈하며 말했다. 나는 그 순간 그가 미국 악센트를 전혀 소화할 수 없다는 사실을 간파했다.

"경찰이라니!" 에드나가 손뼉을 치며 말했다. "게다가 날 좋아하는 역할이라니! 정말 재밌겠다."

"경찰 역할은 금시초문인데요." 허버트 씨가 말했다.

"오, 아니야. 허버트." 페그가 대답했다. "경찰 역할은 처음부터 대본에 있었어."

"무슨 대본이요?"

"허버트 씨가 내일 아침 눈 뜨자마자 쓰기 시작할 대본."

허버트 씨는 마치 중추신경질환을 앓고 있는 사람 같은 표정을 지었다.

"솔로곡도 있나요?" 아서가 물었다.

"오." 페그가 말했다. 이번에도 아까처럼 아주 잠깐 주저했다. "있지. 벤자민, 아서 노래도 꼭 하나 만들어주렴. 이미 이야기했잖아. 그 경찰관 노래, 알겠지?"

벤자민은 페그를 쳐다보더니 약간 빈정대는 투로 중얼거렸다. "경찰관 노래라."

"그래, 벤자민. 이미 얘기했잖아."

"그럼 그건 조지 거슈윈George Gershwin('가장 미국적'이라고 평가받은 유명 작곡가) 곡을 좀 베껴도 될까요?"

하지만 페그는 이미 나를 보고 있었다. "의상!" 페그가 명랑하게 말했는데 그 말이 채 끝나기도 전에 올리브가 불쑥 끼어들었다. "의상 예산은 전혀 없어."

페그의 얼굴이 어두워졌다. "제기랄, 그걸 몰랐네."

"괜찮아요." 내가 말했다. "로우스키에서 전부 사면 돼요. 그 시절 드레스는 아주 간단해요."

"좋아, 비비안." 페그가 말했다. "네가 해결할 줄 알았어."

"아주 적은 예산으로." 올리브가 덧붙였다.

"그럼요, 아주 적은 예산으로." 내가 동의했다. "정 필요하면 제 용돈도 조금 쓸게요."

대화가 계속되는 동안 허버트 씨를 뺀 모두가 점점 신이 났고 저마다 공연 아이디어를 내놓느라 정신이 없었다. 나는 화장실에 가려고 잠시 자리를 떴는데 화장실에서 나오다가 잘생긴 젊은 남자와 부딪힐 뻔했다. 넓은 타이를 매고 있던 그 남자는 음흉한 표정을 짓고 복도에서 내가 나오길 기다리고 있었다.

"실례지만 그쪽 친구가 엄청 끝내주던데." 그가 셀리아를 향해 고개를 끄덕이며 말했다. "아가씨도 그렇고."

"지겹도록 듣는 말이죠." 내가 그의 눈을 쳐다보며 말했다.

"그럼 오늘 우리 집에 가서 같이 놀까?" 그가 슬슬 용건을 꺼냈다. "내 친구한테 차도 있어."

나는 그를 더 자세히 바라보았다. 썩 좋은 거래는 아닌 듯해 보였다. 음흉한 늑대처럼 생긴 모습이 멋진 숙녀들이 엮이면 곤란해질 남자들 같았다.

"어쩌면요." 내가 대꾸했다. 거짓말은 아니었다. "근데 하던 모임을 먼저 끝내야 해요. 함께 온 일당하고요."

"일당?"

그는 코웃음을 치더니 잡다한 인간 군상이 골고루 섞여 있는 우리 테이블을 바라보았다. 심장 질환을 유발할 것 같은 아름다운 쇼걸, 지저분하게 대충 차려입은 흰머리 남자, 촌스러운 복장을 한 거구의 중년 여성, 체구가 작고 답답한 인상의 중년 여성, 멋지게 차려입은 돈 많은 여인, 옆모습마저 눈에 띄게 잘생긴 남자, 그리고 가는 세로줄 무늬 정장을 완벽하게 빼입고 있는 우아한 흑인 남자.

"우리 예쁜이 일당은 뭐 하는 사람들이야?"

"연극 하는 사람들이에요." 내가 말했다.

물론 누가 봐도 그런 일당처럼 보였겠지만.

다음 날 아침, 1940년 여름의 그 전형적인 숙취 때문에 나는 평소처럼 일찍 잠에서 깼다. 머리카락에 땀 냄새와 담배 냄새가 고약하게 뒤섞여 있었고 팔다리는 셀리아와 뒤엉켜 있었다. (우리는 결국 그 음흉한 늑대 무리와 함께 놀았다. 상식을 뛰어넘는 우리 행동에 놀랐겠지? 역시 쉽지 않은 밤이었다. 고와너스 운하에 빠졌다가 겨우 살아난 기분이었지.)

부엌으로 갔더니 허버트 씨가 두 손은 다리 위에, 이마는 테이블에 박은 채 앉아 있었다. 못 보던 자세였다. 아마 낙담을 표현하는 새로운 자세였으리라.

“좋은 아침이에요, 허버트 씨.” 내가 말했다.

“그에 대한 어떤 증거라도 있다면 검토해보고 싶구나.” 고개도 들지 않은 채 그가 대답했다.

“좀 어떠세요?” 내가 물었다.

“즐겁고 황홀하고 의기양양하구나. 내가 이곳의 술탄이란다.”

그는 여전히 고개는 들지 않았다.

“대본은 잘 돼가요?”

“비비안, 인도주의적으로 질문은 그만하는 게 어떻겠니.”

다음 날 아침에도 허버트 씨는 같은 자세였다. 그 후 며칠도 마찬가지였다. 어떻게 사람이 이마를 박고 그렇게 오래 앉아 있을 수 있을까? 동맥류에 걸리지 않을까? 허버트 씨의 기분은 조금도 상승하는 것 같지 않았고 그의 두개골 위치 역시 조금도 상승하지 않았다. 손도 대지 않은 공책이 옆에 놓여 있었다.

“괜찮을까요?” 내가 페그에게 물었다.

“대본 쓰는 게 쉬운 일은 아니지. 문제는 내가 훌륭한 대본을 쓰라고 했다는 거고. 지금까지 한 번도 부탁한 적 없는 일이었으니 아마 머리가 빙빙 돌 거야. 하지만 난 이렇게 생각해. 전쟁 중에 영국군 기술자들은 늘 이렇게 말했거든. ‘되든 안 되든 우리는 할 수 있습니다.’ 극장도 그렇게 돌아간단다, 비비안. 전쟁과 다름없지. 나는 가끔 사람들이 할 수 있는 것보다 더 많은 걸 요구해. 나이 들고 기력이 달리기 전에는 나도 그렇게 해냈으니까. 어쨌든, 나는 허버트 씨를 전적으로 믿어."

하지만 나는 믿지 못했다.

어느 날 밤, 셀리아와 내가 여느 때처럼 취해서 늦게 들어왔다가 거실 바닥에 누워 있는 누군가에 걸려 넘어졌다. 셀리아가 비명을 질렀다. 불을 켜보니 허버트 씨가 카펫 한가운데 누워 가슴에 두 손을 가지런히 얹은 채 천장을 쳐다보고 있었다. 짧은 순간이지만 나는 허버트 씨가 죽은 줄 알았다. 다행히 그가 눈을 깜빡였다.

"허버트 씨!" 내가 외쳤다. "여기서 뭐하세요?"

"예언." 그가 미동도 없이 대꾸했다.

"무슨 예언이요?" 말도 잘 나오지 않았다.

"파멸."

"아, 네. 좋은 밤 되세요." 그리고 불을 껐다. 셀리아와 내가 비틀거리며 방으로 들어가는데 그가 조용히 대꾸했다.

"그래, 아주 좋은 밤이 될 것 같구나."

허버트 씨가 그렇게 괴로워하는 동안 나머지 사람들은 아직 대본도 없는 연극을 벌써 만들기 시작했다. 페그와 벤자민은 오후 내내 그랜드 피아노 앞에 앉아 멜로디를 흥얼거리고 가사를 짜냈다.

"에드나의 캐릭터 이름은 앨러배스터 부인이면 좋겠어." 페그가 말했다. "화려해서 좋고 운율을 맞추기도 쉽거든."

"버터, 웨이터, 롤러코스터, 나쁜 자식 배스타드까지." 벤자민이 말했다. "그렇겠네요."

"올리브가 배스타드는 못 쓰게 할 거야. 하지만 통 크게 가. 앨러배스터 부인이 전 재산을 잃고 부르는 첫 번째 노래는 아주 장황하게 가자. 얼마나 교양 있는 사람인지 보여주는 거지. 긴 단어들로 운율을 맞춰봐. 트랜지스터, 코디네이터, 큐레이터, 앨러배스터."

"코러스들이 부인에 대한 질문을 계속 던지는 것도 괜찮겠어요." 벤자민이 제안했다. "누가 그녀에게 물었지? 누가 그녀를 지나갔지? 누가 그녀를 붙잡았지? 이런 식으로요."

"큰일이다! 누가 그녀를 공격했다!"

"대공황이다! 대공황이 그녀를 무너뜨렸다. 오, 가난해진 앨러배스터."

"그녀를 위협했다. 그녀를 파산시켰다. 오, 성직자만큼 가난한 앨러배스터."

"잠시만요, 페그." 벤자민이 갑자기 연주를 멈추고 말했다. "우리 아버지도 성직자인데 가난하지 않으세요."

"그 피아노 건반에서 한 번만 더 손을 뗐다가는 돈 한 푼 못 받을 줄 알아, 벤자민. 계속 연주해. 뭔가 나올 것 같아."

"어차피 주지도 않잖아요." 벤자민이 다리 위에 손을 얹은 채 말했다. "벌써 삼 주째예요! 아무도 못 받고 있다면서요."

"그래?" 페그가 되물었다. "그럼 뭘 먹고 살고 있니?"

"기도의 힘으로 살아요. 단장님이 먹다 남긴 음식이랑."

"어머, 미안하구나, 꼬맹아! 올리브에게 전할게. 하지만 지금은 아니야. 빨리 다시 쳐봐. 저번에 내가 들어왔을 때 치고 있던 곡도 넣으면 좋겠어. 멜로디 좋았거든. 기억나? 일요일이었어. 라디오에서 자이언트팀 야구 중계할 때였는데."

"무슨 곡인지 모르겠어요."

"연주해, 벤자민. 그냥 계속 연주해. 그러다 보면 생각날 거야. 이 곡 다음은 셀리아가 부를 노래야. '나도 곧 착한 아가씨가 될 거예요.' 만들 수 있겠지?"

"당연하죠. 먹여주고 돈만 준다면."

나로 말할 것 같으면, 배우들을 위한, 하지만 대부분 에드나를 위한 의상을 디자인하고 있었다.

에드나는 내가 스케치한 허리선 없는 1920년대 드레스를 보더니 옷에 파묻혀버리는 건 아닐까 걱정했다.

"젊고 예뻤을 때도 이 스타일은 나한테 안 어울렸어." 에드나가 말했다. "늙고 나이 든 지금도 어울릴 것 같지는 않아. 난 그래도 허리선이 조금은 있어야 해. 당시 스타일이 아니긴 하지만 그래도 기지를 발휘해봐. 게다가 지금은 허리가 평소보다 굵어졌거든. 그것도 고려해주렴."

"전혀 그렇게 안 보여요." 내가 말했다. 진심이었다.

"아니야. 정말 그렇단다. 하지만 걱정하지 마. 공연 한 주 전에 늘 다이어트를 하거든. 미음, 토스트, 미네랄 오일, 설사약만 먹으니까 조금은 날씬해질 거야. 우선 지금은 천을 덧대서 입자. 나중에 허리선을 줄일 수 있게. 춤추는 장면이 많으면 박음질을 아주 촘촘히 해야 할 거야. 그렇겠지? 조명 아래서는 어디도 터지거나 헐거워지면 안 되거든. 다행히 다리는 아직 괜찮으니까 맘껏 드러내도 좋아. 또 뭐가 있을까? 그래 맞다. 어깨가 보기보다 좁거든. 목은 안타까울 정도로 짧고. 그러니 나한테 커다란 모자 같은 걸 씌울 생각이라면 아주 잘 생각해서 만들어줘. 땅딸막한 프렌치 불독처럼 보이게 만들면 절대 용서하지 않을 거야, 비비안."

자기 몸에 대해 어쩜 그렇게 잘 알고 있는지 존경스러웠다. 여자들은 보통 자기한테 어떤 옷이 잘 어울리고 어떤 옷이 안 어울리는지 잘 모른다. 하지만 에드나는 정확히 알고 있었다. 그래서 에드나의 옷 만들기는 쉽지 않은 훈련이 될 것 같았다.

"무대 의상을 만드는 거야, 비비안." 에드나가 다시 한번 강조했다. "디테일보다는 형태에 집중해야 해. 열 걸음 정도가 가장 가까운 거리겠지, 아마? 그러니 멀리 봐야 해. 과감한 색에 똑떨어지는 선. 무대 의상은 초상화라기보다 풍경화야. 나도 멋진 드레스를 원하지만, 드레스가 주인공이 되는 건 원치 않아. 내가 드레스에 묻히면 안 돼. 알겠지?"

당연했다. 그리고 그런 수준 높은 대화가 정말 마음에 들었다. 에드나와 함께 있는 게 즐거웠다. 지금까지 우러러보던 셀리아를 넘어설 정도로 나는 에드나에게 점점 빠져들고 있었다. 물론 셀리아는 여전히 재미있고 여전히 함께 놀러 다녔지만, 예전만큼 셀리아가 필요하지 않았다. 에드나의 우아함과 매력과 세련에는 깊이가 있었고 나는 셀리아가 보여주는 무엇보다도 에드나의 그 깊이가 더 궁금했다.

에드나는, 말하자면 나와 같은 언어를 쓰는 사람 같았지만 내가 아직 에드나만큼 패션에 정통하지 못했기 때문에 꼭 그렇다고는 할 수 없었다. 에드나 파커 왓슨이 내가 정복하고 싶었던 훌륭한 의상들의 언어를 자유자재로 구사하는 최초의 인물이었다는 게 어쩌면 더 정확한 설명일지도 모르겠다.

며칠 후, 나는 옷감을 구하고 아이디어를 얻기 위해 에드나를 데리고 로우스키 중고 잡화 상점을 찾았다. 에드나처럼 취향이 고상한 사람을 온갖 색과 재료가 뒤섞인 난잡한 가게로 데려가는 건 참 긴장되는 일이었다. (솔직히 눈 높고 까다로운 사람들은 냄새만으로도 발을 돌릴 수 있었다.) 하지만 에드나는 로우스키에 도착하자마자 환호했다. 옷과 직물을 제대로 아는 사람만 보일 수 있는 반응이었다. 에드나는 문 앞에서 우리를 맞아준 어린 마조리 로우스키에게도 관심을 보였다. 마조리가 문 앞에서 하는 말은 매번 똑같았다. “뭘 원하슈?”

마조리는 주인 딸이었는데 나는 지난 몇 달 이것저것 사러 오면서 마조리와 친해졌다. 쾌활하고 에너지 넘치는 열네 살 마조리는 둥근 얼굴에 늘 특이한 차림을 하고 있었다. 그날은 지금까지 본 것 중 가장 괴상한 차림이었는데, 옛날 순례자들이 신었을 법한 커다란 버클 달린 신발에 금색 비단으로 만든 치렁치렁한 망토, 거대한 가짜 루비 브로치가 달린 프랑스 요리사 모자를 쓰고 있었다. 전부 교복 위에 걸친 것들이었다. 차림은 우스웠지만, 마조리 로우스키는 쉽게 무시할 만한 꼬마가 아니었다. 마조리는 영어가 서툰 부모님을 대신해 걸음마를 시작했을 때부터 가게에서 통역을 맡아왔다. 어렸을 때부터 이미 누구보다 의류 산업에 대해 빠삭했고 러시아어, 프랑스어, 이디시어, 영어까지 네 가지 언어로 주문을 받거나 상대를 협박할 수도 있었다. 내게도 그 특별한 꼬마의 도움이 꼭 필요했다.

"1920년대 드레스가 필요해, 마조리." 내가 말했다. "정말 좋은 것들로. 부잣집 여인들이 입을 법한."

"위층부터 볼래? 컬렉션?"

컬렉션이라는 재미있는 이름은 로우스키 부부가 잘 건진 귀한 물건을 파는 3층의 작은 구역을 뜻했다.

"지금 가진 돈으로는 컬렉션을 감히 쳐다볼 수도 없어."

"그러니까 부잣집 사모님 드레스를 가난한 사모님 가격으로 사시겠다?"

"우리 요구를 정확히 파악했구나, 꼬마 아가씨." 에드나가 웃으며 말했다.

"맞아." 내가 말했다. "컬렉션에서 쇼핑하러 온 게 아니라 헌 옷 통에서 뒤지려고 왔어."

"저기부터 보든가." 마조리가 건물 뒤를 가리키며 말했다. "지난 며칠 동안 들어온 게 쌓여 있어. 엄마도 아직 못 본 거야. 운 좋으면 대박인 걸 건질 수도 있지."

로우스키의 헌 옷 통은 심장이 약한 사람은 조심해야 한다. 거대한 공업용 세탁 바구니에 로우스키 부부가 파운드 단위로 사고파는 직물이 가득 들어 있었다. 낡은 작업복부터 끔찍하게 얼룩진 속옷, 가구 덮개나 소파 자투리 천, 낙하산 재료, 빛바랜 실크 블라우스, 프랑스제 레이스 냅킨, 케케묵은 무거운 커튼, 증조할아버지가 아꼈을 법한 공단 세례복까지 없는 게 없었다. 통을 뒤지는 건 몸이 땀으로 흠뻑 젖는 힘든 일이었기 때문에, 말하자면 신념이 필요한 행동이었다. 이 쓰레기 더미에서 분명 보물을 발견할 수 있다는 믿음을 갖고 뒤져야 했다.

놀랍게도 에드나 역시 곧장 뛰어들어 뒤지기 시작했다. 예전에도 이런 일을 해본 게 틀림없었다. 우리는 나란히 서서, 아무 말 없이, 무엇을 찾게 될지도 모른 채 커다란 통들을 차례차례 뒤지기 시작했다.

한 시간 정도 지났을까. 갑자기 "아하!"라고 외치는 소리에 고개를 돌려보니 에드나가 의기양양하게 머리 위로 뭔가를 들어 흔들고 있었다. 에드나가 찾은 것은 가는 허리 라인과 풍성한 치마가 강조된 1920년대 스타일 드레스로 진홍색 실크 쉬폰에 벨벳 장식이 달려 있었다. 금실로 유리구슬까지 박혀 있었으니 충분히 환호할 만했다.

"세상에!" 나도 외쳤다. "앨러배스터 부인에게 딱이에요!"

"그렇지!" 에드나가 말했다. "그리고 이것도 좀 보렴." 에드나가 목 뒤 칼라 부분에 붙어 있는 랑방 라벨을 보여주었다. "정말 돈 많은 아가씨가 이십 년 전 프랑스에서 샀을 거야. 상태를 보니 거의 입지 않은 것 같아. 너무 아름다워. 무대가 환해지겠어!"

어느새 마조리 로우스키가 우리 곁에 와 있었다. "어이, 꼬마 손님들 거기서 뭘 좀 찾았어?" 셋 중 유일한 꼬마가 그렇게 물었다.

"아무 말도 하지 마, 마조리." 내가 경고했다. 반은 장난이었지만 갑자기 마조리 마음이 바뀌었을까봐 걱정이 된 것도 사실이었다. 바로 낚아채 컬렉션으로 가져갈 만한 드레스였다. "말 바꾸기 없기다. 에드나가 통에서 찾은 거야."

마조리가 어깨를 으쓱하며 대꾸했다. "사랑과 전쟁에선 무슨 짓이든 할 수 있지(어떤 상황에서는 무슨 짓이든 할 수 있다는 뜻의 속담). 근데 진짜 좋은 거네. 계산할 때 안 보이게 맨 아래 잘 감춰놔. 내가 눈 감아줬다는 사실을 알면 엄마가 날 죽일지도 몰라. 자루랑 위에 덮을 누더기 같은 것 좀 챙겨줄게."

"고마워, 마조리." 내가 말했다. "넌 진짜 최고야."

"우린 언제나 한패잖아?" 마조리가 심술궂게 웃으며 맞장구쳤다. "입만 조심해. 나 안 짤리게."

에드나는 자리를 뜬 마조리의 뒷모습을 놀라운 표정으로 바라보고 있었다. "저 꼬마가 방금 사랑과 전쟁에선 무슨 짓이든 할 수 있다고 한 거니?"

"로우스키가 마음에 들 거라고 했죠?"

"진짜 마음에 들어! 이 드레스도 너무 멋지고. 넌 뭘 찾았니?"

나는 얇은 실내용 가운을 건넸다. 눈이 아플 것 같이 선명한 자홍색 가운이었다. 에드나는 가운을 받아들고 몸에 대보더니 울상을 지었다.

"오, 안 돼. 나한테 이걸 입힐 순 없어. 나보다 관객들에게 더 괴로운 일이 될 거야."

"아니에요. 이건 셀리아 의상이에요. 유혹하는 장면에서 입을 옷."

"어머, 나 좀 봐. 그래, 그게 더 어울리겠다." 에드나는 가운을 더 자세히 들여다보더니 고개를 저었다. "세상에, 비비안. 셀리아에게 이 조그만 옷을 입혀 무대에 세우면 성공은 문제없겠는걸. 남자들이 줄을 서겠어. 나는 곧 다이어트를 시작해야겠어. 그러지 않으면 이 볼품없는 몸매에 아무도 눈길을 주지 않을 테니까."

11

스무 살의 낭비

1940년 10월 7일, 나는 스무 살이 되었다.

뉴욕에서 처음 맞는 생일을 내가 어떻게 보냈을지 너도 이쯤이면 상상할 수 있겠지. 그래, 바로 그렇게 보냈단다. 쇼걸들과 외출을 했지. 플레이보이들과 섹스를 했고 남들이 사준 칵테일을 연거푸 마셨다. 왁자지껄 놀다 보니 곧 해가 뜰 것 같았고 시궁창 물을 거슬러 헤엄치는 기분으로 집에 돌아왔단다.

얼마나 눈을 붙였을까. 방에서 아주 이상한 느낌이 들어 눈을 떴다. 뭔가 평소와 달랐다. 아직 술이 덜 깼지만, 사실 아직 취해 있다고 하는 편이 더 정확했겠지만, 어쨌든 이상한 낌새가 느껴졌다. 셀리아가 옆에 있는지 손을 뻗어 보았다. 셀리아의 익숙한 살갗이 손에 닿았다. 그쪽에는 아무 이상이 없었다.

담배 냄새였다. 파이프 담배.

그래서 바로 몸을 일으켰는데 즉시 그 결정을 후회했다. 다시 베개 위로 쓰러져 심호흡을 몇 번 한 다음, 갑자기 공격해서 미안하다고 두개골 측에 사과를 했다. 그리고 이번에는 더 천천히 조심스럽게 몸을 일으켜 앉았다.

희미한 아침 햇살에 눈이 적응하면서 의자에 앉아 있는 실루엣이 보이기 시작했다. 남자였다. 파이프 담배를 피우며 우리를 보고 있었다.

셀리아가 여기까지 남자를 데려왔나? 아니면 내가? 갑자기 무서워졌다. 지겹도록 말했듯이, 셀리아와 내가 방탕하게 놀긴 했지만 릴리까지 남자들을 끌어들이지 않는다는, 페그에 대한 최소한의 존중은 있었다. (더 큰 이유는 올리브가 무서워서였겠지만) 그런데 이게 무슨 일이지?

"이렇게 기쁠 수가." 낯선 남자가 파이프에 불을 붙이며 말했다. "집에 오니 내 침대에 아가씨가 두 명이나 자고 있다니! 게다가 둘 다 얼마나 아름다운지. 우유를 꺼내려고 냉장고를 열었다가 샴페인을 발견한 기분이구나. 그것도 두 병씩이나."

여전히 상황 파악이 되지 않았다. 그러다 갑자기 깨달았다.

"빌리 삼촌?"

"오, 조카님이신가?" 남자가 되물었다. 그리고 웃기 시작했다. "우리 사이의 가능성이 끝났구나. 이름이 뭐지, 귀여운 아가씨?"

"비비안 모리스예요."

"오, 그렇다면 진짜 내 조카가 맞겠군. 이렇게 실망스러울 수가. 널 건드렸다가는 가족들이 가만히 있지 않겠구나. 나 자신도 날 가만히 두지 않겠지만. 참 유감스럽군. 옆에 있는 아가씨도 내 조카인가? 아니면 좋겠는데. 저런 얼굴은 누군가의 조카일 수가 없지."

"셀리아예요." 의식을 잃은 아름다운 셀리아를 가리키며 내가 말했다. "친구예요."

"아주 특별한 친구겠구나." 빌리가 즐겁다는 듯 말했다. "잠자리의 배치로 미루어 보자면 말이다. 아주 현대적인 아가씨구나, 비비안! 진심으로 응원한다. 걱정할 필요 없다. 부모님께는 말씀 안 드릴 테니. 물론 두 분이 알게 되신다면 어떻게든 나를 비난할 방법을 찾으시겠지만."

내가 더듬거리며 말했다. "죄, 죄송해요."

어떻게 말을 끝내야 할지 몰랐다. '방을 차지해서 죄송해요? 침대를 뺏어서 죄송해요? 벽난로 선반에 스타킹을 걸어 놓아서 죄송해요? 하얀 카펫에 오렌지색 화장품 자국을 묻혀서 죄송해요?'

"오, 괜찮다. 여기서 살 생각은 없으니까. 릴리는 페그의 공간이지 내가 있을 곳이 아니거든. 나는 라켓 앤 테니스 클럽에 머문다. 클럽 회비를 얼마나 꼬박꼬박 내는데. 물론 엄청나게 비싸긴 하지. 하지만 더 조용하고 올리브에게 일일이 보고할 필요도 없으니까."

"그래도 여기가 삼촌 방이잖아요."

"말하자면 그렇지. 네 친절한 페그 고모 덕분에. 오늘은 그냥 타자기를 가지러 온 거야. 그런데 타자기가 안 보이네?"

"바깥 복도 벽장에 넣어 두었어요."

"그랬니? 그럼 집이라고 생각하고 편히 지내거라, 꼬마 아가씨들."

"죄송해요." 내가 또 말을 꺼내자 그가 말을 막았다. "농담이야. 이제 네가 쓰면 돼. 나는 뉴욕에 자주 오지도 않으니까. 날씨가 마음에 안 들어서 말이야. 여기만 오면 목에 염증이 생겨. 가장 아끼는 흰 신발을 신고 활보하기도 어렵고."

물어보고 싶은 게 너무 많았지만 역한 냄새가 나는 마른 입과 술에 찌들어 몽롱해진 뇌 때문에 아무 말도 나오지 않았다. '빌리 삼촌이 여기서 뭘 하는 거지? 누가 들여 보내준 거지? 왜 이 시간에 턱시도를 입고 있지? 나는 뭘 입고 있었지? 얇은 속옷만 입고 있었는데? 심지어 셀리아 것을? 그럼 셀리아는 뭘 입고 있었지? 내 드레스는 또 어디 있고?'

"자, 즐거운 시간이었다." 빌리가 말했다. "내 침대 위 천사들과 멋진 상상의 나래를 펼쳤으니까. 하지만 내가 집안 어른이라는 사실을 알았으니 쉬게 두고 나가서 커피나 찾아봐야겠다. 너도 커피는 마시겠지? 한마디 하자면, 매일 밤 이렇게 취해 그 아름다운 아가씨와 비틀거리며 침대로 들어오길 바란다. 그보다 시간을 더 잘 쓰는 방법은 없지. 삼촌으로서 끔찍하게 자랑스럽구나. 우리는 아주 잘 지낼 수 있을 것 같다."

빌리가 문으로 다가가며 물었다. "그런데 페그는 보통 몇 시에 일어나지?"

"일곱 시 정도요."

"좋아." 그가 손목시계를 들여다보며 말했다. "빨리 보고 싶네."

"그런데 여기까지 어떻게 오셨어요?" 내가 바보같이 물었다.

그러니까 내 말뜻은 이 건물에 어떻게 들어왔냐는 거였다. (페그라면 당연히 남편에게, 아니 전남편이든 누구든, 어쨌든 열쇠를 챙겨주었을 테니 정말 바보 같은 질문이 아닐 수 없었다.) 하지만 그는 내 질문을 더 광범위하게 받아들였다.

"20세기 리미티드를 타고 왔지. 로스앤젤레스에서 뉴욕으로 편하게 오는 방법은 그것뿐이란다. 땅콩만 가지고 탄다면 말이야. 기차는 도살장의 도시 시카고에서 한 번 멈춰 상류 인사들을 태우지. 난 가수 도리스 데이Doris Day하고 같은 칸에 타고 왔다. 대초원을 지나는 동안 카드놀이를 했지. 도리스는 좋은 사람이야. 멋진 아가씨지. 성녀 같은 이미지로 유명한데 사람들 생각보다 훨씬 재밌어. 어젯밤에 도착해서 곧장 클럽으로 갔지. 손톱 관리를 받고 머리칼을 자르고 밖으로 나가 예전에 알고 지내던 부랑자들, 사회 낙오자들, 강도 패거리들을 만났지. 그리고 페그에게 인사도 하고 타자기도 챙길 겸 여기 온 거란다. 자, 옷을 좀 걸치고 아침 식사 챙기는 걸 좀 도와주겠니? 재미있는 일들이 벌어질 것 같지 않아?"

겨우 몸을 일으켜 부엌으로 갔더니 세상에서 가장 안 어울리는 두 남자가 앉아 있었다.

허버트 씨는 늘 입는 안타까운 바지와 속셔츠만 입고 테이블 한쪽에 앉아 있었는데 절망스러운 표정에 흰머리는 헝클어져 있었고 늘 마시는 디카페인 커피잔이 앞에 놓여 있었다. 반대편에는 큰 키에 호리호리한 빌리 삼촌이 캘리포니아의 태양 아래 황금빛으로 태운 피부에 턱시도를 맵시 있게 차려입고 앉아 있었다. 빌리는 앉아 있다기보다 비스듬히 기댄 채 스카치 한 잔을 들고 우아한 기운을 내뿜으며 자리를 밝히고 있었다. 영화 〈로빈 훗의 모험〉으로 유명한 에롤 플린Errol Flynn의 어떤 허세가 그에게도 있었다.

간단히 말하자면, 두 남자 중 한 명은 곧 석탄차를 타고 일을 하러 갈 것처럼 보였고, 또 한 명은 곧 장신의 미녀 배우 로잘린드 러셀Rosalind Russell과 데이트를 하러 갈 것처럼 보였다.

"좋은 아침이에요. 허버트 씨." 내가 습관처럼 말했다.

"그게 사실이라면 큰 충격을 받을 것 같구나." 그가 대꾸했다.

"커피는 못 찾았고 디카페인 커피는 입에도 대기 싫더구나." 빌리가 말했다. "그래서 스카치로 결정했지. 어쩔 수 없었다. 너도 조금 필요하지 않겠니, 비비안. 술은 술로 깨야지."

"커피를 좀 마시면 괜찮아질 거예요." 나조차도 확신 없는 목소리로 내가 대답했다.

"페그가 말하길 당신이 대본을 쓰고 있다고." 빌리가 허버트 씨에게 말했다. "내가 좀 보고 싶소만."

"볼 게 별로 없어요." 허버트 씨가 앞에 놓인 공책에 슬픈 눈길을 던지며 대답했다.

"이건가?" 빌리가 공책을 들며 물었다.

"아니, 안 보시는 게…… 뭐, 보고 싶으면 보시던가." 싸움이 시작되기도 전에 어떻게든 져버리는 허버트 씨가 말했다.

빌리는 허버트 씨의 공책을 천천히 훑어보았다. 견디기 힘든 침묵이 이어졌다. 허버트 씨는 바닥만 쳐다보고 있었다.

“농담만 몇 개 적어놓은 것 같군.” 빌리가 말했다. “사실 농담이랄 수도 없고, 그저 갖다 쓸 수 있는 몇 마디가 전부네. 새를 엄청 많이 그려놓으셨고.”

허버트 씨는 항복의 의미로 어깨를 들썩였다. “좋은 아이디어가 있으면 기꺼이 말씀해주시죠.”

“그래도 새들은 썩 잘 그리셨네요.” 빌리가 공책을 덮으며 말했다.

빌리의 조롱에도 그저 괴로워만 하는 가련한 허버트 씨를 보호하기 위해 내가 불쑥 끼어들었다. “허버트 씨, 빌리 뷰엘 씨 처음이시죠? 페그 고모 남편이에요.”

그러자 빌리가 웃으며 말했다. “오, 걱정하지 말아라. 도널드와 나는 오래 알고 지낸 사이란다. 내 변호사지, 아니 변호사였지. 변호사 일을 그만둘 때까지. 그리고 나는 도널드 주니어의 대부이기도 하단다. 뭐 옛날이야기지만. 도널드는 내가 언질도 없이 와서 앉아 있는 게 불안한 것뿐이야. 여기 고위 관리자들이 어떻게 받아들일지 몰라서 말이야.”

도널드라니! 허버트 씨에게도 이름이 있을 거라는 생각은 한 번도 해보지 못했다.

고위 관리자들에 대해 이야기하고 있던 바로 그 순간, 올리브가 들어왔다. 부엌으로 두 걸음 들어왔다가 거기 앉아 있는 빌리 뷰엘을 보고 입을 떡 벌렸다. 그리고 다시 입을 다문 뒤 뒤돌아 나갔다.

올리브가 나간 뒤 우리는 잠시 말없이 앉아 있었다. 꽤 극적인 등장이었다. 극적인 퇴장이기도 했고.

"다들 올리브를 이해해." 마침내 빌리가 입을 열었다. "누구를 반갑게 맞이하는 게 영 어색한 사람이거든."

허버트 씨는 부엌 테이블에 다시 이마를 박고 정말로 이렇게 말했다. "오, 신음, 신음, 신음."

"나와 올리브는 걱정하지 말게, 도널드. 우리는 괜찮을 거야. 서로에 대한 존경이 서로에 대한 미움을 상쇄시켜 주거든. 뭐, 나만 존경하는 건지도 모르지만. 어쨌든 그 깊고 일방적인 존경의 역사 덕분에 우리 관계는 아주 훌륭하지."

빌리가 파이프를 꺼내 성냥을 그어 불을 붙였다. 그리고 나를 보며 말했다.

"부모님은 잘 계시니, 비비안? 엄마와 그 콧수염? 좋아하던 분들이었는데. 사실 네 엄마를 좋아했지. 멋진 분이셨거든. 누구에게든 좋은 말을 하지 않으려고 무척 노력하셨지. 하지만 네 엄마도 나를 좋아하셨을 거야. 물론 정말 그랬는지 묻지는 말아라. 아주 예의 바르게 부정하실 수밖에 없을 테니. 네 아버지한테는 절대 정이 안 갔다. 얼마나 깐깐한 사람이었는지. 한때 내가 부제님이라고 불렀다니까. 물론 면전에서는 안 그랬지. 나도 예의라는 게 있으니까. 어쨌든, 잘 계시니?"

"네, 잘 계세요."

"아직도 두 분이 함께시고?"

나는 고개를 끄덕였지만, 그 질문에 깜짝 놀랐다. 부모님이 함께이지 않을 수도 있다고는 한 번도 생각해보지 못했기 때문이었다.

"두 분 모두 바람 같은 건 안 피우셨어, 그렇지?"

"저희 부모님이요? 바람이요? 아니요!"

"참 지루하시겠어. 그렇지 않니?"

"음……."

"그건 그렇고, 비비안. 캘리포니아에는 가본 적 있니?" 빌리가 다행히 주제를 바꿔 물었다.

"아니요."

"언제 한번 오렴. 마음에 들 게다. 오렌지 주스가 최고지. 날씨는 또 어떻고. 우리 같은 동해안 사람들은 거기서 참 잘 지낸다. 캘리포니아 사람들은 우리가 세련됐다고 생각하거든. 싸구려 음식점 분위기를 좀 높여주고, 멋진 하늘과 날씨를 받는 거지. 기숙 학교에 다녔다고 하면 메이플라워호를 타고 뉴잉글랜드에 정착한 조상이 있을 거라고 생각한단다. 플랜태저넷(영국 최초의 왕가) 가문이라고 생각할 수도 있지. 너처럼 귀족 억양으로 말하면 당연히 환영받을 거야. 남자들은 테니스나 골프만 적당히 쳐도 쉽게 일을 구할 수 있어. 술주정뱅이만 아니라면."

생일 파티 다음 날 아침 일곱 시에 나누기에는 꽤 속도감 있는 대화였다. 내가 멍청하게 눈만 깜빡이며 서 있는 건 아닌지 걱정되기도 했지만 어쨌든 최선을 다해 들으려고 노력했다. 게다가, 내가 귀족 억양?

"릴리에서는 어떻게 지내고 있니, 비비안?" 빌리가 물었다. "도움이 될 만한 일은 좀 찾았니?"

"바느질을 해요. 무대 의상을 만들어요."

"멋지구나. 바느질을 할 수 있으면 이쪽에서 일을 찾는 건 쉽지. 나이 들어도 계속할 수 있는 일이기도 하고. 배우는 되지 말아라. 아, 방에 있는 네 아름다운 친구는 어때? 배우인가?"

"셀리아요? 셀리아는 쇼걸이에요."

"쉽지 않겠구나. 쇼걸들한테는 마음을 아프게 하는 뭔가가 있어. 젊음과 아름다움은 수명이 몹시 짧아. 네가 지금 여기서 가장 아름답다고 해도 더 젊고 아름다운 애들 열 명이 언제나 네 뒤에 있거든. 나이가 들면 여전히 기회를 기다리며 그 자리에서 시들어버리고. 하지만 네 친구는 자취를 남길 게다. 남자들을 차례로 쓰러뜨리며 낭만적인 죽음의 행진을 이끌다 보면 그중 누군가는 그녀에 대한 노래를 만들 수도 있겠지. 아니면 스스로 목숨을 끊거나. 하지만 그것도 금방 끝날 거야. 운이 좋으면 돈 많은 늙은이랑 결혼할 테고. 딱히 부러워할 운명은 아니지만. 운이 죽도록 좋으면 아직 젊어 충분히 누릴 수 있을 때 그 늙은이가 화창한 날 골프를 치다가 죽으면서 전 재산을 남기는 거지. 아름다움도 한때라는 걸 예쁜 아가씨들도 다 알아. 그 모든 게 잠깐이라는걸. 그러니 네 친구가 젊음과 아름다움을 충분히 즐기고 있길 바란다. 그러고 있니?"

"네. 그런 것 같아요."

나는 셀리아보다 더 좋은 시간을 보내고 있는 사람을 알지 못했다.

"그래야지. 너도 즐겁게 지내길 바란다. 놀면서 젊음을 낭비하지 말라고들 하지만 그 말은 틀렸어. 젊음은 무엇과도 바꿀 수 없는 보물이고 그 보물을 귀하게 여기는 방법은 오직 낭비하는 것뿐이거든. 그러니 충분히 젊음을 누려라, 비비안. 마음껏 낭비해버려."

그때 격자무늬 목욕 가운을 걸치고 머리는 산발인 페그가 들어왔다.

"페기!" 빌리가 벌떡 일어나며 외쳤다. 태연했던 태도가 순식간에 사라지고 얼굴이 기쁨으로 환해졌다.

"죄송한데 누구시더라?" 페그가 말했다. 하지만 웃고 있었다.

그리고 바로 다음 순간 두 사람은 서로 껴안고 있었다. 로맨틱하다기보다 무척 단단한 포옹이었다. 사랑이 아니라면, 그만큼의 아주 강한 감정이 담긴 포옹이었다. 두 사람은 포옹을 풀더니 서로 어깨에 팔을 올리고 한동안 마주 보았다. 두 사람이 그렇게 함께 서 있을 때, 나는 전혀 생각지도 못했던 무언가를 처음으로 볼 수 있었다. 처음으로 페그가 아름다워 보인 것이다. 빌리에게 보내는 환한 웃음으로 페그의 얼굴 전체가 달라 보였다. (그의 잘생긴 외모에 반사되어 그런 것도 아니었다.) 빌리 앞에서 페그는 완전히 다른 여인 같았다. 나는 페그의 얼굴에서 전쟁 중 간호사로 지원해 프랑스로 건너갔던 용감한 어린 소녀를 얼핏 보았다. 보잘것없는 유랑극단을 이끌며 길에서 십여 년을 보낸 모험가를 보았다. 갑자기 십 년은 젊어 보였을 뿐만 아니라 뉴욕에서 가장 재미있는 아가씨로 보이기도 했다.

"한번 와봐야겠다고 생각했지, 자기 보러." 빌리가 말했다.

"안 그래도 올리브한테 들었어. 나한테 말이라도 하고 오지 그랬어."

"귀찮게 하고 싶지 않아서. 그리고 오지 말란 소리도 듣기 싫어서. 그냥 내가 알아서 나타나는 게 좋을 것 같았지. 이제 잡다한 일을 처리해주는 비서도 있거든. 비서가 여행 계획을 짜 줬어. 진 마리라고. 똑똑하고 일도 잘하고 성실해. 당신도 좋아할 거야. 여자 올리브라고 할 수 있지."

페그가 빌리를 뿌리치며 말했다. "세상에, 빌리. 여전하구나."

"너무 화내지 마. 농담이잖아. 내가 원래 이런 거 당신도 알면서 왜 그래. 불안해서 그래, 페기. 지금 막 도착했는데 당신이 날 쫓아낼까봐."

허버트 씨가 자리에서 일어나더니 말했다. "저는 다른 곳으로 가겠습니다." 그리고 나갔다.

페그는 허버트 씨 자리에 앉아 그가 먹다 남긴 다 식은 디카페인 커피를 한 모금 마시더니 얼굴을 찌푸렸다. 그래서 내가 커피를 내려주기 위해 몸을 일으켰다. 그처럼 민감한 순간에 내가 부엌에 있어도 되는지 자신할 수 없었지만, 그때 페그가 말했다. "잘 잤니, 비비안. 생일 파티는 잘했어?"

"너무 잘한 것 같아요." 내가 대답했다.

"빌리 삼촌하고 인사했고?"

"네, 같이 얘기하고 있었어요."

"그랬구나. 삼촌이 하는 말은 어느 것도 귀담아들을 필요가 없단다."

"페그," 빌리가 말했다. "당신 정말 아름다워."

페그가 짧은 머리칼을 뒤로 넘기면서 웃었다. 주름진 얼굴에 깊게 자리 잡은 환한 웃음이었다. "나 같은 여자에게 최고의 칭찬이네."

"당신 같은 여자는 어디에도 없어. 내가 다 확인해 봤거든. 존재하질 않아."

"빌리, 그만 좀 해."

"절대."

"그래서 여기서 뭘 할 건데? 뉴욕에서 일이라도 구했어?"

"일은 무슨. 그저 휴가를 즐기러 온 것뿐이야. 에드나가 여기 있고, 당신이 에드나가 출연할 공연을 만든다는데 도저히 오지 않을 수 없었어. 1919년 이후 에드나를 한 번도 못 봤거든. 빨리 보고 싶어 죽겠네. 내가 에드나를 얼마나 좋아하는데. 그리고 그 많은 사람 중 하필 도널드 허버트에게 대본을 쓰라고 했다는 말을 듣고 한시라도 빨리 동쪽으로 날아와 당신을 구해야겠다고 생각했지."

"고마워. 친절하기도 하셔라. 하지만 날 구해줄 사람이 필요했다면, 빌리, 내가 먼저 연락했을 거야. 정말로. 당신은 내가 도움을 청할 열네 번째인가 열다섯 번째 사람이었거든."

빌리가 웃으며 말했다. "다행히 목록에는 들었군!"

페그가 담배에 불을 붙여 내게 내밀었고 한 개비를 더 붙여 피우면서 물었다. "할리우드에서는 무슨 일을 하는데?"

"이것저것 쓸데없는 일. 내가 쓰는 건 전부 '안전보장국'의 승인을 받아. '안' 보든 '보'든 국물도 없는 작품들이란 뜻이지. 지겨워. 하지만 돈은 많이 주지. 나와 내 단순한 욕구들을 넉넉히 채울 수 있을 만큼."

페그가 갑자기 웃음을 터트렸다. "당신의 단순한 욕구들이라. 당신의 그 유명한 욕구들 말이지? 그래, 빌리. 당신은 수도사 빰치게 자제력이 대단하지."

"내 취향은 아주 소박하다고. 당신도 알다시피."

"그래, 당신은 곧 기사 작위를 받을 사람처럼 차려입고 아침을 먹는 사람이지. 말리부에 집도 있는 사람이고. 이제 수영장이 전부 몇 개라고 했지?"

"없어. 지금은 조안 폰테인Joan Fontaine(알프레드 히치콕의 영화 〈레베카〉 주연으로 스타덤에 오른 배우)네 수영장을 빌려 쓰는 신세야."

"그 대가로 조안이 받는 건?"

"나와 보내는 즐거운 시간."

"세상에, 빌리. 유부녀야. 브라이언 아언Brian Aherne(1930~50년대, 조국인 영국과 할리우드를 오가며 활동한 유명 배우) 아내라고. 브라이언은 네 친구고."

"나는 유부녀들이 좋아. 당신도 알잖아. 결혼 생활이 행복한 여자라면 더 좋지. 행복한 유부녀야말로 남자들에게 가장 믿음직한 친구가 될 수 있거든. 걱정하지마, 페기. 조안은 정말 친구야. 브라이언은 나 같은 놈을 조금도 걱정할 필요가 없어."

나는 페그와 빌리를 번갈아 보면서 서로 사랑했을 두 사람을 상상해보았다. 함께 밤을 보내던 사람들 같지는 않아 보였다. 하지만 두 사람의 대화는 밝으면서도 예리했다. 짓궂은 놀림, 다 알고 내지르는 한 방, 서로에 대한 온전한 집중. 두 사람이 친밀하다는 건 누가 봐도 분명했으나 그 친밀함은 어떤 관계의 결과였을까? 연인? 친구? 남매? 라이벌? 그것도 아니라면? 나는 알아내기를 포기하고 두 사람 사이에 튀는 불꽃을 그저 구경했다.

"여기 있는 동안 당신하고도 시간을 보내고 싶어, 페기." 빌리가 말했다. "너무 오랜만에 만났잖아."

"누군데?" 페그가 물었다.

"뭐가 누구야?"

"막 당신을 버린 여자. 당신에게 갑자기 향수병을 선사하고 나를 보고 싶게 만든 여자. 자, 어서 말해봐. 가장 최근에 당신을 떠난 미스 빌리가 누구야?"

"이런, 모욕적인걸. 그렇게 나를 잘 안다고 생각해?"

페그는 그저 빌리를 바라보며 대답을 기다렸다.

"꼭 알아야겠다면," 빌리가 결국 입을 열었다. "카밀라라는 여자야."

"과감하게 추측해 보자면, 댄서군."

"하! 당신도 틀리는 게 있군! 수영선수야! 인어공주 쇼를 하지. 몇 주 동안 진지하게 만났는데 갑자기 다른 삶을 선택하겠다고 선언하더니 사라져버렸어."

페그가 웃기 시작했다. "진지했다고? 몇 주 동안? 말하고도 부끄럽지 않아?"

"어쨌든 여기 있는 동안 같이 좀 놀자, 페기. 우리 둘이서. 나가서 재능을 낭비하는 재즈 뮤지션들도 좀 보고. 우리가 옛날에 좋아했던 바도 가고. 아침 여덟 시까지 열었던 거기 있잖아. 당신 없이 노는 건 재미없어. 어젯밤에 엘 모로코에 갔는데 너무 실망스러웠어. 그 지겨운 사람들이 그 지겨운 대화를 나누고 있더라니까."

페그가 미소지었다. "더 다양하고 흥미로운 대화가 가능한 할리우드에 사는 걸 다행으로 알아! 하지만 절대 안 돼. 나가 놀 수는 없어, 빌리. 이제 그만한 기력이 없어. 그렇게 술을 마셔대는 것도 어쨌거나 좋지 않고. 당신도 알잖아."

"정말? 올리브하고도 술을 안 마신단 말이야?"

"설마. 하지만 물어보니 대답하는 건데, 별로 안 마셔. 나는 취하려고 하고 올리브는 못 취하게 만드는 게 보통이지. 나한테는 좋아. 올리브한테도 좋은지는 모르겠지만. 어쨌든 그렇게 챙겨주는 건 끔찍하게 고맙지."

"이봐, 페그. 적어도 공연은 돕고 싶어. 이건 지금 대본이 되려면 한참 먼 것 알지?" 빌리가 잘 다듬은 손톱을 허버트 씨의 우울한 공책에 두드리며 말했다. "도널드가 아무리 노력해도 그럴듯한 대본을 쓸 수 없다는 거 알잖아. 그한테서 나올 게 아니야. 그러니 내가 손을 좀 볼게. 당신도 내 능력 알지? 멋진 공연을 만들어 보자. 에드나의 재능에 걸맞은 공연을 만들어 보자고."

"조용히 좀 해." 페그가 얼굴을 감싸며 말했다.

"페그. 그 정도 위험은 감수해야지."

"입 좀 다물라고. 지금 전속력으로 머리를 굴리고 있으니까."

빌리는 입을 다물고 기다렸다.

"작업료를 줄 수는 없어." 마침내 페그가 다시 빌리를 보며 말했다.

"돈은 충분히 많아. 그게 늘 나의 재능이었지."

"우리가 여기서 만드는 공연에 어떤 권리도 가질 수 없어. 올리브가 가만히 있지 않을 거야."

"모든 권리는 당신에게. 심지어 돈도 벌 수 있을 거야. 나한테 대본만 맡겨 준다면. 대본이 생각보다 잘 나오면 꽤 큰돈도 문제없을 걸. 대대손손 일할 필요가 없어질지도 모른다고."

"여기서 어떤 수익도 바라지 않는다고 문서로 작성해 놓을 필요가 있어. 그래야 올리브가 허락할 거야. 그리고 제작은 당신 돈이 아니라 내 돈으로 할 거야. 다시는 당신과 돈을 섞고 싶지 않아. 끝이 좋은 적이 없었잖아. 그건 약속해, 빌리. 올리브 허락을 받으려면 그 방법밖에 없어."

"당신 극단 아니었나, 페그?"

"엄밀히 말하자면 그렇지. 하지만 올리브 없이는 아무것도 할 수 없어. 당신도 알잖아. 꼭 필요한 존재야."

"필요하지만 성가시기도 하지."

"물론 그렇지만 성가신 건 당신도 마찬가지야. 게다가 당신은 성가시기만 하고 꼭 필요한 건 아니잖아. 올리브는 내게 꼭 필요해. 그게 늘 당신과 올리브의 차이였지."

"맙소사! 올리브의 막강한 파워는 결코 줄어들지 않는군! 당신이 올리브의 어떤 점을 높이 사는지 나는 아무래도 이해가 안 가. 아무리 사소한 일도 필요할 때 곧장 달려와 해결해준다는 것 빼고. 아, 어쩌면 그게 매력이겠군. 나는 절대 그런 헌신은 할 수 없으니까. 가구처럼 든든하겠어. 하지만 올리브는 날 좀처럼 믿어주지 않아서 말이야."

"전부 맞아. 정확해."

"솔직히, 페그. 나는 올리브가 왜 나를 못 믿는지 모르겠어. 나는 아주 아주 아주 믿을 만한 사람인데 말이야."

"아주를 많이 쓸수록 더 믿음직스럽지 않다는 거 당신도 알지?"

빌리가 웃었다. "당연히 알지. 하지만 페그, 당신은 내가 왼손으로 대본을 쓰면서 오른손으로 테니스를 치고 물개처럼 코로 공을 튀길 수도 있다는 걸 잘 알잖아."

"동시에 술잔의 술도 한 방울 안 흘리면서."

"동시에 당신 술도 한 방울 안 흘리면서." 빌리가 잔을 들며 받아쳤다. "당신 바에서 만든 술이니까."

"이 시간엔 나보다 당신이 마시는 게 낫지."

"에드나가 보고 싶군. 일어났을까?"

"에드나는 늦게 일어나. 자게 내버려 둬. 고국은 전쟁 중이고 집도 절도 다 잃었어. 조금 더 쉬어야 해."

"그럼 이따 다시 올게. 클럽에 가서 씻고 좀 쉬었다가 나중에 시작하자. 아, 그리고 내 방을 마음대로 내줘서 고마워. 이 말을 깜빡했네! 당신 조카하고 그 여자친구가 내 침대를 차지하고 내가 한 번도 써보지 못한 소중한 공간에 속옷을 여기저기 늘어놓았더라고. 들어가니까 향수 공장이 폭발한 것 같은 냄새가 나던데."

"죄송해요." 내가 입을 열었다. 하지만 두 사람 모두 됐다고 손을 내저으며 내 말을 잘랐다. 마치 전혀 문제가 아니라는 듯. 페그와 빌리가 둘만의 대화에 어찌나 집중하고 있는지 자리를 비켜줘야 하나 싶기도 했다. 사실 거기 앉아 있을 수 있는 것만으로도 운이 좋았다. 그래서 그냥 입 다물고 잠자코 듣기만 하기로 했다.

"그런데 에드나 남편은 어떤 사람이지?" 빌리가 물었다.

"에드나 남편? 멍청하고 재능 없는 것만 빼면 흠 없는 사람이야. 끔찍하게 잘생겼고."

"그건 나도 알지. 연기하는 걸 봤어. 〈게이트 오브 눈〉의 그걸 연기라고 할 수 있을지는 모르겠지만. 눈동자가 젖소처럼 멍하더군. 하지만 비행사 스카프를 두른 모습은 아주 훌륭했지. 성격은 어때? 에드나한테 충실한 편인가?"

"그렇지 않다는 말은 못 들었어."

"놀라운 일이군. 안 그런가?" 빌리가 말했다.

페그가 웃었다. "맞아. 정말 놀라운 일이지. 안 그래, 빌리? 상상해 봐! 배우자에 대한 신의라니! 얼마나 좋아. 에드나한테는 잘된 일이지."

"언젠가 잘 안 될 수도 있는 일이고." 빌리가 덧붙였다.

"그런데 에드나는 남편이 훌륭한 배우라고 생각해. 그게 문제지."

"그렇지 않다는 증거를 전 세계가 목격했지. 그런데도 그를 우리 공연에 참여시켜야 하나?"

페그가 웃었다. 이번에는 애처롭게. "당신이 우리라는 말을 쓰다니 약간 당황스러운걸."

"왜지? 내가 우리라는 말을 얼마나 좋아하는데." 빌리가 웃으며 대꾸했다.

"그러다 싫증 나면 곧바로 사라질 거면서." 페그가 말했다. "그런데 이 공연, 진짜 같이할 거야? 지겨워지자마자 로스앤젤레스행 다음 기차를 타는 거 아니고?"

"당신만 허락한다면 당연히 같이하지. 잘할게. 가석방된 죄수처럼 얌전히 처신하면서."

"당연히 그래야지. 그리고 맞아. 아서 왓슨도 참여시켜야 해. 어떻게 써먹을 수 있을지 잘 생각해봐. 잘생겼지만 똑똑하지는 않으니까 잘생겼지만 똑똑하지 않은 남자 역할을 맡기면 되겠네. 당신이 알려준 방법이잖아. 우선 가진 걸 잘 활용해야 한다고. 유랑극단을 할 때 내게 늘 했던 말이 뭐지? '우리한테 뚱뚱한 여자와 발판 사다리밖에 없다면 나는 '뚱뚱한 여자와 발판 사다리'라는 연극을 쓸 거야.'라고 했지."

"그걸 어떻게 아직도 기억해?" 빌리가 말했다. "그리고 '뚱뚱한 여자와 발판 사다리'가 그렇게 형편없는 제목은 아니었어. 내 입으로 말하긴 좀 그렇지만."

"늘 그 입으로 잘난 척하면서 뭘 그래."

빌리가 손을 뻗어 페그의 손 위에 얹었다. 페그는 가만히 있었다.

"페기." 빌리의 입에서 나온 그 한마디에 십여 년의 사랑이 담겨 있었다.

"윌리엄." 페그가 대답했다. 페그의 그 한마디에도 십여 년의 사랑이 담겨 있었다. 하지만 십여 년의 분노 또한 담겨 있었다.

"내가 왔다고 올리브가 화가 많이 났나?" 빌리가 물었다.

페그가 손을 빼며 말했다.

"부탁 하나만 할게, 빌리. 괜히 신경 쓰는 척하지 마. 당신을 사랑하지만, 당신이 신경 쓰는 척하는 건 정말 싫어."

"그런데 말이야." 빌리가 대답했다. "나는 사람들이 생각하는 것보다 훨씬 많이 신경을 쓴다고."

12

대본의 탄생

빌리 뷰엘은 뉴욕에 온 지 일주일 만에 〈시티 오브 걸스〉의 대본을 완성했다.

일주일은 대본을 완성하기에 지독히 짧은 시간이라고들 하지만 빌리는 부엌 테이블에 앉아 파이프 담배 연기를 내뿜으며 쉬지 않고 타자기를 달그락거리더니 일주일 만에 완성해버렸다. 빌리 뷰엘에 대한 평판이야 어쨌든 그는 단숨에 써내는 법을 아는 사람이었다. 게다가 그렇게 창의력을 내뿜는 동안 전혀 힘들어하는 것 같지도 않았다. 자신감이 위기를 맞는 순간도 없었고 머리칼을 쥐어뜯지도 않았다. 머리가 쉬지 않고 돌아가는 것 같았다. 멋진 암사슴 가죽 바지와 새하얀 캐시미어 스웨터, 런던 맥스웰스에서 맞춘 반짝이는 크림색 신발을 신고 앉아 침착하게 타자기를 두드렸다. 보이지 않는 신성한 기운이 불러주는 말을 받아쓰기라도 하는 것처럼.

"괴물 같은 재능이지." 어느 날 오후 부엌에서 들려오는 타자기 소리를 들으며 거실에서 의상을 스케치하고 있을 때 페그가 내게 말했다. "뭐든 쉬워 보이게 만들어버리는 재주가 있어. 쉬워 보이게 만드는 일조차 쉽게 해버려. 아이디어가 미친 듯 쏟아지지. 문제는, 롤스로이스에 새 엔진이 필요할 때만 일을 시킬 수 있다는 거야. 이탈리아에서 휴가를 보내고 돌아와 통장이 텅 비었을 때라던가. 괴물 같은 재능이긴 하지만 괴물처럼 게으른 편이기도 해. 놀고먹어도 되는 집안 출신이라 그렇겠지만."

"그럼 지금은 왜 저렇게 열심히 하는 거예요?" 내가 물었다.

"나도 모르겠다. 에드나를 사랑해서? 아니면 나를 사랑해서? 나한테 바라는 게 있어서일 수도 있고. 캘리포니아가 지겨워졌거나 외로워서일 수도 있고. 왜 저러는지 굳이 파헤칠 생각은 없어. 어쨌든 열심히 하고 있으니 다행이지. 하지만 중요한 건, 그에게 어떤 미래도 의지하면 안 된다는 거야. 여기서 미래란, 내일이 될 수도 있고 한 시간 후가 될 수도 있지. 빌리가 언제 흥미를 잃고 사라질지 아무도 모르거든. 빌리는 누가 자기한테 의지하는 걸 싫어해. 혼자만의 시간을 갖고 싶으면 '지금 정말 당신이 필요하다'고 말하기만 하면 돼. 그럼 곧장 뛰쳐나가 사 년 동안 얼씬도 하지 않을 테니까."

빌리가 마지막 단어를 타이핑한 순간 대본은 완성되었다. 수정도 하지 않았다. 게다가 대사와 지문뿐만 아니라 벤자민이 곡을 붙여야 할 노래 가사까지 포함되어 있었다.

심지어 훌륭했다. 경험이 부족한 내가 보기에도 빌리의 대본은 기발했고 재미와 속도감이 있었고 희망적이었다. 20세기 폭스20th Century Fox가 월급을 주며 그를 붙잡고 있는 이유를 알 것 같았다. 루엘라 파슨즈가 언젠가 자기 칼럼에서 "빌리 뷰엘의 손이 곧 박스 오피스다! 심지어 유럽에서도!"라고 했던 이유도 알 것 같았다.

빌리가 쓴 〈시티 오브 걸스〉는 1929년 대공황으로 전 재산을 잃고, 먹고살기 위해 저택을 카지노와 매춘굴로 바꾼 과부 엘레노라 앨러배스터 부인의 이야기였다.

콧대가 하늘을 찌르는 앨러배스터 부인의 딸 빅토리아라는 인물이 새로 생겼고, (공연 첫머리에 '엄마는 몰래 술을 판다네'라는 재미있는 노래를 부른다.) 빅토리아와 결혼해 저택을 차지하고 싶어 하는 영국 출신 가난뱅이 귀족 사촌이 등장한다. 아서 왓슨을 위한 역이었다. "아서 왓슨이 미국 경찰 역할을 할 수는 없지."라고 빌리는 페그에게 말했다. "절대 못할 거야. 그는 영국에서 온 얼간이여야 해. 본인도 이 역할을 더 좋아할걸. 정장을 차려입고 중요한 사람인 척할 수 있으니까."

여자 주인공이 사랑에 빠지는 남자 주인공은 싸우기 좋아하는 빈민가 출신 소년 럭키 바비로 앨러배스터 부인의 차를 고쳐주다가 부인의 집을 불법 카지노로 만드는 데 도움을 주게 된다. 그 결과 두 사람 모두 돈방석에 앉게 되고. 여자 주인공은 데이지라는 매력적인 쇼걸이다. 몸매는 완벽하지만, 데이지의 소박한 꿈은 결혼해 아이들을 줄줄이 낳는 것이다. (스트립쇼를 하면서 부를 '네 양말을 짜자꾸나, 아가야'가 데이지의 주제곡이다.) 데이지는 당연히 셀리아 레이였다.

극은 이렇게 끝난다. 데이지와 럭키 바비가 사랑에 빠지고 두 사람은 줄줄이 아이들을 낳으러 도시 용커스로 떠난다. 딸 빅토리아는 동네에서 가장 힘 좋은 폭력배와 눈이 맞아 기관총 쏘는 법과 은행 터는 법을 배운다. 고상한 취향에는 돈이 많이 드는 법이니까. (빅토리아가 부를 노래는 '다이아몬드가 한 컵밖에 안 남았어'이다.) 영국에서 온 수상한 사촌은 저택을 물려받지도 못하고 자기 나라로 돌아간다. 그리고 앨러배스터 부인은 법과 질서를 수호하는 그 도시의 시장과 사랑에 빠진다. 시장은 극이 진행되는 내내 그녀의 무허가 술집을 닫으려고 노력하지만 결국 실패한다. 둘은 결혼을 하고 시장은 시장직을 버리고 그녀의 바텐더가 된다. (두 사람의 마지막 듀엣은 모든 배우가 등장해 함께 함께 부르는 합창곡으로 발전하는데 제목은 '두 배로 키우자'다.)

작은 역할도 여러 개 추가되었다. 오직 웃기기 위해 등장하는 술고래 캐릭터는 일하지 않으려고 앞이 안 보이는 척하지만, 실력은 죽여주는 포커 플레이어이자 소매치기다. (빌리는 허버트 씨에게 그 역할을 맡겼다. "도널드, 대본을 쓸 수 없다면 연기라도 해야 할 것 아니겠소!") 여전히 사람들의 관심을 받고 싶어 하는 여자도 쇼걸의 엄마로 등장한다. ('카사노바 부인이라 불러다오'가 그녀의 주제곡이다.) 저택을 압류하려는 은행가도 등장한다. 그리고 빌리 말에 의하면, 성대하고 화려한 공연을 위해 기존의 우리 공연보다 훨씬 많은 댄서와 코러스가 필요했다.

페그는 대본이 아주 마음에 들었다.

"난 직접 쓸 수는 없지만, 끝내주는 이야기가 어떤 건지는 알아. 이게 바로 그런 거야."

에드나도 마찬가지였다. 빌리는 웃기기만 한 사교계 귀부인에서 재치있고 총명하고 반전 있는 여성으로 앨러배스터 부인을 탈바꿈시켰다. 재미있는 대사도 많았고 거의 모든 장면에 빠지지 않고 등장했다.

"빌리!" 대본을 읽어본 에드나가 외쳤다. "정말 마음에 들어! 하지만 지나치게 나만을 위한 대본 같은걸! 다른 사람들 대사가 있긴 한 거야?"

"왜 당신을 일 초라도 무대에서 사라지게 하겠어?" 빌리가 말했다. "내가 에드나 파커 왓슨과 일하게 되었는데, 세상도 당연히 그 사실을 알아야지!"

"어머, 고맙기도 하지. 하지만 빌리. 코미디를 해본 지 너무 오래되었어. 재미없을까봐 걱정되는 것도 사실이야."

"코미디의 트릭은 말이야." 빌리가 말했다. "웃기지 않게 연기하는 거야. 웃기려고 하지 마. 그래야 더 웃겨. 당신네 영국 사람들처럼 그저 무심하게, 귀찮다는 듯 대사를 툭 던지면 돼. 그럼 끝장일 거야. 코미디는 언제나 대충 던질 때 최고거든."

에드나와 빌리의 대화는 지켜보는 재미가 있었다. 짓궂게 놀리면서도 서로 존중하는 모습에서 깊은 우정이 느껴졌다. 서로의 재능을 존경했고 함께 있는 시간을 진심으로 즐겼다. 두 사람이 릴리에서 처음 만난 밤, 빌리는 에드나에게 이렇게 말했다. "지난번 만난 후로 별일이 티끌만큼 있었지. 자, 한잔하면서 그 티끌들에 대해 쓸데없이 떠들어보자고."

그 말에 에드나는 이렇게 대답했다. "그래, 무슨 얘기든 떠드는 거 나도 아주 좋아해. 누구하고 떠들어도 상관없어. 빌리 당신만 아니라면!"

빌리가 한번은 에드나 앞에서 내게 이렇게 말했다. "오래전 런던에서 우리 사랑스러운 에드나 때문에 기꺼이 자기 심장을 짓이긴 남자들이 얼마나 많았는지 몰라. 물론 나는 아니었지만 그건 이미 페그를 사랑하고 있었기 때문이었지. 한창때 에드나는 자기 앞에 줄 선 남자들을 차례차례 쓰러뜨렸어. 좋은 구경거리였지. 부자, 예술가, 장군, 정치인, 닥치는 대로 에드나 앞에서 쓰러졌단다."

"아니야, 그렇지 않았어."라고 에드나가 대꾸했지만, 얼굴은 '맞아, 그랬지.'라는 표정으로 웃고 있었다.

"당신 앞에서 쓰러지는 남자들을 구경하는 게 얼마나 재미있었는데." 빌리가 말했다. "쓰러뜨리는 것조차 얼마나 아름다웠는지. 당신의 강력한 힘에 무너진 남자들은 영원히 힘을 쓰지 못했고, 그때 다른 여자들이 그들을 데려가 지배했지. 그야말로 인류에 큰 봉사를 한 거야. 예쁜 인형처럼 보이지만 절대 저 여인을 과소평가하면 안 된다, 비비안. 존경할 만한 여자거든. 저 멋진 옷 속에 강철로 된 척추를 숨기고 있다는 사실을 꼭 기억해라."

“칭찬이 너무 과하잖아, 빌리.” 에드나가 말했다. 하지만 이번에도 표정은 다음과 같았다. ‘그래, 당신 말은 전부 사실이야.’

몇 주 후, 내 방에서 에드나의 옷을 가봉하고 있을 때였다. 마지막 장면을 위해 만든 드레스였다. 에드나는 환상적인 드레스를 원했고 나 역시 두말하면 잔소리였다. “내가 더 멋진 사람이 되고 싶어지는 드레스를 만들어줘.”가 에드나의 정확한 주문이었고, 잘난 척을 좀 하자면, 정확히 그런 드레스를 내가 만들었다.

하늘하늘한 청록색 실크 두 겹으로 드레스를 만들고 모조 다이아몬드로 짠 그물을 그 위에 늘어뜨렸다. (실크는 로우스키에서 찾았는데 그걸 사기 위해 그동안 모은 용돈을 거의 다 써야 했다.) 드레스는 움직일 때마다 반짝거렸다. 야하게 반짝인다기보다 수면에 반사된 빛처럼 반짝였다. 실크는 에드나의 몸에 과하지 않게 달라붙었고 춤을 출 수 있게 오른쪽에 트임을 냈다. 에드나를 밤중에 놀러 나온 요정처럼 보이게 하는 게 내 목표였다.

드레스가 마음에 꼭 든 에드나는 자신이 반짝이는 모습을 보려고 거울 앞에서 빙빙 돌았다.

“비비안, 어떻게 했는지 모르겠지만 나를 더 커 보이게 만들었구나. 게다가 이 푸른색도 산뜻하게 젊어 보여. 혹시 나한테 검정색을 입힐까봐 걱정했는데, 아마 그랬으면 꼭 미라 같았을 거야. 빨리 빌리에게 이 드레스를 보여주고 싶어. 빌리만큼 여자들의 패션을 잘 이해하는 남자도 없거든. 아마 나만큼 신나 할걸? 네 삼촌에 대해

하나 말해줄게, 비비안. 빌리 뷰엘은 여자들을 사랑한다고 말하면서 정말로 사랑하는 몇 안 되는 남자란다."

"셀리아가 플레이보이라고 했는걸요?" 내가 되물었다.

"당연히 플레이보이지. 하지만 빌리는 달라. 플레이보이들은 많고 많지만, 자기만족 이상으로 여자들과 함께 있는 시간을 즐기는 남자는 별로 없거든. 여자를 정복하려고만 하고 귀하게 여기지 않는 남자? 그런 남자는 당연히 피해야지. 하지만 빌리는 정복하고 말고가 아니라, 순수하게 여자들을 좋아해. 빌리와 함께 있으면 늘 즐거워. 빌리는 나를 유혹하려고도 했지만, 패션에 대해서도 정말 즐겁게 이야기했거든. 게다가 여자들이 아주 좋아할 대본을 쓰지. 다른 남자들은 할 수 없는 일이야. 남자 극작가들은 남자를 유혹하거나 울거나 남편에게 충실한 여자들 이야기밖에 못 쓰거든. 정말 끔찍한 일이지."

"올리브는 믿기 힘든 사람이라고 하던데요."

"그렇지 않아. 빌리는 믿어도 좋아. 빌리는 언제나 자신을 감추지 않고 솔직해. 올리브는 그런 그의 본모습이 싫은 것뿐이고."

"본모습이 어떤데요?"

에드나는 잠시 골똘히 생각에 빠졌다가 마침내 입을 열었다. "자유롭지." 그리고 말을 이었다. "자유롭게 사는 사람은 그리 많지 않아, 비비안. 빌리는 기분 내키는 대로 사는 사람이고, 내게는 그 모습이 신선해 보였어. 올리브는 타고 나길 엄격한 사람이고. 얼마나 다행이야. 그랬으니 릴리가 이만큼이나 돌아가는 거지. 게다가 올리브는 자유로운 사람이라면 의심부터 하고 보거든. 하지만 난 자유로운 사람과 함께 있는 게 좋아. 덩달아 신이 나거든. 또 한 가지 놀라운 건, 빌리가 지나치게 잘생겼다는 사실이야. 너도 이미 눈치챘겠지만 난 잘생긴 남자들이 너무 좋아. 그 잘생긴 얼굴을 보고 있는 것만으로도 즐거웠어. 하지만 그런 매력은 조심해야 해! 그가 제대로 마음먹으면 절대 빠져나갈 수 없거든."

나는 빌리가 에드나에게 제대로 마음을 먹어본 적이 있을까 궁금했다. 하지만 감히 물어볼 수는 없었다. 대신 용기를 내 다른 질문을 했다. "페그와 빌리는……."

어떻게 말을 이어가야 할지 막막했는데, 에드나가 내 질문을 마무리해 주었다.

"두 사람이 무슨 사이냐고?" 에드나가 웃었다. "내가 말할 수 있는 건, 두 사람이 서로 사랑한다는 거야. 늘 그랬지. 지적인 것도 유머러스한 점도 비슷하잖아. 젊었을 때는 서로 많이 싸우기도 했지. 물론 좋은 방향으로. 둘의 신선한 위트에 익숙하지 않은 사람들에게는 위협적으로 보이기도 했을 거야. 어떻게 끼어들어야 할지 모르는 게 당연했지. 하지만 빌리는 페그를 사랑해. 늘 그랬어. 빌리 뷰엘 같은 남자가 한 여자한테만 충실하려면 나름 답답했겠지. 하지만 마음은 늘 페그한테 가 있어. 너도 봐서 알겠지만 함께 일하는 것도 무척 좋아하고. 유일한 문제가 있다면 빌리는 혼란을 몰고 다니는 편인데, 페그도 여전히 그런지는 잘 모르겠다. 요즘 페그는 재미보다 헌신을 더 원하지."

"아직도 부부인 건 맞아요?" 내가 물었다. 당연히, '아직도 같이 자나요?'라는 질문이었다.

"누구의 기준으로?" 에드나가 팔짱을 끼고 고개를 까닥한 채 나를 바라보며 되물었다. 내가 대답을 못하자 에드나가 웃으며 말했다.

"미묘한 문제란다, 비비안. 너도 나이가 들면 알게 되겠지만 그 미묘함이 사실 전부야. 널 실망시키고 싶지 않지만 지금 배워 놓는 게 나을 거다. 대부분의 결혼 생활은 천국도 지옥도 아니고 그저 연옥과 같은 애매한 상태야. 그럼에도 불구하고 사랑은 존중받아야 하고. 빌리와 페그는 서로 진실하게 사랑하고 있어. 자, 이제 이 벨트를 약간 손봐주겠니. 내가 팔을 들 때마다 갈비뼈 근처에서 주름이 잡히지 않도록 말이야. 그러면 끔찍하게 고마울 것 같구나."

에드나의 품격이 공연 전체의 수준을 높일 것이므로 빌리는 다른 부분 역시 그에 걸맞게 수준을 높여야 한다고 생각했다. ("릴리 플레이하우스도 이제 혈통 있는 극장이 된 거야."가 빌리의 상황 설명이었다. "이건 완전히 새로운 공연이 될 테니까.") 빌리는 〈시티 오브 걸스〉와 관련된 모든 것은 평소보다 훨씬 훌륭하게 만들어야 한다고 지시했다.

물론 우리가 평소에 만들던 것들로 미루어 볼 때 쉽게 될 일은 아니었다. 빌리는 〈댄스 어웨이, 재키!〉를 며칠 보더니 기존 배우들은 안 된다고 확실히 선을 그었다.

"전부 쓰레기야, 허니."

"괜히 나한테 아부할 생각 마." 페그가 대답했다. "같이 자고 싶어서 그러는 거라고 생각할 거야."

"순도 백 퍼센트 쓰레기야. 당신도 알잖아."

"빌리, 그래서 하고 싶은 말이 뭔데? 잘난 척하지 말고."

"쇼걸들은 괜찮아. 그냥 자신을 뽐내기만 하면 되니까. 하지만 배우들은 절대 안 돼. 실력 있는 배우들이 필요해. 댄서들은 그만하면 매력적이야. 전부 길거리 출신 같은데, 그건 마음에 들어. 근데 몸이 무거워. 범죄나 마찬가지지. 색기 있는 얼굴은 마음에 들지만, 어쨌든 전부 무대 뒤로 보내고 진짜 댄서들을 앞에 세워야겠어. 적어도 여섯 명은 필요해. 지금 앞에 세울 만한 댄서는 그 예쁘장한 롤랜드 하나야. 아주 훌륭하지. 하지만 전부 그 정도는 되어야 해."

빌리는 롤랜드의 카리스마가 무척 인상적이었는지 처음에 그에게 '어쩌면 해군이 되어Maybe in the navy'라는 솔로곡까지 주려고 했다. 모험을 찾아 해군에 입대하고 싶어 하는 소년의 노래 같겠지만 사실은 롤랜드의 성적 취향을 은근히 재치있게 가사로 드러내는 노래였다. ("내가 생각하는 건 콜 포터의 '당신이 최고You're the Top' 같은 장면이야."라고 빌리는 설명했다. "노래의 이중적인 의미를 드러내는 거지.") 하지만 올리브가 즉각 반대했다.

"왜 그래, 올리브." 페그가 간청했다. "하자. 재밌잖아. 여자 관객들이나 아이들은 어차피 모를 거야. 짜릿한 이야기가 필요해. 한 번만 과감하게 가보자고."

"대중들이 받아들이기에 너무 과감해."가 올리브의 결정이었고 그걸로 끝이었다. 롤랜드가 노래 부를 일은 생기지 않았다.

내가 보기에 올리브는 이 모든 일이 마음이 들지 않았다. 릴리에서 빌리의 흥에 휩싸이지 않은 유일한 사람이 바로 올리브였다. 올리브는 빌리가 도착했던 날부터 기분이 나빠 보였고 그 기분은 절대 회복되지 않았다. 그즈음 나도 매사에 뚱한 올리브가 점점 거슬리기 시작했다. 온갖 하찮은 일에 잡는 트집, 외설적인 소재 검열, 자신의 엄격한 습관에 대한 맹종, 빌리가 제안하는 모든 기발한 아이디어를 단칼에 거절하는 태도, 그치지 않는 잔소리, 재미있는 일이라면 무조건 반대하는 모습. 그 전부가 몹시 짜증스러웠다.

여섯 명의 댄서를 더 고용하자는 빌리의 계획에 대해서도 그랬다. 페그는 전적으로 찬성했지만 올리브는 "지나친 소란에 비해 얻는 건 별로 없을" 아이디어라고 했다.

여섯 명이 더 있으면 공연이 훨씬 풍성해질 거라는 말에 올리브는 이렇게 대꾸했다. "여섯 명을 더 고용할 돈도 없고, 그렇다고 공연이 크게 달라질 것 같지도 않아. 공연 연습료만 해도 일주일에 사십 달러야. 그런데 여섯 명을 더 쓰자고? 우리한테 그 돈이 있을 것 같아?"

"올리브, 돈을 쓰지 않으면 돈을 벌 수가 없어." 빌리가 말했다. "우선 내가 빌려줄게."

"그건 더 끔찍한 생각 같군." 올리브가 대꾸했다. "그리고 난 당신을 믿지 않아. 1933년 캔자스시티에서 있었던 일을 생각해봐."

"아니, 1933년 캔자스시티에서 있었던 일은 기억나지 않아." 빌리가 말했다.

“당연히 안 나시겠지.” 페그가 끼어들었다. “당신이 나와 올리브에게 모든 책임을 미루고 떠나버렸잖아. 나보고 대규모 노래와 춤 공연을 제작하라고 당신이 거대한 콘서트장을 빌려 수십 명을 캐스팅했지. 전부 내 이름으로. 그리고 당신은 그놈의 보드게임 토너먼트에 참가해야 한다며 프랑스 생트로페로 증발해버렸고. 나는 회사 계좌를 탈탈 털어 돈을 지불했고, 당신과 당신 돈은 석 달 동안 코빼기도 못 봤어.”

“오, 페기, 내가 뭔가 대단히 잘못했다는 듯 말하는군.”

“물론 나쁜 감정은 없어.” 페그가 냉소적인 미소를 지으며 말했다. “당신이 보드게임을 얼마나 좋아하는지 잘 아니까. 하지만 올리브 말이 틀린 건 아니야. 릴리 플레이하우스는 겨우 적자를 면하고 있는 상태야. 이 공연 때문에 위험을 감수할 수는 없어.”

“물론 나는 당신들 의견에 찬성할 수 없어.” 빌리가 말했다. “당신들이 한 번이라도 위험을 감수하겠다면, 나는 사람들이 정말 보고 싶어 하는 공연을 만들어줄 수 있다고. 사람들이 보고 싶어 하면 그게 바로 돈이야. 아직도 공연 예술 업계가 어떻게 돌아가는지 모른다니 믿을 수가 없군. 제발, 페기. 거절하지 마. 당신을 구하러 온 구원자한테 화살을 쏘면 안 되지.”

“릴리 플레이하우스는 구원자가 필요하지 않아.” 올리브가 말했다.

“오, 아니지. 구원자가 필요해, 올리브!” 빌리가 말했다. “극장을 봐! 하나같이 손을 보고 수리해야 하잖아. 세상에, 아직도 가스등을 쓰고 있다니! 좌석은 매일 밤 텅텅 비어 있고. 히트 칠 공연이 필요해! 내가 만들어줄게. 에드나가 있으니 기회가 있단 말이야. 하지만 비평가들을 불러 모으려면 대충으로는 안 돼. 내가 다 부를 거거든. 그러니 에드나만큼 다른 부분도 끌어 올려줘야 한단 말이야. 자, 페기. 겁먹지 마. 게다가 이 공연에서 당신은 평소처럼 열심히 일할 필요도 없어. 예전처럼 내가 감독할 테니까. 자, 그러니까 한번 해보자. 선택은 두 가지야. 별 볼 일 없는 싸구려 공연을 만들면서 파산하거나, 나랑 같이 멋진 공연을 만들거나. 응? 멋지게 만들어 보자고. 당신은 언제나 돈 앞에서 과감했잖아. 망설이지 말고 한 번만 더."

페그가 흔들렸다. "댄서를 네 명만 더 고용하면 어떨까, 올리브?"

"빌리 말에 괜히 바람 들지 마, 페그." 올리브가 말했다. "돈이 없어. 두 명도 불가능해. 장부라도 보여줘?"

"당신은 돈 걱정을 너무 많이 해, 올리브." 빌리가 끼어들었다. "늘 그랬지. 돈이 세상에서 가장 중요한 건 아니잖아."

"로드 아일랜드 뉴포트의 윌리엄 애커맨 뷰엘 3세가 말씀하십니다." 페그가 말했다.

"그만해, 페기. 내가 돈에 관심 없다는 건 당신도 알잖아."

"그렇지. 당신은 돈에 관심이 없지, 빌리." 올리브가 말했다. "깜빡하고 부유한 집안에 태어나지 못한 우리만큼은 당연히 관심이 없으시겠지. 더 끔찍한 건, 당신이 페그도 돈에 신경 쓰지 않게 만들어 버렸다는 거야. 그 때문에 우리가 얼마나 많은 문제를 겪었는데. 다시는 그런 일이 일어나게 내버려 두지 않을 거야."

"우리한테 돈은 항상 많았어." 빌리가 말했다. "자본주의자 놀이는 그만해, 올리브."

페그가 웃음을 터트리더니 내게 일부러 크게 속삭였다. "네 삼촌 빌리는 사회주의자가 되고 싶어 한단다, 꼬맹아. 하지만 자유연애 부분만 빼면 사회주의가 뭔지도 잘 모를걸."

"네 생각은 어때, 비비안?" 빌리가 마침내 나도 옆에 있었다는 사실을 깨닫고 내게 물었다.

나는 공연히 대화에 끼어들게 되어 몹시 불편했다. 부모님의 언쟁을 듣고 있는 기분이었다. 다른 점이 있다면 여긴 세 명이라는 것, 그래서 더 당황스러웠다. 지난 몇 달 동안 페그와 올리브가 돈 문제로 다투는 모습을 수없이 봤지만, 빌리가 등장하자 상황이 훨씬 과격해졌다. 페그와 올리브의 논쟁은 이해할 수 있는 선이었지만 빌리는 와일드카드였다. 모든 자식은 다투는 두 명의 어른 사이에서 줄타기하는 법을 배우는데, 세 명이라면? 그건 내 능력 밖의 일이었다.

"두 분 얘기 모두 설득력은 있는 것 같아요." 내가 말했다.

틀린 답이 분명했다. 세 사람 모두 내게 짜증내는 표정을 지었기 때문이다.

결국 세 사람은 네 명의 댄서를 더 고용하기로 합의했다. 비용은 빌리가 지불하기로. 아무도 만족스럽지 않은 결정이었다. 아빠라면 아마 성공적인 비즈니스 협상이었다고 말씀하셨을 것이다. ("모든 사람이 협상 결과가 마음에 들지 않아야 해." 아빠가 언젠가 내게 무심하게 한 말이다. "그래야 아무도 속지 않았고, 또 아무도 너무 앞서가지 않았다고 확신할 수 있거든.")

13

한 잔 더

빌리 뷰엘이 우리의 작은 세상에 끼친 영향은 또 있었다. 그가 나타나고 나서 릴리 플레이하우스의 모든 이들이 술을 더 마시기 시작했다. 그것도 어마어마하게 많이.

안젤라, 여기까지 읽었다면, 이미 마시던 것보다 물리적으로 더 많은 술을 마신다는 게 과연 가능하기나 한 일인지 궁금하겠지만, 술이란 게 그렇단다. 마시겠다는 마음만 있다면 언제든 더 마실 수 있지. 경험이 쌓이기만 하면 되는 문제거든.

큰 차이가 있다면 페그가 우리와 함께 마신다는 거였다. 평소라면 마티니 몇 잔 마시고 올리브의 엄격한 스케줄 관리에 따라 적절한 시간에 잠자리에 들었겠지만, 이제 공연이 끝나고 빌리와 함께 나가 고주망태가 되어 들어오기 시작했다. 그것도 매일 밤. 셀리아와 나도 본격적으로 밤을 즐기러 가기 전에 두 사람과 몇 잔쯤 함께 마시기도 했다.

처음에는 수수하게 차려입은 중년의 고모와 시내를 돌아다니는 게 어색했지만, 페그가 나이트클럽에서 얼마나 재미있게 노는 사람인지 알게 된 후 어색함은 금방 사라졌다. 특히 술을 몇 잔 마신 후라면. 그건 페그가 연예계에 종사하는 사람들을 하나도 빠짐없이 알았고 그들 역시 페그를 알았기 때문이기도 했다. 페그를 모르는 사람이라면 빌리를 알았고 오랜만에 만난 빌리의 안부를 묻고 싶어 했다. 다시 말해, 우리 테이블에 쉬지 않고 술잔이 밀려들었단 말이다. 술집 주인들도 우리와 합석해 할리우드와 브로드웨이 가십들에 대해 수다를 떨었다.

나는 새하얀 재킷을 걸치고 머리칼을 뒤로 말끔하게 넘긴 잘생긴 빌리와 허름한 드레스를 입고 화장도 하지 않은 페그가 여전히 어울리지 않아 보였다. 하지만 두 사람은 매력적이었고 어딜 가든 대화의 중심이 되었다.

그리고 두 사람은 돈을 펑펑 썼다. 빌리는 필레미뇽(프랑스식 스테이크)과 샴페인을 시켰고 (빌리는 가끔 스테이크가 나오기 전에 사라져 버리기도 했지만, 샴페인은 꼭 마셨다.) 모든 사람을 불러 모았다. 그래서 지금 페그와 함께 만들고 있는 공연이 얼마나 큰 성공을 거둘지 쉬지 않고 떠들었다. (내게 설명했던 것처럼 그건 의도적인 마케팅 수법이었다. 그는 〈시티 오브 걸스〉라는 멋진 공연이 만들어지고 있다는 소문이 돌길 원했다. "내가 나이트클럽에서 퍼트리는 것보다 더 빨리 소문을 내

줄 기자들은 없을걸.")

전부 재미있었지만 딱 하나 예외가 있었다면, 페그는 언제나 집에 일찍 가려고 했고 빌리는 언제나 페그를 더 붙잡고 싶어 했다. 어느 날 밤 알공킨에서 빌리는 페그에게 이렇게 말했다. "한 잔 더 하겠소, 부인?" 그리고 나는 페그의 얼굴에 스친 괴로운 표정을 보았다.

"안 돼." 페그가 말했다. "더 마시면 안 돼, 빌리. 정신 차리고 생각 좀 정리하자."

"마셔도 되냐고 물은 게 아니었어, 페기. 당신이 마시고 싶냐고 물은 거지."

"하, 당연히 마시고 싶지. 늘 마시고 싶어. 하지만 너무 세지 않은 걸로 부탁해."

"그럼 지체하지 말고 약한 걸로 한꺼번에 세 잔 어때?"

"아니, 한 잔씩, 윌리엄. 요즘은 그렇게 살고 싶어."

"당신의 건강을 위해서." 빌리는 술잔을 들어 건배를 하고 손짓으로 웨이터를 불렀다. "웨이터들만 빠릿빠릿하다면 오늘 밤은 부드러운 칵테일로도 괜찮지."

그날 밤, 빌리와 페그를 뒤로 하고 우리만의 모험을 찾아 나섰던 셀리아와 내가 평소처럼 해뜨기 전의 엷은 회색빛 하늘 아래 집으로 돌아왔을 때, 거실에 불이 환하게 켜져 있었다. 환한 거실로 들어선 우리는 전혀 예상치 못했던 장면에 깜짝 놀랐다. 페그가 옷도 갈아입지 않고 정신을 잃은 채 소파에 대자로 누워 코를 골고 있었다. 팔은 얼굴에 걸쳐져 있었고 신발은 한 짝만 벗겨진 채였다. 아직도 새하얀 재킷을 입고 있는 빌리는 페그 옆 의자에 앉아 꾸벅꾸벅 졸고 있었다. 두 사람 사이의 테이블 위에는 빈 술병과 가득 찬 재떨이가 놓여 있었다.

우리가 들어가자 빌리가 일어나 말했다. "오, 안녕, 아가씨들." 발음은 뭉개졌고 두 눈에는 핏발이 서 있었다.

"죄송해요." 나 역시 얼버무리며 대답했다. "방해할 생각은 없었어요."

"걱정하지 마라. 어차피 페그는 깨지도 못할 테니까." 빌리가 소파 쪽으로 대충 팔을 휘두르며 말했다. "제대로 취하셨거든. 아, 나 혼자 마지막 계단을 올라갈 수가 있어야지. 그래서 말인데, 아가씨들이 좀 도와주겠나?"

그래서 술 취한 우리 세 사람이 더 취한 한 사람을 위층으로 옮겼다. 페그는 덩치가 있는 편이었고 우리도 취해서 제대로 힘을 못 쓰는 상태였으니 결코 쉬운 일이 아니었다. 우리는 둘둘 말린 카펫처럼 페그를 질질 끌다시피 계단을 올라 우당탕대며 4층 방문 앞에 도착했다. 그러는 내내 미친 사람처럼 낄낄거렸던 것도 같았다. 페그도 살짝 정신이 돌아왔다면 그렇게 끌려오는 내내 몹시 괴로웠을 테고.

문을 여니 올리브가 있었다. 가장 취했을 때, 그리고 가장 죄책감을 느낄 때 절대 보고 싶은 않은 그 표정으로 문 앞에 서 있었다.

올리브는 한순간에 상황을 파악했다. 물론 어렵지 않은 일이긴 했다. 크게 화를 낼 줄 알았는데 올리브는 무릎을 꿇고 페그의 머리를 감싸 안았다. 그리고 고개를 들어 빌리를 보았는데 얼굴에 슬픔이 가득했다.

"올리브." 빌리가 말했다. "다 알면서 뭘 그렇게 봐."

"누가 수건 좀 갖다 주겠니." 올리브가 낮은 목소리로 말했다. "차가운 물에 적셔서."

"아, 몰라요. 힘들어요." 셀리아는 그렇게 말하고 벽에 기대 주저앉았다.

나는 화장실로 뛰어가 문제를 해결하기 위해 부산을 떨었다. 우선 불을 켜고 어렵게 수건을 찾아 물을 틀고 뜨거운지 차가운지 확인한 다음 나까지 젖지 않게 수건을 적셨다. (그 부분에서는 대실패였다.) 그리고 겨우 다시 나가는 길을 찾았다.

수건을 들고 돌아왔을 때는 에드나 파커 왓슨도 함께였다. (멋진 붉은 실크 잠옷에 비싸 보이는 금색 가운을 걸치고 있는 모습이 쳐다보지 않으려 해도 저절로 눈에 들어왔다.) 에드나는 올리브를 도와 페그를 방 안으로 옮기고 있었다. 두 여인은 안타깝게도 그런 일이 처음은 아닌 듯 능숙했다.

에드나가 젖은 수건을 받아 페그의 이마에 올렸다. "페그, 어서 일어나. 눈 좀 떠봐."

빌리는 약간 물러나 발을 떨고 있었는데 안색이 좋지 않았다. 처음으로 빌리가 제 나이처럼 보였다.

"그저 좀 놀랐던 것뿐이야." 빌리가 힘없이 말했다.

올리브가 일어나더니 이번에도 역시 그 낮은 목소리로 말했다. "당신은 페그한테 늘 이런 식이야. 페그가 자제해야 한다는 걸 알면서도 항상 자극해."

빌리는 언뜻 사과라도 할 것 같았지만, 술 취한 사람들이 그렇듯 상황을 더 악화시켰다. "화낼 필요까지는 없잖아. 괜찮을 거야. 집에 와서 몇 잔 더 마시고 싶었을 뿐이라고."

"페그는 당신과 달라." 올리브가 말했다. 그리고 내가 잘못 보지 않았다면 올리브의 두 눈에 눈물이 차오르고 있었다. "열 잔 이상 마시면 절대 멈추지 못한다고."

에드나가 부드럽게 말했다. "그만 가보는 게 좋겠어, 윌리엄. 아가씨들도 마찬가지고."

다음 날 페그는 늦은 오후까지 침대에 누워 있었다. 하지만 극장은 평소대로 굴러갔고 전날 밤 무슨 일이 일어났는지 언급하는 사람도 없었다.

그리고 바로 다음 날 저녁, 페그와 빌리는 다시 알곤킨에 앉아 거기 있는 모든 사람에게 술을 사고 있었다.

14

아름다운 오만

빌리는 릴리의 기존 배우들보다 실력 있는 배우들을 캐스팅하기 위해 대대적인 오디션을 진행하기로 마음먹었다. 신문에도 광고를 내는 진짜 오디션 말이다.

완전히 새로운 국면이었다. 우리는 한 번도 오디션을 연 적이 없었다. 배우들은 입소문으로 구했다. 페그와 올리브와 글래디스가 그 동네 배우들과 댄서들을 많이 알고 있어서 모두가 오디션 없이 공연에 합류할 수 있었다. 하지만 빌리는 헬스 키친 주변 인물들보다 훨씬 실력 있는 배우들을 원했고 결국 오디션까지 열게 된 것이었다.

꿈에 부푼 배우들이 하루 종일 릴리로 몰려들었다. 춤추는 사람, 노래하는 사람, 연기하는 사람 등 가리지 않고 줄을 섰다. 지원자들을 평가할 빌리와 페그, 올리브와 에드나 옆에 나도 앉아 있었는데,

몹시 불편했다. 무대 위에서 무언가를 대놓고, 간절히 원하는 사람들을 지켜보면서 괜히 나까지 초조해졌다.

그리고 아주 빨리 지겨워졌다. (안젤라, 시간이 지나면 뭐든 지겨워진단다. 간절함이 가득 담긴 애끓는 연기를 보는 것도 그렇지. 특히 모든 사람이 몇 시간째 같은 노래를 부르고 같은 스텝을 밟고 같은 대사를 외우고 있다면 말이다.)

댄서들이 가장 먼저 올라왔다. 예쁜 여자 다음에 또 다른 예쁜 여자가 올라와서 우리의 새로운 코러스 라인에 합류하기 위해 경쟁했다. 다양한 사람들이 얼마나 많이 몰려왔는지, 보고만 있어도 머리가 아팠다. 한 명은 적갈색 곱슬머리, 또 한 명은 아주 가느다란 금발. 이쪽은 컸고, 저쪽은 작았다. 씩씩거리며 커다란 엉덩이로 춤을 추는 소녀도 있었고, 무대에서 춤추기엔 나이가 많지만, 아직도 꿈과 희망을 버리지 못한 여인도 있었고, 열심히 노력했지만 춤추는 게 아니라 행진하는 것 같았던 가지런한 앞머리의 소녀도 있었다.

모두 숨을 헐떡이며 온 힘을 다해 발을 굴렀다. 희망을 품고 뜨거운 숨을 내뱉으며 허둥지둥 탭댄스를 췄다. 발아래 켜진 조명에 그들이 일으킨 먼지구름이 뭉게뭉게 피어났다. 무대 위에서 그들은 시끄럽게 땀을 흘렸다. 그들의 꿈과 희망은 눈으로도 볼 수 있었지만, 귀로도 들을 수 있었다.

빌리는 올리브도 참여시키려고 했지만 헛수고였다. 올리브는 〈헤럴드 트리뷴〉 사설을 읽으며 무대에는 눈길도 주지 않았다. 마치 모두를 벌주고 있는 것 같았다.

"이봐, 올리브. 저 작은 친구 매력적인가?" 빌리가 물었다. 아주 예쁜 소녀가 아주 멋진 노래를 부른 후였다.

"아니." 올리브가 신문에서 고개도 들지 않고 대꾸했다.

"뭐, 그래도 괜찮아. 올리브." 빌리가 말했다. "당신과 나의 여자 취향이 늘 같다면 그것도 얼마나 따분하겠어."

"나는 마음에 들어." 에드나가 아담한 흑발 미녀를 가리키며 말했다. 그 미녀는 마치 목욕 수건 털 듯 쉽게, 다리를 머리 위로 치켜들고 있었다. "다른 사람들처럼 마음에 들려고 안달하는 것 같지도 않고."

"좋은 선택이야, 에드나." 빌리가 말했다. "나도 마음에 들어. 그런데 이십여 년 전 당신이 딱 저랬던 거 알아?"

"이런 어쩌나. 조금 그렇긴 하네, 그치? 그래서 끌렸나 보다. 세상에, 어쩜 허영심만 많은 아줌마가 되었네."

"나는 예전에도 저렇게 생긴 아가씨를 좋아했고 지금도 저렇게 생긴 아가씨를 좋아하지." 빌리가 말했다. "합격시켜. 코러스 여배우들 키가 너무 크게 않게 맞추자고. 방금 합격시킨 배우와 전부 비슷하도록. 작고 귀여운 아가씨들이었으면 좋겠어. 에드나가 작아 보이면 안 되니까."

"고마워, 자기." 에드나가 말했다. "작아 보이는 건 끔찍하게 싫은 일이거든."

세상 물정 밝은 길거리 소년으로 앨러배스터 부인에게 도박을 가르치고 결국 쇼걸과 결혼하게 되는 남자 주인공 럭키 바비를 뽑을 차례가 왔다. 갑자기 기적적으로 집중력이 회복되었다. 잘생긴 젊은 남자들이 차례로 무대를 빛내며 빌리와 벤자민이 만든 노래를 불렀기 때문이었다. ("화창한 여름날 / 한 남자가 돌리네 주사위를 / 귀여운 아가씨가 지겨워지면 / 조금 더 돌리네 주사위를.")

앞에서도 말했듯이 내가 남자 보는 눈이 썩 좋은 건 아니었지만 모든 남자가 끝내줬다. 하지만 빌리는 전부 불합격시켰다. 이유는 이랬다. 이놈은 너무 작고 ("셀리아에게 키스를 해야 하는데 빌어먹을, 올리브가 발판 사다리를 사줄 리도 없고.") 저놈은 너무 미국 사람처럼 생겼어. ("옥수수를 먹고 자란 중서부 촌뜨기가 험한 뉴욕 출신이라면 누가 믿겠어.") 그리고 저놈은 너무 여성적이야. ("여자처럼 보이는 남자라면 이미 한 명 있으니까.") 저놈은 너무 착해 보여. ("주일학교도 아니고.")

그리고 하루가 거의 다 지나갈 무렵, 무대 옆에서 훤칠한 검은 머리 청년이 팔과 다리가 약간씩 짧은 반짝이 정장을 입고 흐느적거리며 등장했다. 두 손을 주머니에 찔러넣고 머리에 쓴 페도라는 거의 뒤통수에 걸쳐져 있었다. 조명 아래 서면서도 대놓고 질겅질겅 껌을 씹었다. 그리고 진짜 보물이 어디 묻혀 있는지 아는 사람 같은 표정으로 웃고 있었다.

벤자민이 연주를 시작했는데 그 남자가 손을 들어 그만하라는 신호를 보냈다.

"음, 그러니까." 그가 우리를 보며 말했다. "여기 대장이 누구예요?"

빌리는 청년의 목소리에 자세를 고쳐 똑바로 앉았다. 완벽한 뉴욕 토박이 억양이었다. 약간 날카롭고 거들먹거리는 게 듣기도 좋았다.

"이분이지." 빌리가 페그를 가리키며 말했다.

"아니야, 저분이야." 페그가 올리브를 가리키며 말했다. 올리브는 여전히 신문에서 눈을 떼지 않았다.

"누구한테 잘 보여야 하는지 알아야 하니까요, 그죠?" 젊은 남자가 올리브를 유심히 바라보았다. "근데 진짜 저분이면 이쯤에서 집에 가는 게 낫겠어요, 뭔 말인지는 아실 테고."

빌리가 웃었다. "이봐, 너 마음에 든다. 노래만 할 수 있으면 합격이야."

"노래야 당연하죠, 아저씨. 걱정 붙들어 매요. 춤도 춰요. 춤추고 노래할 필요 없는 곳에서 춤추고 노래하면서 시간 죽이기 싫어서 그렇죠. 안 그래요?"

"그렇다면, 제안을 수정하마." 빌리가 말했다. "합격이다."

그 말에 올리브가 놀라 고개를 들었다.

"대사도 안 들어봤잖아." 페그가 말했다. "연기는 어쩌고."

"날 믿어." 빌리가 말했다. "저놈은 완벽해. 느낌이 왔어."

"축하해요, 아저씨." 그 청년이 말했다. "잘 생각했어요, 숙녀 여러분. 실망할 일은 없을 겁니다."

그가 바로 안소니였단다, 안젤라.

나는 안소니 로첼라에게 반했다. 그리고 아닌 척 꾸물거리지도 않을 생각이었다. 그 역시, 자기만의 방식으로, 적어도 얼마간은, 나에게 반했다. 무엇보다 몇 시간 만에 홀딱 빠졌으니, 나야말로 효율성의 대가였다. (젊을 때는 그런 일도 아주 쉽게 해낼 수 있단다. 짧은 시간 안에 타오르는 열정적인 사랑이야말로 젊음의 본성이지. 놀라운 게 하나 있다면, 내게 그제야 그런 일이 일어났다는 거고.)

물론 빨리 사랑에 빠지려면 상대에 대해 전혀 몰라야 한다. 흥미로운 점을 한 가지 발견하면 바로 그 한 가지에 심장을 내던지는 거지. 온 힘을 다해서. 그것이야말로 영원한 사랑의 토대라고 굳게 믿으며. 내가 안소니에게서 발견한 흥미로운 점은 바로 그의 오만한 태도였다. 물론 내 눈에만 보였던 건 아니었겠지. 어쨌거나 그는 그 오만한 태도 덕분에 공연에 합류할 수 있었으니까. 그 모습에 반했던 게 나였을 뿐이고.

뉴욕에서 지낸 몇 달 동안 오만한 청년들은 수도 없이 겪었으나 (뉴욕이었으니까, 안젤라. 여기서는 다들 그렇게 자라지.) 안소니의 오만함은 남들과 다르게 특별했다. 아무래도 상관없다는 무심함이 하늘을 찔렀다. 지금까지 만났던 자만심 가득한 남자들은 아무렇지 않은 척했지만, 분명 원하는 게 있었다. 비록 섹스뿐일지라 해도. 하지만 안소니는 갈망이나 열망 같은 게 전혀 없었다. 무슨 일에든 크게 신경 쓰지 않았다. 이길 수도 있고 질 수도 있지만, 그 때문에 흔들리지 않았다. 원하는 걸 얻지 못한 상황에서도 주머니에 손을 찔러넣고 조금의 동요도 없이 무심히 자리를 뜬 다음, 또 다른 곳에서 아무렇지 않게 다시 시도할 사람이었다. 삶이 어떻게 펼쳐지든 그는 이래도 그만, 저래도 그만이었다.

그건 나에 대해서도 마찬가지였다. 그랬으니 나는 그에게 홀딱 빠져드는 것밖에 방법이 없었다.

안소니는 49번가 서쪽, 8번길과 9번길 사이의 엘리베이터 없는 건물 4층에 살고 있었다. 형 로렌조와 함께 살았는데 그는 라틴 쿼터 레스토랑의 총주방장이었고, 공연이 없을 때는 안소니도 거기서 웨이터로 일했다. 원래는 부모님도 같이 살았는데 지금은 두 분 다 돌아가셨다고 안소니가 말해주었다. 상실이나 슬픔의 기색은 전혀 없는 정보 전달이었다. (그에겐 부모님 역시 이래도 그만 저래도 그만인 것이었을까.)

안소니는 헬스 키친에서 태어나고 자랐다. 뼛속까지 49번가 토박이였다. 바로 그 거리에서 스틱볼을 하며 자랐고, 몇 블록 떨어진 교회 성가대에서 노래 부르는 법을 배웠다. 그 후로 몇 달 동안 나는 그 거리에 대해 속속들이 알게 되었다. 그 아파트에 대해서도 샅샅이 알게 되었고. 그곳만 생각하면 아직도 마음이 따뜻해지는데, 바로 그의 형 로렌조의 침대에서 내가 처음으로 절정을 경험했기 때문이었다. (안소니는 자기 침대도 없이 거실 소파에서 잤지만, 로렌조가 일하고 있을 때는 그의 방을 마음껏 썼다. 다행히 로렌조는 근무 시간이 길었고 덕분에 젊은 안소니와 즐길 시간은 충분했다.)

앞에서도 말했지만, 여자가 섹스를 잘하게 되려면 시간과 인내와 배려해주는 연인이 필요하다. 내가 안소니 로첼라에게 마음을 빼앗김으로써 마침내 그 세 가지 조건이 전부 충족되었다.

안소니와 나는 서로 처음 만난 날 밤, 로렌조의 침대에 있었다. 오디션이 끝나고 안소니는 위층으로 올라가 계약서에 서명을 했고, 빌리가 준 대본을 받아서 돌아갔다. 어른들은 일 때문에 계속 분주했는데 그가 나가고 몇 분 만에 페그가 내게 말했다. 빨리 그를 쫓아가 의상에 대해 대충 말해주라고. 나는 곧장 임무에 착수했다. "네! 금방 갈게요!" 릴리의 계단을 그렇게 날아서 내려간 적은 없었다.

나는 인도에서 안소니를 발견했고, 그의 팔을 붙잡아 돌려세워 숨을 헐떡이며 내 소개를 했다.

사실 의상에 대한 이야기는 많이 할 것도 없었다. 그가 오디션에 입고 왔던 정장이 그가 입을 의상으로 완벽했다. 약간 현대적인 느낌이 나긴 했지만 적당한 멜빵과 번쩍이는 넓은 타이만 있으면 충분할 것이었다. 럭키 바비가 입기에 적당히 보기 좋았고 적당히 싸구려 같았다. 그래서 나는 어쩌면 너무 성급하게, 지금 입고 있는 정장이 싸구려 같긴 하지만 역할에는 꼭 어울려서 봐줄 만하다고 안소니에게 말해버렸다.

"지금 내가 싸구려인데 봐줄 만하다고 한 거?" 그가 짓궂게 웃으며 물었다.

안소니의 눈은 무척 아름다웠다. 진한 갈색에 생기가 넘치는 눈동자였다. 평생 즐겁게만 살아온 사람 같았다. 이렇게 자세히 살펴보니 무대에서 보던 것보다 나이가 들어 보였다. 흐느적거리는 꼬마가 아니라 호리호리한 젊은 청년, 열아홉보다는 스물아홉 같았다. 말라빠진 모습과 속 편한 태도 때문에 훨씬 어려 보였던 것 같았다.

"아마도." 내가 말했다. "하지만 싸구려에 볼만하다는 게 문제는 아니잖아."

"그러는 너는, 반대로 아주 비싸 보이네." 안소니는 그렇게 말하고 나를 천천히 훑어보았다.

"비싸고 볼만해?" 내가 물었다.

"아주."

우리는 한동안 서로를 바라보았다. 침묵 안에서 엄청난 메시지가 오갔다. 기나긴 대화가 통째로 오갔다고 할 수도 있겠지. 가장 순수한 형태의 유혹이란 아마 이런 말 없는 대화일 것이다. 유혹이란 한 사람이 다른 사람에게 눈으로 던지는 말 없는 질문이다. 그리고 그 질문에 대한 답은 언제나 같다.

'어쩌면.'

안소니와 나는 한동안 서로 바라보며 말없이 질문을 하고 답을 했다. 어쩌면! 어쩌면? 어쩌면. 침묵이 길어져 불편했지만 나는 고집스럽게 입을 열지 않았고, 그렇다고 그의 눈길을 피하지도 않았다. 마침내 그가 웃기 시작했고 나도 따라 웃기 시작했다.

"이름이 뭐야, 꼬마 아가씨?" 그가 물었다.

"비비안 모리스."

"오늘 저녁에 시간 있으면 같이 놀까? 비비안 모리스?"

"어쩌면." 내가 말했다.

"좋아?" 그가 물었다.

나는 어깨를 으쓱했다. 그가 고개를 기울이더니 나를 더 가까이 바라보았다. 여전히 웃음기 가득한 얼굴로. 그리고 다시 물었다. "좋아?"

"좋아." 나는 마음을 정하고 대답했다. 그것이 '어쩌면'의 끝이었다.

그런데 그가 다시 한번 물었다. "좋아?"

"좋아!"

"좋다고?" 그가 또 한 번 물었고, 나는 그제야 그가 다른 걸 묻고 있다는 사실을 깨달았다. 저녁을 먹으러 가거나 영화를 보러 가자는 말은 아니었다. 그는 내가 '정말로' 자유로운지 묻고 있었다.

이번에는 완전히 다른 어조로 내가 대답했다. "좋아."

삼십 분 후, 우리는 그의 형 침대에 있었다.

나는 지금까지 해왔던 것과 완전히 다른 성적 경험을 하게 될 것을 직감했다. 우선 두 사람 다 술에 취하지 않았다. 나이트클럽 화장실에 선 채로도 아니었고, 택시 뒷자리에서 힘들게 더듬거리는 상황도 아니었다. 시간이 촉박하지도 않았다. 안소니 로첼라 역시 느긋했다. 그는 말하면서 하는 걸 좋아했는데 켈로그 박사처럼 끔찍한 이야기들은 다행히 아니었다. 그가 던지는 장난스러운 질문이 나도 마음에 들었다. 좋다는 내 대답을 계속 듣고 싶어 하는 것 같아서, 나는 기꺼이 그가 원하는 대로 해주었다.

"네가 얼마나 예쁜지 알지?" 그가 문을 잠그며 말했다.

"알아."

"여기 와서 침대 위에 앉을 거지? 내 옆에?"

"응."

"지금 키스할 거야. 왜냐면 네가 너무 예쁘니까."

"좋아."

오, 세상에! 그는 키스할 줄 알았다. 두 볼을 감싸 안은 긴 손가락이 내 뒤통수까지 닿았고, 그렇게 나를 붙든 채 입을 맞췄다. 섹스의 이 부분, 그러니까 키스를 나는 정말 좋아했는데, 지금까지는 너무 빨리 끝나버리는 경우가 태반이었다. 하지만 안소니는 다음 단계로 넘어갈 생각이 없어 보였다. 나만큼 키스를 좋아하는 사람에게 키스를 받아본 건 그때가 처음이었다.

아주 오랜 시간이 지난 후, 그러니까 진짜 한참이 지난 후, 그가 키스를 멈추고 말했다. "이제 다음은 말이야, 비비안 모리스. 나는 여기 침대에 앉을 거야. 너는 저기 불 아래 서서 나를 위해 옷을 벗는 거지."

"좋아." 내가 말했다. (좋다고 한번 말하기 시작하면 무슨 일에든 너무 쉽게 좋다고 대답하게 된다!)

나는 방 가운데에 섰다. 그가 말한 대로 전구 바로 아래에. 후다닥 드레스를 벗은 다음 어색함을 감추기 위해 두 손을 치켜들고 외쳤다. "짜잔!" 하지만 안소니는 내 드레스가 흘러내리자마자 웃기 시작했고 나는 갑자기 부끄러워졌다. 내가 얼마나 빼빼 말랐는지, 그리고 가슴이 얼마나 작은지 생각하면서 말이다. 그가 내 표정을 보더니 웃음을 가라앉히고 이렇게 말했다. "오, 아니야. 널 비웃은 게 아니야. 네가 너무 좋아서 웃은 거야. 손이 엄청 빠르네. 귀여워."

그리고 일어서더니 바닥에서 내 드레스를 주워들었다.

"자, 다시 입어볼까, 귀염둥이?"

"오, 미안." 내가 말했다. "괜찮아. 그럴 수도 있지." 나는 말도 안 되는 말들을 늘어놓았지만 속으로 이렇게 생각했다. '제기랄, 내가 다 망쳤어.'

"아니야. 잘 들어. 다시 입고, 나를 위해 다시 한번 벗어줘. 그런데 이번에는 아주, 아주 천천히. 알겠지? 절대 서두르지 말고."

"미쳤어."

"다시 한번 보고 싶어서 그래. 자, 귀염둥이. 내가 평생 기다려왔던 순간이야. 서두르지 말고 천천히."

"거짓말쟁이!"

그가 활짝 웃었다. "그치, 네 말이 맞아. 그건 아니야. 하지만 지금이 정말 좋은 건 맞아. 그러니 한 번만 더 해주면 안 될까? 아주 천천히?"

그는 다시 침대에 앉았고 나는 다시 드레스를 입었다. 그리고 그에게 등의 버튼을 채워달라고 했다. 그는 천천히 조심스럽게 단추를 채워주었다. 물론 나 혼자서도 할 수 있었고 곧 다시 풀겠지만, 그에게도 할 일을 주고 싶었다. 그가 내 드레스의 단추를 채워주는 짧은 시간은 살면서 가장 분위기 있고 에로틱한 순간이었다. 물론 곧 그보다 더 짜릿한 순간을 맞게 되겠지만.

나는 다시 방 한가운데로 갔다. 옷을 다 입고 머리칼을 살짝 부풀렸다. 우리는 바보들처럼 서로 마주 보며 웃고 있었다.

"자, 다시 해보자." 안소니가 말했다. "정말 천천히. 내가 여기 없다고 생각하고."

누가 나를 감상하고 있다는 느낌은 처음이었다. 지난 몇 달간 수많은 남자가 내 몸을 더듬었지만, 두 눈으로 나를 감상했던 남자는 없었다. 나는 그에게 등을 보이고 섰다. 부끄러운 것처럼. 사실 약간 부끄럽기도 했다. 옷을 다 입고 있는데도 이렇게 벌거벗은 느낌은 처음이었다. 나는 등 뒤의 단추를 풀었다. 어깨에서 드레스 자락을 놓자 드레스가 허리에 걸쳐졌다. 그대로 두었다. 브래지어 훅을 풀고 팔에서 빼내 옆에 있는 의자에 올려놓았다. 그리고 그대로 서서 그가 나의 맨 등을 볼 수 있게 했다. 그의 눈길이 느껴졌다. 전류가 척추를 타고 짜릿하게 올라왔다. 그렇게 아주 오랫동안 서 있었다. 그가 뭐라고 말하길 기다렸지만, 그는 아무 말도 하지 않았다. 그의 얼굴을 볼 수 없다는 게, 내 뒤에서 무슨 짓을 하고 있는지 알 수 없다는 게 나를 더 흥분시켰다. 아직도 나는 그날 그 방의 공기를 느낄 수 있단다. 시원하고 선선한 가을바람이 맴돌았지.

천천히, 뒤로 돌았다. 시선은 바닥을 향한 채. 드레스는 허리에 걸쳐져 있었지만, 가슴은 드러나 있었다. 그는 여전히 아무 말도 하지 않았다. 나는 눈을 감고 그가 나를 더 감상할 시간을 주었다. 척추에 짜릿하게 흘렀던 전류는 이제 몸 앞에서 요동치고 있었다. 머리가 가볍게 빙빙 돌았다. 움직이거나 말을 한다는 것 자체가 불가능하게 느껴졌다.

"좋아." 그가 마침내 입을 열었다. "내가 말했던 게 바로 그거야. 자, 이제 내 옆으로 와."

그가 나를 침대에 눕혔고 내 눈 위로 흐트러진 머리칼을 뒤로 넘졌다. 그리고 그 시점에서 나는, 그가 내 입술이나 가슴을 겨냥할 거라고 생각했지만, 그는 전혀 그럴 생각이 없어 보였다. 그의 태평한 모습에 나만 안달이 났다. 그는 다시 키스도 하지 않았다. 그저 나를 보고 웃고 있었다. "자, 비비안 모리스. 좋은 생각이 있어. 들어볼래?"

"좋아."

"지금부터 말이야. 네가 침대에 누워 있으면 내가 옷을 마저 벗길 거야. 그리고 넌 그 예쁜 눈을 감아. 그다음에 내가 뭘 할 것 같아?"

"몰라?"

"뭘 할 건지 곧 보여줄게."

안젤라, 네 또래 사람들은 내 세대의 젊은 여자에게 오럴섹스가 얼마나 급진적인 개념이었는지 이해하기 어려울지도 모르겠구나. 물론 알고는 있었고 남자들에게 몇 번 해주기도 했지만 내가 그걸 좋아하는지, 혹은 정확히 이해했는지도 확실치 않았다. 하지만 남자가 여자의 성기를 입으로? 아마 누구도 시도해보지 못했을 것이다.

아니, 똑바로 말하자. 누군가는 물론 해보았겠지. 모든 세대는 자신들이 섹스를 발견했다고 생각하길 좋아하지만, 나보다 훨씬 수준 높은 사람들은 1940년대에 이미 여성의 성기를 입으로 애무하고 있었을 것이다. 뉴욕 구석구석에서, 특히 빌리지 지역에서. 하지만 나는 한 번도 들어보지 못했다. 그해 여름, 내 여성성의 상징에 다른 모든 짓을 해보았지만 그건 아니었다. 손으로 하는 애무나 성기 삽입은 당연했고 손가락이나 온갖 도구도 내 안에 들어와 보았지만

(세상에, 남자들은 찔러대는 걸 얼마나 좋아하는지!) 그건 처음이었다.

그의 입이 어느새 내 다리 사이로 와 있었다. 그의 목적지와 의도를 갑자기 깨달은 나는 충격을 받아 "오!"라고 외치며 일어나려 했지만, 그가 그 긴 팔을 내밀어 나를 다시 눕혔다. 하던 일을 계속하면서.

"아!" 내가 외쳤다.

그리고 느꼈다. 상상조차 못했던 감각이었다. 나는 살면서 가장 급하게 숨을 들이마셨고 그 후로 십 분 정도 숨을 내뱉기는 했는지 모르겠다. 잠시 보고 듣는 능력을 잃어버린 느낌이었고, 뇌에서 무언가 툭 끊어져버린 것 같았다. 그 무언가는 아마 그 후로 절대 다시 연결되지 않았을 것이다. 내 존재 전체가 놀라움에 사로잡혔다. 동물 같은 소리가 입에서 터져 나왔고 미친 듯 떨고 있는 두 다리는 통제할 수도 없었다. (물론 통제할 생각도 없었다.) 그리고 두 손으로 얼굴을 어찌나 세게 쥐어뜯었는지 두개골에 손톱자국을 낼 뻔했다.

느낌은 더 거세졌다. 그리고 점점 더 강해졌다.

내가 기차에 깔린 사람처럼 소리를 지르자 그 긴 팔이 다시 올라와 내 입을 가렸다. 나는 상처 입은 군인이 총알을 깨물 듯 그의 손을 깨물었다.

그리고 최후의 한 방이 터졌다. 나는 거의 죽을 뻔했다.

폭풍이 지나간 후, 나는 헐떡거리고 울고 웃으며 덜덜 떨었다. 하지만 안소니 로첼라는 역시 거만하게 웃고만 있었다.

"어때, 베이비." 내가 홀딱 빠져버린 그 깡마른 남자가 말했다. "바로 이거였지."

자, 그런 경험을 한 여자는 이제 완전히 다른 사람이 된단다. 그렇지 않겠니?

특별했던 건, 우리가 처음 만난 그 놀라운 밤에 안소니와 내가 섹스를 하지 않았다는 거다. 말 그대로 삽입이 없었다는 말이다. 그가 제공해준 강력한 한 방의 대가로 내가 그를 즐겁게 해주지도 않았다. 그 역시 내게 뭘 원하는 것 같지 않았고. 내가 비행기에서 추락한 사람처럼 꼼짝없이 누워만 있어도 그는 태연할 것 같았다.

그게 바로 안소니 로첼라의 매력이었다. 믿기 힘들 만큼의 그 태평함. 이래도 그만 저래도 그만인 태도. 안소니 로첼라의 그 굉장한 자신감의 실체는 바로 그것이었다. 이 빈털터리 청년이 왜 세상을 다 가진 듯 거들먹거렸는지 완벽하게 이해가 되었다. 여자에게 아무 대가 없이 그걸 해줄 수 있는 남자라면 스스로 얼마나 뿌듯하겠는가.

그는 내가 좋아서 비명을 지르며 울었다고 놀렸다가 또 한동안 나를 안고 있다가 냉장고로 가서 맥주 두 병을 꺼내 왔다.

"목이 마를 거야. 비비안 모리스." 정말 그랬다.

그날 밤, 그는 아예 옷을 벗지도 않았다. 그 싸구려지만 볼만한 정장을 벗지도 않고 내가 정신을 잃을 때까지 나를 가지고 놀았다!

당연히 나는 다음 날 밤에도 그 자리에서 그 입의 막강한 힘 아래 온몸을 뒤틀었다. 그리고 그다음 날 밤에도. 그는 여전히 옷을 입은 채였고 보답으로 아무것도 요구하지 않았다. 세 번째 날 밤, 내가 겨우 용기를 내 물었다. "그런데 넌? 너도 필요하면……."

그가 웃으며 말했다. "어차피 하게 될 거야. 걱정하지 마."

그 말도 맞았다. 결국, 마침내! 하긴 했지만, 그는 내가 하고 싶어 죽을 지경이 될 때까지 기다렸다.

숨길 일도 아니지만, 안젤라, 안소니는 내가 제발 해달라고 조를 때까지 기다렸다. 그 조르기 부분은 약간 어려웠는데, 조신한 숙녀라면 섹스해달라고 조르는 방법 같은 건 알 턱이 없기 때문이었다. 교양 있게 자란 숙녀가 입에도 올리기 힘든, 남자의 성기를 미친 듯 원할 때 도대체 뭐라고 말해야 한단 말인가?

'부탁이 있는데……?', '혹시 괜찮다면……?'

이런 대화에 필요한 전문 용어가 내 머릿속에는 전혀 없었다. 물론 뉴욕에 와서 더럽고 지저분한 짓은 수없이 해봤지만, 그래도 나는 뼛속까지 숙녀였고 숙녀는 조르는 일 따위는 하지 않았다. 지난 몇 달간 내가 했던 일은 대부분, 얼른 끝내려고 허둥거리는 남자들에게 그 더럽고 지저분한 짓을 나한테 해도 괜찮다는 허락이었다. 하지만 이건 달랐다. 나는 안소니를 원했고, 그는 내가 원하는 것을 빨리 제공해줄 생각이 전혀 없었다. 나는 그럴수록 더 하고 싶어 미칠 것 같았다.

내가 '우리는 언제……?'라고 얼버무릴 때마다 안소니는 하던 일을 멈추고 손으로 얼굴을 괴어 나를 보고 웃으며 말했다. "하고 싶어? 지금?"

"혹시 네가 원한다면……."

"혹시 내가 뭘 원하면? 말해봐."

그럼 나는 아무 말도 하지 않았다. (아무 말도 할 수 없었으니까.) 안소니는 더 크게 웃으며 이렇게 말했다. "미안, 하나도 안 들려. 제대로 말을 해야 알지."

하지만 나는 말할 수 없었다. 결국 그가 어떻게 말하는지 가르쳐 주기 전까지.

"자기가 배워야 할 단어들이 있어." 어느 날 밤 그가 침대에서 나와 장난을 치다가 말했다. "그 단어를 말할 때까지 우리는 아무 짓도 안 해."

그리고 그는 내가 들어본 가장 나쁜 말을 알려주었다. 듣기만 해도 얼굴이 빨갛게 달아올랐다. 그는 자기를 따라 그 단어를 말하게 만들었고, 내가 그 단어에 불편해하는 모습을 즐겼다. 그리고 다시 나를 애무하기 시작했고 나는 끓어오르는 욕망을 주체할 수 없었다. 욕구가 최고조에 올라 겨우 숨을 헐떡이고 있을 때, 그가 동작을 멈추고 불을 켰다.

"자, 비비안 모리스. 지금부터 자기가 할 일은, 내가 뭘 해주길 바라는지 내 두 눈을 똑바로 보고 아주 정확히 말하는 거야. 방금 가르쳐준 그 단어를 사용해서. 그게 다음 단계로 넘어갈 수 있는 유일한 방법이야."

오, 하느님. 안젤라, 나는 결국 그 단어를 내뱉었다. 그의 눈을 똑바로 쳐다보며 제발 해달라고 졸랐다.

그리고 그 후, 엄청난 사건이 날 기다리고 있었지.

안소니에게 홀딱 빠진 나는 더이상 낯선 이들과 즐겁지도 않은 싸구려 스릴을 허겁지겁 느끼고 싶지 않았다. 가능하면 매 순간 안소니하고만 있고 싶었다. 그의 형 로렌조의 침대에 못이라도 박히고 싶었다. 그러니까 그 말은, 안소니가 나타난 이후로 내가 셀리아를 인정사정없이 내팽개쳐 버렸다는 뜻이었다.

셀리아가 나를 아쉬워했는지는 모르겠다. 한 번도 그런 기색을 비치지는 않았다. 그렇다고 우리 사이가 눈에 띄게 멀어진 것도 아니었다. 셀리아는 그저 자기 삶을 지속했고 함께 있을 땐 내게 다정했다. (보통은 늘 취해 들어오는 그 시간의 침대에서였다.) 지금 생각해보면 나는 셀리아에게 썩 좋은 친구는 아니었다. 에드나 때문에, 그리고 또 안소니 때문에 셀리아를 두 번이나 버렸으니까. 어쩌면 젊은 사람들은 위험할 정도로 변덕스럽게 애정과 충성의 대상이 바뀌는 동물인지도 모르겠다. 당연히 셀리아도 갈대처럼 마음이 변할 수 있겠지. 스무 살 때 나는 내 마음을 던질 수 있는 사람이 필요했고 그게 누구인지는 별로 중요하지 않았다. 나보다 카리스마 있는 사람이라면 아무나 괜찮았다. (그리고 뉴욕에는 나보다 카리스마 있는 사람이 발에 채일 정도로 많았다.) 나는 아직 인간이 되려면 멀었고 자신을 믿을 수 없어서 끊임없이 다른 사람에게 집착했다. 다른 사람의 매력에 묻어가고 싶었다. 하지만 한 번에 한 사람이어야 했다.

그 한 사람이 그때는 안소니였다.

나는 사랑에 눈이 멀었고 말문이 막혔다. 안소니의 품에서 정신을 잃었다. 극장 일에도 집중하지 못했다. 솔직히 누가 내 일에 신경이

나 썼나? 매일 극장에 가는 건 오직 날마다 몇 시간씩 연습하는 안소니를 보기 위해서였다. 안소니 주변에서 한시도 벗어나고 싶지 않았다. 나는 아무 생각 없는 바보처럼 연습이 끝난 안소니를 분장실에서 졸졸 따라다녔고 그가 먹고 싶다면 얼른 뛰어가 차가운 소 혀가 들어간 호밀빵 샌드위치를 사다 주었다. 그리고 세상 모든 사람에게 남자친구가 생겼다고 자랑했다. 지치지도 않고 지겹도록 떠벌였다.

어느 시대에나 덜떨어진 아가씨들이 그랬던 것처럼 나는 사랑과 욕망에 속절없이 무너졌다. 게다가 안소니 로첼라가 그걸 발견해냈다고 믿었다.

그러던 어느 날, 에드나와 함께 공연에 쓸 모자가 잘 맞는지 확인하고 있었다.

에드나가 말했다. "정신이 딴 데 가 있구나. 이건 우리가 고른 리본 색이 아니잖니."

"아닌가요?"

에드나는 스칼렛 레드 색 리본을 만지며 이렇게 물었다. "넌 이게 에메랄드 그린으로 보이니?"

"아니요."

"그 애 때문이지." 에드나가 말했다. "그 애가 네 정신을 온통 빼앗고 있어."

나는 미소를 감출 수 없었다. "맞아요. 정말 그래요."

에드나는 웃었지만 약간 못마땅한 표정이었다. "비비안, 그 애 옆에 있을 때 네가 꼭 꼬리 치며 헥헥거리는 강아지 같다는 건 알아두렴."

나는 에드나의 솔직함에 놀라 실수로 그녀의 목을 핀으로 찔러버렸다. "죄송해요!" 핀으로 찌른 게 죄송했는지, 헥헥거리는 강아지 같은 모습이 죄송했는지는 알 수 없었다.

에드나는 피가 나는 부위를 손수건으로 차분히 문지르며 말했다. "미안해할 필요 없어. 핀에 처음 찔리는 것도 아닌데. 아니면 혹시 내 말이 너무 심했니? 하지만 잘 들으렴. 박물관에 전시되어도 이상하지 않을 만큼 나이가 들어보니 삶에 대해 조금은 아는 게 생겼단다. 안소니와의 사랑을 축하하지 않는 건 아니야. 젊은 청춘들이 처음 사랑에 빠지는 모습을 지켜보는 건 정말 기분 좋은 일이거든. 너처럼 남자 꽁무니를 쫓아다니는 것도 귀여운 일이지."

"안소니는 정말 완벽해요, 에드나." 내가 말했다. "진짜 꿈만 같아요."

"당연히 그렇겠지. 사랑은 늘 그렇단다. 하지만 너한테 해주고 싶은 말이 있어. 그 애와 짜릿한 밤을 마음껏 보내고, 나중에 유명해지면 자서전에 그 이야기도 꼭 넣으렴. 하지만 절대 해서는 안 되는 일이 있어."

나는 에드나가 '결혼은 하지 말아라' 혹은 '임신을 조심해라' 같은 말을 할 줄 알았다. 하지만 에드나의 걱정은 고작 그게 아니었다.

"네 사랑 때문에 공연을 망치지 마."

"네?"

"비비안, 지금 우리는 서로를 위해 프로답게 행동해야 할 때야. 물론 즐겁게 일하고 있지만, 우리가 그저 즐겁자고 이 모든 일을 벌인 게 아니잖니. 지금 위태로운 게 한두 가지가 아니야. 네 고모는 이 공연에 가진 걸 전부 털어넣었어. 마음, 영혼, 전 재산까지. 그러니 공연을 벼랑 끝으로 몰고 가면 절대 안 돼. 연극쟁이들의 멋진 연대가 필요한 시점이라고. 서로의 공연을 망치지 말아야 하고, 서로의 삶 또한 망치지 말아야 해."

나는 무슨 말인지 잘 이해가 되지 않았고, 그 멍청함이 내 얼굴에 고스란히 드러났는지 에드나는 다시 한번 설명했다.

"비비안, 그러니까 내 말은, 안소니와 연애를 할 거면 해. 젊음을 누리겠다는데 누가 뭐라고 하겠니. 하지만 공연이 완전히 끝날 때까지는 절대 헤어지면 안 돼. 안소니는 좋은 배우야. 평균 훨씬 이상이지. 그리고 이 공연을 위해 꼭 필요해. 난 어떤 방해도 받고 싶지 않아. 너희 중 한 명이 상대의 마음을 아프게 하면, 나는 끝내주는 남자 주인공을 잃을 뿐만 아니라 죽여주는 의상 담당자도 잃게 되는 거야. 지금은 너희 둘 다 필요해. 그리고 네가 제정신으로 일하길 원하고. 그게 네 고모에게도 필요한 일이야."

내가 아직도 멍청한 표정이었는지 에드나는 말을 이었다. "더 쉽게 설명해줄게, 비비안. 최악이었던 내 전남편, 그 끔찍했던 감독이 내게 늘 했던 말이 있어. '원하는 대로 살아. 하지만 공연을 망치기만 해봐.'"

15

찬란하게 빛나던

〈시티 오브 걸스〉의 연습은 한창 무르익었고, 초연 일정은 1940년 11월 29일, 명절 분위기를 만끽하고 싶어 하는 사람들을 위해 추수감사절 다음 주로 잡았다.

연습은 무리 없이 진행되고 있었다. 음악도 환상적이었고, 내 입으로 말하긴 그렇지만 의상도 최고였다. 공연의 하이라이트는 당연히 안소니 로첼라였다. 적어도 내 생각에는 그랬다. 내 남자친구 안소니는 노래는 물론 연기와 춤 실력도 대단했다. (빌리가 페그에게 하는 말을 우연히 들었는데, "천사처럼 춤추는 여자애들은 널렸지. 남자애들도 마찬가지고. 하지만 남자처럼 춤추는 남자는 정말 찾기 어려워. 그런데 저놈은 내가 원했던 걸 전부 갖췄어.")

게다가 안소니는 타고난 개그맨이라 돈 많은 부인에게 무허가 술집과 매춘굴을 만들라고 꼬드기는 똘똘한 비행 청년 역에 찰떡같이 어울렸다. 셀리아와 함께하는 장면도 환상적이었다. 무대 위의 선남 선녀가 따로 없었다. 특히 안소니가 셀리아에게 보여주고 싶은 '용커스의 바로 그곳'에 대한 노래를 부르면서 셀리아와 탱고를 추는 장면이 압권이었다. 안소니는 '용커스의 바로 그곳'이 마치 여성의 성감대인 것처럼 노래를 불렀고 셀리아 역시 그런 의미에 반응하듯 춤을 췄다. 공연에서 가장 섹시한 순간이었다. 심장이 뛰는 사람이라면 누구나 동의할 것이다. 어쨌든 내게는 그랬다.

물론 다른 사람들은 에드나 파커 왓슨의 연기가 공연을 살렸다고 생각했을 것이다. 당연히 맞는 말이다. 사랑에 눈이 멀어 아무것도 안 보였던 내게도 에드나는 찬란하게 빛났다. 살면서 많은 공연을 봤지만 진짜 배우 같은 배우는 처음이었다. 내가 만난 다른 여배우들은 전부 표정이 네다섯 가지뿐인 인형이나 다름없었다. 슬픔, 두려움, 분노, 사랑, 행복, 그 다섯 가지 감정만 커튼이 내려갈 때까지 돌려썼다. 하지만 에드나는 인간의 다양한 감정을 전부 표현했다. 자연스러웠고 따뜻했고 당당했으며, 한 시간에 아홉 가지 다른 모습으로 변신했고, 심지어 그 모든 순간 동안 완벽했다.

에드나는 품이 넓은 배우이기도 했다. 에드나가 무대에 등장해 있기만 해도 다른 배우들의 연기가 나아졌다. 에드나는 동료 배우들의 역량을 최고로 끌어냈다. 연습 때는 한 발짝 뒤로 물러나 다른 배우들에게 조명을 양보하면서 그들이 연기하는 모습에 활짝 웃곤 했다. 위대한 배우들은 보통 그러지 않지만, 에드나는 언제나 다른 배우들을 먼저 생각했다. 한번은 속눈썹을 붙이고 연습을 하러 온 셀리아를 한쪽으로 데려가더니 공연할 때는 붙이지 말라고 조언해주기도 했다. "눈가에 그늘을 만들어 더 시체처럼 보일 뿐이란다. 그러고 싶진 않겠지?"

질투 많은 스타라면 그런 말은 절대 해주지 않았을 것이다. 하지만 에드나는 질투를 몰랐다.

시간이 지나면서 앨러배스터 부인은 대본에 쓰인 것보다 훨씬 영리한 캐릭터로 발전했다. 에드나의 앨러배스터 부인은 현실을 아는 여인이었다. 돈이 많았을 때 자기 삶이 얼마나 우스꽝스러웠는지, 모든 것을 잃은 지금 이 상황은 또 얼마나 기가 막힌지, 그리고 집안에 카지노를 만들어 운영한다는 게 얼마나 얼토당토않은 일인지 전부 알고 있었다. 그럼에도 불구하고 앨러배스터 부인은 삶이라는 게임을 기꺼이 받아들였고 또 즐겼다. 냉소적이지만 차갑지는 않았다. 결국, 삶의 풍파를 이겨내면서도 따뜻한 마음만은 잃지 않은 사람이 되었다.

에드나가 낭만적인 발라드 '사랑에 빠지고 싶어'를 부를 때는 극장 전체가 고요하게 노래에 빠져들었다. 그 노래를 부를 때마다 마찬가지였다. 이미 수없이 들었지만 그래도 사람들은 하던 일을 멈추고 또 들었다. 최고의 실력이라고는 할 수 없었지만 (고음에서는 약간 불안하기도 했다.) 듣는 이의 가슴을 아릿하게 만드는 그 목소리 때문에 누구나 그저 손 놓고 듣게 될 수밖에 없었다.

노래는 나이 많은 여인이 그래선 안 된다는 걸 알지만 그래도 다시 한번 사랑에 빠져 보겠다고 결심하는 내용이었다. 빌리는 가사를 쓸 때 그렇게 슬픈 노래로 만들 생각은 없었다. 원래는 '봐, 얼마나 귀여운지! 나이 들어도 사랑에 빠질 수 있어!'처럼 더 가볍고 즐거운 노래였다. 하지만 에드나가 벤자민에게 더 느리고 어두운 키로 만들어 달라고 부탁했고 결국 완전히 새로운 노래가 되었다. 에드나가 마지막 소절을 부를 때 ("나는 아직 사랑을 몰라 / 하지만 산다는 게 뭘까? / 다시 사랑에 빠지고 싶어.") 관객들은 이 여인이 이미 사랑에 빠졌음을, 그것도 아주 치명적인 사랑에 빠졌음을 알 수 있었다. 뜻대로 되지 않는 마음이 크게 다칠지 모른다는 그녀의 두려움을 느낄 수 있었고 동시에 희망 또한 느낄 수 있었다.

연습 중에도 그 노래가 끝날 때마다 박수가 터져 나왔다.

"에드나가 진짜지, 꼬맹아." 페그가 하루는 무대 가장자리에서 내게 말했다. "진국 중 진국이야. 나중에 나이가 들어서도 저렇게 훌륭한 배우를 볼 수 있었다는 게 얼마나 큰 행운이었는지 기억해라."

약간 문제 있는 배우가 있었다면 바로 아서 왓슨이었다.

그는 할 줄 아는 게 없었다. 연기는커녕 대사도 못 외웠고, 당연히 노래도 못 불렀다. (빌리는 이렇게 말했다. "그의 노래를 듣고 있으면 차라리 귀머거리가 부러워진다니까.") 그는 춤추면서도 하지 말라는 행동만 골라서 했고 무대 위에서 항상 뭔가를 넘어뜨릴 듯 불안하게 움직였다. 목공 일을 했다던데 어떻게 실수로 자기 팔을 자르지 않았는지 궁금했다. 칭찬해줄 만한 점이 있다면 정장에 연미복을 빼입고 톱 햇을 쓰고 있는 모습이 지나치게 잘생겼다는 것이었는데, 그에게 해줄 수 있는 좋은 말은 그게 전부였다.

아서가 자기 역할을 제대로 못한다는 사실이 분명해졌을 때 빌리는 불쌍한 그가 그나마 외울 수 있도록 대사를 최대한 줄여 단순하게 만들어주었다. (빌리는 아서의 첫 대사 "나는 세상을 떠난 당신 남편의 세 번째 사촌, 에딩턴 백작 5세 바체스터 헤들리 웬트워스요."를 "나는 영국에서 건너온 당신의 사촌이요."로 바꿔주었다.) 그리고 아서의 솔로곡도 빼버렸다. 앨러배스터 부인을 유혹하기 위해 에드나와 추기로 되어 있던 댄스곡도 없애버렸다.

"저 둘은 전혀 모르는 사람처럼 춤을 추잖아." 두 사람의 춤을 없애기로 결정할 때 빌리가 페그에게 한 말이다. "어떻게 둘이 부부일 수 있지?"

에드나는 남편을 도우려고 했지만, 아서는 조언을 듣기는커녕 오히려 기분 나빠하며 씩씩거렸다.

"당신이 무슨 말을 하는지 전혀 모르겠어. 알고 싶지도 않고!" 한 번은 무대 오른쪽과 무대 왼쪽의 차이를 벌써 열두 번째 설명하는 에드나에게 이성을 잃고 그렇게 쏘아붙이기까지 했다.

우리를 가장 미치게 했던 건 오케스트라가 음악을 연주할 때마다 아서가 그에 맞춰 휘파람을 분다는 것이었다. 심지어 무대 위에서 연기를 하면서도 말이다. 아무도 그를 못 말렸다.

어느 날 오후, 빌리가 결국 이렇게 외쳤다. "아서! 당신 캐릭터는 그 음악을 못 듣는다고! 그건 그냥 망할 놈의 주제곡이야!"

"당연히 들리지!" 아서가 항의했다. "연주하는 사람들이 바로 코앞에 있는데!"

결국 잔뜩 화가 난 빌리는 (무대 위 배우들이 들을 수 있는) 다이제틱 사운드와 (관객들만 들을 수 있는) 논다이제틱 사운드의 차이에 대해 장황하게 설명하기 시작했다.

"영어로 말하라고!" 아서가 맞받아쳤다.

"상상해봐, 아서. 존 웨인이 나오는 서부 영화를 보고 있어. 존 웨인이 말을 타고 홀로 메사를 달리다가 갑자기 주제가에 맞춰 휘파람을 불어. 그게 얼마나 웃기는 일인지 모르겠어?"

"참나, 요즘은 왜 휘파람도 마음대로 못 불게 하는지 모르겠군." 아서가 투덜거렸다.

(나중에 그가 댄서 한 명에게 조용히 묻는 걸 들었다. "그런데 메사(꼭대기가 평평하고 주위가 벼랑인 지형으로 미국 남서부 건조 지대에 많이 분포함)가 도대체 뭐야?")

나는 가끔 에드나가 아서를 어떻게 견디고 있는지 있는 힘을 다해 상상해보려고 노력했다.

내 머리에서 나온 유일한 답은 이거였다. 에드나는 정말로 아름다움을 사랑한다. 그리고 아서의 아름다움은 누구도 부정할 수 없다. (아서는 태양신 아폴로처럼 생겼다. 아폴로가 무슨 동네 정육점 주인인 것처럼 말하지만, 어쨌든 그는 정말 아름다웠다.) 그 답은 어느 정도 일리가 있었는데, 에드나의 삶에서 아름답지 않은 건 하나도 없었기 때문이었다. 에드나만큼 미적 감각이 풍부한 사람은 처음이었다. 에드나는 낮이나 밤이나 우아하지 않은 순간이 없었다. (아침을 먹을 때나 방에 혼자 있을 때도 그런 완벽함을 유지하려면 엄청난 노력과 의지가 필요하겠지만, 언제든 준비가 된 에드나였다.)

에드나가 가진 화장품도 아름다웠다. 끈으로 여미는 동전용 실크 지갑도 아름다웠다. 장갑을 접는 방법도 아름다웠다. 무대에서 연기하고 노래하는 모습도 아름다웠다. 에드나는 모든 면에서 완벽한 아름다움의 화신이었다.

에드나가 셀리아와 나를 곁에 두기 좋아하는 이유 역시 우리가 아름답기 때문이었을 것이다. 에드나는 우리에게 경쟁심을 느끼지 않았을 뿐만 아니라, 함께 있으면 기분이 좋아지고 힘까지 나는 것 같았다. 한번은 셀리아와 내가 에드나를 가운데 두고 함께 길을 걷고 있었다. 에드나가 갑자기 양쪽에 있는 우리에게 팔짱을 끼더니 활짝 웃으며 이렇게 말했다. "이렇게 키가 큰 너희 둘을 데리고 시내를 걸으면 내가 꼭 반짝이는 루비 사이의 완벽한 진주 같아."

오프닝 공연을 일주일 앞두고 다들 아프기 시작했다. 한차례 감기가 돌았고 코러스 라인은 오염된 마스카라를 공유한 덕분에 절반이 토끼 눈이었다. (나머지 절반은 공연복 아랫도리를 공유했다가 한꺼번에 사타구니 감염증에 걸렸다. 그러지 말라고 내가 백 번도 넘게 말했는데!) 페그는 배우들을 하루쯤 쉬게 해주고 싶었지만 빌리는 그럴 생각이 없었다. 빌리는 아직도 공연 첫 십 분이 완벽하지 않다고, 더 속도감이 있어야 한다고 생각했다.

"순식간에 관객들의 마음을 붙잡아야 해." 빌리는 오프닝 곡을 준비하느라 부산한 배우들에게 이렇게 말했다. "바로 시선을 끌어야 한다고. 첫 장면에서 지체되면 다음 장면이 아무리 좋아도 필요 없어. 첫 장면이 마음에 들지 않으면 다음 장면도 제대로 보지 않는단 말이야."

"피곤해서 그럴 거야, 빌리." 페그가 말했다.

정말 피곤하긴 했을 것이다. 배우들은 대부분 릴리의 기존 스케줄대로 매일 밤 두 번씩 공연을 하면서 완전히 새로운 공연도 함께 준비하고 있었다.

"그래서 코미디가 어려워." 빌리가 말했다. "가벼운 분위기를 유지하는 게 쉬운 일이 아니거든. 축축 늘어지게 내버려둘 수 없어."

그날, 빌리는 오프닝 곡만 세 번 더 연습시켰다. 배우들의 상태는 반복될 때마다 조금씩 심각해졌다. 코러스 라인은 과감하게 치고 나갔지만, 몇몇은 공연을 하기로 한 것 자체를 후회하는 표정이었다.

연습 기간 동안 극장은 쓰레기장이 되었다. 캠핑 의자, 담배 연기, 다 식은 커피가 든 종이컵들이 여기저기 널려 있었다. 청소부 베르나뎃이 아무리 부지런히 움직여도 소용없었다. 시끄러운 소리와 끔찍한 악취가 진동했다. 모두 신경이 날카로웠고 툭하면 서로 쏘아붙였다. 상황을 우아하게 헤쳐나가는 사람은 아무도 없었다. 가장 예쁜 댄서들마저도 얼굴은 피로에 절었고 입술과 두 볼은 감기로 거칠어졌으며 각종 망이나 터번을 머리에 대충 뒤집어쓰고 있었다.

연습 마지막 주 비가 오던 어느 날 오후, 빌리가 점심으로 주문한 샌드위치를 가지러 갔다가 흠뻑 젖어 돌아왔다.

"제기랄. 뉴욕은 이래서 싫다니까." 그가 재킷에 묻은 빗물을 털며 말했다.

"그냥 궁금해서 묻는 건데, 빌리." 에드나가 말했다. "할리우드에 있었다면 지금쯤 뭘 하고 있었을 것 같아?"

"오늘이 화요일인가?" 빌리가 시계를 보며 한숨을 쉬더니 이렇게 말했다. "지금쯤이면 돌로레스 델 리오Dolores Del Rio(멕시코 영화 황금기를 이끈 이들 중 한 명으로 할리우드에서도 활약한 라틴계 여배우)와 테니스를 치고 있었겠지."

"멋진데요. 근데 제 담배도 있죠?" 안소니가 빌리에게 물었다. 그때 아서 왓슨이 샌드위치 하나를 열어보며 이렇게 말했다. "뭐야, 왜 머스터드가 없는 거야?" 그 순간, 나는 빌리가 두 사람을 한꺼번에 때려눕힐지도 모른다고 생각했다.

페그는 낮에도 술을 마시기 시작했다. 눈에 띌 정도로 취하지는 않았지만, 근처에 술병을 두고 종종 홀짝였다. 흥청망청 술을 마시는 내게도 페그의 그런 모습은 약간 놀라웠다. 페그는 심지어 일주일에 몇 번씩 침대로 가지도 못하고 술병이 굴러다니는 거실에서 필름이 끊겼다.

술 때문에 제대로 쉬지도 못한 데다 긴장도까지 높아져, 한번은 연습 도중에 안소니와 내가 무대 옆에서 끌어안고 있는 모습을 보고 처음으로 내게 큰소리를 쳤다.

"빌어먹을, 비비안. 남자 주인공을 십 분도 가만두지 못하니?" (페그의 차가운 모습에 상처를 받았지만, 그래도 솔직한 대답은 다음과 같았다. '어떻게 가만둬요!')

하루는 티켓 대전이 벌어졌다. 페그와 빌리는 새 가격이 찍힌 새 티켓 롤을 사자고 했다. 〈시티 오브 걸스〉라는 제목이 큼직하게 찍힌 더 밝은색 티켓을 원했다. 하지만 올리브는 원래 쓰던 티켓을 사용하고 싶어 했고 ('입장권'이라고만 쓰인 티켓이었다.) 가격도 올리고 싶어 하지 않았다. 페그는 이렇게 주장했다. "시시했던 우리 공연과 에드나 파커 왓슨이 출연하는 공연이 같은 가격일 수는 없어."

올리브도 물러서지 않았다. "우리 관객은 오케스트라 좌석에 사 달러씩이나 낼 능력이 없고, 우리는 새 티켓을 출력할 돈이 없어."

"사 달러가 무리면 삼 달러 발코니 좌석을 사면 되지."

"우리 관객에겐 그것도 무리야."

"그럼 그들은 더 이상 우리 관객이 아닌 거야, 올리브. 새로운 관객을 모으면 돼. 이번만이라도 다른 관객을 모아보자."

"우리는 상류층을 위해 공연하지 않아. 일하는 사람들을 위해 공연하지. 혹시 잊었어?"

"아니, 어쩌면 이 동네의 일하는 사람들도 살면서 한 번쯤은 멋진 공연을 보고 싶어 할지도 몰라. 어쩌면 그들도 가난하고 취향도 없는 사람 취급받고 싶어 하지 않을지도 모른다고. 멋진 공연이라면 기꺼이 돈을 더 쓸 수도 있다는 생각은 안 해봤어?"

두 사람은 그 일로 며칠째 다투고 있었는데, 어느 날 오후 올리브가 연습 도중 불쑥 들어오면서 그 다툼은 최고조에 달했다. 페그는 무대 동선을 자꾸 틀리는 댄서와 이야기를 나누고 있었는데 올리브가 들어오자마자 다짜고짜 페그에게 이렇게 말했다. "인쇄소에 다녀오는 길이야. 티켓 오천 장을 새로 찍는 데 이백오십 달러를 내래. 그만한 돈은 낼 수가 없어."

페그가 고개를 홱 돌리더니 이렇게 외쳤다. "아, 씨발, 올리브! 내가 돈을 얼마나 더 줘야 그놈의 돈 얘기 좀 닥칠래?"

갑자기 극장 전체가 고요해졌다. 모두 자리에 얼어붙었다.

안젤라, 너도 기억하겠지. 애 어른 상관없이 누구나 하루에도 몇 번씩 '씨발'이라는 단어를 내뱉는 시절이 오기 전에 그 단어가 가진 파급력이 얼마나 대단했는지 말이야. 정말 그랬단다. 점잖은 성인 여성의 입에서 그 말이 나온다는 건 있을 수 없는 일이었지. 심지어 셀리아도 그 단어는 안 썼으니까. 빌리도 마찬가지였고. (물론 나는 달랐지만, 그건 오직 안소니와 단둘이 있을 때만이었지. 안소니가 섹스할 때마다 기어이 그 단어를 말하게 했으니까. 하지만 아직도 그 단어를 말할 때마다 얼굴이 빨개진단다.)

그런데 심지어 큰 소리로 외쳤다? 있을 수 없는 일이었지. 그 순간, 사람 좋은 페그가 어디서 그런 말을 배웠을지 궁금했다. 그러다 최전선 참호에서 다친 병사들을 돌본다면 듣지 못할 말이 없었겠다는 생각이 들었다.

올리브는 청구서를 손에 들고 그 자리에 못 박힌 듯 서 있었다. 충격받은 표정이 역력했다. 늘 명령만 하던 사람이라면 더욱 받아들이기 쉽지 않았을 것이다. 올리브는 손으로 입을 막았고, 두 눈에 눈물이 차오르기 시작했다. 그리고 바로 다음 순간, 페그의 얼굴이 후회로 구겨졌다.

"올리브, 미안해. 정말 미안해! 진심이 아니었어. 내가 바보야."

페그가 올리브에게 다가갔지만, 올리브는 머리를 흔들며 무대 뒤로 잽싸게 사라졌다. 페그가 올리브를 쫓아갔다. 나머지 사람들은 충격으로 눈빛만 교환했다. 공기마저 무겁게 가라앉았다.

앞장서서 상황을 수습한 사람은 에드나였다. 어쩌면 당연한 일이었다.

"빌리, 내 생각에는 말이야." 에드나가 차분한 목소리로 말했다. "우선 당신은 댄스곡을 처음부터 연습시키는 게 좋겠어. 루비도 지금쯤 어떻게 해야 하는지 알 거야, 그렇지?"

작은 댄서가 조용히 고개를 끄덕였다.

"처음부터?" 빌리가 머뭇거리며 물었다. 빌리가 그렇게 당황하는 모습은 처음이었다.

"그래, 처음부터." 에드나가 평소처럼 세련되게 말했다. "그리고 빌리, 배우들에게 지금 해야 할 일과 자기 역할에 집중하라고 부탁해 주면 더 바랄 게 없겠어. 분위기 가볍게 가는 것도 잊지 말고. 당신도 피곤하겠지만 할 수 있을 거야. 그리고 친구들, 지금쯤이면 알겠지만, 코미디는 절대 쉬운 장르가 아니거든."

그렇게 티켓 사건은 한 가지만 빼고 내 머릿속에서 사라졌다.

그날 밤, 나는 평소처럼 짜릿한 선물을 받기 위해 안소니의 집에 갔다. 하지만 형 로렌조가 자정이라는 용납할 수 없는 시간에 일을 끝내고 돌아와 버리는 바람에 잔뜩 짜증이 난 채 릴리 플레이하우스로 돌아올 수밖에 없었다. 안소니가 집에 데려다주지 않아 신경질도 난 상태였다. 하지만 그게 안소니였다. 좋은 점도 많았지만, 그중에 신사다운 모습은 없었다.

사실, 좋은 점이 단 하나였는지도 모르고.

어쨌든 나는 부루퉁한 상태로 릴리에 도착했는데, 다 와보니 블라우스를 뒤집어 입고 있었다. 계단을 올라 3층으로 가는데 음악 소리가 들렸다. 벤자민이 피아노 치는 소리였다. '스타더스트'를 아주 느리게, 구슬프고도 사랑스럽게 연주하고 있었다. 그때도 이미 촌스러운 곡이었지만 내가 가장 좋아하는 곡이기도 했다. 방해하지 않으려고 조심스럽게 거실문을 열었다. 피아노 위에 작은 램프만 하나 켜져 있었다. 벤자민은 손가락이 건반에 스치듯 부드럽게 연주하고 있었다.

그리고 어두운 거실 한가운데 페그와 올리브가 서 있었다. 함께 춤을 추고 있었다. 아니, 느리게 흔들흔들 움직이며 껴안고 있다는 게 더 맞을 것 같았다. 올리브는 페그의 가슴에 얼굴을 묻고 있었고 페그는 올리브의 머리에 뺨을 대고 있었다. 둘 다 눈을 감고 있었다. 말없이 단단하게 하나가 되어 있었다. 두 사람은 그렇게 껴안고, 어떤 역사 속에서 어떤 기억 속의 어떤 이야기를 함께 써나가고 있는지 알 수 없는 그들만의 세상에 있었다. 두 사람이 함께 있는 어딘가가 '여기'는 분명 아니었다.

나는 그 둘의 모습에 움직일 수도 없었고, 그 둘의 모습을 이해할 수도 없었다. 동시에 이해하지 못하는 일도 불가능했다.

한참 후, 문 앞에 서 있는 나를 벤자민이 발견했다. 내가 거기 있는지 어떻게 알았는지 내게 눈을 떼지 않으며 그 표정 그대로 연주를 계속했다. 나 역시 그를 뚫어질 듯 쳐다보았다. 어떤 설명이나 지시를 원했는지도 모르겠지만 그는 아무것도 제공해주지 않았다. 나는 벤자민의 시선에 꼼짝없이 묶여버렸다. 벤자민은 눈으로 이렇게 말하고 있었다.

'거기서 한 발짝도 더 들어오지 마.'

괜히 움직이다가 페그와 올리브에게 들킬까봐 꼼짝도 할 수 없었다. 두 사람을 난처하게 만드는 것도, 내가 창피를 당하는 것도 싫었다. 하지만 곡은 점점 끝나갔고 나는 선택을 해야 했다. 몰래 빠져나가던가, 그 자리에서 들키던가.

그래서 나는 조용히 뒷걸음질쳐 문을 닫았다. 벤자민은 연주를 마무리하면서 눈도 깜빡이지 않고 나를 보고 있었다. 마지막 건반을 치기 전에 내가 사라지는지 확인하려는 표정으로.

나는 그 후 두 시간 동안 언제 돌아가야 좋을지 고민하며 밤새 여는 타임스퀘어 구석 식당에 앉아 있었다. 갈 데가 거기뿐이었다. 안소니의 아파트로 돌아갈 수도 없었고 들어오지 말라던 벤자민의 강력했던 눈빛도 무시할 수 없었다. '지금은 아니야, 비비안.'

이 시간에 혼자 시내에 있는 건 생각보다 무서운 일이었다. 셸리아도, 안소니도, 페그도 없으니 뭘 해야 할지 알 수 없었다. 역시 나는 진짜 뉴요커가 되려면 멀었다. 나는 아직 뜨내기였다. 혼자서도 이 도시를 헤쳐나갈 수 있어야 진짜 뉴요커가 될 텐데.

그래서 나는 불이 가장 환하게 켜져 있는 곳을 찾았다. 늙은 웨이트리스가 피곤한 표정으로 말없이 커피를 계속 채워주는 곳이었다. 해군 한 명과 그의 여자친구가 건너편 칸막이 자리에서 말다툼을 하고 있었다. 둘 다 취해 있었다. 두 사람은 미리암이라는 사람 때문에 싸우고 있었는데 여자는 미리암을 의심했고 군인은 미리암을 변호했다. 각자 근거는 충분해 보였다. 해군의 말도 그럴듯했고 여자친구 말도 일리가 있었다. 해군이 애인에게 잘못을 저질렀는지 아닌지 판결을 내리려면 우선 미리암의 얼굴을 봐야 할 것 같았다.

페그와 올리브는 레즈비언이었을까? 하지만 어떻게? 페그는 결혼을 했다. 그리고 올리브는…… 올리브다. 그런 게 있다면, 아마 무성의 존재. 뒷방 늙은이 같은 사람. 하지만 중년의 두 여인이 세상에서 가장 슬픈 벤자민의 사랑 노래 연주를 들으며 어둠 속에서 껴안고 있는 모습에 과연 다른 설명이 가능할까?

그날 크게 다툰 대표와 비서의 화해 방식인가? 어른들의 일은 잘 모르는 내게도 그 포옹은 전혀 일과 관련된 것으로 보이지 않았다. 친구 사이의 일로도 보이지 않았다. 나는 매일 밤 여자와 같은 침대에서 잤다. 그냥 여자도 아니고 뉴욕에서 가장 아름다운 여자다. 그런데도 우리는 그렇게 껴안지 않는다.

만약 두 사람이 레즈비언이라면 도대체 언제부터? 올리브는 1차 대전 때부터 페그를 위해 일했다. 올리브는 빌리보다 페그를 먼저 만났다. 그럼 나중에 이렇게 된 건가, 아니면 처음부터 이랬던 걸까? 누가 또 알고 있을까? 에드나? 우리 가족은? 빌리는 알고 있을까?

벤자민은 알고 있었다. 그 순간 벤자민의 마음에 들지 않았던 건 오직 불쑥 들이닥친 나의 존재뿐이었다. 벤자민은 두 사람을 위해 자주 피아노를 쳐주었던 걸까? 극장의 닫힌 문 뒤에서 도대체 무슨 일이 벌어지고 있는 거지? 빌리와 페그와 올리브 사이의 끊임없는 다툼과 긴장도 전부 그 때문이었나? 돈이나 음주, 주도권 문제가 아닌 성적인 다툼이었던 걸까? (오디션 도중 빌리가 올리브에게 했던 말이 떠올랐다. '당신과 나의 여자 취향이 늘 같다면 그것도 얼마나 따분하겠어.')

올리브 톰슨, 펑퍼짐한 양모 정장을 입은 도덕의 화신이자 늘 화가 나 있는 그녀가 빌리 뷰엘의 라이벌이 될 수 있을까? 아니, 이 세상에 빌리 뷰엘의 라이벌이 될 만한 사람이 과연 있기나 할까?

에드나가 페그에 대해 했던 말도 생각났다. '요즘 페그는 재미보다 헌신을 더 원하지.' 올리브야말로 페그에게 헌신적이었다. 그건 인정한다. 올리브야말로 적격이었다. 이 모든 상황을 어떻게 받아들여야 할지 머리가 아팠다.

나는 두 시 반쯤 집으로 돌아왔다.

천천히 거실문을 열자 아무도 없었다. 불도 다 꺼져 있었다. 마치 아무 일도 일어나지 않았던 것처럼. 하지만 가운데서 춤을 추던 두 여인의 그림자가 아직도 보이는 것 같았다.

그렇게 잠이 들었고, 몇 시간 후 술에 취해 내 옆으로 쓰러진 셀리아의 익숙한 체온에 잠이 깼다.

옆에 누운 셀리아에게 내가 속삭였다. "셀리아, 물어볼 게 있어."

"잘래." 셀리아가 끈적한 목소리로 대꾸했다.

나는 셀리아의 몸을 찌르고 흔들었다. 셀리아가 신음하며 몸을 비틀자 이번에는 더 크게 말했다. "셀리아, 중요한 얘기야. 일어나. 페그 고모가 혹시 레즈비언이야?"

"아, 몰라." 셀리아는 그렇게 대답하더니 바로 곯아떨어졌다.

16

막이 올랐을 때

1940년 11월 30일, 〈뉴욕 타임스〉에 실린 비평가 브룩스 앳킨슨Brooks Atkinson의 〈시티 오브 걸스〉 리뷰는 다음과 같았다.

연극에서의 진실성 결핍은 곧 매력의 결핍이나 마찬가지다. 대본은 속도감 있었고 예리했으며 캐스팅 또한 보편적으로 훌륭했다. (…) 하지만 〈시티 오브 걸스〉의 가장 큰 즐거움은 바로 에드나 파커 왓슨의 훌륭한 연기에 있었다. 환호가 아깝지 않은 그 영국 배우는 비극 전문 배우라는 사람들의 기대를 깨고 코미디에 대한 재능까지 유감없이 발휘했다. 희극 속 캐릭터에 완벽하게 녹아들어 공연을 즐기는 왓슨 부인의 모습은 경이로움 그 자체였다. 그녀는 그 유쾌한 통속극에 흠뻑 빠졌고 그 결과가 바로 그녀의 유머러스하고 절묘한 연기였다.

오프닝 공연은 어마어마했다. 그리고 말도 많았다.

빌리의 옛 친구들과 전 여자친구들, 말 많은 사람들, 칼럼니스트들, 그리고 이름만 대면 아는 언론인, 비평가, 기자들이 객석을 가득 채웠다. (빌리는 모르는 사람이 없었다.) 물론 페그와 올리브는 결사반대했지만.

"그만큼 준비가 됐는지 모르겠어." 남편이 갑자기 직장 상사를 저녁에 초대해 당황한 부인처럼 페그가 말했다.

"준비해야지." 빌리가 말했다. "일주일 남았어."

"우리 극장에 비평가들은 필요 없어." 올리브가 말했다. "비평가들이라면 질색이야. 인정머리라고는 없는 사람들이지."

"올리브, 우리 공연에 대한 믿음은 있어?" 빌리가 물었다. "아니, 애초에 우리 공연을 좋아하긴 해?"

"아니." 올리브가 대답했다. "좋아하는 장면은 몇 개 있지만."

"분명 후회하겠지만, 물어보고 싶은 걸 참을 수가 없네. 어떤 장면인데?"

올리브는 신중하게 생각한 뒤 대답했다. "서곡이 약간 마음에 들긴 해."

빌리가 두 눈을 부릅뜨며 말했다. "당신은 걸어다니는 재앙이야, 올리브." 그리고 페그를 보며 말했다. "이 정도 위험은 감수해야 해. 소문을 내야지. 첫날밤 객석에 주요 인물이 나밖에 없으면 되겠어?"

"손을 좀 보려면 적어도 일주일은 미뤄야 할 것 같아." 페그가 말했다.

"페기, 그런다고 달라질 건 없어. 공연이 엉망이면 손을 보든 말든 일주일 후에도 마찬가지야. 그러니 우리가 이 모든 시간과 돈을 낭비한 건지 아닌지 바로 알아보자고. 거물들을 불러 모으지 않으면 방법이 없어. 그 사람들이 공연을 좋아하게 만들고 친구들에게 추천하도록 만들어야 해. 그래야 일이 굴러가기 시작한단 말이야. 올리브가 홍보에는 돈을 못 쓰게 할 테니 떠들썩하게 알리는 수밖에 없어. 빨리 표를 매진시켜야 올리브도 나를 더는 살인자 보듯 하지 않겠지. 티켓을 매진시키려면 우리가 여기서 공연하고 있다는 사실을 널리 알려야지."

"돈 벌자고 친구들을 불러 모아 공짜 홍보를 부탁하는 건 점잖지 못한 짓이야." 올리브가 말했다.

"그럼 우리가 공연한다는 걸 사람들한테 어떻게 알릴 생각이야? 내가 광고판이라도 들고 길에 서 있을까?"

올리브는 별로 반대할 마음은 없다는 표정이었다.

"'종말이 다가온다'란 카피만 아니라면." 종말을 앞둔 것 같은 표정으로 페그가 말했다.

"페기." 빌리가 말했다. "그 높던 자신감은 다 어디 갔어? 이건 분명 대박이라고. 당신도 알아. 이 공연이 멋지다는걸. 당신도 나처럼 느낌이 오잖아."

하지만 페그는 여전히 불안해 보였다. "지난 몇 년 동안 느낌이 오지 않냐는 당신 말을 너무 많이 들었어. 그런데 난 사실 지갑을 잃어버린 것처럼 불안하기만 했어.”

“내가 지갑이 터지도록 돈을 채워줄게.” 빌리가 말했다. “당신은 보고만 있어.”

> 오랫동안 영국 무대의 보석이었던 에드나 파커 왓슨의 〈시티 오브 걸스〉를 본다면, 그녀가 왜 이 땅으로 더 일찍 건너와 우리의 눈을 밝혀주지 않았을까 아쉬워질 것이다. 골동품 같던 허름한 극장이 잊을 수 없는 공연을 본 극장으로 탈바꿈할 것이다. 왓슨 부인은 가세가 기울어 저택을 지키기 위해 매음굴을 운영해야 했던 사교계 마담을 기발한 해석과 위트로 잘 표현했다. (…) 벤자민 윌슨의 노래는 즐겁게 통통 튀었고, 댄서들은 날아다니듯 춤을 추었다. 새로운 얼굴 안소니 로첼라는 눈부신 현대의 로미오로 분했고 셀리아 레이의 치명적인 매력에 많은 관객이 속절없이 마음을 빼앗겼을 것이다.
>
> _헤이우드 브라운Heywood Broun, 〈뉴욕 포스트〉

첫 공연을 앞둔 며칠 동안 빌리는 평소보다 더 미친 듯 돈을 썼다. 우선 배우들을 위해 노르웨이 마사지사를 두 명 데려왔다. (페그는 그런 지출에 기겁을 했지만 빌리는 이렇게 말했다. “할리우드에서는 신경이 곤두선 배우들을 위해 늘 이렇게 해. 두고 봐. 바로 마음이 진정돼.”) 의사를 불러 모두 비타민 주사를 맞게 했다. 베르나뎃에게 애 어른 할 것 없이 친척들을 전부 불러오라고 해서 극장을 몰라볼 정도로 깨끗하게 청소시켰다. 동네 주민들을 고용해 극장 외관 물청소를 했고 불이 들어오는 커다란 광고판의 전구가 제대로 작동하는지 확인했으며 무대 조명 색깔판도 전부 새 걸로 바꿨다.

마지막 드레스 리허설 날에는 투츠 쇼스에서 캐비어, 훈제 생선, 미니 샌드위치 등 갖가지 음식을 주문했다. 배우들에게 의상을 갖춰 입히고 사진작가를 고용해 홍보용 사진을 찍었다. 로비에 거대한 난초 화분을 빽빽이 채워 넣었는데 전부 합치면 내 대학 첫 학기 등록금보다 비쌌을 것이다. (더 나은 투자이기도 했을 것이고.) 그리고 에드나와 셀리아를 위해 피부 관리사, 네일 전문가, 메이크업 아티스트까지 초빙했다.

오프닝 공연 날, 빌리는 할 일 없는 동네 청년들과 아이들을 불러 모아 극장 주변을 돌며 뭔가 대단한 일이 임박했다는 분위기를 만들게 했다. (한 바퀴에 오십 센트로 아이들에게는 쏠쏠한 돈벌이였다.) 그중에서 목소리가 가장 큰 아이에게 '매진이요! 매진!'이라고 외치게 했다.

오프닝 공연 날 밤 저녁, 빌리는 에드나와 페그, 올리브에게 행운을 빈다며 깜짝 선물을 증정했다. 에드나에게는 딱 그녀의 취향인 얇은 까르띠에 금팔찌를 선물했고, 페그에게는 마크 크로스의 멋진 가죽 지갑을 선물했다. (빌리는 윙크를 하며 이렇게 말했다. "금방 필요할 거야, 페기. 사람들이 줄을 서기 시작하면 당신 지갑은 실밥이 다 터져 버릴 테니까.") 올리브에게는 화려하게 포장된 선물 상자를 건넸다.

힘들게 포장을 벗긴 상자 안에는 진 한 병이 들어 있었다.

"혼자 마셔." 빌리가 말했다. "이 공연으로 당신이 느끼고 있는 따분함을 잊고 싶을 때 도움이 될 거야."

연극 애호가라면 릴리 플레이하우스의 낡아빠진 좌석 따위는 무시하라. 댄서들이 무대에서 춤추는 동안 천장이 무너져 머리 위로 떨어질지도 모른다는 사실 역시 무시하고, 볼품없는 배경막과 깜빡이는 조명 역시 무시하라. 그 모든 불편함과 애로사항을 무시하고 9번길로 가서 에드나 파커 왓슨이 출연하는 〈시티 오브 걸스〉를 관람하라.

_드와이트 밀러Dwight Miller, 〈뉴욕 월드-텔레그램〉

관객들이 입장하기 시작했고, 우리는 무대 뒤에 모여 섰다. 완벽한 메이크업에 완벽한 의상으로, 꽉 찬 좌석에서 들려오는 영광스러운 소란을 듣고 있었다.

"자, 모여봐." 빌리가 말했다. "이제 너희들의 순간이야."

긴장한 배우들과 댄서들이 불안한 표정으로 빌리 주위에 둥글게 모여 섰다. 나는 안소니 옆에 서서 자랑스럽기 그지없는 그의 손을 잡았다. 안소니는 내게 진한 키스를 하더니 곧 시험에 나갈 권투선수처럼 가볍게 뛰며 발을 풀고 허공에 주먹을 날렸다.

빌리는 주머니에서 휴대용 술병을 꺼내 크게 한 모금 들이켜고 페그에게 건넸다. 페그도 쭉 들이켰다.

"내가 할 말은 아니지만," 빌리가 말했다. "연설은 젬병이고 과도한 관심도 부담스러운 사람이라." 배우들이 웃으며 긴장을 풀었다. "하지만 한마디만 하자면, 적은 돈으로 단기간에 이보다 더 멋진 공연을 만들 수는 없었어요. 여러분이 만든 공연은 최고입니다. 지금 브로드웨이에는 아무 공연이 없어요. 런던도 마찬가지고. 그러니 오늘 밤 우리가 보여줄 공연이 그들에게는 최고일 겁니다."

"런던에도 공연이 없는지는 잘 모르겠네." 에드나가 무심히 말했다. "'폭탄을 피해' 같은 공연이 있을 것도 같은걸."

다 같이 다시 웃었다.

"고마워, 에드나." 빌리가 말했다. "말이 나왔으니 당신 이야기를 좀 할게. 여러분, 잘 들어요. 무대 위에서 긴장되거나 불안해지면 에드나를 봐요. 지금부터는 에드나가 여러분 선장이에요. 에드나만큼 실력 있는 선장은 없습니다. 에드나만큼 안정적인 배우와 무대를 공유한다는 것 자체가 여러분에게는 영광이에요. 저 여인은 무슨 일이 벌어져도 흔들리지 않거든. 그러니 에드나한테 묻어가요. 에드나의 편한 모습을 보면서 여러분도 마음을 편히 먹어요. 관객들은 뭐든 상관없지만 불안한 티가 나는 배우들은 절대 못 받아들여요. 대사를 까먹으면 아무 말이나 계속 지껄여요. 에드나가 어떻게든 수습해줄 테니까. 에드나를 믿어요. 무적함대 시절부터 이 일을 해온 사람이니까. 그렇지, 에드나?"

"아마 그 전부터였을걸." 에드나가 웃으며 대답했다.

로우스키에서 건진 붉은색 랑방 드레스를 입은 에드나는 눈이 부셨다. 내가 얼마나 공들여 그 드레스를 수선했는지 모른다. 역할에 꼭 맞는 의상을 준비한 나 자신이 자랑스러웠다. 에드나는 메이크업도 완벽했다. (당연히 그래야 했지만!) 같은 사람이었지만 훨씬 발랄하고 당당해 보였다. 윤기 흐르는 까만 단발머리에 화려한 붉은 드레스를 입은 에드나는 유약을 발라 완벽하게 구운, 너무나 소중한 중국 도자기 같았다.

"제작자님께 마이크를 넘기기 전에 하나만 더 말하자면," 빌리가 말했다. "기억해요. 관객들은 오늘 밤 여러분을 미워하려고 온 게 아니라 사랑하고 싶어서 온 겁니다. 페그와 나는 온갖 관객을 위해 수천 편의 공연을 함께 만들었어요. 덕분에 관객들이 뭘 원하는지 잘 알지. 관객들은 배우들을 사랑하고 싶어 해요. 자, 그러니 케케묵은 조언을 하나 합시다. 여러분이 먼저 관객들을 사랑하면 관객들도 당연히 여러분을 사랑할 수밖에 없다는 겁니다. 그러니 무대로 올라가 관객들에게 넘치는 사랑을 베푸세요."

빌리는 잠시 말을 멈추고 두 눈을 문지른 다음 다시 입을 열었다.

"잘 들어요. 나는 1차 대전을 겪으며 신에 대한 믿음을 잃었어요. 나와 같은 걸 봤다면 누구나 그랬을 겁니다. 하지만 너무 취했거나 너무 감정적이거나 지금처럼 둘 다일 경우, 간혹 신을 찾기도 합니다. 그러니 날 봐서 한 번만, 다 같이 고개 숙여 기도합시다."

믿을 수 없었지만 빌리는 진지했다. 다 같이 고개를 숙였다. 안소니가 내 손을 잡았고 나는 그 순간에도 안소니의 관심에 기뻐 어쩔 줄 몰랐다. 누군가 내 남은 한 손을 꼭 쥐었다. 익숙한 손길로 보아

하니 셀리아가 분명했다.

그 순간 나는 세상을 다 얻은 것 같았다.

"어떤 모습이든 상관없는 우리의 신이시여, 이 미친한 배우들에게 당신의 은총을 베푸소서. 이 무너져가는 극장에 당신의 은총을 베푸소서. 바깥에 있는 관객들에게도 은총을 베푸시고 그들이 우리를 사랑하게 하소서. 저희의 헛되고 초라한 노력에 은총을 베푸소서. 오늘 밤 여기서 저희가 하는 일이 이 잔인한 세상에 조금도 도움이 되지 않겠지만, 그래도 저희는 할 일을 하겠사옵니다. 부디 우리의 노력이 헛되지 않게 해주시옵소서. 당신의 이름으로 비나이다. 당신이 누구시든, 우리가 당신을 믿든 안 믿든, 뭐 대부분 믿지 않겠지만, 어쨌든, 아멘."

"아멘." 다같이 따라 했다.

빌리가 술을 한 모금 더 마시고 말했다. "페그, 당신도 하고 싶은 말 있어?"

페그는 말없이 웃었는데 그 순간 마치 스무 살 아가씨처럼 보였다.

"자, 이제 무대로 가자." 페그가 말했다. "본때를 보여주자고."

> 에드나 파커 왓슨이 어떤 공연에 출연하는지는 내 관심사가 아니다. 그녀가 출연하기만 하면 되니까! 에드나는 스스로 연기 좀 한다고 생각하는 배우들보다 한 수 위였다! (…) 그녀는 왕족처럼 보였지만 생활 전선에 뛰어들 줄도 알았다! (…) 〈시티 오브 걸스〉는 허튼소리들이 만든 걸작이다. 내 말이 불평처럼 들리는가? 전혀

아니다. 이 암울한 시대에 다 같이 허튼소리도 좀 할 필요가 있지 않겠는가. (…) 셀리아 레이는 화려하게 빛나는 말괄량이였고 왜 이제야 나타났냐며 관객들이 야유를 보내는 것도 당연했다. 남자 친구와 남편이 셀리아를 보지 못하게 하는 편이 나을 테지만 장래가 촉망되는 여배우를 그렇게 대접할 수만은 없겠지. (…) 여성 관객들도 걱정마시라. 당신들의 취향도 부족함 없이 존중될 것이니. 객석의 모든 여성들이 안소니 로첼라를 보며 감탄하는 소리가 아직도 귓가에 선하다. 곧 영화에서 보길 기대한다. (…) 눈먼 소매치기로 분한 도널드 허버트는 유쾌했고 그것이야말로 내가 요즘 정치인들에게 요구하는 것이다! (…) 자, 이제 아서 왓슨에 대해 한마디 하겠다. 그는 아내에 비해 무척 젊었지만 그녀는 그에게 넘치도록 과분했다. 그렇기 때문에 두 사람의 결혼 생활이 유지되는 것이 아닐까! 그가 무대 아래서도 무대에서처럼 뻣뻣한지는 모르겠지만, 만약 그렇다면 그의 아름다운 아내에게는 몹시 유감스러운 일일 것이다!

_월터 윈첼, 〈뉴욕 데일리 미러〉

에드나의 연기에 관객들이 처음으로 웃는 순간.

1막 1장, 앨러배스터 부인이 다른 부유한 여인들과 차를 마시고 있다. 수다를 떨다가 어젯밤 남편이 차에 치였다고 대수롭지 않게 말한다. 다른 부인들은 깜짝 놀라 아무 말도 못하는데 그중 한 명이 이렇게 묻는다. “어머나, 세상에! 심각한 상태야?”

“상태야 늘 심각하지.” 앨러배스터 부인이 대답한다.

그리고 약간의 침묵. 부인들은 혼란스럽다는 듯 앨러배스터 부인을 쳐다본다. 앨러배스터 부인은 새끼손가락을 살짝 들고 차분하게 차를 젓다가 순수하기 짝이 없는 표정으로 이렇게 말한다. “어머, 미안해라. 남편 상태가 어떠냐고 물은 거야? 오, 당연히 죽었지.”

관객들이 크게 웃었다.

무대 뒤, 빌리가 페그의 손을 잡고 이렇게 말했다. “제대로 먹혀들었어, 페기.”

셀리아 레이 양의 넘치는 성적 매력에 많은 신사들이 쉽게 자리를 뜨지 못했겠지만, 수준 높은 관객이라면 당연히 에드나 파커 왓슨을 주시했을 것이다. 이미 국제적 명성을 떨치고 있던 그녀는 〈시티 오브 걸스〉를 통해 마침내 미국에서도 스타로 거듭났다.

_토마스 레시그, 〈모닝 텔레그래프〉

1막 후반부, 럭키 바비는 무허가 술집에 돈이 필요하니 귀중품을 전당포에 맡기라고 앨러배스터 부인을 꼬드긴다.

“이 시계는 팔 수 없어!” 체인이 멋진 커다란 금시계를 들고 그녀가 외친다. “남편을 위해 산 시계야!”

“그러니 돈 좀 받겠지, 아줌마.” 내 남자친구가 만족스럽다는 듯 고개를 끄덕이며 말했다.

에드나와 안소니는 화려한 조명 아래서 유쾌한 대사를 주고받았다. 대사는 한순간도 머뭇거림 없이 탁구공처럼 통통 튀었다.

"하지만 절대 거짓말하거나 속이거나 훔치지 말라고 아버지께서 말씀하셨는걸!"

"우리 아빠도 그랬죠." 럭키 바비가 심장에 손을 얹으며 말했다. "우리 아빠는 남자가 살면서 얻을 수 있는 건 오직 명예뿐이라고 하셨어요. 아, 물론 성공할 기회가 오면 남동생에게 바가지를 씌우거나 여동생을 팔아먹어도 된다고 하셨지만요."

"괜찮은 곳으로 팔려가야 할 텐데 걱정이구나."

"역시 아줌마는 나랑 같은 부류라니까!" 럭키 바비가 말했고 두 사람은 '개같이 비열한 우리 방식으로!'라는 듀엣을 시작한다. 그 '개같이'라는 단어를 가사에 쓰기까지 올리브와 얼마나 힘든 싸움을 해야 했는지 말도 못한다.

내가 가장 좋아하는 부분이었다. 노래 중간에 안소니가 혼자 탭댄스를 추면서 화려하게 무대를 밝힌다. 야비하게 웃으며 무대 바닥에 구멍을 뚫어버릴 것처럼 춤을 추던 안소니의 모습이 아직도 생생하다. 뉴욕의 연극 애호가들 중에서도 신중하게 고르고 골라 초대한 관객들이 시골뜨기처럼 그와 함께 발을 굴렀다. 심장이 터져버릴 것 같았다. '사람들이 안소니를 좋아한다!' 하지만 기쁨과 동시에 끔찍한 두려움도 엄습했다. '이 남자는 곧 스타가 될 거야. 그럼 나는 그를 잃게 될 거야.'

하지만 안소니는 노래가 끝나고 땀에 젖은 의상으로 무대 뒤로 달려와 나를 벽으로 밀어붙였다. 그리고 온 힘을 다해 내게 아름다운 키스를 했다. 그 순간만큼은 아무것도 무섭지 않았다.

"끝내줬어." 안소니가 포효하듯 말했다. "자기도 봤지? 내가 최고지? 나 같은 놈은 지금까지 없었을 거야!"

"맞아! 정말이야! 자기만큼 멋진 배우는 정말 없어!" 나도 외쳤다. 스무 살 소녀가 속절없이 사랑에 빠진 남자친구에게 달리 무슨 말을 하겠는가! (하지만 안소니는 내 남자친구가 아니었더라도, 정말 기가 막혔다고밖에 할 수 없었다.)

다음은 셀리아의 스트립쇼였다. 그 거친 브롱크스 억양으로 얼마나 아기를 갖고 싶은지 구슬프게 노래를 부르면 관객들은 그저 넋을 잃었다. 셀리아는 귀여움과 관능미를 동시에 뿜어냈는데, 그건 절대 쉬운 일이 아니었다. 셀리아의 춤이 끝나면 관객들은 술 취한 사람들처럼 정신없이 소리를 지르며 환호했다. 여자들 목소리도 섞여 있었으니 남자들만 셀리아에게 반한 건 아니었다.

그다음은 휴식 시간이었다. 남자들은 로비에서 담배를 피우면서, 한껏 꾸민 여자들은 화장실로 몰려가면서 신나게 떠들었다. 빌리가 내게 로비로 나가 사람들 반응을 알아보라고 했다. "내가 직접 가서 듣고 싶지만 나를 아는 사람이 너무 많아서 안 돼. 예의 바른 인사치레 말고 진짜 반응이 궁금해. 가서 생생한 반응을 살피고 와."

"어떻게 살펴요?" 내가 물었다.

"공연 이야기를 하고 있으면 좋다는 뜻이야. 주차장 이야기를 하고 있으면 별로라는 뜻이고. 가장 중요한 건 이거야. 자랑스러워하는지 살펴봐. 관객들은 공연이 마음에 들면 마치 자기가 만든 공연인 양 자랑스러워하거든. 이기적인 족속들이지. 그러니 나가서 얼굴에 얼마나 자랑스러운 표정이 가득한지 보고 와."

나는 로비로 나가 사람들 틈에 섞였다. 전부 얼굴이 발그레했고 행복해 보였다. 다들 잘 먹고 잘사는 사람들 같았고, 아주 만족스러워하는 표정이었다. 그리고 공연에 대해 쉴 새 없이 떠들었다. 셀리아의 몸매에 대해, 에드나의 매력에 대해, 댄서들과 노래들에 대해 농담을 주고받으며 끝없이 웃었다. 나는 돌아가 빌리에게 이렇게 전했다.

"자랑스러운 표정을 한꺼번에 이렇게 많이 본 건 처음이에요."

"좋아. 당연히 그러시겠지."

두 번째 커튼이 올라가기 전, 빌리는 다시 배우들을 불러모았다. 이번에는 짧았다.

"지금 중요한 건 딱 하나야. 잘 마무리할 것. 2막에서 흐름이 끊기면 관객들은 1막이 재미있었다는 걸 까맣게 잊어버려. 처음부터 다시 관심을 끌어야 해. 피날레까지 잘 마무리하면 이건 그냥 성공이 아니야. 대성공이야. 끝까지 잘하자!"

2막 1장, 법과 질서의 수호자 시장이 앨러배스터 부인이 운영한다는 불법 도박장과 무허가 술집을 닫아버리겠다는 속셈으로 그녀의 저택을 찾아온다. 변장을 하고 왔지만 럭키 바비가 이를 눈치채고 사람들에게 경고한다. 쇼걸들은 반짝이 레오타드 위에 재빨리 하녀 의상을 걸쳤고, 도박장 딜러들은 집사로 변신했다. 고객들은 저택의 정원을 구경하러 온 척했으며, 도박 테이블 위에는 레이스 달린 식탁보가 깔렸다. 눈먼 소매치기 허버트 씨는 시장의 겉옷을 예의 바르게 받아주면서 그의 지갑을 슬쩍한다. 앨러배스터 부인은 옷속에 도박칩을 몰래 숨기며 해가 잘 드는 방으로 시장을 안내해 차를 대접한다.

"저택이 아주 훌륭하군요. 앨러배스터 부인." 시장은 불법 행위의 낌새가 없는지 주위를 살피며 말한다. "정말 멋져요. 메이플라워호를 타고 미국으로 건너오신 건가요?"

"어머, 아니에요." 에드나가 포커 카드들로 우아하게 부채질을 하며 과장된 목소리로 대답했다. "우리 가족은 늘 배가 있었으니까요."

공연 막바지, 에드나가 가슴 아픈 발라드 '사랑에 빠지고 싶어'를 부르기 시작하자 극장 전체가 마치 아무도 없는 듯 침묵에 빠져들었다. 애처로운 마지막 소절이 끝나자 관객들이 의자에서 벌떡 일어나 환호했다. 에드나는 결국 네 번이나 다시 무대로 나와 인사를 해야 했고, 그 후에야 겨우 공연이 지속될 수 있었다. 공연을 멈춰버리는 명연기가 있다는 말은 들어보았지만, 그걸 내 두 눈으로 확인한 건 처음이었다.

에드나 파커 왓슨은 정말 공연을 멈춰버렸다.

마지막 합창 '두 배로 키우자'를 부를 때 나는 아서 왓슨이 불안해서 어쩔 줄 몰랐다. 춤을 추려고 노력은 하고 있었지만 늘 그렇듯 형편없었다. 다행히 관객들의 눈에는 그의 끔찍함이 잘 들어오지 않는 모양이었다. 그의 엉터리 같은 노래도 다행히 오케스트라 소리에 묻혔다. 관객들은 박수를 치며 코러스 부분을 함께 불렀다. ("죄 지은 아가씨들, 술 취한 아가씨들 / 다들 모이자!") 릴리 플레이하우스 전체가 즐거움과 기쁨으로 반짝반짝 빛났다.

그렇게 공연이 끝났다. 커튼콜이 끝도 없이 이어졌다. 인사를 하고 또 인사를 했다. 무대 위로 꽃다발이 날아들었다. 마침내 객석의 조명이 들어왔고 관객들은 겉옷을 챙겨 연기처럼 빠져나갔다.

배우들과 스탭들 모두 기진맥진한 상태로 텅 빈 무대를 서성이거나 무대 위에서 잠시 생각에 빠졌다. 우리가 방금 무엇을 해낸 것인지 믿기 힘들다는 표정으로 말없이 그렇게 서 있었다.

> 극작가이자 연출가 윌리엄 뷰엘은 에드나 파커 왓슨을 그토록 가벼운 역할에 과감하게 캐스팅했고, 왓슨 부인은 달콤하고 재치 있는 연극에 타고난 명랑함을 불어넣었다. 그녀는 무대에서 찬란하게 빛나면서 주변 배우들 역시 돋보이게 했다. 이보다 더 흥겨운 공연은 감히 요구할 수 없을 것이다. 더구나 이처럼 암울한 시대에 말이다. 가서 공연을 보며 시름을 잊어라. 왓슨 부인은 왜 우리가 더 많은 런던의 배우들을 뉴욕으로 데려와야 하는지, 그리고 가능하면 돌아가지 못하게 붙잡아야 하는지 일깨워주었다.
>
> _니콜스 T. 플린트, 〈뉴욕 데일리 뉴스〉

그날 밤, 우리는 사디스에서 정신없이 술을 마시며 공연 리뷰를 기다렸다. 릴리의 배우들은 리뷰를 기다리는 그런 사람들은 아니었다. 애초에 리뷰 자체를 받아본 적이 없는 사람들이었으니까. 하지만 이번 공연은 달랐다.

"중요한 건 앳킨슨과 윈첼이야." 빌리가 말했다. "두 사람한테서 호평과 혹평을 받으면 히트는 문제없어."

"앳킨슨이 누군지도 모르겠는데요?" 셀리아가 말했다.

"꼬마 아가씨, 오늘 밤부터 그 사람은 널 알아. 내가 장담해. 너한테 눈을 못 떼던걸."

"유명한 사람이에요? 돈 많아요?"

"기자야. 돈은 없어. 오직 권력만 있지."

그리고 놀라운 일이 벌어졌다. 올리브가 마티니 두 잔을 들고 빌리에게 다가와 한 잔을 권한 것이다. 빌리는 놀란 표정으로 잔을 받았고, 더 놀랍게도 올리브가 건배를 하자며 술잔을 들었다.

"공연을 정말 잘 만들었어, 윌리엄." 올리브가 말했다. "아주 잘."

빌리가 웃음을 터트렸다. "아주 잘! 당신 입에서 그 말이 나왔으니 감독이 받을 수 있는 최고의 칭찬으로 받지!"

에드나는 사인을 원하는 인파에 붙잡혀 있다가 맨 마지막에 도착했다. 위층으로 올라가 사람들을 피할 수도 있었지만, 에드나는 자신의 존재로 대중의 욕망을 충족시켜 주었다. 그리고 재빨리 씻고 옷도 갈아입은 것 같았다. 깨끗하고 상큼하고 매우 비싸 보이는 파란색 정장을 입고 왔기 때문이었다. (원래 진가를 알아볼 수 있는 사람 눈에만 비싸 보이는데, 내가 바로 그걸 알아본 사람이었다.) 한쪽 어깨에는 여우털 목도리가 살짝 걸쳐져 있었고, 그날 밤 끔찍한 춤으로 피날레를 망쳐버릴 뻔했던 잘생겼지만 멍청한 남편의 팔짱을 끼고 있었다. 그는 자신이 그날 밤의 스타라도 되는 양 활짝 웃고 있었다.

"오늘 밤의 스타, 에드나 파커 왓슨 부인 등장!" 빌리가 큰 소리로 말하자 다 같이 환호했다.

"속단하지마, 빌리." 에드나가 말했다. "아직 좋은 소식이 도착한 건 아니잖아. 아서, 가서 가장 차가운 칵테일 한 잔만 가져다줄래?"

아서는 바를 찾아나섰고, 나는 그가 돌아오는 길은 찾을 수 있을지 걱정이 되었다.

"덕분에 대단한 성공이었어, 에드나." 페그가 말했다.

"다 같이 한 거지." 에드나가 빌리와 페그를 보며 말했다. "당신들이야말로 천재적인 능력을 발휘했잖아. 나는 일할 수 있어 감사한 전쟁 난민일 뿐이고."

"오늘은 기절할 때까지 마시고 싶어." 페그가 말했다. "신문이 나올 때까지 어떻게 기다리지? 넌 어떻게 그렇게 침착해, 에드나?"

"내가 지금 제정신인 것 같아?"

"하지만 오늘은 정신 차리고 조금만 마셔야 해." 페그가 말했다.

"아니야, 어떻게 그래. 비비안, 가서 아서에게 술을 세 배쯤 더 주문하라고 전해줄래?"

'설마 곱셈은 할 수 있겠죠?' 내가 생각했다.

나는 아서를 찾아나섰다. 바텐더에게 손짓을 하는데 웬 남자 목소리가 들렸다. "제가 술 한 잔 사도 될까요, 아가씨?" 야릇하게 웃으며 고개를 돌렸는데, 세상에, 오빠 월터가 서 있었다.

사실 누구인지 알아보는 데 시간이 좀 걸렸다. 뉴욕에서, 내 세상이자 나만의 사람들과 함께 있을 때 오빠를 만난다는 것 자체가 상상이 되지 않았으니까. 게다가 나와 너무 닮아 깜짝 놀랐다. 거울에 부딪혔다고 생각했을 정도로. 오빠가 도대체 여기서 뭘 하고 있지?

"별로 반갑지 않은 표정인데?" 월터가 조심스럽게 웃으며 말했다.

반가운지 반갑지 않은지 알 수 없었다. 그저 어마어마하게 혼란스러웠을 뿐이었다. 이제 큰일 났다는 생각밖에 들지 않았다. 어쩌면 부모님이 내 비행을 전부 파악하고 나를 붙잡아 오라고 오빠를 보냈는지도 모른다. 혹시 부모님과 함께 있는지 얼른 주위를 살폈다. 그럼 이제 좋은 시절은 끝난 것이다.

"너무 걱정하지 마, 비." 월터가 마치 내 마음을 읽은 듯 말했다. "나 혼자야." 그러자 마음이 더 불안해졌다. "네 공연을 보러 왔어. 마음에 들더라. 멋진 공연이었어."

"근데 뉴욕에는 왜 온 거야?" 갑자기 드레스의 가슴이 너무 많이 파였다는 생각이 들었고 목에 키스 자국이 있다는 사실도 떠올랐다.

"학교를 그만뒀어."

"프린스턴을?"

"응."

"아빠도 아셔?"

"응."

온통 말이 안 되는 상황이었다. 비행 청소년은 나지 월터가 아니었다. 그런데 그가 프린스턴을 그만뒀다고? 모범생이던 월터가 갑자기 비행 청소년이 되어 뉴욕 스토크 클럽에서 먹고 마시고 떠들고 쓰러질 때까지 춤을 추려는 것일까? 혹시 내가 그를 나쁜 길로 인도한 것일까?

"해군에 입대해." 월터가 말했다.

아, 역시 내 생각은 틀렸다.

"삼 주 후에 장교 후보생 학교에 입학해. 훈련은 뉴욕에서 받아. 강 북쪽 어퍼웨스트사이드에서. 퇴역한 해군 전함이 허드슨강에 정박해 있는데 거기서 수업을 받아. 지금은 장교가 부족해서 대학을 이 년만 다녔으면 누구든 받아주거든. 훈련은 석 달이면 끝나. 크리스마스 직후에 시작해서 졸업하면 소위로 임관. 봄이 되면 어디서든 배를 타고 있겠지."

"아빠가 프린스턴 그만둔다고 뭐라고 안 하셨어?" 내가 물었다.

내 목소리는 내가 듣기에도 이상하고 부자연스러웠다. 그 어색한 만남에 여전히 정신을 못 차리고 있었지만 아무렇지도 않은 척, 마치 우리가 매주 사디스에서 수다라도 떠는 사이인 양 자연스럽게 대화를 이어나가기 위해 최선을 다했다.

"당연히 반대하셨지. 하지만 반대하셔도 어쩔 수 없어. 성년이 되었으니 내가 스스로 결정한 거야. 페그 고모한테 전화해서 뉴욕으로 오게 되었다고 말씀드렸어. 고모가 훈련 시작 전까지 몇 주 동안 와서 지내도 좋다고 하셨고. 뉴욕 구경도 좀 하면서 말이야."

월터가 릴리에서 지낸다고? 타락한 우리들과 함께?

"꼭 해군에 입대할 필요는 없잖아." 내가 바보처럼 말했다.

(안젤라, 나는 미래가 불투명한 노동자 계급의 아이들만 해군이 된다고

생각했단다. 아빠가 그렇게 말씀하셨던 것도 같고.)

"전쟁이잖아, 비." 월터가 말했다. "미국도 곧 참전하게 될 거야."

"그래도 오빠가 꼭 참전해야 하는 건 아니잖아."

월터는 이해할 수 없고 못마땅하다는 표정으로 나를 보며 말했다.

"조국을 위해 당연히 참전해야지."

멀리서 커다란 환호 소리가 들렸다. 신문 파는 아이가 조간신문 초판을 들고 막 들어선 참이었다.

파티는 벌써 시작되고 있었다.

안젤라, 무수한 리뷰들 중 내가 가장 마음에 들었던 부분은 마지막으로 아껴놓았단다.

> 에드나 파커 왓슨의 의상만으로도 〈시티 오브 걸스〉는 볼 가치가 있다. 머리부터 발끝까지 완벽하게 아름다운 의상이었다.
>
> _킷 야들리, 〈뉴욕 선〉, 1940년 11월 30일

17

파티의 밤들을 지나

공연은 대히트를 쳤다.

제발 와서 공연을 봐달라고 구걸했던 우리는 일주일 만에 문 앞에서 사람들을 돌려보내야 했다. 크리스마스 즈음 페그와 빌리는 투자했던 돈을 전부 회수했고 그러고도 돈이 넝쿨째 굴러들어오고 있었다. 빌리 말에 의하면 말이다.

공연의 성공으로 페그와 올리브와 빌리 사이의 긴장이 누그러졌을 거라고 생각하겠지만, 절대 그렇지 않았다. 아무리 평단의 찬사를 받고 날마다 티켓이 매진되어도 올리브는 끝까지 돈 걱정을 내려놓지 못했다. (올리브의 짧았던 축하 파티는 오프닝 다음 날 가차 없이 끝났다.)

올리브는 그 모든 성공의 덧없음을 지치지도 않고 날마다 우리에게 상기시켰다. 〈시티 오브 걸스〉가 지금 당장 돈이 되는 것은 기쁘고 감사한 일이지만 그 공연이 끝난 후 릴리 플레이하우스는 무엇을 할 것인가? 우리는 동네 관객을 잃었다. 몇 년 동안 우리 공연을 봐주던 노동자 계급은 비싸고 유명해진 공연에서 속절없이 밀려났다. 우리가 다시 예전 같은 공연을 올린다고 그들이 돌아와줄 것인가? 우리는 분명 조만간 평소 같은 생활로 돌아갈 것이다. 빌리가 뉴욕에 계속 머물 것도 아니고, 히트 칠 공연을 하나 더 써줄 것도 아니니까. 게다가 에드나가 더 나은 극단의 제안을 받고 새로운 공연을 위해 떠난다면, 순전히 시간문제일 뿐이긴 하지만, 우리는 〈시티 오브 걸스〉도 잃게 된다. 에드나처럼 실력 있는 배우를 낡은 극장에 영원히 붙잡아놓을 수는 없지 않겠는가. 에드나가 떠난다고 그만큼 능력 있는 다른 배우를 데려올 돈이 있는 것도 아니고. 결국, 이 엄청난 성공은 오직 한 여인의 능력 덕분이었고, 그렇게 일을 해나가는 건 누가 봐도 불안한 방법이었다.

올리브의 잔소리는 끝없이 이어졌다. 우울했고 암울했다. 올리브는 불길한 일을 끊임없이 예언하는 카산드라였다. 모두 승리에 취해 있을 때 파멸이 바로 저기 있다고 끝없이 상기시켰다.

"조심해, 올리브." 빌리가 말했다. "이 행운을 단 일 분도 누리지 마. 당연히 다른 사람들도 절대 못 누리게 하고."

하지만 내가 봐도 한 가지는 올리브가 맞았다. 지금 누리는 성공은 매 순간 탁월했던 에드나 덕분이다. 매일 밤 공연을 봤지만, 에드나의 앨러배스터 부인은 공연마다 조금씩 다르게 창조되었다. 배우들은 보통 인물을 해석하고 판에 박힌 표현과 반응을 반복하면서 늘 같은 연기를 한다. 하지만 에드나의 앨러배스터 부인은 언제나 새로웠다. 에드나는 대사를 읊지 않고 대사를 창조했다. 적어도 내게는 그렇게 보였다. 늘 대사를 가지고 놀기 때문에 상대 배우들 역시 긴장하고 깨어 있어야 했다.

그리고 뉴욕은 에드나의 재능에 확실히 보답했다. 에드나는 쭉 배우였지만 〈시티 오브 걸스〉의 성공으로 이제 스타가 되었다.

안젤라, 오직 까다로운 대중들만 이 '스타'를 만들어낼 수 있다. 비평가들은 스타를 만들 수 없다. 매표소 영수증들도 스타를 만들 수 없다. 뛰어난 실력만으로 스타가 될 수도 없다. 대중이 집단적으로 사랑하기로 결심한 사람만이 스타가 될 수 있다. 공연이 끝나면 얼굴 한번 보려는 사람들이 몇 시간이고 분장실 앞에 진을 치고 있을 때, 그럴 때 스타가 된다. 그 대단한 주디 갈랜드Judy Garland가 '사랑에 빠지고 싶어'를 녹음했지만 〈시티 오브 걸스〉를 본 모든 사람이 원곡을 더 좋아할 때, 스타가 된다. 월터 윈첼이 매주 칼럼에서 떠드는 시답잖은 소문의 주인공이 바로 스타다.

매일 밤 공연이 끝난 후 사디스에는 에드나를 위한 테이블이 준비되었다.

헬레나 루빈스타인은 그녀의 이름을 딴 아이섀도우('에드나의 앨러배스터')를 출시했다. 〈우먼스 데이〉에는 에드나 파커 왓슨이 모자를 산 곳에 대한 천 단어짜리 기사가 실렸다.

그리고 팬들이 보낸 편지가 산더미처럼 쌓였다. '배우가 되고 싶다는 제 꿈이 남편의 재정 상황 악화로 좌절되었어요. 그러니 제발 저를 후배로 받아주세요! 제 연기 스타일이 에드나 님의 스타일과 얼마나 비슷한지 알면 놀라실 거예요.'

심지어 캐서린 헵번까지 (믿기 힘들 뿐만 아니라 무척 그녀답지 않게) 에드나에게 직접 편지를 보냈다. '사랑스러운 에드나에게, 당신의 공연을 보았어요. 그리고 정신을 차릴 수 없었어요. 물론 앞으로 네 번은 더 공연을 보게 될 것 같아요. 그리고 강으로 뛰어들지도 모르겠어요. 난 결코 당신처럼 훌륭해질 수 없을 테니까요!'

에드나는 그 모든 편지를 내게 읽어달라고 부탁했고 손글씨를 잘 쓴다며 답장도 써달라고 했다. 이제 의상을 만들 필요가 없었기 때문에 기꺼이 해줄 수 있는 일이었다. 몇 주째 같은 공연을 하고 있었으니 당분간 내 실력을 발휘할 일은 없었다. 간간이 수선하고 점검하는 일만 빼면 한가했다. 나는 공연의 성공으로 바빠진 에드나의 개인 비서 역할을 하고 있었다.

모든 초대와 부탁을 거절하는 것도 나였다. 〈보그〉의 사진 촬영 일정을 조절하는 것도 나였다. '최고의 공연이 만들어지는 곳'이라는 기사를 쓴 〈타임〉의 기자에게 릴리를 구경시켜준 것도 나였다. 그 무섭고 신랄한 연극 평론가 알렉산더 울콧Alexander Woollcott이 〈뉴요커〉에 실을 칼럼을 위해 에드나를 취재할 때 안내를 맡은 것도 나였다. 우리는 그가 에드나를 가차 없이 비판할 거라고 걱정했지만 ("알렉은 사람을 자근자근 씹는 것도 아니고 아주 우적우적 씹어버리거든." 페그가 말했다.) 전혀 그럴 필요가 없었다. 왓슨에 대한 울콧의 기사는 다음과 같았다.

> 에드나 파커 왓슨은 평생 꿈을 꿔온 여성의 얼굴을 하고 있었다. 이마에 걱정이나 슬픔의 주름이 없는 것으로 보아 그녀의 꿈은 충분히 이루어져 온 것처럼 보이며 그녀의 두 눈은 더 좋은 소식에 대한 기대로 반짝반짝 빛났다. (…) 이 여배우는 감정을 있는 그대로 표현하는 것을 넘어 인간의 무궁무진한 모습을 능수능란하게 보여주었다. (…) 셰익스피어만 공연하기에는 아까운 예술가로, 그녀는 최근에 자신의 재능을 〈시티 오브 걸스〉에 기부했다. 뉴욕에서 상당히 오랫동안 상연되고 있는 그 공연을 본 관객들은 머리가 핑핑 돌고 저절로 발을 구르게 될 것이다. (…) 에드나의 앨러배스터 부인은 예술로 승화된 코미디였다. (…) 분장실 앞에서 기다리던 흥분한 팬이 뉴욕으로 와줘서 고맙다고 말하자 왓슨 부인은 이렇게 대답했다. "어머, 고마워요. 지금 다른 일로 바쁜 것도 아닌데요, 뭘." 브로드웨이가 현명하다면 그 상황은 곧 달라져야 할 것이다.

안소니 역시 〈시티 오브 걸스〉 덕분에 스타가 되었다. 라디오 드라마 몇 편에 캐스팅되어 공연이 없는 오후에 녹음을 했고, 마일즈 담배 회사의 모델 겸 대변인이 되었다. ("담배를 피울 수 있는데 왜 땀을 흘리는가?") 돈도 제법 벌었다. 하지만 그렇다고 곧바로 생활 환경을 개선하지는 않았다.

나는 안소니에게 따로 살 곳을 구하라고 반쯤 협박하기 시작했다.

그렇게 유망한 젊은 스타가 왜 기름 냄새와 양파 냄새 진동하는 눅눅하고 오래된 공동 주택에서 형과 함께 지낸단 말인가? 나는 엘리베이터와 현관 경비원이 있는, 심지어 뒷마당도 있는 더 좋은 아파트를 구하라고 안소니를 졸랐다. 꼭 헬스 키친 지역을 벗어나서. 하지만 안소니는 전혀 그럴 생각이 없었다. 나는 안소니가 왜 그 더럽고 엘리베이터도 없는 4층 건물에서 나올 생각을 하지 않는지 이해할 수 없었다. 어쩌면 자기를 적당한 결혼 상대처럼 보이게 만들려는 내 마음을 들켜버렸기 때문인지도 몰랐다.

나로서는 당연히 그럴 수밖에 없었지만.

문제는, 오빠가 이미 안소니를 만났고 당연히 안소니를 마음에 들어 하지 않았다는 것이었다. 안소니 로첼라가 내 남자친구라는 사실을 월터에게 들키지 말았어야 했다! 하지만 안소니와 나의 마음은 숨긴다고 숨겨질 게 아니었고, 관찰력이 뛰어난 월터가 그걸 놓칠 리가 없었다. 게다가 월터는 내가 릴리에서 어떻게 지내고 있는지 훤히 보게 되었다. 술 마시고 서로 추파를 던지고 아슬아슬한 수다를 떠는 공연예술계 종사자들의 모습을 월터는 전부 봤다. 나는 월터도 함께 즐기길 원했지만 (쇼걸들은 당연히 잘생긴 오빠를 끌어들여 함께 놀고 싶어 했다.) 그는 쾌락의 미끼를 덥석 물기엔 너무 바람직한 사람이었다. 칵테일은 한두 잔 마셨지만 신나서 함께 어울리지는 않았다. 우리와 함께 놀기보다 우리를 관찰하는 편이었다.

월터가 싫어할지도 모르니 안소니에게 너무 과한 애정 표현을 삼

가달라고 부탁할 수도 있었지만, 안소니는 다른 사람 기분을 살피느라 자기 행동을 바꿀 사람이 아니었다. 결국, 월터가 있든 없든 안소니는 평소처럼 나를 껴안고 내게 키스하고 내 엉덩이에서 손을 떼지 않았다.

말없이 관찰하던 월터는 마침내 내 남자친구에 대한 다음과 같은 평가를 내게 전했다. "안소니는 결혼 상대로 적절하지 않아 보이는구나, 비."

'결혼 상대'라는 그 무거운 단어가 머릿속에서 빠져나가지 않았다. 나는 안소니와 결혼하겠다는 생각은 해본 적도 없었고 그러고 싶은지도 잘 모르겠다고 대답해야 했다. 하지만 갑자기 반대하는 월터의 모습에, 내 남자친구가 결혼 상대로 적당해 보이지 않는다는 그 사실만 중요해졌다. 나는 그 말에 약간의 모욕감과 도전 의식을 느꼈다. 반드시 문제를 해결하고 싶었다. 마음이 명확해졌다고 할까.

그래서 안소니에게 신분 상승을 위한 전략을 대놓고 제안하기 시작했다. 소파에서 자지 않으면 더 어른이 되었다고 느끼지 않을까? 머리에 오일을 덜 바르면 더 매력적이지 않을까? 껌을 덜 씹으면 더 고상해 보이지 않을까? 조금 더 예의 바르게 말하면 어떨까? 예를 들어, 월터가 안소니에게 공연예술계 말고 다른 직업적인 꿈이 있냐고 물었을 때, 안소니는 웃으며 이렇게 대답했다. "딱 봐도 없어 보일 텐데?" 그 질문에 더 세련되게 대답할 수 있는 방법은 없었을까?

안소니는 바보가 아니었으니 내 의도를 정확히 파악했고 이에 치를 떨었다. 안소니는 내가 오빠에게 잘 보이려고 자기를 완전히 다른 사람으로 만들려 한다고 비난했고 그렇게 움직여줄 생각이 전혀 없었다. 월터는 월터대로 안소니가 전혀 마음에 들지 않았다.

월터가 릴리에 머물던 몇 주 동안, 월터와 안소니의 갈등은 쌓이고 쌓여 하늘까지 닿을 기세였다. 어찌나 팽팽했는지 망치로 때리면 와장창 부서져버릴 것 같았다. 계급의 문제였고 교육의 문제였으며 성적 위협의 문제였고 오빠 대 연인의 문제였다. 하지만 그중에는 그저 자유로운 젊은 남성들의 경쟁 심리도 분명 있었을 것이다. 두 사람 모두 자신감이 넘쳤고 남자다웠으며 뉴욕 전체도 그들에게는 한낱 아이들 놀이터 같았을 테니까.

결국, 어느 날 밤 공연이 끝나고 몇몇이 사디스에 술을 마시러 갔을 때 드디어 일이 터졌다. 안소니가 바에서 나를 거칠게 더듬고 있다가 (물론 나를 즐겁게 해주기 위해서) 이를 노려보고 있던 월터와 눈이 마주쳤다. 바로 다음 순간, 두 사람은 서로 멱살을 붙잡고 있었다.

"네 동생한테서 떨어지라고 말하고 싶지?" 안소니가 월터를 밀어붙이며 으르렁댔다. "어디 그렇게 한번 만들어 보시든가, 군바리 아저씨."

그 순간 안소니의 야비한 미소는 월터의 심기를 건드리는 위협 신호였다. 처음으로 안소니의 얼굴에서 헬스 키친 길거리 싸움꾼의 표정이 보였다. 안소니가 뭔가에 집착하는 모습도 처음이었다. 하지만 그 순간 안소니가 집착하던 건 내가 아니라, 월터의 얼굴을 한 대 갈길 수도 있다는 기쁨이었을 것이다.

월터는 안소니의 눈빛에도 꿈쩍하지 않고 낮은 목소리로 이렇게 대꾸했다. "덤비고 싶으면 말로만 떠들지 말고 덤벼."

안소니는 잠시 고민하는 듯 보였다. 월터의 축구로 떡 벌어진 어깨와 레슬링으로 탄탄해진 목을 살피더니 곧 눈을 내리깔고 물러섰다. 그리고 다시 아무래도 상관없다는 듯 웃으며 말했다. "물론 여기서 싸울 필요는 없지, 군바리 형씨. 지당하신 말씀이고말고."

그리고 평소처럼 태연한 모습으로 돌아왔다.

안소니가 옳았다. 월터에게는 (엘리트주의자, 엄격주의자, 보수 꼴통 등) 다양한 모습이 있었지만, 약골은 분명 아니었고 겁쟁이도 아니었다. 안소니 정도면 눈 깜짝할 사이에 때려눕혔을 것이다. 누가 봐도 빤한 결말이었겠지.

다음 날, 월터는 콜로니 식당에서 점심을 먹으며 이야기를 나누자고 했다. 무엇에 관한 이야기일지 (혹은 누구에 관한 이야기일지) 정확히 알고 있었기 때문에 더 겁이 났다.

"제발 엄마 아빠한테는 안소니 이야기를 하지 말아줘."

나는 식당에 앉자마자 오빠에게 부탁했다. 안소니 이야기를 꺼내는 것조차 싫었지만 월터가 분명 꺼낼 것이고, 그럴 바에야 내가 먼저 살려달라고 비는 편이 나을 거라고 계산했다. 가장 두려운 건 오빠가 부모님께 내 비행을 알리고 부모님이 곧장 내 날개를 꺾어 가둬버리는 것이었다.

월터는 한참 후에야 말을 꺼냈다.

"확실하게 정리할 필요가 있어, 비."

당연히 그러시겠지. 월터는 언제나 확실한 걸 좋아했다.

나는 늘 그랬듯 교장 선생님 앞에 불려간 학생 같은 마음으로 월터의 다음 말을 기다렸다. 오빠가 같은 편이었으면 얼마나 좋았을까! 하지만 오빠는 한 번도 내 편인 적이 없었다. 어렸을 때도 절대 내 비밀을 지켜주지 않았고 어른들을 대상으로 함께 음모를 꾸민 적도 없었다. 오빠는 언제나 부모님의 연장선이었다. 오빠는 언제나 또래가 아닌 아빠처럼 행동했다. 나 역시 오빠를 그렇게 대했다.

마침내 월터가 입을 열었다. "언제까지 이렇게 놀 수 없다는 건 알지."

"응, 당연히 알지." 내가 재빨리 대답했다. 물론 내 계획은 영원히 이렇게 노는 것이었지만.

"비, 네가 살아야 할 진짜 세상이 있어. 풍선과 색종이를 치우고 철들어야 할 시점이 온다고."

"당연하지." 역시 재빨리 동의했다.

"넌 바르게 잘 컸어. 그건 나도 인정해. 때가 되면 가정교육이 빛을 발하기 시작할 거야. 지금은 보헤미안처럼 놀고 있지만 결국 어울리는 사람과 결혼해서 정착해야지."

"당연히 그래야지." 나는 그게 바로 내 계획이었다는 듯 고개를 끄덕였다.

"네가 분별력 있는 애가 아니었다면 지금 당장 집으로 돌려보냈을 거야."

"당연히 그래야지!" 내가 완전히 큰 소리로 동의했다. "내가 분별력 있는 사람이 아니었다면 나라도 제 발로 집에 갔을 거야."

썩 말이 되는 말은 아니었지만, 월터는 마음이 놓인 듯했다. 내가 살아남는 유일한 방법은 월터의 말에 절대 토를 달지 않는 것이었다. 월터에 대해 그만큼은 알고 있어서 다행이었다.

"나도 델라웨어에 갔을 때 그랬어." 한참 후, 월터가 약간 부드러워진 목소리로 말했다.

갑자기 정신이 들었다. 델라웨어? 그래, 오빠가 지난여름 델라웨어에서 몇 주를 보냈지. 내 기억이 맞다면 오빠는 전기공학 같은 걸 배운다고 발전소에서 일을 했다.

"그래!" 내가 말했다. "델라웨어!" 오빠가 무슨 말을 하려는지는 몰랐지만 어쨌든 이 긍정적인 흐름은 이어가고 싶었다.

"델라웨어 동료 중에도 그런 거친 사람들이 있었거든. 너도 알 거야. 가끔 나와 전혀 다르게 살아온 사람들과 친하게 지내고 싶기도 하지. 더 넓은 세상을 경험하려고. 그러면서 성격이 만들어지기도 하고."

몹시 거만한 발언이었다. 하지만 월터는 격려하듯 웃고 있었다.

나도 웃었다. 나는 사회적으로 열등한 사람들과 일부러 친하게 지내면서 더 넓은 세상을 경험하고 성격을 만들어가느라 바쁜 사람처럼 보이기 위해 노력했다. 한 번에 드러내기 힘든 표정이었지만 그래도 최선을 다했다.

"잠시 흥미가 생긴 것뿐이야." 월터는 자신의 진단에 스스로 설득당한 듯 마침내 선언했다. "순수한 마음일 수 있지."

"맞아. 잠깐 흥미를 느끼는 것뿐이야. 내 걱정은 하지 않아도 돼."

월터의 얼굴이 어두워졌다. 전술이 틀렸다. 오빠의 기대에 어긋나는 발언이었다.

"당연히 걱정은 해야지, 비. 며칠 후면 학교에 들어가는데 그럼 널 더 이상 지켜볼 수 없잖아."

할렐루야! 속으로는 그렇게 외쳤지만 나는 근엄한 표정으로 고개를 끄덕였다.

"네가 사는 모습이 마음이 들지 않아." 월터가 말했다. "오늘 하고 싶은 말은 그거야. 전혀 마음에 들지 않아."

"전적으로 이해해!" 완전히 동의하는 원래 전략으로 되돌아가며 내가 말했다.

"안소니 자식하고 진지한 관계는 아니겠지."

"절대." 거짓말을 했다.

"선을 넘지는 않았겠지?"

갑자기 얼굴이 빨개졌다. 부끄러워서가 아니라 죄책감 때문에. 하지만 상황은 내게 유리했다. 나는 섹스에 대한 오빠의 간접적인 언급에 부끄러워진 순수한 소녀처럼 보였을 것이다.

월터의 얼굴도 빨개졌다. "이런 것까지 물어서 미안한데," 그리고 순수함을 가장한 내 얼굴을 보며 말했다. "그래도 알 건 알아야 하니까."

"이해해. 하지만 절대 그런 남자하고는, 아니 누구하고도 그런 일은 없을 거야, 오빠."

"그럼 됐어. 네가 그렇게 말한다면 믿어야지. 엄마 아빠한테는 안소니에 대해 말씀드리지 않을게." (그날 처음으로 안도의 한숨을 쉬었다.) "하지만 한 가지는 약속해."

"뭐든."

"그 자식이랑 무슨 문제가 생기면 바로 나한테 연락해."

"알았어. 하지만 아무 문제도 만들지 않는다고 약속할게."

갑자기 월터가 늙어 보였다. 가족에 대한 의무와 국가에 대한 의무를 동시에 다하려는, 참전을 앞둔 스물두 살 오빠의 기분은 무엇이었을까.

"안소니랑 금방 끝날 거라는 거 알아, 비. 더 현명하게 행동하겠다고 약속해. 네가 얼마나 현명한지는 나도 아니까 경솔한 짓은 하지 않겠지. 그런 일에 말려들기에는 너무 착한 아이니까."

자기만의 천진한 상상 속에서 나에 대해 최대한 좋게 생각하려고 필사적으로 노력하는 오빠를 보며, 나는 마음이 조금 아팠다.

18

끔찍한 선택

안젤라, 다음 이야기는 정말 하고 싶지 않구나.

시간이 더 필요한 걸까.

아주 아픈 이야기거든.

조금만 더 시간을 주겠니.

아니, 이제 그만 직면해야겠지.

어느새 1941년 3월 말이었단다.

겨울은 무척 길었지. 3월 초에 잔인했던 폭설을 한차례 맞은 뉴욕은 그 눈을 헤치고 깨어나기까지 몇 주가 걸렸다. 다들 추위라면 지긋지긋했다. 릴리는 건물 자체가 낡아서 외풍이 심했고 분장실은 사람들을 따뜻하게 해주기는커녕 모피나 보관하기에 알맞은 곳이었다.

모두의 손발이 얼었고 입술은 갈라졌다. 겨우내 코트와 방수용 덧신, 목도리로 미라처럼 칭칭 감싸고 있던 우리는 예쁜 봄 드레스를 입고 몸매를 뽐내고 싶어 죽을 지경이었다. 댄서들은 드레스 아래 긴 바지를 입고 나가 나이트클럽 화장실에서 살짝 벗었다가, 얼음장 같은 찬바람을 헤치고 집에 오기 전에 다시 입고 오기도 했다. 하지만 실크 드레스 아래 긴 바지를 입는 것만큼 매력적이지 않은 모습도 없지. 나는 겨울을 견디며 열병에 걸린 듯 봄에 입을 새 옷을 만들었다. 옷장이 가벼워지면 날씨도 가벼워질지도 모른다는 말도 안 되는 희망 속에서 말이다.

마침내 3월이 끝나가면서 날씨가 풀렸고 찬 기운도 약간 물러섰다. 맑고 화창해 곧 여름이 올지도 모른다고 착각하게 만드는 뉴욕의 봄날이었다. 나는 그런 날씨에 속지 않을 만큼 뉴욕에 오래 살지 않았으므로 (뉴욕의 3월 날씨는 절대 믿으면 안 된다!) 오래간만에 쨍한 볕에 신이 나서 즐거워했다.

월요일이었고 극장은 어두웠다. 아침에 에드나에게 초대장이 한 장 왔다. 영국계 미국인 권리 보호 부인 연합이라는 단체에서 그날 밤 주최하는 모금 행사 초대장이었다. 장소는 발도르프 호텔이었고 모든 수익금은 미국의 참전을 촉구하는 데 쓰일 예정이라고 했다.

그들은 늦어서 죄송하지만, 왓슨 부인이 참석해 행사를 빛내줄 수 있을지 물었다. 부디 참석해 행사의 품격을 높여주시면 좋겠다고. 그뿐 아니라 젊은 상대 배우 안소니 로첼라의 참석 여부 또한 타진해주실 수 있는지, 그리고 그 자리에 모일 부인들을 위해 〈시티 오브 걸스〉의 유명한 듀엣곡을 함께 불러주실 수 있는지도 물었다.

에드나에게 온 초대장은 보통 보여주지도 않고 내 선에서 거절했다. 공연 일정만으로도 힘들었기에 다른 활동은 거의 불가능했고, 세상은 이미 에드나가 발휘할 수 있는 에너지 이상을 요구하고 있었다. 그래서 그 초대 역시 거절할 생각이었는데, 다시 생각해보니 미국의 참전을 촉구하는 캠페인이라면 에드나도 관심을 보일 것 같았다. 에드나가 올리브에게 그런 걱정을 털어놓는 것도 종종 들었고, 노래와 춤과 저녁이 있는 밤이라면 썩 나쁠 것 같지 않았다. 그래서 나는 에드나에게 초대장을 보여주었다.

에드나는 그 자리에서 참석하기로 결정했다. 지독한 겨울을 보내며 기분이 말이 아니었는데 그런 기회가 생겨 반갑다고 했다. 그리고 불쌍한 영국을 위해 당연히 무슨 일이든 해야 하지 않겠냐면서. 에드나는 안소니에게 전화해 함께 노래할 의향이 있는지 물어봐달라고 내게 부탁했다. 반신반의했지만 놀랍게도 안소니 역시 참석한다고 했다. (정치라면 일말의 관심도 없던 안소니였고, 그 옆에 있으면 심지어 내가 뉴욕 시장 피오렐로 라과디아Fiorello La Guardia가 된 느낌이었는데! 하지만 안소니는 에드나를 흠모했다. 안소니가 에드나를 흠모했다는 말을 내가 지금 처음 꺼낸 거라면 용서하기 바란다. 에드나 파커 왓슨을 흠모하는 사람을 전부 언급하려면 그것이야말로 지겹기 짝이 없는 일이 될 테니까. 그냥 세상 사람 모두가 에드나를 흠모했다고 생각하면 된단다.)

"좋아. 내가 모시고 가지." 안소니가 말했다. "재미 좀 보겠네."

"정말 고맙구나." 안소니도 함께 간다는 말을 전하자 에드나가 말했다. "우리 둘이서 마침내 히틀러를 물리치겠구나. 늦지 않게 돌아와서 쉬어야겠어."

거기까지였어야 했다.

그렇게 단순한 일이었어야 했다. 두 명의 스타가 돈 많고 뜻은 있지만, 전쟁의 승리에 아무 기여도 할 수 없는 맨해튼 여성들의 별 의미 없는 정치 행사에 참석하는 것, 그 아름다운 모습으로 그쳤어야 했다.

하지만 일은 그렇게 끝나지 않았다. 행사를 위해 에드나가 옷 입는 것을 도와주고 있을 때, 에드나의 남편 아서가 들어왔기 때문이었다. 아서는 에드나가 아름답게 치장하는 모습을 보고 어디에 가는지 물었다. 에드나는 어떤 부인들이 영국을 위해 개최하는 작은 자선 행사에 공연을 하러 발도르프 호텔에 갈 거라고 말했다. 아서는 입이 나왔다. 그리고 오늘 밤 영화를 보러 가고 싶었다고 말했다. ("일주일에 하루 쉬는데, 제기랄!") 에드나가 사과했다. ("하지만 영국을 위한 일이잖아, 자기야.") 부부의 말다툼은 거기서 끝난 것 같았다.

하지만 한 시간 후, 안소니가 에드나를 데리러 나타났고 아서는 턱시도를 입은 그 젊은이를 보고 (내가 보기에도 약간 과하게 차려입은 것 같긴 했다.) 다시 화를 내기 시작했다.

"저놈은 여기서 뭘 하고 있지?" 아서가 안소니에게 두 눈을 부라리며 물었다.

"오늘 밤 날 에스코트해주려고 온 거야." 에드나가 말했다.

"왜 저놈이 당신을 에스코트하지?"

"안소니도 초대받았으니까."

"데이트하러 간다는 말은 없었잖아."

"자기야, 이건 데이트가 아니야. 공연이지. 안소니와 내가 행사에서 듀엣을 부를 거야."

"그럼 왜 내가 당신과 듀엣을 부르면 안 되는데?"

"자기야, 우리가 함께 부르는 듀엣은 없잖아."

안소니가 그 말에 웃음을 터트려버렸고, 아서는 고개를 홱 돌려 그를 보며 말했다. "남의 와이프랑 발도르프에 같이 가는 게 지금 재밌다고 생각해?"

언제나 꿀리는 법 없는 안소니는 질겅질겅 껌을 씹으며 이렇게 대꾸했다. "재미없을 건 없죠."

아서는 안소니에게 곧 돌진할 것 같은 표정이었는데, 에드나가 재빨리 두 사람 사이를 가로막고 깔끔하게 손질된 작은 두 손을 남편의 넓은 가슴 위에 올리고 이렇게 말했다. "진정해, 여보. 일하러 가는 거야. 그뿐이야."

"일? 그래? 그럼 돈도 받나?"

"자선 행사야. 돈은 아무도 받지 않아."

"나한테도 자선을 베풀라고!" 아서가 외쳤고, 안소니는 이번에도 역시 웃음을 참지 못했다.

내가 에드나에게 물었다. "에드나, 안소니하고 밖에서 기다릴까요?"

"싫어. 난 여기 괜찮은데 뭐." 안소니가 말했다.

"아니, 여기 있어도 좋아." 에드나가 우리 둘에게 말했다. "걱정할 필요 없어." 에드나는 다시 남편을 바라보았다. 사랑과 인내가 넘치던 표정이 차갑게 변해 있었다. "아서, 난 안소니하고 이 행사에 참석할 거야. 가서 가여운 백발의 부인들에게 듀엣을 불러주고 영국을 위해 약간의 돈을 모금할 거야. 이따 집에서 봐."

"나도 참을 만큼 참았어!" 아서가 외쳤다. "뉴욕의 모든 신문이 내가 당신 남편이라는 걸 모르는데, 이제 당신마저 내가 남편이란 걸 잊었어? 못 가. 절대 못 보내!"

"그만 좀 하시죠." 안소니가 기름을 부었다.

"너나 그만해, 이 자식아." 아서가 쏘아붙였다. "꼭 웨이터처럼 차려입고 와서는."

안소니는 그저 어깨를 으쓱했다. "가끔 웨이터이기도 하니까. 그래도 여자한테 옷을 사달라고는 안 하죠."

"당장 꺼지지 못해!" 아서가 안소니를 향해 외쳤다.

"그럴 순 없죠, 아저씨. 부인께서 날 초대하셨으니 부인이 결정할 일이죠."

"내 아내는 나 없이 아무 데도 못 가!" 아서가 소리쳤다. 지난 몇 달간 에드나가 어딜 다니든 신경 쓰지 않던 사람이 하기에 약간 우스운 말이긴 했지만.

"아저씨가 이래라저래라 할 일은 아니죠." 안소니가 말했다.

"안소니, 제발 그만해." 내가 안소니의 팔을 붙잡으며 말했다. "나가 있자. 우리가 끼어들 일은 아니잖아."

“그리고 너도 나한테 이래라저래라 하지 말고 꺼져.” 안소니가 사나운 표정으로 내 손을 쳐내며 말했다.

나는 발길질이라도 당한 듯 깜짝 놀랐다. 안소니가 나한테 그런 식으로 말한 건 처음이었다.

에드나가 우리 둘을 번갈아 보더니 부드럽게 말했다. “전부 유치하기 짝이 없구나.” 그리고 진주 목걸이를 하나 더 걸고 모자와 장갑, 핸드백을 챙겼다. “아서, 열 시에 봐.”

“싫어! 열 시에 보긴 뭘 봐! 내가 집에 있나봐라! 그땐 어쩌시려나?”

에드나는 아서의 말을 무시했다.

“비비안, 옷 입는 걸 도와줘서 고맙구나. 공연도 없는데 좋은 시간 보내렴. 안소니, 가자.”

그리고 에드나는 놀라고 움츠러든 자기 남편과 나를 내버려두고 내 남자친구와 함께 나갔다.

솔직히 안소니가 내게 그렇게 쏘아붙이지만 않았다면 이 사건은 마음에 담아둘 일도 아니었다. 질투심 많은 아서와 에드나의 의미 없는 다툼으로 치부해버리고 금방 털어버렸을 것이다. 상황을 있는 그대로 바라보았을 것이다. 그러니까 나와 전혀 상관없는 일로 말이다. 어쩌면 바로 페그와 빌리를 따라 술을 마시러 갔을지도 모른다.

하지만 안소니의 반응은 충격이었고, 나는 그 자리에 완전히 얼어붙어버렸다. 내가 무슨 짓을 했다고 그런 말을 들어야 하지? 이래라저래라 하지 말라고? 꺼지라고? 무슨 뜻으로 한 말일까? 내가 그렇게 멋대로 굴었나? (새 아파트를 구하라고 계속 잔소리하긴 했다. 옷도 챙겨 입고 말투도 바꾸라고 했다. 비속어를 줄이라고, 머리칼을 더 단정하게 하라고, 껌도 좀 그만 씹으라고 하긴 했다. 댄서들에게 추파를 던질 때마다 시비도 걸었다. 하지만 그게 단데? 그것만 빼면 내가 안소니를 얼마나 자유롭게 해주었는데!)

"난 결국 저 여자 때문에 죽을 거야." 에드나와 안소니가 떠나고 얼마 지나지 않아 아서가 말했다. "남자들을 잡아먹는 여자야."

"네?" 내가 정신을 차리고 되물었다.

"능글맞은 네 남친 자식도 조심해야 할 거다. 어린놈을 좋아하는 에드나가 가만두지 않을지도 몰라."

안소니가 그런 말을 하지만 않았어도 나는 아서 왓슨의 말 따위 가볍게 무시했을 것이다. 이 세상에서 아서 왓슨의 말을 듣는 사람은 아무도 없었다. 그걸 잊지 말았어야 했다.

"아니, 무슨……." 말도 잘 나오지 않았다.

"당연하지." 아서가 말했다. "확실해. 늘 그래. 믿어도 좋아. 벌써 그러고도 남았을걸, 이 멍청한 계집애야."

검은 입자들이 눈앞에 아른거렸다.

에드나와 안소니가? 갑자기 어지러워 뒤에 있던 의자를 붙잡았다.

"나는 나간다." 아서가 선언했다. "셀리아는 어딨지?"

뜬금없는 질문이었다. 여기서 갑자기 셀리아가 왜 나오는 거지?

"셀리아가 어디 있냐고요?" 내가 되물었다.

"네 방에 있나?"

"그렇겠죠."

"가서 얼른 데려와 그럼. 빌어먹을, 당장 나가자고. 빨리! 비비안 너도 나갈 준비해."

그래서 내가 어떻게 했냐고?

그 멍청이 말대로 했지.

왜 그 멍청이 말대로 했냐고?

왜냐하면, 나도 멍청했으니까. 안젤라, 나는 그쯤에서 멈출 수도 있었을 텐데.

그렇게 해서 그 봄처럼 아름다웠던 겨울날 밤을 셀리아 레이, 아서 왓슨과 시내에서 보내게 되었다. 하지만 그 두 사람으로 그치지 않았는데, 셀리아의 어울리지 않는 새 친구 브렌다 프레이저Brenda Frazier와 쉽렉 켈리Shipwreck Kelly도 합류했기 때문이었다.

안젤라, 브렌다 프레이저와 쉽렉 켈리가 누군지 모르겠지? 모르는 게 나을 것이다. 1941년에 넘치도록 과분한 인기를 반짝 누렸던 젊은 셀럽 커플이었다. 브렌다는 사교계에 데뷔한 부잣집 딸이었고 쉽렉은 미식축구 스타였다. 기자들이 어디든 쫓아다녔고, 월터 윈첼은 브렌다를 두고 '셀레뷰턴트celebutante'라는 엉터리 단어를 만들어내기도 했다.

그 세련된 커플이 내 친구 셀리아 레이와 뭘 했는지 궁금했겠지. 나도 그랬으니까. 하지만 잠깐 시간을 보내보니 금방 알겠더구나. 뉴욕에서 가장 유명한 커플이 〈시티 오브 걸스〉 공연을 보았고, 마음에 들었고, 그래서 마치 작은 액세서리를 걸듯 셀리아를 불러들인 거였다. 컨버터블 자동차나 다이아몬드 목걸이를 충동 구매하듯 말이다. 몇 주를 그렇게 놀았던 것 같았다. 나는 안소니에게 빠져 있느라 전혀 몰랐고, 그러는 동안 셀리아도 새로운 친구들을 사귄 거지.

질투했다는 건 물론 아니다. 그러니까, 눈에 띌 정도로 하지는 않았다.

우리는 그날 밤 쉽렉 켈리의 호화로운 크림색 컨버터블 패커드를 타고 돌아다녔다. 쉽렉이 운전을 했고 브렌다가 조수석에 앉았고 아서와 내가 셀리아를 가운데 두고 뒤에 앉았다.

브렌다 프레이저는 첫눈에 마음에 들지 않았다. 세상에서 가장 돈 많은 여자라는 소문이 있었으니 내가 얼마나 끌리면서도 기가 죽었는지 상상할 수 있겠지? 세상에서 가장 돈 많은 여자는 어떤 옷을 입을까? 그게 너무 알고 싶어서, 마음에 들지도 않는 브렌다를 계속 쳐다볼 수밖에 없었다.

두툼한 밍크 모피를 걸치고 있던 브렌다는 예쁘장한 얼굴에 머리카락은 흑갈색이었고 손가락에는 대충 좌약 크키만 한 다이아몬드 약혼반지를 끼고 있었다. 죽은 밍크 안에는 반짝이는 검정 비단 드레스를 입고 있었는데, 무도회에 가는 길이거나 방금 무도회에서 나온 차림 같았다. 얼굴에는 흰 분을 과하게 발랐고 입술은 선홍색이었다. 치렁치렁한 머리칼은 두툼하게 부풀렸고 짧은 베일이 드리워진 작고 검은 삼각 모자를 쓰고 있었다. (에드나가 '거대한 머리 위에 위태롭게 앉은 작은 새 둥지' 같다고 끔찍하게 싫어했던 종류였다.) 스타일은 썩 마음에 들지 않았지만 인정할 건 인정해야 했다. 확실히 돈은 많아 보였다. 말이 많은 편은 아니었는데 말할 때마다 드러나는 격식 차린 예비 신부 학교 억양이 내 신경을 거슬렀다. 브렌다는 바람 때문에 머리가 망가진다고 쉽렉에게 차 덮개를 닫으라고 잔소리를 했다. 기분이 좋아 보이지는 않았다.

나는 쉽렉 켈리도 마음에 들지 않았다. 그의 두드러진 아래턱과 붉은 양 볼도, 잠시도 가만히 있지 못하고 입을 놀려대는 것도 싫었다. 쉽렉은 여자들의 등을 막 때리는 그런 류의 남자였다. 상대의 등을 때리는 사람은 결코 좋은 사람일 수가 없다.

브렌다와 쉽렉은 셀리아와 아서를 아주 잘 아는 것 같았고 그 상황 역시 전혀 마음에 들지 않았다. 심지어 두 사람은 셀리아와 아서를 커플 대하듯 하고 있었다. 쉽렉이 뒷자리를 향해 이렇게 외친 것만 봐도 그랬다. "그때 재미 좀 보셨던 할렘 거기 어떠신가?"

"오늘은 할렘 싫어." 셀리아가 말했다. "너무 추워."

"3월이 그렇지 뭐!" 아서가 말했다. "사자처럼 왔다가 고양이처럼 가지."

멍청한 놈. 고양이가 아니라 양이거든.

아서는 갑자기 눈에 띄게 기분이 좋아 보였다. 심지어 셀리아의 어깨에 팔을 두르고 있었다.

왜 셀리아한테 팔을 두르고 있지? 무슨 상황이지?

"그냥 스트리트로 가자." 브렌다가 말했다. "뚜껑 열고 할렘까지는 추워서 못 가."

브렌다가 말한 스트리트는 당연히 52번가였다. 스윙 스트리트. 재즈의 중심가.

"지미 라이언스 아니면 페이머스 도어? 스포트라이트?" 쉽렉이 물었다.

"스포트라이트." 셀리아가 대답했다. "오늘 루이스 프리마Louis Prima(가수, 싱어송라이터이자 배우로도 활동)가 공연해."

그렇게 결정되었다. 우리는 미드타운의 모든 인파에게 브렌다 프레이저와 쉽렉 켈리가 어마어마하게 비싼 컨버터블 패커드를 타고 52번가로 가고 있다는 사실을 알리며 열한 블록을 달렸다. 그 말인즉슨, 우리가 갈 나이트클럽 앞에 파파라치들이 진을 치고 기다리고 있을 거라는 뜻이었다. (솔직히 그건 나도 즐겼다.)

나는 금방 취했다. 셀리아와 나 같은 사람한테도 칵테일이 쉬지 않고 날아들었는데, 브렌다 프레이저 같은 사람 앞에는 칵테일 잔이 얼마나 빨리 쌓였는지 아마 상상도 못할 것이다.

나는 저녁도 거른 상태였고 안소니와 다툰 일 때문에 감정적이었다. (나한테는 그게 현대사에서 가장 큰 사건이었고 그 때문에 정신이 몹시 혼미했다.) 술은 곧장 머리로 쏠렸다. 밴드의 시끄러운 음악 소리가 귀를 때렸다. 루이스 프리마가 우리 테이블로 인사하러 왔을 때 나는 완전히 취해 있었다. 누가 오든 신경 쓸 처지가 아니었다.

"아서랑 무슨 사이야?" 내가 셀리아에게 물었다.

"별거 아니야."

"설마 자는 사이야?"

셀리아는 어깨만 으쓱했다.

"그렇게 나올 거야?"

셀리아는 곰곰이 생각하더니 사실대로 털어놓았다.

"비밀 지킬 거지? 볼 건 별로 없는데, 사실 맞아."

"셀리아! 유부남이잖아! 게다가 에드나 남편이잖아!"

내 목소리가 너무 컸는지 몇 명이 고개를 돌려 우리를 바라보았는데, 그것까지 신경 쓸 여력이 없었다.

"둘이 나가서 바람 좀 쐬자." 셀리아가 말했다.

우리는 쌀쌀한 3월의 바람을 맞으며 서 있었다. 나는 코트도 없었다. 따뜻한 봄 날씨는 역시 아니었다. 심지어 날씨까지, 모든 게 날 골탕 먹이고 있었다.

"에드나는 어쩌고?" 내가 물었다.

"그 여자가 뭘."

"에드나 남편이잖아!"

"그 여자는 젊은 애들을 좋아해. 늘 한 명씩은 있대. 공연할 때마다 새로운 놈으로. 그 사람이 그랬어."

젊은 애들. 안소니처럼 젊은 애들.

내 얼굴을 보더니 셀리아가 말했다. "생각해봐! 두 사람 결혼이 정상일 것 같아? 에드나가 아직도 남자들을 만나고 다닌다고 생각하지 않아? 돈줄을 쥐고 있는 그런 대스타가? 그렇게 인기 많은 여자가? 별 볼 일 없는 남편이 집에 오길 가만히 앉아서 기다릴 것 같냐고? 절대 안 그럴걸! 그러니 그 귀여운 남편도 그 여자 혼자 독점할 필요는 없는 거지. 그 사람도 가만히 앉아서 그 여자만 기다리는 게 아니라고. 유럽 사람들이잖아, 비비. 거기선 다들 그렇게 한대."

"거기가 어딘데?" 내가 물었다.

"유럽!" 모든 규칙이 여기와 다른 저 멀고 거대한 땅을 향해 멍하니 손을 흔들며 셀리아가 대답했다.

나는 그 모든 헛소리에 충격을 받았다. 몇 달 동안 안소니가 예쁜 댄서들한테 추파를 던질 때마다 질투심 때문에 고생했지만, 에드나를 의심해본 적은 한 번도 없었다. 에드나 파커 왓슨은 내 친구였다. 왜 에드나가 나의 안소니를 넘본단 말인가? 왜 안소니가 에드나를? 그렇다면 내 짧지만 소중했던 사랑은 이제 어떻게 될 것인가? 충격과 걱정으로 마음이 찢어질 것 같았다. 어떻게 에드나를 조금도 의심하지 못했을까? 그리고 안소니도? 전혀, 조금도 짐작하지 못했다. 셀리아가 아서 왓슨과 자고 있다는 것도 어쩌면 그렇게 몰랐지? 왜 나한테 더 일찍 말해주지 않았을까?

그리고 페그와 올리브가 '스타더스트'를 들으며 함께 춤추던 장면이 갑자기 떠올랐고, 그 장면에 깜짝 놀랐던 내 기분도 고스란히 떠올랐다. 내가 모르는 게 또 있을까? 언제까지 사람들의 욕망과 비밀에 더 놀라야 하는 것일까?

에드나는 나에게 유치하다고 말했다. 그리고 그 순간, 내가 정말 아무것도 모르는 어린애 같았다.

"비비. 바보처럼 굴지 마." 셀리아가 내 얼굴을 보더니 말했다. 그리고 그 긴 팔로 나를 끌어안았다. 취한 김에 셀리아의 품에서 가련하고 짜증 섞인 눈물을 실컷 흘리려고 했는데 옆에서 익숙하지만 거슬리는 목소리가 들렸다.

"여기 있었군." 아서 왓슨이었다. "이렇게 두 미녀를 대동하고 다닐 때는 잠시도 한눈을 팔 수가 없다니까."

나는 셀리아의 품에서 벗어나려고 했지만 아서가 이렇게 말했다.

"오, 비비안. 괜찮아, 마저 해."

아서는 우리 둘을 동시에 끌어안았다. 이제 셀리아와 나는 그의 품 안에서 옴짝달싹할 수 없었다. 우리도 키가 큰 편이었지만 아서도 운동선수처럼 몸이 탄탄했다. 우리 둘을 꼼짝 못하게 하는 것쯤은 쉬운 일이었다. 셀리아가 웃었고, 아서도 따라 웃었다.

"웃으니 좀 낫군." 아서가 내 머리카락에 입을 대고 중얼거렸다. "그렇지?"

그랬다. 정말 좀 나았다. 아니, 많이 나았다.

우선 52번가에서 코트도 없이 찬바람에 덜덜 떨고 있다가 그렇게 안기니 따뜻했다. 손과 발은 여전히 추웠다. (내 몸의 모든 피가 부서지고 찢어진 심장으로 몰려가 있어서 그랬을까.) 그래도 그렇게 있으니 몸의 일부만이라도 따뜻했다. 나는 옆으로 단단한 아서의 몸에, 정면으로 셀리아의 부드러운 가슴팍에 밀착되어 있었다. 익숙한 향이 나는 셀리아의 목에 얼굴을 묻었다. 셀리아의 움직임이 느껴졌다. 셀리아는 고개를 들어 아서와 키스를 하기 시작했다.

두 사람이 키스하고 있다는 사실을 깨닫고 빠져나와야 할 것 같아 꿈틀거렸다. 하지만 너무 따뜻해서, 두 사람의 품이 너무 좋아서 적극적으로 움직이지는 않았다.

"우리 비비가 오늘 밤 기분이 안 좋아요." 내 귓가에서 열정적인 키스를 오래 나눈 후 셀리아가 아서에게 말했다.

"누가 기분이 안 좋다고?" 아서가 되물었다. "여기 이 아가씨?"

그가 이번엔 나한테 키스를 했다. 여전히 둘을 꽉 껴안은 채.

정상이라고는 하기 힘든 행동이었다. 셀리아의 남자친구들에게 키스해본 적은 있었지만, 이렇게 바로 앞에서는 아니었다. 게다가 그는 그냥 남자친구도 아니고 내가 몹시 싫어하는 아서 왓슨이 아닌가. 심지어 내가 매우 좋아하는 여자의 남편. 하지만 내가 매우 좋아하는 그 여자는 지금 분명 내 남자친구와 섹스를 하고 있을 것이다. 그리고 안소니가 내게 사용했던 그 멋진 입 기술을 에드나한테도 선보이고 있다면…….

생각만으로도 견딜 수 없었다.

목구멍에서 울컥 눈물이 터져 올라왔다. 숨을 고르려고 키스를 멈췄는데, 바로 그 순간, 셀리아의 입술이 내 입술을 덮쳤다.

"이제야 상황을 파악하는군." 아서가 말했다.

지금껏 입을 사용한 관능의 모험을 즐겨왔다고 생각했지만, 여자와의 키스는 처음이었다. 생각해본 적도 없었다. 지금쯤이라면 삶의 변덕과 반전에 익숙해질 법도 했지만 당시 셀리아의 키스는 놀라웠다. 셀리아가 더 깊이 들어올수록 그 놀라움은 배가되었다.

셀리아의 키스는 화려했다. 거부할 수 없이 매력적이었다. 부드럽기가 이루 말할 수 없었다. 나는 입술의 무한한 가능성과 뜨거운 열기, 그 깃털 같은 포근함에 순식간에 빨려들었다. 셀리아의 부드러운 입술과 풍만한 가슴, 익숙한 꽃향기에 덧없이 무너졌다. 남자의 키스와는 비교할 수 없었다. 부드럽게 키스할 줄 안다고 생각했던 안소니도 마찬가지였다. 아무리 부드럽다 해도 셀리아의 부드러운 입술을 따라올 수는 없었다. 한 번 빠지면 헤어나올 수 없는 보드라운 모래 늪. 나는 멈추고 싶지 않았다. 감히 누구도 멈추고 싶지 않았을 것이다.

꿈결처럼 천 년쯤 지났을까. 나는 그 가로등 아래에서 셀리아의 키스를 받으며, 셀리아에게 키스하며 서 있었다. 서로 그 아름답고 비슷한 눈을 바라보며, 서로 그 아름답고 비슷한 입술에 키스하며, 셀리아 레이와 나는 비슷한 서로에게 마침내 빠져들고 마는 나르시시즘의 절정에 도달했다.

갑자기 아서가 그 무아지경을 깨트렸다.

"자, 아가씨들. 방해하긴 싫지만 여기 이렇게 서 있지 말고 내가 아는 좋은 호텔로 가지."

그는 방금 3연승을 이룬 남자처럼 웃고 있었다. 사실이 아니라고는 할 수 없었다.

그렇게 좋았던 것만은 아니었단다, 안젤라.

멋진 호텔 방의 커다란 침대에서 잘생긴 남자, 아름다운 여자와 동시에 즐거운 시간을 보내는 것에 많은 이들이 환상을 품겠지만,

논리적으로만 따져봐도 세 사람이 동시에 성적 쾌락을 즐긴다는 것은 쉬운 문제가 아니었다. 집중의 대상도 선정해야 했고, 정리해야 할 팔다리도 너무 많았다. '어머, 미안. 거기 있는 줄 몰랐어.'라고 말해야 하는 상황이 끝없이 펼쳐졌고, 딱 마음에 드는 자세를 찾으면 또 다른 팔다리가 나타나 이를 방해했다. 언제 끝내야 할지도 알 수 없었고, 나는 충분히 즐겼다고 생각했는데 상대는 아니라면 다시 업무에 복귀해야 했다.

물론 셋 중 하나가 아서 왓슨이 아니었다면 훨씬 만족스러웠을지도 몰랐다. 그는 그 섹시한 놀이에 경험도 많고 열정도 있었지만, 다른 상황에서처럼 침대에서도 전혀 정이 가지 않았고, 정이 가지 않는 이유도 똑같았다. 침대 위에서도 자기만 생각하고 자기만 바라보는 그 모습이 마음에 들지 않았다. 아서는 자기 몸을 감상하고 감탄하면서 자신의 근육질 몸매와 잘생김을 최대한 돋보이게 만드는 자세만 잡으려고 했다. 다른 사람을 배려한다고 느꼈던 순간은 단 일 초도 없었다. (셀리아 레이와 내가 침대에 함께 있는데, 오직 자기 몸만 쳐다보는 그런 바보짓도 없을 것이다!)

반대로 셀리아는 접근하기가 다소 조심스러웠다. 셀리아는 가볍게 덤빌 수 있는 사람이 아니었다. 황홀함이 화산처럼 폭발했고 나를 집어삼켜 길을 잃게 만들었다. 셀리아는 번개였다. 처음 만나는 사람 같았다. 일 년 가까이 한 침대에서 끌어안고 잤지만, 이 침대는 그 침대와 전혀 달랐고, 이 침대 위의 셀리아는 내가 알던 셀리아가 아니었다. 셀리아는 내가 한 번도 가보지 못한 나라였고, 내가 말하지 못하는 언어였다. 셀리아는 어둡고 낯설었다. 두 눈을 꼭 감고 끝없이 움직이는 그 낯선 여인에게서, 분노와 흥분이 동시에 폭발하는 악몽을 꾸는 것 같던 그 낯선 여인에게서 나는 친구의 흔적을 조금도 찾지 못했다.

그리고 흥분이 절정에 도달하던 그 뜨거운 순간 나를 덮친 것은, 지금껏 한 번도 느껴보지 못했던 지독한 외로움과 상실감이었다.

안젤라, 처음에는 호텔 방문 앞에서 물러서려고 했다. 그럴 뻔했지. 하지만 몇 달 전 내가 했던 맹세가 떠올랐다. 다시는 셀리아 레이가 연루된 그 어떤 위험한 짓에서도 혼자 빠져나오지 않겠다는 그 맹세 말이다.

셀리아가 험악한 상황에 처하면 나도 함께하겠다고 결심했었지. 그 맹세는 유치했고 (지난 몇 달 동안 상황이 크게 변해 그깟 일탈에 함께하겠다는 맹세가 사실 더는 의미도 없었기에) 혼란스럽기까지 했지만 그래도 맹세는 맹세였으니 지키기로 했다. 그래서 피하지 않았다. 그만큼 나는 진지했다. 내 철없던 의리였다고 해두자.

어쩌면 다른 이유가 있었을지도 모르겠다.

안소니가 내 팔을 뿌리치던 그 느낌이 아직도 생생했다. 이래라 저래라 하지 말라던 그의 말이, 경멸하듯 꺼지라던 그 목소리가 잊혀지지 않았다.

에드나와 아서의 결혼에 대한 셀리아의 말도 귓가에 맴돌았다. "유럽 사람들이잖아, 비비." 나처럼 순진하고 가련한 인간은 처음이라는 듯 바라보던 셀리아의 그 눈빛도 아른거렸다.

나보고 유치하다던 에드나의 목소리도 들렸다.

나는 유치하고 싶지 않았다.

그래서 물러서지 않았다. 그래서 그 침대에 누웠다. 유럽 사람처럼 되기 위해, 유치함을 던져버리기 위해 아서와 셀리아의 멋진 몸을 더듬고 탐닉했다. 나도 쓸모 있는 사람이라는 증거가 간절했기 때문이었다.

하지만 그 모든 순간에도, 아직 덜 취했고 덜 슬펐고 덜 탐욕스러웠고 덜 어리석었던 내 머릿속 한구석에서, 이 결정으로 결국 커다란 슬픔에 잠기게 될 거라는 사실만은 분명히 인식하고 있었다.

그리고 그 느낌은 정확했다.

19

스포트라이트의 끝

사건은 숨 고를 틈도 없이 곧바로 닥쳐왔다.

한바탕 놀이가 끝나고 우리는 곧 잠이 들었다. 아니면 기절했던가. 한참 후 (시간 개념을 잃었다.) 혼자 눈을 떴고 일어나 옷을 입었다. 두 사람을 호텔 방에 남겨두고 잔인했던 3월의 바람에 벌벌 떨며 열한 블록을 달려 집으로 돌아왔다.

릴리 플레이하우스 3층 문을 열고 들어갔을 때는 자정이 한참 지난 시각이었다.

그 순간, 무언가 잘못되었다는 느낌이 왔다.

우선, 모든 불이 환하게 켜져 있었다.

그리고 사람들이 모여 있었다. 전부 나를 쳐다보았다.

올리브와 페그와 빌리가 담배 연기 가득한 거실에 앉아 있었다.

내가 모르는 한 남자와 함께.

"드디어 왔군!" 올리브가 벌떡 일어나 외쳤다. "기다리고 있었다."

"상관없어." 페그가 말했다. "어차피 너무 늦었어." (상황 파악이 되지 않았지만 대수롭지 않게 여겼다. 페그는 이미 많이 취한 목소리였기 때문에 어차피 의미 없는 말일 거라고 생각했다. 그보다 올리브가 나를 기다리고 있던 이유가 궁금했고, 낯선 남자는 누구인지 불안했다.)

"안녕하세요." 내가 말했다. (달리 할 말이 없었다. 그리고 미리 말을 꺼내는 건 모든 상황에 도움이 된다.)

"급한 일이 생겼다, 비비안." 올리브가 말했다.

올리브가 침착한 걸 보니 정말 큰 일이 생긴 것 같았다. 올리브는 사소한 일들에만 히스테리를 부렸다. 올리브가 이렇게 침착하다면 그건 정말 큰일이라는 소리였다.

누군가 죽었다는 생각밖에 들지 않았다. 부모님이 돌아가셨나? 오빠? 안소니?

나는 아직 섹스의 냄새를 풍기는 후들거리는 다리로 내 세상이 무너질지도 모르는 소식을 기다렸다. 결국 세상이 무너지긴 했지만 내가 예상했던 대로는 아니었다.

"이쪽은 스탠 와인버그 씨다." 올리브가 낯선 남자를 소개했다. "페그의 오랜 친구지."

나는 예의 바른 숙녀답게 다가가 악수를 하려고 했다. 하지만 와인버그 씨는 가까이 다가오는 나를 보고 얼굴을 붉히더니 고개를 돌렸다. 불편해하는 그 모습에 나는 다가가다 그 자리에 얼어버렸다.

"스탠은 〈미러〉의 야간 편집자다." 올리브가 당황스러울 정도로 차분하게 말을 이었다. "몇 시간 전, 나쁜 소식을 들고 오셨다. 친절하게도 월터 윈첼의 내일 칼럼에 대해 미리 알려주러 오셨지."

올리브가 나를 뚫어질 듯 쳐다보았다. 마치 그 시선으로 모든 상황을 설명하겠다는 듯.

"무슨 기사요?" 내가 물었다.

"오늘 밤 너와 아서와 셀리아 사이에 일어난 일에 대해서."

"하지만……." 나는 더듬거리다가 겨우 다시 물었다. "무슨 일이 있었는데요?"

안젤라, 맹세컨대 거짓말을 할 생각은 없었다. 그 순간 나는 무슨 일이 있었는지 정말 까맣게 잊고 있었다. 갑자기 이 상황에 뚝 떨어진 듯 나 자신도, 지금 그 방에서 벌어지는 일도 전부 낯설기만 했다. 누구 이야기를 하는 거지? 아서와 비비안과 셀리아? 그 사람들이 나랑 무슨 상관이지?

"비비안, 사진이 찍혔다."

그 말에 정신이 번쩍 들었다.

허둥지둥 생각했다. 호텔 방에 파파라치가 있었다고? 그러다 곧 셀리아와 아서와 내가 52번가에서 했던 키스가 떠올랐다. 아름다운 가로등 불빛 바로 아래서. 브렌다 프레이저와 쉽렉 켈리의 사진을 찍으려고 스포트라이트 밖에서 진을 치고 있던 기자들 바로 앞에서. 재미있는 구경거리를 제공한 꼴이었다.

그제야 와인버그 씨의 무릎에 놓인 커다란 서류철이 눈에 들어왔다. 그 안에 사진이 들어 있겠지. 오, 하느님 맙소사.

"어떻게 이 일을 막을 수 있을지 고민 중이었다, 비비안." 올리브가 말했다.

"막을 수 없어." 빌리가 처음으로 입을 열었다. 말하는 모습을 보니 그 역시 취해 있었다. "에드나는 유명인사고 아서 왓슨은 그 남편이야. 아주 흥미로운 뉴스거리라고. 무슨 뉴스냐고? 한 남자가 있었지. 약간 유명한 남잔데, 진짜 스타의 남편인데, 나이트클럽 밖에서 쇼걸 같은 두 여자와 키스를 하지. 그리고 약간 유명한 그 남자가, 진짜 스타의 남편인 그 남자가 호텔 방에 아내가 아닌 여자랑 들어가지. 그것도 한 명이 아니라 두 명이랑. 굉장한 뉴스지. 이렇게 재미있는 뉴스를 어떻게 막아. 윈첼은 이런 파국 이야기를 좋아하거든. 제기랄! 파충류 같은 새끼. 꼴도 보기 싫어. 순회공연 시절부터 나는 그 새끼가 마음에 안 들었어. 공연에 부르지 말았어야 했어. 씨발, 에드나만 불쌍해졌지."

에드나. 그 이름이 뱃속 깊은 곳까지 아프게 나를 찔렀다.

"에드나도 알아요?" 내가 물었다.

"안다." 올리브가 말했다. "에드나도 알아. 스탠이 사진을 가지고 왔을 때 같이 있었다. 지금은 방으로 갔고."

토할 것 같았다.

"안소니는요?"

"안소니도 알지. 집으로 돌아갔다."

모르는 사람이 없었다. 어느 쪽에서도 내가 구원받을 방법은 없어 보였다.

올리브가 말을 이었다. "하지만 지금은 안소니와 에드나 걱정을 할 때가 아니야. 더 심각한 문제를 해결해야 하니까. 비비안, 스탠 말로는 네 신상이 밝혀질 것 같다는구나."

"신상이 밝혀진다고요?"

"그래. 기자들도 네가 누군지 알아. 나이트클럽에서 널 알아본 사람들도 있었고. 그러니까 네 이름이 윈첼의 칼럼에 등장할 거란 얘기지. 오늘 밤 내 목표는 그걸 막는 거다."

나는 절망적으로 페그를 바라보았다. 페그에게 무엇을 원했던 것일까. 어쩌면 위로와 조언이었을까. 하지만 페그는 두 눈을 감고 소파에 파묻혀 있었다. 다가가서 흔들고 싶었다. 나를 챙겨달라고, 나를 구해달라고 외치고 싶었다.

"못 막아." 페그가 한 번 더 중얼거렸다.

스탠 와인버그 역시 그렇다는 뜻으로 천천히 고개를 끄덕였다. 서류철 위에 고이 놓인 손에서 눈도 떼지 않고. 그는 슬픔에 무너지는 가족들 앞에서도 감정을 절제하며 품위를 지키는 장례식 사회자 같았다.

"아서가 한 짓에 대해서는 막을 수 없지." 올리브가 말했다. "에드나에 대해서도 당연히 떠들겠고. 스타니까. 하지만 비비안은 네 조카잖아, 페그. 비비안 이름이 이런 추문에 실리게 할 수는 없어. 기사에 꼭 필요한 것도 아니고. 불쌍한 아가씨의 삶을 파괴하는 거라고. 빌리, 그러니까 스튜디오 사람들한테 전화해서 어떻게 막을 방법이 있나 좀 알아봐."

"스튜디오가 할 수 있는 일은 없다고 벌써 열 번도 넘게 말했잖아! 이건 할리우드 가십이 아니라 뉴욕 가십이라고. 거기서 여기까지 끼칠 힘이 없어. 설사 가능하대도 그 카드를 쓸 수는 없지. 도대체 누구한테 전화를 하란 말이야? 제작자 대릴 재넉Darryl Zanuck한테 직접? 이 시간에 그를 깨워서 '어이, 대릴! 내 조카 좀 구해줄 수 있겠나?' 이렇게 말해? 나중에 내 일로 부탁할 일이 생길지도 몰라. 그래서 안 돼. 부탁할 사람이 없어. 괜히 챙기는 척하지 마, 올리브. 그냥 받아들여. 몇 주는 괴롭겠지만 다 지나갈 거야. 늘 그렇잖아. 다들 살아남는다고. 신문에 잠깐 나고 말 일이야. 왜 그렇게 신경 쓰는 건데?"

"제가 해결할게요. 약속해요." 내가 바보처럼 말했다.

"해결할 수 없어." 빌리가 말했다. "그리고 넌 입을 다물고 있는 게 좋겠다. 하룻밤 사이에 이미 사고는 충분히 쳤으니까."

"페그," 올리브가 소파로 다가가 페그를 흔들어 깨우며 말했다. "생각해봐. 어떻게든 해봐야지. 아는 사람도 많잖아."

하지만 페그는 같은 말만 반복했다. "못 막아."

나는 의자를 찾아 앉았다. 나는 몹시 나쁜 짓을 했고, 내일이면 신문에 대문짝만하게 실릴 것이고, 이를 막을 방법은 없다. 가족들도 알게 될 것이다. 오빠도 알게 될 것이다. 동네 아이들, 같이 학교에 다녔던 아이들도 전부 알게 될 것이다. 뉴욕 전체가 알게 될 것이다.

올리브가 말했듯이, 내 인생은 완전히 망했다. 내 삶은 산산이 부서질 것이다.

지금까지 아주 잘 꾸려온 삶은 아니었지만, 그렇다고 망가질 정도로 내버려둔 것도 아니었다. 지난 일 년 동안 아무리 방탕하게 놀았다고 해도, 언젠가 정신을 차리고 다시 원래대로 살 거라는 생각은 늘 하고 있었다. (월터의 말대로 '가정교육'이 효과를 발휘할 때를 기다리면서) 하지만 이 정도의 추문이라면, 신문에 내 이름까지 실리면, 다시는 원래의 삶으로 되돌아갈 수 없을 것이다.

그리고 에드나. 에드나도 이미 알고 있다. 한 번 더 구토가 올라왔다.

"에드나는 어때요?" 나는 불안하게 흔들리는 목소리로 겨우 용기를 내 물었다.

올리브가 불쌍하다는 듯한 표정으로 나를 보았지만, 대답은 하지 않았다.

"에드나가 어떨 것 같아?" 빌리가 별로 불쌍하지 않다는 표정으로 말했다. "아주 단단한 여자지만 심장은 원래 아주 쉽게 부서진다, 비비안. 큰 충격을 받았지. 어리석은 여자 한 명이 남편 얼굴을 씹어 먹었다면 그래도 마음을 다스릴 수 있었겠지만, 두 명? 그런데 그중 한 명이 바로 너? 도대체 무슨 생각을 한 거냐, 비비안? 네 생각엔 에드나가 어떨 것 같은데?"

나는 두 손으로 얼굴을 덮었다. 나 같은 건 아예 태어나지 말았어야 했다고 생각하면서.

"윌리엄, 당신은 지금 지나치게 독선적이야." 낮게 경고하는 올리브의 목소리가 들렸다. "당신 삶이나 되돌아보시지."

"망할 놈의 윈첼 같으니라고." 빌리가 올리브의 말을 무시하며 말했다. "하긴, 그 자식도 날 싫어해. 돈만 된다면 나한테 불이라도 지르려고 할걸."

"스튜디오에 전화해, 빌리." 올리브가 다시 한번 애원했다. "전화해서 어떻게든 해결해달라고 해. 무슨 일이든 할 수 있잖아."

"아무 일도 할 수 없어, 올리브." 빌리가 말했다. "이처럼 화끈한 사건이라면 더더욱. 지금은 1931년이 아니라 1941년이야. 이제 그만한 힘을 가진 사람도 없어. 윈첼이 망할 놈의 대통령보다 힘이 세다고. 당신과 내가 내년 크리스마스까지 이 일로 싸운다 해도 내 답은 변하지 않아. 내가 도울 수 있는 일은 없고, 스튜디오도 마찬가지야."

"막을 수 없어." 페그가 또 깊이 한숨을 내쉬며 반복했다.

나는 두 눈을 감고 의자에 몸을 묻었다. 알코올과 자기혐오에 취해 토할 것만 같았다.

그렇게 몇 분이 지났을까.

고개를 들어보니 올리브가 코트를 입고 모자를 쓰고 지갑을 들고 있었다. 언제 준비를 하고 온 걸까. 스탠 와인버그는 악취처럼 끔찍한 소식만 남긴 채 사라지고 없었다. 페그는 여전히 고개를 뒤로 젖히고 소파에 파묻혀 가끔 알아듣지 못할 소리를 중얼거리고 있었다.

"비비안." 올리브가 말했다. "더 단정한 옷으로 갈아입고 와. 시간이 없어, 빨리. 여기 올 때 입었던 것 같은 꽃무늬 드레스를 입어. 코트와 모자도 챙기고. 밖이 춥다. 나가서 언제 돌아올지 몰라."

"나간다고요?" 젠장, 이 끔찍한 밤이 과연 끝나기는 할까?

"스토크 클럽에 갈 거다. 월터 윈첼을 찾아서 내가 직접 이야기할 생각이다."

빌리가 웃었다. "올리브가 스토크 클럽으로 가신다니! 위대한 윈첼을 직접 알현하시겠다? 설마 농담이겠지! 스토크 클럽이 어딘지는 아나? 어디 병동이라도 찾아가는 건 아니겠지!"

올리브는 빌리의 말을 무시하고 할 말만 했다. "페그한테 더 이상 술 먹이지 마, 빌리. 제발 부탁이야. 이 난리를 잠재우려면 페그가 정신을 차리고 있어야 해."

"더 마실 수도 없어." 빌리가 몸도 가누지 못하는 페그를 향해 손을 휘저으며 말했다. "저 상태를 봐!"

"비비안, 서둘러." 올리브가 말했다. "가서 준비하고 와. 기억해. 넌 단정한 숙녀니까 숙녀답게 입어. 머리도 정리하고 화장은 지워라. 최대한 깔끔하게. 손도 비누로 깨끗이 씻어. 술 냄새가 나서 좋을 것 없다."

안젤라, 요즘 사람들이 월터 윈첼을 모른다는 게 나는 얼마나 놀라운지 모른다. 그는 한때 미국 언론계에서 가장 영향력 있는 사람이었고, 덕분에 세상에서 가장 힘 있는 사람이기도 했다. 돈 많고 유명한 사람들에 대해 글을 썼지만, 그 역시 돈 많고 유명하긴 마찬가지였다. (더 유명했고 돈도 더 많았지.) 독자들은 그를 사랑했고 먹잇감들은 그를 두려워했다. 그는 어린아이들이 모래성을 쌓으며 놀 듯 다른 사람의 명성을 마음대로 쌓아주었다가 갈가리 찢어버렸다. 루즈벨트가 윈첼 덕분에 당선되었다고 말하는 사람도 있었다. (미국이 참전해 히틀러를 물리쳐야 한다고 주장했던) 윈첼이 노골적으로 루즈벨트에게 투표하라고 독려했고 수많은 사람들이 윈첼의 말을 따랐으니까.

윈첼은 사람들의 약점을 가차 없이 까발리는 글로 오랫동안 유명했다. 할머니와 나는 그의 칼럼을 자주 함께 읽었다. 우리는 그의 단어 하나하나에 빨려들었다. 그는 사람들에 대해 모르는 게 없었고 그의 촉수가 뻗지 않는 곳이 없었다.

1941년, 스토크 클럽은 윈첼의 사무실이나 마찬가지였다. 온 세상이 이를 알고 있었다. 나도 그가 거기 있는 걸 수십 번도 넘게 봤다. 아무도 앉지 못하는 50번 테이블에 윈첼은 왕처럼 앉아 있었다. 매일 밤 열한 시에서 새벽 다섯 시 사이에 가면 그를 볼 수 있었다. 그가 온갖 더러운 일을 하는 곳도 바로 거기였다. 그곳이 바로 수십 개 제국에서 소식이 몰려드는 쿠빌라이 칸의 왕좌, 부탁이 들어오고 소문이 당도하는 곳, 탐욕스러운 그의 칼럼을 위한 먹잇감이 차려지는 곳이었다.

윈첼은 예쁜 쇼걸들과 함께 있기를 좋아했고 (아닌 사람이 있을까) 그래서 셀리아가 그의 테이블에 몇 번 앉기도 했다. 윈첼은 셀리아를 알고 있었고 가끔 함께 춤도 추었다. (빌리가 뭐라고 흉을 봤든, 윈첼은 춤을 잘 췄다.) 하지만 나는 수많은 밤 스토크 클럽에서 놀았으면서도 감히 윈첼의 테이블에 앉아볼 용기는 없었다. 나는 쇼걸도, 배우도, 돈 많은 상속녀도 아니었으니 그의 관심 대상이 아니었다. 윈첼은 무서워해야 할 이유가 전혀 없는데도 괜히 무서운 사람이었다.

하지만 지금은 그를 무서워해야 할 이유가 생겨버렸다.

올리브와 나는 택시에서 아무 말도 하지 않았다. 나는 두렵고 부끄러워서 아무 말도 할 수 없었고, 올리브 역시 가벼운 대화를 주고받는 스타일은 아니었으니까. 나에 대한 올리브의 태도가 딱히 나빠진 건 아니었다. 기숙사 사감처럼 혼낼 수도 있었지만, 올리브는 비즈니스적이었다. 눈앞에 닥친 일을 해결하는 데 집중하고 있었다. 내가 제정신이었다면, 페그도, 빌리도 아닌 올리브가 내 문제를 해결하기 위해 나섰다는 사실에 놀라고 감동받았을 것이다. 하지만 나는 그 은혜를 깨닫기엔 지나치게 당황한 상태였다. 내 인생은 끝났다는 생각뿐이었다.

올리브는 택시에서 내리면서 이렇게 말했다. "윈첼 앞에서 입도 벙긋하지 마. 한마디도 하지 말고 조용히 서 있어. 그냥 그렇게 있으면 돼. 가자."

스토크 클럽 입구에 도착하자 문지기 두 명이 우리를 막았다. 제임스와 닉, 내가 아주 잘 아는 친구들이었다. 그들도 나를 알았지만, 그때는 나를 알아보지 못했다. 나는 늘 셀리아와 함께 노는 친구였는데 그날 밤은 전혀 그런 모습이 아니었으니까. 우선 춤추러 올 만한 복장이 아니었다. 드레스나 모피를 걸치고 있지도 않았고, 셀리아에게 빌린 보석도 없었다. 올리브가 시킨 대로, 오래전 뉴욕으로 오는 기차에서 입었던 참한 드레스를 입고 있었다. 단정한 재킷에 화장도 하지 않은 얼굴이었다. 열다섯 살쯤으로 보였을 것이다.

게다가 그날 밤은 동행도 달랐다. 아름다운 쇼걸 셀리아 레이와 팔짱을 끼고 나타나는 대신 금속 테두리 안경에 낡은 갈색 코트를 입은 뚱한 표정의 올리브 톰슨과 함께였다. 올리브는 학교 도서관 사서처럼 보였다. 아니, 도서관 사서의 엄마처럼도 보였다. 스토크 클럽의 분위기를 고양시킬 손님은 아닌 것처럼 보였기에 제임스와 닉은 두 손을 들어 당당히 들어가려는 올리브를 막아 세웠다.

"윈첼 씨를 보러 왔어요." 올리브가 씩씩하게 말했다. "급한 일이에요."

"죄송하지만 클럽이 꽉 차서요. 오늘은 더 이상 손님을 받을 수 없습니다."

물론 거짓말이었다. 셀리아와 내가 화려하게 차려입고 나타났다면 저 문은 아마 경첩이 빠져버릴 만큼 재빨리 열리고도 남았을 것이다.

"셔먼 빌링슬리Sherman Billingsley 씨가 오늘 밤에 계신가요?" 올리브가 물러서지 않고 물었다.

제임스와 닉이 눈빛을 교환했다. 이 여자가 클럽 주인 셔먼 빌링슬리를 어떻게 알지?

두 사람이 주저하는 틈을 타 올리브가 치고 나갔다.

"빌링슬리 씨에게 릴리 플레이하우스의 매니저가 윈첼 씨하고 이야기할 게 있어서 왔다고 전해주세요. 아주 급한 일이라고도 전해주시고. 그의 좋은 친구 페그 뷰엘 대신 왔다고 전하세요. 시간이 없어요. 이 사진에 관한 일입니다."

올리브는 평범한 격자무늬 손가방에서 내 삶을 파멸시킬 그 서류철을 꺼내 두 사람에게 건넸다. 대담한 전술이었다. 상황이 절박하면 수단도 절박해진다. 닉이 서류철을 받아 사진을 꺼내 보더니 낮게 휘파람을 불었다. 그리고 나와 사진을 번갈아 바라보았다. 마침내 나를 알아보고 표정이 변했다.

그리고 나를 향해 눈썹을 치켜올리고 느끼하게 웃으며 말했다.

"오랜만이야, 비비안. 이제 이유를 알겠네. 그동안 많이 바빴나봐?"

부끄러워서 얼굴이 화끈거렸다. 동시에 알 수 있었다. '이건 시작일 뿐이구나.'

"내 조카에게 말을 가려 했으면 좋겠군요." 올리브가 은행 금고에 구멍이라도 뚫을 듯한 강철 같은 목소리로 말했다. 주변을 얼려버릴 정도로 차가운 목소리였다.

내 조카라고? 언제부터 올리브가 나를 조카라고 불렀지?

닉이 겁에 질려 사과했다. 하지만 올리브의 말은 아직 끝나지 않았다.

"이봐, 젊은 친구. 우리를 빌링슬리한테 데려가던가, 아니면 곧장 윈첼의 테이블로 데려가던가. 둘 중 하나를 선택할 때까지 난 여기서 떠날 생각이 없어. 빌링슬리 씨가 가족 같은 사람들한테 자네가 보인 건방진 태도를 좋아하진 않겠지? 내 생각엔 윈첼의 테이블로 바로 안내하는 게 좋겠어. 어쨌든 오늘 밤 목적지는 거기니까. 어떻게든 가게 될 걸 그 과정에서 내 앞을 가로막은 누군가가 일자리를 잃게 되면 안타깝지."

별것 없어 보이는 중년 여인의 근엄한 목소리에 젊은 남자들이 겁을 먹는 모습은 볼수록 신기하다. 얼마나 꼼짝을 못하는지 모른다. (엄마 같거나, 수녀님 같거나, 아니면 주일학교 선생님 같아서일까. 어렸을 때부터 혼나고 맞았던 트라우마가 쉽게 사라지지 않겠지.)

제임스와 닉은 눈빛을 교환했고, 올리브를 한 번 더 바라보았다. 그리고 한마음으로 결정했다. '이 여자가 원하는 대로 해줘.'

우리는 곧장 윈첼의 테이블로 안내되었다.

올리브는 위대한 윈첼 앞에 앉으며 내게 뒤에 서 있으라고 손짓을 했다. 자신의 체구로 세상에서 가장 위험한 펜으로부터 나를 보호하겠다는 듯. 아니면 혹시 내가 입을 열어 자신의 전략을 망칠까 봐 일부러 떨어뜨려놓은 것인지도 몰랐다.

올리브는 윈첼의 재떨이를 옆으로 치우고 그 자리에 서류철을 놓았다. "이것에 대해 의논하고 싶어서 왔습니다."

윈첼은 서류철에서 사진을 꺼내 테이블 위에 펼쳤다. 그제야 나도 사진을 볼 수 있었다. 멀어서 잘 보이지 않았지만 분명 내 사진이었다. 뒤엉켜 있는 한 남자와 두 여자. 무슨 일이 벌어지고 있는지 딱 보면 알 수 있었다.

윈첼이 어깨를 으쓱하며 대꾸했다. "이미 봤소. 이미 샀고. 어쩔 수 없소."

"압니다." 올리브가 말했다. "내일 오후 신문에 실릴 거라는 것도 압니다."

"가만있자. 그런데, 누구요?"

"릴리 플레이하우스의 매니저 올리브 톰슨입니다."

그는 재빨리 머리를 굴리더니 생각이 났는지 이렇게 말했다. "〈시티 오브 걸스〉를 공연하는 그 쓰레기 같은 극장." 그리고 아직 타고 있는 담배로 새 담배에 불을 붙였다.

"맞습니다." 올리브가 말했다. (쓰레기 같은 극장이라는 말에는 이의를 제기하지 않았다. 하긴 누가 그 말에 딴지를 걸 수 있겠는가.)

"공연은 좋았소." 윈첼이 말했다. "좋다는 기사도 썼고."

그는 그에 대한 감사를 기대하는 듯 보였지만 올리브는 마음에도 없는 감사 같은 건 하지 않을 사람이었다. 심지어 윈첼에게 뭔가를 간청하러 온 이런 상황에서도 말이다.

"등 뒤에 숨어 있는 꼬마는 누구?" 윈첼이 물었다.

"조카입니다."

조카 전략, 그것이 우리의 전략이었다.

"잠잘 시간은 지난 것 같은데, 아닌가?" 윈첼이 나를 훑어보며 말했다.

윈첼 앞에 그렇게 가까이 서 있는 건 처음이었고, 역시 전혀 유쾌하지 않은 경험이었다. 그는 사십 대 중반에 키가 크고 호전적으로 생겼으며, 아기처럼 부드러운 분홍 피부에 턱을 자꾸 씰룩거렸다. (칼날처럼 다린) 감청색 정장에 하늘색 옥스퍼드 셔츠, 갈색 구두, 말숙한 회색 펠트 페도라를 쓰고 있었다. 돈도, 권력도 있어 보였다. 손은 계속 꼼지락거렸지만 나를 보는 두 눈은 당황스러울 정도로 차분했다. 먹이를 앞에 둔 포식자의 눈빛이었다. 나를 갈기갈기 찢어버릴 포식자만 아니었다면 잘생겼다고도 할 수 있는 얼굴이었다.

하지만 그는 금방 나에게서 눈길을 거뒀다. 내가 그렇게 흥미로운 대상은 아니었던 거다. 재빨리 나를 살피고 이렇게 분석했겠지. 젊은 여자, 모르는 사람, 중요하지 않음, 그러니 신경 쓸 필요 없음.

올리브는 사진 하나를 가리키며 말했다. "이 사진 속 신사는 우리 공연 스타의 남편입니다."

"그 남자가 누구인지는 나도 알지. 아서 왓슨. 능력 없는 배우, 쓸데없는 바보. 이 사진으로만 보자면 연기를 하는 것보다 여자들 꽁무니나 쫓아다니는 게 더 낫겠지만. 집사람이 이 사진을 보는 날에는 먼지 나도록 두들겨 맞겠지."

"이미 봤습니다." 올리브가 말했다.

윈첼은 짜증을 숨기지 않았다. "당신이 이 사진을 어떻게 손에 넣었는지 알고 싶군. 이건 내 거란 말이요. 그런데 당신이 왜 이 사진을 들고 있지? 여기저기 보여주면서 관람료라도 받고 다니나?"

올리브는 질문에 답하지 않고 단호한 눈빛으로 윈첼을 바라보고만 있었다.

웨이터가 다가와 혹시 음료가 필요한지 물었다.

"괜찮습니다." 올리브가 말했다. "술은 안 마십니다." (나한테 나는 술 냄새 때문에라도 거짓말인 줄 알았을 것이다.)

"기사를 쓰지 말라고 부탁할 생각이라면 포기하는 게 좋을 거요." 윈첼이 말했다. "이건 뉴스고 나는 기자니까. 진실이거나 흥미롭다면 기사를 쓸 수밖에 없지. 그리고 이건 진실이고 동시에 흥미롭거든. 에드나 파커 왓슨 남편이 행실 나쁜 여자 둘과 이렇게 놀아나고 있는데, 나보고 어쩌라고? 유명 인사가 길 한복판에서 쇼걸들과 신나게 놀고 있는데, 내 발등이나 쳐다보면서 잠자코 있으라고? 다들 알다시피 결혼한 커플에 관한 기사는 나도 안 좋아하지만, 이렇게 대놓고 경솔하게 행동하는데, 이 정도면 나도 어쩔 수 없지. 그런데도 모른 척하는 건 내 입장에서도 예의가 아니지 않겠소?"

올리브는 꿈쩍도 하지 않고 그를 쳐다보며 말했다. "품위를 지켜 달라 부탁드리는 겁니다."

"진짜 성가신 아줌마네. 무서운 것도 없고. 안 그렇소? 이제 보니 빌리와 페그 뷰엘 밑에서 일하고 있겠군."

"맞습니다."

"당신네 그 싸구려 극장이 아직도 살아 있는 건 기적이오. 그 세월 동안 어떻게 관객들을 모았지? 오라고 돈을 주나? 뇌물이라도 써?"

"오게 만듭니다." 올리브가 대답했다. "멋진 공연을 제작해 오게 만들죠. 관객들은 티켓으로 우리 공연에 보답하고."

윈첼이 테이블에 손가락을 두드리며 고개를 뒤로 젖히고 웃음을 터트렸다. "마음에 드는 아줌마야. 그 거만하고 비열한 빌리 뷰엘 밑에서 일한다는데도 마음에 들어. 배짱이 있어. 내 비서를 해도 잘하겠는데."

"이미 훌륭한 비서는 있으시잖아요. 로즈 빅맨 양은 제 친구이기도 합니다. 당신이 날 고용하면 빅맨 양이 좋아하지 않을 거예요."

윈첼이 다시 웃었다. "제법 사람들을 좀 아는군!" 그리고 눈가까지 올라가지도 않았던 웃음을 갑자기 거두고 말했다. "이봐. 내가 해줄 수 있는 일은 없어. 당신 스타가 마음은 아프겠지만 기사는 예정대로 쓴다고."

"기사를 쓰지 말아달라고 부탁하는 게 아닙니다."

"그럼 원하는 게 뭐요? 일자리도 제안했고, 술도 한 잔 권했고."

"이 꼬마의 이름이 신문에 실리지 않는 게 중요합니다." 올리브가 사진 하나를 다시 가리키며 말했다. 바로 나였다. (몇 백 년 같은) 몇 시간 전에 찍힌 그 사진 속에 황홀한 표정으로 고개를 뒤로 젖힌 내가 있었다.

"왜 이 꼬마 이름을 실으면 안 되지?"

"죄 없는 소녀니까요."

"하지만 이 사진을 보면 죄가 없다고 하긴 힘들 것 같은데?" 그가 다시 차갑게 웃으며 말했다.

"이 불쌍한 소녀의 이름을 넣는다고 기사가 더 훌륭해지는 건 아니지 않습니까." 올리브가 말했다. "이 일에 연루된 다른 사람들은 배우고 쇼걸이니 공인이라 할 수 있어요. 이름도 알려졌고요. 대중에게 노출될 위험을 감수하고 쇼 비즈니스 세계에 발 들인 사람들입니다. 기사로 당연히 상처를 받겠지만 결국 살아남을 겁니다. 인기를 누리려면 그 정도 위험은 감수해야죠. 하지만 여기 이 소녀는,"

올리브는 무아지경에 빠진 사진 속 내 얼굴을 두드리며 말을 이었다. "그저 대학생일 뿐입니다. 훌륭한 가문 출신이에요. 이로 인해 위신이 크게 꺾일 겁니다. 기사에 이름을 싣는 건 이 소녀의 미래를 망치는 일이에요."

"잠깐, 이 여자가 이 꼬마?" 윈첼이 나를 가리키며 물었다. 나를 가리키는 그 손가락에 내 목숨이 위태롭게 달려 있었다.

"맞습니다." 올리브가 말했다. "제 조카입니다. 바사 여자 대학교에 다닙니다." (물론 바사에 다닌 적이 있었다는 뜻이었겠지. 비록 제대로 공부는 안 했지만, 사실은 사실이니 아무도 뭐라 할 수는 없을 것이다.)

윈첼은 여전히 나를 노려보고 있었다. "그럼 학교는 어쩌고 왜 여기 있지, 꼬마 아가씨?"

바로 그 순간, 차라리 학교에 있고 싶었다. 두 다리는 꺾이고 폐는 폭발할 것 같았다. 입을 다물고 있어야 해서 얼마나 다행이었는지 몰랐다. 나는 훌륭한 학교에서 문학을 공부하는 조신한 숙녀처럼 보이기 위해 최선을 다했다. 취하지 않은 사람처럼 보이려고도 최선을 다했다. 하지만 그 점에 대해서는 실패한 것 같았다.

"뉴욕에 잠깐 방문한 것뿐입니다." 올리브가 말했다. "작은 도시의 혈통 있는 가문 출신이에요. 최근에 질 나쁜 친구들을 만나게 되었죠. 요조숙녀들에게 언제든 일어날 수 있는 일 아닙니까? 한순간의 실수일 뿐입니다."

"그래서 이 일로 공순이가 되게 만들 수는 없다?"

"그렇습니다. 그 점을 고려해주십사 부탁드리는 겁니다. 기사는 쓰실 테고 사진도 실으시겠지요. 하지만 이 죄 없는 소녀의 이름만 빼주시라는 겁니다."

윈첼은 다시 한번 사진들을 휘리릭 넘겨보더니 셀리아와 얼굴을 맞대고 열렬히 키스하면서 아서의 목에 뱀처럼 팔을 휘감고 있는 나를 가리키며 말했다.

"순수하기 짝이 없는 모습이군."

"꾐에 빠진 겁니다." 올리브가 말했다. "실수였어요. 누구한테나 일어날 수 있는 일입니다."

"내가 순수한 사람들의 실수에 대해 기사를 쓰지 않으면 내 아내와 딸에게 어떻게 모피 코트를 사주겠소?"

"따님의 이름을 좋아해요." 바로 그 순간 내가 아무 생각 없이 불쑥 내뱉었다.

내 목소리에 나조차 화들짝 놀랐다. 절대 입도 벙긋하지 않을 생각이었는데 나도 모르게 말이 나와버렸다. 내 목소리에 윈첼과 올리브 역시 깜짝 놀랐다. 올리브는 고개를 홱 돌리더니 적의에 불타는 눈으로 나를 노려보았고, 윈첼은 기가 막히다는 듯 소파에 몸을 파묻으며 내게 물었다.

"무슨 말이지?"

"비비안, 입을 다물고 있는 게 좋겠다. 네가 끼어들 일이 아니야." 올리브가 말했다.

"시끄럽고." 윈첼이 올리브에게 말했다. "뭐라고 했지, 아가씨?"

"따님의 왈다라는 이름을 좋아한다고요." 내가 그의 눈길을 피하지 못하고 다시 말했다.

"우리 왈다에 대해 네가 뭘 알지?" 그가 깐깐하게 물었다.

내가 제정신이었거나 재미있는 이야기를 꾸며낼 수 있는 상태였다면 아마 다른 대답을 했을지도 모른다. 하지만 그토록 끔찍한 상황에서는 오직 사실밖에 말할 수 없었다.

"왈다라는 이름을 쭉 좋아했어요. 저희 오빠 이름은 선생님 이름처럼 월터이고요. 할머니의 아버지 성함도 월터였습니다. 할머니가 오빠 이름도 지어주셨고요. 할머니는 그 이름이 대대로 이어지길 원하셨어요. 할머니는 월터라는 이름이 좋아서 오래전부터 선생님의 라디오 방송을 듣기 시작하셨어요. 선생님 칼럼도 전부 읽으셨고요. 저도 〈그래픽〉에 실린 칼럼들을 할머니와 함께 읽었습니다. 월터는 할머니가 가장 좋아하셨던 이름이에요. 그래서 자제분들 성함을 월터와 왈다라고 지으셨을 때도 얼마나 기뻐하셨는지 몰라요. 제 이름이 비비안인 것도 왈다의 W를 반으로 자르면 비비안의 V이고, 월터와도 어울린다고 할머니가 부모님을 설득하셨기 때문이에요. 하지만 선생님께서 따님 이름을 왈다라고 지은 후에 할머니는 제 이름도 왈다였으면 좋겠다고 종종 말씀하셨어요. 독창적이면서도 뜻이 좋은 이름이라면서요. 선생님의 '럭키 스트라이크 댄스 아우어'를 늘 들었어요. 할머니는 정말 선생님 이름을 좋아하셨어요. 저도 제 이름이 왈다였으면 좋겠고요. 그러면 할머니가 더 기뻐하셨을 테니까요."

마침내 기운이 다 빠졌고 횡설수설하던 말도 더 이상 나오지 않았다. 도대체 내가 무슨 말을 지껄인 거지?

"누가 이 맹랑한 아가씨를 초대한 거야?" 윈첼이 나를 가리키며 웃었다.

"신경 쓰실 필요 없습니다." 올리브가 말했다. "긴장해서 그래요."

"그쪽한테 신경 쓰고 싶지 않고." 윈첼은 그렇게 올리브의 입을 막고 다시 차가운 눈빛으로 나를 보며 물었다. "어디서 본 것 같은 꼬맹인데. 이 방에 와본 적 있지? 셀리아 레이랑 같이 다니지 않았나?"

나는 다 끝났다는 생각으로 고개를 끄덕였다. 올리브의 어깨가 축 처지는 게 느껴졌다.

"그래, 그런 것 같았어. 오늘 밤은 아가방 공주님처럼 단정하고 예쁘게 차려입고 왔는데, 내가 기억하는 건 그런 모습이 아니었지. 여기서 온갖 추잡한 짓거리를 하는 걸 다 봤거든. 그래서 이 상황이 아주 가소롭군. 그랬던 네가 조신한 숙녀라고 나를 설득하려 하다니. 어이, 두 사람 모두 잘 들어. 내가 그따위 말에 속을 것 같아? 당신들이 무슨 짓을 하려는지 다 알아. 나를 움직여 보시겠다? 그런데 어쩌나? 나는 그렇게 움직이는 걸 끔찍하게 싫어하는 사람이거든."

그리고 윈첼은 올리브를 향해 말했다. "한 가지 이해가 안 되는 건, 왜 당신이 이 꼬마를 구하려고 애를 쓰냐는 거야. 이 클럽의 모든 사람이 저 아이가 문란하게 놀았다는 걸 증언할 수 있을 텐데. 그리고 저 아이가 당신 조카가 아니라는 것쯤은 나도 알겠고. 젠장, 심지어 같은 나라도 아니잖아. 말투도 다른 주제에."

"제 조카 맞습니다." 올리브가 주장했다.

"어이, 꼬맹이. 이 사람 조카가 맞아?" 윈첼이 내게 직접 물었다.

나는 너무 무서워 거짓말을 할 수 없었고, 그렇다고 너무 무서워 사실대로 말할 수도 없었다. 내 해결책은 울음이었다. "죄송해요!" 그렇게 말하고 울음을 터트렸다.

"젠장! 골치 아프게 되었군." 윈첼이 말했다. 그러더니 내게 손수건을 건네며 말했다. "여기 앉아. 날 나쁜 놈으로 만들지 말고. 내 옆에서 울어도 되는 여자들은 내가 방금 심장을 부서뜨린 쇼걸들과 스타 지망생들뿐이라고."

그는 담배 두 대에 불을 붙여 내게 하나를 권했다. 그리고 비꼬듯 웃으며 말했다. "하룻밤 사이에 끊지는 않았겠지?"

나는 두 손으로 담배를 받아 부들부들 떨며 연거푸 빨아들였다.

"몇 살이지?"

"스무 살입니다."

"세상 물정 모를 나이는 아니군. 하긴, 그 나이에 세상 물정 아는 놈이 드물긴 하지. 이봐, 잘 들어. 〈그래픽〉에서 내 칼럼을 읽었다고? 그러기엔 너무 어리지 않았나?"

내가 고개를 끄덕이며 대답했다. "할머니가 가장 좋아하셨으니까요. 어렸을 때 할머니가 읽어주셨어요."

"나를 가장 좋아하셨다고? 내 어떤 점을 좋아하셨는데? 그러니까 내 멋진 이름 말고. 이름에 대해서라면 장황한 독백은 이미 충분히 들었으니까."

이건 전혀 어려운 질문이 아니었다. 나는 할머니의 취향을 아주 잘 알았다. "할머니는 선생님이 쓰시는 단어들을 좋아하셨어요. 결혼한 사람들을 '들러붙은 사람들'이라고 하셨던 그런 것들이요. 선생님이 거는 싸움도 좋아하셨어요. 공연 리뷰도 좋아하셨고요. 대부분 그러지 않지만, 선생님은 진짜로 공연을 보고 칼럼을 쓴다고 하셨어요."

"진짜로 그런 말씀을 다 하셨다고? 할머니가? 좋은 분이시구나. 그 비범하신 여인은 지금 어디 계시니?"

"돌아가셨어요." 내가 말했다. 그러다 또 울 뻔했다.

"유감이구나. 충실한 독자를 잃는 건 언제나 슬픈 일이지. 내 이름을 따라 지었다는 네 오빠는 어떠냐? 월터 말이야. 월터는 어떤 사람이지?"

우리 가족이 '자기' 이름을 따 오빠 이름을 지었다고 단정 지은 근거는 모르겠지만, 그렇다고 그 말에 반박할 생각은 없었다.

"오빠 월터는 해군에 입대했습니다. 장교 훈련을 받고 있어요."

"자원 입대였나?"

"네. 프린스턴을 그만두고요."

"지금 우리에게 필요한 일이지." 윈첼이 말했다. "그런 청년들이 더 필요해. 누가 말하기 전에 히틀러와 싸우려고 알아서 지원하는 용기 있는 청년들이 말이야. 오빠가 잘생겼나?"

"네, 그렇습니다."

"당연히 그렇겠지. 월터라는 이름에 걸맞게."

웨이터가 다가와 필요한 게 있는지 물었고 나는 하마터면 습관처럼 진 피즈 더블을 시킬 뻔했다. 다행히 가까스로 정신을 차렸다. 웨이터의 이름은 루이였고 나와 키스한 적이 있었다. 루이 역시 나를 알아보지 못했다.

"이봐, 두 사람." 윈첼이 말했다. "그만 일어나 줘야겠어. 테이블이 영 싸구려처럼 보이잖아. 그 꼴로 어떻게 여기까지 올 수 있었는지는 모르겠지만."

"내일 신문에 비비안의 이름을 넣지 않겠다고 확인해주시면 바로 일어날 생각입니다." 상대를 항상 조금 더 밀어붙여 압박하는 데 일가견이 있는 올리브가 말했다.

"이봐. 당신은 스토크 클럽 50번 테이블로 찾아와 뭐가 필요한지 말할 자격이 없어." 윈첼이 쏘아붙였다. "나는 아무것도 빚진 게 없다고. 내가 확인해줄 수 있는 건 그것뿐이야."

그리고 나를 보며 말했다.

"지금부터는 얌전히 지내는 게 좋을 거다. 하지만 그럴 수 없겠지. 하나를 보면 열을 알거든. 그런 짓을 하다 걸린 걸 보면 다른 짓도 많이 했을 거야. 지금까지는 운이 좋아 안 걸렸던 것뿐이고. 그 운은 오늘 밤 끝났다. 남의 놈팽이 남편이나 핫한 레즈비언과 놀아나는 건 훌륭한 가문 출신 숙녀가 할 일이 아니지. 내가 사람을 좀 보는데, 넌 아마 멍청한 짓을 좀 더 할 것 같다. 그러니 내가 해줄 말은 이것뿐이야. 너 같은 꼬마가 셀리아 레이 같은 위험한 상대를 찾아다닐 거라면, 스스로를 지키는 법 정도는 배워야지. 이 늙은 할망구는 골치가 아프긴 하지만 널 도우려는 용기는 가상했다. 왜 널 돕는지, 네가 뭐가 잘났다고 그런 대접을 받는지는 모르겠지만 말이야.

하지만 꼬맹이. 지금부터 네 싸움은 직접 하란 말이다. 자, 두 사람 모두 당장 여기서 나가. 내 밤을 더 망치지 말고. 중요한 사람들을 다 쫓아내고 있잖아, 지금!"

20

조각난 심장

다음 날, 나는 최대한 방 안에 숨어 있었다. 셀리아가 집에 오면 빨리 이 문제에 대해 이야기하고 싶었지만 셀리아는 오지 않았다. 불안해서 밤새 한숨도 자지 못했다. 머릿속에서 초인종 수천 개가 동시에 울리고 있는 느낌이었다. 사람들을 마주칠까봐, 특히 에드나를 마주칠까봐 겁이 나서 아침이나 점심을 먹으러 나갈 수도 없었다.

오후에 몰래 극장을 빠져나와 윈첼의 칼럼이 실린 신문을 샀다. 나쁜 소식을 날려버리려는 듯 세차게 부는 3월의 바람을 맞으며 그 자리에서 신문을 펼쳤다.

아서와 셀리아와 내가 끌어안고 있는 사진이 있었다. 희미하게 나인 것 같긴 했지만 그게 나라고 장담할 방법은 없었다. (어두운 곳에서 갈색 머리들은 전부 똑같아 보인다.) 하지만 아서와 셀리아의 얼굴은 대낮처럼 훤히 드러나 있었다. 중요한 사람들이었으니까.

나는 숨을 크게 들이마시고 칼럼을 읽었다.

> 에드나 파커 왓슨의 남편, 그의 비신사적이고 부적절한 행동을 보자. 탐욕스러운 영국인이여, 한 명으로 충분히 따뜻하지 않다면 두 명의 미국 쇼걸은 어떠신가? (…) 그렇다. 우리는 아서 왓슨이 스포트라이트 바깥에서 〈시티 오브 걸스〉에 함께 출연했던 셀리아 레이, 그리고 잘 빠진 다른 레즈비언 한 명과 뜨거운 밤을 보내고 있는 순간을 포착했다. (…) 조국의 동포들은 히틀러와 싸우면서 목숨을 잃어가고 있을 때 미국에서 시간을 보내기 얼마나 좋은 방법인가. (…) 어젯밤 길거리에서 벌어진 한바탕 소란이었다! (…) 그 어리석은 세 사람의 큐피드가 카메라 앞에서 즐거운 시간을 보냈길 바라자. 뇌가 있다면 짐작하겠지만, 조만간 누군가 이혼 재판소에서 아주 괴로운 시간을 보내게 될지도 모르니까. (…) 아서 왓슨은 지난밤 부인에게 엉덩이 세례를 받고도 남았겠지. (…) 왓슨 부부에게 끔찍한 하루였을 것이다! 침대에나 있을 것이지! (…) 전부 한 치의 거짓 없는 사실이다!
>
> _월터 윈첼, 1941년 3월 25일, 〈뉴욕 데일리 미러〉 석간

'잘 빠진 다른 레즈비언'.

하지만 이름은 없었다.

올리브가 나를 구했다.

그날 저녁 여섯 시쯤, 누가 방문을 두드렸다. 창백하고 무서운 표정의 페그였다. 페그는 옷가지가 널려 있는 침대에 걸터앉으며 말했다.

"제기랄." 진심이 가득 담긴 말 같았다.

우리는 한동안 말없이 앉아 있었다. 마침내 페그가 입을 열었다.

"우리 꼬맹이가 일을 제대로 망쳐놨어."

"죄송해요."

"죄송하단 말은 됐고. 너한테 어른 노릇 할 생각은 없어. 하지만 골치가 아프게 된 건 사실이야. 온갖 일들이 잡다하게 골치가 아프게 생겼어. 새벽부터 올리브하고 이걸 어떻게 해결할지 머리를 쓰고 있다."

"정말 죄송해요." 내가 다시 한번 말했다.

"됐다니까 그러네. 사과해야 할 사람은 따로 있으니까 괜히 나한테 낭비하지 마. 우선 너한테 할 말을 하마. 셀리아는 해고했다."

해고! 릴리에서 해고당했다는 사람은 한 번도 본 적이 없는데!

"그럼 어디로 가요?" 내가 물었다.

"다른 데로 가겠지. 여기서 더 데리고 있을 수는 없어. 오늘 공연할 시간에 들러서 짐을 챙겨가라고 했다. 셀리아가 짐을 챙길 때 넌 이 방에 있지 마. 상황이 더 복잡해지지 않게."

셀리아가 떠나는데 작별 인사도 할 수 없다니! 셀리아는 어디로 갈까? 돈 한 푼 없을 텐데! 있을 곳도 없고, 가족도 없는데! 셀리아의 인생은 이대로 끝나는 건가?

"나도 어쩔 수 없었다." 페그가 말했다. "에드나와 같은 무대에 세울 수는 없잖니. 이런 상황에서 셀리아를 해고하지 않으면 다른 배우들 반감도 심할 거야. 다들 화가 많이 났어. 그런 위험을 감수할 수는 없지. 셀리아 역은 글래디스가 하기로 했다. 셀리아만큼은 아니겠지만 그래도 잘할 거야. 아서도 빼버리고 싶지만 그건 에드나가 용납하지 않을 거고. 쫓아내든 말든 에드나가 알아서 하겠지. 나쁜 놈이지만 그래도 사랑한다는데 어쩌겠어."

"에드나가 오늘 공연을 해요?" 내가 놀라서 물었다.

"당연하지. 왜 안 하겠니? 잘못한 사람은 에드나가 아닌데."

나는 놀랐다. 에드나가 공연을 한다니 정말 충격이었다. 나는 에드나가 숨을지도 모른다고 생각했다. 어느 휴양지로 날아가버리거나, 적어도 문을 잠그고 울지도 모른다고 생각했다. 어쩌면 공연 자체가 취소될지도 모른다고 생각했다.

"즐겁게 공연할 기분은 아니겠지." 페그가 말했다. "윈첼의 글을 읽지 않은 사람이 없을 테니까. 다들 수군거릴 거야. 관객들은 눈에 불을 켜고 실수나 찾아대겠지. 하지만 에드나는 노련한 배우니까 잘 해낼 거야. 빨리 끝내버리는 게 더 낫다는 심정이겠지. 공연을 취소할 수도 없고. 강해서 다행이야. 에드나가 이만큼 강하지 않았다면, 그만큼 좋은 친구가 아니었다면 공연을 포기했겠지. 그럼 우린 어떻게 될까? 다행히 에드나는 이겨내는 법을 알아. 반드시 이겨낼 거야."

페그는 담배에 불을 붙이고 말을 이었다. "오늘 네 남자친구 안소니하고도 이야기했다. 공연을 그만두고 싶어 했어. 이제 재미가 없대. 우리가 자기를 괴롭히고 있다나 뭐라나. 특히 네가 자기를 괴롭히고 있대. 어떻게든 공연은 계속하게 만들었어. 돈도 더 주고, 네가 더 귀찮게 하지 않는 조건으로. 네가 더러운 짓을 했으니까 이제 끝났대. 네 잔소리도 듣고 싶지 않고. 그대로 전하는 거야, 비비. 무슨 말인지 알겠지? 오늘 밤 공연을 잘하려나 모르겠지만 금방 알게 되겠지. 올리브가 오늘 아침 안소니하고 오래 이야기하면서 겨우 공연할 수 있는 상태로 만들어놨어. 그러니 안소니 눈에 띄지 마. 지금부터 아예 없는 사람이라고 생각해."

토할 것 같았다. 셀리아는 사라졌고, 안소니는 나와 이야기도 하기 싫어한다. 그리고 나 때문에 에드나는 눈에 불을 켜고 자기가 실수하길 기다리는 관객들 앞에 서야 한다.

페그가 말했다. "빙빙 돌리지 않고 물을게, 비비. 아서하고는 언제부터 그런 거야?"

"아니에요. 어젯밤이 처음이었어요. 딱 한 번뿐이었어요."

페그가 내 얼굴을 살폈다. 내 말이 사실인지 거짓인지 확인하려는 듯. 마침내 무심히 어깨를 들썩였다. 믿을 수도 있고 믿지 않을 수도 있다. 어쩌면 어느 쪽이든 상관없다고 결론 내렸는지도 모른다. 나는 사실이라고 주장할 힘도 남아 있지 않았다. 주장한다고 해결될 일도 아니었고.

"왜 그랬니?" 페그는 혼낸다기보다 도저히 이해할 수 없다는 투로 물었다. 내가 금방 대답을 하지 못하자 이렇게 말했다. "됐다. 사람들이 그런 짓을 하는 이유는 뻔하니까."

"에드나가 안소니랑 놀고 있을 거라고 생각했어요." 내가 기어들어가는 목소리로 겨우 대답했다.

"그렇지 않아. 난 에드나를 알아. 장담할 수 있어. 에드나는 한 번도 그런 적이 없고 앞으로도 그러지 않을 사람이야. 설사 그게 사실이었다고 해도 그러면 안 되지, 비비안."

"정말 죄송해요."

"너도 알겠지만, 이 이야기는 뉴욕의 온갖 신문에 다 실릴 거야. 전국으로 퍼지겠지. 〈버라이어티〉까지. 할리우드 타블로이드는 물론 런던에서도 마찬가지일 거야. 올리브는 오후 내내 기자들 전화에 시달렸고, 지금도 극장 뒷문에 기자들이 진을 치고 있어. 에드나처럼 품위를 중시하는 사람에게 그만한 굴욕도 없겠지."

"제가 어떻게 해야 하는지 제발 알려주세요."

"네가 할 수 있는 일은 없어. 잘못을 인정하고 입을 다무는 수밖에. 사람들이 너그럽길 바라는 수밖에. 아, 그리고 어젯밤에 올리브랑 스토크 클럽에 갔다면서."

내가 고개를 끄덕였다.

"과장할 생각은 없지만, 비비, 올리브가 이 시궁창에서 널 구했다는 사실은 알고 있지?"

"네, 알고 있어요."

"부모님이 뭐라고 하실지 생각해봤니? 너희 집 같은 동네에서? 이런 소문을 몰고 다니면? 심지어 사진까지?"

당연히 생각해보았다.

"이건 정말 불공평한 일이야, 비비. 다른 사람들은 전부 큰 피해를 입었는데, 특히 에드나는, 그런데 너만 슬쩍 빠져나간 거잖니."

"그렇네요." 내가 말했다. "죄송해요."

페그가 한숨을 쉬었다. "이번에도 역시 올리브가 문제를 해결했어. 올리브가 몇 년 동안 우리를, 나를 얼마나 많이 구해줬는지 이제는 셀 수도 없다. 올리브는 내가 아는 가장 멋지고 놀라운 여자야. 올리브에게 고맙다는 말은 했겠지?"

"네, 했어요." 그렇게 말은 했지만 정말 했는지 기억이 나지 않았다.

"어젯밤에 나도 함께 갔어야 했는데, 비비. 하지만 상태가 좋지 않아서 말이야. 최근에 밤마다 너무 자주 그렇긴 해. 진을 물처럼 마셔대니. 집에 어떻게 왔는지 기억도 안 나. 하지만 솔직히 말하자. 너 대신 윈첼에게 갔어야 했던 사람은 올리브가 아니라 나였어. 어쨌든 내가 고모니까 가족이 해결해야지. 빌리가 도와줬더라면 좋았겠지만 빌리는 다른 사람을 위해 위험을 무릅쓰는 사람은 아니니까. 그가 책임져야 할 일도 아니었고. 어쨌든 내가 해결해야 했는데 못한 거야. 어쩌다 일을 이 지경까지 만들었는지. 꼬맹이 너한테 신경을 더 썼어야 했는데."

"고모 잘못이 아니에요." 내가 말했다. 진심이었다. "전부 제 잘못이에요."

"어차피 지금 할 수 있는 일은 없어. 내가 또 한바탕 술독에 빠졌다 나온 것 같구나. 결론은 늘 같아. 빌리가 오면 신나게 놀지. 옛 추억에 빠져 정신없이 놀다가 어느 날 아침 정신을 차려보면, 내가 술에 취해 있을 때 세상이 뒤집혀 있고 그러는 동안 올리브는 나도 모르게 문제를 해결하려고 사방팔방 뛰어다니고 있어. 왜 이렇게 철이 안 드는지 모르겠다."

나는 할 말이 없었다.

"그래도 기운 내, 비비. 그렇다고 세상이 끝난 건 아니니까. 어쩌다 이런 일이 생겼나 싶겠지만 정말로 세상이 끝난 건 아니야. 더 심한 일도 많아."

"저 해고예요?"

페그가 웃었다. "해고는 무슨 해고? 제대로 일한 것도 아니었잖니." 페그는 시계를 보더니 자리에서 일어섰다. "한 가지 더. 에드나가 공연 전에는 널 보고 싶지 않다는구나. 오늘 밤 에드나 의상은 글래디스가 도와줄 거야. 그리고 공연이 끝나면, 자기 분장실에서 좀 보자고 전해달라는구나."

"어떡해요, 고모." 내가 말했다. 다시 토할 것 같은 기분이 들었다.

"언젠가는 봐야지. 그럴 거면 지금이 낫고. 감히 말하지만 너한테 부드럽지는 않을걸. 하지만 에드나에게도 너한테 한마디 할 기회는 있어야지. 넌 에드나가 뭐라 하든 받아들여야 하고. 가서 사과드려. 물론 받아준다면 말이야. 네 잘못을 인정하고 달게 벌을 받아. 빨리 무너질수록 빨리 정신 차리고 다시 일어날 수 있어. 내 경험에 의하면 그래. 베테랑의 조언을 새겨들으렴."

나는 극장 뒤쪽의 어두운 곳에 숨어 공연을 봤다. 그곳이 내 자리 같았다.

그날 밤 에드나 파커 왓슨의 동요하는 모습을 보기 위해 릴리 플레이하우스를 찾은 관객이 있다면 분명 실망해 돌아갔을 것이다. 에드나는 한순간도 흐트러지지 않았다. 뜨겁고 환한 스포트라이트 아래의 한 마리 나비처럼, 속삭이고 깔깔대는 수백 개의 눈동자 앞에서도 에드나는 완벽한 연기를 보여주었다. 피에 굶주린 폭도들에게 일말의 만족감도 선사하지 않았다. 에드나의 앨러배스터 부인은 유머러스했고 매력적이었으며 편안했다. 한 가지 달라진 점은, 무대에서 그 어느 때보다 더 우아하고 효율적으로 움직였다는 것이다. 당당하고 자신감 넘쳤으며, 얼굴에는 이 신나는 공연을 마음껏 즐기고 있다는 유쾌함만 가득했다.

하지만 다른 배우들은 시작부터 눈에 띄게 어수선했다. 동선을 헷갈렸고 대사를 까먹었지만, 에드나의 변함없는 모습에 결국 그들도 흐름을 찾았다. 에드나는 그날 밤 모든 배우를 안정시키는 중력과도 같은 힘을 발휘했다. 그녀를 안정시킨 것은 무엇이었을지, 나는 알 수 없었다.

1막에서 안소니의 연기에 평소에 없던 분노가 약간 보였다는 게 나만의 상상은 아니었을 것이다. 안소니는 럭키 바비가 아니라 무서운 바비였지만 에드나는 안소니마저 결국 제 리듬을 찾게 만들었다.

셀리아의 의상을 입고 셀리아의 역할을 맡은 내 친구 글래디스는 더할 나위 없이 완벽했고 춤도 흠잡을 데 없었다. 사람들이 열광했던 나른하면서도 코믹한 모습은 부족했지만, 충분히 잘 해냈고 그 정도면 훌륭했다.

아서는 끔찍했지만 언제나 끔찍했으니 당연한 일이었다. 오늘 밤 다른 점이 하나 있었다면 그 끔찍함이 고스란히 드러났다는 것이었다. 눈 밑은 거무칙칙했고 공연 내내 목 뒤의 땀을 닦느라 정신이 없었으며 세상에서 가장 불쌍한 사냥개의 눈으로 무대 반대편에서 아내를 보고 있었다. 불안하지 않은 척하려는 노력도 하지 않았다. 그나마 괜찮았던 건, 그의 분량이 많이 잘려 무대 위에 오래 등장해 공연을 망칠 위험이 없었다는 거다.

에드나는 그날 밤 공연에서 한 가지 아주 큰 변화를 주었다. 발라드를 부를 때 자연스럽게 동선을 바꾼 것이다. 보통은 고개를 들고 하늘을 바라보며 노래를 했는데, 그날 밤 에드나는 곧장 무대 가장자리로 가서 관객을 향해, 관객을 똑바로 바라보며 노래했다. 한시도 눈을 떼지 않고 온 힘을 다해 노래했다. 그렇게 풍성하면서도 도전적인 목소리는 처음이었다. ("이번에도 그렇겠지 / 결국 상처만 받겠지 / 하지만 한 번 더, 사랑에 빠지고 싶어.")

그날 밤 에드나의 노래는 관객들을 향한 질문 같았다. 당신은 상처받은 적 없어? 심장이 부서져본 적이 없냐고? 사랑을 위해 그 무엇도 감수해본 적, 정말 없어?

결국 에드나는 관객들을 울렸다. 관객들의 열렬한 환호 속에서 정작 그녀는 단 한 방울의 눈물도 흘리지 않았다.

지금 이 순간까지도 나는 그보다 더 강한 여인을 본 적이 없다.

나는 아무런 감각이 없는 손으로 분장실 문을 노크했다.

"들어와." 에드나가 말했다.

머리는 멍해 아무 생각도 나지 않았고, 두 귀도 꽉 막힌 듯 감각이 없었다. 입에서는 옥수수가루에 담뱃재를 섞은 맛이 났고, 두 눈은 바짝 말라 따끔했다. 잠을 못 자서, 그리고 너무 울어서. 스물네 시간 동안 아무것도 먹지 않았고 앞으로도 뭘 먹을 수 있을 것 같지 않았다. 스토크 클럽에 갈 때 입었던 드레스를 아직도 입고 있었다. 머리도 좀일 빗지 않았다. (거울을 볼 용기조차 없었다.) 두 다리는 어떻게 붙어 있는지 모를 지경이었고, 걸을 수 있다는 것 자체가 신기했다. 그런데 그 문 앞에 선 순간, 걷는 법도 잊은 것 같았다. 나는 절벽에서 시커먼 바다로 뛰어내리는 사람처럼 겨우 몸을 움직여 안으로 들어갔다.

에드나는 분장실 거울 앞에 환한 조명을 받으며 서 있었다. 느긋한 자세로 팔짱을 낀 채 나를 기다리고 있었다. 아직 공연 의상을 입고 있었다. 오래전 내가 피날레를 위해 만들어준, 관객들의 박수 때문에 공연이 지체될 정도로 아름다운 그 드레스였다. 푸르게 빛나는 실크에 라인석으로 장식한 드레스였다.

나는 고개를 숙이고 에드나 앞에 섰다. 내가 에드나보다 한참 컸지만, 그 순간 나는 그녀 발밑의 한 마리 쥐였다.

"먼저 할 말이 있을 것 같은데?" 에드나가 말했다.

할 말을 미리 준비하지는 못했다.

하지만 할 말이 있느냐는 물음은 사실 물음이 아니었다. 명령이었다. 그래서 나는 입을 열어 말도 안 되는 문장들을 횡설수설 쏟아내기 시작했다. 한심한 사죄가 범람하는 변명의 향연이었다. 용서를 구하는 간청, 상황을 개선하기 위해 무슨 짓이든 하겠다는 다짐도 있었고, 비겁한 부정도 있었다. ("정말 그때 한 번뿐이었어요, 에드나!") 이런 말까지 하기는 부끄럽지만, 횡설수설하는 와중에도 '에드나는 어린 놈들을 좋아한다'는 아서 왓슨의 말까지 전했다.

에드나는 아무 반응 없이 내가 비틀어 짜내는 멍청한 말들을 전부 듣고 있었다. 결국 나는 더듬거리면서도 마지막 한마디의 쓰레기까지 전부 내뱉고 나서야 입을 닫았다. 그리고 눈 하나 깜빡이지 않는 에드나 앞에 처량하게 서 있었다. 마침내 에드나가 불안할 정도로 부드럽게 입을 열었다.

"네가 너에 대해 모르는 게 하나 있어, 비비안. 너는 절대 흥미로운 사람이 아니라는 거야. 그래, 물론 예쁘긴 하지. 하지만 그건 오직 젊기 때문이란다. 아름다움은 곧 사라져. 하지만 넌 결코 흥미로운 사람이 될 수 없어. 내가 이 말을 해주는 이유는, 네가 스스로 흥미로운 사람이라고 착각하면서, 네 삶도 중요하다고 착각하면서 살고 있기 때문이야. 하지만 넌 전혀 흥미롭지 않고, 네 삶도 전혀 중요하지 않아. 한때는 나도 네가 흥미로운 사람이 될 수 있을지도 모른다고 생각했지만 내가 틀렸어. 네 고모 페그가 바로 흥미로운 사람이야. 올리브 톰슨도 흥미로운 사람이고. 나 역시 마찬가지지. 하지만 넌 전혀 흥미롭지 않아. 무슨 말인지 알겠니?"

고개를 끄덕였다.

"비비안, 넌 뻔한 사람이야. 더 구체적으로 말하자면, 뻔한 여자야. 지루할 정도로 뻔한 그런 여자라고. 너 같은 여자를 내가 모를 것 같아? 너 같은 여자는 저속하고 천박하게 놀면서 저속하고 천박한 문제들을 일으키지. 너 같은 여자는 다른 여자와 친구가 될 수 없어. 늘 네 것이 아닌 장난감을 가지고 놀려고 할 테니까. 너 같은 여자는 자기가 다른 사람에게 문제를 일으키고 다른 사람의 삶을 망칠 수 있다는 이유로 자기가 중요한 사람이라고 착각해. 하지만 그런 여자들은 절대 중요하지도 않고 결코 흥미롭지도 않아."

나는 또 한 번 말도 안 되는 쓰레기를 내뱉으려고 입을 열었지만, 에드나가 손을 들고 이렇게 말했다.

"비비안, 조금이라도 품위가 남아 있다면 계속 입을 다물고 그 품위를 지키도록 해."

하지만 에드나의 얼굴에는 미소가 어려 있었고 나는 그게 아직 나에 대한 애정이 남아 있다는 신호 같았다. 그래서 더 끔찍했다.

"네가 알아야 할 게 하나 더 있단다, 비비안. 네 친구 셀리아는 네가 귀족이라고 생각해서 너와 많은 시간을 함께 보냈지만 넌 결코 귀족이 될 수 없어. 그리고 넌 셀리아가 스타라고 생각해서 그녀와 많은 시간을 보냈겠지만, 셀리아 역시 스타가 아니지. 절대 그렇게 되지 못할 거야. 네가 절대 귀족이 될 수 없는 것처럼. 너희 둘은 그저 지독할 만큼 평범한 여자들일 뿐이야. 뻔한 여자들. 밖에 나가면 발에 채이는 여자들."

심장이 부서지는 것 같았다. 조각조각 부서져 에드나의 우아한 손

아귀에서 가루가 되어버린 것 같았다.

"네가 지금 어떻게 해야 하는지 알고 싶니, 비비안? 그런 뻔한 사람이 아니라 괜찮은 사람이 되려면 어떻게 해야 하는지?"

아마 내가 고개를 끄덕였을 것이다.

"그럼 말해주지. 없어. 그럴 방법은 이제 없어. 아무리 발버둥쳐도 네 삶은 늘 그렇게 초라할 거야. 넌 결코 아무것도 되지 못할 거야, 비비안. 손톱만큼 중요한 사람조차 넌 되지 못해."

에드나는 부드럽게 웃으며 하던 말을 마무리했다.

"그리고 혹시 내 생각이 틀렸을지도 몰라서 하는 말인데, 넌 부모님이 계신 고향으로 돌아가는 게 낫겠다. 네가 있어야 할 곳으로. 그래주겠니?"

21

어두운 심연으로

나는 릴리 플레이하우스 근처의 밤새 여는 약국 모퉁이 공중전화 앞에서 벌써 한 시간째 월터에게 전화를 걸고 있었다.

고통에 몸부림치면서.

릴리의 전화를 쓸 수도 있었지만 누가 듣는 게 싫었다. 사실 극장 안에서 얼굴을 들고 돌아다니기도 부끄러웠다. 그래서 약국으로 달려갔다.

나는 어퍼웨스트사이드에 있는 장교 후보생 학교 전화번호를 갖고 있었다. 급한 일이 생기면 연락하라고 월터가 알려준 번호였다. 이게 바로 급한 일이다. 하지만 밤 열한 시였고 아무도 전화를 받지 않았다. 그래도 포기하지 않았다. 나는 계속 동전을 집어넣으며 반대편에서 끝없이 울리는 신호음을 듣고 있었다. 스물다섯 번까지 신호가 울리길 기다렸다가 전화를 끊고 다시 동전을 넣어 같은 번호를 눌렀다. 한 시간 내내 엉엉 울고 딸꾹질을 하면서.

나는 최면에 걸린 듯 번호를 돌리고, 스물다섯 번을 세고, 끊고, 동전이 쨍그랑 떨어지면 다시 넣고, 번호를 돌리고, 스물다섯 번을 셌다. 울면서 그 과정을 끝없이 반복했다.

마침내 반대편에서 목소리가 들렸다. 몹시 화가 난 목소리였다. "여보쇼?!" 누가 내 귀에 소리를 질렀다. "아, 씨발 이 시간에 누구야?"

하마터면 수화기를 떨어뜨릴 뻔했다. 이미 정신이 반쯤 나간 상태였기 때문에 누구한테 전화하고 있었는지도 바로 떠오르지 않았다.

"월터 모리스 좀 바꿔주세요." 내가 정신을 차리고 말했다. "부탁드려요. 집에 급한 일이 생겨서요."

남자는 장황한 저주와 ("이런 오줌통에 담가버릴 얼빠진 놈 같으니라고!") 지금이 도대체 몇 시인지 아느냐는 한바탕 잔소리를 씩씩거리며 늘어놓았다. 하지만 그의 분노는 내 간절함에 비하면 아무것도 아니었다. 나는 히스테리를 부리는 가족 역할을 아주 잘 해내고 있었다. 물론 그게 실제 내 모습이긴 했다. 내 눈물은 그 낯선 남자의 분노를 가뿐하게 물리쳤다. 상식을 따지던 그의 고함은 귀에 들어오지도 않았다. 결국 그는 내가 자신의 규칙 따위 고려하지 않고 계속 소동을 부릴 거라는 사실을 깨닫고 월터를 찾으러 나섰다.

나는 작은 전화 박스 안에서 전화기에 동전을 더 넣으며, 내 거친 숨소리를 들으며, 마음을 가라앉히려고 노력하며, 오빠가 나타나기만을 기다렸다.

마침내 월터가 나타났다. “무슨 일이야, 비?”

오빠의 목소리에 나는 길 잃은 어린 소녀가 되어 다시 한번 산산이 부서졌다. 그리고 엉엉 울면서 전부 털어놓았다. 그리고 마침내 사건의 전말을 알게 된 오빠에게 간청했다.

“여기서 나 좀 꺼내줘, 오빠. 제발 집으로 좀 데려다줘.”

월터가 한밤중에 어떻게 그 모든 준비를 마쳤는지 놀라웠다. 군대에서 그렇게 갑작스러운 외출이 가능하긴 했을까. 하지만 못하는 게 없는 월터는 어떻게든 문제를 해결했다. 월터가 해결해줄 줄 알았다. 월터는 어떤 상황도 바로잡을 수 있었다.

월터가 내 탈출 계획을 수립하는 동안 (휴가를 얻고 차를 빌리는 동안) 나는 짐을 쌌다. 옷과 신발을 가방에 쑤셔 넣고 떨리는 손으로 재봉틀도 정리했다. 그리고 페그와 올리브에게 눈물 자국 범벅의 기나긴 반성문을 써서 부엌 식탁 위에 올려놓았다. 뭐라고 썼는지 기억나지도 않지만 분명 감정의 쓰레기통이었을 것이다. 지나고 보니 ‘돌봐주셔서 감사합니다. 바보 같은 짓을 해서 죄송합니다.’라고만 쓸 걸 그랬다. 안 그래도 해결해야 할 게 많은 페그와 올리브에게 스무 페이지나 되는 내 멍청한 고백까지 안겨줄 필요는 없었다.

하지만 결국 안겨주고 말았다.

동이 트기 전, 월터는 나를 태워 집으로 가기 위해 릴리 플레이하우스 앞에 차를 댔다. 혼자가 아니었다. 차를 빌려오긴 했는데, 운전사도 같이 빌려온 것이다. 빼빼 마르고 키가 큰 젊은 남자가 월터와 같은 군복을 입고 운전석에 앉아 있었다. 후보생 학교 동급생이었다. 강한 브루클린 억양에 이탈리아 출신 같았다. 그가 그 낡고 오래된 포드의 주인이었고 그가 우리를 데리고 갈 것이었다.

상관없었다. 또 누가 왔는지, 누가 내 산산조각난 상태를 보게 되는지 상관없었다. 빨리 떠나고만 싶었다. 다음 날 사람들한테 들키기 전에 릴리 플레이하우스를 당장 떠날 수만 있다면 아무래도 상관없었다. 에드나와 같은 건물에 단 일 분도 더 있을 수 없었다. 에드나는 내게 떠나라고 침착하게 명령했고, 나는 그 명령을 따라야 했다.

지금 당장. 빨리 여기서 벗어나고 싶다. 오직 그 생각뿐이었다.

우리는 해가 뜰 즈음 조지 워싱턴 다리를 건넜다. 나는 멀어져가는 뉴욕의 풍경도 볼 수 없었다. 견딜 수 없었다. 제 발로 이 도시를 떠나는 상황이었지만 누군가 내게서 도시를 빼앗아버린 느낌이었다. 내가 그토록 못 미더운 사람이라는 게 밝혀져버렸으니, 뉴욕을 내 손에 닿지 않는 곳으로 치워버리는 것 같았다. 소중한 물건을 아이 손이 닿지 않는 곳에 두는 것처럼.

다리를 건너 도시에서 무사히 빠져나오자 월터가 크게 화를 내기 시작했다. 그렇게 화가 난 모습은 처음이었다. 월터는 감정을 드러내는 사람이 아니었지만, 그때는 모든 감정을 조금도 거르지 않고 고스란히 드러냈다. 내가 가족의 이름에 얼마나 먹칠을 했는지 상기시켰고, 부족함 없이 얻은 삶을 내가 어떻게 낭비해버렸는지 지적했으며, 부모님이 내 양육과 교육에 투자했던 얼마인지도 모를 돈이 얼마나 아까운지 강조했고, 내가 과연 그런 선물을 받을 자격이 있는지 되물었다. 그리고 나 같은 여자들은 나중에 지겨워지면 버림받을 뿐이라고 했다. 지금까지의 행동으로 보아 감옥에 가거나, 임신하거나, 하수구에서 죽은 채 발견되지 않은 게 다행이라고 했다. 그리고 이제 절대 훌륭한 신랑감을 찾을 수 없을 거라고도 했다. 내 과거를 조금이라도 안다면 도대체 누가 나를 데려가겠냐고. 그런 개자식들과 놀았으니 나도 이제 그런 개자식들과 다를 게 없다고. 그리고 뉴욕에서 무슨 짓을 하고 다녔는지, 얼마나 큰 재앙을 초래했는지 절대 부모님께 말씀드리지 말라고 했다. 나를 보호하기 위해서가 아니라 (보호받을 가치도 없었으니) 부모님을 보호하기 위해서였다. 부모님은 딸이 얼마나 타락했는지 아시면 절대 그 충격에서 벗어나지 못할 것이기 때문이었다. 그리고 자기가 날 구해주는 건 이번이 마지막일 거라고 단단히 못 박았다. "소년원으로 곧장 데려가지 않는 걸 고맙게 생각해."

월터는 그 모든 말을 운전사 옆에 앉아서 했다. 마치 그가 투명인간인 것처럼, 듣지 못하는 것처럼, 전혀 중요하지 않은 사람인 것처럼.

어쩌면 내가 너무 혐오스러워 누가 듣든 말든 상관하지 않았는지도 모른다. 그렇게 월터는 내게 독설을 퍼부었고, 운전사도 사태를 전부 파악하게 되었으며, 나는 뒷자리에서 그 모든 상황을 감내하며 침묵 속에 앉아 있었다. 당연히 끔찍했다. 하지만 에드나 앞에 서 있었을 때와 비교하면 그래도 견딜 만했다. (지독하게 냉정했던 에드나가 나를 벌레 취급했다면, 월터는 화를 내면서도 내 존재는 인정했다. 그러니 에드나의 냉정함보다 월터의 분노가 훨씬 나았다.)

그쯤 되자 모든 고통에 무감각해졌다. 벌써 서른여섯 시간 넘게 깨어 있었다. 그 서른여섯 시간 동안 나는 취했고 비뚤어졌고 무서웠고 혐오의 대상이 되었고 굴러떨어졌고 쫓겨났고 비난을 받았다. 가장 친한 친구를 잃었고, 남자친구를 잃었고, 내가 속했던 사람들, 재미있는 일, 자존감, 그리고 뉴욕을 잃었다. 내가 가장 사랑하고 존경했던 여인인 에드나에게, 넌 아무것도 아니라는, 앞으로도 쭉 아무것도 될 수 없을 거라는 말을 들었다. 오빠에게 구해달라고 빌어야 했고 내가 얼마나 멍청한 짓을 했는지 말해야 했다. 나는 완전히 발가벗겨진 채 만신창이가 되어 너덜너덜해졌다. 월터가 무슨 말을 하든 더 느낄 수치심도, 더 입을 상처도 없었다.

하지만 운전사는 달랐다. 한 시간 정도 지났을 때, 월터가 잠시 잔소리를 멈췄고 (숨이 차서 그랬을 것이다.) 그때 운전석에 앉아 있던 그 깡마른 남자가 처음으로 입을 열었다. "너 같은 모범생한테 더러운 창녀 같은 여동생이라니 실망이 크겠는걸."

그 말에 정신이 확 들었다. 더 받을 상처가 없었던 게 아니었다.

그의 말은 아프기만 한 게 아니라, 염산을 들이부은 것처럼 내 마음 가장 깊은 곳을 새까맣게 태워버렸다. 그가 그런 말을 했다는 것도 믿을 수 없었지만, 오빠 앞에서 그 말을 했다는 사실을 더더욱 믿을 수 없었다. 187센티미터의 월터 모리스 앞에서 어떻게 그런 말을 할 수 있었을까? 그 체격과 근육을 보고도?

나는 숨을 멈추고 월터가 그를 때려눕히길 기다렸다. 아니, 적어도 따끔하게 한마디 해주기를 기다렸다.

하지만 월터는 아무 말도 하지 않았다. 그 말을 듣고도 가만히 앉아 있었다. 같은 생각이었으니 그랬겠지.

그 잔인한 말이 작고 답답한 차 안에서 둥둥 울렸다. 그보다 더 작고 답답한 내 마음속에서 천둥처럼 울렸다.

더러운 창녀, 더러운 창녀, 더러운 창녀…….

그 말은 마침내 잔인한 침묵의 바다가 되어 나를 조금씩 집어삼켰다.

나는 눈을 감고 그 어두운 심연으로 천천히 가라앉았다.

갑자기 우리를 맞은 부모님은 처음에 월터를 보고 기뻐하셨다가 나를 데려왔다는 사실을 알고 걱정스럽고 당황한 표정으로 변했다. 월터는 자세한 설명 대신 비비안이 향수병에 걸려 집으로 데려온 거라고만 말씀드렸고 나는 아무 말도 보태지 않았다. 우리는 당황스러워하는 부모님 앞에서 애써 태연한 척도 하지 않았다.

"얼마나 있다 갈 거니, 월터?" 엄마가 물었다.

"저녁도 못 먹고 갑니다." 월터는 훈련이 있어서 바로 뉴욕으로 돌아가야 한다고 대답했다.

"비비안은 얼마나 오래 있을 건데?"

"두 분께 달렸죠." 나야 어떻게 되든, 어디에 얼마나 머물든 상관없다는 듯 어깨를 으쓱하며 월터가 말했다.

다른 집이었다면 질문 세례가 쏟아졌을 것이다. 하지만 안젤라, 내가 자란 문화는, 그러니까 백인 앵글로색슨 프로테스탄트 사람들을 볼 기회가 별로 없었을까봐 설명하자면, 그들의 규칙은 오직 하나다. 바로 다음과 같다.

'이 문제는 절대 입 밖으로 꺼내지 않는다.'

우리는 무슨 일에든 그 규칙을 적용했다. 저녁 식사 도중 어색했던 순간부터 친척의 자살까지 모든 일에. 더 이상 질문하지 않기가 그들의 신조였다.

그래서 나의 갑작스러운 귀향에 대해 더 이상 정보를 제공할 마음이 없다는 월터의 메시지를 받은 부모님은 당연히 그 문제를 그대로 덮었다.

월터는 나를 집에 내려주고 차에서 내 짐을 꺼내고 엄마에게 작별 키스를 한 다음 아빠와 악수를 했다. 그리고 나에게는 한마디 말도 없이 곧장 뉴욕으로 돌아갔다. 나보다 훨씬 중요한 전쟁 준비를 위해서.

22

흐릿한 불행

혼탁하고 형체 없는 불행이 기다리고 있었다.

내 안의 엔진이 멈춰버렸고, 나는 허수아비가 되었다. 움직이는 일조차 부자연스러워 거의 움직이지도 않았다. 집에서 지내게 되었으니 부모님이 정해준 루틴대로 지냈고 부모님이 무엇을 권하든 잠자코 따랐다.

아침에는 부모님과 커피를 마시며 신문을 읽었고 엄마를 도와 점심 샌드위치를 만들었다. (당연히 일하는 사람이 요리해준) 저녁 식사는 다섯 시 반이었고 그 후에는 석간신문 읽기와 카드 게임, 라디오 듣기가 이어졌다.

아빠가 회사에서 일해보라고 하셔서 그러기로 했다. 사무실에서 하루에 일곱 시간씩 온갖 종이들과 씨름했고 다들 바빠 시간이 없으면 전화도 받았다. 말하자면 일반적인 사무를 배웠다. 그래도 긴 하루 동안 할 일이 있어서 좋았고 아빠가 약간의 월급도 챙겨주셨다.

매일 아빠와 함께 출근했다가 퇴근했다. 차 안에서 나누는 대화는, 미국이 참전하면 안 되는 이유, 프랭클린 루즈벨트는 노동조합의 도구라는 비난, 공산주의자들이 곧 나라를 집어삼킬지도 모른다는 불평불만이 대부분이었다. (파시스트보다 공산주의자를 더 두려워했던 사람이 바로 아빠였다.) 아빠가 하는 말은 언제나 한 귀로 들어와 다른 귀로 곧장 빠져나갔다.

집중력이 사라졌다. 머릿속에서 넌 더러운 창녀라며 두꺼운 구둣발이 한시도 쉬지 않고 쿵쾅거렸다.

주변의 모든 것이 초라했다. 조그만 방에 작은 침대, 낮은 지붕, 부모님의 나지막한 대화 소리, 일요일의 텅 빈 교회 주차장, 물건도 많이 없는 오래된 동네 식품점, 오후 두 시에 문을 닫는 간이식당, 유치한 옷만 가득한 내 옷장, 어린 시절 인형들, 그 모든 것에 나는 좌절했고 침울해졌다.

라디오에서 나오는 음성이 유령처럼 나를 쫓아다녔다. 즐거운 노래도, 슬픈 노래도 나를 낙담시켰다. 라디오 드라마에도 집중하지 못했다. 온갖 추문을 시끄럽게 늘어놓거나 한시바삐 전쟁에 개입해야 한다고 열변을 토하는 월터 윈첼의 목소리가 가끔 들렸다. 그의 목소리가 나오면 갑자기 배가 아팠고, 아빠는 라디오에 대고 이렇게 말씀하셨다. "저 자식은 미국 청년이 죄다 독일놈들 손에 죽어야 저 놈의 주둥이를 닫겠지!"

8월 중순에 배달된 잡지 〈라이프〉에는 뉴욕의 히트작 〈시티 오브 걸스〉에 대한 기사가 영국에서 온 유명한 여배우 에드나 파커 왓슨의 사진과 함께 실려 있었다. 에드나는 멋졌다. 가장 큰 사진에서 에드나는 한 해 전 내가 만들어 준 정장을 입고 있었다. 허리춤을 단정하게 넣어 입는, 부드러운 선홍색 비단 깃이 달린 진회색 정장이었다. 에드나와 아서가 손잡고 센트럴 파크를 걷는 사진도 있었다. ("왓슨 부인은 그만한 성공에도 불구하고 아내라는 역할을 가장 좋아한다. '많은 여배우들이 일과 결혼했다고 하잖아요.'라고 그녀는 말했다. '하지만 선택할 수 있다면 전 일보다는 한 남자와의 결혼을 택하고 싶어요.'")

그 기사를 읽고 나는 늪으로 가라앉는 썩어 빠진 보트가 된 느낌이었다. 하지만 지금 생각해보면 화가 날 일이었다. 아서 왓슨은 자신이 저지른 비행과 거짓말에서 완벽하게 빠져나오지 않았는가. 셀리아는 페그에게 쫓겨났고, 나는 에드나에게 쫓겨났다. 하지만 아서는 자신의 멋진 삶과 사랑스러운 아내를, 마치 아무 일도 없었던 것처럼 계속 누릴 수 있었다.

더러운 창녀들은 사라지고 그는 살아남았다.

물론 그와 같은 위선을 그때는 이해하지 못했다.

하지만, 세상에, 지금 보니 알겠구나.

토요일 밤이 되면 부모님과 동네 컨트리클럽 댄스 모임에 참석했다. 어렸을 때 아주 넓었다고 생각했던 연회장은 테이블을 한쪽으로 밀쳐 놓은, 크지도 작지도 않은 식당일 뿐이었다. 연주자들도 썩 훌륭하지 않았다. 그건 그렇고, 뉴욕에서는 세인트 레지스 호텔의 비에니스 루프가 여름을 맞아 문을 열 예정이었지만 나는 두 번 다시 그곳에서 춤을 추지 못할 것이었다.

컨트리클럽 댄스에서 옛 친구들과 이웃들을 만났고, 나는 나름대로 최선을 다해 그들과 대화하려고 노력했다. 나의 짧았던 뉴욕 생활에 대해 이야기하고 싶어 하는 사람들도 있었다. ("왜 사람들이 그렇게 닭장처럼 좁아터진 곳에 다닥다닥 붙어 살려고 하는지 모르겠다니까!") 나 역시 그들의 호숫가 집과 달리아 화단과 커피 케이크 레시피 등에 대해, 무엇이든 그들에게 중요한 것들에 대해 이야기를 나눠보려고 했지만, 왜 사람들이 그딴 것에 신경을 쓰는지 도무지 이해할 수 없었다.

음악은 지치지도 않고 계속되었다. 나는 청하는 모든 사람과 춤을 추었는데 딱히 기억에 남는 파트너는 한 명도 없었다.

엄마는 주말이면 경마 쇼에 참석했다. 나는 엄마가 권하면 말없이 따라나섰다. 관람석에 앉아 부츠에 진흙을 잔뜩 묻힌 사람들과 말이 빙빙 달리는 모습을 지켜보면서 사람들이 왜 이런 짓을 하고 있는지 궁금해했다.

월터는 엄마에게 정기적으로 편지를 보냈는데, 지금은 버지니아 노퍽에 있는 항공모함에 배치되어 있다고 했다. 음식은 생각보다 괜찮고 동료들과도 잘 지낸다고 했다. 고향의 친구들에게 안부도 전해 달라고 했다. 내 이름은 한 번도 언급하지 않았다.

봄에는 골치 아플 정도로 결혼식이 많았다. 동창들이 하나둘 결혼하고 임신했다. 당연히 두 가지의 순서를 잘 지켜서. 하루는 길에서 어렸을 때 친구를 만났다. 엠마 윌러드에 함께 다녔던 베스 파머라는 친구였다. 베스는 둘째를 임신한 채 한 살 난 아이를 유모차에 태우고 있었다. 베스는 다정한 친구였다. 웃음이 많았고 수영도 잘했고 총명했다. 과학에도 탁월한 재능을 발휘했다. 그랬던 베스를 지금은 그저 가정주부라고 부르는 건 기분 나쁘고 말도 안 되는 일인 것 같았다. 배가 불룩 나온 베스를 보니 괜히 내가 초조해졌다.

어렸을 때 우리 집 뒤 개울에서 함께 발가벗고 물장구를 쳤던 (깡마르고 에너지 넘치고 아직 여자라고 할 수도 없었던) 친구들은 이제 통통한 아주머니가 되어 아이들 앞에서 행복한 표정을 짓고 있었다. 나는 감히 그런 삶을 헤아릴 수조차 없었다.

하지만 베스는 행복해 보였다.

나는 더러운 창녀일 뿐이었고.

나는 에드나 파커 왓슨에게 헤아릴 수 없이 나쁜 짓을 했다. 나를 도와주고 나에게 친절했던 사람을 배신했다. 부끄럽고 또 부끄러운 일이었다. 우울한 날들이 이어졌고 불면의 밤들도 이어졌다.

그동안 시키는 일을 했고, 누구에게도, 어떤 문제도 일으키지 않았지만, 나 자신을 견디는 방법은 아직 찾지 못했다.

짐 라슨은 아빠를 통해 만났다.

짐은 진지하고 점잖은 스물일곱 청년으로 아빠의 광산회사에서 일하고 있었다. 짐은 화물 담당이었다. 목록을 만들고 청구서를 작성하고 주문을 하는 게 그의 일이라는 뜻이었다. 그는 배에 선적하는 일도 관리했다. 숫자에 탁월한 능력을 발휘해 거리에 따라 가격을 책정하고 저장 비용을 산출하고 화물 경로를 추적하는 복잡한 일들을 처리했다. (안젤라, 이렇게 말하지만 사실 나는 그게 다 무슨 뜻인지도 몰랐다. 짐 라슨과 데이트를 할 때 그가 무슨 일을 하는지 사람들에게 설명하기 위해 외워놓은 말들이었다.)

훌륭한 가문 출신은 아니었지만, 아빠는 짐을 높이 샀다. 충분히 성공할 수 있는 젊은 청년이라고 생각했다. 당신에게 노동자 계급의 자식이 있다면 아마 그런 모습이길 바랐을 것이다. 짐은 기계공으로 시작했지만 근면함과 성실함으로 금방 관리자 자리에 올랐고, 그것도 아빠의 마음에 들었다. 아빠는 나중에 짐에게 회사 전체 총괄 매니저를 맡길 거라면서 이렇게 말씀하셨다. "그 자식이 내 회계사들을 전부 합친 것보다 나아. 현장 감독 중에서도 제일 낫고."

그리고 이렇게도 말씀하셨다. "대표감은 아니지만 대표들이 늘 곁에 두고 싶어 하는 믿을 만한 놈이지."

짐은 정중하기 짝이 없어서 나한테 말 한마디 걸기 전에 따님에게 데이트 신청을 해도 되겠냐고 아빠에게 물어 허락을 받았다. 짐 라슨이라는 사람이 내게 데이트 신청을 할 거라고 말해준 사람도 아빠였다. 나는 짐 라슨이 누구인지도 몰랐지만, 그 두 남자는 내게 한마디 상의도 없이 일을 진행했고 나는 그저 묵묵히 그들의 계획을 따랐다.

짐은 첫 번째 데이트로 아이스크림 가게에서 갖가지 토핑이 올라간 아이스크림을 사주었다. 내가 먹는 모습을 조심스럽게 바라보면서 내 기분이 괜찮은지 살폈다. 대부분의 남자들과 달리 내 기분을 살피는 짐이 나는 놀라웠다.

다음 주말에는 차를 타고 호수로 가 산책을 하면서 오리들을 구경했다. 그다음 주말에는 작은 시골 축제에 가서 내가 무척 마음에 들어 했던 작은 해바라기 그림을 사주었다. ("벽에 걸어 놓으면 멋지겠어." 짐이 말했다.)

내가 짐이 정말 지루한 남자였던 것처럼 말하고 있는지 모르겠구나. 아니, 꼭 그렇지만은 않았다.

짐은 괜찮은 남자였다. 그건 인정한다. (하지만 여기서 조심해야 할 게 있단다, 안젤라. 여자들이 '괜찮은' 남자라고 말하는 건 절대 사랑에 빠졌다는 뜻이 아니다.) 하지만 짐은 정말 괜찮은 남자였다. 솔직히 괜찮은 남자 이상이긴 했다. 짐은 숫자에 탁월했고 정직했으며 일머리도 좋았다. 약삭빠르지 않았지만 영리했다. 그리고 '미국식으로' 잘생긴 남자였다. 금발 머리에 푸른 눈, 건장한 체격까지. 내게 선택권이 있다면 금발과 성실함은 선택하지 않겠지만 그렇다고 부족한 얼굴은 아니었다. 짐은 어떤 여자 눈에도 잘생긴 얼굴이었을 것이다.

그런데 지금은 그가 어떻게 생겼었는지 자세히 생각나지도 않는구나! 짐 라슨에 대해 또 무슨 할 말이 있을까? 짐은 아프리카 현악기 밴조를 연주했고 교회 성가대에서 노래를 불렀다. 파트타임 인구조사원이기도 했고 자원 소방관이기도 했다. 방충문부터 적철석 광산 철도까지 못 고치는 게 없었다.

짐은 뷰익을 몰았다. 그 뷰익은 언젠가 캐딜락으로 바뀌겠지만 그건 같이 사는 엄마에게 더 큰 집을 먼저 사준 다음 돈을 모아야 가능한 일이었다. 성녀 같은 짐의 어머니는 늘 약 냄새가 나고 성경을 옆에 끼고 다니는 외로운 과부였다. 이웃이 실수를 하거나 죄를 짓기를 기다리며 창밖만 내다보고 지내는 여인이었다. 짐이 '어머님'이라 부르라 했고, 그래서 나는 곁에 있으면 단 일 초도 편하지 않은 그녀를 어머님이라고 불렀다.

짐은 오래전에 돌아가신 아버지를 대신해 고등학생 때부터 엄마를 돌보고 있었다. 짐의 아버지는 노르웨이에서 건너온 대장장이로, 아들을 책임감 있고 바른 인간으로 키우기 위해 필요한 아버지 노릇을 거의 하지 않았다. 그래서 짐을 아주 어린 나이에 남자로 만들어버리는 데 큰 공을 세웠다. 짐은 아버지가 돌아가신 열네 살 때부터 완전히 어른이 되어야 했다.

짐은 나를 좋아하는 것 같았다. 그는 내가 웃기다고 생각했다. 살면서 재미있는 말을 많이 못 들어봤는지 내 실없는 농담에 즐거워했다.

첫 데이트 후 몇 주가 지나자 짐은 내게 키스를 하기 시작했다. 키스는 좋았지만 더 진도를 나가지는 않았다. 나 역시 더 요구하지 않았다. 굶주린 듯 그에게 달려들지 않은 건 그럴 마음이 전혀 없었기 때문이었다. 아무것에도 의욕이 없었다. 어떤 욕구도 없었다. 내 모든 열정과 욕망이 상자에 담겨 어딘가 아주 먼 곳에 처박혀버린 느낌이었다. 어쩌면 그랜드 센트럴 역이었는지도 모르겠다. 그래서 나는 짐이 이끄는 대로 고분고분 따르기만 했다. 그가 원한다면 무엇이든 상관없었다.

짐은 배려하는 사람이었다. 어딜 가나 춥거나 덥지는 않은지 물었다. 나를 사랑스럽게 '비'라고 부르기 시작했지만, 그것 역시 그래도 되겠냐고 허락을 받고 난 후부터였다. (월터가 나를 부르던 이름을 골랐다는 게 썩 마음이 편하지는 않았지만, 그냥 그러라고 했다.) 짐은 엄마의 망가진 경주용 장애물을 고쳐주고 고맙다는 말을 들었고 아빠의 장미 나무 옮겨 심기도 도와주었다.

그리고 저녁에 우리 집에 들러 함께 카드 게임을 하기 시작했다. 불쾌하지는 않았다. 짐이 찾아오는 덕분에 라디오를 듣거나 석간신문을 읽지 않아도 되어 좋았다. 부모님은 나를 위해 나름의 금기를 깨고 계셨다. 말하자면 회사 직원을 집으로 불러 시간을 보내는 것 말이다. 부모님은 짐에게 친절했다. 짐이 찾아오는 저녁이면 집 안에 종종 따뜻하고 안온한 느낌이 만들어졌다.

아빠는 짐을 점점 더 좋아하게 되었다. "짐 라슨이라는 그놈," 아빠는 이렇게 말씀하셨다. "이 마을 전체에서 가장 똑똑한 놈이야."

엄마 입장에서는 짐의 사회적 지위가 조금만 더 높았으면 하고 바랐겠지만 그건 어쩔 수 없는 문제였다. 엄마는 더 높지도 낮지도 않은 비슷한 계급의 남자와 결혼했다. 아빠는 같은 나이, 비슷한 교육과 재력, 비슷한 가정교육을 받은 남자였다. 엄마는 나 역시 그러길 바랐을 것이다. 하지만 엄마는 짐을 받아들였고, 엄마에게는 그와 같은 받아들임이 늘 열정보다 우선했다.

짐은 기세가 등등한 사람은 아니었지만, 낭만적인 면은 있었다. 하루는 차를 타고 가다가 이렇게 말했다. "당신이 내 차에 타고 있으면, 모든 사람의 질투를 받는 느낌이야."

그런 말은 어디서 들었을까? 무척 달콤했겠지?

그리고 어느새 우리는 약혼을 했다.

안젤라, 내가 왜 짐 라슨과 결혼을 약속했는지 모르겠다.

아니, 그건 사실이 아니다. 왜 짐 라슨과 결혼하기로 했는지 아주 잘 알고 있었지. 나는 더럽고 추악했고, 그는 깨끗하고 명예로웠기 때문이다. 어쩌면 그의 평판으로 내가 했던 나쁜 짓을 지워버릴 수 있을지도 모른다고 생각했다. (물론 효과 있는 전략은 아니지만, 사람들은 끝없이 그 방법을 시도하지.)

나도 어떤 면에서는 짐을 좋아했다. 내가 그때까지 만났던 남자들과 완전히 달랐기 때문이었다. 짐이 뉴욕을 떠올리게 하지 않아서 좋았다. 스토크 클럽을, 할렘을, 그리니치 빌리지의 연기 가득한 바를 떠올리게 하지 않아서 좋았다. 빌리 뷰엘이나 셀리아 레이, 에드나 파커 왓슨을 생각나게 만들지 않아서 좋았다. 짐과 함께 있으면 안소니 로첼라 생각도 나지 않았다. 무엇보다 나 자신을, 그 더러운 창녀를 잊을 수 있게 만들어줘서 좋았다.

짐과 함께 있으면 다른 사람인 척할 수 있어서 좋았다. 내가 거짓으로 꾸며낸 사람이 될 수 있을 것 같았다. 아빠의 사무실에서 일하는 정숙한 여자, 언급할 만한 과거 따위 없는 여자가 될 수 있을 것 같았다. 나는 오직 짐 옆에서 짐처럼 행동하기만 하면 되었고, 그러면 어떤 고민도 필요 없는 사람이 되었다. 내가 원했던 게 바로 그거였다.

그렇게 나는 결혼을 향해 미끄러져 갔다. 찻길에서 벗어나 자갈길로 굴러떨어지듯.

어느새 1941년 가을이었다. 우리는 다음 해 봄에 결혼할 생각이었다. 그때쯤이면 짐이 엄마와 셋이 편히 살 집을 마련할 만큼 돈을 모을 수 있을 거였다. 짐이 작은 약혼반지를 사주었고, 반지는 충분히 예뻤지만 반지를 낀 내 손은 마치 낯선 사람 손 같았다.

약혼을 했으니 우리의 스킨십도 진해졌다. 이제 호수 옆에 뷰익을 주차하면 짐은 블라우스를 벗기고 내 가슴을 만지며 즐거운 시간을 보냈다. 그러는 와중에도 자세를 바꿀 때마다 내가 편한지 확인했다. 우리는 뷰익의 넉넉한 뒷좌석에 함께 누워 서로 몸을 비벼댔다. 정확히 말하자면 그가 자기 몸을 나한테 비볐고 나는 그가 하는 대로 잠자코 있었다. (감히 적극적으로 반응할 용기가 없었다. 적극적으로 반응하고 싶지도 않았고.)

"오, 비." 짐은 행복해하며 이렇게 말하곤 했다. "당신은 이 세상에서 가장 예뻐."

그러던 어느 날 밤, 스킨십이 매우 뜨거워졌고 짐은 겨우 몸을 일으키더니 두 손으로 자기 얼굴을 문지르며 마음을 가라앉혔다. 그리고 충분히 숨을 고른 다음 이렇게 말했다.

"결혼하기 전까지 선을 넘고 싶지 않아."

나는 선선한 가을바람에 가슴을 훤히 드러내고 치마를 허리춤까지 올린 채 누워 있었다. 거칠게 뛰고 있는 짐의 심장 박동이 고스란히 느껴졌지만, 나는 아니었다.

"결혼하기 전에 당신의 순결을 더럽힌다면 다시는 아버님 얼굴을 볼 수가 없을 거야."

갑자기 숨이 턱 막혔다. 아주 솔직한 반응이었다. 나는 '순결'이라는 단어에 짐도 들을 수 있을 만큼 깜짝 놀랐다. 그 생각을 못했다니! 순결한 처녀인 척하고 있었지만, 짐도 그렇게 생각할 거라고는 꿈에도 짐작하지 못했다! 하지만 당연히 그렇겠지! 내가 온갖 순결한 척은 다 하고 있었으니!

심각한 문제였다. 짐도 곧 알게 될 것이다. 결혼 첫날밤이 되면 당연히 알게 될 것이다. 첫 섹스를 하는 그 순간, 자기가 처음이 아니라는 사실을 간파할 것이다.

"왜 그래, 비?" 짐이 물었다. "무슨 일이야?"

안젤라, 그때 나는 진실을 말하지 못하는 사람이었다. 어떤 상황에서도 본능적으로 진실을 숨겼다. 스트레스를 받는 상황이라면 더더욱. 진실을 말할 수 있는 사람이 되기까지 아주 오랜 시간이 걸렸다. 진실은 가끔 아주 무겁기 때문이지. 일단 진실을 털어놓은 방은 결코 그 전과 같은 방이 될 수 없다.

그럼에도 불구하고, 나는 말했다.

"전 처녀가 아니에요, 짐."

왜 사실대로 말했을까. 당황해서 그랬는지도 모른다. 그럴싸한 거짓말을 떠올릴 만큼 영리하지 않았기 때문인지도 모르고. 그것도 아니라면, 사람이 본모습을 숨기고 거짓의 가면을 쓴 채 버틸 수 있는 시간이 그리 길지 않기 때문인지도 모르겠다.

짐은 나를 한참 쳐다보더니 이렇게 물었다. "무슨 뜻이야?"

오, 하느님. 무슨 뜻이냐니요?

"전 처녀가 아니에요, 짐." 나는 그가 정확히 듣지 못한 게 문제라는 듯 같은 말을 반복했다.

짐은 몸을 일으켜 한동안 정면을 응시하며 마음을 가라앉혔다. 가슴을 드러내놓고 할 만한 대화는 아니었기에 나는 조용히 셔츠를 입었다.

"왜지?" 짐이 마침내 물었다. 짐의 얼굴은 배신의 고통으로 일그러져 있었다. "왜 처녀가 아니지, 비?"

그 순간 나는 울음을 터트렸다.

안젤라, 잠시 이 말은 하고 넘어가야겠구나.

나는 이제 많이 늙었다. 말하자면 어린 아가씨들의 눈물을 견딜 수 없는 나이가 되었다는 뜻이지. 어떤 고생도, 노력도 해본 적 없고, 조금만 마음에 들지 않아도 무너져버리는 예쁜 소녀들의 눈물은 나를 화나게 한다. 그런 눈물은 견딜 수가 없다. 최악은 예쁜데 돈까지 많은 소녀의 눈물이지.

하지만 그렇게 갑자기 무너져버리는 것이야말로 소녀들이 본능적으로 알고 있는 효과적인 방법이지. 도망가려고 먹물을 내뿜는 오징

어처럼 말이야. 눈물도 먹물처럼 상대방의 정신을 산만하게 하니까. 한 바가지의 눈물은 곤란한 대화의 흐름을 자연스럽게 전환해준다. 사람들은 (특히 남자들은) 예쁜 소녀가 우는 모습을 싫어하고, 서둘러 그 눈물을 멈추게 만들고 싶어 하니까. 그러면서 조금 전까지 무슨 이야기를 하고 있었는지 까맣게 잊어버리지. 소녀는 그 순간을 잠시 멈춰 시간을 벌 수 있고.

안젤라, 나도 언젠가부터 삶의 어려움에 폭풍 같은 눈물로 반응하기를 그만두었다. 품위라고는 없는 행동이기 때문이지. 이제 나는 가장 잔인한 진실의 덤불 속에서 거짓 눈물의 홍수로 자신과 타인의 품위를 손상하기보다, 울지 않고 태연하게 할 말 다하는 꿋꿋한 노인이란다.

하지만 1941년 가을의 나는 아직 그런 사람이 되기 전이었지.

그래서 나는 울고 또 울었다. 짐 라슨의 뷰익 뒷자리에서. 그렇게 많은 눈물은 너도 보지 못했을 거다.

"왜 그래, 비?" 짐의 목소리에는 절망의 기운이 서려 있었다. 짐은 내가 우는 모습을 한 번도 본 적이 없었다. 바로 그 순간 짐은 자신이 받은 충격을 잊고 나를 달래는 데에만 열중했다. "왜 우는 거야, 비?"

그의 따뜻한 마음에 나는 더 눈물이 났다. 그는 정말 좋은 사람이었지만 나는 쓰레기였다.

짐은 나를 품에 안고 그만 울라고 애원했다. 그리고 울음을 멈추지도, 말을 하지도 못하는 나를 대신해 내가 처녀가 아닌 이유를 알아서 만들어냈다.

짐은 이렇게 말했다. “누군가 당신한테 끔찍한 짓을 한 거지, 그렇지, 비? 뉴욕에서?”

짐, 뉴욕에서 많은 사람이 내게 많은 짓을 했지만, 그중에 특별히 끔찍했던 짓은 별로 없었어요.

그게 정확하고 솔직한 대답이었을 것이다. 하지만 그렇게 대답할 수 없었다. 그래서 나는 아무 말도 하지 않고 그저 그의 따뜻한 품에 안겨 계속 울었다. 짐이 스스로 이야기를 꾸며낼 시간은 충분했다.

“그래서 고향으로 돌아온 거구나, 그렇지?” 이제야 전부 알게 되었다는 듯 짐이 말했다. “몹쓸 짓을 당한 거지, 그렇지? 그래서 늘 그렇게 기운이 없었구나. 오, 비. 불쌍한 것.”

나는 조금 더 크게 울었다.

“내 말이 맞으면 고개만 끄덕여봐.” 짐이 말했다.

오, 하느님. 제발 여기서 빠져나가게 해주세요.

하지만 절대 빠져나갈 수 없었다. 나는 감히 솔직할 수 없었으니까. 순결하지 않다는 사실을 털어놓으면서 나는 그해 사용할 수 있는 진실의 카드를 이미 써버렸다. 더 쓸 카드가 없었다. 그리고 짐의 이야기도 그럴듯했다.

신이시여, 용서해주세요. 결국 나는 고개를 끄덕였다.

(나도 안다. 내가 얼마나 형편없는 사람이었는지. 이 글을 읽는 너도 느끼겠지만 이 글을 쓰고 있는 나 역시 그렇다. 하지만 여기까지 와서 너한테 거짓을 말하고 싶지는 않구나, 안젤라. 그 당시 내가 어떤 사람이었는지 있는 그대로 말해주고 싶었고, 그게 그때 내가 했던 행동이었다.)

"더 캐묻지 않을게." 짐은 그렇게 말하며 내 머리를 쓰다듬었다. 두 눈은 저 멀리 허공을 쳐다보고 있었다.

나는 울면서 고개를 끄덕였다. "네, 저도 그만 말하고 싶어요." 짐은 자세한 내용을 듣지 않아도 되어 그나마 마음이 놓인 것처럼 보였다.

짐은 내 울음이 잦아들 때까지 오랫동안 나를 안고 있었다. 그리고 나를 보며 씩씩하게 (어쩌면 약간 떨며) 웃은 다음 이렇게 말했다.

"걱정하지 마. 이제 괜찮을 거야, 비. 당신은 이제 안전해. 나는 절대 당신을 더러운 여자로 취급하지 않을 거야. 그러니 걱정할 필요 없어. 누구한테도 말하지 않을게. 사랑해, 비. 그런 일이 있었어도 나는 당신과 결혼할 거야."

짐의 말은 숭고했지만, 그의 표정은 다른 말을 하고 있었다. 그도 이 끔찍하고 혐오스러운 사건을 받아들이는 법을 어떻게든 배워야겠지.

"저도 사랑해요, 짐." 나는 거짓말을 하며 그에게 키스했다. 고마움과 안도의 키스로 여겨졌을 것이다.

하지만 내가 살면서 가장 추악하고 비도덕적인 순간이 있었다면, 그건 바로 그때였다.

겨울이 왔다. 해가 짧아졌고 날은 추워졌다. 아빠와 함께하는 출퇴근 길도 모두 새까만 어둠으로 덮였다.

나는 짐에게 크리스마스 선물로 줄 스웨터를 짜고 있었다. 아홉 달 전 집으로 돌아온 후 재봉틀은 아직 꺼내지도 않았고, 대신 뜨개질을 시작했다. (재봉틀 상자를 보기만 해도 암울한 슬픔이 몰려왔다.) 손재주가 있어서 두꺼운 울을 만지는 건 식은 죽 먹기였다. 나는 노르웨이 전통 스웨터 도안을 우편으로 주문했다. 푸른색과 흰색이 섞인 눈송이 무늬였다. 혼자 있을 때는 늘 스웨터를 짰다. 노르웨이 전통을 자랑스러워하는 짐이 아버지의 나라를 떠올리게 만드는 선물을 좋아할 거라고 생각했다. 할머니가 내게 요구했던 수준으로 스웨터를 짜려고 노력했다. 완벽하지 않으면 한 줄을 전부 풀어 다시 짰다. 내가 짠 첫 스웨터였지만 흠잡을 곳 없이 완벽한 스웨터가 될 것이었다.

그것 말고는 가라는 곳에 가거나 정리해야 할 서류를 (보통 알파벳 순서대로) 정리하고 다른 사람들이 하는 일을 따라 하는 게 전부였다.

일요일이었다. 짐과 나는 함께 교회에 갔다가 〈덤보〉를 보러 극장에 갔다. 영화를 보고 나왔을 때 뉴스는 이미 시내에 쫙 퍼져 있었다. 일본이 진주만을 공격한 것이다.

다음 날, 우리는 전쟁의 한복판에 놓여 있었다.

짐은 꼭 입대할 필요는 없었다. 그가 입대를 피할 방법은 많았다. 우선 나이가 많아 징병될 이유가 없었다. 게다가 홀어머니를 돌보는 유일한 부양자였다. 마지막으로, 전쟁에 꼭 필요한 적철석 광산 관리자였다. 짐은 원한다면 어떻게든 징병을 피할 수 있었다.

하지만 짐 라슨은 다른 사람들만 전쟁터로 보낼 수는 없는 사람이었다. 12월 9일, 우리는 짐의 집에 있었다. 어머니는 동생과 점심을 먹으러 다른 지역에 가 계셨기에 우리 둘뿐이었다. 그는 나를 앉혀놓고 진지한 이야기를 해도 되겠냐고 물었다. 그리고 참전하기로 마음먹었다고 말했다. 자신이 해야 할 일이라고, 조국이 자신을 필요로 할 때 나서지 않으면 결코 명예롭게 살 수 없을 것 같다고 말했다.

짐은 내가 가지 말라고 설득해주길 바라는 것 같았지만, 나는 그렇게 하지 않았다.

"이해해요." 내가 말했다.

"해야 할 이야기가 또 있어." 짐이 숨을 크게 들이마시며 말했다.

"당신을 화나게 하고 싶지 않아, 비. 하지만 정말 생각을 많이 했어. 전쟁도 일어났으니, 파혼하는 게 나을 것 같아."

이번에도 그는 나를 조심스럽게 바라보며 내가 반대해주길 기다렸다.

"말씀하세요." 내가 말했다.

"기다려달라고 할 수 없어, 비. 옳지 않아. 전쟁이 언제 끝날지도 모르고, 내가 어떻게 될지도 모르잖아. 다쳐서 돌아오거나 아예 못 돌아올 수도 있어. 당신은 아직 젊잖아. 나 때문에 당신 삶을 낭비하게 만들고 싶지 않아."

여기서 몇 가지 짚고 넘어가도록 하자.

우선, 나는 젊지 않았다. 당시 기준으로 보자면 스물한 살은 노처녀였다. (1941년, 스물한 살 여인의 파혼은 정말 심각한 문제였다.) 그리고 미국 전역의 젊은 커플들이 그 주에 우리와 비슷한 곤경에 처해 있었다. 수백만의 미국 청년이 진주만 공습 이후 참전을 위해 배에 올랐다. 하지만 대부분 출발하기 전에 서둘러 결혼식을 올렸다. 사랑 때문에, 혹은 두려움 때문에, 아니면 죽음을 앞두고 섹스를 하고 싶어서. 이미 섹스를 하고 있었다면 임신에 대한 열망 때문일 수도 있었을 테고. 짧은 시간 안에 최대한 삶을 누리고 싶다는 성급한 욕망도 있었겠지. (안젤라, 너도 알겠지만, 전쟁에 나가기 전에 사랑스러운 이웃 처녀와 서둘러 식을 올린 청년 중 한 명이 바로 네 아버지였다.)

전쟁이 모든 남자를 앗아가버리기 전에 애인을 붙잡아 식을 올리고 싶어 했던 젊은 여자들도 많았다. 심지어 남편이 전사할 경우 받을 만 달러의 배상금을 노리고 잘 알지도 못하는 군인과 식을 올리는 여자들도 있었다. (그런 여자들을 흔히 '배상금 배우자'라고 했는데, 나는 그런 사람들 이야기를 듣고 세상에 그만큼 나쁜 사람도 많다는 사실에 적잖이 안도했다.)

그러니까 내가 하고 싶은 말은, 그런 상황에서는 그놈의 약혼을 취소하는 게 아니라 서둘러 결혼하는 게 보통이었다는 말이다. 그 주, 마음이 다급해진 미국 전역의 젊은 청춘 남녀들은 '언제나 당신만 사랑해! 이 결혼으로 내 사랑을 증명하고 싶어! 무슨 일이 생기든 영원히 사랑해!'라는 말을 앵무새처럼 반복하며 서둘러 결혼식을 올렸다.

하지만 짐은 앵무새처럼 그런 말을 따라 할 사람이 아니었고, 나 역시 마찬가지였다.

내가 물었다. "반지를 돌려드릴까요, 짐?"

꿈이 아니었다면, 물론 꿈이 아니었지만, 짐의 얼굴에 엄청난 안도의 표정이 잠깐 스쳤다. 그리고 나는 그 표정의 뜻을 알아버렸다. 드디어 탈출구를 찾은 남자의 표정이었다. 더러운 여자와 결혼하지 않아도 된다고 안심하는 표정이었다. 그것도 아주 명예로운 핑계로. 짐은 잠깐이었지만 안도의 마음을 숨기지 못했고 나는 그 표정을 보고 말았다.

짐은 곧 정신을 가다듬고 말했다. "하지만 당신을 사랑하는 내 마음은 변함없어, 비."

"제 마음도 그럴 거예요, 짐." 나 역시 예의 바르게 대답했다.

그 말만은 우리도 앵무새처럼 내뱉었다.

나는 손가락에서 반지를 빼 기다리고 있던 그의 손바닥 위에 단단히 내려놓았다. 지금 생각해보면 그가 반지를 받으며 안도했던 것만큼 나 역시 그 반지를 빼버리며 속이 시원했다.

그렇게 우리는 서로를 구원했다.

안젤라, 보다시피 역사는 나라의 운명만 바꾸는 것이 아니라 역사에 별로 중요하지 않은 두 사람의 삶도 바꾸었다. 2차 세계 대전이 이 땅에 가져온 수많은 변화 중에는 이런 사소한 운명의 장난도 있었다. 짐 라슨과 비비안 모리스는 그렇게 결혼을 피해가는 행운을 얻었다.

약혼을 파기하고 한 시간 후, 우리는 가장 격렬하고 근사하고 잊지 못할 섹스를 했다.

내가 먼저 유혹했던 것 같다. 아니, 솔직히 말해서, 내가 먼저 시작한 게 맞다.

내가 반지를 돌려주자 짐은 부드럽게 키스하며 나를 따뜻하게 안아주었다. '당신의 마음을 다치게 하고 싶지 않아.'라고 말하는 포옹이었다. 하지만 나는 마음이 다치기는커녕 두개골에서 시원하게 코르크가 빠져 한꺼번에 자유가 폭발하는 느낌이었다. 짐은 곧 제 발로 떠날 것이다! 그리고 나는 이 상황에서 떳떳하게 빠져나올 것이다! (그도 마찬가지겠지만 여기서 더 중요한 사람은 바로 나였다!) 모든 걱정이 사라졌다. 정숙한 척할 필요도 없었고 다른 사람인 척할 필요도 없었다. 누구의 손가락질도 받을 필요 없이 약혼을 깨고 반지를 빼버린 그 순간, 나는 더 잃을 것이 없었다.

짐은 다시 한번 부드럽게 '마음이 아프다면 미안해.'라는 뜻의 키스를 했고, 나는 혀가 그의 심장에 닿지 않은 게 기적일 정도로 깊이, 그 키스에 화답했다.

짐은 건실한 남자였다. 교회에 다니는 남자였다. 예의 바른 남자였다. 하지만 그래도 남자였다. 그러니 섹스를 허락한다는 내 신호에 곧장 반응했다. (그러지 않을 남자는 없을 거라고 감히 추측해본다.) 어쩌면 짐도 나처럼 혼곤한 자유에 취해 있었는지도 몰랐다. 바로 다음 순간, 나는 그를 끌고 가서 그의 좁은 나무 침대에 그를 눕히고 그의 옷과 내 옷을 마음대로 벗어젖혔다.

사랑을 나누는 행위에 대해서라면 짐보다 내가 훨씬 많이 알고 있다는 게 금방 드러났다. 짐도 섹스가 처음은 아니었겠지만, 경험이 많은 건 분명 아니었다. 그는 낯선 동네를 운전하는 운전사처럼 내 몸을 살폈다. 표지판과 큰 건물들을 찾으며 천천히, 조심스럽게 움직였다. 하지만 그렇게는 할 수 없었다. 그러니 내가 운전석에 앉아야 했다. 나는 뉴욕에서 배웠던 녹슨 옛 기술들을 발휘해 모든 과정을 지휘하기 시작했다. 재빨리, 그리고 말없이. 갑작스러워하는 그에게 내가 무엇을 하려는지 물을 시간조차 주지 않았다.

나는 그를 노새처럼 부렸다, 안젤라. 그에게 조금도 생각할 기회를 주지 않았고 속도를 늦추지도 않았다. 그는 숨도 못 쉬었고 넋을 잃었고 완전히 압도되었다. 나는 그가 그 상태를 최대한 오래 유지할 수 있게 해주었다. 아, 이 말도 해야겠다. 그의 어깨는 세상에서 가장 아름다운 어깨였다.

세상에! 섹스가 얼마나 그리웠던지!

나는 위에서 나를 내려다보던, 무아지경에 빠진 그 전형적인 미국인의 얼굴을 절대 잊지 못할 것이다. 열정과 탐닉과 흥분에 길을 잃은 표정, 동시에 당황스러움과 놀라움과 두려움이 뒤섞인 그 복잡한 표정을 절대 잊지 못할 것이다. 짐의 순수한 파란 두 눈동자는 그 순간 이렇게 묻고 있었다. '당신은 도대체 누구지?'

내 두 눈은 아마 이렇게 대답하고 있었을 것이다. '나도 몰라, 친구. 하지만 알 거 없잖아?'

섹스를 끝내고 짐은 나를 쳐다보지도, 내게 말을 걸지도 못했다.

그러든 말든 상관없는 그 기분에 나는 그야말로 날아갈 것 같았다.

다음 날, 짐은 훈련을 받기 위해 떠났다.

그리고 삼 주 후, 나는 임신하지 않았다는 사실에 크게 기뻐했다. 피임도 하지 않은 섹스는 도박이나 마찬가지였지만, 충분히 그럴 만한 가치가 있었다.

다 짠 노르웨이 스웨터는 월터에게 크리스마스 선물로 보냈다. 남태평양에서 두꺼운 모직 스웨터를 입을까 싶었지만, 월터는 고맙다고 예의 바른 편지를 보내왔다. 집으로 돌아오던 끔찍했던 밤 이후로 월터와 내가 직접 소통을 한 건 그때가 처음이었다. 관계가 조금씩 회복되고 있는 것 같아 반가웠다.

몇 년 후, 짐 라슨이 무장한 적군과의 전투에서 목숨을 건 용맹을 발휘해 수훈십자장을 받았다는 소식을 들었다. 짐은 뉴멕시코에 정착해 부유한 여인과 결혼을 했고 상원의원에 출마해 당선되었다. 결코 리더는 될 수 없다던 아빠의 말에 비하면 엄청난 성공이었다.

짐에게는 잘된 일이었다.

결국 우리 두 사람 모두에게 잘된 일이었다.

그렇지 않니, 안젤라? 전쟁이 누구에게나 나쁜 것만은 아니었단다.

23

나의 도시, 나의 구원자들

짐이 떠난 후, 나는 가족과 이웃들의 크나큰 동정을 받았다. 나는 약혼자를 잃고 상심한 여인이 되었다. 위로는 필요 없었지만 어쨌든 받았다. 비난이나 의심보다 위로가 나았으니까. 전부 설명해야 하는 쪽보다 당연히 위로가 나았으니까.

아빠는 짐 라슨이 당신의 적철석 광산은 물론 당신 딸까지 포기했다는 점에 대해 몹시 분노했다. (물론 적철석 광산에 대한 분노가 훨씬 컸다.) 엄마는 다음 해 4월, 나의 결혼이 무산된 것에 대해 약간 실망했지만 그래도 큰 충격은 받지 않은 것 같았다. 심지어 그 주말에 다른 할 일이 있다고 했다. 4월은 뉴욕주 북부에서 다양한 경마쇼가 열리는 시기였으니까.

나는 오래 약에 취해 있다 깨어난 느낌이었다. 이제 재미있는 일을 찾아 해보고 싶었다. 학교로 돌아갈까 잠깐 생각해봤지만, 딱히 마음이 동하지 않았다. 하지만 이 도시는 벗어나고 싶었다. 모든 관계가 끝장나버린 뉴욕으로 갈 수는 없었지만, 생각해보면 다른 도시도 괜찮을 것 같았다. 필라델피아나 보스턴도 좋았다. 그런 곳에 자리를 잡아도 괜찮을 것 같았다.

떠나려면 돈이 필요하다는 정도는 알았기 때문에, 나는 결국 재봉틀을 꺼내 손님방에 설치했다. 그리고 의상 맞춤과 수선이 가능하다고 소문을 냈다. 결혼 철이 다가오고 있었으니 곧 일이 밀어닥쳤다. 드레스 수요는 많았지만 드레스를 만들 옷감은 부족했다. 프랑스에서 건너오던 멋진 레이스와 비단도 끊겼고, 웨딩드레스 같은 사치품에 돈을 쓰는 건 비애국적인 일로 여겨졌다. 그래서 나는 릴리 플레이하우스에서 연마한 '뒤지기' 기술을 사용해 최소한의 재료로 아름다운 드레스를 만들었다.

어릴 적 친하게 지냈던 발랄한 친구 매들린이 5월 말에 결혼할 예정이었다. 매들린의 가족은 한 해 전 발병한 아빠의 심장 질환 때문에 힘든 시기를 겪고 있었다. 전쟁이 아니더라도 멋진 드레스에 쓸 돈이 없었겠지만, 상황은 그보다 훨씬 심각했다. 나는 그녀와 함께 매들린네 집 다락을 샅샅이 뒤져 가장 로맨틱한 드레스를 만들어 주었다. 양가 할머니의 웨딩드레스 두 벌을 뜯어 새로운 디자인으로 이어 붙였다. 레이스가 바닥까지 길게 늘어지는 아름다운 드레스였다. 만들기 쉽지는 않았지만 (오래된 실크는 너무 약해서 마치 폭탄처럼 조심히 다뤄야 했다.) 결과는 환상적이었다.

매들린은 너무 고마워했고, 나를 신부 들러리로 지명했다. 나는 매들린의 결혼식에 허리 아랫부분이 살짝 퍼지는 세련된 진초록 정장을 만들어 입고 갔다. 할머니한테 물려받아 침대 밑에 몇 년 동안 보관해놓았던 생사로 만든 정장이었다. (에드나 파커 왓슨을 만난 이후 나는 최대한 정장을 입으려고 했다. 다른 교훈도 많았지만, 그 여인은 정장이 언제나 드레스보다 더 세련된 옷이며, 정장을 입어야 더 중요한 사람처럼 보인다고 가르쳐주었다. 그리고 보석은 최대한 지양하라고! 에드나는 이렇게 말했다. "보석은 보통 잘못 골랐거나 잘 맞지 않는 의상을 가리기 위한 것이지." 그랬다. 나는 여전히 가끔 에드나를 떠올리고 있었다.)

매들린과 나는 둘 다 환상적이었다. 매들린은 인기가 많아서 결혼식 하객도 많았고 덕분에 그 후로 내 손님도 늘었다. 결혼식 파티에서 매들린의 사촌 한 명과 덩굴 식물로 뒤덮인 담장에 기대 키스를 하기도 했다.

조금씩 나 자신이 되어가는 것 같았다.

어느 날 오후, 괜히 멋을 내고 싶어 오래전 뉴욕에서 산 선글라스를 꼈다. 셀리아가 마음에 들어했다는 이유로 산 선글라스였다. 거대한 검정 테에 알은 어두웠고 작은 조개껍질 장식들이 붙어 있었다. 쓰고 있으면 해변의 거대한 한 마리 곤충이 된 것 같았지만, 그래도 마음에 드는 선글라스였다.

선글라스를 쓰니 셀리아가, 셀리아의 눈부신 자태가 그리워졌다. 함께 옷을 입고, 함께 화장을 하고, 함께 뉴욕을 활보하던 날들이 그리웠다. 함께 나이트클럽에 들어가면 그곳의 모든 남자가 우리를 보고 침을 꼴깍 삼키던 그 순간이 그리웠다. (오, 안젤라. 칠십 년이 지난 지금도 여전히 그 느낌이 그리운 것 같구나.) 셀리아는 지금 어떻게 지내고 있을까? 어딘가에 자리를 잡았을까? 그러길 빌었지만, 최악의 경우 역시 상상했다. 돈도 없고 갈 곳도 없이 고생하고 있는 건 아닐까.

나는 그 우스꽝스러운 선글라스를 끼고 아래층으로 내려갔다. 지나가던 엄마가 나를 보고 걸음을 멈췄다. "비비안, 그 끔찍한 건 도대체 뭐니?"

"패션이란 거죠." 내가 말했다. "뉴욕에서는 지금 이런 테가 유행이거든요."

"여기서는 그런 모습을 안 봐도 되니 얼마나 다행인지 모르겠구나." 엄마가 말했다.

그러거나 말거나 나는 선글라스를 벗지 않았다. 적진에 두고 온 잃어버린 동지를 기리기 위해 쓰고 있다고 설명할 길도 어차피 없었고.

6월이 되자 나는 회사 일을 그만두고 싶다고 아빠께 말씀드렸다. 서류를 정리하고 전화를 받는 척하며 버는 돈만큼 이미 바느질로 벌고 있었고 그쪽이 훨씬 만족스럽기도 했다. 게다가 아빠한테도 말씀드렸듯이 나는 현금으로 돈을 받았기 때문에 수입을 신고할 필요도 없었다. 바로 그 이유 덕분에 아빠의 허락이 떨어졌다. 아빠는 정부의 뒤통수만 칠 수 있다면 무슨 짓이든 할 사람이었으니까.

살면서 처음으로 돈을 조금 모았다. 그 돈으로 뭘 할지는 몰랐지만 어쨌든 돈이 모였다. 모은 돈이 있다는 것은 계획이 있다는 것과는 달랐지만, 생각해보렴, 안젤라. 덕분에 나는 언젠가 계획을 실현할 수 있다는 희망을 품기 시작했단다.

여름이 오면서 날이 길어지고 있었다.

7월 중순, 부모님과 저녁을 먹고 있었는데 집 앞에서 차 소리가 들렸다. 부모님은 깜짝 놀라 고개를 들었다. 일상에 아주 미세한 균열만 생겨도 두 사람은 그렇게 놀라곤 했다.

"저녁 시간에 누가!" 아빠는 세상의 종말에 대한 우울한 강의라도 시작할 기세로 한탄을 했다.

내가 문을 열었다. 페그 고모였다. 한여름의 열기에 붉은 얼굴은 땀 범벅이었고 옷차림도 당황스러웠다. (커다란 남성용 격자무늬 옥스퍼드 셔츠에 펑퍼짐한 치마 바지를 입고, 칠면조 깃털이 달린 낡은 밀짚모자를 쓰고 있었다.) 살면서 누가 그렇게 반갑고 놀라웠던 적은 처음이었다. 나는 너무 좋아서 예전에 고모 앞에서 몹시 부끄러운 짓을 했다는 사실조차 잊었다. 나는 기쁨을 감추지 않고 페그를 덥석 껴안았다.

"꼬맹이!" 페그가 웃으며 말했다. "아주 좋아 보이는데!"

부모님은 나만큼 페그의 방문을 환영하지는 않았지만, 갑작스러운 상황에도 최선을 다해 적응하려고 노력하셨다. 가정부가 재빨리 식탁에 자리를 하나 더 마련했다. 아빠가 페그에게 칵테일을 권했지만, 놀랍게도 페그는 번거롭지 않다면 아이스티를 마시고 싶다고 말했다.

페그는 식탁 의자에 털썩 주저앉아 우리 집의 최상급 아일랜드 리넨 냅킨으로 축축한 이마의 땀을 닦더니 활짝 웃으며 말했다. "자! 이 첩첩산중에서 다들 어떻게 지내고 계시나?"

"차가 있는 줄은 몰랐구나." 아빠가 대답 대신 말했다.

"내 건 아니고. 아는 안무가 차야. 남자친구 캐딜락으로 포도밭에 간다길래 잠깐 빌렸지. 크라이슬러. 고물인 것 치고 괜찮아. 타보고 싶으면 타 봐."

"가스 할당량은 어떻게 되지?" 아빠는 이 년 만에 본 여동생에게 그걸 물었다. (덥석 그런 질문부터 던지는 이유가 궁금하겠지만, 아빠도 나름대로 이유가 있었다. 몇 달 전 뉴욕주에 도입된 가스 할당량 때문에 아빠는 몹시 화가 난 상태였다. "전체주의에서 살려고 그렇게 열심히 일한 것이 아니란 말이다! 다음엔 또 무슨 짓을 하려고? 아예 취침 시간까지 정해주지 그래?" 나는 빨리 다른 주제로 대화가 넘어가길 기도했다.)

"암시장에서 돈 좀 찔러주면서 도장을 모았지. 도시에서는 도장 받기가 그리 어렵지 않아. 여기서만큼 차가 많이 필요한 게 아니니까." 그리고 페그는 엄마를 보며 다정하게 물었다. "루이스, 잘 지내요?"

"잘 지내요, 페그." 엄마는 조심스럽다기보다 의심스럽다는 눈초리로 시누이의 질문에 대답했다. (그럴 만도 했다. 크리스마스도 아니고 누가 죽은 것도 아닌데 페그가 클린턴에 있다는 것 자체가 말이 안 되는 상황이었다.) "아가씨는 어때요?"

"맨날 똑같죠. 그래도 시골에 오니 좋네요. 좀 더 자주 와야겠어요. 아, 이렇게 불쑥 찾아와서 죄송해요. 갑자기 결정한 터라. 말들은 다 잘 있죠, 루이스?"

"잘 있어요. 물론 전쟁 때문에 예전만큼 시합이 없긴 해요. 말들도 이런 더위는 싫어하지만, 그래도 잘 있어요."

"그나저나 왜 온 거냐?" 아빠가 물었다.

아빠는 페그를 싫어하진 않았지만, 눈에 띄게 무시하긴 했다. 아빠는 페그가 무분별하게 삶을 낭비하고 있다고 생각했다. (지금 생각해보면 월터가 나를 보는 관점과 비슷했던 것 같다.) 아빠 생각도 어느 정도 일리는 있었지만 그래도 그보다 더 반갑게 맞아줄 수는 있었을 것이다.

"비비안에게 물어보러 왔어. 나랑 다시 뉴욕에 갈 생각이 있는지."

페그의 말에 내 마음 깊은 곳의 먼지 낀 오래된 문이 활짝 열렸고, 흰 비둘기 수천 마리가 푸드득 날아올랐다. 나는 아무 말도 하지 못했다. 입을 열면 이 순간이 그대로 날아가버릴까 두려웠다.

"왜지?" 아빠가 물었다.

"나한테 필요해서. 해군에서 의뢰한 공연을 제작하고 있어. 브루클린 해군 공창 노동자들이 점심시간에 볼 공연인데, 노래하고 춤추고, 선전도 하고 연애 이야기도 하고 그래. 사기 증진 차원에서. 그런데 극단에 손이 부족해서 해군 공연을 도와줄 사람이 필요해. 비비안이 오면 정말 도움이 될 것 같아."

"비비안이 연애 이야기 같은 것에 대해 뭘 알까요?" 엄마가 물었다.

"루이스 생각보다는 많이 알 걸요?" 페그가 대답했다.

고맙게도 페그는 그 말을 하면서 나를 보지는 않았다. 갑자기 목부터 뜨겁게 달아오르는 감각이 느껴졌다.

"하지만 비비안은 이제 겨우 여기 적응했는걸요." 엄마가 말했다. "그리고 작년에 뉴욕에서 지독한 향수병에 걸렸나봐요. 도시가 맞지 않았는지."

"향수병이었어?" 페그는 그제야 아주 희미하게 웃으며 내 눈을 바라보았다. "그래서 그랬구나!"

이제 얼굴까지 빨개졌다. 그래도 감히 입을 열 수는 없었다.

"생각해봐요." 페그가 말했다. "영영 있으란 소리는 아니에요. 향수병이 또 도지면 바로 오면 되지. 그런데 내 상황이 지금 좀 곤란해서요. 요즘은 일할 사람 구하기가 얼마나 어려운지 몰라요. 남자들은 전부 싸우러 갔고, 심지어 쇼걸들도 공장에 일하러 간다니까요. 돈을 더 많이 주니까. 어쨌든 당장 믿을 만한 손이 필요해서요."

페그가 말했다. '믿을 만한' 손이 필요하다고.

"직원을 구하기 힘든 건 나도 마찬가지다." 아빠가 말했다.

"비비안이 오빠 회사에서 일해?" 페그가 물었다.

"잠깐 일했었지. 나중에 또 필요할지도 모르고. 내 밑에서 배우는 게 더 많을 거다."

"오, 비비안이 광산 산업에 특별한 관심이라도 있나?"

"하찮은 일꾼 하나 구하려고 이렇게 먼 거리를 달려오다니. 도시에서 충분히 구할 수 있었을 텐데. 네가 더 쉽게 살 수 있는 방법을 왜 하나같이 마다하는지 여전히 모르겠다만."

"비비안은 하찮은 일꾼이 아니야." 페그가 말했다. "의상 전문가라고."

"뭘 보고 그런 소릴 하지?"

"공연 산업에 오래 몸담다 보면 알게 돼, 더글라스."

"하, 공연 산업이라."

"가고 싶어요." 마침내 목소리를 찾은 인어공주처럼 내가 말했다.

"왜?" 아빠가 물었다. "왜 닭장에 갇힌 닭처럼 빛도 못 보고 살아야 하는 도시로 가려는 거냐?"

"광산에서 거의 한평생을 보낸 분이 할 말은 아닌 것 같은데." 페그가 대꾸했다.

솔직히 두 사람은 아직도 어린 남매 같았다. 식탁 밑으로 서로 발을 쳐댄다고 해도 놀라지 않을 것 같았다.

하지만 지금, 두 사람 모두 나를 보며 내 대답을 기다리고 있었다. 왜 뉴욕으로 돌아가고 싶냐고? 어떻게 설명하지? 짐 라슨이 결혼하자고 했을 때와 비교해보면, 그건 감기약 시럽과 샴페인의 차이 같은 거였다.

"다시 뉴욕으로 가고 싶어요." 내가 말했다. "제 삶의 가능성을 확장하고 싶어서요."

어찌나 확신에 차서 말했는지 다들 내게 바짝 관심을 기울였다. (고백하자면 '제 삶의 가능성을 확장하고 싶어요.'라는 말은 최근에 라디오 드라마에서 들은 말이었다. 어쨌든 그 상황에서 효과가 있었다. 그리고 사실이기도 했다.)

"다시 뉴욕으로 간다면," 엄마가 말했다. "뒷바라지는 힘들겠구나. 네 나이에 계속 용돈을 줄 수는 없잖니."

"용돈은 괜찮아요. 제가 알아서 벌게요."

'용돈'이라는 단어 자체가 부끄러웠다. 다시는 듣고 싶지 않은 말이었다.

"일을 구해야 할 텐데." 아빠가 말했다.

페그가 깜짝 놀라 오빠를 바라보며 말했다. "놀랍네, 더글라스. 절대 내 말을 안 듣지. 바로 몇 분 전에, 바로 이 자리에서, 내가 비비안이 할 일이 있다고 말했을 텐데."

"제대로 된 일이 있어야지." 아빠가 말했다.

"제대로 된 일이라고. 미국 해군을 위해 하는 일이야. 월터처럼. 해군이 한 사람을 더 고용할 만큼 넉넉히 예산을 줬다고. 말하자면 공무원이 되는 거지."

나는 식탁 밑으로 페그의 발을 차고 싶었다. 아빠가 가장 치를 떠는 단어가 바로 공무원이 아닌가. 차라리 좀도둑질을 시킬 거라고 말하는 게 나았을지도 모른다.

"언제까지 뉴욕과 여기를 왔다 갔다 할 수는 없지 않겠니." 엄마가 말했다.

"안 그럴게요." 내가 다짐했다. 정말 진심이었다.

"내 딸이 평생 극장에서 일하는 꼴은 못 본다." 아빠가 말했다.

페그가 눈을 부라리며 말했다. "그렇지. 그만큼 끔찍한 일도 없지."

"난 뉴욕이 싫어." 아빠가 말했다. "뭔가 부족한 사람들만 모여 사는 곳이야."

"그렇지. 누구나 아는 사실이지." 페그가 쏘아붙였다. "성공한 사람들은 맨해튼 근처에도 가지 않을 테니까."

굳이 한마디 더 보태지 않은 걸 보면, 아빠는 별생각 없이 말했던 것 같았다.

솔직히 나는 부모님이 어서 떠나라고 내 등을 떠밀 줄 알았다. 두 사람 입장에서 나는 당신들 집에 더 이상 살면 안 되는 사람이었다. 이미 오래전에 그 집을 떠나야 했던 사람이었다. 이상적으로는 대학이라는 관문을 통해, 결혼으로의 안착을 통해 말이다. 다 큰 아이들과는 함께 살지 않는 게 당신들의 문화였다. (물론 부모님은 내가 어렸을 때도 옆에서 얼쩡거리는 걸 싫어하셨고, 그래서 나는 기숙 학교와 여름 캠프에서 아주 많은 시간을 보냈다.)

아빠는 결국 허락하기 전에 페그 고모를 놀리고 싶었던 것뿐이었다.

"뉴욕이 비비안에게 좋은 영향을 끼칠 것 같지는 않은데." 아빠가 말했다. "내 딸이 민주당원이 되는 꼴은 보기 싫어."

"그건 걱정할 필요 없어." 페그가 만족스럽게 웃으며 말했다. "나도 그 문제에 대해 고민 좀 해봤는데, 민주당원은 무정부주의자들을 받아주지도 않아."

그 말이 웃겼는지 엄마가 웃음을 터트렸다.

"갈래요." 내가 불쑥 선언했다. "이제 거의 스물두 살이잖아요. 클린턴에서는 할 일이 없어요. 이제 어디에 살지는 제가 결정할게요."

"스물두 살이라니, 비비안?" 엄마가 말했다. "10월이 되어야지 스물두 살이지. 살면서 한 번도 돈을 벌어본 적이 없잖니. 넌 세상이 어떻게 돌아가는지 아직 몰라."

그럼에도 불구하고 나는 엄마가 내 단호한 목소리에 기분이 좋았다는 사실을 느낄 수 있었다. 엄마는 어쨌든 평생 말 위에서 도랑을 넘고 담장을 타던 여인이었다. 어쩌면 엄마는 삶의 도전과 장애물을 용감히 뛰어넘어야 한다고 생각하는 사람인지도 몰랐다.

"그렇게 마음을 먹었다면," 아빠가 말했다. "적어도 끝장을 보길 바란다. 살면서 한 가지 정도는 이뤄야 사람이지."

심장이 빨리 뛰기 시작했다. 그 대수롭지 않은 마지막 한마디가 바로 아빠의 허락이었다.

페그와 나는 다음 날 아침 뉴욕을 향해 출발했다.

뉴욕은 가도 가도 나오지 않았는데, 페그가 기름을 아껴 애국하기 위해 시속 55킬로미터로 운전하길 고집했기 때문이었다. 하지만 상관없었다. 내가 사랑했던 곳, 다시는 나를 환영하지 않을 것 같던 곳으로 돌아간다는 기쁨에 시간이야 얼마나 걸리든 상관없었다. 코니 아일랜드의 롤러코스터만큼 짜릿한 길이었다. 지난 일 년 동안 이렇게 흥분했던 적은 없었다. 흥분했지만 동시에 불안하기도 했다.

다시 돌아간 뉴욕에서 나는 무엇을 찾게 될까? 누구를 만나게 될까?

"대단한 결정이었어." 페그가 차에 올라타자마자 말했다. "잘했다, 꼬맹이."

"정말로 제가 필요해요?" 부모님 앞에서는 감히 묻지 못한 질문이었다.

페그가 어깨를 으쓱하며 말했다. "쓸 데야 있겠지." 그리고 웃으며 덧붙였다. "아니야, 비비안. 정말 필요해. 그놈의 해군 공연에 너무 욕심을 부렸어. 사실 더 빨리 와서 데려가고 싶었는데, 네가 지겨워질 때까지 좀 기다렸지. 내 경험상, 재앙과 재앙 사이에는 휴식이 필요하거든. 작년에 네가 뉴욕에서 좀 큰일을 치렀니. 회복할 시간이 필요했을 거야."

재앙이라는 말에 갑자기 배가 아팠다.

"그 일 말인데요, 페그." 내가 입을 열었다.

"더 얘기할 것 없어."

"죄송해요."

"당연히 그래야지. 나도 많은 일을 저지르고 죄송해했어. 누구나 그래. 죄송할 수 있으면 되는 거야. 하지만 지나간 일에 집착하지는 마. 개신교도라서 좋은 점 하나는 영원히 회개만 하고 있을 필요가 없다는 거야. 네 잘못은 치명적이지도 않았고 그저 가벼운 일이었어, 비비안."

"무슨 뜻인지 모르겠어요."

"사실 나도 잘 모르겠다. 어디서 읽은 거야. 하지만 한 가지는 알아. 육체의 죄 때문에 죽고 나서 벌 받을 일은 없다는 거야. 오직 이번 생에서만 벌 받는 거지. 너도 지금쯤 알았겠지만."

"너무 많은 사람한테 폐를 끼쳤어요."

"사고 친 다음에 철이 들기는 쉽지. 하지만 그런 어처구니없는 실수도 하지 않으면 어떻게 스무 살이겠니?"

"고모도 스무 살 때 그런 실수를 했어요?"

"당연하지. 물론 너처럼 심각한 실수는 아니었지만 나도 그런 때가 있었어."

페그는 농담이라는 뜻으로 나를 보며 웃었다. 아니, 어쩌면 농담이 아니었는지도 몰랐다. 상관없었다. 어쨌든 나를 데리고 뉴욕으로 가고 있으니까.

"데리러 와줘서 고마워요, 페그."

"보고 싶었어. 내가 널 좋아하잖니, 꼬맹아. 난 한번 사람을 좋아하면 계속 좋아할 수밖에 없거든. 그게 내 삶의 규칙이야."

지금껏 들은 말 중 가장 마음에 드는 말이었다. 나는 잠시 그 말을 음미했다. 그러다 모든 사람이 페그처럼 너그럽지 않다는 사실이 떠오르며, 달콤했던 그 말이 점점 쓰게 느껴졌다.

"에드나를 어떻게 봐야 할지 모르겠어요." 마침내 내가 털어놓았다.

페그가 놀란 듯 나를 보며 되물었다. "에드나를 왜 봐야 하는데?"

"그럼 에드나를 안 봐요? 릴리에 가면 보게 되잖아요."

"꼬맹아, 에드나는 이제 릴리에 없어. 지금은 셰익스피어 〈뜻대로 하세요〉 연습 중이야. 맨스필드에서. 봄에 아서랑 릴리에서 나갔어. 지금은 사보이에서 지내. 소식 못 들었구나?"

"그럼 〈시티 오브 걸스〉는요?"

"세상에, 정말 깜깜무소식이네."

"왜요?"

"3월에 모로스코 극장에서 〈시티 오브 걸스〉를 올리고 싶다고 빌리에게 제안했고, 빌리가 공연을 들고 떠났어."

"공연을 다 가져갔다고요?"

"그랬지."

"어떻게 가져가요? 릴리 공연 아니에요?"

"빌리가 썼고 빌리가 연출했으니까 엄밀히 말하면 가져가도 할 말 없지. 빌리 뜻도 그랬고 나도 동의했어. 반대한다고 못 가게 할 수 있는 것도 아니고."

"그럼," 나는 질문을 마무리할 수가 없었다.

'그럼 다들 어떻게 된 거예요?'가 내가 묻고 싶었던 질문이었다.

"그럼, 뭐?" 페그가 물었다. "빌리는 원래 그런 사람이야, 꼬맹아. 빌리한테는 기회였지. 모로스코잖니. 천 석도 넘으니 돈도 더 될 테고. 당연히 에드나도 같이 갔지. 그렇게 몇 달을 더 공연하다가 에드나가 결국 지겨워졌어. 지금은 셰익스피어로 돌아갔단다. 에드나 역할은 헬렌 헤이즈Helen Hayes가 맡았는데 내가 보기에는 한참 부족하지. 오해는 하지 마. 나도 헬렌을 좋아해. 에드나만큼 훌륭하긴 한데, 딱 에드나한테만 있는 바로 그게 없어. 누구한테도 없는 딱 그거 말이야. 거트루드 로렌스Gertrude Lawrence라면 어쩔지 모르겠다. 똑같진 않지만 자기만의 그게 있으니까. 하지만 뉴욕에 없으니. 어쨌든 에드나만큼 할 수 있는 사람은 없어. 그래도 매일 밤 매진이고, 빌리는 돈을 쓸어모으고 있겠지."

무슨 말을 해야 할지 머리가 텅 비어버린 것 같았다.

"정신 차려, 꼬맹이." 페그가 말했다. "넋이 아주 나갔구나."

"그럼 릴리는 어떡해요? 고모랑 올리브는요?"

"평소처럼 지내지. 그럭저럭 버티고 있어. 다시 허접한 공연들을 올리면서 동네 관객들을 모으려고 노력 중이야. 그런데 전쟁 때문에 태반은 싸우러 가고 없단다. 요즘은 노인과 어린애들이 대부분이야. 그래서 해군 공연도 하기로 한 거고. 어쨌든 수입은 필요하니까. 올리브 말이 맞았어. 물론 늘 그랬지만. 빌리는 장난감을 싸들고 떠나버렸고 뒷감당은 고스란히 우리 몫이 되었지. 어쩌면 나도 알고 있었을 거야. 빌리와는 늘 그런 식이었으니까. 게다가 빌리가 훌륭한 배우들도 전부 데려가버렸지 뭐니. 글래디스도 빌리를 따라갔어. 제니하고 롤랜드도."

페그는 담담하게 그 모든 이야기를 들려주었다. 배신과 파멸 따위는 지극히 평범한 일이라는 듯.

"벤자민은요?" 내가 물었다.

"안타깝지만 벤자민은 징병됐어. 그건 빌리 탓을 할 수도 없지. 하지만 군복 입은 벤자민이 상상이 되니? 그 천재적인 손으로 총을 쏜다고? 그런 낭비도 없지. 정말 안됐어."

"허버트 씨는요?"

"아직 있어. 허버트 씨와 올리브는 절대 날 떠나지 않아."

"셀리아 소식은 없죠?"

딱히 질문은 아니었다. 답은 이미 뻔했으니.

"셀리아 소식은 없다." 페그가 단호하게 말했다. "하지만 잘 지내고 있을 거야. 걔는 아직 목숨이 여섯 개는 더 남았을 테니까. 재밌는 이야기는 그게 아니고." 페그는 셀리아 레이의 운명에 조금도 관심이 없다는 투로 말을 이었다. "빌리 말이 맞았어. 우리가 진짜 멋진 공연을 만들었잖아! 같이 해낸 거지. 올리브는 〈시티 오브 걸스〉가 망할 거라고 했지만, 틀렸어. 정말 끝내주는 공연이었거든. 빌리랑 모험해보길 잘했어. 공연하는 동안에는 신이 나서 죽을 뻔했거든."

나는 신나서 말하고 있는 페그의 옆모습을 보며 어떤 감정의 동요나 번민의 징후를 찾아보았지만 그런 낌새조차 보이지 않았다.

페그는 고개를 돌려 나를 보더니 웃었다. "그렇게 충격받은 표정 짓지 마, 비비안. 바보 같아."

"하지만 빌리가 공연에 대한 권리를 약속했잖아요! 저도 들었다고요! 빌리가 릴리에 처음 온 날 아침에 부엌에서 그렇게 말했잖아요!"

"빌리는 많은 걸 약속해. 그리고 서면 약속은 절대 안 하지."

"빌리가 어떻게 고모한테 그런 짓을 해요!"

"이봐, 꼬맹이. 난 빌리가 어떤 놈인지 다 알고 있었어. 그런데도 끌어들인 거야. 후회하지 않아. 모험이었거든. 삶을 좀 더 가볍게 받아들이는 법을 배워봐, 아가씨. 세상은 늘 변해. 어떻게 맞춰갈지 배워야 해. 사람들은 약속을 하고 또 약속을 깨. 공연은 인기를 얻다가 또 망하기도 하지. 탄탄해 보이는 결혼도 결국 이혼이 되고. 한동안 전쟁이 없었다가 또 전쟁이 터졌잖아. 이 모든 일에 화를 내면 그저 멍청하고 불행한 사람만 될 뿐이야. 그렇게 살 수는 없잖아? 자, 이제 빌리 이야기는 그만하고. 넌 어떻게 지냈는데? 진주만 공습 땐 뭘 하고 있었어?"

"영화를 보고 있었어요. 〈덤보〉. 고모는요?"

"폴로 그라운즈에서 축구를 보고 있었어. 시즌 마지막 자이언츠 경기였지. 그런데 두 번째 쿼터 막바지에 갑자기 이상한 발표를 하는 거야. 현역 군인들은 즉시 복귀하라고. 그 순간 알았지. 큰일이 터졌구나. 그리고 소니 프랭크Sonny Franck가 부상을 당했어. 여러모로 정신이 하나도 없었지. 물론 그의 탓은 아니었지만. 죽여주는 선수였는데. 암튼 재수 없는 날이었어. 약혼했다던 그 친구랑 영화 본 거야? 이름이 뭐랬지?"

"짐 라슨이요. 약혼했다는 건 어떻게 알았어요?"

"어젯밤 네가 짐 싸고 있을 때 엄마한테 들었지. 듣자 하니 겨우 빠져나온 것 같던데. 심지어 네 엄마도 다행이라고 생각하는 것 같더라. 원래 속마음을 잘 안 드러내는 사람인데도 말이야. 네가 별로 안 좋아했다고 생각하던데?"

놀라운 소식이었다. 엄마하고는 짐에 대해 그 어떤 깊은 대화도 나눠본 적 없었다. 사실 어떤 것에 대해서도 마찬가지였다. 그런데 엄마가 어떻게 알았을까?

"좋은 사람이었어요." 내가 소심하게 말했다.

“좋은 사람이었으면 다행이지. 하지만 그게 결혼할 이유가 되는 건 아니야. 애초에 약혼 같은 걸 하지도 말고. 까딱하다간 결혼으로 골인해버리는 수가 있거든. 도대체 결혼은 왜 하려고 했던 거야?”

“딱히 할 일이 없어서요. 그냥 괜찮은 남자 같기도 했고.”

“수많은 여자가 그런 이유로 결혼을 해. 다른 할 일을 찾아봐. 아가씨들이여! 취미를 가지라고!”

“고모는 왜 결혼했어요?” 내가 물었다.

“빌리를 좋아했으니까. 많이 좋아했으니까. 그래야 결혼하는 거야. 사랑하던가, 아주 좋아하던가. 나는 아직도 빌리를 좋아해. 지난주에도 같이 저녁 먹었어.”

“정말요?”

“당연하지. 이봐, 지금 빌리가 마음에 안 든다는 건 알겠는데, 사실 많은 사람이 그렇긴 한데, 하지만 내가 아까 뭐라고 했지? 내 삶의 규칙이 뭐라고?”

기억이 나지 않아 대답할 수 없었다. 그러자 페그가 다시 한번 알려주었다. “한번 사람을 좋아하면 계속 좋아할 수밖에 없다.”

“아, 그랬죠.” 하지만 여전히 미심쩍었다.

페그가 나를 보고 웃으며 말했다. “뭐가 문제야, 비비? 설마 그 규칙이 너한테만 적용되길 바라는 건 아니겠지?”

뉴욕에 도착했을 때는 이미 저녁이었다.

1942년 7월 15일.

도시는 양쪽의 어두운 강 사이에 단단하고 견고한 화강암 둥지를 틀고 있었다. 부드러운 여름 공기에 반딧불 기둥처럼 반짝이는 고층 빌딩들이 차곡차곡 쌓여 있었다. 우리는 위풍당당한 다리를 말없이 건넜다. 독수리 날개처럼 길고 넓은 다리를 건너 마침내 도시로 들어섰다. 이 빽빽한 곳, 의미 있는 곳, 세계 최고의 메트로폴리스. 적어도 내게는 그랬다.

도시에 대한 경외감이 온몸을 휘감았다.

이제 이곳에 내 미천한 삶을 뿌리내리리라. 다시는 함부로 삶을 포기하지 않으리라.

24

진정한 뉴요커

다음 날 아침, 나는 다시 빌리의 방에서 일어났다. 이번에는 혼자였다. 셀리아도, 숙취도, 재앙도 없었다.

솔직히 혼자 침대를 차지하니 기분이 한결 좋았다. 가만히 앉아 릴리 플레이하우스가 깨어나는 소리를 들었다. 다시는 듣지 못할 거라고 생각했던 소리였다. 누군가 욕조에 물을 받고 있는지 수도 파이프가 요란하게 툴툴거렸다. 전화는 벌써 두 대가 동시에 울리고 있었다. 하나는 위층에서, 또 하나는 아래층 사무실에서. 머리가 아찔할 정도로 행복했다.

나는 가운을 걸치고 커피를 찾아 밖으로 나갔다. 허버트 씨가 여느 때처럼 식탁에 앉아 노트를 바라보고 있었다. 속옷만 입고 디카페인 커피를 마시며 다음 공연 대사를 떠올리고 있었다.

"좋은 아침이에요, 허버트 씨!" 내가 말했다.

허버트 씨는 고개를 들어 나를 보더니 놀랍게도 활짝 웃었다.

"다시 돌아왔군, 모리스 양. 잘 왔다."

그날 정오, 나는 페그, 올리브와 함께 브루클린 해군 공창에서 당장 해야 하는 일을 배우고 있었다.

우리는 지하철을 타고 미드타운에서 요크스트리트 역까지 간 다음, 시내 전차로 갈아탔다. 그 후로 삼 년 동안 나는 거의 매일, 온갖 날씨를 겪으며 그 길을 왕복했다. 시계 바늘처럼 출퇴근하는 수만 명의 노동자도 그 길에 함께했다. 통근은 지루했고 가끔은 영혼을 갉아먹을 정도로 피로했다. 하지만 첫날은 전부 새롭고 설레었다. 나는 세련된 연보라색 정장을 입고 있었고 (그 더럽고 기름진 곳에 그렇게 멋진 옷을 입고 가는 일은 두 번 다시 없었다.) 머리칼은 깔끔하고 풍성했다. 해군에서 정식으로 일하기 위해 필요한 서류도 갖고 있었다. (미 해군 건설국/직책: 전문예술가) 급여는 한 시간에 칠십 센트였는데, 그 정도면 내 또래 여자에게 큰돈이었다. 심지어 개인용 보호안경까지 맞춰주었다. 물론 내 눈을 가장 위협했던 것은 얼굴로 날아드는 페그의 담배 불씨였지만.

그곳이 바로 내 그럴듯한 첫 직장이었다. 아빠 사무실에서 했던 일은 당연히 빼야 하고말고.

올리브를 다시 봐야 한다는 생각에 긴장이 되었다. 내가 했던 짓이 아직도 부끄러웠고, 월터 윈첼의 발톱에서 올리브가 나를 구해줘야 했다는 사실도 여전히 부끄러웠다. 올리브가 나를 비난하거나 경멸하지 않을까 두려웠다. 그리고 그날 아침 처음으로 올리브와 단둘이 있게 되었다. 셋이 나갈 준비를 마치고 계단을 내려가고 있었는데 페그가 보온병을 깜빡했다며 다시 올라간 것이다. 릴리의 2층과 3층 사이 계단참에 올리브와 단둘이 남았다. 제대로 사과하고 구해줘서 고맙다고 말할 기회가 온 것 같았다.

"올리브." 내가 말문을 열었다. "정말 큰 빚을……."

"오, 비비안." 올리브가 내 말을 막았다. "아직도 그 생각을 하고 있니."

그게 끝이었다. 우리는 해야 할 일이 있었고, 그런 시답잖은 이야기는 할 시간이 없었다.

구체적으로 말하자면 우리 일은 다음과 같았다.

브루클린 해군 공창 내부, 월러바웃베이 바로 앞에 있는 분주한 구내식당에서 매일 두 번의 공연을 올린다. 안젤라, 해군 공창은 어마어마하게 넓단다. 세상에서 가장 바쁜 곳이기도 하지. 팔십만 제곱미터가 넘는 부지에서 십만여 명의 노동자들이 주야로 일하고 있었다. 구내식당만 사십 개가 넘었고, 우리는 그중 하나에서 '오락과 교육'을 담당했다. 우리 식당은 24번이었지만 다들 '새미'라고 불렀다. (이유는 알 수가 없다. 혹시 메뉴에 샌드위치가 너무 많아서? 아니면 주방장 이름이 사무엘슨이라서?) 새미는 매일 수천 명의 직원을 먹여 살렸다. 엄청난 양의 시시한 메뉴로 지치고 피로한 노동자들의 배를 채웠다.

직원들이 식사하는 동안 그들을 즐겁게 해주는 게 우리 임무였다. 동시에 선전 선동도 해야 했다. 해군은 우리를 통해 직원들의 사기를 충전하고 필요한 정보를 제공했다. 우리는 직원들이 히틀러와 히로히토에게 항상 분노해 있게 만들어야 했다. (온갖 촌극에서 히틀러를 어찌나 많이 죽였는지 그는 분명 독일에서도 우리 때문에 악몽을 꾸고 있었을 것이다.) 전쟁터에 나간 조국 청년들의 안위도 걱정하게 만들어야 했다. 제때 일을 해내지 않으면 그들이 위험에 처한다는 사실을 상기시켜주어야 했다. 간첩이 어디에 있을지 모른다고 경고했고, 입을 함부로 놀리면 배가 가라앉을 수도 있다고 협박했다. 안전 지침과 새로운 소식도 전했다. 그 모든 일은 가끔 코앞에 앉아 지침대로 공연하는지 확인하는 검열관의 입맛에도 맞아야 했다. (내가 가장 좋아했던 검열관은 거손 씨라는 다정한 남자였다. 우리는 많은 시간을 함께 보내며 가족 같은 사이가 되었다. 나는 거손 씨 아들의 유대인 성년식에도 참석했다.)

우리는 그 다양한 정보들을 하루에 두 번, 삼십 분 안에 노동자들에게 전해야 했다.

그 일을 삼 년 동안 했다.

공연은 늘 새롭고 재미있어야 했다. 그렇지 않으면 관객들이 음식을 집어 던질지도 몰랐다. (처음에 관객들이 야유를 보냈을 때 페그는 행복한 듯 이렇게 말했다. “다시 돌아온 실감이 나네.” 페그의 진심이 고스란히 느껴졌다.) 일은 어려웠고 힘들었고 보람도 없었으며 ‘무대’조차 없었다. 거친 소나무로 짠 식당 한쪽의 낮은 단이 무대였다. 커튼도 조명도 없었고 우리의 '오케스트라'는 레빈슨 부인이라는 자그마한 동네 할머니가 연주하는 싸구려 피아노 한 대가 전부였는데, 그녀가 (체구와 달리) 건반을 어찌나 세게 내리치는지 저 밖의 새드스트리트에서도 음악 소리가 들릴 지경이었다. 소품은 야채 상자를 가져다 썼고 '분장실'은 부엌 구석의 식기 세척기 옆이었다. 배우들 역시 뛰어나다고는 하기 힘들었다. 뉴욕 쇼 비즈니스에 몸담았던 사람들은 대부분 전쟁터로 떠났거나 전쟁이 벌어진 후 더 쏠쏠한 공산업 분야 일자리를 찾아 떠났다. 즉, 우리가 구할 수 있는 사람들은 올리브가 툴툴거리며 말했던 것처럼 '부족하고 덜떨어진' 배우들뿐이었다. (그 말에 페그 역시 툴툴거리며 이렇게 대꾸했다. "다른 극단도 전부 마찬가지일걸?")

그러니 그에 맞춰 어떻게든 해야 했다. 젊은 청년은 육십 대 노인이 맡았고, 천진한 소녀나 아이들은 육중한 중년 여인이 맡았다. 게다가 공연료가 공창 월급보다 적었기 때문에 배우들과 댄서들을 공창에 계속 빼앗기는 신세였다. 젊고 예쁜 배우들은 우리 무대에서 노래를 하다가 다음 날 작업복을 입고 머리를 틀어 올린 채 새미에서 점심을 먹기도 했다. 주머니에는 렌치가 들어 있을 테고 조만간 푸짐한 급여도 들어올 것이다. 일단 공창 월급을 받아본 사람을 다시 조명 아래로 데려오는 것은 쉽지 않은 일이었다. 맞다, 켜줄 조명도 없었지.

가끔 대본도 쓰고 노래 가사도 썼지만, 의상을 준비하는 것이 내

주된 일이었다. 옷 만드는 게 그렇게 어려웠던 적은 없었다. 예산이랄 것도 없었고, 전쟁 때문에 필요한 재료를 거의 구할 수 없었다. 천만 귀한 것이 아니라 단추, 지퍼, 후크 같은 부속 재료도 구하기 힘들었다. 자연히 창의력이 샘솟았다. 한참 잘나갈 때는, 10번길과 44번가 구석에서 쓰레기차가 오길 기다리고 있던 더럽고 지저분한 소파의 두 가지 색 자카드 천으로 이탈리아의 비토리오 에마누엘레 3세의 조끼를 만들기도 했다. (냄새는 고약했겠지만 왕 역할을 맡은 배우는 정말 왕처럼 보였다. 게다가 그 왕이 공연 한 시간 전까지 새미의 부엌에서 콩을 요리하던 노인이었다면, 내 실력이 어느 정도였는지 알겠지.)

당연히 나는 로우스키 중고 잡화 상점의 단골이 되었다. 전쟁이 일어나기 전보다 훨씬 자주 그곳을 찾았다. 이제 고등학생이 된 마조리 로우스키는 내 의상 파트너가 되었다. 제대로 내 뒤를 봐줄 수 있게 된 것이다. 로우스키 부부는 이제 각종 옷감과 직물을 군에 납품하는 계약을 맺고 있었고, 그래서 남은 양이나 종류가 예전만큼 많지 않았지만, 그래도 갈 곳은 거기뿐이었다. 나는 마조리에게 내 월급의 일부를 떼어주었고, 마조리는 나를 위해 최상급 재료를 몰래 빼내주었다. 마조리가 도와주지 않았다면 옷 만드는 일은 불가능했을 것이다. 마조리는 나보다 한참 어렸지만, 전쟁을 겪으며 우리는 서로 좋아하게 되었고, 곧 친구가 되었다. 약간 특이한 친구이긴 했지만.

마조리와 처음 담배를 나눠 피웠을 때가 아직도 기억난다. 한겨울에 로우스키 창고 하역장에서 상자를 뒤지다가 잠시 쉬며 담배를 피우고 있었다.

"한 모금만 줄래?" 익숙한 목소리가 들렸다.

내려다보니 45킬로그램도 안 될 것 같던 어린 마조리 로우스키가 1920년대 남자들이 우르르 축구를 보러 갈 때 입었을 것 같은 웃기지도 않는 거대한 너구리 털 코트를 칭칭 동여매고 있었다. 손에는 캐나다 기마경찰들이 쓰는 중절모가 들려 있었다.

"안 돼." 내가 말했다. "열여섯 주제에!"

"그러니까 말이야!" 마조리가 대꾸했다. "벌써 십 년차 흡연자한테!"

나는 마조리의 매력에 빠져 순순히 담배를 건넸다. 마조리는 십 년차 전문가답게 담배를 한 모금 빨더니 이렇게 말했다. "이놈의 전쟁, 진짜로 마음에 안 드는 거 알아, 비비안?" 마조리는 세상 근심을 전부 짊어진 눈으로 골목을 응시하며 말했고, 나는 그 모습이 너무 재미있었다. "아주 불쾌해."

"아주 불쾌하구나?" 내가 웃음을 참으며 말했다. "음, 그렇다면 뭔가를 해야지! 하원 의원한테 강경한 편지를 써. 가서 대통령한테 말하던가. 빨리 이놈의 전쟁을 끝내라고."

"그래서 빨리 크려고 징하게 기다렸는데, 이제 보니 전혀 그럴 필요가 없었더라고." 마조리가 말했다. "그놈의 싸움, 싸움은 끝이 없고, 그놈의 일, 일도 끝이 없어. 사람이 바보가 된다니까."

"금방 끝날 거야." 내가 말했다. 물론 확신에 찬 발언은 아니었다.

마조리는 한 모금 더 깊이 들이켜더니 갑자기 아주 다른 어조로 말했다. "유럽에 있는 친척들은 지금 전부 난리야. 히틀러는 전부 죽여버릴 때까지 멈추지 않을 작정인가봐. 엄마는 이제 이모들이랑 조카들이 어디 있는지도 몰라. 아빠는 가족을 데려오려고 종일 전화통만 붙들고 있어. 물론 내 통역이 필요하지만. 근데 방법이 없는 것 같아."

"오, 마조리. 어떡하니. 큰일이다."

그리고 말문이 막혔다. 고등학생이 짊어지기에는 너무 심각한 상황 같았다. 나는 마조리를 안아주고 싶었지만 마조리는 안기는 걸 좋아하는 그런 애가 아니었다.

"모든 사람한테 실망했어." 마조리가 오랜 침묵 끝에 다시 입을 열었다.

"어떤 사람들?" 나치라고 대답할 줄 알았다.

"어른들, 어른들 전부. 어떻게 세상이 이렇게 되도록 놔둘 수 있지?"

"나도 모르겠다. 다들 자기가 무슨 짓을 하고 있는지도 모를 거야."

"당연히 모르시겠지." 마조리가 대사를 읊듯 비장한 말투로 길가에 담뱃재를 털며 말했다. "그래서 내가 그렇게 빨리 어른이 되고 싶은 거야. 자기가 뭘 하는지도 모르는 사람들한테 더는 내 인생을 맡겨둘 수가 없어. 빨리 어른이 되어야 내 삶이 좀 나아질 것 같아."

"정말 멋진 계획 같은데, 마조리. 난 인생을 계획해본 적이 한 번도 없어서 잘 모르겠지만, 네 계획은 아주 그럴듯한 것 같아."

"한 번도 계획해본 적이 없다고?" 마조리가 경악하는 표정으로 나를 보며 물었다. "그러고 어떻게 살았어?"

"뭐야, 왜 우리 엄마처럼 말하고 그래!"

"스스로 계획을 못 짜면, 누구라도 옆에서 엄마 역할을 해야 할 거 아니야!"

나는 웃음을 터트렸다. "잔소리는 그만 하시죠, 아가씨. 널 업어 키웠을 수도 있는 언니한테 말이야."

"하! 언니처럼 무책임한 사람한테 엄마가 날 맡겼을까?"

"그래, 그 말이 맞다."

"농담이야. 알지? 난 늘 언니가 좋았어."

"정말? 날 좋아했다고? 언제, 8학년 때부터?"

"근데, 담배 한 대만 더 줄래?" 마조리가 물었다. "나중에 피우게."

"안 돼." 말은 그렇게 하면서도 몇 가치를 더 건넸다. "내가 줬다는 거 엄마한테 들키지 마."

"신경도 안 쓰니 들킬 일도 없어." 그 앙증맞은 괴짜 소녀가 말했다. 마조리는 거대한 털 코트 사이에 담배를 숨기고 내게 윙크했다. "자, 오늘은 어떤 옷을 찾으러 왔는지나 말해. 필요한 건 내가 다 찾아서 대령할 테니까."

뉴욕은 내가 처음 왔을 때와 완전히 다른 도시가 되었다.

경박함은 죽었다. 스테이지 도어 캔틴에서 육군, 해군 병사들과 춤을 추는 것 같은 애국적 경박함만 겨우 살아남았다. 도시는 무겁게 가라앉았다. 늘 공습과 침략의 공포를 느꼈다. 뉴욕도 런던처럼 독일군의 폭격에 가루가 될지도 모른다는 두려움이 만연했다. 등화관제도 있었다. 타임스퀘어의 모든 불이 꺼지는 밤도 있었고, 브로드웨이는 까만 밤하늘에 빛나는 수성처럼 어둠에 잠겼다. 누구나 유니폼을 입고 있거나, 언제라도 입을 준비를 하고 있었다. 허버트 씨도 공습 감시원으로 자원해 시에서 준 하얀 헬멧과 붉은 완장을 차고 저녁마다 동네를 순찰했다. (그가 밖으로 나가면 페그는 이렇게 말했다. "히틀러 씨. 허버트 씨가 동네를 한 바퀴 다 돌 때까지는 제발 폭탄을 던지지 말아주세요. 부탁드립니다. 페그 뷰엘.")

그 시절의 조악함은 아직도 잊을 수 없다. 뉴욕은 유럽의 다른 곳들만큼 힘들지는 않았지만, 괜찮지도 않았다. 버터도, 질 좋은 고기도 없었고, 좋은 화장품도, 유럽에서 유행하는 패션도 없었다. 고상하고 우아한 건 하나도 없었다. 전쟁은 배고픈 거인처럼 모든 것을 먹어치웠다. 우리의 시간과 노동력은 물론, 식용유와 고무, 금속과 종이, 석탄까지. 남은 건 찌꺼기뿐이었다. 베이킹소다로 양치를 했고, 마지막 남은 스타킹 한 켤레는 조산한 갓난아기처럼 소중히 다뤘다. (그리고 1943년 중반, 마지막 스타킹이 마침내 사망하자 나는 다 포기하고 바지만 입기 시작했다.) 너무 바빴고 샴푸를 구하기도 어려워 머리를 짧게 잘랐고, (에드나 파커 왓슨의 깔끔한 단발 스타일과 비슷했다는 건 인정한다.) 그 후로 다시는 머리를 기르지 않았다.

내가 진짜 뉴요커가 된 것도 그때쯤이었다. 드디어 시내 지리를 다 익혔다. 은행 계좌를 만들었고 도서관 대출증도 만들었다. 단골 구두 수선집도 생겼고 (가죽 배급량 때문에 필요했다.) 늘 가는 치과도 생겼다. 공창 동료들과 친구가 되었고 일이 끝나면 컴버랜드 다이너에서 함께 식사를 하기도 했다. (식사가 끝나고 거슨 씨가 "자, 모자를 돌립시다."라고 말할 때 돈을 넣을 수 있는 내가 자랑스러웠다.) 바나 레스토랑에 혼자서도 편하게 앉아 있는 법을 배운 것도 그때였다. 당시 여자들은 보통 어려워하는 일이었지만 나는 결국 해냈다. (비법은 책이나 신문을 들고 가는 것, 창가의 가장 좋은 테이블을 달라고 하는 것, 그리고 자리에 앉자마자 음료를 주문하는 것이다.) 일단 적응이 되자 조용한 레스토랑 창가에서 혼자 하는 식사가 남들은 잘 모르는 인생의 큰 즐거움이 되었다.

헬스 키친의 한 꼬마에게 삼 달러를 주고 산 자전거는 내 세상을 활짝 열어주었다. 이동의 자유가 그렇게 엄청난 것인지 몰랐다. 혹시라도 폭격이 시작되면 뉴욕을 빨리 벗어날 수도 있었다. 빠르고 저렴하게 잡다한 일을 처리할 수 있었고 도시 구석구석을 누비기도 좋았지만, 필요하다면 독일 공군보다 더 빨리 달리겠다고 마음속으로 늘 다짐했다. 그러면 괜히 나만은 안전할 것 같았다.

나는 광대한 도시의 탐험가가 되었다. 특히 밤에 도시를 달리며 낯선 이들이 사는 모습을 창문 너머 훔쳐보길 좋아했다. 사람들은 일하는 시간도, 저녁 먹는 시간도 전부 달랐다. 나이도, 인종도 제각각이었다. 누구는 일을 했고 누구는 쉬고 있었다. 혼자 시간을 보내는 사람도, 떠들썩하게 모여 있는 사람도 있었다. 그 다채로운 풍경은 보고 또 봐도 지겹지 않았다. 나는 수많은 영혼이 모인 인류라는 거대한 바다의 아주 작은 물방울 하나였고, 그래서 행복했다.

어렸을 때는 뉴욕의 중심에 있고 싶었지만, 나이가 들면서 깨달았다. 그 중심에는 아무도 없다. 그리고 중심은 어디에나 있다. 사람들이 각자의 삶을 사는 곳이라면 어디든 중심이었다. 뉴욕은 수백만의 중심으로 이루어진 도시였다.

어쩌면 그게 더 마법 같은 일이었다.

전쟁 시기에는 남자들을 만나지 않았다.

대부분 싸우고 있느라 남자들이 없기도 했다. 게다가 흥청망청 놀고 싶은 기분도 아니었다. 뉴욕을 뒤덮은 진지함과 희생정신을 따라 나 역시 1942년부터 1945년까지 성적 욕구를 자제했다. 휴가를 떠날 때 멋진 가구를 천으로 덮어놓고 가는 것처럼. (물론 일만 했으니 휴가도 아니었지만) 곧 남자 없이 돌아다니는 데에도 익숙해졌다. 멋진 여자라면 밤에는 남자의 팔짱을 끼고 있어야 한다는 생각도 잊었다. 이미 고리타분해진 규칙이기도 했고 어차피 실행 가능성도 없었다.

그럴 남자들이 있었어야 말이지. 눈을 씻고 찾아봐도 팔짱 낄 남자들이 없었다.

1944년 초의 어느 날, 자전거를 타고 미드타운을 달리다가 옛 남자친구 안소니 로첼라가 아케이드에서 나오는 모습을 봤다. 깜짝 놀랐지만 언젠가는 생길 일이었다. 뉴요커라면 알겠지만, 이 도시에서는 결국 누구든 만나게 된다. 그러니 뉴욕은 적들과 함께 살기에는 최악의 도시라고 할 수 있다.

안소니는 그대로였다. 기름을 발라 넘긴 머리칼에 질겅질겅 씹는

껌, 그 자신감 넘치는 웃음까지. 유니폼은 입고 있지 않았는데, 신체 건강한 나이 남자치고는 흔치 않은 일이었다. 용케 징집을 피한 모양이었다. (당연히 그러셨겠지.) 키가 작고 예쁜 금발의 여자와 함께였다. 그를 보자 심장이 춤을 추기 시작했다. 수년 동안 내 욕망을 자극한 남자는 그가 처음이었다. 당연하지 않겠는가. 나는 몇 발짝 앞에서 겨우 자전거를 멈췄고 그를 똑바로 쳐다보았다. 왠지 그가 나를 보길 바라는 마음이 들었다. 하지만 그는 나를 보지 않았다. 아니, 나를 보았지만 알아보지 못했다. (짧은 머리와 바지 차림의 나는 그가 예전에 알던 모습이 아니었다.) 물론 마지막 가능성은, 나를 알아보았지만 그러거나 말거나 신경 쓰지 않았다는 것.

그날 밤, 나는 외로움에 몸부림쳤다. 섹스가 하고 싶어 미칠 것 같았다. 숨겨야 할 일은 아니겠지. 결국 혼자 알아서 해결했다. 다행히 그 정도 방법쯤은 알고 있었다. (모든 여성이 그 방법을 배워야 한다.)

그 후로 한 번도 안소니를 보지 못했다. 이름도 듣지 못했다. 월터 윈첼은 안소니가 배우로 성공할 거라고 했지만, 그러지 못한 모양이었다.

어쩌면 안소니는 시도조차 하지 않았을 수도 있다.

그로부터 몇 주 후, 우리 공연 배우 중 한 명이 사보이 호텔에서 열리는 전쟁고아들을 위한 모금 행사에 나를 초대했다. 트럼펫 연주자 해리 제임스Harry James와 그의 오케스트라가 연주를 한다기에 재미있을 것 같아 피곤함을 무릅쓰고 파티에 참석했다. 하지만 아는 사람도 없었고 함께 춤추고 싶은 남자도 없어서 차라리 집에 가서 잠이나 자야겠다고 무도회장을 나오는데, 에드나 파커 왓슨과 정면으로 마주쳤다.

"죄송합니다." 대충 얼버무리고 가려고 했는데, 에드나 파커 왓슨이 바로 내 앞에 서 있었다.

에드나가 사보이에서 지낸다는 사실을 깜빡 잊었다. 기억했다면 절대 가지 않았을 것이다.

에드나와 눈이 마주쳤다. 에드나는 세련된 오렌지색 블라우스에 낙낙한 연갈색 정장을 입고, 회색 토끼털 숄을 어깨에 걸치고 있었다. 역시, 완벽했다.

"괜찮아요." 에드나가 예의 바른 웃음을 띠며 말했다.

나를 알아보지 못한 척할 수 없는 상황이었다. 에드나는 분명히 나를 알아보았다. 나는 그 침착한 표정에 아주 잠깐 희미하게 스친 불편함을 포착할 수 있을 만큼 에드나의 표정에 익숙했다.

거의 사 년 동안, 나는 언젠가 에드나를 만나면 뭐라고 말할지 종종 생각했다. 하지만 어색하게 팔을 붙들며 겨우 이름만 부를 수 있었을 뿐이었다.

"죄송해요. 제가 아는 분 같지 않네요."

그리고 에드나는 그 자리를 떴다.

안젤라, 어렸을 때 우리는 시간이 상처를 치유해주고 결국 모든 것이 제자리를 찾을 거라고 착각하기 쉽단다. 하지만 나이가 들면서 한 가지 슬픈 진실을 배우게 되지. 어떤 문제들은 결코 해결되지 못한다는 것. 바로잡을 수 없는 실수도 있다는 것. 아무리 시간이 흘러도, 아무리 간절히 원해도 말이야.

살다 보니 그것이 가장 값비싼 교훈이었다.

어느 나이가 되면 우리는, 비밀과 부끄러움과 슬픔과 치유되지 않은 오랜 상처로 이루어진 몸뚱이로 이 세상을 부유하게 된다. 그 모든 고통에 심장이 쥐어짜듯 아프지만, 그럼에도 불구하고 우리는 또 살아간단다.

25

눈물을 닦고 일터로

1944년도 얼마 남지 않았다. 나는 스물네 살이 되었다.

해군 공창에서 쉴 새 없이 일했다. 하루도 쉰 기억이 없었다. 넉넉했던 전쟁 시기 급료를 다람쥐처럼 모았지만, 지칠 대로 지쳐 있었고 어차피 돈 쓸 데도 없었다. 저녁에 페그, 올리브와 하던 카드놀이에 끼기도 점점 힘들어졌다. 집에 오는 길에 잠이 들어 할렘에서 눈을 뜬 적도 많았다.

다들 젖은 솜처럼 지쳐 있었다. 누구나 잠을 갈망했지만, 누구도 넉넉히 가질 수 없었다.

전쟁에서는 이기고 있었다. 독일과 일본을 무찌르고 있다는 소식은 들렸지만, 전쟁이 언제 끝날지는 아무도 몰랐다. 사람들은 쓸데없는 소문과 추측만 부지런히 퍼다 날랐다.

사람들은 말했다. '추수감사절이면 전쟁도 끝날 거야.'

또 말했다. '크리스마스 전에는 끝나겠지.'

하지만 결국 1945년이 왔고, 전쟁은 아직도 끝나지 않았다.

우리는 새미 구내식당에서 여전히 일주일에 수십 번씩 히틀러를 죽였지만, 그래도 히틀러는 꿈쩍하지 않는 것 같았다.

다들 말했다. '걱정하지 마. 2월 말이면 다 해결될 거야.'

3월 초, 부모님은 남태평양 어딘가의 항공모함에 있는 월터의 편지를 받았다. 편지에는 이렇게 쓰여 있었다. '곧 항복 소식이 들릴 겁니다. 장담해요.'

그게 월터가 전한 마지막 소식이었다.

안젤라, 다른 사람은 몰라도 너는 항공모함 프랭클린호에 대해 알고 있겠지. 부끄럽지만 나는 월터가 타고 있던 항공모함의 이름도 몰랐단다. 1945년 3월 19일, 가미카제 특공대의 공격으로 월터와 팔백여 명의 다른 군인이 사망했다는 소식을 듣고서야 그 이름을 알았지. 책임감이 투철했던 월터는 혹시 편지가 적군의 손에 들어가 군사 기밀이 들통날지도 모른다는 생각에 편지에서 한 번도 항공모함의 이름을 언급하지 않았다. 나는 그저 아시아 어딘가에 있는 거대한 항공모함에 월터가 타고 있다는 사실과, 그가 곧 전쟁이 끝날 거라고 장담했다는 사실만 알고 있었다.

월터의 사망 소식을 가장 먼저 들은 사람은 엄마였다. 엄마는 집 옆 경마장에서 말을 타고 있었는데, 문만 흰색인 낡은 검은색 차가 우리 집 쪽으로 달려갔다. 차는 자갈길에서도 속력을 늦추지 않고 엄마를 빠르게 지나쳤다. 보통 일은 아니었다. 시골 사람들은 말이 풀을 뜯고 있는 경마장 옆 자갈길에서 속도를 늦출 줄 알았다. 엄마는 그 차를 알아보았다. 웨스턴 유니언의 전보 수신원 마이크 뢰머의 차였다. 엄마는 하던 일을 멈추고 마이크와 그의 아내가 차에서 내려 문을 두드리는 모습을 지켜보았다.

뢰머 부부는 엄마와 친하게 지내는 사람들은 아니었다. 그들이 모리스 가문의 집을 찾아와 문을 두드릴 이유는 없었다. 한 가지 경우만 빼고. 전보가 왔는데 내용이 위중해 수신자가 직접 소식을 전해야 한다고 생각한 경우다. 비탄에 잠길 가족에게 따뜻한 위로의 말을 전해주려고 아내까지 대동해서.

엄마는 그 두 사람을 보았고, 알아챘다. 나는 엄마가 그 순간 말을 돌려 반대 방향으로 미친 듯 달려가고 싶지 않았을까 늘 궁금했다. 그 끔찍한 소식으로부터 달아나기 위해. 하지만 엄마는 그런 사람이 아니었다. 엄마는 말에서 내려 말을 끌며 아주 천천히 집을 향해 걸었다. 엄마가 나중에 말하길, 그처럼 감정적인 순간에 동물의 등에 타고 있는 건 적절치 못한 행동이라고 생각했단다. 그런 엄마의 모습이 눈에 그려졌다. 평소처럼 단정하게 말을 끌며 한 걸음 한 걸음 차분히 내딛는 그 모습 말이다. 엄마는 문 앞에서 자신을 기다리는 소식이 무엇인지 정확히 알았고, 그 소식을 서둘러 듣고 싶은 생각이 전혀 없었다. 전보가 손에 들어오기 전까지, 아들은 아직 살아 있는 것이나 마찬가지였다.

뢰머 부부는 말없이 엄마를 기다려주었다.

엄마가 문 앞에 도착했을 때, 이미 눈물을 떨구고 있던 뢰머 부인이 두 팔을 벌렸다.

엄마는 당연히 그녀의 품을 거절했다.

부모님은 월터의 장례식도 치르지 않았다.

우선 시신이 없었다. 전보에 따르면 해군 대위 월터 모리스는 해군의 예를 갖춰 바다에 수장되었다고 했다. 전보에는 또 월터가 탔던 항공모함의 이름이나 위치를 친구나 가족에게 누설하지 말라고도 쓰여 있었다. 우발적으로 적에게 도움이 될 수 있을지도 모르므로. 뉴욕주 클린턴의 우리 이웃이 마치 간첩이라도 된다는 듯.

시신이 없었으므로 엄마는 장례식을 원치 않았다. 너무 비참한 일이었다. 아빠는 분노와 슬픔으로 무너져 사람들 앞에서 적절한 애도를 표할 수 있는 상태가 아니었다. 아빠는 미국이 전쟁에 개입한 것 자체에 격렬하게 분노했고, 월터의 입대에 반대하기 위해 맹렬히 싸웠었다. 결국, 미국 정부는 그의 가장 소중한 보물을 빼앗아버렸고, 장례식을 치른다는 것은 그 사실을 인정한다는 뜻이었다. 아빠는 결코 이를 받아들일 수 없었다.

나는 고향으로 내려가 일주일을 머물며 부모님을 돌봐드렸지만, 두 분 모두 나와 어떤 말도 나누려 하지 않았다. 혹시 내가 클린턴에 있길 바라는지 물었지만, 정말 그럴 생각도 있었지만, 부모님은 나를 낯선 사람 보듯 바라볼 뿐이었다. 내가 클린턴에 있다고 부모님께 과연 도움이 될까? 오히려 그들의 슬픔을 종일 바라보고 있는 내가 어서 떠나길 바랐던 건 아니었을까? 나는 아들의 죽음을 더욱 상기시키는 존재일 뿐인지도 몰랐다.

차라리 나였으면, 더 훌륭하고 명예로운 자식이 아니라 별로 소중하지 않은 내가 떠났으면 좋았겠다고 부모님이 생각하셨대도, 나는 두 분을 용서했을 것이다. 나 역시 가끔 그런 생각을 했으니까.

나는 떠났고, 부모님은 둘만의 침묵으로 깊이 빠져들었다.

두 사람은 그때부터 완전히 다른 사람이 되었다.

월터의 죽음은 내게도 큰 충격이었다.

안젤라, 나는 월터가 전쟁에서 다치거나 죽을 거라고는 꿈에도 생각해보지 못했다. 어리석고 순진한 생각이었는지 모르지만, 월터를 아는 사람이라면 그런 내 믿음도 이해했을 것이다. 월터는 힘도, 능력도 있었다. 타고난 본능도 있었다. 그렇게 운동을 하면서도 한 번도 다친 적이 없었다. 친구들 무리에서도 월터는 신적인 존재였다. 그런 월터에게 도대체 무슨 일이 생길 수 있단 말인가?

그뿐만이 아니었다. 심지어 월터 밑에서 일하는 부하들에 대해서도 걱정할 필요가 없었다. 물론 본인은 늘 걱정이었지만. (월터가 집으로 보낸 편지에 걱정거리가 하나 있었다면 오직 부하들의 안전과 사기였다.) 나는 월터 모리스의 부하라면 누구나 안전할 거라고 생각했다. 월터가 분명 그렇게 만들 것이기 때문이었다.

하지만 문제는 월터가 대장이 아니었다는 것이다. 월터는 이미 대

위였지만 그가 항공모함 전체를 지휘하는 것은 아니었다. 키를 잡고 있던 레슬리 게레스Leslie Gehres 대령이 문제였다.

안젤라, 너도 전부 아는 이야기겠지? 그렇지 않니?

미안하지만 네 아빠가 네게 얼마나 말해주었는지 전혀 몰라서 말이야.

페그와 나는 릴리 플레이하우스 옆의 작은 감리교회에서 월터를 위한 우리만의 의식을 치렀다. 페그의 오랜 친구였던 목사님이 유해 없는 장례식을 간소하게 치러주었다. 참석자는 별로 없었지만, 월터를 기리는 의식을 치른다는 것 자체가 내게는 무척 중요했고, 페그가 그런 내 마음을 헤아려주었다.

페그와 올리브가 두 개의 단단한 기둥처럼 내 양옆을 받쳐주었다. 허버트 씨도 참석했다. 빌리는 브로드웨이에서 〈시티 오브 걸스〉가 마침내 막을 내린 후, 일 년 전 할리우드로 돌아가고 없었다. 공창의 검열관 거손 씨도 와주었다. 새미 구내식당의 피아니스트 레빈슨 부인도 참석했고 로우스키 일가족도 전부 참석했다. ("감리교 장례식에서 이렇게 많은 유대인은 처음이야." 마조리가 교회를 둘러보며 말했다. 그 말에 웃음이 나왔다. 고마워, 마조리.) 페그의 옛 친구 몇 명도 참석했다. 에드나와 아서 왓슨은 오지 않았다. 놀랄 일도 아니었지만, 나는 에드나가 페그를 위해서라도 오지 않을까 잠깐 생각했었다.

성가대가 '주께서 참새를 살피시듯'을 부르는데 눈물이 멈추지 않았다. 월터를 잃었다는 사실을 믿을 수 없었다. 있었던 오빠를 잃었다기보다, 한 번도 가져보지 못했던 오빠를 잃은 느낌이었다. 아주 어렸을 때, 햇살 가득하던 날 함께 조랑말을 탔던 추억 말고 (하지만 그 기억이 정확하다고 누가 장담할 수 있을까?) 나와 어린 시절을 함께 보냈다는 그 대단한 오빠에 대해, 나는 따뜻한 기억이 거의 없었다. 부모님이 월터에게 조금만 기대를 덜 했더라면, 가문을 이어받을 대단한 아들이 아니라 그저 평범한 소년으로 자라게 했더라면, 어쩌면 월터와 나도 친구가, 혹은 비밀을 털어놓을 수 있는 사이가 되었을지도 모른다. 하지만 그런 일은 일어나지 않았고, 그는 벌써 떠나고 없다.

나는 밤새 울었고, 다음 날 평소처럼 출근했다.

그때는 많은 이들이 그랬다.

우리는 울었고, 눈물을 닦은 다음, 다시 일하러 갔단다, 안젤라.

1945년 4월 12일, 프랭클린 루즈벨트가 사망했다.

또 다른 가족을 잃은 느낌이었다. 그 말고 다른 대통령이 또 있었나 싶었다. 아빠가 그에 대해 뭐라고 말했든 나는 그를 사랑했다. 많은 이들이 그를 사랑했다. 뉴욕에서는 분명, 누구나 그를 사랑했다.

다음 날 공창의 분위기는 침울했다. 나는 새미 구내식당 무대에 휘장을 걸고 (사실은 암전용 커튼이었다.) 배우들에게 그동안 루즈벨트가 했던 연설을 읽게 했다. 공연 마지막에 까무잡잡한 피부에 흰 수염이 난 카리브해 출신 철강 노동자 한 명이 자리에서 일어나 '공화국 찬가'를 부르기 시작했다. 흑인 가수 폴 로브슨Paul Robeson의 목소리와 비슷했다. 그러자 다들 말없이 자리에서 일어나 식당을 가득 채운 그 슬픔 속에 가만히 서 있었다.

어쩔 수 없이 트루먼이 조용히, 재빨리 대통령 자리에 올랐다.

사람들은 더 열심히 일했다.

전쟁은 아직도 끝나지 않았다.

1945년 4월 28일, 월터가 탔던 항공모함이 불에 타고 찌그러졌지만 결국 제 힘으로 브루클린 해군 공창에 입항했다. 항공모함 프랭클린은 최소한의 승조원으로, 기울어진 채 지구 반 바퀴를 돌아 파나마 운하를 거쳐 브루클린의 '병원'에 도착했다. 승조원의 3분의 2가 사망했거나 실종되었거나 부상당했다.

프랭클린은 해군 밴드가 연주하는 구슬픈 찬가를 들으며 부두에 들어섰고, 페그와 나도 그 자리에 있었다.

우리는 부두에 서서 폭격을 맞은 배가 수리를 받기 위해 마침내 고향으로 돌아온 모습에 경의를 표했다. (나는 그 배가 마치 월터의 거대한 관 같았다.) 하지만 시커멓게 타고 찌그러진 그 고철 덩어리는, 내가 봐도 결코 원래 모습으로 돌아갈 수 없을 것 같았다.

1945년 5월 7일, 독일이 마침내 항복을 선언했다.

하지만 일본은 끝까지 버티고 있었다.

그 주 레빈슨 부인과 나는 공장 노동자들을 위해 '원 다운, 원 투 고One Down, One to Go'라는 노래를 만들었다.

사람들은 여전히 열심히 일했다.

1945년 6월 20일, 유럽에서 출발한 퀸메리호가 만 사천 명의 군인을 태우고 뉴욕항에 입항했다. 페그와 나는 어퍼웨스트사이드에 있는 90번 부두로 가서 그들을 맞았다. 페그는 낡은 배경막 뒷면에 '고향에 돌아온 걸 환영해요!'라고 적어 왔다.

"구체적으로 누구를 환영하는 거예요?" 내가 물었다.

"누구든 전부 다." 페그가 대답했다.

처음에는 함께 오지 않으려고 했다. 수천 명의 젊은이가 고향으로 돌아오는데 그중에 월터는 없다고 생각하면 슬픔을 참을 수 없을 것 같았다. 하지만 페그가 끝까지 함께 가자고 고집했다.

"너한테도 좋을 거야. 물론 그들한테 더 좋겠지만. 환영 인파가 되어줘야지."

하지만 결국 가길 잘했다. 그것도 매우 잘한 일이었다.

화창한 초여름 오후였다. 뉴욕 생활도 벌써 삼 년이 넘었지만 이처럼 완벽하게 푸르고 아름다운 하늘은 볼 때마다 설렜다. 부드럽고 따뜻한 날씨, 도시 전체가 나를 사랑해서 오직 내 행복만 바란다고 느낄 수밖에 없는 그런 날이었다.

육군과 해군 병사들이 (그리고 간호사들도!) 기쁨에 겨워 손을 흔들며 부두로 내려왔다. 거대한 환영 인파 중에 열렬히 환호하는 페그와 나도 있었다. 우리는 교대로 피켓을 흔들며 목이 쉴 때까지 소리를 질렀다. 밴드가 그해 가장 유명했던 노래들을 크게 연주했다.

군인들은 하늘로 풍선을 날려 보냈는데, 알고 보니 풍선이 아니라 빵빵하게 바람을 넣은 콘돔이었다. (주위를 둘러보니 아이들이 풍선을 붙잡지 못하게 막느라 진땀을 흘리는 엄마들이 있었다. 절로 웃음이 나오는 광경이었다.)

빼빼 마르고 졸려 보이는 해군 한 명이 걷다가 잠시 멈춰 나를 오래 바라보았다. 그리고 미소를 지으며 시원한 남부 억양으로 말했다. "어이, 예쁜 아가씨. 여기가 어디야?"

나도 웃으며 대답했다. "여긴 뉴욕이에요, 군인 아저씨!"

그는 부두 반대편에서 공사 중인 크레인을 가리키며 말했다. "저것만 끝나면 아주 멋진 곳이 될 것 같은데?"

그리고 내 허리를 감싸더니 내게 키스를 했다. 일본 전승 기념일 날 타임스퀘어에서 찍힌 그 유명한 사진 속 장면처럼. (그해 곳곳에서 그 장면이 수없이 연출되었다.) 사진 속 여인은 어떤 느낌이었을까. 그녀에게 그 키스는 어땠을지 늘 궁금했지만, 알 수 없었다. 하지만 내 키스가 어땠는지는 말해줄 수 있게 되었다. 아주 길고 뜨겁고 환상적이었다.

얼마나 좋았는지 모른단다, 안젤라.

정말로 좋았다. 나 역시 열렬한 키스로 화답했는데, 나도 모르게 갑자기 눈물이 터져버렸다. 나는 그의 목에 얼굴을 묻고 매달려 그를 온통 눈물로 적셨다. 나는 월터를 위해, 다시 돌아오지 못할 젊은이들을 위해 울었다. 애인을 잃고 젊음을 잃어버린 소녀들을 위해 울었다. 이 지독하고 지긋지긋했던 전쟁에 바친 길고 긴 세월이 아까워 울었다. 그리고 이 전쟁에 지칠 대로 지친 내가 가여워 울었다. 남자들과의 키스가 그리워 울었다. 수많은 이들과 키스를 하고 싶었다! 하지만 벌써 스물넷이 되어버린 나는 이제 어떻게 될까? 날이 너무 좋아서, 햇살이 너무 따뜻하고 멋져서, 그 모든 상황이 억울해서 나는 울었다.

그가 나를 끌어안으며 기대했던 반응은 아니었을 것이다. 하지만 그는 내 눈물에 사랑스럽게 반응해주었다.

"아가씨," 그가 내 귀에 속삭였다. "왜 울어. 우리는 운 좋은 사람들이야."

그는 내가 조금 더 울 수 있도록 나를 꼭 안아주었다. 마침내 눈물이 멈췄다. 그가 나를 보고 웃더니 이렇게 말했다. "자, 한 번 더?"

그리고 우리는 다시 키스했다.

일본은 석 달을 더 버티다 항복했다. 하지만 내 마음속에서, 희미하게 달떴던 그 여름날의 기억 속에서, 전쟁은 그 키스와 함께 끝났다.

26

인생의 사업

안젤라, 그 후 이십 년의 삶은 최대한 간단하게 설명하마.

나는 쭉 뉴욕에 머물렀지만 (당연했지. 뉴욕이 아니고 어디로 간단 말이니.) 뉴욕은 그때까지의 뉴욕이 아니었다. 모든 것이 너무 빨리 변했다. 페그는 1945년 즈음 이미 그럴 거라고 경고했었다. "전쟁이 끝나면 모든 게 변해. 늘 그랬어. 그러니 적응할 준비를 하는 게 좋을 거야."

정말 그랬다. 전쟁 후 뉴욕은 굶주림에 포효하는 거대한 괴수처럼 자라났다. 특히 미드타운은 오래된 브라운스톤 건물과 상업지구가 모조리 헐리고 새로운 복합 사무 단지와 현대적인 아파트 건물들이 들어서기 시작했다. 걸을 때마다 공사장의 파편을 조심해야 했다. 도시 전체가 폭격을 맞은 것 같았다. 그 후로 몇 년 동안, 셀리아와 놀던 멋진 곳들이 문을 닫고 높은 이십 층 건물들이 들어섰다. 다운비트 클럽도 사라졌고 스토크 클럽도 없어졌다. 수많은 극장이 문을 닫았다. 한때 반짝였던 동네는 이제 이가 다 빠져 듬성듬성하게 가짜 이빨을 끼워 넣은 것처럼 볼품없어졌다.

하지만 개인적으로 가장 큰 변화는 1950년에 일어났다. 릴리 플레이하우스가 문을 닫은 것이다.

릴리는 그냥 문을 닫은 것이 아니라 완전히 철거되었다. 아름답고 낡고 초라했던 우리 극장은 그해 포트 오소리티 버스 터미널 공사를 위해 뉴욕시에서 철거했다. 동네 전체가 사라져버렸다. 극장과 교회와 연립주택, 레스토랑과 바와 중국인 세탁소, 오락실과 꽃집, 타투 가게와 학교가 철거되고 그 자리에 세상에서 가장 못생긴 버스 터미널이 들어섰다. 로우스키 중고 잡화 상점 역시 사라졌다.

우리는 동네가 재가 되는 모습을 지켜보았다.

물론 적절한 보상은 받았다. 뉴욕시는 페그의 건물에 오만 오천 달러를 보상해주었는데, 동네 사람들이 일 년에 약 사천 달러로 먹고살던 시절이었으니 그 정도면 꽤 큰돈이었다. 나는 페그가 싸우길 바랐지만 페그는 이렇게 말했다. "싸울 일이 아니란다."

"어떻게 그냥 물러나요!" 내가 울부짖었다.

"내가 얼마나 많은 것에서 그냥 물러날 수 있는지 넌 상상도 못할 거야, 꼬맹아."

하지만 페그의 말대로 정말 싸울 일이 아니었다. 뉴욕시는 그 동네를 차지하면서 '판정권'이라는 시민의 권리를 선포했는데, 명칭과 달리 아무 힘도 쓸 수 없는 사악한 법이었다. 나는 어떻게 그럴 수 있느냐고 툴툴댔지만, 페그는 이렇게 말했다. "변화를 거부하려면 목숨 정도는 걸어야지. 끝나는 건 끝나는 대로 내버려둬, 비비안. 릴리도 영광은 충분히 누렸어."

"그렇지 않아, 페그." 올리브가 바로잡았다. "릴리는 한 번도 영광을 누린 적이 없어."

두 사람 모두 각자의 방식으로 옳았다. 우리는 전쟁이 끝난 후 겨우 버티고 있었다. 극장은 점점 텅텅 비었고 훌륭한 배우들은 전쟁이 끝나도 돌아오지 않았다. (우리의 작곡가 벤자민은 나이트클럽을 운영하는 프랑스 여인과 리옹에 정착하기 위해 유럽으로 가버렸다. 지휘자이자 밴드 리더로 성공한 벤자민의 편지는 반가웠지만 우리는 그의 음악이 그리웠다.) 동네 관객들의 눈도 높아졌다. 심지어 헬스 키친 사람들도 세련미를 장착했다. 전쟁이 활짝 열어젖힌 세상에 새로운 취향과 아이디어가 가득 찼다. 내가 처음 뉴욕에 왔을 때도 이미 촌스러웠던 우리 공연은 이제 완전히 구석기 유물처럼 보였다. 유치하게 춤추고 노래하는 공연은 이제 아무도 보려 하지 않았다.

릴리가 찰나의 영광이라도 누렸다면, 그건 아주 오래전 이야기일 뿐이었다.

그래도 나는 마음이 아팠다. 내가 릴리 플레이하우스를 사랑했던 것만큼 터미널도 사랑할 수 있길 바랄 뿐이었다.

페그는 철거 장면을 직접 보고 싶어 했다. ("이런 일을 무서워하면 안 돼, 비비안. 두 눈으로 똑똑히 봐야지.") 그래서 나는 그 운명적인 날,

페그와 올리브 곁에 서서 무너지는 릴리를 지켜보았다. 나는 두 사람만큼 대범하지 못했다. 내가 새로 태어났던 곳, 나의 역사가 담긴 집에 쇳덩이를 휘두르는 크레인을 보는 건 내게 아직 없는 크나큰 용기가 필요한 일이었다. 나는 결국 울음을 터트렸다.

최악의 순간은 건물 정면이 아니라 내부 로비 벽이 무너질 때였다. 인정사정 없이 추웠던 그 겨울날, 초라했던 우리 무대가 발가벗겨진 듯 잔인하게 온 세상에 드러나버렸다.

하지만 페그는 강했다. 눈도 깜짝하지 않았다. 과연 강철 같은 여인이었다. 춤추던 쇳덩이가 잠잠해지자 페그는 나를 보고 웃으며 말했다.

"그거 알아, 비비안? 후회는 없어. 어렸을 때 극장에서의 삶은 오직 재미있을 거라고만 믿었어. 그런데 꼬맹아, 정말 그랬단다."

페그와 올리브는 시에서 준 보상금으로 서튼 플레이스에 멋지고 아담한 아파트를 장만했다. 아파트를 구입하고도 돈이 남아 허버트 씨에게 은퇴 보조금 명목의 돈까지 주었고 허버트 씨는 딸과 함께 살기 위해 버지니아로 내려갔다.

페그와 올리브는 새로운 생활이 마음에 들었다. 올리브는 동네 고등학교 교장 선생님의 비서로 취직했다. 올리브에게 안성맞춤인 일이었다. 페그 역시 같은 학교 연극반 운영을 맡았다. 두 사람은 새로운 변화를 즐기는 듯 보였다. 새 아파트에는 (그러니까 새로 지어진 아파트에는) 엘리베이터도 있어서 점점 나이 들어가는 두 사람에게 좋아 보였다. 야구에 대해 함께 수다 떨 수 있는 현관 경비원도 있었다. (페그는 이런 말도 했다. "문 앞에는 원래 우리 커튼이나 덮고 자는 부랑자들만 있는 거 아니었나?")

두 사람은 역시나 베테랑들답게 잘 적응했다. 아무 불만도 없었다. 그리고 릴리 플레이하우스가 무너졌던 1950년, 두 사람의 현대적인 아파트에도 텔레비전이 생겼다. 슬픈 일이었다. 연극의 황금시대는 누가 봐도 끝났다. 페그도 예견했던 일이었다.

"텔레비전이 결국 우리를 몰아낼 거야." 페그는 처음 텔레비전을 보고 그렇게 말했었다.

"어떻게 알아요?" 내가 물었고 페그는 솔직하게 대답했다.

"나부터도 무대보다 텔레비전이 더 좋으니까."

릴리 플레이하우스가 무너지면서 나는 집도, 일도 잃었다. 달리 말하자면, 일상을 공유할 가족이 사라졌다. 그 나이에 페그와 올리브의 집으로 들어가는 건 부끄러운 일이었다. 나만의 삶을 꾸려야 했다. 하지만 대학 교육도 받지 않고 결혼도 하지 않은 스물아홉의 여자가 과연 어떤 삶을 꾸릴 수 있을까?

먹고사는 문제에 대해서는 크게 걱정하지 않았다. 저축해놓은 돈도 있었고, 일도 제법 많이 하고 있었다. 그즈음 나는 재봉틀과 재봉가위, 목에 두른 줄자와 손목의 핀 쿠션만 있으면 어떻게든 먹고살 방법은 있다고 생각했다. 하지만 문제는 따로 있었다. 과연 어떤 존재로 살아가야 할 것인가.

결국, 나를 구해준 사람은 마조리 로우스키였다.

1950년, 마조리 로우스키는 내 가장 친한 친구였다.

썩 어울리는 사이는 아니었지만, 마조리는 산처럼 쌓인 헌옷 수거함에서 늘 나를 위해 보물을 찾아주었고 그러는 동안 나는 마조리가 카리스마 넘치고 매력적인 아가씨로 자라나는 모습을 지켜보았다. 마조리는 특별했다. 물론 언제나 특별했지만, 전쟁 이후 마조리는 창조적인 에너지를 내뿜는 존재로 거듭났다. 옷은 여전히 제멋대로, 하루는 멕시코 도적처럼, 다음 날은 일본 게이샤처럼 입었지만, 한 사람의 인간으로 멋지게 피어났다. 마조리는 로우스키 일을 도맡아 하면서 파슨스 예술학교에 다녔고, 부업으로 스케치를 하면서 돈을 벌었다. 뉴욕의 고급 백화점 본위트 텔러의 신문 광고용 패션 일러스트를 오래 그렸고, 의학 잡지에도 그림을 그렸다. '당신은 볼티모어로 옵니다!'라는 안타까운 제목의 볼티모어 가이드북에 그림을 그려달라는 여행사의 제안을 받은 적도 있었다. 어쨌든 마조리는 무슨 일이든 닥치는 대로 했고 그래서 늘 바빴다.

마조리는 특별하고 창의적이고 성실한 데다가 영리하고 대담하기까지 한 아가씨가 되었다. 동네가 철거될 때 마조리의 부모님은 보상금을 받고 은퇴해 퀸즈에 자리를 잡았고, 결국 마조리 로우스키도 나처럼 갑자기 집도, 일도 사라져버린 처지가 되었다. 하지만 마조리는 징징대지 않고 해결책을 찾았다. 나에게 함께 일하면서 함께 살자고 제안한 것이다.

마조리가 생각한 건 바로 웨딩드레스 사업이었다.

마조리는 정확히 이렇게 말했다. "비비안. 이제 다들 결혼을 할 거야. 그 상황에서 우리가 할 수 있는 일이 분명히 있을 거고."

마조리는 자동판매기로 음식을 팔던 간이 식당에서 점심을 사주며 사업 계획에 대해 설명했다. 1950년 여름, 포트 오소리티 버스 터미널 건설이 확정되고, 작았던 우리의 세상이 전부 사라지기 직전의 일이었다. 하지만 (페루 농사꾼처럼 자수 조끼와 치마를 다섯 벌씩 겹쳐 입고 나타난) 마조리는 새로운 일에 대한 기대로 흥분해 있었다.

"다들 결혼하는데 내가 할 수 있는 일이 뭔데?" 내가 물었다. "가서 말려?"

"아니지. 도와줘야지. 도와주고 돈을 벌어야지. 잘 들어봐. 본위트 텔러에서 일주일 내내 웨딩드레스만 그렸어. 다들 하는 말이 뭔 줄 알아? 주문을 따라갈 수 없대. 그리고 드레스가 다 너무 똑같대. 다른 사람하고 똑같은 드레스를 입고 싶은 사람은 없어. 하지만 고를 드레스가 없단 말이야. 한번은 어떤 여자가 만들 수만 있다면 하나밖에 없는 특별한 드레스를 만들어 입고 싶다고 말하는 것도 들었어."

"웨딩드레스 만드는 법을 가르치라고?" 내가 물었다. "냄비 받침도 못 만드는 애들한테?"

"아니지! 우리가 만들어야지."

"웨딩드레스를 만드는 사람은 이미 너무 많아, 마조리. 포화 상태라고."

"맞아. 하지만 우리가 더 잘 만들면 되지. 내가 디자인을 하고 언니가 만들면 되잖아. 우리만큼 재료를 잘 아는 사람도 없어. 안 그래? 게다가 낡은 재료로 새 옷 만드는 게 우리 장기잖아. 옛날 실크와 새틴이 지금 수입하는 것보다 훨씬 낫기도 하고. 내 연줄이면 뉴욕에 있는 옛날 실크와 새틴을 전부 구할 수도 있어. 물론 프랑스에서 대량으로 떼어 올 수도 있고. 배가 고파서 안 파는 게 없잖아. 그걸로 본위트 텔러보다 더 멋진 드레스를 만드는 거야. 식탁보 레이스로 옷 만드는 것도 내가 다 봤거든? 장식이나 면사포도 그렇게 만들면 될 거고! 백화점의 똑같은 드레스를 싫어하는 여자들한테 세상에 하나밖에 없는 드레스를 만들어주는 거야. 대량 생산이 아니라 주문 제작인 거지. 고전적으로. 할 수 있지 않겠어?"

"남이 입던 낡은 드레스를 누가 입고 싶어 하겠어." 내가 말했다.

하지만 그 말을 하자마자 떠올랐다. 전쟁이 막 터졌을 때 할머니들의 낡은 실크 드레스 두 벌로 친구 매들린에게 정말 멋진 웨딩드레스를 만들어주었지. 아주 환상적인 드레스였다.

내 생각이 살짝 바뀌는 걸 간파한 마조리는 이렇게 말했다. "내 생각은 이거야. 부티크를 여는 거지. 아무나 올 수 없는 고상하고 세련된 곳. 파리에서 원단을 수입한다고 강조하는 거야. 사람들이 좋아서 환장할걸. 파리에서 왔다면 뭐든 살 거라니까. 새빨간 거짓말도 아니잖아. 진짜 파리에서 오는 것도 있을 테고. 물론 누더기겠지만 사람들이 그것까지 알 필요는 없잖아? 내가 그중에서 보물을 캐내면 언니가 더 멋진 보물로 만드는 거야."

"그러니까 가게를 내자는 말이야?"

"부티크라니까, 비비안. 부티크라는 말부터 입에 붙여. 가게는 유대인들이나 하는 거고. 우리는 부티크를 여는 거야."

"너도 유대인이잖아."

"부티크, 비비안. 부티크. 자 한 번 발음해봐. 부티크. 혀를 좀 굴려 보라고."

"어디서 하고 싶은데?" 내가 물었다.

"그래머시 파크 근처." 마조리가 대답했다. "그 동네가 화려해. 아무리 뉴욕이라도 그 타운 하우스는 못 부술걸! 우리도 그걸 파는 거야. 그 화려함, 그 고상함을 말이야. 이름도 이미 정했어. 라틀리에. 봐둔 건물도 있고. 부모님이 가게 보상금 절반을 주기로 했어. 당연하지. 내가 어릴 때부터 얼마나 일을 많이 했는데. 점찍어놓은 건물을 딱 살 수 있을 정도야."

마조리는 이미 계획을 다 짜놓고 있었다. 솔직히 약간 겁이 났다. 마조리가 너무 앞서가는 것 같았다.

"건물은 공원 한 블록 아래 18번가에 있어." 마조리가 말을 이었다. "3층인데 1층은 가게, 2, 3층은 아파트야. 작지만 매력 있어. 파리의 고풍스러운 가게처럼 보이게 만들 수 있을 거야. 그런 분위기를 만들어야 해. 상태도 괜찮아서 조금만 손보면 돼. 난 계단 싫어하니까 언니가 꼭대기에 살아. 마음에 들 거야. 3층은 천장 창도 두 개나 있어."

"그러니까, 같이 건물을 사자고?"

"아니, 건물은 내가 살 거야. 언니는 돈도 별로 없잖아. 물론 무시하는 건 아니지만, 언니 돈으로는 맨해튼은커녕 뉴저지 시골로 가도 아무것도 못 사. 하지만 사업 자금은 댈 수 있겠지? 그러니까 사업은 반반으로 하고 건물은 내가 사. 전 재산을 털어야겠지만 해볼 만하다고 생각해. 세는 절대 안 줘. 내가 뭐 이민자야?"

"응." 내가 대꾸했다. "너 이민자 맞아."

"이민자든 아니든, 뉴욕에서 돈을 벌려면 뭘 팔 게 아니라 건물이 있어야 해. 삭스네Saks Family한테 물어보면 알아, 김벨네Gimbel Family(당시 뉴욕에서 의류업으로 크게 성공한 두 가문)도 그렇다고 할걸. 물론 우리는 엄청난 재주로 환상적인 드레스를 팔아 돈을 벌겠지만. 그러니까, 비비안. 내 결론은 이거야. 내가 건물을 산다. 언니가 드레스를 만든다. 같이 부티크를 운영한다. 그리고 같은 건물에 함께 산다. 그게 내 계획이야. 같이 살면서 같이 일하자. 딴마음 당연히 없고, 딱 거기까지. 어때? 할 거지?"

나는 마조리의 제안에 대해 진지하게 생각해보았다. 한 삼 초 정도. 그리고 이렇게 대답했다. "좋아. 그렇게 하자."

그 결정이 나의 큰 실수였는지 궁금하다면, 절대 그렇지 않았단다. 물론 지금 당장이라도 말해줄 수 있지. 마조리와 나는 수십 년 동안 최고의 웨딩드레스를 함께 만들었다. 편히 먹고살 만큼 충분한 돈을 벌었고, 가족처럼 서로를 돌봤다. 그리고 나는 아직도 그 건물에 살고 있다. (늙었지만 걱정할 필요 없단다. 아직도 계단은 끄떡없거든.)

마조리 로우스키와 손을 잡은 것은 내 인생 최고의 결정이었다. 가끔은 자기 삶에 대해 다른 사람이 더 좋은 아이디어를 갖고 있기도 하지.

말이 나왔으니 말인데, 쉬운 일은 결코 아니었다.

우선 옷만 보자면, 웨딩드레스는 꿰매는 게 아니라 설계해야 했다. 기념비적인 날을 위한 옷이었기 때문에 한 벌을 만드는 데도 기념비적인 노력이 필요했다. 게다가 깨끗한 새 옷감으로 만드는 것도 아니었으니 시간이 더 많이 걸렸다. 낡은 드레스로 (나 같은 경우에는 낡은 드레스 몇 벌로) 새 드레스를 만드는 건 절대 쉽지 않은 일이었는데, 우선 낡은 드레스를 하나하나 뜯어낸 다음 거기서 얼마만큼의 재료를 사용할 수 있느냐에 따라 선택권이 제한되기 때문이었다. 게다가 나는 옛날 실크나 새틴, 고대의 거미줄 같은 레이스처럼 오래되어 망가지기 쉬운 직물을 사용했는데, 이는 그 모든 직물을 다루는 데 특별히 더 조심해야 한다는 뜻이었다.

마조리는 어디서 구했는지도 알 수 없는 낡은 웨딩드레스나 세례복 자투를 가져왔고, 나는 거기서 건질 만한 재료를 고르고 골랐다. 세월의 흔적으로 누렇게 변한 것도 있었고 몸통에 얼룩이 묻어 있는 것도 있었다. (절대 신부에게는 레드와인을 주지 말 것!) 그래서 내가 가장 먼저 하는 일은 식초를 탄 찬물에 옷을 담궈 빼는 일이었다. 얼룩이 빠지지 않으면 그 부분을 잘라내고 나머지를 어떻게 활용할 수 있을지 고민했다. 뒤집어 안감으로 사용하기도 했다. 가끔은 내가, 흠 있는 부분을 깎아내면서 원재료의 가치는 최대한 살리려고 노력하는 다이아몬드 세공사 같았다.

그다음은 어떻게 세상에 하나뿐인 드레스를 만드느냐의 문제였다. 어떻게 보면 웨딩드레스도 결국 드레스다. 몸통, 치마, 소매로 이루어진다는 말이다. 하지만 나는 그 세 가지 요소를 다양하게 활용해 세상에 하나뿐인 드레스 수천 벌을 만들었다. 다른 신부와 똑같은 드레스를 입고 싶어 하는 신부는 없었기에 반드시 그래야만 했다.

그랬으니 당연히 힘든 일일 수밖에. 영감을 떠올리는 것도 힘들었지만 육체적으로도 힘들었다. 조수를 두고 도움을 받기도 했지만, 나만큼 할 수 있는 사람은 아무도 없었다. 게다가 완벽하지 않은 라틀리에의 드레스는 용납할 수 없었기 때문에, 나는 그 완벽함을 위해 아주 오랜 시간 일해야 했다. 결혼식 전날, 신부가 몸통에 진주가 더 많았으면 좋겠다거나, 레이스가 너무 과한 것 같다고 말하면, 잠을 줄여가며 직접 손을 보았다. 그런 세세한 공정에는 수도사와 같은 인내심이 필요했다. 지금 만들고 있는 옷이 신성하다고 믿어야만 할 수 있는 일이었다.

다행히 내게는 그런 믿음이 있었다.

물론 가장 힘든 일은 고객을 상대하는 일이었다.

오랫동안 드레스를 만들면서 나는 고객들의 집안, 경제력, 권력의 미묘한 차이에 따라 적절히 응대할 수 있게 되었지만, 무엇보다 그들의 두려움을 이해할 수 있게 되었다. 결혼을 앞둔 여자들은 늘 두려워했다. 약혼자를 사랑하지 않는 건 아닌지, 혹은 너무 많이 사랑하는 건 아닌지 두려워했다. 곧 하게 될 섹스를 두려워하거나, 앞으로 그만해야 할 섹스를 두려워했다. 결혼식이 완벽하지 않을까 두려워했다. 수백 쌍의 눈이 자신을 쳐다본다는 사실을 두려워했고, 드레스가 이상해서, 아니면 신부 들러리가 너무 아름다워서 아무도 자신을 바라보지 않을까 두려워했다.

안젤라, 수백만이 목숨을 잃고 수백만의 삶을 망가뜨린 전쟁을 겪은 우리에게, 그런 신부들의 걱정과 불안은 너무 사소한 문제일 수도 있겠지. 그래도 두려움은 두려움이란다. 누군가 들어준다면 불안한 마음을 털어놓고 싶어 하지. 그래서 나는 예비신부들의 불안과 걱정을 최대한 덜어주는 것이 내 일이라고 생각하게 되었다. 라틀리에에서 내가 배운 것은 결국 겁에 질린 여성들을 돕는 방법이었다. 무엇이 필요한지 귀 기울여 듣고 그들이 원하는 대로 내 능력을 사용하는 법 말이다.

나는 일을 시작하자마자 그 중요한 교훈을 배웠다.

부티크가 문을 열고 일주일도 채 지나기 전, 한 젊은 여성이 〈뉴욕 타임스〉에 실린 우리 광고전단을 쥐고 들어왔다. (결혼식 하객 두 명이 신부의 멋진 드레스에 감탄하는 마조리의 그림이었다. '너무 아름다운 드레스야! 파리에서 가져왔다며?', '그렇지! 라틀리에 드레스니 최고일 수밖에!'라는 대화를 나누고 있었다.)

그녀는 불안해하고 있었다. 나는 물 한 잔을 대접하고 만들고 있던 드레스를 보여주었다. 그녀는 여름날 구름처럼 폭신폭신하고 화려한 레이스에 곧장 마음을 빼앗겼다. 사실 그 드레스는 우리 광고에 등장한 백조처럼 날씬한 모델이 입고 있는 바로 그 드레스였다. 꿈의 드레스를 만져보는 그녀의 얼굴이 간절함으로 달아올랐다. 하지만 나는 마음이 아팠다. 그 드레스는 그녀에게 어울리지 않을 게 뻔했다. 작고 통통한 그녀는 드레스를 입으면 마쉬멜로우처럼 보일 것이었다.

"입어봐도 될까요?" 그녀가 물었다.

하지만 나는 입어보게 내버려둘 수 없었다. 그 드레스를 입은 자기 모습을 거울로 본다면 그녀는 자신이 얼마나 우스꽝스러운지 깨닫고 당장 부티크를 뛰쳐나가 절대 되돌아오지 않을 것이었다. 드레스를 팔지 못하는 건 상관없었다. 내가 더 마음이 아픈 건, 드레스를 입은 자기 모습에 그녀가 받을 상처였다. 상처는 생각보다 깊을 것이고, 나는 그녀에게 그런 고통을 주고 싶지 않았다.

"아가씨." 나는 최대한 부드럽게 말했다. "아름다운 아가씨 얼굴에 그 드레스를 입으면 몹시 실망할 텐데."

그녀의 얼굴이 구겨졌다. 그러더니 작은 어깨를 쫙 펴고 용감하게 말했다. "알아요. 제가 너무 작아서 그런 거죠? 게다가 너무 뚱뚱하고? 그럴 줄 알았어요. 결혼식 날 돼지처럼 보이겠죠."

그 순간 왜 내 심장이 그토록 아팠을까. 불안한 소녀가 웨딩드레스 앞에서 받는 상처보다 더 아픈 감정은 없다. 나는 소녀가 너무 걱정스러웠고 그 순간 그 고통을 없애주고 싶었다.

그런데 안젤라, 그때까지 나는 평범한 사람들의 옷을 만들어본 적이 없잖니. 전문적으로 춤추고 연기하는 사람들을 위한 옷만 만들었으니까. 평범하게 생긴 소녀들, 자기 외모의 약점을 잘 알고 있는 자의식 넘치는 소녀들은 처음이었단다. 그때까지 내가 만든 옷은 전부 자기 몸매를 열렬히 사랑하고 (당연히!) 또 기꺼이 뽐내고 싶어 하는 여자들을 위한 옷이었다. 나는 거울 속 자기 모습에 움찔하는 그런 여자들이 아니라, 거울 앞에서 기쁨에 겨워 옷을 벗어던지며 춤추는 여자들에게 익숙했다. 그리고 여자들의 허영심이 얼마나 커질 수 있는지 잊고 있었다.

그날 그 소녀에게 나는 큰 교훈을 얻었다. 웨딩드레스를 만드는 일은 무대 의상을 만드는 일과 완전히 다르다는 사실이었다. 내가 상대해야 할 고객은 화려한 쇼걸이 아니라 결혼식 날 아름다워 보이고 싶지만 그 방법은 알지 못하는 평범한 여성일 테니 말이다.

물론 그 방법은 내가 알고 있었다.

그녀는 몸에 딱 붙는 심플한 드레스를 입어야 옷에 파묻히지 않을 것이다. 그녀의 드레스는 크레이프 백 새틴으로 만들어야 달라붙지 않고 아름답게 떨어질 것이다. 피부가 붉은 편이기 때문에 순백색은 안 된다. 부드러운 크림색이어야 피부도 부드러워 보일 것이다. 얼굴을 가리는 긴 면사포보다 단순한 화관이 낫다. 손목이 드러나는 7부 소매여야 한다. 장갑은 필요 없다. 평상복을 입고 있는 모습만으로도 그녀의 허리 라인이 어디인지 알 수 있었다. (그때 입고 있던 옷의 허리선과 맞지 않았다.) 그녀의 드레스는 실제 허리 라인에서부터 퍼져야 허리가 모래시계처럼 잘록해 보일 것이다. 그렇게 겸손한 사람들은, 다시 말해 자의식이 강하고 자기 비판적인 사람들은, 가슴골이 약간만 드러나도 불편해할 것이다. 하지만 발목 정도는 드러내도 괜찮고 또 그게 더 어울릴 것이다. 나는 그녀에게 어떤 드레스가 필요한지 정확히 알고 있었다.

"걱정하지 말아요, 아가씨." 내가 그녀를 바짝 끌어당겨 팔짱을 끼며 말했다. "우리가 다 알아서 해줄 테니 조금도 불안해할 필요 없어요. 최고로 아름다운 신부로 만들어줄게요. 약속해요."

그리고 나는 그 약속을 지켰다.

안젤라, 나는 라틀리에에 드레스를 맞추러 온 모든 소녀들을 사랑하게 되었단다. 한 명도 빼놓지 않고 전부. 내 삶에서 가장 놀라운 점 중 하나였지. 드레스를 입게 될 모든 소녀들을 향한 끝없는 사랑과 보호 본능이 내 안에서 뿜어져 나왔다. 까다롭고 신경질적인 아가씨들마저 사랑스러웠다. 객관적으로 별로 아름답지 않은 아가씨들도 내 눈에는 아름답게 보였다.

마조리와 내가 그 일을 시작한 첫 번째 이유는 바로 돈을 벌기 위해서였다. 나의 두 번째 이유는 끝없이 기술을 연마해 지속적인 성취감을 느끼는 것이었고. 세 번째는, 그게 아니라면 어떻게 살아야 할지 막막했기 때문이었단다. 하지만 그 일로 내가 받게 될 가장 큰 선물은 꿈에도 짐작하지 못했다. 바로 불안한 소녀들이 라틀리에를 찾아와 자기 삶의 소중한 순간을 맡길 때마다 내가 느낀 넘치는 다정함과 따뜻함이었다.

다시 말해, 라틀리에는 내게 사랑이었다.

나도 모르게 내 안에서 사랑이 넘쳐흘렀다.

모두 젊었고 모두 불안했으며 나는 그 모두를 사랑했다.

27

이게 진짜 나예요

한 가지 의외였던 사실은 이후 마조리도, 나도 결혼하지 않았다는 것이다.

오래 라틀리에를 운영하면서 오직 웨딩드레스만 만들고 생각하며 지냈지만, 아무도 우리에게 청혼하지 않았고, 우리 역시 결혼할 마음이 없었다. 이런 속담이 있지. 절대 신부가 되지 말고 항상 신부 들러리가 되어라! 하지만 우리는 신부 들러리도 되지 못했다. 드레스나 만들었지.

둘 다 결혼하기엔 지나치게 특별했던 게 문제라면 문제였다. 결정적으로 우리는 이상해서 결혼할 수 없는 사람들이었다. 결혼에 결격 사유가 너무 많았다. 그게 우리 스스로 내린 '결혼에 대한 결론'이었다. (우리는 다음 사업의 슬로건으로 이건 어떨까 가끔 웃으며 이야기했다.)

마조리의 특별함은 금방 눈에 띄었다. 마조리는 괴짜 중 괴짜였다. 옷 입는 법은 물론 (그건 정말 두말하면 잔소리였다.) 관심 분야도 평범하지 않았다. 서예 강좌를 듣는가 하면, 94번가 사찰에서 호흡 수업도 들었다. 집에서 요거트 만드는 법을 배울 때는 건물 전체에서 요거트 발효 냄새가 진동했다. 아방가르드 예술을 감상했고 안데스 지역의 듣기 힘든 (적어도 내 귀에는) 음악을 즐겼다. 심리학과 대학원생의 최면 치료에 등록했고 정신분석도 받았다. 타로점을 쳤고 주역을 읽었으며 바이킹들이 썼다는 룬 문자 점도 쳤다. 중국 치료사에게 발 관리를 받았고, 내가 아무리 애원해도 어딜 가나 사람들한테 그 발 이야기만 했다. 유행하는 다이어트는 뭐든 했는데 꼭 살을 빼기 위해서가 아니라 더 건강한 몸과 정신적 가벼움을 위해서였다. 한번은 호흡기에 좋다며 여름 내내 복숭아 통조림만 먹었다. 그리고는 콩나물 맥아 샌드위치로 넘어갔다. 콩나물 맥아 샌드위치만 먹는 여자와 누가 결혼하려고 하겠니.

이상하기로는 나도 뒤지지 않았다.

우선 나도 옷을 평범하게 입는 사람은 아니었다. 전쟁을 겪으며 바지에 너무 익숙해져서 그 후로도 늘 바지만 입었다. 자전거로 자유롭게 시내를 활보하는 데도 좋았지만, 꼭 그 이유 때문만은 아니었다. 남자처럼 옷 입는 것 자체가 좋았다. 여자가 남성용 정장을 입는 것보다 더 멋지고 맵시 있어 보이는 건 없다고 생각했다. (그건 지금도 마찬가지다.) 전쟁이 끝난 후에도 질 좋은 양모는 한동안 구하기 힘들었고, 어쩌다 괜찮은 상태의 헌 옷을 구하게 되면, 그러니까

1920년대와 1930년대 런던 고급 양복점 거리 세빌 로에서 만든 정도라면, 직접 수선해서 내가 마치 그레타 가르보처럼 보이게 만들어 입었다.

전쟁이 끝나고 그렇게 입는 여자들은 없었다. 물론 1940년대에는 여자도 정장 차림을 했고, 애국적인 행동이라고 여겨지기도 했다. 하지만 전쟁이 끝나자 여성성이란 콘셉트가 부활했다. 1947년 즈음, 패션계는 크리스찬 디올의 퇴폐적인 '뉴 룩'이 점령했다. 한 줌 허리와 풍성한 치마, 두드러진 가슴과 부드러운 어깨선이 강조되었다. 뉴 룩은 전시의 물자 결핍은 끝났고, 부드럽고 아름다워 보이기 위해 실크와 레이스를 마음껏 낭비해도 되는 시대가 왔음을 증명하는 패션이었다. 뉴 룩 드레스 한 벌에 22미터가 넘는 직물이 쓰이기도 했다. 그 옷을 입고 택시에서 어떻게 내릴지 상상해보렴.

나는 그 패션이 싫었다. 그런 드레스에 어울리는 몸매가 아니었던 게 첫 번째 이유였다. 긴 다리에 여윈 몸통, 작은 가슴에는 바지와 블라우스가 더 어울렸다. 현실적인 문제도 있었다. 그런 풍성한 드레스를 입고는 일을 할 수가 없었다. 대부분 바닥에 엎드려서 패턴을 그리거나, 예비신부 주위를 기어다니며 일해야 했기 때문이었다. 자유롭기 위해서라도 간편한 윗도리와 바지가 필요했다.

그래서 나는 유행을 거부하고 나만의 패션을 고수했다. 에드나 파커 왓슨에게 배운 대로. 그러니 어느 정도는 괴짜가 될 수밖에 없었다. 물론 마조리만큼은 아니었지만 평범한 축에는 끼지 못했다. 바지와 재킷은 여성 고객들과의 관계에서도 효과를 발휘했다. 짧은 머리 역시 고객의 마음을 얻는 데 유리했다. 여성성을 강조하지 않는 외모는 젊은 신부들에게 (그리고 그들의 엄마들에게) 나는 절대 그들의 라이벌이 아니라는 신호이기도 했다. 무척 중요한 지점이었다. 나는 가만히 있어도 매력적인 편이었는데, 직업상 과한 이성적 매력이 별 도움이 되지 않았기 때문이었다. 탈의실 같은 사적인 공간에서도 내가 신부보다 돋보일 수는 없었다. 소녀들은 가장 중요한 순간에 입을 드레스를 선택하면서 섹시한 여성이 자기 뒤에 서 있는 모습은 보고 싶어 하지 않는다. 그들은 수수하게 입고 묵묵히 제 할 일을 하는 믿음직한 재단사가 필요한 것뿐이다. 나는 기꺼이 그런 사람이 되어주기로 했다.

또 한 가지 평범하지 않았던 점은 바로 독립적인 생활에 대한 애착이었다. 1950년대, 미국인들은 그 어느 때보다 결혼에 집착했지만, 나는 조금도 흥미가 생기지 않았다. 그것 역시 나를 남들과 다른 특별한 사람이 되게 만들었다. 하지만 나는 전쟁 시기의 다양한 시도와 경험을 통해 능력 있고 자신감 넘치는 사람이 되었고, 마조리와의 사업으로 매우 독립적인 사람이 되었다. 어쩌면 그래서 남자가 필요하다는 생각이 별로 들지 않았는지도 모른다. (솔직히 딱 한 가지 이유로 남자가 필요하긴 했다.)

나는 부티크 꼭대기의 내 멋진 아파트에서 혼자 사는 삶이 마음에 들었다. 아담한 나만의 공간이 좋았다. 천장에 난 채광창 두 개도, (뒷골목의 목련 나무가 내려다보이는) 좁아터진 침실도, 그리고 내가 직접 칠한 체리색 작은 부엌도. 일단 나만의 공간이 생기자 혼자만의 기이한 습관들도 생겼다. 부엌 창문 바깥의 화분에 담뱃재를 턴다거나, 한밤중에 일어나 집 안의 불을 다 켜고 추리 소설을 읽는다거나, 아침 식사로 차가운 스파게티를 먹는 일 등이었다. 집 안에서는 실내화를 신고 사뿐사뿐 다니길 좋아했다. 절대 신발을 신고 카펫을 밟지 않았다. 과일은 우묵한 그릇에 한꺼번에 담아놓지 않고 반짝이는 부엌 테이블 위에 가지런히 줄을 맞춰 두는 걸 좋아했다. 내 아담하고 예쁜 아파트에 남자가 들어와 산다니! 아마 그게 누구든 갑자기 들이닥친 강도처럼 반갑지 않을 게 분명했다.

게다가 나는 결혼이 여자에게 썩 좋은 선택은 아닐지도 모른다고 생각하기 시작했다. 오 년이나 십 년 정도 결혼 생활을 하고 있는 주변 여자 중에서 부러워 보이는 사람은 아무도 없었다. 로맨스가 끝나면 오직 남편을 위한 끝없는 서비스만 남는 것 같았다. (행복해하거나 억울해했지만, 어쨌든 남편을 위한 삶인 건 분명해 보였다.) 이는 남편들이 크게 기뻐하는 방식도 아닌 것 같았다. 나는 그렇게 살고 싶지 않았다.

솔직히, 아무도 내게 청혼하지 않긴 했다. 짐 라슨 이후로는.

1957년, 잘나가는 은행가에게 청혼받을 뻔하기는 했다. 돈의 신전 월스트리트 개인 은행 브라운 브라더스 해리먼에서 엄청난 돈을 주무르는 로저 앨더만이라는 사람이었다. 심지어 그는 수상 비행기도 갖고 있었다. (수상 비행기는 도대체 어디에 쓰는 것일까? 혹시 간첩? 섬에 있는 개인 군대에게 식량을 보급하기 위해? 그저 웃겼다.) 그는 신성한 양복을 입었는데, 잘생긴 남자가 잘 맞는 양복을 잘 다려 입은 모습은 매번 나를 욕망에 휩싸이게 만들었다.

그 양복 차림을 볼 때마다 기절할 것 같아서 나는 일 년이 넘게 그와 연애를 했다. 하지만 내 마음을 아무리 들여다봐도 로저 앨더만에 대한 사랑의 흔적은 찾을 수 없었다. 그러던 어느 날, 그가 나중에 끔찍한 도시에서 벗어나 뉴로셸 지역으로 가면 어떤 집에서 살고 싶은지 이야기하기 시작했다. 그 순간 정신이 번쩍 들었다. (뉴로셸 지역에 문제가 있다는 뜻은 전혀 아니다. 다만 내가, 뉴욕이 아닌 뉴로셸에서 단 하루만 살아도 내 손으로 내 목을 꺾어버릴 사람이라는 걸 아주 잘 알고 있었을 뿐이다.)

얼마 지나지 않아 그와의 관계를 부드럽게 정리했다.

하지만 로저와의 섹스는 즐거웠다. 세상에서 가장 짜릿하거나 창의적인 섹스는 아니었지만 그 정도면 충분했다. 셀리아와 곧잘 이야기했던 오르가슴도 느꼈다. 안젤라, 섹스할 때마다 내 몸은 온갖 족쇄에서 벗어나 무한한 자유를 느꼈다. 아무리 매력 없는 상대와도 마찬가지였다. 물론 로저는 외모만 보자면 전혀 매력 없는 남자는 아니었고 그 정도면 훌륭했다. (가끔 잘생긴 외모에 너무 잘 빠지는 내가 싫기도 했지만 어쩔 수 없었다. 그게 나였다.) 하지만 내 심장을 뒤흔들지는 못했다. 그래도 내 몸은 그를 감사히 여겼다. 물론 나는 오래 연마한 끝에 언제나 클라이맥스에 이르는 법을 알고 있었다. 로저 앨더만 뿐만 아니라 어떤 남자하고도. 마음이 아무리 동하지 않아도 몸은 언제나 열정적으로 기쁨을 추구했다.

섹스가 끝나면 나는 늘 남자들을 곧바로 돌려보냈다.

약간의 부연 설명이 필요할 것 같구나. 전쟁이 끝나고 나는 다시 섹스를 시작했다. 그것도 아주 열정적으로. 1950년대, 나는 짧은 머리에 남자 옷을 입고 혼자 사는 노처녀였지만, 결혼하고 싶지 않다고 섹스도 하고 싶지 않은 건 아니었다. 게다가 나는 여전히 예쁜 편이었다. (안젤라, 짧은 머리는 정말 나한테 잘 어울렸다. 내가 왜 너한테 거짓말을 하겠니.)

전쟁이 끝날 즈음, 나는 그 어느 때보다도 섹스에 굶주린 상태였다. 이미 말했지만, 결핍이라면 지긋지긋했다. 해군 공창에서 미친 듯 일했던 고난의 삼 년 동안 (그리고 금욕의 삼 년 동안) 내 몸은 지치기도 했지만, 불만도 가득 찼다. 전쟁은 끝났고, 나는 내 몸이 더 이상 그런 상태를 원하지 않는다고 느꼈다. 그 어떤 즐거움이나 쾌락도 없이 일하고, 자고, 다음 날 다시 일만 하는 몸이고 싶지 않았다. 삶에는 힘들고 지난한 일 이상의 무언가가 있어야 했다.

그렇게 지구의 평화와 함께 나의 성욕도 돌아왔다. 나는 나이가 들면서 내가 원하는 바를 구체적으로 알게 되었고 호기심과 자신감 또한 넘쳤다. 나는 탐험하고 싶었다. 남자들이 침대에서 자신을 표현하는 다양한 방식과 독특한 욕망에 매료되었다. 겉모습과 달리 누가 대범하고 누가 소심한지 결국 알게 되는 그 은밀한 순간은 한 번도 지겨워지지 않았다. (힌트를 주자면, 항상 기대와는 반대였다.) 나는 남자들이 절정의 순간에 내뱉는 놀라운 소리에 감동했다. 남자들의 무한한 판타지가 궁금했다. 결의를 불태우며 나에게 돌진했다가 곧바로 약해지고 불안해지는 남자들의 모습에 짜릿함을 느꼈다.

하지만 한 가지 규칙은 있었다. 절대 결혼한 남자와 섹스하지 않는다. 이유를 설명할 필요는 없겠지. (혹시 설명이 필요하다면, 에드나 파커 왓슨 사건 이후, 내 성적 욕망 때문에 다른 여성에게 피해를 주는 일은 절대 하고 싶지 않았기 때문이었다.)

곧 이혼할 거라는 남자와도 섹스하지 않았다. 어떻게 될 줄 알고? 이혼할 거라는 남자는 수도 없이 만났지만, 결국 이혼하는 사람은 한 명도 보지 못했다. 한번은 한 남자가 저녁 식사 후 디저트를 먹으며, 사실은 유부남인데 네 번째 결혼이라 별로 중요한 사실도 아니라고 고백했다. 솔직히 그것도 결혼이라고 할 수 있을까? 그가 무슨 말을 하고 싶은지는 이해했지만, 내 규칙은 규칙이었다.

혹시 내가 어디서 남자들을 찾았는지 궁금하다면, 여자가 섹스할 남자를 찾는 건 인류 역사상 한 번도 어려운 일인 적이 없었다고 말해주고 싶구나. 더구나 나처럼 상대를 가리지 않는 여자라면.

그러니까 남자는 어디에나 있었다. 구체적인 방법? 나는 보통 5번길과 10번가 코너에 있는 그로스베너 호텔 바에서 남자들을 찾았다. 그로스베너는 세월이 느껴지면서도 차분하고 수수한 멋진 곳이었다. 우아했지만 주눅 들 만큼 우아하지는 않았다. 창가에 흰 테이블보가 덮인 테이블이 몇 개 있었는데, 나는 종일 바느질을 하다가 늦은 오후에 그 창가 테이블에 앉아 마티니를 마시며 소설을 읽었다.

열에 아홉은 술을 홀짝이고 책장을 넘기며 쉬는 게 전부였다. 하지만 아주 가끔, 바에 앉아 있던 남자 손님이 내게 음료를 보내오기도 했다. 상황에 따라 더 진도가 나갈 수도 있었고, 나가지 않을 수도 있었다.

나는 상대와 즐거운 시간을 보낼 수 있을지 없을지 제법 빨리 파악하는 편이었다. 일단 파악이 되면 진행은 빠른 편이 좋았다. 나는 괜히 시간을 끌거나 부끄러운 척하는 사람은 아니었다. 그리고 솔직히, 대화가 지루했다.

안젤라, 전쟁이 끝난 후 미국 남자들은 자신들이 전쟁에서 이기고 세상을 정복했다고 얼마나 잘난 척을 해댔는지 모른다. 무용담을 늘어놓지 못해 안달이었다. 정말 끔찍했다. 그래서 나는 그런 잡담을 빨리 끝내는 방법을 터득했는데, 바로 곧장 성적인 신호를 보내는 것이었다. ("그쪽이 마음에 들어요. 단둘이 있을 수 있는 곳으로 자리를 옮길까요?") 이런 과감한 제안에 남자들이 깜짝 놀라거나 즐거워하는 모습을 구경하는 것도 재미있었다. 남자들은 얼굴이 순식간에 환해졌다. 나는 그 순간을 사랑했다. 고아원에 크리스마스 선물을 잔뜩 들고 가는 느낌이었다.

그로스베너의 바텐더 바비는 내게 정말 잘해주었다. 내가 호텔 손님들과 바를 나설 때마다, 한 시간 전에 만난 남자와 엘리베이터를 타러 갈 때마다, 바비는 언제나 고개를 살짝 숙여 신문으로 가리고 모른 척해주었다. 바비는 깔끔한 유니폼을 차려입고 일도 똑부러지게 하는 사람이었지만 알고 보면 보헤미안이었다. 빌리지에 살았고, 여름마다 이 주씩 캐츠킬 산맥에 머물며 수채화를 그리거나 자연주의자들의 예술 축제에서 나체로 거닐다 오곤 했다. 다른 사람을 함부로 재단하는 사람이 아니었다는 뜻이다. 내가 남자들의 관심을 반기지 않는 것 같으면, 다가와 손님을 귀찮게 하지 마시라고 말해주기도 했다. 나는 바비를 많이 아꼈고, 어쩌면 바비와도 그런 관계가 될 수 있었겠지만, 그만은 나를 지켜봐주는 사람으로 남겨두고 싶었다.

나는 함께 호텔 방으로 간 남자들과 즐거운 시간을 보냈고, 보통 그 후로 그들을 다시 만날 일은 없었다. 그리고 남자들이 별로 궁금하지도 않은 이야기를 늘어놓기 전에 서둘러 침대에서 빠져나왔다.

혹시 내가 그중 누군가와 사랑에 빠지지 않았을까 궁금하겠지? 하지만 한 명도 없었다. 사랑을 나눴지만 사랑하지는 않았다. 그중 몇은 남자친구가 되기도 했고, 또 그 남자친구 중 몇은 친구가 되기도 했다. (가장 바람직한 결과였지.) 하지만 정말 사랑했다고 말할 수 있는 남자는 없었다. 나는 사랑을 갈구하지 않았다. 어쩌면 일부러 피해 다녔는지도 모르겠다. 진정한 사랑만큼 삶을 뿌리째 흔들어버리는 것도 없으니까. 적어도 지금까지 내가 봐왔던 사랑은 그랬다.

하지만 많이 좋아했던 사람은 있었다. 한동안 파크 애비뉴 아모리 미술관에서 만난 젊은, 그것도 아주 젊은 헝가리 출신 화가와 사귄 적이 있었다. 보톤드라는 풋내기 중 풋내기였다. 처음 만난 날 그를 데리고 집에 왔는데, 섹스를 하기 직전에 그가 '당신은 멋진 여자고 분명 깨끗한 여자일 것이기 때문에' 콘돔을 사용할 필요가 없다고 말했다. 나는 침대에서 몸을 일으켜 불을 켠 다음 아들뻘의 어린 그에게 이렇게 말했다. "잘 들어, 보톤드. 나는 당연히 멋진 여자야. 하지만 지금 내가 하는 말은 아주 중요하니까 절대 잊지 않는 게 좋을 거야. 어떤 여자가 만난 지 한 시간 만에 집으로 데려와 섹스를 하겠다는 건, 당연히 그전에도 해봤다는 뜻이야. 언제나, 반드시, 늘, 콘돔을 쓰도록 해."

둥글둥글한 얼굴에 엉망이었던 머리칼까지, 보톤드는 정말 귀여웠다!

그리고 휴라는 남자가 있었다. 어느 날 딸을 데리고 웨딩드레스를 맞추러 왔던 조용하고 친절한 홀아비. 나는 그에게 매력을 느꼈고, 우선 일을 마무리한 다음 몰래 내 전화번호를 찔러주며 이렇게 말했다. "혹시 밤을 함께 보내고 싶은 생각이 있으면 언제든 전화해요."

내가 그를 당황하게 만든 것 같았지만, 그는 그렇게 그냥 놓치기에 아까운 남자였다!

약 이 년 후, 토요일 오후에 전화를 한 통 받았다. 휴였다! 휴는 긴장해 말을 더듬으며 겨우 자기 소개를 하더니 다음에 무슨 말을 해야 할지 어쩔 줄 몰라 했다. 나는 웃으며 재빨리 그를 구해주었다. "휴, 전화해줘서 정말 고마워요. 부끄러워할 필요 없어요. 언제든 전화하라고 했잖아요. 지금 당장 올래요?"

그 모든 남자 중 나를 사랑하게 된 남자가 있었는지 궁금하겠지. 가끔 있긴 했다. 하지만 나는 남자들을 잘 설득해 마음을 돌리게 만들었다. 남자들은 황홀한 섹스를 하고 나면 사랑에 빠졌다고 쉽게 착각한다. 그때의 나는 섹스를 아주 잘하는 사람이었단다, 안젤라. 충분한 연습 덕분이었지. (언젠가 마조리에게 이렇게 말하기도 했다. "내가 이 세상에 태어나 잘하게 된 것 딱 두 가지는 바로 섹스와 바느질이야." 마조리는 이렇게 대꾸했다. "그 둘 중에서 바느질로 돈을 벌고 있어서 다행이네.") 남자들이 촉촉한 눈빛으로 나를 바라보면, 당신은 나와 사랑에 빠진 것이 아니라 섹스가 좋았던 것뿐이라고 설명해주었고, 그러면 남자들의 마음은 보통 가라앉았다.

잘 모르는 낯선 남자들을 집으로 들이면서 위험해진 적은 없었는지도 궁금하겠지. 당연히 있었다. 하지만 그렇다고 그만둘 수는 없었다. 그저 최대한 조심하면서 본능에 의지하는 수밖에 없었다. 가끔은 본능이 틀리기도 했다. 당연히 일어날 수 있는 일이었다. 일단 닫힌 공간에 들어서면 상황이 내가 원하는 것보다 훨씬 거칠어지고 위험해지기도 했다. 자주는 아니었지만 가끔. 그래도 나는 폭풍우 치는 밤의 노련한 뱃사공처럼 상황을 잘 넘겼다. 그렇게밖에 설명하지 못하는 게 안타깝구나. 간혹 불쾌한 밤들이 있었지만, 지속적인 위험에 처해 있다고는 한 번도 생각하지 않았다. 위험해질 수 있다는 생각도 나를 막지 못했다. 기꺼이 감수할 만한 위험이었다. 내게는 안전보다 자유가 훨씬 중요했다.

지나치게 자유로운 섹스에 대해 양심의 가책을 느낀 적이 없냐고 묻는다면, 이 역시 솔직하게 대답할 수 있다. 한 번도 없었다. 그런 행동이 날 특별하게 만들었다고 생각한다. 다른 이들의 행동과는 달랐으니까. 하지만 그 특별한 행동이 나를 '나쁘게' 만들었다고는 생각하지 않았다.

물론 과거에는 내가 나쁘다고 생각했다. 메말랐던 전쟁 시기에 나는 에드나 파커 왓슨 사건으로 인한 수치심을 여전히 떨쳐버리지 못한 상태였고, 더러운 창녀라는 말 역시 머릿속 한구석에 단단히 박혀 있었다. 하지만 전쟁이 끝나가면서 나 역시 그 모든 감정에서 벗어났다. 월터가 한순간도 삶을 즐겨보지 못하고 전쟁터에서 죽어버렸다는 사실과 어쩌면 관련이 있었는지도 모르겠다. 전쟁 덕분에 나는 알게 되었다. 삶은 위험하기도 하지만 순식간에 지나가버리기 때문에 살아 있는 동안 기꺼이 즐기고 모험해야 한다고 말이다.

그 사건 이후로 내가 좋은 여자임을 증명하기 위해 노력하면서 살 수도 있었겠지만, 그건 내 진짜 모습이 아니었을 것이다. 나는 좋은 여자는 아닐지 몰라도 충분히 좋은 사람이었다고 생각했다. 하지만 욕구는 욕구였다. 그래서 나는 진정 원하는 것을 부정하지 않기로 했다. 나를 즐겁게 만들 방법들을 찾아 나섰다. 결혼한 남자만 건드리지 않는 한 내가 해를 끼칠 사람은 없었다.

어쨌든, 여자들은 살면서 부끄러워하는 게 지긋지긋해지는 때가 온다.

그제야 비로소 그녀는 진정한 자기 자신이 될 수 있다.

28

사반세기가 지나도

내겐 남자도 많았지만, 동성 친구들도 많았다. 물론 마조리가 가장 친한 친구였고, 페그와 올리브는 언제나 내 가족이었다. 하지만 나와 마조리 곁에는 다른 여자들도 많았다.

어느 날 러더포드 플레이스의 무료 콘서트에서 만난 마티는 뉴욕대학교 문학 박사 과정을 수료한 멋지고 재미있는 친구였다. 마조리와 파슨스에 함께 다닌 캐런은 뉴욕 현대미술관의 접수 담당자였지만 화가가 꿈이었다. 산부인과 의사 로완은 실력도 대단했지만 우리에게 아주 큰 도움을 주기도 했다. 초등학교 교사 수잔은 현대 무용에 빠져 있었고, 캘리는 꽃집 주인이었다. 원래 돈이 많아서 일 같은 건 할 필요 없는 아니타는 열쇠가 있어야 들어갈 수 있는 그래머시 파크 열쇠를 어떻게 만들었는지 친구들 전부에게 하나씩 돌렸다. 모두들 평생 고마워했다.

그들 말고도 많은 여자들이 우리 삶을 스쳐 지나갔다. 결혼으로 멀어진 친구도 있었고 이혼으로 새로 생긴 친구도 있었다. 도시를 떠난 친구도 있었고 다시 도시로 돌아온 친구도 있었다. 삶은 끊임없는 파도였다. 우정은 그 파도를 타며 깊어지고 얕아졌다가 다시 또 깊어지기도 했다.

하지만 우리가 모이는 곳은 늘 똑같았다. 18번가 내 침실 창밖 비상계단으로 올라가는 우리 건물 옥상이었다. 마조리와 나는 옥상에 싸구려 접이 의자를 갖다 놓고 날씨가 좋으면 밤마다 친구들과 모여 함께 시간을 보냈다. 우리는 여름마다 뉴욕의 별빛 아래서 함께 싸구려 와인을 마시고 담배를 피우고 라디오를 듣고 삶의 크고 작은 문제들을 공유했다.

바람 한 점 없이 끔찍하게 더웠던 8월의 어느 날 밤, 마조리가 거대한 선풍기를 꾸역꾸역 옥상으로 끌고 올라왔다. 기다란 산업용 연장 코드를 연결해 부엌 콘센트에 꽂았다. 레오나르도 다빈치급의 천재성이었다. 우리는 이곳이 머나먼 이국의 해변이라고 생각하며 셔츠를 훌러덩 걷어 올려 선풍기 바람에 가슴에 맺힌 땀을 식혔다.

1950년대의 가장 행복했던 기억들이었다. 그 작은 옥상에서 나는 한 가지 사실을 깨달았다. 남자들 없이 모인 여자들은 아무것도 될 필요가 없었다. 그저 자기 자신이면 되었다.

1955년, 마조리가 임신을 했다. 결국 임신하게 될 사람은 나일 거라고 생각했는데, 그게 더 가능성이 클 것 같았는데, 마침내 불쌍한 마조리가 당첨되었다.

범인은 마조리가 몇 년째 만나고 있는 늙은 유부남 예술 교수였다. (물론 마조리는 자기가 범인이라고 했다. 자기가 '유대인 같은 행동만 그만두면' 바로 이혼하고 달려오겠다는 유부남한테 그렇게 오랜 세월을 낭비한 것이 죄라면서.)

마조리는 어느 날 밤 옥상에서 친구들에게 그 소식을 털어놓았다.

"확실해?" 산부인과 의사 로완이 물었다. "우리 병원 가서 테스트 해볼까?"

"테스트는 필요 없어." 마조리가 대꾸했다. "생리가 진작 끊겼어."

"얼마나?" 로완이 물었다.

"몰라. 규칙적이진 않았는데 그래도 한 삼 개월?"

친구의 뜻하지 않은 임신 소식에 여자들이 갑자기 빠져드는 긴장된 침묵의 순간이 있다. 무게가 만만치 않은 문제였다. 다들 마조리의 부연 설명을 기다리고 있었다. 당사자의 생각을 알아야 어떻게든 도울 수 있을 테니까. 하지만 마조리는 그렇게 폭탄만 던져놓고 별 말 없이 가만히 앉아 있었다.

결국 내가 물었다. "조지는 뭐래?" 유대인을 싫어하지만, 유대인 아가씨와 섹스하는 건 좋아하는 유부남 예술 교수가 바로 조지였다.

"왜 조지라고 생각해?" 마조리가 웃으며 되물었다.

하지만 누가 봐도 조지였다. 늘 조지였다. 당연히 조지일 수밖에 없었다. 마조리는 두 눈을 동그랗게 뜨고 현대 유럽 조각 수업을 듣던 아주 오래전부터 조지에게 홀딱 반해 있었다.

마조리가 말했다. "말 안 했어. 말 안 하려고. 이제 안 볼 거야. 이렇게 끝내려고. 드디어 헤어질 좋은 핑계가 생긴 건지도 몰라."

로완이 단도직입적으로 물었다. "수술은 생각해봤어?"

"아니, 안 할 거야. 아니, 할까 싶기도 해. 그런데 너무 늦었어."

마조리는 담배에 불을 붙이고 와인을 한 모금 마셨다. 1950년대에는 임산부도 그런 행동이 자연스러웠다.

"캐나다에 미혼모를 위한 집 같은 곳이 있대. 근데 다른 데보다 좀 비싸. 독방이기도 하고. 나이 많은 사람들이 가는 곳 같아. 돈 있는 여자들 말이야. 나도 배가 나오기 시작하면 거기로 갈까봐. 사람들한테는 휴가 갔다고 하고. 물론 휴가의 휴 자도 모르던 내가 휴가 갔다면 사람들이 안 믿겠지만 그래도 그 방법밖에 없는 것 같아. 심지어 아기는 유대인 가족에게 입양도 가능하대. 캐나다에 유대인 가족이 있을까 싶지만. 사실 종교는 상관없어, 다들 알겠지만. 그냥 좋은 사람들이기만 하면 돼. 시설도 괜찮은 것 같아. 비싼 편이지만 그 정도는 쓸 수 있어. 파리 갈 돈을 쓰려고."

친구들에게 도움을 청하기 전에 알아서 문제를 해결하는 마조리다운 방법이었다. 계획도 그럴듯했다. 하지만 나는 마음이 아팠다. 마조리가 원했던 상황은 아니었다. 마조리와 나는 같이 파리 여행을 가려고 오랫동안 돈을 모았다. 돈이 충분히 모이면 8월 한 달 내내 부티크를 닫고 퀸엘리자베스호를 타고 프랑스로 갈 생각이었다. 함께 꾸던 꿈이었고 돈도 거의 모아가고 있었다. 그 여행을 위해 얼마나 오래 주말도 반납하고 일했는데 이런 일이 터지다니.

그 순간, 나는 마조리와 같이 캐나다에 가야겠다고 생각했다. 필요하다면 라틀리에는 오래 닫아도 상관없었다. 마조리가 가는 곳이라면 어디든 갈 생각이었다. 아기가 태어나는 순간에도 그녀 곁에 있을 것이다. 내 몫의 파리 여행 자금으로는 차를 살 것이다. 마조리에게 필요한 것이라면 무엇이든 살 것이다.

나는 마조리 옆으로 의자를 바짝 당겨 앉아 그녀의 손을 잡았다. "좋은 생각이야, 마조리." 내가 말했다. "나도 함께 갈게."

"좋은 생각 같지?" 마조리가 담배를 한 모금 들이켜고 친구들을 바라보며 물었다. 다들 애정과 안타까움, 당황스러움이 담긴 똑같은 표정이었다.

바로 그때 예상치 못했던 일이 일어났다. 갑자기 마조리가 약간 상기된 표정으로 고개를 기우뚱한 채 나를 보고 웃으며 말했다. "지랄, 될 대로 되라지. 캐나다에 뭐하러 가. 비비안! 내가 미쳤나봐. 그래! 방금 결정했어. 더 좋은 생각이 있거든. 아니, 더 좋은 생각인지는 모르겠어. 그냥 다른 계획이야. 내가 키울래."

"네가 키운다고?" 캐런이 충격을 감추지 않고 물었다.

"조지는 어쩌고?" 아니타도 물었다.

마조리는 늘 그랬듯 싸움꾼처럼 턱을 한껏 치켜들고 말했다. "조지 영감탱이는 필요 없어. 비비안하고 둘이 키울 거야. 그렇지, 비비안?"

생각할 시간이 일 초 정도 필요했다. 나는 마조리를 잘 알았다. 일단 결정하면 끝이다. 어떻게든 잘되게 만들 것이다. 나도 옆에서 어떻게든 도울 것이다. 늘 그랬던 것처럼.

그래서 나는 마조리 로우스키에게 한 번 더 이렇게 말하게 되었다. "좋아. 그렇게 하자."

그리고 내 삶은 다시 한번 급변했다.

그렇게 되었단다, 안젤라.

그렇게 우리에게 아기가 생겼다.

보드랍고 아름답고 까다로운 꼬마 네이슨이었다.

육아에서 쉬운 일은 하나도 없었다.

임신 기간은 별 문제 없이 지나갔지만, 분만은 그야말로 공포 영화였다. 마조리는 열여덟 시간의 진통 끝에 결국 제왕절개를 했다. 그러느라 만신창이가 되었다. 게다가 피가 멈추지 않아 목숨이 위험해질 뻔했고 의사가 수술 중에 메스로 아기 얼굴을 긁어 한쪽 눈이 실명될 뻔했다. 그리고 마조리는 감염이 되어 거의 한 달이나 병원에 입원해 있어야 했다.

나는 아직도 병원 측의 경솔함이 네이슨이 '미혼모의 아기'였기 때문이었다고 생각한다. ('후레자식'에 대한 다소 점잖은 1950년대식 표현이었다.) 의사들은 마조리의 진통에도 별 관심이 없었고 간호사들도 유난히 불친절했다.

마조리를 돌본 건 친구들이었다. 마조리의 가족은 간호사들과 똑

같은 이유로 마조리나 아기에게 별 관심이 없었다. 너무 매정한 것 같겠지만 (실제로 매정했다.) 그 당시 결혼하지 않고 아기를 낳는 여자에 대한 낙인은 상상 이상이었다. 그 자유롭다고 하는 뉴욕에서도 말이다. 마조리처럼 나이도 있고 건물도 있는 어엿한 사업가라 해도 남편 없는 임신과 출산은 사람들의 손가락질을 받는 일이었다.

그러니까 내 말은, 마조리가 그만큼 용감한 사람이었다는 거다. 하지만 마조리는 혼자였기에 산모와 아기를 보살피는 일은 친구들의 몫이 되었다. 도와줄 수 있는 손이 많아서 다행이었다. 나는 아기를 돌보느라 늘 병원에 붙어 있을 수 없었다. 그리고 내가 아기를 돌보는 방법을 전혀 몰랐다는 건 또 하나의 공포 영화였다. 어렸을 때도 주변에 아기들이 없었고 내가 아기를 간절히 원했던 것도 아니었다. 본능도 없었고 소질도 없었다. 게다가 십 개월 동안 육아에 대해 배워놓은 게 하나도 없었다. 아기들은 뭘 먹는지도 몰랐다. 네이슨을 내가 키울 계획은 전혀 없었으니까. 아기는 마조리가 키우고 나는 세 사람을 먹여 살리기 위해 두 배로 일하는 것이 계획이었다. 하지만 생후 첫 한 달, 아기는 온전히 내 몫이었고, 미안하지만 네이슨은 내 어설픈 손길에서 살아남아야 했다.

심지어 네이슨은 몹시 까다로운 아기였다. 자주 배를 앓았고 몸무게도 늘지 않았으며 분유도 잘 먹지 못했다. 두피의 지루성 피부염과 기저귀 발진도 심했는데 ("머리부터 발끝까지 재앙이 따로 없군."이라고 마조리는 말했다.) 나는 그중 무엇도 개선하지 못하는 것 같았다. 라틀리에는 직원들이 운영하고 있었지만 때는 6월, 즉 결혼 시즌이었고 내가 손을 완전히 떼면 전혀 일이 진행되지 않았다. 심지어 마조리가 하던 일까지 내가 해야 했다. 하지만 네이슨은 일을 하려고 잠시 내려놓을 때마다 다시 안아줄 때까지 기를 쓰고 울었다.

어느 날 아침, 드레스를 맞추러 온 아가씨의 엄마가 갓난아기와 씨름하는 날 보고 자기 쌍둥이 손녀를 돌봐주었던 나이든 이탈리아 보모를 소개해주었다. 팔마라는 그 보모는 우리에게 대천사 성 미카엘이나 마찬가지였다. 팔마는 오래 네이슨을 돌봐주며 우리를 구원했다. 힘들었던 그 첫해에 특히 큰 도움이 되었다. 하지만 팔마의 몸값은 비쌌다. 네이슨은 아주 돈이 많이 드는 아기였다. 네이슨은 자주 아픈 아기에서 자주 아픈 꼬마가 되었고, 또 자주 아픈 어린이가 되었다. 다섯 살까지 집보다 병원에서 더 긴 시간을 보냈다. 아이들이 걸리는 병이라면 무엇이든 네이슨도 걸렸다. 숨 쉬는 것도 힘들어했고, 페니실린을 달고 살았으며, 그래서 배가 자주 아파 제대로 먹지 못하는 악순환이 계속되었다.

마조리와 나는 식구가 셋이 되면서 더 열심히 일했지만, 그 셋 중 한 명이 늘 아팠기에 더더욱 열심히 일해야 했다.

세상에, 웨딩드레스를 얼마나 많이 만들었는지 모른다. 사람들이 어느 때보다 결혼을 많이 하고 있어서 정말 다행이었다.

두 사람 모두 파리 여행 이야기는 한 번도 꺼내지 않았다.

시간은 흘렀고 네이슨도 자랐지만 체구는 여전히 왜소했다. 네이슨은 너무 작았다. 애착이 심했고 순하고 정이 많았지만, 불안한 것도 많았고 겁도 쉽게 먹었다. 그리고 항상 아팠다.

우리는 네이슨을 사랑했다. 그를 사랑하지 않기란 불가능했다. 그렇게 다정하고 귀여운 꼬마 사람은 절대 없었을 것이다. 네이슨은 말썽도 부리지 않았고 반항도 하지 않았다. 유일한 문제라면 무척 약했다는 것, 그뿐이었다. 너무 아기처럼 돌봐서 그랬는지도 모르겠다. 더 정확히 말하자면, 네이슨은 (고객도 직원도 전부 여자인) 웨딩드레스 부티크에서 응석과 두려움을 전부 받아주는 여자들에 둘러싸여 자랐다. ("아, 진짜 여자처럼 자라면 어쩌지, 비비안?" 거울 앞에서 면사포를 휘날리며 놀던 네이슨을 보며 마조리가 한 말이었다.) 걱정도 팔자라고 하는 사람도 있었겠지만 마조리 입장에서는 그 반대를 상상하는 것 자체가 불가능했을 것이다. 우리는 네이슨에게 남성적인 롤모델이 되어주는 유일한 사람은 바로 올리브일 거라고 우스갯소리를 하기도 했다.

네이슨이 다섯 살쯤 되어갈 무렵, 우리는 그 아이가 절대 공립학교에 다닐 수 없다는 사실을 깨달았다. 11킬로그램도 넘지 못했던 네이슨에게는 다른 아이들의 존재 자체가 공포였다. 네이슨은 스틱볼을 하거나 나무를 타고 돌을 던지다 무릎이 까지는 그런 아이는 아니었다. 네이슨은 퍼즐을 좋아했다. 책도 좋아했지만 무서운 이야기는 아니어야 했다. (〈스위스 로빈슨 가족의 모험〉: 너무 무섭다. 〈백설공주〉: 너무 무섭다. 〈아기오리 길 찾기〉: 이 정도가 적당하다.) 네이슨은 뉴욕시 공립학교 아이들이 괴롭히기 딱 좋을 아이였다. 우리는 도시의 거친 아이들에게 밀가루 반죽처럼 내동댕이쳐질 네이슨의 모습이 눈에 선했고, 절대 그렇게 놔둘 수 없었다. 그래서 우리는 네이슨이 폭력적이지 않게 자랄 수 있도록, 물론 가만히 두면 그렇게 자라겠지만, 네이슨을 퀘이커교 사립학교 프렌즈 세미나리에 보내면서 점잖은 퀘이커 교도들에게 우리가 힘들게 번 돈을 전부 갖다 바쳤다. (일 년에 이천 달러씩이나 낼 여유가 있었단 말이다!)

친구들이 아빠는 어디 있냐고 물으면 이렇게 대답하라고 가르쳤다. "우리 아빠는 전쟁터에서 죽었어." 네이슨은 1956년생이었으니 말도 안 되는 대답이었지만, 유치원생들은 아직 그런 계산이 불가능할 테니 당분간은 괜찮을 거라고 생각했다. 네이슨이 자라면서 우리는 조금 더 그럴듯한 대답을 만들어주었다.

네이슨이 여섯 살쯤이었던 어느 화창한 겨울날, 마조리와 나는 네이슨을 데리고 그래머시 파크에 갔다. 나는 벤치에 앉아 드레스 상체에 구슬을 달고 있었고, 마조리는 바람에 자꾸 펄럭이는 〈뉴욕 리뷰 오브 북스〉를 읽으려 애쓰고 있었다. 마조리는 (어지러운 보라색과 겨자색 격자무늬) 판초를 입고 신발코가 위로 말린 특이한 터키 신발을 신었다. 머리에는 조종사들이 매는 하얀색 실크 스카프를 두르고 있었다. 치통이 있는 중세 길드 조합원 같은 차림이었다.

그러던 중, 둘 다 하던 일을 멈추고 네이슨을 바라보았다. 네이슨은 오솔길에 막대기로 조심스럽게 그림을 그리고 있었다. 그러다가 몇 발자국 떨어진 곳에서 자기들끼리 바닥을 쪼고 있는, 그러니까 전혀 위험하지 않은 비둘기들이 갑자기 무서워졌다. 네이슨은 그림을 그리다가 갑자기 얼어붙었다. 네이슨의 두 눈이 비둘기에 대한 두려움으로 점점 커지고 있었다.

마조리가 작은 목소리로 말했다. "저것 좀 봐. 도대체 무서워하지 않는 게 없어."

"맞아." 나도 동의했다. 사실이었으니까. 네이슨은 정말 그랬다.

마조리가 말했다. "목욕시켜줄 때는 또 물에 빠져 죽을까봐 무서워한다니까. 아기를 물에 빠뜨려 죽이는 엄마 이야기를 어디서 들었나? 어떻게 그런 생각을 하게 되는 거지? 비비안, 혹시 네이슨을 욕조에 담그려고 한 적 있어?"

"없을걸. 그런데 내가 화나면 어떤지 너도 알잖아."

마조리를 웃게 만들고 싶었는데 효과가 없었다.

"정말 알 수 없는 애야." 마조리가 근심 가득한 표정으로 말했다. "심지어 자기 빨간 모자도 무서워한다니까. 색깔 때문인 것 같아. 오늘 아침에 씌워주려고 했더니 갑자기 엉엉 울었어. 결국 파란 모자를 썼지. 비비안, 정말이지 쟤가 내 인생을 완전히 망친 것 같아."

"오, 마조리. 그런 말 하지 마." 내가 웃으며 대꾸했다.

"아니야. 정말이야, 비비안. 쟤가 다 망쳤어. 인정할 건 인정하자고. 캐나다로 가서 입양을 보냈어야 했어. 그럼 우리도 여유 있었을 테고 나도 자유로웠겠지. 기침 소리 들으면서 잠을 설칠 일도 없고. 아빠 없는 애나 키우는 여자 취급도 안 받았겠지. 이렇게 피곤하지도 않았을 테고. 어쩌면 그림 그릴 시간도 있었을 거야. 몸매도 괜찮았을 거고. 그래, 남자친구가 있었을지도 몰라. 정말 딱 까놓고 말해서, 저 아이를 키우지 말았어야 했어."

"마조리! 그만해! 그런 마음에도 없는 소리 하지 마."

하지만 마조리는 아직도 할 말이 남아 있었다. "아니야. 정말 진심이야, 비비안. 내가 살면서 내린 최악의 결정이 바로 저 애야. 그건 아무도 부정할 수 없을걸. 사람들한테 다 물어봐."

나는 갑자기 엄청난 걱정에 휩싸였지만, 마조리가 이렇게 덧붙였다. "한 가지 문제는, 내가 네이슨을 너무 사랑한다는 거야. 너무 사랑해서 미칠 것 같아. 쟤를 좀 봐."

거기 네이슨이 있었다. 그 부서질 듯 애처로운 작은 소년이 비둘기들로부터 최대한 달아나려고 애쓰고 있었다. (뉴욕의 공원에서 쉽지 않은 일이었다.) 방한복을 입었지만 습진으로 빨개진 두 볼과 부르튼 입술의, 우리의 작은 네이슨이 거기 있었다. 새파랗게 질린 우리의 귀여운 네이슨이 자기는 쳐다보지도 않는 그 작은 새들로부터 구해줄 사람을 찾고 있었다. 유리처럼 부서지기 쉬운 완벽한 아이. 그 빼빼 마른 구제불능 네이슨을 나는 열렬히 사랑했다.

옆을 보니 마조리는 이제 울고 있었다. 절대 울지 않는 마조리에게는 굉장한 일이었다. (우는 건 늘 내 몫이었지.) 그렇게 슬프고 피곤해 보이는 마조리 모습은 처음이었다.

마조리가 말했다. "내가 유대인처럼 굴지 않으면 언젠가 아빠가 와서 데려갈까?"

나는 마조리의 팔을 툭 치며 대답했다. "그만해, 마조리!"

"너무 지쳐서 그래, 비비안. 하지만 저 아이를 너무 사랑해. 가끔은 그래서 내가 부서져버릴 것 같아. 이게 아이들의 비열한 계략일까? 이렇게 엄마들이 자기 삶을 망치게 만들어버리나? 너무너무 사랑하게 만들어서?"

"어쩌면. 나쁜 전략은 아니지."

우리는 한동안 네이슨을 바라보았다. 네이슨은 위험하지도 않고 자기에게 관심도 없고 가까이 올 생각도 없는 비둘기들의 망령을 겨우 물리치고 있었다.

"근데 말이야. 내 아들이 언니 삶까지 망쳐버렸다는 것도 잊지 마." 마조리가 긴 침묵을 깨고 말했다.

나는 대수롭지 않게 대꾸했다. "그렇긴 하지. 하지만 상관없어. 어차피 네이슨 아니면 신경 쓸 것도 별로 없는 삶이었으니까."

세월이 지났다.

뉴욕은 끊임없이 변했다. 미드타운 맨해튼은 더럽고 촌스럽고 시들고 초라해졌다. 우리는 공동변소 같은 곳이 된 타임스퀘어에 발길을 끊었다.

1963년, 월터 윈첼이 사망했고 칼럼도 끝났다.

아는 사람들의 사망 소식이 들려오기 시작했다.

1964년, 빌리 삼촌이 갑작스러운 심장 마비로 할리우드에서 사망했다. 비버리힐스 호텔에서 신인 여배우와 저녁을 먹던 중이었다. 빌리 뷰엘이 원했던 바로 그런 죽음이었다고 우리 모두 인정했다. ("샴페인 강을 타고 건너갔군."이 페그의 해석이었다.)

그리고 열 달 후, 아빠가 돌아가셨다. 아빠의 죽음은 그렇게 평화롭지는 않았던 것 같았다. 어느 날 오후 컨트리클럽에서 차를 몰고 집으로 가다가 빙판에서 미끄러져 나무를 들이받았다. 응급 척추 수술을 받고 며칠 더 버텼지만 결국 합병증으로 돌아가시고 말았다.

아빠는 떠나기 직전까지 화가 잔뜩 나 있었다. 산업 역군의 자리에서 물러난 지도 벌써 몇 년째였다. 아빠는 전쟁이 끝나고 적철석 광산을 잃었다. 거의 전 재산을 직원들과의 소송에 날리면서 회사가 쓰러질 때까지 노조와 격렬하게 싸웠다. 내가 가질 수 없는 회사라면 아무도 가질 수 없다는 초토화 정책이었다. 아빠는 아들을 빼앗아간 미국 정부를 용서하지 못했고, 회사를 빼앗아간 노조를 용서하지 못했으며, 자신이 고수했던 편협한 신념을 수년에 걸쳐 조금씩 갉아먹어버린 현대 사회 자체에 증오를 품고 돌아가셨다.

우리는 장례식을 위해 클린턴에 모였다. 나와 페그와 올리브, 그리고 마조리와 네이슨. 엄마는 이상한 옷을 입은 내 친구 마조리와 그녀의 아들을 보고 조용히 움찔하셨다. 엄마는 그동안 몹시 불행한 사람이 되어 있었고, 누구의 친절한 몸짓에도 아무 반응을 보이지 않았다. 엄마는 우리의 참석 자체를 반기지 않았다.

우리는 하룻밤만 머물고 최대한 빨리 뉴욕으로 돌아왔다.

이제 뉴욕이 내 집이었다. 벌써 오랫동안 그랬다.

또 세월이 지났다.

안젤라, 어느 나이가 되면 시간이 3월에 내리는 비처럼 머리 위로 뚝뚝 떨어진단다. 벌써 이렇게 많이, 게다가 빨리 나이를 먹었다는 사실에 놀라게 되지.

1964년 어느 날 밤, 나는 텔레비전에서 토크쇼를 보고 있었다. 벨기에에서 온 낡은 웨딩드레스를 조심스럽게 뜯어내느라 보는 둥 마는 둥 하고 있었는데, 갑자기 광고에서 익숙한 목소리가 들렸다. 거칠고 쉰 냉소적인 목소리. 담배로 걸걸해진 나이든 뉴욕 토박이의 목소리. 바로 그 순간, 그 목소리가 내 마음속 깊이 묻혀 있던 폭탄을 터트렸다.

고개를 들어 화면을 보았더니 가슴이 풍성하고 덩치가 큰 갈색 머리의 중년 여성이 브롱크스 억양으로 마루용 왁스에 대해 소리치고 있었다. ("이 말썽꾸러기 애들만으로도 머리가 아픈데 바닥까지 이렇게 끈적끈적하다니!") 평범한 중년의 갈색 머리 여인일 수도 있었지만, 그 목소리는 결코 평범하지 않았다. 바로 셀리아 레이였다!

그동안 셀리아 생각을 얼마나 많이 했는지 모른다. 죄책감으로, 호기심으로, 불안함으로. 셀리아에 대한 내 상상은 늘 나쁜 쪽으로만 흘러갔다. 내 머릿속 암울한 이야기는 이렇게 펼쳐졌다. 릴리 플레이하우스에서 쫓겨난 셀리아는 불행의 나락으로 떨어진다. 한때 쉽게 주무르던 남자들에게 몹쓸 짓을 당해 길거리에서 죽었을지도 모른다. 아니면 늙은 창녀가 되어 있을지도 모르고. 간혹 길에서 널부러져 있는 술 취한 중년 여자를 지나칠 때면 혹시 셀리아가 아닐까 생각했다. 머리를 금발로 너무 잦게 염색해 색이 갈라지고 바랜 것일까? 헐벗은 다리에 핏줄이 다 드러난 저 비틀거리는 여자가 혹시 셀리아인가? 눈에 시퍼렇게 멍이 든 저 여자가 혹시 셀리아인가?

쓰레기통을 뒤지고 있는 저 여자가? 쭈그러든 입에 빨간 립스틱을 바른 저 여자가 혹시?

하지만 내가 틀렸다. 셀리아는 괜찮아 보였다. 괜찮은 것 이상이었다. 셀리아는 텔레비전에서 마루용 왁스를 팔고 있었다! 오, 끝까지 포기하지 않고 결국 살아남았구나. 여전히 스포트라이트를 향해 기를 쓰고 달려가고 있구나.

하지만 굳이 그녀를 찾으려고 하지 않았고 그 광고도 다시 보지 못했다. 셀리아와 내가 더는 비슷하지 않을 거라는 사실만큼은 확실했고, 그녀의 삶에 개입하고 싶지도 않았다. 사실 우리는 처음부터 전혀 비슷하지 않았다. 그런 스캔들이 없었더라도 우리의 우정은 짧았을 것이다. 허영심 가득한 젊은 아가씨 두 명이 절정의 아름다움과 미천한 지성이 교차하던 시점에 만나, 남자들의 관심을 얻고 그들을 이용하기 위해 서로가 필요했을 뿐이었다. 오직 그뿐이었고 그것으로 완벽했다. 그것으로도 충분했다. 나는 더 깊고 현명한 여자 친구들을 많이 만났고 셀리아 역시 그랬길 빌었다.

셀리아를 다시 찾을 이유는 없었다. 하지만 그날 밤 셀리아의 목소리를 듣고 내가 얼마나 기쁘고 자랑스러웠는지는 정말이지 말로 다 표현할 수가 없다. 함성이라도 지르고 싶었다.

여러분! 사반세기가 지난 후에도 셀리아 레이는 여전히 쇼 비즈니스에 종사하고 있답니다!

29

영영 아이로 남고 싶지 않다면

1965년 늦은 여름, 페그는 의외의 편지를 한 통 받았다.

브루클린 해군 공창이 곧 문을 닫게 되었다는 편지였다. 도시가 변하고 있었고 해군은 그렇게 값비싼 도심에 공창을 유지하는 것은 부적절하다고 판단했다. 그래서 폐쇄 전에 특별한 만남의 자리를 갖기로 했다. 2차 대전 중 영웅처럼 일했던 모든 노동자들을 기리기 위해 마지막으로 공창을 개방하기로 한 것이다. 종전 이십 주년이기도 했으니 특별히 그런 축하 행사가 필요하기도 했을 것이다.

공창은 서류를 정리하다가 '전문예술가'라고 기록되어 있는 페그의 이름을 찾았다. 세무 기록을 통해 뉴욕에서 페그를 수소문했고, 뷰엘 부인께서 해군 공창 리유니언 날에 전시 노동자들의 성취를 기리는 작은 기념 공연을 제작해줄 수 있는지 묻고 있었다. 전시에 올렸던 것처럼 옛날 방식으로 춤추고 노래하며 향수를 자극하는 이십여분 길이의 공연을 원했다.

페그라면 누구보다 기뻐하며 그 일을 맡았을 것이다. 한 가지 문제는 페그의 건강이 그만큼 좋지 않았다는 것이었다. 페그의 육중했던 몸이 무너지고 있었다. 평생 줄담배를 피웠으니 폐기종에 걸린 것도 놀라운 일이 아니었다. 관절염도 있었고 시력도 급격히 나빠지고 있었다. 페그는 자기 상태를 이렇게 설명했다. "의사가 크게 나쁜 부분은 별로 없대. 썩 좋은 부분도 별로 없다는 게 문제지만."

그 때문에 페그는 고등학교 연극반 운영도 몇 년 전에 그만둔 상태였고 쉽게 돌아다니지도 못하는 상태였다. 마조리와 네이슨과 나는 일주일에 몇 번씩 페그와 올리브와 저녁을 먹었는데 그게 페그가 보내는 즐거운 시간의 거의 전부였다. 저녁에는 대부분 눈을 감고 숨을 고르며 소파에 파묻혀 올리브가 읽어주는 스포츠 뉴스를 듣는 게 고작이었다. 그랬으니 안타깝게도 페그는 브루클린 해군 공창 기념 공연을 제작할 수 없었다. 하지만 나는 할 수 있었다.

생각보다 훨씬 쉽고 또 재미있는 작업이었다.

그 시절 수백 편의 공연 제작을 도우며 익힌 요령이 아직 남아 있었다. 나는 올리브가 일하는 고등학교 연극반에서 배우와 댄서 몇 명을 고용했다. (현대 무용에 열정을 보이는 내 친구) 수잔이 전혀 복잡할 필요가 없는 안무를 짜준다고 했다. 근처 교회에서 오르간 주자를 섭외해 그와 함께 쉽고 유치한 노래를 만들었다. 단순한 의상도 제작했다. 필요한 건 남녀 작업복 몇 벌이 전부였다. 여학생들 머리와 남학생들 목에 빨간 스카프를 둘렀더니, 짜잔! 1940년대 공창 노동자들의 모습이 되었다.

1965년 9월 18일, 우리는 각종 장비를 싣고 퀴퀴한 해군 공창으로 가서 공연 준비를 했다. 바닷바람이 제법 세게 부는 화창한 아침이었고 갑자기 불어오는 돌풍에 우리는 모자를 붙잡느라 정신이 없었다. 꽤 많은 사람이 모여 카니발 같은 축제 분위기가 만들어졌다. 해군 밴드가 추억의 노래를 연주했고 해군 부녀회에서 쿠키를 비롯한 간식을 제공했다. 고위급 해군 장성 몇 명이 우리가 어떻게 전쟁에서 이겼는지, 앞으로 일어날 전쟁은 또 어떻게 이길 것인지에 대해 연설했다. 2차 대전 중 공창 최초로 용접공이 된 여성이 그만한 성취를 이룬 이에겐 어울리지 않는 긴장한 목소리로 짧은 발언을 했다. 그리고 무릎이 까진 열 살 소녀가 지금 입기에는 춥고 내년 여름에는 작아서 못 입을 드레스를 입고 국가를 불렀다.

그다음이 바로 우리의 짧은 공연이었다.

공창 측은 내 소개와 함께 공연에 대한 짧은 설명을 부탁했다. 사람들 앞에 나서는 걸 아주 좋아하지는 않았지만 큰 사고 없이 해낼 정도는 되었다. 나는 관객들에게 내가 누구인지, 그리고 전쟁 도중 공창에서 맡았던 역할이 무엇이었는지 소개했다. 새미 식당의 형편없던 음식에 대해 농담을 하자 그 시절을 기억하는 사람들 몇 명이 웃음을 터트리기도 했다. 관객석에 앉아 있던 참전 용사들의 노고와 브루클린 가족들의 희생에도 감사의 말을 전했다. 그리고 나 역시 해군 사관이던 오빠를 종전을 조금 앞두고 전쟁에서 잃었다고 말했다. (그 말을 하면서 마음의 평정을 잃지 않을까 걱정했지만, 다행히 무사히 해낼 수 있었다.) 그리고 그때 올렸던 공연을 다시 올리는데 그 당시 노동자들이 점심을 먹으며 공연을 보고 힘냈던 만큼 지금 여기 앉아 있는 관객들에게도 힘이 되었으면 좋겠다고 말했다.

공연은 전함을 만드는 브루클린 해군 공창의 평범한 하루 이야기였다. 작업복을 입은 고등학생들이 노동자로 분해, 더 안전하고 민주적인 세상을 만들기 위해 자기가 맡은 일에 최선을 다하는 모습을 즐거운 춤과 노래로 보여주었다. 나는 관객들을 위해 공창 노동자들이 아직도 기억할 만한 그들만의 은어들을 적소에 끼워 넣었다.

"장군님 차 지나가십니다!" 어린 여배우 한 명이 외바퀴 손수레를 밀며 외쳤다.

"잔소리 금지!" 다른 여학생이 긴 근무 시간과 불결한 환경에 대해 불평하지 말라고 소리쳤다.

공장 매니저의 이름은 게뱅 씨Mr. Goldbricker로, 옛날에 일하던 사람들은 무슨 뜻인지 다 알아들었을 것이다. (일을 대충하는 '게으름뱅이 씨'라는 뜻으로 예전 사람들이 즐겨 쓰던 말이었다.)

테네시 윌리엄스Tennessee Williams 작품만큼은 아니었지만, 관객들은 즐거워하는 듯했다. 게다가 배우들도 즐거워 보였다. 하지만 내가 가장 좋았던 장면은 이제 열 살이 된 귀염둥이 네이슨이 엄마와 맨 앞줄에 앉아 마치 서커스라도 보는 듯 신기하고 놀랍다는 표정으로 공연을 보고 있는 모습이었다.

웅장한 피날레는 '커피 마실 시간도 없다네!'라는, 공창에서 작업

일정을 지키는 것이 얼마나 중요한지에 대한 노래였다. 가사는 한 번 들으면 바로 외워졌다. "커피가 있어도, 우유는 없다네! / 전쟁이 나니 커피가 실크만큼 귀하다네!" (잘난 척을 좀 하자면 그 기발한 가사는 전부 내 머릿속에서 나왔다. 그러니까 콜 포터 씨, 긴장 좀 하시죠!)

마지막에 히틀러를 죽이면서 공연은 끝났다. 모두 행복했다.

소품을 챙겨 빌린 버스에 싣고 배우들과 공창을 막 떠나려고 할 때, 제복을 입은 순찰 경찰관이 내게 다가왔다.

"잠시 시간 좀 내주시겠습니까?" 그가 물었다.

"물론이죠." 내가 대답했다. "여기 주차해서 죄송해요. 금방 나갈 거예요."

"잠시 이쪽으로 와주시겠습니까?"

그가 너무 진지해 보여서 나도 걱정스러워지기 시작했다. 우리가 뭘 잘못했나? 무대를 설치하면 안 되는 거였나? 허가는 받았던 것 같은데?

나는 그를 따라 순찰차 쪽으로 갔고, 그는 차 문에 기대 나를 심각한 눈빛으로 바라보고 있었다.

"오늘 하신 연설을 들었습니다." 그가 말했다. "성함이 비비안 모리스라고 하셨던 것 같은데 제가 정확히 들었습니까?" 브루클린 토박이 억양이었다. 이 황량한 곳에서 태어나 쭉 자란 목소리였다.

"네, 맞아요."

"전쟁으로 오빠를 잃었다고 말씀하셨나요?"

"맞습니다."

순찰 경찰관은 모자를 벗고 제 머리를 쓰다듬었다. 손이 떨리고 있었다. 그도 혹시 참전 용사였을까. 나이대가 그럴 것 같았다. 참전 용사 중에는 그렇게 불안하게 몸을 떠는 사람들이 종종 있었다. 나는 그를 더 자세히 바라보았다. 키가 컸고 사십 대 중반쯤 되어 보였다. 안타까울 정도로 삐쩍 말라 있었다. 올리브색 피부에 크고 진한 갈색 눈동자는 눈두덩이의 다크서클과 눈가의 주름으로 더 진해 보였다. 그의 오른쪽 목에 있는 화상 흉터가 눈에 들어왔다. 일그러진 피부에 붉은색, 분홍색, 노란색이 뒤섞인 커다란 흉터가 남아 있었다. 참전 용사가 분명했다. 이제 만만치 않은 전쟁 이야기를 듣게 되겠구나 싶었다.

하지만 그가 다음에 한 말은 충격이었다.

"오빠분 성함이 월터 모리스 맞습니까?" 그가 물었다.

갑자기 온몸이 떨리기 시작했다. 무릎이 꺾일 뻔했다. 연설 도중 오빠 이름은 말하지 않았다.

내가 대답을 못하자 그가 다시 말했다. "그를 압니다. 프랭클린에서 함께 복무했습니다."

갑자기 목에서 뜨거운 것이 뿜어져 나올 것 같아 나도 모르게 손으로 입을 틀어막았다.

"월터를 아세요?" 목소리가 제멋대로 갈라져 나왔다. "거기 계셨어요?"

자세히 묻지 않았지만, 그는 내 질문이 무슨 뜻인지 분명히 알아들었다. 나는 이렇게 묻고 있었다. '당신도 1945년 3월 19일에 그 배에 있었나요? 가미카제 비행기가 프랭클린의 비행갑판으로 돌진해 연료 저장고를 폭파시키고, 배 위에 있던 비행기에 불이 붙어 결국 배 전체가 폭발했을 때, 그때 당신도 거기 있었나요? 오빠를 비롯해 팔백 명이 넘는 군인이 목숨을 잃었을 때, 당신도 거기 있었나요? 오빠가 바다에 수장되었을 때 당신도, 거기 있었나요?'

그가 불안한 표정으로 짧게 고개를 끄덕였다.

그도 거기 있었다.

나는 목의 흉터를 쳐다보지 말라고 내 눈에게 명령했다. 하지만 내 눈은 말을 듣지 않고 흉터에서 시선을 거두지 않았다. 제기랄. 나는 고개를 돌렸다. 눈은 갈 곳 없이 허공을 맴돌았다.

내가 불편해하자 그가 오히려 더 불안해했다. 얼굴은 공포에 휩싸였고 거의 제정신도 아닌 것 같았다. 그는 나를 속상하게 만들어 겁이 났거나, 그 악몽을 다시 겪고 있는 것 같았다. 어쩌면 둘 다였겠지. 그 모습을 보면서 나는 정신을 가다듬고 깊이 숨을 들이마신 다음, 그 가련한 남자를 진정시켜야겠다고 생각했다. 그가 겪은 고통에 비하면 내가 겪은 일은 아무것도 아니었을 테니까.

"말씀해주셔서 감사해요." 내가 약간 안정된 목소리로 말했다. "그리고 이렇게 반응해서 죄송해요. 갑자기 오빠 이름을 들어서 놀랐어요. 만나 뵙게 돼서 영광입니다."

나는 감사를 표현하고 싶어 그의 팔을 쓰다듬었다. 그는 마치 엄청난 공격이라도 받은 듯 몸을 움찔했다. 나는 손을 거두었다. 천천히. 그를 보니 엄마가 잘 다루던 말들이 생각났다. 불안해하는 말들, 툭하면 날뛰는 말들, 겁이 많고 늘 문제를 일으켜 오직 엄마만 다룰 수 있는 그런 말들이 생각났다. 나는 손을 치우며 본능적으로 뒤로 한 발짝 물러났다. 위협할 생각은 없었다고 알려주고 싶었다.

그리고 다른 방식으로 접근했다.

"성함이 어떻게 되세요?" 내가 더 부드럽게, 집적거린대도 믿을 만한 목소리로 물었다.

"프랭크 그레코입니다."

악수할 생각은 없어 보였고, 나도 굳이 청하지 않았다.

"프랭크, 오빠를 얼마나 잘 아셨어요?"

그는 역시 불안해하며 다시 한번 고개를 끄덕였다. "함께 비행갑판에서 근무했습니다. 제 사단장님이셨습니다. 삼 개월 장교 훈련도 함께 받았어요. 처음에는 다른 곳에 배치되었지만, 전쟁이 끝날 무렵에는 같은 배에 타게 되었습니다. 저보다 승진이 빠르셨거든요."

"그랬군요."

그의 말이 무슨 뜻인지 하나도 이해가 되지 않았지만, 그래도 그가 이야기를 계속하길 바랐다. 월터를 알았던 사람이 바로 내 눈앞에 서 있었다. 나는 그 남자에 대해 전부 알고 싶었다.

"이 근처가 고향이에요, 프랭크?" 그의 억양으로 대답은 이미 알았지만 그래도 물었다. 최대한 편한 분위기를 만들어주고 싶어서 쉬운 질문부터 던졌다.

그는 이번에도 불안해하며 고개를 끄덕였다. "사우스브루클린입니다."

"오빠와는 좋은 친구였나요?"

그가 당황해 움찔했다.

"모리스 양, 드릴 말씀이 있습니다." 그는 다시 모자를 벗고 손을 떨며 머리를 매만졌다. "저를 못 알아보시겠습니까?"

"저희가 만난 적이 있나요?"

"한 번 만난 적이 있습니다. 제발, 그냥 가버리지 마세요."

"제가 왜 그냥 가버리겠어요?"

"1941년이었습니다." 그가 말했다. "제가 바로 부모님 댁까지 차로 모셔다 드렸던 바로 그 사람입니다."

긴 잠에서 깨어난 용처럼 과거가 내 안에서 용솟음쳤다. 그 뜨거운 힘에 갑자기 머리가 핑 돌았다. 에드나의 얼굴, 아서의 얼굴, 셀리아의 얼굴, 윈첼의 얼굴이 아찔하게 스쳐 지나갔다. 그 낡은 포드 뒷자리에 앉아 있던 내 어린 얼굴도 보았다. 수치심에 휩싸여 산산이 부서졌던 그 얼굴.

그가 바로 그 차의 주인이었다.

그가 바로 오빠의 면전에서 나를 더러운 창녀라고 불렀던 사람이었다.

"모리스 양." 이번에는 그가 내 팔을 붙잡으며 말했다. "제발 그냥 가버리지 마세요."

"제발 그 말 좀 그만하세요." 목소리가 갈라져 나왔다. 우두커니 서 있는데 어딜 간다고 그러는 걸까? 그 말은 더 듣고 싶지 않았다.

하지만 그는 다시 한번 말했다. "제발 가지 마세요. 드릴 말씀이 있어요."

나는 고개를 흔들며 대답했다. "지금은……."

"제 마음을 전하고 싶었어요. 죄송하다고 말씀드리고 싶었어요."

"팔은 좀 놓아주시겠어요?"

"아, 죄송합니다." 그가 팔을 놓으며 말했다.

그 순간 내가 느낀 것은 무엇이었을까?

혐오였다. 완벽한 혐오.

하지만 그에 대한 혐오인지 나에 대한 혐오인지는 확실하지 않았다. 대상이 누구든, 내가 오래전 묻어버렸다고 생각했던 수치심, 그 수치심에서 비롯된 혐오였다.

그가 싫었다. 그가 증오스러웠다.

"제가 어리석었어요." 그가 말했다. "어떻게 반응해야 할지 몰랐습니다."

"가봐야겠어요."

"제발 그냥 가지 마세요, 비비안."

그의 목소리가 높아졌고 그게 내 신경을 거슬렀다. 하지만 그가 내 이름을 불렀다는 사실이, 내 이름을 안다는 사실이 더 끔찍했다. 그가 오늘 무대에 선 내 모습을 보았고, 내가 누구인지 처음부터 알고 있었다는 사실이, 내 몹쓸 과거까지 전부 알고 있다는 사실이 끔찍했다. 오빠 이야기를 하며 울컥하던 내 모습을 그가 보았다는 사실이 싫었다. 어쩌면 그가 나보다 오빠를 더 잘 알지도 모른다는 사실이 싫었다. 월터가 그 앞에서 나를 혼냈다는 사실이 싫었다. 이 남자가 나를 더러운 창녀로 불렀다는 사실이 끔찍하게 싫었다. 도대체 무슨 마음으로, 이렇게 긴 세월이 지난 후에 나에게 접근한 것일까? 분노와 뒤섞인 혐오가 지금 당장 그 자리를 떠나야겠다는 확신으로 변했다.

"버스에서 아이들이 기다리고 있어요."

그리고 돌아섰다.

"드릴 말씀이 있어요, 비비안!" 그가 내 등에 대고 외쳤다. "제발요!"

하지만 나는 버스에 올랐다. 그는 구호품을 기다리는 남자처럼 모자를 손에 들고 순찰차 옆에 그대로 서 있었다.

안젤라, 그렇게 네 아빠를 만났단다.

그날을 어떻게 마무리했는지 모르겠다.

학생들을 학교에 내려주고 소품 내리는 것을 도와주었다. 버스도 무사히 반납했다. 공연이 얼마나 마음에 들었는지 끊임없이 이야기하는 네이슨과 마조리와 걸어서 집에 왔다. 네이슨은 자기도 자라면 브루클린 해군 공창에서 함께 일하고 싶다고 했다.

마조리는 내가 화가 났다는 걸 알았다. 네이슨의 머리 너머로 계속 내 눈치를 살폈다. 하지만 나는 괜찮다며 고개만 끄덕였다. 당연히 괜찮지 않았다.

그리고 시간이 나자마자 페그 고모에게 달려갔다.

1941년, 집으로 가던 차 안에서 무슨 일이 있었는지 아무한테도 이야기한 적 없었다.

그날 오빠가 얼마나 나를 몰아세웠는지, 나에 대한 혐오를 폭풍처럼 쏟아내며 끔찍한 비난으로 내 속을 얼마나 갈기갈기 찢어놓았는지 아는 사람은 아무도 없었다. 그 모든 일을 지켜본 사람이, 낯선 사람이 있어서 더 미칠 듯 수치스러웠다는 말은 감히 아무에게도 하지 못했다. 그 모든 일을 지켜봤던 낯선 남자가 나를 더러운 창녀라 부르며 최후의 일격을 가했던 사실을, 월터가 나를 뉴욕에서 구해주었다기보다 쓰레기봉투처럼 부모님 집 앞에 던져두고 갔다는 사실을 아는 사람은 아무도 없었다. 내 행동이 역겨워 내 얼굴도 보려 하지 않았다고 아무한테도 말하지 못했다.

하지만 그 순간 나는 모든 이야기를 털어놓기 위해 페그가 있는 서튼 플레이스로 달려가고 있었다.

페그는 늘 그렇듯 소파에 파묻혀 담배와 기침 사이를 오가고 있었다. 라디오에서 양키스팀 소식이 흘러나오고 있었다. 내가 들어가자마자 페그는 양키 스타디움에서 미키 맨틀Mickey Mantle(1950~60년대 뉴욕 양키스에서 활약한 전설의 강타자)이 은퇴를 발표하고 있다고, 십오 년에 빛나는 그의 야구 역사를 기념하고 있다고 말해주었다. 내가 갑자기 쳐들어가 말을 하기 시작했을 때 페그는 그 소식을 듣기 위해 손을 들어 내 입을 막았다. 어떤 방해도 없이 조 디마지오Joe DiMaggio(마릴린 먼로의 전남편으로도 유명한 뉴욕 양키스의 명외야수이자 강타자)의 발언을 끝까지 듣고 싶어 했다.

"배려 같은 것 좀 할 수 없니, 비비." 페그가 건조하게 말했다.

나는 입을 다물고 페그가 그 순간을 즐기길 기다렸다. 직접 스타디움에 가고 싶었겠지만 그렇게 힘든 외출을 할 만큼 건강한 상태가 아니었다. 하지만 얼굴만은 맨틀을 기리는 디마지오의 연설을 들으며 황홀감에 흠뻑 빠져 있었다. 연설이 끝나갈 때 굵은 눈물방울이 페그의 볼 위에서 굴러떨어졌다. (페그는 전쟁과 재앙과 실패, 친척의 죽음과 바람 피우는 남편, 사랑하는 극장의 철거에도 눈물 한 방울 흘리지 않았지만, 스포츠 역사상 위대한 순간에는 늘 눈물 젖은 얼굴이 되었다.)

그날 양키스 때문에 페그가 그렇게 감정적인 상태가 아니었다면 우리 대화가 다른 방향으로 흘러갔을지도 모른다고 나는 종종 생각했다. 물론 알 수 있는 방법은 없다. 페그는 디마지오의 연설이 끝나자 라디오를 끄고 마침내 내게 관심을 보였다. 그 상황이 몹시 짜증스러운 것 같았지만, 그래도 넓은 마음으로 내게 관심을 기울여준 것 같았다. 페그는 눈물을 닦고 코를 풀었다. 기침을 조금 했고 다시 담배에 불을 붙였다. 그리고 내 비참한 이야기에 귀를 기울여주었다.

절반쯤 이야기했을 때 올리브가 왔다. 시장에 다녀오는 길이었다. 이야기를 멈추고 사 온 것들을 정리하는 올리브를 도와주는데 페그가 말했다. "비비, 처음부터 다시 이야기해봐. 지금 나한테 한 이야기 하나도 빼놓지 말고 올리브한테도 들려줘."

딱히 마음이 동하는 일은 아니었다. 오랜 세월이 지나면서 올리브 톰슨이라는 사람을 좋아하게 되었지만, 누군가의 어깨에 기대 울고 싶을 때 가장 먼저 생각나는 사람은 아니었다. 올리브는 부드럽게 위로해주는 사람은 아니었다. 하지만 올리브가 왔으니, 게다가 두 사람은 이미 내게 부모님 같은 사람들이었으니, 이야기하지 않을 이유도 없었다.

내가 주저하는 틈에 페그가 말했다. "그냥 말해, 비비. 날 믿어. 이런 일이라면 나보다 올리브가 더 현명해."

그래서 나는 다시 처음부터 털어놓기 시작했다. 1941년의 그 자동차 안, 월터가 준 모욕, 나를 더러운 창녀라고 불렀던 운전사, 시골로 유배되어 보낸 내 부끄럽고 어두웠던 시절, 그리고 다시 등장한 그 운전사, 프랭클린에서 복무했던, 화상 흉터가 있는 순찰 경찰관. 월터를 알고 있는 사람. 모든 사실을 알고 있는 그 사람에 대해서 말이다.

두 사람은 내 이야기를 차분하게 들어주었다. 내가 이야기를 다 마친 후에도 차분했다. 마치 다음 이야기를 기다리고 있다는 듯.

"그리고 어떻게 되었지?" 더 나올 이야기가 없다는 사실을 깨닫고 페그가 물었다.

"끝이에요. 그러고 나서 그냥 와버렸어요."

"그냥 와버렸다고?"

"말을 섞고 싶지 않아서요. 얼굴도 보기 싫어서."

"비비안, 네 오빠를 아는 사람이었다며. 프랭클린에 있었다며. 네 말대로라면 그 사람도 그 공격 때문에 크게 다쳤다는 말인데. 그런데 말을 섞고 싶지 않았다고?"

"그 사람 때문에 얼마나 상처를 받았는데요."

"상처를 받았다고? 이십오 년 전에 상처를 받았다고 그냥 그렇게 와버렸다고? 네 오빠를 아는 그 사람을 버리고? 그 참전 용사를?"

내가 말했다. "그 차 안에서 있었던 일이 내 인생 최악의 사건이었단 말이에요."

"오, 그러니?" 페그가 대꾸했다. "그 사람 인생 최악의 사건은 뭐였는지 물어볼 생각은 못했구나?"

페그는 전혀 페그답지 않게 흥분하고 있었다. 내가 예상했던 반응도 아니었다. 나는 위로를 원했는데, 혼이 나고 있었다. 갑자기 내가 바보 같다는 생각에 부끄러워지기 시작했다.

"됐어요." 내가 말했다. "별일 아니에요. 괜히 방해해서 죄송해요."

"바보같이 굴지 마. 별일 아닌 게 아니야."

나한테 그렇게 차갑게 말하는 페그의 모습은 처음이었다.

"괜히 말을 꺼냈나봐요." 내가 말했다. "제가 좋은 시간을 방해해서 짜증 난 거잖아요. 갑자기 찾아와서 죄송해요."

"망할 놈의 야구 경기 따위 관심도 없다, 비비안."

"죄송해요. 괜히 화가 나서 누군가한테 털어놓고 싶었어요."

"화가 났다고? 부상당한 그 참전 용사를 버려두고 나한테 와서 한다는 소리가 네 삶이 더 힘들다고?"

"페그, 그렇게 뭐라고 할 일은 아니잖아요. 됐어요. 안 들은 걸로 하세요."

"어떻게 그래?"

그리고 페그는 기침을 시작했다. 그칠 듯 그치지 않는 지독한 기침이었다. 페그의 폐에서 가는 쉿소리가 났다. 페그는 몸을 일으켜 앉았고 올리브가 페그의 등을 조금 두드려주었다. 그리고 올리브는 담배에 불을 붙여 페그에게 주었고 페그는 최대한 길게 한 모금 들이킨 다음 다시 한동안 기침을 내뱉었다.

마침내 기침이 가라앉았다. 나는 아직도 정신을 못 차리고, 페그가 괜히 까칠하게 대해서 미안하다고 사과하길 바랐다. 하지만 페그는 이렇게 말했다. “이봐, 꼬맹이. 그래, 나도 관두마. 네가 지금 뭘 원하는지 모르겠다. 전혀 이해가 안 돼. 너한테 크게 실망했다.”

페그는 한 번도 그런 말을 한 적이 없었다. 심지어 내가 자기 친구를 배신하고 잘나가던 공연을 거의 망칠 뻔했을 때도.

그리고 올리브를 보며 말했다. “난 모르겠어. 당신은 어때?”

올리브는 무릎에 두 손을 가지런히 포개고 바닥을 응시하며 말없이 앉아 있었다. 나는 페그의 힘겨운 숨소리와 창가의 블라인드가 바람에 흔들리는 소리를 들으며 앉아 있었다. 올리브 생각을 듣고 싶었던 건 아니었지만 들을 수밖에 없는 상황이었다.

마침내 올리브가 고개를 들어 나를 바라보았다. 늘 그렇듯 근엄한 표정이었다. 하지만 올리브는 아주 신중하게 단어들을 골라 말하고 있었다. 불필요한 상처는 주고 싶지 않다는 뜻 같았다.

“원래 어른이 된다는 건 고통스러운 일이란다, 비비안.”

다음 말을 기다렸지만, 올리브는 더 말이 없었다.

페그가 웃다가 다시 기침을 시작했다. “훌륭한 의견 고마워, 올리브. 이제 다 해결되었네.”

우리는 한동안 그렇게 말없이 앉아 있었다. 나는 페그의 담배 하나를 꺼내 불을 붙였다. 몇 주 전에 끊었지만, 또 꼭 그런 것만은 아니었으니까.

"아무나 쉽게 어른이 되지 못해." 올리브는 페그의 말을 못 들은 것처럼 다시 입을 열었다. "어렸을 때 아빠가 해주신 말씀이지. 어른의 세상은 어린이의 세상과 다르다고. 너도 알다시피 아이들은 고통을 견딜 필요가 없지. 그런 기대를 받지도 않고. 너무 어려운 일이니까. 하지만 어른이 되려면 어른의 자리에 서야 해. 당연히 그런 기대도 받게 되고. 자기만의 원칙과 신념도 지켜야 하고. 희생도 필요하단다. 사람들은 널 판단하겠지. 실수를 하면 해결해야 하고. 어른이 되지 못한 사람보다 충동을 자제하고 더 고상한 입장을 취해야 할 때가 있을 거야. 물론 많이 아프겠지만 그렇기 때문에 어른의 자리가 힘든 거란다. 이해하겠니?"

나는 고개를 끄덕였다. 올리브의 말은 이해했다. 하지만 그 말이 월터와 나, 프랭크 그레코와 무슨 상관인지는 알 수 없었다. 하지만 귀담아 들었다. 나중에 찬찬히 생각해보면 분명히 이해할 수 있을 것 같았다. 올리브가 그렇게 많은 말을 하는 모습은 처음이었고, 그래서 정말 중요한 순간 같았다. 누군가의 말을 그렇게 귀담아 들어본 게 솔직히 처음 같았다.

"물론 반드시 어른이 되어야 하는 것은 아니야." 올리브가 말을 이었다. "너무 힘들면 언제든 물러서도 돼. 그럼 영영 아이로 남겠지. 하지만 어른으로 온전히 인정받고 싶다면, 그 방법뿐이란다. 고통이 수반되는 방법이지."

올리브는 포개져 있던 두 손을 뒤집어 손바닥을 위로 향하게 했다.

"이 모든 건, 내가 어렸을 때 우리 아버지가 가르쳐주신 거란다. 모든 일에 마찬가지였지. 나는 내 삶에 적용하려고 했다. 늘 성공하지는 못했지만 노력했지. 너한테도 도움이 될 것 같다면 마음껏 적용해보길 바란다, 비비안."

그에게 연락하는 데 일주일이 넘게 걸렸다.

그를 찾는 건 쉬웠다. 페그가 사는 아파트 수위의 형이 경찰 서장이었는데, 프랜시스 그레코라는 사람이 브루클린 76번 관할구역에서 순찰 경찰관으로 일하고 있다고 바로 확인해주었다. 그렇게 그 관할서 전화번호까지 얻었다.

어려웠던 건 수화기를 드는 것이었다.

늘 그렇다.

솔직히 처음 몇 번은 누가 전화를 받자마자 끊어버렸다. 그리고 다음 날, 괜히 전화하지 말자고 마음먹었다. 그 후 며칠 동안 그랬다. 결국, 다시 용기를 내 전화를 걸었고 용케 끊지 않고 그를 찾았지만, 그레코 경찰관은 자리에 없었다. 순찰 중이었다. 메시지를 남기고 싶냐고요? 아니요, 괜찮습니다.

그 후로 며칠 동안 몇 번 더 전화했지만 늘 같은 대답이었다. '순찰 중입니다.' 그레코 경관이 사무직이 아닌 건 분명했다. 결국 메시지를 남기기로 마음먹고, 내 이름과 라틀리에의 전화번호를 남겼다. (동료 경찰관들은 웨딩드레스숍 여자가 왜 그렇게 끈질기게 전화해 그를 찾았는지 지독히 궁금했을 것이다.)

한 시간도 채 되지 않아 전화가 울렸고, 그였다.

우리는 어색한 인사를 주고받았다. 나는 괜찮다면 직접 만나고 싶다고 말했다. 그는 좋다고 대답했다. 내가 브루클린으로 가는 게 좋을지, 그가 맨해튼으로 오는 게 좋을지 물었다. 그는 맨해튼이 좋겠다고 대답했다. 차도 있고 운전도 좋아한다면서. 나는 언제 시간이 괜찮은지 물었다. 그는 바로 그날 오후에 시간이 있다고 대답했다. 나는 다섯 시에 피츠 태번에서 만나는 건 어떻겠냐고 물었고, 그는 주저하며 이렇게 대답했다.

"비비안, 미안하지만 레스토랑은 쉽지 않아서요."

무슨 뜻인지 잘 몰랐지만 곤혹스럽게 만들고 싶지 않아 이렇게 대답했다.

"스타이브센트 스퀘어는 그럼 어때요? 공원 서편에서요. 그게 더 나으시겠어요?"

그는 그게 더 낫겠다고 대답했다.

"분수 옆에서 만나요." 내가 말했고 그가 대답했다. "네, 분수 옆에서 만나요."

어떻게 대화를 시작해야 할지 막막했다. 절대 그를 다시 보고 싶지 않았지만, 올리브가 했던 말이 귀에서 떠나지 않았단다, 안젤라.

'그럼 영영 아이로 남겠지…….'

아이들은 문제가 생기면 달아나버리지. 숨어버리지. 나는 아이로 남고 싶지 않았다.

올리브가 월터 윈첼에게서 나를 구해주던 그 순간이 계속 떠올랐다. 지금 생각해보니 올리브는 내가 아직 어린아이이라고 생각했기 때문에 나를 구해준 것이었다. 올리브는 내가 아직 자기 행동에 책임질 수 없는 사람이라고 생각했다. 내가 꼬임에 빠진 순수한 아이일 뿐이라고 했던 건 그냥 전략이 아니었다. 올리브는 정말 그렇게 생각했다. 아직 어른이 되지 못한 소녀일 뿐이라고. 그래서 어른으로서 나를 보살펴준 것이다. 나 대신 어른의 자리에 서준 것이다.

하지만 그때 나는 어렸고 지금은 그렇지 않다. 이제 스스로 해결해야 한다. 그렇다면, 제대로 된 어른이라면 이런 상황에서 어떻게 행동할까?

비난을 감수해야겠지. 윈첼의 말대로, 자신은 스스로 지켜야겠지. 어쩌면 누군가를 용서해야겠지. 하지만 어떻게?

그때 몇 년 전 페그가 했던 말이 떠올랐다. 1차 대전 중 영국군 소속 기술자 한 명이 늘 이렇게 말했다고 했지. "되든 안 되든 우리는 할 수 있습니다."

결국 우리는 안 되는 일도 되게 만들기 위해 나서야 하는 것인지도 모른다.

그게 바로 어른의 자리에 서는 쉽지 않은 과정이란다, 안젤라.

그래서 나는 다시 전화할 수밖에 없었다.

안젤라, 세 블록만 걸어가면 되는 나도 약속 장소에 일찍 도착했지만, 네 아빠는 이미 공원에 와 있었다.

그는 분수 앞에서 서성이고 있었다. 너도 아빠가 그렇게 서성이는 모습을 기억하겠지. 그는 갈색 모직 바지에 밝은 청색 나일론 스포츠 셔츠, 진한 녹색 해링턴 재킷의 사복 차림이었다. 옷은 죄다 헐렁했다. 그렇게 비쩍 마른 사람이 또 있을까.

내가 다가가 말했다. "안녕하세요."

"아, 안녕하세요." 그가 대답했다.

나는 악수를 할까 머뭇거렸고 그 역시 어떻게 해야 할지 모르는 분위기였다. 그래서 우리는 각자 손을 주머니에 넣고 가만히 서 있었다. 그렇게 어색해하는 남자는 처음이었다.

내가 벤치를 가리키며 물었다. "좀 앉으시겠어요?"

공원 벤치가 우리 집 거실 소파라도 되는 듯 바보 같은 말이었다.

그가 대답했다. "앉는 건 쉽지 않아서요. 괜찮다면 좀 걸을까요?"

"좋아요."

우리는 보리수나무와 느릅나무가 드리워진 공원 둘레길을 걷기 시작했다. 그는 보폭이 컸지만 나도 마찬가지였으니 괜찮았다.

"프랭크," 내가 말했다. "저번에는 그냥 와버려서 미안해요."

"아니에요. 제가 사과드립니다."

"아니에요. 가지 말고 이야기를 더 들었어야 했어요. 그게 성숙한 행동이었겠죠. 하지만 이해해줘요. 그 세월이 지난 후 다시 당신을 만났으니 얼마나 놀랐는지 몰라요."

"내가 누군지 알면 가버릴 줄 알았어요. 충분히 그럴 만했어요."

"프랭크, 이미 지나간 일이에요."

"제가 어리석었어요." 그가 발걸음을 멈추고 나를 보며 말했다. "제가 도대체 뭐라고 그런 말을 했을까요?"

"이제 다 상관없어요."

"그러면 안 됐어요. 멍청해 빠진 자식이었어요."

"본론부터 말하자면," 내가 대답했다. "나도 멍청하긴 마찬가지였어요. 그때 뉴욕 전체에서 가장 멍청했던 사람이 바로 나였을 거예요. 그때 내가 어떤 상황이었는지도 자세히 기억하죠?"

나는 분위기를 조금 가볍게 만들어보고 싶었지만, 프랭크는 계속 진지하기만 했다.

"비비안, 나는 월터한테 잘 보이고 싶은 생각밖에 없었어요. 정말이에요. 월터는 그날 처음으로 내게 말을 걸었어요. 내가 누군지도 몰랐죠. 월터처럼 인기 있는 사람이 왜 나 같은 사람한테 말을 걸겠어요? 그런데 갑자기 한밤중에 날 깨우는 겁니다. 프랭크, 네 차 좀 빌려줘. 거기서 차가 있는 사람은 나뿐이었거든요. 월터도 그걸 알았어요. 사실 모르는 사람이 없었고 다들 늘 내 차를 빌리고 싶어 했어요. 문제는, 그게 내 차가 아니었다는 거예요. 아버지 차였어요. 나는 써도 좋다고 허락을 받았지만, 다른 사람한테 빌려줄 수는 없었어요. 그래서 그 한밤중에, 내가 정말 우러러보았던 월터 모리스와 처음 이야기를 나누면서, 아버지 차라서 빌려줄 수 없다고 말했어요. 무슨 일인지도 모르고 비몽사몽 설명했죠."

말하는 동안 프랭크의 브루클린 억양이 진해졌다. 그는 옛날 일을 이야기하면서 그때의 자신 안으로, 어쩌면 자기 심장 깊은 곳 브루클린을 향해 깊이 들어가고 있는 것 같았다.

"괜찮아요, 프랭크. 다 끝난 일이에요."

"비비안, 끝까지 들어줘요. 내가 얼마나 미안한지 말하고 싶어요. 오랫동안 당신을 찾아서 미안하다고 말하고 싶었어요. 하지만 그럴 용기가 없었어요. 그러니 제발, 조금 더 들어줘요. 그래서 나는 월터에게, '도와줄 수 없겠는데, 친구.'라고 말했어요. 그러자 월터가 자초지종을 설명했어요. 여동생한테 문제가 생겼다. 지금 당장 뉴욕에서 데리고 나가야 한다. 그러니 여동생을 구할 수 있도록 도와달라. 그래서 어떡하겠어요, 비비안? 어떻게 안 된다고 해요? 월터 모리스가 부탁하는데. 월터 모리스가 어떤 사람인지는 나보다 비비안이 더 잘 알 거 아니에요."

그랬다. 월터가 어떤 사람인지는 당연히 알았다. 월터에게 안 된다고 말한 사람은 지금껏 없었다.

"그래서 내 차를 쓸 수 있는 유일한 방법은 내가 운전하는 거라고 말했어요. 속으로 생각했죠. 주행거리는 뭐라고 설명하지? 또 생각했죠. 어쩌면 이 일로 월터와 친구가 될 수 있을지도 몰라. 또 생각했어요. 한밤중에 이렇게 갑자기 외출을 한다고? 하지만 그 문제는 월터가 해결했어요. 두 사람의 스물네 시간 외출을 허락받았죠. 한밤중에 그렇게 휴가를 받아낸다는 건 말도 안 되는 일이었지만, 월터가 누구예요. 어떻게 가능했는지, 무슨 약속을 했는지 모르지만 어쨌든 해결했어요. 정신을 차려보니 미드타운이었고, 당신 짐가방을 아빠 차에 던져 넣고 여섯 시간을 달리기 시작했어요. 한 번도 들어본 적 없는 곳으로, 무슨 이유인지도 모른 채. 당신이 누구인지도 몰랐지만 살면서 본 가장 아름다운 여자였어요."

그의 말에 유혹의 기미라고는 눈곱만큼도 찾아볼 수 없었다. 그는 경찰관답게 사실을 말했던 것뿐이었다.

"그렇게 두 사람을 태우고 달리기 시작했는데 월터가 갑자기 당신을 엄청나게 혼내기 시작하는 겁니다. 누가 누구를 그토록 심하게 나무라는 건 처음 봤어요. 월터가 그러고 있으니 어째야 할지를 모르겠더군요. 그 내용을 전부 들으면 안 될 것 같은데 자리를 피할 수도 없고 말이에요. 그런 상황은 처음이었습니다. 사우스브루클린도 험한 동네였지만 저는 부끄러움 많고 책만 보는 아이였어요. 싸움도 하지 않고 길에서 늘 고개를 숙이고 다니는 그런 아이였습니다. 사람들이 무슨 일에 소리를 지르면 그냥 자리를 피했어요. 하지만 차 안이라 피할 수도 없잖아요. 심지어 내가 운전을 하고 있는데. 차라리 소리를 질렀으면 더 나았을 텐데 월터는 소리도 지르지 않았어요. 그저 차갑게, 끝까지 당신을 몰아세우기만 했어요. 기억나죠?"

그럼, 기억하고말고.

"덧붙이자면, 저는 여자들에 대해 아무것도 몰랐어요. 월터가 당신에게 했던 말이 무슨 뜻인지도 몰랐어요. 당신 사진이 신문에 나왔다고 했죠? 두 사람과 찍혔는데 한 명은 영화배우, 한 명은 쇼걸이었다고. 전부 처음 듣는 말이었어요. 월터는 지치지도 않고 당신에게 화를 내더군요. 당신은 뒷자리에 앉아 담배를 피우며 그 모진 말을 전부 듣고 있었고요. 백미러로 보니 눈도 깜빡이지 않더군요. 오리가 물방울을 털어내듯 그가 하는 말을 전부 튕겨내는 것 같았어요. 월터는 그런 당신의 모습에 더 화가 나는 것 같았고. 어쩌면 그래서 더 불같이 화를 냈겠죠. 하지만 정말이지 당신처럼 침착한 사람은 처음 봤어요."

"난 전혀 침착하지 않았어요, 프랭크." 내가 말했다. "충격에 빠져 있었죠."

"어떤 상태였든 냉정을 잃지 않았잖아요. 아무래도 상관없다는 듯. 하지만 나는 식은땀을 흘리며 생각했죠. 이 사람들은 늘 이런 식으로 이야기하나? 부자들은 다 그런가?"

부자들이라, 나는 생각했다. 프랭크는 뭘 보고 월터와 내가 부자라고 생각했을까? 그리고 깨달았다. 그래, 당연히 알았겠지. 우리도 당연히 그가 가난한 줄 알았으니까. 그래서 별로 알 필요도 없는 사람이라고 생각했으니까.

프랭크가 말을 이었다. "그리고 생각했어요. 저들은 내가 여기 있다는 사실도 잊었다. 그들한테 나는 아무것도 아니다. 월터 모리스는 내 친구가 아니다. 그저 나를 이용하고 있는 것뿐이다. 그리고 당신은 내 얼굴조차 보지 않았죠. 극장에서도 짐꾼에게 말하듯, '저 가방 두 개를 차에 실어줘요.'라고 했고. 월터도 나를 당신한테 소개하지 않았고. 그러니까 내 말은, 두 사람 모두 어쩔 수 없는 상황이었겠지만, 나를 투명인간 취급했어요. 그저 잠시 필요한 도구로, 자동차를 움직여줄 사람으로. 그래서 나는 존재감을 드러낼 방법을 찾고 싶었어요. 이렇게 생각했죠. 이봐, 너도 좀 껴. 대화에 합류해. 월터처럼 행동하려고 해봐. 월터처럼 저 여자한테 한마디 해보라고. 그래서 그렇게 말했어요. 그래서 그때 당신에게 그런 말을 했어요. 그리고 그 말의 파장을 확인했죠. 백미러로 당신의 표정을 봤어요. 내 말이 당신에게 무슨 짓을 했는지 두 눈으로 봤어요. 내 말이 당신을 죽인 것 같았어요. 월터의 표정도 봤어요. 월터는 야구 방망이로 머리를 맞은 표정이었어요. 그런 말을 하면 나도 월터처럼 멋져 보일 것 같았는데, 아니었어요. 내 말은 그냥 폭탄이었어요. 월터는 당신한테 아무리 독설을 퍼부어도 그 말만은 하지 않았잖아요. 월터는 어떻게 할지 생각하는 것 같았어요. 그리고 그냥 가만히 있기로 한 것 같았어요. 어쩌면 그게 최악이었죠."

"그게 최악이었죠." 나도 동의했다.

"비비안, 이 말은 꼭 하고 싶어요. 성경에 대고 맹세해요. 나는 누구한테도 그런 말을 해본 적이 없어요. 평생 단 한 번도. 그전에도, 그 후에도요. 난 그런 사람이 아니에요. 그런데 그날은 왜 그런 말이 내 입에서 나왔을까요? 오랫동안 마음속으로 그 장면을 수천 번 돌려보았어요. 그 말을 하는 내 모습을 보며 생각했어요. '프랭크, 도대체 왜 그랬어?' 하지만 그 말은, 정말 맹세코, 나도 모르게 튀어나왔어요. 그리고 월터는 입을 다물었고요. 기억나죠?"

"그럼요."

"월터는 당신을 옹호해주지도, 나에게 닥치라고 말하지도 않았어요. 우리는 침묵 속에서 몇 시간을 달렸죠. 나는 사과조차 할 수 없었어요. 두 사람 앞에서 다시는 주둥이를 놀리면 안 될 것 같았거든요. 그래야 한다고 말한 사람은 없었지만 난 애초에 입을 열면 안 되는 사람으로 그 자리에 있었던 거예요. 그리고 당신 집에 도착했어요. 살면서 그런 집은 처음 봤어요. 월터는 부모님께도 날 소개하지 않았죠. 마치 존재하지 않는 사람처럼. 다시 돌아오는 내내 월터는 내게 한마디도 하지 않았어요. 훈련이 끝날 때까지 내게 한 번도 말을 걸지 않았어요. 아무 일 없었다는 듯 행동했고 모르는 사람처럼 나를 대했어요. 그렇게 훈련이 끝났고 그를 더 볼 필요가 없어졌죠. 하지만 난 그 순간에서 영영 빠져나올 수 없었고, 그 일을 바로잡기 위해 할 수 있는 일도 없었어요. 이 년 후, 결국 그가 타고 있는 배로 배치되었어요. 다행히 그는 나보다 진급이 빨랐어요. 놀랄 일도 아니었지만. 그는 여전히 나를 모르는 사람 취급했어요. 전 그저 받아들일 수밖에 없었죠. 다시 그런 상태를 매일 견뎌야 했어요."

프랭크는 얼추 하고 싶은 말을 다 한 것 같았다.

그렇게 자기 이야기를 털어놓는 모습을 보며, 그와 비슷한 사람이 떠올랐다. 바로 나였다. 프랭크는 그날 밤 에드나 파커 왓슨의 분장실에 있던 나 같았다. 절대 바로잡을 수 없는 일에 대해 필사적으로 변명을 늘어놓던 내 모습이 보였다. 내가 했던 행동을 고스란히 따라 하고 있었다. 용서를 구하기 위해 애쓰고 있었다.

그 순간 나는 자비를 베풀고 싶어졌다. 프랭크만을 위해서가 아니라, 어린 시절의 나를 위해서도. 상처받은 자존심에 나를 끝없이 비난하던 월터도 가여웠다. 월터는 나라는 존재가 얼마나 굴욕적이었을까. 자기보다 못하다고 생각했던 사람 앞에서 그렇게 전부 까발려졌다는 사실이 얼마나 끔찍했을까. (월터는 누구나 자기보다 못하다고 생각했다.) 한밤중에 내가 친 사고를 수습하느라 얼마나 화가 났을까. 그 순간 나는 마음이 바다처럼 넓어져 말도 안 되게 골치 아픈 일을 벌인 모든 이들에게 엄청난 자비심을 느꼈다. 인간이 겪는 온갖 곤경, 예상할 수도, 빠져나갈 수도, 돌이킬 수도 없는 그 모든 곤경을 초래한 이들에게 말이다.

"정말 그 생각을 그동안 쭉 했던 거예요, 프랭크?" 내가 물었다.

"항상이요."

"제가 다 미안하네요." 내가 말했다. 진심이었다.

"미안해할 사람은 당신이 아니에요, 비비안."

"어떻게 보면 저이기도 해요. 그 일에 대해 저도 미안한 점이 있어요. 당신 이야기를 다 듣고 보니 더욱 그렇네요."

"당신도 그 일에 대해 많이 생각했나요?" 그가 물었다.

"그 차 안에서의 일에 대해 아주 오래 생각했어요." 내가 대답했다. "특히 당신이 했던 말에 대해서요. 감당하기 힘들었어요. 절대 쉬운 일은 아니었죠. 하지만 몇 년 전쯤 내려놓았고 그 후로는 오래 잊고 있었어요. 그러니 걱정하지 말아요, 프랭크 그레코 씨. 당신이 내 삶을 망쳐놓은 것도 아니니까. 이쯤에서 그 슬픈 이야기는 우리 삶의 책에서 찢어버리면 어떨까요?"

그가 갑자기 걸음을 멈추더니 몸을 돌려 두 눈을 크게 뜨고 나를 바라보았다. "그게 가능할까요?"

"당연히 가능하죠. 철없는 젊음 때문이었다고 생각해요, 우리."

나는 그의 팔에 손을 얹었다. 이제 다 괜찮을 거라고, 이제 다 끝났다고 말하고 싶었다.

하지만 그는 이번에도, 우리가 처음 만났던 날 그랬던 것처럼 거칠게 팔을 빼냈다.

나는 깜짝 놀라 움찔했다. 그리고 생각했다. 그는 여전히 내가 더럽다고 생각하는구나. 한번 더러운 창녀는 영원히 더러운 창녀라고.

내 표정을 본 프랭크가 얼굴을 찡그리며 말했다. "오, 하느님! 미안해요, 비비안. 미리 말했어야 했는데. 당신 때문이 아니에요. 난 그저……." 그가 말꼬리를 흐리며 절망적인 표정으로 공원을 둘러보았다. 마치 누군가 나타나 자신을 구해주길, 누군가 나타나 대신 설명해주길 기다리기라도 하는 듯. 그러다 용기를 내 입을 열었다. "어떻게 말해야 할지 모르겠어요. 정말 꺼내고 싶지 않은 말인데, 저는 누가 만지는 걸 견디지 못해요, 비비안. 그런 문제가 있어요."

"어머나." 내가 한 걸음 물러섰다.

"당신 때문이 아니에요." 그가 말했다. "누구도 마찬가지예요. 누가 손대는 걸 견디지 못해요. 이것 이후로 쭉 그랬어요." 그가 화상 흉터가 목까지 올라와 있는 자기 오른쪽 몸을 가리키며 말했다.

"다친 거군요." 나는 당연한 걸 두고 바보처럼 말했다. "미안해요. 몰랐어요."

"아니에요. 괜찮아요. 당신이 미안할 일이 아니에요."

"아니에요, 정말 미안해요, 프랭크."

"왜요. 당신 때문도 아닌데."

"그래도요."

"다른 사람들도 그날 많이 다쳤어요. 정신을 차려보니 수병 수백 명과 병원선에 누워 있었어요. 나보다 더 심하게 다친 사람들도 많았고요. 전부 불타는 바다에서 구조된 사람들이었어요. 하지만 지금은 대부분 괜찮아요. 왜 나한테만 이런 게 남았는지 모르겠어요."

"이런 거라니요?" 내가 물었다.

"내 몸에 누가 닿는 걸 견디지 못하는 거요. 가만히 앉아 있지 못하는 거요. 밀폐된 공간도 견딜 수 없어요. 자동차는 내가 운전하는 경우만 괜찮아요. 그런 게 아니면 오래 가만히 앉아 있을 수가 없어요. 계속 움직여야 해요. 언제나."

그래서 그는 식당에서 나를 만날 수 없었고 공원 벤치에도 앉을 수 없었다. 밀폐된 공간을 견디지 못했고 가만히 앉아 있을 수 없었다. 그리고 다정한 손길도 견딜 수 없었다. 그래서 그렇게 비쩍 마를 수밖에 없었던 것이다. 늘 움직여야 했기 때문에.

오, 하느님. 이 불쌍한 남자를 어찌해야 하나요.

그가 점점 불안해하는 것 같아서 내가 물었다. "그럼 우리 조금 더 걸을까요? 바람이 선선해서 걷기 좋네요."

"좋아요."

안젤라, 그래서 우리는 함께 걸었다.

걷고, 걷고, 또 걸었다.

30

당연한 사랑

안젤라, 당연히 나는 네 아빠를 사랑하게 되었단다.

그를 사랑하게 될 이유 같은 건 없었지만 그래도 사랑하게 되었다. 우리만큼 서로 다른 사람들도 없었다. 하지만 사랑은 어쩌면 그 차이에서 가장 잘 자라는지도 모르겠다. 양극 사이에 존재하는 그 깊은 공간에서 말이다.

나는 부족할 것 없이 부유하게 자란 여성이었고, 운 좋게도 날아갈 듯 가벼운 삶을 누렸다. 역사적으로 가장 힘들었던 시기 역시 그렇게 힘들게 보내지 않았다. 경솔한 행동으로 초래한 사소한 문제들이 전부였지. (그런 문제가 전부인 영혼이라면 충분히 운이 좋다고 할 수 있지.) 물론 열심히 일했지만, 열심히 일하는 사람은 많았고, 내 일은 아름다운 소녀들에게 아름다운 드레스를 만들어주는, 비교적 중요하지 않은 일이었다. 그리고 마지막으로, 아무 제약 없이 자유롭게, 성적 쾌락을 삶의 추동력으로 삼는 관능주의자였다.

하지만 프랭크는 달랐다.

프랭크는 무거운 사람이었다. 근본적으로 무거운 삶을 살 수밖에 없었다. 그의 인생은 시작부터 쉽지 않았다. 그는 무슨 일이든 무겁고 진중하고 사려 깊게 하는 사람이었다. 가난한 이민자 부모에게서 태어나 실수가 용납되지 않는 삶을 살았다. 독실한 가톨릭 신자였고 경찰이었으며 조국을 위해 복무하다 지옥을 경험한 참전 용사였다. 삶의 관능 같은 건 그에게 없었다. 타인의 손길을 견디지 못했지만, 그게 전부가 아니었다. 그는 어떤 쾌락과도 상관없는 삶을 살았다. 실용적인 목적으로만 옷을 입었고, 몸에 영양을 공급하기 위해서만 음식을 먹었다. 사람들과 어울리지도 않았다. 즐기러 나가지도 않았고, 평생 연극을 본 적도 없었다. 술도 마시지 않았고 춤도 추지 않았다. 담배도 피우지 않았다. 싸움도 해본 적 없었다. 그는 검소했고 책임감으로 가득했다. 빈정거림도, 놀림도, 시시한 농담도 그와 상관없는 일이었다. 그는 오직 진실만 말했다.

당연히 결혼 생활에도 충실했다. 천사의 이름을 따서 지은 아름다운 딸이 있었다.

이성적이고 합리적인 세상에서 프랭크 그레코처럼 진지한 남자가 어쩌다 나처럼 가볍게 사는 사람을 만나게 되었을까? 무엇이 우리를 함께하게 만들었을까? 한때 우리 두 사람 모두의 자존감을 짓밟았던 월터라는 공통분모를 빼면, 우리에게 비슷한 점은 없었다. 한 번의 슬픈 순간만 공유하고 있었을 뿐이었다. 1941년의 그 끔찍했던 하루, 두 사람 모두에게 부끄럽고 수치스러웠던 바로 그 하루뿐이었다.

어쩌다 그날이, 이십 년이 지난 지금, 우리의 사랑으로 이어졌을까?

나도 모르겠다.

안젤라, 내가 아는 건 이것뿐이다. 우리가 사는 세상은 절대 머리로만 이해할 수 없다는 것.

그 후로 우리가 어떻게 되었을까.

순찰 경찰관 프랭크 그레코는 그 후 며칠이 지나 내게 전화를 했고 한 번 더 산책을 할 수 있는지 물었다.

밤 아홉 시가 훨씬 지난 늦은 시각에 라틀리에로 걸려 온 전화였다. 그 시간에 부티크의 전화가 울려 나는 깜짝 놀랐다. 옷 수선을 막 끝낸 참이라 졸리고 기운 없는 상태로 마침 남아 있었다. 위층으로 올라가 마조리와 네이슨 곁에서 텔레비전을 보다 하루를 마무리할 생각이었다. 그래서 전화도 받지 않으려다가 결국 받았는데, 프랭크였다. 함께 산책을 하고 싶냐고 묻고 있었다.

"지금이요?" 내가 물었다. "지금 산책을 가자고요?"

"원하시면요. 저는 어차피 못 잘 것 같아요. 그래서 어쨌든 걸을 겁니다. 혹시 함께 걸을 생각이 있나 해서 전화했어요."

갑자기 흥미로워졌다. 약간 감동적이기도 했다. 이 시간에 수없이 많은 남자의 전화를 받아보았지만, 함께 산책하고 싶다고 전화한 남자는 처음이었다.

“좋아요.” 내가 말했다. “못할 것도 없죠.”

“이십 분이면 도착할 겁니다. 고속도로 말고 일반 도로로 갈게요.”

그날 밤 우리는 이스트강까지 걸었다. 그 시절에는 별로 안전하지 않았던 동네를 지나 황폐한 부둣가를 따라 브루클린 다리까지 걸었다. 다리를 건넜다. 추웠지만 바람은 없었고 계속 움직이니 몸은 따뜻했다. 초승달이 떠 있었고 별들도 용케 반짝이고 있었다.

우리는 그날 서로의 삶에 대해 전부 나누었다.

프랭크가 가만히 앉아 있을 수 없어 순찰 경찰관이 되었다는 것도 그날 밤 알게 되었다. 불안해지지 않기 위해 하루에 여덟 시간씩 걸을 수밖에 없었다고 했다. 그래서 추가 근무도 밥 먹듯 했다. 갑자기 일이 생긴 동료 대신 순찰에 나서는 것도 늘 그였다. 운 좋게 2교대 연속 근무를 하는 날이면 열여섯 시간을 통째로 걸을 수 있었다. 그런 날에만 곯아떨어져 푹 잘 수 있었다. 승진 제안도 매번 거절했다. 승진은 곧 사무 업무를 뜻했고, 그건 그가 할 수 없는 일이었다.

“청소부 말고 내가 할 수 있는 최선의 일이 바로 순찰 경찰관이었어요.”

하지만 그의 정신적 역량에는 훨씬 미치지 못하는 일이었다. 안젤라, 네 아버지는 대단한 분이셨다. 워낙 겸손했던 사람이라 네가 알고 있었는지 모르겠다. 하지만 그는 천재에 가까웠다. 부모님은 문맹이었고 형제자매들 사이에서 눈에 띄지도 않았지만, 그는 수학 영재였다. 어렸을 때는 세이크리드 하트 교구의 부두 노동자나 벽돌공의 자식으로 태어나 결국 부두 노동자나 벽돌공이 될 아이들과 비슷해 보였겠지만, 프랭크는 달랐다. 그는 매우 영특한 아이였다.

프랭크의 영특함은 교구 수녀님들의 눈에 띄었다. 부모님은 일을 할 수 있는데 왜 공부를 하냐며 학교를 다니는 게 시간 낭비라고 생각했다. 그리고 마늘이 악한 기운을 물리쳐준다며 프랭크 목에 마늘을 걸어 학교에 보냈다. 하지만 프랭크의 재능은 학교에서 꽃을 피웠다. 학생들을 대충 돌보면서 이탈리아계 아이들은 종종 차별까지 했던 아일랜드 수녀님들도 프랭크의 영특함만은 무시할 수 없었다. 숫자를 가지고 노는 그의 능력에 감탄해 숙제를 더 많이 내주었고 몇 학년을 월반시켰다. 프랭크는 모든 면에서 뛰어났다.

프랭크는 브루클린 테크니컬 하이스쿨에 가볍게 입학해 최고 성적으로 졸업했다. 그리고 쿠퍼 유니온 대학교에서 이 년 동안 항공공학을 공부하다가 장교 후보생 학교를 거쳐 해군에 입대했다. 왜 하필 해군에 입대했을까? 비행기를 좋아했고 또 공부하고 있었으니 비행사가 되는 편이 더 자연스러웠을 텐데. 그는 바다가 보고 싶어서 해군에 입대했다고 했다.

안젤라, 생각해보렴. 바다가 지척인 브루클린에서 자란 아이가 바다가 보고 싶었다니. 문제는 그가 자라면서 한 번도 바다를 제대로 보지 못했다는 거다. 그가 브루클린에서 본 것은 더러운 거리와 공동주택, 아버지가 일했던 구역질 나는 레드훅 부두뿐이었다. 하지만 프랭크에게는 거대한 함선과 바다의 영웅이라는 낭만적인 꿈이 있었다. 그래서 대학을 그만두고 해군에 입대했다. 전쟁이 선포되기도 전에 월터가 그랬던 것처럼.

“얼마나 바보 같았는지 몰라요.” 그날 밤 그가 말했다. “바다를 보고 싶었으면 걸어서 코니아일랜드에 가면 됐을 텐데. 코니아일랜드가 그렇게 가까운 줄 몰랐어요.”

프랭크는 전쟁이 끝나면 학교로 돌아가 학위를 따고 직장을 구할 생각이었다. 하지만 그가 탄 항공모함이 공격을 받았고 그는 끔찍한 화상을 입은 채 살아남았다. 신체적 고통은 아무것도 아니었다. 그는 펄 하버의 해군 병원에서 온몸 절반의 3도 화상 치료를 받으며 군사재판에 출석해야 했다. 프랭클린의 함장 게레스 대령은 함선이 공격받은 그날 바다에 빠져 있던 해병들이 전부 명령을 어기고 배를 버렸다고 주장했다. 프랭크처럼 폭발의 충격으로 배에서 날아가 바다에 빠진 사람들은 전부 겁쟁이라는 비난을 받게 되었다.

그게 프랭크에게 가장 끔찍한 일이었다. 겁쟁이라는 낙인이 화상의 흉터보다 더 깊은 생채기를 냈다. 해군이 결국 사태를 파악하고 소송을 취하하긴 했지만 (그 운명적인 날 자신의 실수를 덮으려고 죄 없는 수병들에게 대중의 관심을 돌렸던 무능한 함장의 계략이었다.) 그가 받은 심리적 피해는 돌이킬 수 없었다. 함선이 공격받는 동안 배 위에 있었던 수병들은 바다에 빠져 허우적거리던 수병들을 여전히 탈영병 취급한다고 했다. 전사자들은 영웅이 되었고, 다른 생존자들은 용맹 훈장을 받았다. 하지만 바다에 빠졌던 이들은 아니었다. 화염에 휩싸여 배 밖으로 던져진 이들은 아니었다. 그들은 겁쟁이였다. 그 꼬리표가 영원히 그를 따라다녔다.

그는 전쟁이 끝나고 고향 브루클린으로 돌아왔다. 하지만 상처와 트라우마 때문에 완전히 다른 사람이 되어 있었다. (그때는 그런 상태를 '신경정신질환'이라고만 불렀고 치료 방법도 없었다.) 교실에 앉아 있기 힘들어 대학으로 돌아갈 수도 없었다. 학위를 따려는 시도를 안 해본 것은 아니었지만, 툭하면 건물 밖으로 뛰쳐나가 거칠게 숨을 몰아쉬어야 했다. ("다른 사람들이 있는 방에 있을 수가 없어요."라고 그는 말했다.) 학위를 땄다 해도 할 수 있는 일이 없었을 것이다. 사무실에 앉아 있을 수도 회의에 참여할 수도 없었다. 전화를 받는 짧은 순간에도 가슴은 불안과 공포로 터져버릴 것 같았다.

나처럼 편하고 손쉽게 살아온 사람이 그런 고통을 이해할 수 있었을까?

아니, 이해할 수 없었다.

하지만 들어줄 수는 있었다.

안젤라, 내가 이 모든 이야기를 하는 이유는 너한테 전부 말하겠다고 다짐했기 때문이다. 하지만 프랭크가 너에게는 이런 말까지 하지 않았을 거라고 생각하기 때문이기도 하다.

프랭크는 너를 자랑스러워했고 많이 사랑했다. 하지만 자기 삶의 세세한 부분까지 너한테 알리고 싶어 하지는 않았다. 프랭크는 학업으로 성공하지 못한 것을 부끄러워했다. 지적 능력에 부합하지 못하는 일을 하는 것 역시 부끄러워했다. 교육을 끝마치지 못했다는 사실을 마음 깊이 아파했다. 그리고 자신의 그런 상태에 끊임없이 자괴감을 느꼈다. 가만히 앉아 있지 못하는 자신이, 밤새 자지 못하는 자신이, 다른 사람의 손길이 닿아서는 안 되는 자신이, 제대로 된 일을 할 수 없는 자신이 역겨웠다.

프랭크는 네가 아버지의 암담한 역사에 얽매이지 않고 너만의 삶을 개척하길 바랐기 때문에 이 모든 사실을 최대한 너한테 숨겼다. 너는 순수하고 청량했고, 그런 너에게 거리를 두어야 자기 그늘이 너에게 옮아가지 않을 거라고 생각했다. 프랭크는 그렇게 말했고 내가 그 말을 믿지 않을 이유는 없었다. 안젤라, 프랭크는 네 삶을 망치고 싶지 않았기 때문에 네가 아버지에 대해 많이 알길 바라지 않았단다.

온통 자식 생각만 하지만 일상생활에서 일부러 자신의 존재를 드러내지 않는 아버지와 산다는 건 어떨지 너의 입장에서 생각해본 적도 많았다. 혹시 네가 아빠의 관심을 원하는 건 아니었을까 물었을 때 프랭크는 아마 그랬을 거라고 대답했다. 하지만 너무 가까이 다가가 네 삶을 망치고 싶어 하지 않았단다. 프랭크는 자기가 무엇이든 망치는 사람이라고 생각했으니까.

그게 내가 들은 이야기였다.

그래서 프랭크는 엄마에게 너를 맡겨두는 편이 훨씬 나을 거라고 생각했다.

안젤라, 네 엄마에 대해서는 내가 아직 언급하지 않았구나.

네 엄마를 존중하지 않아서가 아니라 그 반대라는 걸 알아주었으면 좋겠다. 네 엄마에 대해, 혹은 네 부모님의 결혼에 대해 내가 어떻게 이야기를 꺼내야 할까. 네게 상처를 주거나 기분이 상하지 않도록 조심스럽게 꺼내보마. 하지만 이에 대해서도 하나도 빼놓지 않고 전부 털어놓을 생각이란다. 적어도 너는, 내가 아는 모든 사실을 알 권리가 있다고 생각하니까.

우선 네 엄마를 한 번도 만난 적이 없다는 말부터 하마. 사진도 본 적이 없다. 그래서 아는 게 아무것도 없다. 오직 프랭크가 내게 말해준 부분에 대해서만 알지. 나는 프랭크를 믿었기 때문에 그녀에 대한 프랭크의 말도 전부 믿었다. 하지만 프랭크가 네 엄마에 대해 한 말이 반드시 정확한 사실이라고는 생각하지 않는다. 나는 네 엄마 또한 우리와 같은 사람이었을 거라고 짐작할 뿐이지. 한 남자가 설명할 수 있는 것 훨씬 이상으로 복잡한 존재라고 말이다.

어쩌면 네 엄마는 네 아빠가 내게 설명한 것과 전혀 다른 사람일 수도 있겠지. 혹시 지금부터 내가 하는 말이 네 생각과 다르다면 미리 사과하마.

그럼에도 불구하고 이 이야기를 네게 꺼낸다.

프랭크는 아내의 이름이 로젤라라고 했다. 같은 동네에서 자랐고 (역시 시칠리아 이민자였던) 그녀의 부모님은 프랭크가 살던 골목에서 식품점을 운영했다고 했다. 로젤라의 가족이 막노동하는 프랭크의 가족보다 사회적 지위가 높았다는 뜻이었다.

프랭크는 8학년 때부터 로젤라네 식품점에서 배달 일을 하기 시작했다. 프랭크는 네 조부모님을 좋아했고 존경했다. 자기 가족보다 다정하고 세련된 사람들이었다. 그렇게 그 식품점에서 네 엄마도 만나게 되었다. 로젤라는 프랭크보다 세 살이 어렸다. 진지하고 성실한 소녀였다. 그리고 스무 살 프랭크와 열일곱 살 로젤라는 결혼을 했다.

결혼했을 때 서로 사랑했는지 묻자 프랭크는 이렇게 대답했다.

"우리 동네 사람들은 그 동네에서 태어나 그 동네에서 자라고 그 동네 사람과 결혼했어요. 당연한 일이었죠. 로젤라는 좋은 사람이었고 그 가족도 좋았어요."

"그러니까 로젤라를 사랑했어요?" 내가 다시 한번 물었다.

"결혼하기 적당한 사람이었어요. 믿음이 갔어요. 로젤라도 내가 훌륭한 가장이 될 거라고 생각했겠죠. 사랑 같은 사치를 부릴 처지가 아니었어요."

두 사람은 다른 많은 커플처럼, 그들과 같은 이유로, 진주만 공습 직후 식을 올렸다.

그리고 1942년에 네가 태어났단다, 안젤라.

전쟁이 막바지에 이르렀을 때 누구도 쉽게 휴가를 받지 못했고, 그래서 프랭크도 너와 네 엄마를 오래 보지 못했다. (남태평양에서 브루클린까지 병사들을 휴가 보내기가 쉽지는 않았겠지. 그래서 많은 군인들이 오랫동안 가족을 만나지 못했다.) 프랭크는 삼 년 연속 항공모함에서 크리스마스를 보냈다. 집에 편지를 보냈지만 제대로 학교를 다니지 못해 맞춤법과 손글씨에 자신이 없었던 로젤라는 한 번도 답장을 하지 않았다. 프랭크의 가족 역시 겨우 읽고 쓰는 수준이었기 때문에, 프랭크는 항공모함에서 편지를 받지 못하는 몇 안 되는 군인 중

한 명이었다.

“집에서 어떤 소식도 듣지 못하는 게 많이 힘들었겠어요.” 내가 말했다.

“누구 탓도 아니었죠. 우리 식구들은 편지를 쓰는 사람들은 아니었으니까. 로젤라는 한 번도 편지를 쓰지 않았지만 나는 그녀가 신의를 지키고 안젤라를 잘 돌보고 있을 거라고 생각했어요. 로젤라는 다른 남자를 만날 그런 사람은 아니었어요. 배에 탄 사람들은 대부분 그렇게 믿고 싶어 했겠지만요.”

그리고 가미카제의 공격이 있었고 프랭크는 몸의 60퍼센트에 화상을 입었다. (그는 많은 사람이 자기만큼 다쳤다고 했지만, 프랭크만큼 심한 화상을 입고 살아남은 사람은 없었다. 그 시절에 60퍼센트의 화상은 치명적이었지만 그래도 네 아빠는 살아남았단다.) 그리고 해군 병원에서 몇 달 동안 고통스러운 회복의 과정을 거쳤다. 마침내 집으로 돌아왔을 때는 1946년이었다. 그는 완전히 다른 사람이 되어 있었다. 산산이 부서져 돌아왔다. 너는 네 살이었고 사진으로만 보던 아빠를 어색해했다. 오랜 세월이 지나 널 다시 보게 되었을 때 네가 너무 예쁘고 밝고 다정해서 자기 딸이라는 사실을 믿을 수 없었다고 프랭크는 말했다. 자기에게 너처럼 순수한 사람이 왔다는 게 믿기지 않았다고 했다. 하지만 너는 아빠를 약간 무서워했다. 물론 그가 너를 무서워했던 만큼은 아니었다.

아내 역시 낯선 사람 같았다. 잃어버린 세월 동안 로젤라는 젊고 예쁜 아가씨에서 나이 든 여인이 되어 있었다. 늘 검정 옷만 입고 매일 아침 미사에 참석하고 종일 기도를 하는 진지한 여인이 되어 있었다. 로젤라는 아이를 더 갖고 싶었다. 하지만 누구의 손길도 느낄 수 없게 돼버린 프랭크 때문에 그건 불가능한 일이 되어버렸다.

그날 밤, 브루클린까지 걸으며 프랭크는 내게 말했다. "전쟁이 끝나고 집 뒤에 있는 헛간의 간이침대에서 자기 시작했어요. 거기에 석탄 난로를 두고 내 방을 만들었죠. 몇 년 동안 그 방에서 잤어요. 차라리 그게 나았죠. 내 잠버릇 때문에 다른 사람을 깨울 필요가 없으니까요. 가끔 소리를 지르며 일어나기도 했어요. 가족들은 그 소리를 들을 필요가 없잖아요. 잠 자체가 내게는 고난이었어요. 혼자 견디는 편이 낫죠."

프랭크는 로젤라를 배려했단다, 안젤라. 너도 그 사실을 알았으면 좋겠다.

프랭크는 로젤라에 대해 한 번도 나쁘게 말한 적이 없었다. 오히려 로젤라가 너를 키우는 방식을 전적으로 신뢰했고, 녹록하지 않았던 삶에도 그녀가 견지했던 금욕주의적인 태도를 존경했다. 두 사람은 한 번도 다투지 않았고 서로 목소리를 높이는 일도 없었지만, 전쟁 후에는 가족 문제에 대해 협의해야 할 때를 제외하고 거의 대화를 나누지 않았다. 그는 모든 문제를 아내에게 맡겼고 월급 역시 통째로 그녀에게 넘겼다. 로젤라는 부모님이 운영하던 식료품 가게와 가게가 있는 건물을 물려받았다. 프랭크는 로젤라가 사업 수완이 좋았다고 했다. 그리고 가게에서 손님들과 수다를 떨며 자라는 네 모습도 좋아했다. (프랭크는 너를 '동네의 꽃'이라고 불렀다.) 혹시 너도 세상에 적응하지 못하는 괴짜가 되지 않을까 주의 깊게 살폈지만 (자기가 그랬으니) 너는 평범하고 사교적인 것 같았다. 어쨌든 프랭크는 너에 대한 네 엄마의 선택을 전적으로 신뢰했다. 하지만 그는 언제나 순찰 중이거나 밤에 도시를 걷고 있었고, 로젤라는 늘 가게를 지키거나 너를 돌보고 있었다. 두 사람은 명목상 부부일 뿐이었다.

프랭크는 로젤라가 더 나은 남자를 찾을 수 있도록 이혼을 제안하기도 했다. 배우자로서 결혼의 의무를 다할 수 없으니 그 결혼은 무효나 마찬가지라고 생각했다. 로젤라는 아직 젊었다. 다시 결혼한다면 늘 원했던 대가족을 꾸릴 수 있을지도 몰랐다. 하지만 성당에서 이혼을 허락한대도 로젤라는 절대 이혼할 생각이 없었을 것이다.

"로젤라는 신부님, 수녀님보다 더 독실한 사람이었어요." 프랭크가 말했다. "결코 맹세를 저버릴 사람이 아니었죠. 그리고 우리 동네에서는 아무리 힘들어도 이혼하지 않아요. 나와 로젤라는 힘들다고 할 수 없는 상황이었죠. 그저 각자의 삶을 살았을 뿐. 사우스브루클린 같은 곳에서는 동네 자체가 가족이에요. 그런 가족에서 빠져나올 수 없어요. 말하자면 로젤라는 그 동네와 결혼한 거예요. 내가 복무하는 동안 로젤라를 돌봐준 것도 동네 사람들이었고요. 그건 지금도 그래요. 안젤라도 마찬가지고."

"좋은 사람들이에요?" 내가 물었다.

프랭크는 슬프게 웃었다. "그건 선택의 문제가 아니에요, 비비안. 동네 자체가 곧 나예요. 난 영원히 그 동네 사람일 거예요. 하지만 전쟁 이후로는 더 이상 그 동네 사람이 아니기도 해요. 사람들은 여전히 내가 불타기 전과 같은 사람이길 기대해요. 나도 전쟁 전에는 그들처럼 좋아하는 게 많았어요. 야구나 영화, 4번가에서 열리는 대규모 성당 행사 같은 것들 말이에요. 하지만 이제 관심 없어요. 내가 갈 곳이 아닌 것 같아요. 동네 사람들 잘못이 아니에요. 사람들은 여전히 좋아요. 전쟁에서 돌아온 사람들도 돌봐주려고 하고. 전쟁 중 부상당한 군인한테 주는 퍼플 하트 훈장만 있으면 다들 맥주를 사주면서 고마워해요. 공짜 티켓도 줘요. 하지만 그게 다 무슨 소용이에요. 시간이 지나니 사람들도 날 내버려 두더라고요. 이제 나는 유령 같은 사람이에요. 하지만 여전히 그곳 사람이긴 해요. 그곳을 잘 모르면 아마 이해하기 힘들 거예요."

"브루클린 말고 다른 곳에서 살고 싶다는 생각은 안 해봤어요?"

"지난 이십 년 동안 매일 생각했죠. 하지만 로젤라와 안젤라에게 못할 짓이에요. 다른 곳으로 간다고 더 잘 살 것 같지도 않고."

그날 밤 다시 브루클린 다리를 건너오며 그가 물었다. "비비안, 당신은 어때요? 결혼은 안 했어요?"

"거의 할 뻔했어요. 전쟁 덕분에 가까스로 빠져나왔죠."

"무슨 뜻이에요?"

"진주만 공습 때 그가 입대하면서 약혼이 깨졌어요."

"안타깝게 되었네요."

"안타까울 것 없어요. 나한테 맞는 사람이 아니었어요. 나도 그에게 재앙이었을 거예요. 좋은 사람이었으니 나보다 더 좋은 여자를 만날 자격이 있어요."

"그 후로 다른 남자는 없었어요?"

나는 한동안 대답할 말을 찾지 못했다. 결국 진실만을 말하기로 했다.

"남자들이라면 많이 만났어요, 프랭크. 셀 수 없을 정도로."

"오." 그가 말했다.

이제 그가 말이 없었고, 나는 그가 내 말을 어떻게 받아들였을지 궁금했다. 다른 여자라면 이쯤에서 입을 다물었을 것이다. 하지만 확실히 못 박고 싶은 고집이 내 안에 있었다.

"프랭크, 많은 남자하고 잤다는 말이에요."

"이해했어요." 그가 대답했다.

"그리고 앞으로 더 많은 남자와 잘 거라는 말이기도 하고요. 많은 남자들과 자면서 사는 게 어찌 보면 내가 살아가는 방식이에요."

"그렇군요." 그가 말했다. "이해했어요."

불편해하는 것 같지는 않았다. 그저 생각이 많아 보였다. 진실을 털어놓은 내가 괜히 불안했지만 동시에 그에 대해 계속 이야기하고 싶었다.

"내가 그렇다는 걸 말해주고 싶었어요. 내가 어떤 사람인지 당신도 알아야죠. 친구가 되려면 편견 같은 건 없어야 하니까요. 이런 내 모습이 불편하면……."

프랭크가 갑자기 걸음을 멈췄다. "왜 내가 편견이 있을 거라고 생각해요?"

"프랭크, 우리가 어쩌다 여기까지 왔는지 생각해봐요. 어떻게 처음 만났는지."

"아, 그렇군요." 그가 말했다. "그래요. 하지만 걱정할 필요 없어요."

"알겠어요."

"비비안, 난 그런 사람이 아니에요. 결코 그런 사람인 적도 없었고요."

"고마워요. 난 그저 솔직하고 싶었어요."

"당신의 솔직함을 내게도 나눠줘서 고마워요." 그가 말했다. 그때도 그랬지만 지금까지도 그만큼 다정한 말은 들어본 적이 없다.

"프랭크, 난 내 진짜 모습을 숨길 만큼 젊지 않아요. 누가 뭐라 한다고 내 모습이 부끄러울 나이도 아니고. 이해하죠?"

"이해해요."

"그럼, 어떻게 생각해요?" 내가 물었다. 나한테 그렇게 집요한 면이 있는 줄 몰랐다. 하지만 물어볼 수밖에 없었다. 내 말에 전혀 놀라지 않는 태도의 이유가 궁금하기도 했다.

"당신이 많은 남자하고 자는 것에 대해 어떻게 생각하냐고요?"

"네."

그는 잠시 생각하더니 이렇게 말했다. "비비안, 어렸을 때는 몰랐지만 지금은 알게 된 것들이 있어요. 세상에 대해서 말이에요."

"어떤 것들이에요?"

"세상은 똑바르지 않다는 것. 우리는 세상이 특정한 방식으로 돌아간다고 배우며 자라잖아요. 규칙이 존재한다고, 어떤 일은 반드시 그렇게 되어야 한다고 생각하죠. 그리고 똑바로 살기 위해 노력해요. 하지만 세상은 당신의 규칙이나 신념 따위 신경 쓰지 않아요. 세상은 똑바르지 않아요, 비비안. 절대 그렇게 되지도 않을 거고요. 우리의 규칙? 그건 아무것도 아니에요. 세상은 그냥 제멋대로 굴러가버린다는 게 내 생각이에요. 사람들은 그런 세상을 헤치며 최선을 다해 살아야 하는 거고요."

"저도 세상이 똑바르다고 믿어본 적 없어요." 내가 말했다.

"난 믿었어요. 결국, 틀렸지만."

우리는 계속 걸었다. 발밑에서 시커멓고 차가운 이스트강이 도시의 찌꺼기를 싣고 바다를 향해 전진하고 있었다.

"뭐 하나 물어봐도 돼요, 비비안?" 한참 후 그가 물었다.

"그럼요."

"그렇게 사는 게 행복해요?"

"그렇게 남자들과 섹스하면서 사는 거요?"

"네."

정말 진지하게 생각해보았다. 그의 질문에 비난이 실려 있지는 않았다. 나는 그가 정말로 나를 이해하고 싶어 한다고 느꼈다. 하지만 나는 그에 대해 한 번도 생각해보지 않은 것 같았다. 가볍게 넘어가고 싶은 질문은 아니었다.

"만족스러워요." 내가 마침내 대답했다. "그러니까 이런 거예요. 내 안에 아무도 볼 수 없는 어떤 어둠 같은 게 있어요. 절대 닿지 못하지만 거기 있어요. 그리고 남자들과의 섹스가 바로 그 어둠을 만족시켜줘요."

"그렇군요." 프랭크가 말했다. "어쩌면 이해할 수도 있을 것 같아요."

나에 대해 이렇게 솔직하게 털어놓아본 적은 없었다. 내 경험을 말로 표현해본 것도 처음이었다. 하지만 충분히 설명하지 못한 것 같았다. 내가 말한 어둠이 '죄'나 '사악함'이 아니라는 걸 어떻게 설명한단 말인가? 내 마음속 깊고 깊은 곳에 세상의 빛이 결코 닿을 수 없는 곳이 존재한다는 뜻이었다. 오직 섹스만 그곳에 가닿을 수 있었다. 태곳적부터 내 안에 존재하는 곳, 문명의 언어로 설명할 수 없는 곳, 말이 가닿을 수 없는 곳이었다. 우정으로도 불가능했다. 창의적 노력으로도, 경외와 기쁨으로도 건드릴 수 없는 곳이었다. 내 안의 그 어둠은 오직 섹스를 통해서만 가닿을 수 있었다. 남자들이 그 어둡고 은밀한 공간에 도달하면 나는 마침내 나라는 인간의 기원에 내려섰다고 느꼈다.

이상하지만 그 어둡고 황량한 곳에서만 나는 가장 순수하고 진실한 내가 되었다.

"하지만 행복하냐고요?" 내가 말을 이었다. "그게 날 행복하게 하냐고 물었죠. 그렇지 않아요. 날 행복하게 만드는 건 다른 것들이에요. 일이 날 행복하게 해요. 내 친구들과 내가 만든 가족이 날 행복하게 해요. 뉴욕도, 지금 당신과 이 다리를 걷고 있는 것도 날 행복하게 해요. 하지만 남자들과 함께 있는 건, 날 만족스럽게 해요, 프랭크. 그리고 나에게는 그런 만족이 필요해요. 그게 없으면 난 불행해질 거예요. 옳다는 말은 아니에요. 그저 내가 그런 사람이라고 말하는 것뿐이에요. 절대 변하지 않을 내 모습이기도 하고요. 이제 그렇게 사는 삶에 적응했어요. 당신도 말했듯이, 세상은 똑바르지 않으니까요."

프랭크는 내 말을 들으며 고개를 끄덕였다. 이해하고 싶어서. 그리고 이해할 수 있어서.

또 한참이 지난 후, 프랭크가 입을 열었다. "그렇다면 당신은 운이 좋은 사람이네요."

"왜죠?"

"자신이 만족하는 방법을 아는 사람은 많지 않으니까요."

31

잠든 뉴욕을 걷는 두 사람

안젤라, 나는 내가 사랑해야 할 사람들을 사랑하지 못했다.

나를 위해 준비된 것 중 계획대로 된 것은 하나도 없었다. 부모님이 가리킨 방향은 확실했다. 훌륭한 기숙 학교와 엘리트 대학교. 그곳에서 내가 속해야 할 사람들을 만날 것. 하지만 나는 그곳에 속하는 사람이 아닌 게 분명했다. 지금까지도 그 세계에 속한 친구는 단 한 명도 없으니까. 수많던 학교 무도회에서 남편을 만나지도 않았고.

나는 부모님께도 속하지 않고, 내가 자란 작은 동네에도 속하지 않는다고 느꼈다. 여전히 클린턴의 그 누구와도 연락을 주고받지 않는다. 엄마와는 돌아가실 때까지 피상적인 관계만 유지했다. 아빠는 저녁 식탁 반대편에서 정치에 대해 이러쿵저러쿵 투덜대기만 하는 사람 이상도 이하도 아니었다.

그러다 뉴욕에 살게 되었고 페그 고모를 만났다. 자유롭고 무책임한 레즈비언, 술을 너무 많이 마시고 돈을 너무 많이 쓰며, 명랑하고 쾌활하게 통통 뛰며 인생을 살아가는 페그를 나는 사랑했다. 페그야말로 내게 온 세상을 보여준 사람이었다.

그리고 올리브. 처음엔 사랑스럽지 않았지만 결국 부모님보다 더 사랑하게 된 사람. 다정하거나 애정이 넘치지 않았지만 언제나 충실하고 진실한 사람. 올리브는 나의 보디가드였고, 우리의 지주였다. 내게 일말의 도덕성이라도 있다면 그건 전부 올리브에게 배운 것이었다.

그리고 마조리 로우스키를 만났다. 헌 옷을 유통하는 이민자의 딸, 헬스 키친의 괴짜 십 대. 마조리 역시 나와 친구가 될 만한 사람은 아니었다. 하지만 내 사업 파트너가 되었을 뿐만 아니라 친자매 같은 사람이 되었다. 안젤라, 나는 마조리를 진심으로 사랑했다. 그녀를 위해서라면 무슨 일이든 할 수 있었고 그건 마조리 역시 마찬가지였다.

그리고 마조리의 아들 네이슨이 우리에게 왔다. 그 작고 연약한 소년은 삶 자체에 알레르기 반응을 보였다. 그는 마조리의 아이였지만 나의 아이이기도 했다. 부모님이 원했던 대로 내 삶이 펼쳐졌다면, 나 역시 아이들이 있었겠지. 건강하고 튼튼하게 말을 타는 미래의 사업가들이었을 것이다. 하지만 내게는 네이슨이 왔고 훨씬 더 마음에 들었다. 내가 네이슨을 선택했고, 네이슨도 나를 선택했다. 나는 네이슨을 사랑했다.

이렇게 우연히 만난 사람들이 나의 가족이란다, 안젤라. 그들이 내 진짜 가족이다. 이 말을 하는 이유는 시간이 흐르면서 내가 프랭크를 그들만큼 사랑하게 되었다고 말하고 싶었기 때문이다.

나에게는 최고의 애정 표현이란다. 그는 우연히 만난 내 아름다운 진짜 가족만큼 나와 가까워졌다.

아주 가파르고 깊은 샘 같은 사랑이었지. 한번 빠지면 절대 빠져나올 수 없는, 그래서 영원히 사랑하게 될 수밖에 없는.

프랭크는 아주 오랫동안 일주일에 서너 번씩 새벽에 전화해 이렇게 말했다. “나갈래요? 잠이 안 와요.”

“어차피 늘 못 자잖아요, 프랭크.”

“맞아요. 하지만 오늘은 유난히 더 심하네요.”

어떤 계절인지, 몇 시인지는 중요하지 않았다. 나는 언제나 좋다고 대답했다. 도시 탐험은 즐거웠고 늘 밤이 더 좋았다. 게다가 나도 원래 잠이 많지 않았다. 하지만 무엇보다 프랭크와 함께 보내는 시간을 사랑했기 때문이었다. 그가 전화해 약속을 잡고 나를 데리러 오면 우리는 어디로든 가서 함께 걷기 시작했다.

곧 맨해튼 구석구석 걷지 않은 곳이 없어졌고, 외곽 지역까지 섭렵하기 시작했다. 프랭크만큼 뉴욕을 잘 아는 사람은 없었다. 그는 내가 이름도 들어보지 못한 동네로 나를 데려갔고, 우리는 남들이 자는 꼭두새벽까지 밤새 이야기를 하며 걸었다. 묘지든 공장지대든 가리지 않고 걸었다. 부둣가를 걸었다. 초라한 연립주택이 늘어선 빈

민가를 걸었다. 거대한 도시 뉴욕의 수많은 다리를 전부 걸어서 건넜다.

아무도 우리를 방해하지 않았다. 정말 이상한 일이었다. 그때의 뉴욕은 그렇게 안전한 곳은 아니었지만 우리는 누구도 범접할 수 없는 사람들처럼 도시를 누볐다. 가끔 대화에 너무 집중해 어디를 걷고 있는지 모를 때도 있었다. 하지만 거리는 늘 우리를 안전하게 지켜주었고 사람들도 우리를 가만히 내버려두었다. 우리가 사람들 눈에 보이기는 하는지 궁금해질 정도로. 가끔 경찰이 다가와 뭘 하고 있는지 물으면 프랭크는 경찰 신분증을 보여주며 이렇게 말했다. "이 숙녀분을 집까지 모셔다드리고 있습니다." 심지어 크라운 하이츠의 자메이카 사람들 동네에서도 말이다. 그는 언제나 나를 집에 데려다주고 있었다. 그게 늘 우리가 하던 일이었다.

가끔 늦은 밤, 프랭크는 롱아일랜드의 어느 식당으로 데려가 조개관자 튀김을 사주기도 했다. 창문 바로 앞에 차를 대고 차 안에서 주문할 수 있는 24시간 식당이었다. 쉽스헤드 베이로 새끼 대합 조개를 먹으러 가기도 했다. 부둣가에 차를 세우고 바다로 나가는 낚싯배들을 구경하며 차 안에 앉아서 먹었다. 봄에는 차를 타고 뉴저지 시골로 가서 시칠리아 사람들이 즐겨 먹는다는 쌉쌀한 샐러드용 민들레 잎을 따주기도 했다.

운전하거나 걷는 것이 프랭크가 불안해하지 않으면서 할 수 있는 일이었다.

프랭크는 언제나 내 이야기를 들어주었다. 모든 비밀을 털어놓을 수 있는 친구가 되어주었다. 프랭크는 투명한 사람이었다. 어떤 상황에서도 쉽게 흔들리지 않는 진실함 같은 게 있었다. 잘난 척을 모르는 그와 함께 있으면, 어떻게든 세상에 자신을 드러내려 하지 않는 남자와 함께 있으면 나도 마음이 차분해졌다. (그때 그런 남자는 지극히 귀했다!) 프랭크는 실수를 하거나 잘못을 하면 누가 찾아내기 전에 먼저 말했다. 그리고 내가 무슨 말을 하든 비난하거나 비판하지 않았다. 내 반짝이는 어둠에도 그는 겁먹지 않았다. 그 역시 어둠을 품고 있었기 때문에 타인의 어두운 그림자에도 위축되지 않았다.

하지만 무엇보다도 그는 경청이 몸에 밴 사람이었다. 그에게는 못 할 말이 없었다. 새로운 애인이 생기면 그에게 말했다. 무서운 일이 생기면 그에게 말했다. 좋은 일이 생겨도 그에게 말했다. 안젤라, 그렇게 내 말을 들어주는 남자는 처음이었다.

프랭크에게도, 비를 맞으며, 퀸즈에서, 한밤중에 8킬로미터를 함께 걸어주는 여자는 처음이었을 것이다. 잠들 수 없는 밤에 그렇게 곁에 있어주는 사람 말이다.

프랭크는 절대 아내와 딸을 버리지 않을 사람이었다. 안젤라, 그건 나도 알고 있었다. 그는 그런 사람이 아니었다. 나 역시 그를 침대로 끌어들일 생각은 조금도 없었다. 상처와 트라우마 때문에 불가능한 일이긴 했지만, 그렇지 않았더라도 내가 결혼한 남자와 관계를 맺을 일은 절대 없었다. 나는 더 이상 그런 사람이 아니었다.

게다가 프랭크와는 결혼하고 싶다는 환상조차 품어보지 않았다.

결혼에 대한 생각만 해도 답답해졌고 누구와도 결혼하고 싶지 않았지만, 프랭크와는 더더욱 아니었다. 함께 아침을 먹고 신문을 보며 이야기하는 우리의 모습을 상상할 수 없었다. 함께 떠나는 휴가도. 두 사람 모두에게 어울리지 않는 그림이었다.

마지막으로, 혹시 우리 관계에 섹스가 개입되면 프랭크와 내가 서로 같은 마음으로 사랑할 수 있을지 장담할 수 없었다. 섹스는 간혹 단시간에 친밀함을 쌓는 편법이기도 했다. 상대의 마음을 생략하고 몸만 알아가는 방법이다.

결국 우리는 우리만의 방식으로 서로에게 헌신했지만 각자의 삶은 따로 유지했다. 뉴욕에서 우리가 함께 걷지 않은 유일한 동네는 바로 사우스브루클린이었다. (부동산 중개업자들 말로는 캐롤 가든인 곳. 하지만 프랭크는 그 동네를 한 번도 그렇게 부르지 않았다.) 그곳은 그의 가족과 그의 사람들의 동네였다. 이를 존중하는 마음으로 우리는 절대 그 동네에는 발을 들이지 않았다.

그는 내 사람들을 알지 못했고, 나 역시 그의 사람들을 알지 못했다. 마조리에게 잠깐 소개하긴 했고, 친구들도 그의 존재는 알고 있었지만, 프랭크는 사람들과 쉽게 친해질 수 있는 그런 사람은 아니었다. (디너 파티라도 열어 그를 소개할 수도 없지 않겠니. 프랭크처럼 불안해하는 사람에게 낯선 사람들 틈에서 칵테일 잔을 들고 가벼운 수다를 떨라고? 절대 그럴 수는 없었다.) 내 친구들에게 프랭크는 걸어다니는 유령이었다. 친구들은 그가 나한테 너무나 중요한 사람이라는 내 말은 인정해주었지만, 그를 이해하지는 못했다. 이해하지 못하는 것도 어쩌면 당연했다.

솔직히 프랭크가 우리의 사랑스러운 네이슨에게 아버지 같은 존재가 되어줄 수도 있겠다는 환상에 한동안 빠져 있긴 했다. 하지만 그런 일은 일어나지 않을 것이었다. 온 마음을 다해 사랑하는 하나뿐인 자식에게도 아버지 노릇을 제대로 하지 못하는 그에게 괜히 또 다른 아이에 대한 죄책감까지 더해줄 수는 없었다.

나는 프랭크에게 아무것도 원하지 않았다, 안젤라. 그 역시 내게 아무것도 원하지 않았고. ("산책하러 갈래요?"만 빼면.)

그래서 우리가 어떤 사이였냐고? 뭐라고 대답할 수 있을까? 우리는 친구 이상이었다. 그건 분명했다. 그렇다면 그가 내 남자친구였을까? 아니면 내가 그의 정부였을까?

그런 단어로는 충분하지 않았다. 우리는 그런 단어로 규정할 수 있는 관계가 아니었다.

하지만 내 마음속에 존재조차 몰랐던 휑하고 고독한 곳이 있었고, 프랭크는 곧장 그곳으로 들어왔다. 그렇게 그를 마음에 품었는데, 나를 품은 것은 사랑 자체인 것 같았다. 우리는 한 번도 함께 살거나 침대를 공유하지 않았지만, 그는 언제나 나의 일부였다. 나는 재미있는 이야기를 일주일 동안 모았다가 그에게 들려주었다. 그의 도덕관념을 믿었기에 그의 조언을 들었다. 그의 얼굴을 있는 그대로 무척 아끼게 되었다. 화상 흉터마저도 내 눈에는 아름답게 보였다. (그의 피부는 고대로부터 전해지는 신성한 책의 표지 같았다.) 나는 우리가 함께 보내는 시간과 우리가 함께 가는 신비로운 곳들에 매혹되었다.

그 와중에도 대화는 끊이지 않았고, 우리가 걷는 곳이 바로 뉴욕이었다.

우리가 함께 보낸 시간은 이 세상 바깥의 일 같았다.

우리는 조금도 평범하지 않았다.

우리는 언제나 차 안에서 끼니를 때웠다.

그런 우리가 무엇이었냐고?

우리는 모두 자고 있을 때 함께 뉴욕을 걷는, 프랭크와 비비안이었다.

찌는 듯이 더웠던 1966년의 어느 여름날, 보통 밤에 전화하던 프랭크가 낮에 전화를 했다. 그리고 부들부들 떨며 지금 당장 만날 수 있냐고 물었다. 라틀리에에 도착한 그는 차에서 곧장 뛰쳐나와 부티크 앞을 서성이기 시작했다. 그렇게 불안해하는 모습은 처음이었다. 나는 하던 일을 곧장 조수에게 넘기고 서둘러 차에 올라타며 말했다.

"가요, 프랭크. 빨리 출발해요."

프랭크는 브루클린의 플로이드 베넷 필드 공항까지 차를 몰았다. 전속력으로 달리는 동안 아무 말도 하지 않았다. 그는 막다른 흙길에 차를 대고 해군 항공부대 예비군 비행기들이 착륙하는 모습을 바라보았다. 여전히 안절부절못하고 있었다. 프랭크는 어떤 것으로도 마음이 가라앉지 않을 때는 언제나 플로이드 베넷 필드로 갔다. 비행기가 착륙할 때 나는 엔진의 굉음이 신경을 안정시켜준다고 했다.

이유를 묻지 않는 게 낫다는 것쯤은 알고 있었다. 결국 마음이 진정되면 말해줄 것이다.

우리는 7월의 지독한 더위에 차의 시동을 끄고 시끄러운 엔진이 잠잠해지는 소리를 들었다. 잠시 침묵을 견디면 다시 비행기가 착륙했고 또 조용해졌다. 프랭크는 내가 환기를 하려고 창문을 여는 것도 모르는 듯했다. 창백한 두 손은 여전히 운전대를 꽉 쥔 채였다. 아직 유니폼을 입고 있었으니 엄청나게 더웠을 텐데 더위도 느끼지 못하는 것 같았다. 비행기가 한 대 더 착륙하며 땅을 뒤흔들었다.

"오늘 법원에 갔었어요." 마침내 그가 말했다.

"그랬군요." 잘 듣고 있다는 뜻으로 내가 말했다.

"작년 철물점 절도 사건 증인으로요. 약에 취한 애들이 갖다 팔 것을 찾다가 주인을 때려 폭행으로 고소되었어요. 내가 가장 먼저 현장에 도착한 경찰이라."

"그랬군요."

안젤라, 프랭크는 가끔 경찰관 신분으로 법원에 출두했다. 그 일을 좋아하진 않았지만 (사람 많은 법정에 앉아 있는 것 자체가 그에게는 고문이었을 테니까.) 이렇게까지 힘들어하지도 않았다. 그를 더 힘들게 한 다른 일이 있었던 게 분명했다. 나는 기다렸다.

"예전에 알던 사람을 봤어요, 비비안."

그가 다시 입을 열었다. 손은 여전히 운전대를 움켜쥐고, 두 눈은 정면을 주시하고 있었다.

"해군 동료였어요. 남부 출신. 그도 프랭클린호에 함께 있었어요. 톰 디노. 오랫동안 그 이름을 잊고 지냈는데. 테네시 출신. 그 사람이 여기 사는 줄도 몰랐어요. 남부 출신들은 전쟁이 끝나고 전부 고향으로 돌아간 줄 알았거든요. 하지만 그는 아니었나봐요. 뉴욕에 정착한 거예요. 심지어 웨스트엔드애비뉴에. 변호사가 되었더라고요. 오늘 철물점 물건을 훔친 녀석 중 하나를 변호하고 있었어요. 변호사를 쓴 걸 보니 부모한테 돈이 좀 있었나봐요. 톰 디노. 하필 그가."

"정말 놀랐겠어요." 이번에도 그저 잘 듣고 있다는 신호였다.

"톰이 처음 승선했을 때가 아직도 생각나요." 그가 말을 이었다.

"날짜는 기억 안 나요. 원래 그런 건 약하니까. 하지만 1944년 초였던 것 같아요. 농장에서 바로 배를 탄 촌놈이었어요. 도시 아이들이 거칠다고 생각하겠지만 촌놈들은 더 심해요. 그렇게 가난하게 살다 온 사람은 본 적도 없을 거예요. 나는 내가 가난하다고 생각했는데 그놈들에 비하면 내 가난은 아무것도 아니었어요. 배에서 먹는 샌더미 같은 음식 자체를 난생 처음 보는 놈들이었어요. 어찌나 게걸스럽게 먹던지. 태어나서 처음으로 먹을 걸 두고 형제 열 명과 싸울 필요가 없어진 거예요. 신발이란 걸 처음 신어보는 놈들도 있었어요. 억양은 또 어찌나 거친지 무슨 말인지 하나도 못 알아들었어요. 하지만 전투에 나가면 얼마나 억척같았는지 몰라요. 공격이 없을 때도 마찬가지였고. 늘 서로 싸웠고, 심지어 사령관님을 경호하는 해병대한테도 시비를 걸었어요. 무조건 달려드는 것밖에 모르는 놈들이었어요. 톰 디노가 그중에서도 가장 험하게 달려들던 놈이었고요."

나는 고개를 끄덕였다. 프랭크는 배에서 있었던 일이나 전쟁 중에 알았던 사람들에 대해 그렇게 자세히 이야기하지 않는 편이었다. 이야기가 어떻게 펼쳐질지 몰랐지만, 매우 중요한 이야기라는 사실은 알 수 있었다.

"비비안, 나는 절대 그놈들처럼 강한 사람이 아니었어요."

프랭크는 마치 자기 목숨이라도 달린 듯 여전히 운전대를 움켜쥐고 있었다.

"하루는 메릴랜드에서 온 어린 부하 한 명이 비행갑판에서 잠깐 한눈을 팔았어요. 한 발을 잘못 디뎠는데 머리가 순식간에 비행기 프로펠러로 빨려 들어가 버렸어요. 바로 내 눈앞에서 머리가 날아가 버린 거예요. 전투 중도 아니었어요. 평소처럼 갑판에 서 있었을 뿐인데. 이제 그 머리 없는 몸뚱이를 빨리 갑판에서 치워야 했어요. 비행기가 이 분에 한 대씩 계속 들어오니까요. 비행갑판에는 이물질 하나 있으면 안 되거든요. 그런데 나는 그냥 얼어버렸어요. 그때 톰 디노가 나타나 머리 없는 몸뚱이를 두 발을 잡고 끌어냈어요. 마치 농장에서 도살당한 돼지 끌어내듯 말이에요. 눈도 깜짝하지 않고 순식간에 치워버리더라고요. 나는 여전히 움직일 수도 없었고, 결국 톰이 나까지 끌어내야 했어요. 다음 타자가 내가 되지 않도록. 나는 장교였고 그는 일개 사병이었는데! 치과에도 가본 적 없는 그 촌놈이 말이에요. 그랬던 그 자식이 어떻게 맨해튼에서 변호사가 되었을까요?"

"그 사람이 확실해요?" 내가 물었다.

"확실해요. 그 자식도 나를 알아봤어요. 나한테 말까지 걸었어요.

비비안, 그놈은 심지어 704 클럽이에요!" 프랭크가 괴로워하며 말했다.

"그게 뭔데요?" 내가 최대한 부드럽게 물었다.

"그날 폭격을 받았을 때 프랭클린에 남아 있던 사람들이에요. 전부 칠백 네 명이었죠. 게레스 함장은 704 클럽이라며 그들을 영웅으로 치켜세웠어요. 제길, 어쩌면 진짜 영웅인지도 모르겠어요. 게레스는 그들을 생존 영웅들이라고 불렀어요. 배를 버리지 않은 사람들. 해마다 모여 그걸 기념해요."

"당신은 배를 버리지 않았어요, 프랭크. 그건 해군도 인정한 사실이고요. 화염에 휩싸여 날아간 것뿐이잖아요."

"그건 상관없어요, 비비안." 그가 말했다. "나는 원래 겁쟁이였으니까."

프랭크는 이제 불안하다기보다 소름 끼칠 정도로 차분한 모습이었다.

"아니, 그렇지 않아요." 내가 말했다.

"그렇게 말한다고 달라지지 않아요, 비비안. 나는 겁쟁이였어요. 우리는 이미 넉 달째 공격을 받고 있었어요. 그런데 나는 그 상황을 감당할 수가 없었어요. 1944년 7월, 괌 폭격은 정말 무시무시했어요. 섬의 풀 한 포기까지 전부 죽여버릴 듯 얼마나 폭탄을 퍼부었는지 몰라요. 그런데 7월 말 우리 군대가 상륙했을 때 아직도 일본 탱크와 군인들이 버티고 있었어요. 도대체 어떻게 살아남았을까요? 말도 안 돼요. 우리 해군은 용감했고 일본 군인들도 용감했는데, 나만 겁쟁이였어요. 비비안, 나는 총소리를 견딜 수가 없었어요. 내가 총을 맞는 것도 아니었는데. 그때부터 이렇게 된 거예요. 이렇게 덜덜 떨며 불안해하기 시작했어요. 사람들은 나를 겁쟁이라고 부르기 시작했고."

"못된 사람들이네요." 내가 말했다.

"하지만 그 사람들 말이 맞았어요. 나 같은 겁쟁이는 없었거든요. 한번은 항공기에서 투하되지 못한 폭탄을 처리해야 했어요. 45킬로그램이나 되는 폭탄이 폭탄 투하실에 끼어버린 거예요. 폭탄이 떨어지지 않는다고, 그 상태로 착륙해야 한다고 무전이 들어왔어요. 말이 돼요? 그리고 착륙하는데 폭탄이 흔들리더니 비행갑판으로 떨어졌어요. 45킬로그램짜리 폭탄이 배 위에 굴러다니게 된 거죠. 월터와 다른 수병들이 곧장 달려가 마치 아무것도 아니라는 듯 배 가장자리로 치웠어요. 그때도 나는 그 자리에 얼어붙어 꼼짝도 못했어요."

"괜찮아요, 프랭크." 하지만 프랭크는 내 말을 듣고 있는 것 같지 않았다.

"그리고 1944년 8월," 그가 말을 이었다. "태풍이 왔어요. 그래도 항공기들은 출격했고 파도가 비행갑판으로 몰아치는 상황에서 착륙을 해야 했어요. 태평양 한가운데에서 강풍을 맞으며 코딱지만 한 활주로에 착륙을 하는데 조종사들은 눈 하나 깜빡하지 않았어요. 하지만 나는 손을 덜덜 떨며 무전조차 못 보냈죠. 조종사들은 우리 배를 살인함이라고 불렀어요. 우리가 가장 용감해야 했는데, 나는 정말 겁쟁이였어요."

"프랭크." 내가 말했다. "괜찮아요."

"그리고 10월에 일본군이 가미카제 특공대를 보내기 시작했어요. 어차피 전쟁에서 질 거면, 명예롭게 죽자고 생각한 거죠. 어떻게든 최대한 많은 적을 사살하려 했어요. 정말 끝없이 몰려왔어요, 비비안. 하루는 오십 대가 날아왔어요. 하루에 가미카제 비행기 오십 대가 몰려온 거예요. 상상이 가요?"

"아니요." 내가 말했다. "전혀요."

"우리가 아무리 공중에서 그놈들을 폭파해도, 다음 날이면 더 많은 놈들이 몰려왔어요. 결국, 시간문제였죠. 일본 해안에서 80킬로미터도 채 떨어지지 않은 곳에 있었으니 조만간 당할 게 분명했지만, 동료들은 신경 쓰지 않았어요. 아무 일도 없다는 듯 여전히 당당했죠. 라디오 도쿄는 매일 밤 프랭클린호가 이미 침몰했다고 떠들었어요. 그때부터 잠을 잘 수가 없었어요. 먹지도 못했고. 매 순간 공포에 질려 있었어요. 그 후로 제대로 자본 적이 없어요. 폭격을 맞아 추락한 가미카제 조종사들을 바다에서 포로로 건져내기도 했는데, 그중 한 명을 비행갑판 구금실로 데려가고 있었어요. 갑자기 그가 우리를 뿌리치고 달아나더니 배에서 뛰어내려 스스로 목숨을 끊었어요. 포로가 되느니 명예롭게 죽으려고. 바로 내 눈앞에서 말이에요. 그가 뛰어갈 때 표정을 봤어요, 비비안. 맹세컨대 나 같은 겁쟁이의 표정은 절대 아니었어요."

프랭크는 순식간에 그때 그 순간으로 빨려 들어가 있었다. 늦기 전에 그를 다시 데려와야 했다. 자신에게로, 현재로.

"그래서 오늘 무슨 일이 있었던 거예요, 프랭크?" 내가 물었다. "법정에서 톰 디노와?"

프랭크는 한숨을 쉬며 운전대를 더 꽉 움켜쥐었다.

"그가 나한테 다가왔어요, 비비안. 증인석 바로 앞으로. 내 이름을 기억하고 있었어요. 잘 지내냐고 묻더군요. 자기는 지금 변호사이며 어퍼웨스트사이드에 살고 있다고. 거기서 대학을 다녔고, 지금은 아이들이 학교에 다닌다고. 자기가 얼마나 잘나가고 있는지 일장 연설을 늘어놓았어요. 그는 그날 이후 프랭클린호를 브루클린 공창으로 데려온 수병 중 하나였어요. 그때부터 뉴욕에 정착했나봐요. 아직도 남부 억양이 약간 남아 있긴 했지만. 우리 집보다 더 비싸 보이는 정장을 입고 있었어요. 그리고 내 유니폼을 훑어보더니 이렇게 말했어요. '순찰 경관? 요즘 해군 장교들은 길거리 순찰이나 하나 봅니다?' 비비안, 내가 뭐라고 대꾸하겠어요. 그저 고개만 끄덕였어요. 그러자 그가 물었죠. '총은 주덥니까?' 나는 멍청하게 '네, 하지만 사용해본 적은 없습니다.'라고 대답했어요. 그러자 그가 이렇게 말했죠. '하긴, 당신은 언제나 벌벌 떠는 겁쟁이였으니까.' 그리고 가버렸어요."

"지옥에나 떨어지라고 해요." 내가 말했다. 나도 모르게 주먹에 힘이 들어갔다. 갑자기 분노가 치솟았고, 솟구치는 피가 파도치는 소리가 눈앞의 비행기 소리보다 더 크게 귓가에 울렸다. 나는 톰 디노를 찾아내 그의 목을 그어버리고 싶었다. 감히 누구한테? 나는 프랭크를 안고 그를 위로해주고 싶었지만 그럴 수 없었다. 전쟁이 그의 몸과 마음을 만신창이로 만들어버렸기 때문에, 사랑하는 여인의 품에 안길 수도 없게 만들어버렸기 때문이었다.

너무 잔인했고 너무 부당했다.

프랭크가 예전에 했던 말이 떠올랐다. 화염에 휩싸여 바다에 빠졌다가 수면으로 올라와보니 세상이 온통 불타고 있었다. 주변의 바닷물까지 불붙은 기름으로 뒤덮여 있었다. 불타고 있는 엔진 때문에 불꽃이 점점 거세지면서 물에 빠진 사람들을 공격하고 있었다. 프랭크는 죽을힘을 다해 물장구를 쳐 불붙은 바닷물을 밀어내면서 태평양 한가운데 불붙지 않은 아주 작은 표면을 만들었다. 그렇게 구조될 때까지 두 시간 동안 바다에서 허우적거렸다. 이미 온몸에 화상을 입은 채. 끊임없이 화염을 몰아내며 불붙지 않은 자기만의 작은 세상을 만들었다. 세월이 많이 지났지만 나는 그가 여전히 팔을 허우적거리고 있다고 느꼈다. 여전히 이 세상 어딘가에서 자기만의 안전한 곳을 찾기 위해 애쓰고 있었다. 불타지 않을 수 있는 곳을 찾아 헤매고 있었다.

"톰 디노 말이 맞아요, 비비안." 그가 말했다. "나는 늘 겁쟁이였어요."

나는 미치도록 그를 안아주고 싶었다, 안젤라. 하지만 그럴 수 없었지. 그 차 안에 함께 앉아 있는 것 말고, 그의 끔찍한 이야기를 들어주는 것 말고, 내가 해줄 수 있는 일은 없었다. 당신은 영웅이며, 당신은 강하고 용감하다고, 톰 디노와 704 클럽 사람들이 전부 틀렸다고 말해주고 싶었다. 하지만 그에게 도움이 되지 않을 게 분명했다. 그런 말은 전혀 귀에 들어오지 않을 것이었다. 믿지도 못했을 것이다. 하지만 그가 그토록 고통스러워하고 있었으니 무슨 말이라도 해야 했다. 나는 눈을 감고 제발 적당한 말이 떠오르길 기도했다. 그리고 마침내 입을 열었다. 사랑과 운명이 적당한 단어까지 나를 인도해줄 거라고 무작정 믿으며.

"그래서 그게 사실이면 어쩔 건데요?" 내가 물었다.

내 목소리는 생각보다 컸다. 프랭크가 깜짝 놀라 나를 바라보았다.

"프랭크, 그래서 당신이 겁쟁이면 어쩔 건데요? 전투도, 전쟁도 전부 이겨내지 못한 게 사실이면 어쩔 거냐고요."

"말 그대로 사실이에요."

"좋아요. 그럼 사실이라고 쳐요. 그게 무슨 의미가 있죠?"

그는 말이 없었다.

"그게 무슨 의미가 있어요, 프랭크?" 내가 대답을 재촉했다. "대답해요. 제발 그 운전대에서 손 좀 떼고. 당장 출발할 것도 아니잖아요."

프랭크는 운전대를 붙잡고 있던 손을 무릎 위에 내려놓고 말없이 바라보았다.

"그게 무슨 의미가 있어요, 프랭크? 당신이 겁쟁이라는 게 무슨 의미가 있는지 말해봐요."

"용감하지 못한 사람이라는 뜻이죠."

"그럼 그건 무슨 뜻인데요?"

"나는 실패한 인간이라는 뜻이에요." 그가 개미 같은 목소리로 말했다.

"아니에요. 틀렸어요." 내가 말했다. 살면서 그렇게 확신에 찼던 발언은 처음이었다. "당신은 틀렸어요, 프랭크. 당신이 실패한 인간이라는 뜻이 아니에요. 그게 무슨 뜻인지 내가 말해줘요? 아무 뜻도 없어요."

프랭크가 혼란스러운 표정으로 나를 보며 눈을 깜박였다. 그렇게 날카롭게 다그치는 내 모습은 그도 처음이었다.

"잘 들어요, 프랭크 그레코. 당신이 겁쟁이라면, 그래요, 당신 말대로 그렇다고 쳐요. 그래도 그건 아무 의미도 없어요. 내 고모 페그는 알코올 중독이에요. 고모는 술을 절제하지 못해요. 그래서 인생이 엉망진창 꼬였죠. 그게 무슨 뜻일까요? 아무 뜻도 없어요. 그렇다고 고모가 나쁜 사람일까요? 술을 조절하지 못한다고 실패한 사람일까요? 당연히 아니에요. 고모는 그저 그런 사람인 거에요. 어쩌다 알코올 중독이 된 것뿐이에요, 프랭크. 누구나 그런 일을 겪을 수 있어요. 그래도 우리는 우리예요. 그 사실을 바꿀 수 있는 건 없어요. 빌리 삼촌은 약속을 밥 먹듯 어기고, 여자에게 충실하지 못해요. 그것 역시 아무 의미 없는 일이에요. 빌리는 멋진 사람이면서 믿을 수 없는 사람이에요. 삼촌은 그저 그런 사람인 거예요. 그뿐이지 아무 뜻도 없어요. 그래도 우린 그를 사랑해요."

"하지만 남자들은 용감해야 하잖아요." 프랭크가 말했다.

"그래서요?" 나는 거의 소리를 지를 뻔했다. "그딴 식이면 여자들은 순결해야겠죠. 하지만 날 봐요. 나는 수많은 남자와 잤어요, 프랭크. 그게 무슨 뜻일까요? 아무 뜻 없어요. 내가 사는 방식일 뿐이에요. 당신도 그랬잖아요, 프랭크. 세상은 똑바르지 않다고. 우리가 처음 만난 날 밤, 당신이 그랬잖아요. 당신이 했던 말대로 당신 인생을 돌이켜봐요. 세상은 똑바르지 않아요. 사람마다 본성이 있고, 그건 어쩔 수 없어요. 누구에게나 무슨 일이든 일어날 수 있어요. 우리가 어쩔 수 없는 일들이요. 당신은 싸울 수 없는 사람이었지만 어쩌다 전쟁을 겪은 것뿐이에요. 그리고 그 모든 건 아무 의미도 없어요. 그러니 스스로를 그만 괴롭혀요."

"하지만 톰 디노 같은 강한 남자들은……."

"당신이 톰 디노에 대해 뭘 안다고 그래요? 그도 그만의 일을 겪었겠죠. 다 큰 어른이 당신한테 와서 그런 잔인한 행동을 했다면, 날 믿어요. 그도 순탄하게만은 살지 못했을 거예요. 그 역시 그를 그렇게 망가뜨린 일을 겪었을 거라고요. 그 개자식 걱정은 할 필요 없겠지만, 그가 사는 세상도 똑바르지만은 않을 거예요. 내가 장담해요, 프랭크."

프랭크는 흐느끼기 시작했다. 그런 그를 보며 나도 거의 울 뻔했다. 하지만 그의 눈물이 훨씬 중요했고 또 귀했으니 나는 애써 눈물을 감추었다. 안젤라, 그때 그를 안아줄 수 있었다면, 어느 때보다도 바로 그 순간, 그를 안을 수만 있었다면, 나는 몇 년의 목숨이라도 기꺼이 내놓고 싶었다. 하지만 불가능했다.

"세상은 불공평해요." 그가 온몸으로 흐느끼며 말했다.

"당신 말이 맞아요, 프랭크. 세상은 불공평해요. 하지만 어쩌겠어요. 그냥 그렇게 된 거고, 모든 일에 큰 의미 같은 건 없어요. 당신은 멋진 사람이에요, 프랭크. 당신은 실패자가 아니에요. 내가 아는 가장 멋진 남자예요. 그게 가장 중요해요."

그는 울음을 멈추지 않았다. 여전히 나와 안전거리를 유지한 채. 그래도 운전대를 움켜쥐고 있진 않았다. 무슨 일이 일었는지 내게 말해줄 수도 있었다. 그 찌는 듯 뜨거운 차 안에서, 지금 이 순간 불붙지 않은 자기만의 아주 작은 공간에서, 적어도 내게 마음을 털어놓을 수는 있었다.

나는 그가 괜찮아질 때까지 그의 곁에 있을 생각이었다. 얼마나 오래 걸리든 상관없었다. 내가 해줄 수 있는 건 그뿐이었다. 그날 이 세상에서 내가 해야 했던 일은, 그 멋진 남자 곁에 앉아 있는 것, 오직 그뿐이었다. 그의 옆에 앉아 진정될 때까지 그를 지켜봐주는 것, 그뿐이었다.

프랭크는 마침내 마음을 가라앉히고 지금껏 가장 슬픈 표정으로 창밖을 바라보며 이렇게 말했다.

"난 이제 어떡해야 할까요?"

"나도 모르겠어요, 프랭크. 아무것도 할 수 없을지도 몰라요. 하지만 내가 여기 있을게요."

그러자 그가 고개를 돌려 나를 보며 말했다.

"비비안, 당신 없이 난 살 수가 없어요."

"걱정하지 말아요. 영원히 곁에 있을 테니까."

안젤라, 그것이 프랭크와 내가 나눈 사랑한다는 말의 최대치였다.

32

당신이 없는 세상

언제나 그렇듯 세월은 빨랐다.

페그 고모는 1969년 폐기종으로 세상을 떠났다. 페그는 숨이 멎는 순간까지 담배를 피웠다. 편한 죽음은 아니었다. 폐기종은 마지막 순간까지 잔인한 병이었다. 그런 고통을 겪으면서도 자기다울 수 있는 사람은 별로 없겠지만 페그는 끝까지 페그이고자 최선을 다했다. 여전히 긍정적이고 열정적이었으며, 섣부른 불평도 없었다. 하지만 천천히 숨이 짧아졌다. 고통스럽게 숨을 쉬려고 노력하는 사람을 지켜보는 건 쉬운 일이 아니었다. 천천히 물에 빠져 죽는 사람을 지켜보는 것 같았다. 그 고통을 더는 지켜볼 수 없어서, 마침내 숨이 멈춰 평화로워진 페그의 모습에 슬픈 만큼 마음이 놓인 것도 사실이었다.

살다 보니 충분히 잘 살았고 또 운 좋게 사랑하는 사람들 곁에서 죽음을 맞이하는 노인의 '비극적인' 죽음은 죽을 만큼 슬프지는 않았다. 그보다 못한 삶과 그보다 못한 죽음이 너무 많았다. 페그는 태어나서 죽을 때까지 운 좋은 생을 살다 갔다. 그리고 그 사실을 누구보다 잘 알고 있었다. (페그는 곧잘 말했다. "우리는 운 좋은 사람들이야.") 하지만 안젤라, 내게 누구보다 중요하고 또 큰 영향을 끼친 페그였기에, 그녀를 떠나보내는 일은 쉽지 않았다. 이렇게 세월이 많이 지난 지금도 나는 페그 뷰엘이 없는 세상은 그렇지 않은 세상보다 훨씬 초라하다고 느낀다.

페그를 떠나보내며 나는 담배를 끊을 수 있었다. 어쩌면 그게 내가 아직 살아 있는 비결인지도 모르겠다. 멋진 페그가 내게 남긴 또 다른 유산이겠지.

페그가 세상을 떠난 후, 나는 올리브가 어떻게 될지 걱정이 많았다. 그 긴 세월 동안 페그를 돌보던 올리브는 이제 무엇을 하며 시간을 보낼까? 하지만 걱정할 필요가 전혀 없었다. 서튼 플레이스 근처에 있는 장로 교회에는 늘 자원봉사자가 필요했고, 올리브는 주일학교를 운영하고 모금 행사를 주관하고 사람들에게 이것저것 시키며 제 역할을 찾아갔다. 올리브는 아주 괜찮았다.

네이슨은 나이를 먹었지만 덩치가 커지지는 않았다. 네이슨은 쭉 퀘이커 학교에 다녔다. 네이슨이 편안함을 느낄 환경은 거기뿐이었다. 마조리와 나는 네이슨에게 열정을 찾아주려고 노력했지만, (음악, 미술, 연극, 문학) 네이슨은 열정이 어울리는 사람이 아니었다. 네이슨이 가장 좋아했던 것은 안전하고 포근한 느낌이었다. 그래서 우리는 네이슨이 우리의 작고 평화로운 세상에서 편안함을 느낄 수 있도록 최선을 다했다. 그리고 네이슨에게 큰 기대를 하지도 않았다. 네이슨은 그 모습 그대로 충분하다고 생각했다. 가끔은 그가 하루를 살아내는 것조차 대견했다.

마조리는 언젠가 이렇게 말했다. "모두가 창을 들고 세상을 향해 돌진할 필요는 없지."

"맞아, 마조리." 내가 말했다. "창은 너만 들면 되지."

1960년대에 들어 사회가 변하고 결혼하는 사람도 많이 줄었지만 라틀리에는 꾸준히 적잖은 손님이 있었다. 어찌 보면 운이 좋았다. 전통적인 드레스숍이 아니었기 때문에 전통이 고루해져도 우리는 고루해지지 않았다. 우리는 빈티지라는 단어가 유행을 선도하기 훨씬 전부터 빈티지풍 드레스를 팔았다. 그래서 대항문화 붐이 일어나고 히피들이 구닥다리 낡은 옷을 입기 시작했을 때에도 우리는 도태되지 않았다. 심지어 새로운 고객이 생겼다. 나는 부유한 히피들의 재봉사가 되었다. 유복한 은행가들의 히피 딸들을 위한 드레스를 만들었다. 그들은 어퍼이스트사이드에서 태어나 명문 사립학교를 졸업한 사람이 아니라, 시골의 초원에서 싱싱하게 자라난 것처럼 보이는 드레스를 원했다.

안젤라, 나는 1960년대를 사랑했단다.

사실 내가 그 시절을 사랑할 만한 이유는 전혀 없었다. 내 나이라면 세상이 미쳐 돌아간다고 불평이나 해대는 고루한 할망구 역이 더 어울렸다. 하지만 나는 세상에 마음을 준 적도 없었기 때문에, 급변하는 세상에 딱히 불만도 없었다. 오히려 온갖 반란과 반항, 창의적인 표현들이 마음에 들었다. 그리고 그때 유행하는 옷들을 사랑했다. 당시 히피들이 뉴욕의 거리에 얼마나 멋진 볼거리를 제공했는지 모른다! 흥겨웠고 자유로웠다.

하지만 내가 1960년대를 사랑했던 또 다른 이유는 바로 내 사람들이 자랑스러웠기 때문이다. 새롭게 등장한 관점과 변화를 그들은 이미 몸소 실천하고 있었다.

자유로운 섹스? 그게 바로 내 삶이었다.

서로 의지하며 함께 사는 동성 커플? 페그와 올리브의 발명품이었다.

페미니즘과 싱글맘? 마조리가 이미 오래전에 도달해 있었다.

갈등과 분쟁보다 비폭력? 우리의 귀염둥이 네이슨 로우스키를 소개한다.

나는 넘치는 자부심으로 1960년대의 문화적 변화와 발전을 지켜보며 이렇게 생각했다.

'우리가 앞장섰구나.'

그리고 1971년, 프랭크가 내게 한 가지 부탁을 했다.

안젤라, 네 웨딩드레스를 만들어달라는 부탁이었다. 나는 몇 가지 이유로 깜짝 놀랐다.

첫째, 네가 결혼한다는 사실이었다. 프랭크가 늘 얘기했던 너와는 어울리지 않는 것 같았다. 프랭크는 네가 브루클린 칼리지에서 석사 학위를 따고 컬럼비아 대학교에서 박사 학위를 땄다고 얼마나 자랑스러워했는지 모른다. 당연히 심리학이었지. (프랭크는 자신 같은 가족이 있는 아이가 그럼 무엇을 공부하겠냐고 종종 말했다.) 프랭크는 개인 병원을 열지 않고 정신적으로 가장 위중한 환자들을 매일 상대해야 하는 벨뷰 병원에서 일하기로 한 네 결정에 대해서도 무척 기뻐했다.

너는 일이 곧 삶이 되었다고 프랭크가 말했다. 그는 그래도 괜찮다고 생각했다. 네가 자기처럼 어렸을 때 결혼하지 않아 다행이라고도 했다. 프랭크는 네가 진취적이고 총명한 사람이라는 사실을 잘 알았다. 그는 네 사고방식을 매우 자랑스러워했다. 네가 억압된 기억으로 인한 트라우마 연구로 박사 후 과정을 시작한다고 했을 때 프랭크는 흥분을 감추지 못했다. 마침내 너와 이야기 나눌 수 있는 거리가, 자료 수집을 위해 자신이 도울 수 있는 일이 생긴 것 같다고 말했다.

프랭크는 종종 이렇게 말했다. "안젤라는 그 어떤 남자한테도 아까울 만큼 멋지고 사려 깊은 아이예요."

그러던 어느 날, 너에게 남자친구가 생겼다고 했다.

프랭크가 예상치 못했던 일이었다. 너는 그때 스물아홉이었고, 프랭크는 네가 영영 혼자 살지도 모른다고 생각했을 것이다. 웃지 말아주렴. 프랭크는 심지어 네가 레즈비언일지도 모른다고 생각했단다! 하지만 너는 좋아하는 사람을 만났고, 일요일 저녁에 그를 집으로 초대하고 싶어 했다. 네 남자친구는 벨뷰 병원의 보안과장이었다. 베트남에서 갓 돌아온 참전 용사였고, 브루클린 브라운즈빌 토박이로 시티 칼리지에 복학해 법을 공부할 예정이었다. 윈스턴이라는 흑인 청년.

프랭크는 네가 흑인과 사귄다는 사실에 조금도 속상해하지 않았다. 너도 그건 알았으면 한다. 무엇보다 프랭크는 윈스턴을 사우스 브루클린으로 데려온 네 용기와 자신감에 감탄했단다. 이웃들의 표정을 보았지. 네가 이웃들을 불편하게 만들었다는 사실이 그는 만족스러웠다. 그리고 네가 다른 이들의 비난에 흔들리지 않는다는 사실에 무척이나 흡족해했다. 하지만 무엇보다도 그는 윈스턴을 좋아하고 존경했다.

"잘된 일이에요." 프랭크는 말했다. "안젤라는 자신이 뭘 원하는지 항상 잘 알았고, 두려움 없이 자기만의 길을 걸었어요. 잘한 선택이었어요."

하지만 네 엄마는 너와 윈스턴에 대해 그만큼 기뻐하지는 않았다고 들었다.

프랭크 말에 따르면 두 사람은 윈스턴 때문에 처음으로 다투기까지 했다. 프랭크는 너에 대해서라면 네 엄마의 의견을 늘 존중했지만, 윈스턴에 대해서만은 그렇지 않았다. 두 사람이 어떻게 다투었는지 구체적인 내용은 나도 모른다. 중요하지 않기도 하고. 하지만 결국 엄마가 포기하셨다고 들었다.

(안젤라, 다시 한번 말하지만, 지금 내가 하는 말이 사실이 아니라면 사

과한다. 네 앞에서 네 역사를 떠들고 있는 게 과연 잘하는 짓인지 모르겠구나. 네 삶에 대해서는 누구보다 네가 잘 알겠지. 물론 아닐 수도 있지만. 어쨌든, 부모님이 다투는 모습을 네가 얼마나 보았는지는 모르겠다. 나는 그저 네가 모를지도 모르는 일을 전부 얘기해주고 싶은 것뿐이란다.)

그리고 1971년 이른 봄, 프랭크는 네가 가족들만 초대해 윈스턴과 조촐한 결혼식을 올리기로 했다며, 너의 웨딩드레스를 만들어달라고 내게 부탁했다.

"안젤라가 원하는 거예요?" 내가 물었다.

"안젤라는 아직 몰라요. 하지만 곧 말할 거예요. 와서 당신을 만나보라고 할 생각이에요."

"안젤라를 여기로 부른다고요?"

"비비안, 난 딸 하나뿐이에요. 안젤라는 두 번 결혼할 아이도 아니고요. 그러니 당신이 드레스를 만들어준다면 내겐 아주 큰 의미가 있을 거예요. 그러니 결국, 여기로 불러야겠죠."

너는 화요일 아침 일찍 부티크로 왔다. 아홉 시까지 출근해야 했기 때문에 몹시 서둘렀겠지. 프랭크의 차가 부티크 앞에 섰고 두 사람이 함께 들어왔다.

"안젤라," 프랭크가 말했다. "내가 말했던 내 오랜 친구 비비안이다. 비비안, 내 딸이에요. 그럼 둘이 이야기해요."

그리고 프랭크는 밖으로 나갔다.

그렇게 긴장되는 손님은 처음이었다. 게다가 보자마자 네가 억지로 왔다는 걸 알 수 있었다. 잔뜩 짜증까지 나 보였다. 남인 듯 살던 아빠가 왜 갑자기 자기를 여기에 데려다 놓았는지 이해할 수 없다는 표정이었다. 빨리 여기서 벗어나고 싶은 얼굴이었다. 게다가 너는 애초에 웨딩드레스 따위 입고 싶은 생각조차 없는 사람 같았다. (내게는 그런 직감이 있었다.) 웨딩드레스는 유치하고 고리타분하며 여성에 대한 모욕이기도 하다고 생각했겠지. 결혼식 날에도 지금 입고 있는 옷, 그러니까 집시 블라우스와 청 랩스커트, 앞이 막힌 슬리퍼면 충분하다고 생각했다는데 돈도 걸 수 있었다.

"그레코 박사님." 내가 말했다. "만나서 반가워요."

박사님이라고 부르는 걸 싫어하지 않길 바랐다. (용서하렴, 하지만 네 이야기를 어찌나 많이 들었는지, 나도 네가 박사라는 게 정말 자랑스러웠거든.)

넌 무척 예의 바른 모습을 보였다. "저도 만나 뵙게 되어 반갑습니다, 비비안." 당장 뛰쳐나가고 싶었겠지만 그래도 최대한 다정하게 웃으며 대꾸했지.

안젤라, 넌 참 매력적인 여자였다. 아빠처럼 키가 크지는 않았지만, 아빠만큼 강단은 있어 보였다. 아빠처럼 진하고 날카로운 눈동자에 호기심과 의심이 가득했다. 그리고 지성이 흘러넘쳤지. 눈썹은 두껍고 진했는데, 전혀 다듬지 않은 것도 보기 좋았단다. 그리고 네 아빠처럼 활동적인 에너지가 있었다. (물론 아빠처럼 한시도 가만히 있지 못하는 건 다행히 아니었겠지만! 어쨌든 프랭크와 비슷한 에너지가 느껴졌다.)

"곧 결혼한다고 들었어요. 축하해요."

너는 단도직입적으로 말했다. "화려한 결혼식 같은 건 별로라서요."

"당연히 이해해요. 믿을지 모르겠지만 나도 마찬가지거든요."

"그럼 엉뚱한 일을 선택하신 거네요." 네가 말했고, 우리는 함께 웃었다.

"안젤라. 굳이 여기 있을 필요는 없어요. 나는 웨딩드레스 같은 거 입고 싶어 하지 않는다고 상처받을 사람은 아니거든요."

그러자 너는 혹시 내 마음을 상하게 했나 싶어 약간 움찔하는 것 같았다.

"아니에요. 그렇지 않아요. 아빠한테 중요한 일이니까요."

"그건 맞아요. 그리고 아버지는 내 좋은 친구고 내가 아는 최고의 남자예요. 하지만 드레스에 관해서라면 아빠들 말은 별로 중요하지 않죠. 엄마들도 마찬가지고. 오직 신부의 의견만 중요해요."

너는 '신부'라는 단어가 약간 거슬리는 것 같았다. 내 경험상 결혼하는 여자들은 두 부류로 나뉜다. 설레는 마음으로 웨딩드레스를 입는 여자, 전혀 설레지 않지만 그래도 어쨌든 입는 여자. 너는 어느 쪽인지 확실했지.

"안젤라, 잘 들어요. 아, 안젤라라고 불러도 괜찮겠어요?"

오랫동안 나 혼자 친근했던 그 이름의 주인공이 바로 내 앞에 서 있다는 게 얼마나 이상했는지 너는 몰랐겠지.

"괜찮아요."

"전통적인 결혼식에는 관심도, 애정도 없다고 생각해도 되겠어요?"

"네, 맞아요."

"선택할 수 있다면 점심시간에 시청에 가서 빨리 끝내고 싶죠? 결혼 서약이나 혼인 신고 같은 것도 가능하면 생략하고?"

네가 웃었고, 나는 그 순간 반짝이는 네 총명함을 놓치지 않았다. 너는 이렇게 말했다. "제 뒷조사라도 하셨나봐요, 비비안."

"그럼 가족 중 누군가가 제대로 된 결혼식을 원하는 거군요? 누구예요? 어머니?"

"윈스턴이요."

"아, 약혼자." 이번에도 너는 움찔했다. 내 단어 선택이 부적절했다. "아니, 파트너라고 하는 게 더 낫겠어요."

"감사합니다. 네, 윈스턴이 결혼식을 원해요. 온 세상에 우리의 사랑을 선언하고 싶어 해요."

"귀여운 친구군요."

"맞아요. 저도 그를 사랑해요. 다만 결혼식 날 대역을 보내 저 대신 세워놓고 싶을 뿐이에요."

"사람들 관심이 집중되는 게 싫죠." 내가 말했다. "아버지가 늘 얘기했거든요."

"정말 싫어요. 게다가 흰색도 질색이에요. 하지만 윈스턴이 순백의 드레스를 입은 제 모습을 보고 싶어 해요."

"신랑들은 대부분 그래요. 하얀 드레스만의 뭔가가 있거든. 말도 안 되는 순결 논리가 아니더라도, 남자들은 하얀 드레스를 보며 그 날만은 특별하다고 느껴요. 자신이 선택받았다고 느끼는 거죠. 내가 살아봐서 아는데, 신부가 순백의 드레스를 입고 걸어오는 모습에 남자들이 얼마나 큰 의미를 부여하는지 몰라요. 불안한 마음이 진정되죠. 남자들이 얼마나 불안한 동물인지 알면 놀랄걸요."

"흥미롭네요." 너는 말했다.

"그런 남자들을 많이 봤어요."

너는 마음이 조금 편해졌는지 주변을 둘러보기 시작했다. 그리고 샘플 드레스가 걸려 있는 옷걸이를 살펴보기 시작했다. 전부 공단과 레이스로 만든, 치마가 종처럼 부푼 드레스들이었다. 너는 순교자 같은 표정으로 드레스들을 하나하나 살펴보았다.

"안젤라." 내가 말했다. "거기엔 마음에 드는 드레스가 하나도 없을 거예요. 그걸 입는다고 생각만 해도 끔찍할걸요?"

너는 그렇다는 뜻으로 옷걸이에서 손을 떼며 말했다. "아무래도 그렇겠죠?"

"지금은 안젤라에게 어울릴 드레스가 없어요. 저기 있는 드레스들은 나 역시 권하고 싶지 않아요. 열 살 때부터 직접 자전거를 수리했던 소녀에게는 절대 어울리지 않거든. 내가 그렇게 꽉 막힌 구닥다리 재봉사는 아니거든요. 드레스는 여성의 몸매도 돋보이게 해야 하지만, 지성 역시 돋보이게 해야 한다고 생각해요. 여기엔 안젤라의 지성을 돋보이게 해줄 드레스가 없어요. 하지만 나한테 좋은 생각이 있어요. 내 작업실에 가서 좀 앉을까요? 시간 있으면 차 한잔 어때요?"

발 디딜 틈도 없이 지저분한 가게 뒤편 작업실은 지금까지 어떤 신부도 들어와보지 못한 곳이었다. 고객들은 마조리와 내가 건물 전면에 꾸며 놓은 아름답고 마법 같은 공간에만 머물렀다. 크림색 벽에 까다롭게 고른 프랑스 가구, 길가로 난 창에서 아롱진 볕이 들어오는 곳이었다. 나는 신부들이 여성성의 환상 속에 머물길 원했다. 신부들이 머무르고 싶어 하는 곳도 그곳이었다. 하지만 너는 환상 속에 사는 사람은 아닌 것 같았지. 너라면 실제로 옷이 만들어지는 곳에서 더 마음이 편해질지도 모른다고 생각했다. 작업실에 너에게 보여주고 싶은 책도 한 권 있었고.

그래서 우리는 작업실로 갔고 나는 차를 준비했다. 그리고 책을 가져갔다. 마조리가 크리스마스 선물로 준 오래된 결혼식 사진 모음집이었다. 나는 1916년의 프랑스 신부 사진을 펼쳤다. 그녀는 발목 위까지 내려오는 단순한 원통형 드레스를 입고 거의 아무런 장식도 하고 있지 않았다.

"전통적인 웨딩드레스보다 이런 드레스가 어울릴 것 같아요. 치마 주름도, 복잡한 장식도 없는. 편하기도 하고 움직이기도 쉽죠. 상의 부분은 기모노처럼 두 조각의 천이 교차해 가슴을 덮는 형태예요. 1910년대에 특히 프랑스에서, 일본 기모노를 접목한 스타일로 잠깐 유행했어요. 목욕 가운처럼 단순하지만 난 이런 드레스가 아주 아름다워요. 우아하지 않나요? 보통 사람들한테는 너무 단순해 보이겠지만 정말 볼 때마다 감탄해요. 안젤라한테도 어울릴 것 같아요. 허리선이 높고 두꺼운 새틴 허리띠가 한쪽에 리본으로 묶여 있는 거 보이죠? 기모노에 매는 오비처럼."

"오비요?" 너는 이제 흥미가 생긴 것 같았다.

"일본 예식에서 쓰는 띠예요. 우선 전통을 좋아하는 사람들을 위해 드레스는 아이보리색으로 만들고, 허리에는 진짜 일본 오비를 쓰면 어떨까요? 붉은색과 금색이 섞인 선명하고 화려한 오비라면 안젤라가 살아온 독특한 삶도 대변할 수 있을 것 같아요. 오비를 묶는 방법은 두 가지예요. 일본 여성들은 결혼 여부에 따라 매듭을 다르게 지었거든요. 그래서 처음에는 미혼 여성의 매듭으로 식을 시작했다가, 윈스턴이 예식 도중 띠를 풀어주면 안젤라가 기혼 여성의 매듭으로 다시 묶는 거예요. 그걸로 식 전체를 갈무리해도 되지 않을까 싶기도 해요. 물론 안젤라가 결정할 일이지만."

"정말 흥미로워요." 네가 말했다. "그리고 마음에 들어요. 고마워요, 비비안."

"다만, 아버지가 속상해할지도 모르겠어요. 전쟁을 겪은 프랭크 입장에서 드레스에 일본적인 요소가 들어있는 게 말이에요. 나는 잘 모르겠어요. 안젤라 생각은 어때요?"

"언짢아하실 것 같지 않아요. 오히려 좋아하실지도 모르죠. 그렇게 당신이 겪은 역사를 대변한다고 생각하실 수도 있고요."

"그렇게 생각하실 수도 있겠군요." 내가 말했다. "어쨌든, 프랭크가 놀라지 않게 내가 미리 전해 놓을게요."

그러자 갑자기 네가 얼굴을 굳히며 불편한 기색을 보이기 시작했다. "비비안, 뭐 하나 여쭤봐도 될까요?"

"물론이에요."

"저희 아빠를 어떻게 아세요?"

오, 안젤라, 그때 내 표정이 어땠을까. 짐작하자면, 죄책감과 두려움, 슬픔, 당황스러움이 복잡하게 뒤섞여 있었을 것 같구나.

"제가 혼란스러울 수 있다는 거 이해하시죠." 너는 불편해하는 내 모습을 보고 말을 이었다. "아빠는 누구도 알고 지내는 사람이 아니니까요. 누구하고도 대화하지 않으시니까요. 아빠의 오랜 친구라는 게 말이 안 되는 것 같아요. 아빠는 친구가 없어요. 동네의 옛 친구들도 아빠와 전혀 교류가 없어요. 게다가 비비안은 우리 동네 사람도 아니잖아요. 그런데 또 나에 대해 너무 많이 알고 계시고. 열 살 때 자전거를 고쳤다는 것까지. 어떻게 그런 것까지 아세요?"

너는 자리에 앉아 내 대답을 기다렸다. 내가 완전히 한 방 먹었지. 너는 경험 많은 심리학자였다, 안젤라. 본심을 감추는 것쯤이야 식은 죽 먹기였겠지. 온갖 광기와 거짓말에 둘러싸여 일하는 사람이었으니까. 너는 세상의 모든 시간이 네 것인 양 대답을 기다리다가 내가 거짓말을 하는 순간 순식간에 간파해버릴 것 같았다.

"사실대로 말씀해주셔도 돼요." 네가 말했다.

네 표정은 무섭지 않았지만 뚫어지게 바라보는 눈빛은 두려웠다.

하지만 어떻게 진실을 말하겠니? 어쩌면 그건 내가 답할 질문이 아니었는지도 모른다. 나는 프랭크의 사생활을 밝힐 수도, 결혼식 전에 네 마음을 상하게 할 수도 없었다. 게다가 프랭크와 나의 관계는 말로 설명할 수 있는 것도 아니었다. 사실대로 말한들, 네가 과연 믿어주었을까? 지난 육 년 동안, 일주일에 몇 번씩 만나 밤새 걸으며 이야기를 나눈 게 전부였다고 말하면?

"프랭크는 우리 오빠의 친구였어요." 마침내 내가 입을 열었다. "프랭크와 월터는 전쟁 중에 함께 복무했어요. 장교 후보생 학교에 함께 다녔고, 프랭클린호에도 함께 탔어요. 오빠는 프랭크가 부상당했던 그 공격으로 사망했어요."

안젤라, 내 말은 전부 사실이었다. 월터와 프랭크가 친구였다는 것만 빼고. (물론 서로의 존재는 알았지만, 친구는 아니었다.) 말하는 동안 눈물이 차올랐다. 월터 때문에 나오는 눈물은 아니었다. 프랭크 때문에 나오는 눈물은 더더욱 아니었다. 그저 이 상황 때문에 나오는 눈물이었다. 내가 사랑하는 남자, 그리고 내가 매우 좋아하는 그의 딸과 함께 있으면서 아무 말도 해줄 수 없는 상황이 슬퍼서 말이다. 살면서 수없이 흘려보았던 그 눈물은, 우리에게 닥치는 힘든 선택의 순간에 흘리는 눈물이었다.

네 표정이 누그러졌다. "오, 비비안, 죄송해요."

너는 더 묻고 싶은 게 끝없이 떠올랐겠지만, 묻지 않았다. 내가 오빠 이야기로 슬퍼졌다고 생각했겠지. 너는 그 슬픈 모습을 지켜보기엔 너무 정이 많았다. 어쨌든 너는 대답을 들었고 내 대답은 충분히 그럴듯했다. 그게 전부가 아니라는 사실을 너도 알았겠지만, 너는 친절하게도 내 대답을 믿기로, 적어도 더는 캐묻지 않기로 선택했다.

다행히 우리는 다시 웨딩드레스에 대해 이야기하기 시작했다.

정말 아름다운 드레스였다.

그 후 이 주 동안 나는 심혈을 기울여 드레스를 만들었다. 가장 아름다운 전통 오비를 찾아 뉴욕을 샅샅이 뒤졌다. (폭이 넓고 길며 붉은 바탕에 황금색 불사조가 수놓인) 오비는 치가 떨릴 만큼 비쌌지만, 뉴욕에서 내 마음에 드는 건 오직 그것뿐이었다. (프랭크에게 돈은 받지 않았으니 걱정하지 말렴!)

드레스는 몸에 달라붙는 크림색 수자직 새틴으로 만들었다. 안에는 브래지어가 달린 안감을 대 네가 안정감을 느낄 수 있도록 했다. 그 드레스는 조수들은 물론 마조리까지 손 하나 대지 못하게 했다. 기도와 같은 침묵 속에 몸을 웅크리고, 한 땀 한 땀 전부 내 손으로 완성했다.

네가 화려한 장식에 질색한다는 건 알았지만, 어쩔 수 없었다. 두 장의 천이 네 심장을 가로지르는 바로 그곳에 할머니에게 물려받은 목걸이의 작은 진주 하나를 떼어 달았다.

안젤라, 내가 너에게 주는 아주 작은 선물이었다.

33

삶은 계속되었다

프랭크가 세상을 떠났다는 편지를 받은 건 1977년 12월이었다.

무슨 일이 생겼다는 건 이미 오래전에 알고 있었다. 프랭크는 이주 동안 연락하지 않을 사람이 아니었다. 우리가 알고 지낸 십이 년 동안 단 한 번도 그런 적이 없었다. 나는 점점 걱정이 되기 시작했다. 아주 많이. 하지만 할 수 있는 일이 없었다. 프랭크의 집으로는 한 번도 전화해본 적이 없었고, 이미 은퇴했기 때문에 관할 경찰서로 연락해볼 수도 없었다. 그가 괜찮은지 연락할 친구도, 내가 아는 한 없었다. 브루클린의 집으로 곧장 찾아갈 수도 없는 노릇이었다.

그리고 라틀리에에 내 이름 앞으로 편지가 왔다.

나는 아직까지 그 편지를 간직하고 있단다.

비비안에게.

열흘 전 아버지가 돌아가셨다는 소식을 안타까운 마음으로 전해드립니다. 갑작스러운 일이었습니다. 어느 날 밤 평소처럼 동네를 걸으시다가 인도에서 쓰러지셨습니다. 심장마비 같았고 부검은 하지 않았습니다. 짐작하셨겠지만 엄마와 저는 큰 충격을 받았습니다. 아버지가 약하긴 하셨지만 원래 그런 분은 아니셨으니까요. 돌아가시기 전까지도 정정하셨는데! 저는 아버지가 평생 사실 줄 알았습니다. 장례식은 아버지가 세례를 받으셨던 성당에서 간소하게 치렀고 그린우드 묘지의 부모님 곁에 묻히셨습니다. 죄송해요, 비비안. 장례식이 끝나고 나서야 더 일찍 연락드렸어야 했다는 생각이 났습니다. 아버지의 진정한 친구분이셨으니까요. 아버지도 비비안이 마지막 가는 길에 함께하길 바라셨을 겁니다. 늦은 연락을 용서해주세요. 나쁜 소식을 전하게 되어 유감이며, 더 일찍 알려드리지 못해 죄송합니다. 저나 우리 가족의 도움이 필요하시면 언제든 연락 주세요.

안젤라 그레코 올림.

처녀 때 이름을 간직하고 있었더구나.

이유는 모르겠지만, 프랭크가 세상을 떠났다는 소식보다 그게 먼저 눈에 들어왔단다.

잘했다, 안젤라. 끝까지 네 이름을 지키렴!

그러고 나서야 프랭크가 세상을 떠났다는 사실이 실감 나기 시작했다. 그리고 나는, 너도 충분히 예상했겠지만, 바닥에 주저앉아 울기 시작했다.

다른 사람의 슬픔을 듣고 싶어 하는 사람은 없다. (슬픔의 정도는 사실 누구에게나 비슷하다.) 그래서 내 슬픔에 대해 구구절절 언급하지는 않겠다. 그 후로 몇 년 동안 몹시 힘들었다고만 말해두마. 살면서 가장 힘들었고 가장 외로웠던 시기였다.

프랭크는 특별한 삶을 살았고 죽음 또한 특별했다. 그는 죽어서도 선명하게 살아남았다. 내 꿈으로 찾아왔고, 뉴욕의 냄새와 소리와 감각으로 나를 찾아왔다. 뜨거운 아스팔트 위에 떨어지는 여름 소나기 내음으로, 한겨울 길거리에서 파는 달콤한 땅콩 향기로 나를 찾아왔다. 만물이 소생하는 봄이면 맨해튼 은행나무의 끈적하고 알싸한 향으로 나를 찾아왔다. 둥지 만들 곳을 찾아 구구거리는 비둘기의 울음으로, 경찰차의 사이렌 소리로 나를 찾아왔다. 프랭크는 뉴욕 구석구석 어디든 나를 따라왔다. 하지만 그의 부재는 깊은 침묵으로 내 마음을 짓눌렀다.

삶은 계속되었다.

하루하루는 그가 떠나고 난 뒤에도 거의 흡사했다. 나는 같은 집에서 같은 일을 하며 살았다. 가족과 친구들과 시간을 보내는 것도 그대로였다. 프랭크는 내 일상의 일부가 아니었으니, 변한 것은 아무것도 없었다. 친구들은 내가 너무나 중요한 사람을 잃었다는 것 정도는 알았지만, 그를 알지는 못했다. 내가 그를 얼마나 사랑했는지는 아무도 몰랐다. (설명할 방법이 없었다.) 그래서 나는 사람들 앞에서 남편을 잃은 여자처럼 슬퍼할 수도 없었다. 물론 남편을 잃은 여자는 내가 아니라 네 엄마였지. 아내인 적 없는 여자가 어떻게 과부가 되겠니. 프랭크와 내가 어떤 관계였는지 정확히 설명할 수 있는 단어가 없었기에, 그가 떠나고 난 후 내가 느낀 상실감은 오직 나만 느낄 수 있는 이름 없는 감정이었다.

그 감정은 주로 이렇게 찾아왔다. 밤늦게 잠에서 깨 가만히 누워 있으면 전화가 울리고 그의 목소리가 들렸다.

'깨어 있어요? 산책할래요?'

프랭크가 떠나고 난 후 뉴욕이 작아 보였다. 함께 걷고 누볐던 먼 동네는 더 이상 갈 수 없는 곳이 되었다. 여자 혼자 가기 힘든 곳들이었다. 심지어 나처럼 독립적인 여자라도. 내 머릿속 지도에서 익숙해진 많은 동네의 철문이 닫혔다. 프랭크하고만 나눌 수 있는 이야기들이 있었다. 내 안에 오직 듣고 또 들어주는 프랭크만 도달할 수 있는 곳들이 있었다. 이제 혼자서는 가닿을 수 없는 곳이 되었다.

그럼에도 불구하고 나는, 프랭크 없이 꽤 잘 살았다. 누구나 그렇듯 조금씩 슬픔에서 빠져나와 다시 흥겨운 삶으로 돌아갔다. 안젤라, 나는 운이 좋은 사람이었다. 특히 타고난 기질 자체가 어둡고 우울한 것과는 거리가 멀었다. 그런 면에서는 다행히 우울이라고는 몰랐던 페그 고모를 닮았지. 프랭크가 떠나고 난 후에도 내 곁에는 멋진 사람들이 있었다. 재미있는 애인들, 새로운 친구들, 내가 선택한 가족들. 아무것도 부족하지 않았다. 하지만 프랭크가 그립지 않은 적은 한순간도 없었다.

친절하고 다정한 이들도 많았지만, 그를 대신할 사람은 없었다. 프랭크만큼 마음이 깊은 남자는 아무도 없었다. 내가 무슨 말을 해도 놀라지 않고 함부로 판단하지 않았던, 있는 그대로 나를 받아들여주었던 프랭크는, 내게 걸어다니는 고해소였다.

그 누구도, 삶과 죽음의 경계를 서성이던 그만큼 아름답고 짙은 영혼이 될 수 없었다.

오직 프랭크만이 프랭크일 수 있었다.

자, 오래 대답을 기다렸겠구나, 안젤라. 내가 네 아빠에게 어떤 사람이었는지, 혹은 그가 내게 어떤 사람이었는지 말이다.

최대한 솔직하고 자세하게 네 질문에 답하려고 노력했다. 말이 너무 많았던 점은 사과하고 싶구나. 하지만 네가 정말 프랭크의 딸이라면, (당연히 그렇겠지.) 너 역시 잘 들어주는 사람일 것이다. 그리고 전체를 알고 싶은 사람이기도 하겠지. 네가 나에 대해 전부 아는 것 역시 내게는 중요하단다. 좋은 점과 나쁜 점은 물론 똑바른 점도, 비뚤어진 점도 모두 알아야 나에 대해 스스로 판단할 수 있을 테니까.

마지막으로, 한 번 더 강조하고 싶구나, 안젤라. 프랭크와 나는 결코 포옹도, 키스도, 섹스도 하지 않았다. 하지만 그는 내가 정말로, 온 마음을 다해 사랑했던 유일한 사람이었다. 프랭크도 나를 사랑했다. 하지만 우리에게는 사랑한다는 말조차 필요 없었다. 말하지 않아도 알 수 있었다.

세월이 지나면서 프랭크는 고통스러워하지 않으며 내 손바닥에 자기 손등을 올려놓을 수는 있게 되었다. 우리는 그렇게 손을 맞대고 그의 차 안에 고요히 함께 앉아 있었다.

그와 수많은 일출을 함께 보았다.

그렇게 그와 손을 맞대고 떠오르는 해를 보면서, 내가 네 엄마와 네게서 무언가를 빼앗았다면, 부디 용서하길 바란다. 하지만 그랬을 것 같지는 않구나.

안젤라.

엄마가 돌아가셨다니 유감이다. 심심한 위로를 전한다. 어머니께서 천수를 누리셨구나. 잘 사시다 평화롭게 가셨길 빈다. 그리고 네가 슬픔 속에서도 굳세길 바란다.

네가 내 연락처를 찾을 수 있었다니, 그 또한 얼마나 기뻤는지 모른다. 여전히 라틀리에 건물에 살고 있어서 얼마나 다행인지! 이름이나 주소를 바꾸지 않길 잘했지 뭐니. 원하는 사람은 누구든 찾을 수 있을 테니까.

라틀리에는 이제 웨딩드레스숍이 아니라 네이슨 로우스키가 운영하는 카페가 되었단다. 하지만 건물은 내 것이지. 십삼 년 전 마조리가 세상을 떠나면서 나에게 남겼다. 부동산 관리라면 네이슨보다 내가 나을 테니까. 그래서 내가 잘 관리하고 있단다. 네이슨이 작은 사업을 시작하고 운영할 수 있도록 도와준 것도 나였지. 하나부터 열까지 얼마나 도움이 필요했는지 모른다. 우리 귀염둥이 네이슨은 눈부신 성공을 거두지는 못할 것이다. 그래도 나는 그를 사랑한다. 네이슨은 나를 큰엄마라고 부른단다. 네이슨의 사랑과 돌봄은 내게 큰 행복이지. 내가 이렇게 나이를 먹고도 당황스러울 만큼 건강한 건 전부 네이슨이 잘 보살펴주기 때문일 것이다. 나 역시 그를 잘 보살피지. 서로 사랑하면서.

그래서 나는 아직도 여기에 산단다. 1950년부터 살던 바로 이곳에서.

안젤라, 나를 찾아줘서 고맙다.

진실을 물어줘서 고맙다.

그래서 이렇게 모든 진실을 너에게 털어놓는다.

편지를 마무리하기 전에 마지막으로 한 가지만 더 말하고 싶구나.

오래전, 에드나 파커 왓슨은 내가 절대 흥미로운 사람이 될 수 없을 거라고 말했다. 에드나 말이 맞을 수도 있다. 그건 내가 판단할 일도, 내가 알 수 있는 일도 아니겠지. 그리고 에드나는 내가 뻔한 여자라고 했다. 늘 남의 장난감에 손을 대기 때문에 다른 여자들과 친구가 될 수 없을 거라고. 하지만 그건 에드나가 틀렸다. 나는 오랜 세월 동안 멋진 여자들의 좋은 친구였다.

내가 잘하는 건 딱 두 가지밖에 없다고 했지. 바느질과 섹스. 하지만 그동안 너무 겸손했던 것 같구나. 나는 우정을 쌓는 데도 소질이 있었으니까.

안젤라, 내가 이 말을 하는 이유는, 혹시 네가 원한다면, 너와도 기꺼이 그 우정을 나누고 싶어서란다.

내가 권하는 우정에 네가 관심을 보일지 모르겠다. 이 편지를 읽고 나면 나 같은 사람은 다시 보고 싶지 않을지도 모르겠지. 나를 경멸할지도 모르겠지. 충분히 이해한다. 나는 나 자신을 경멸하지 않지만, (그렇게 미워할 만한 사람은 없다는 게 지금의 내 생각이란다.) 판단은 네 몫이겠지. 하지만 잘 생각해보라고 정중히 제안하고 싶구나.

이렇게 긴 편지를 쓰는 동안 나는 네가 젊은 여성일 거라고 생각했다. 나한테 너는 여전히 1971년 내 부티크로 걸어 들어오던, 언제나 총명하고 진지했던 스물아홉의 페미니스트였으니까. 그런데 지금 생각해보니 너도 나이를 많이 먹었겠구나. 계산해보니 일흔이 다 되었겠네. 물론 나야 그보다 훨씬 늙었지만.

나이가 들면서 깨달은 게 한 가지 있단다, 안젤라. 이제 사람들을 잃게 된다는 거야. 인구가 줄어든다는 말이 아니라, 세월이 흐르면서 내 곁의 사람들이 점점 사라진다는 뜻이지. 내가 사랑했던 사람들, 내가 사랑했던 이들을 알고 있는 사람들, 내 역사를 속속들이 알고 있는 사람들이 말이다.

그들이 하나둘 세상을 떠나 생긴 빈자리는 누구도 채워줄 수 없지. 어느 나이쯤이 되면 새로운 친구를 사귀기도 어려워지고, 파릇파릇한 젊은 영혼들이 가득해도 세상은 외롭고 초라해 보인단다.

너도 벌써 그렇게 느끼는지는 모르겠다. 하지만 나는 그렇단다. 너도 언젠가 느낄 테고.

그래서 이렇게 편지를 갈음하고자 한다. 우리는 서로 빚을 진 것도,

기대하는 것도 없겠지만, 그럼에도 불구하고 너는 내게 소중한 사람이다. 네 세상이 외롭고 초라하다고 느낀다면, 그래서 새로운 친구가 필요하다면, 부디 내가 있다는 사실을 기억해주기 바란다.

내가 얼마나 더 살 수 있을지 모르겠지만, 이 땅에 살아 숨 쉬는 동안, 사랑하는 안젤라, 나는 언제나 네 곁에 있을 거란다.

읽어줘서 고맙구나.

비비안 모리스.

City of Girls

시티 오브 걸스

1판 1쇄 인쇄 2021년 1월 15일
1판 1쇄 발행 2021년 1월 25일

지은이 엘리자베스 길버트
옮긴이 임현경

발행인 양원석 **편집장** 최두은 **책임편집** 차지혜
디자인 신자용, 김미선 **영업마케팅** 양정길, 강효경

펴낸 곳 ㈜알에이치코리아
주소 서울시 금천구 가산디지털2로 53, 20층(가산동, 한라시그마밸리)
편집문의 02-6443-8862 **도서문의** 02-6443-8800
홈페이지 http://rhk.co.kr
등록 2004년 1월 15일 제2-3726호

ISBN 978-89-255-8921-3 (03840)